品达与诗人的天职
Pindar and the Poet's Vocation

张 巍 ◎ 主编

复旦大学历史学系主办

西方古典学辑刊
Museum Sinicum

第六辑

复旦大學出版社

目 录

i 编者引言

经典译解

003 品达的诗歌理论　　　　　　塞西尔·莫里斯·鲍勒（刘保云 译）
054 品达的诗歌观　　　　　　　　　约翰·戴维森（詹瑜松 译）
077 品达诗论中的命名、真理与创生　查尔斯·西格尔（贺向前 译）
109 虔敬的技艺：品达　　　　　　　　乔治·沃尔什（刘 莼 译）
135 品达：作为诠释者的诗人　　　格蕾丝·莱德贝特（刘 峰 译）

汉译品论

158 试论古希腊悲剧的翻译原则和方法
　　——以《安提戈涅》为例　　　　　　　　　　詹瑜松
171 "新的诗歌语言"？
　　——评刘皓明译《竞技赛会庆胜赞歌集》　　　刘保云

语文学研究

187 Sophytos, Iambulos and the Value of Greek *Paideia*
　　　　　　　　　　　　　　　　　　　Stanley M. Burstein
203 列奥尼达斯节法令译注　　　　　　　　　　　　　白珊珊
219 Mimus vitae：苏维托尼乌斯《神圣奥古斯都传》里的
　　一个文本问题　　　　　　　　　　　　　　　　周昕熠

研究综述

241　品达凯歌的神话研究：三种新路径　　　　　　　　　　刘保云

参考书架

265　古希腊-罗马地图及相关资源：自1990年以来出版文献导览
　　　　　　　　　　理查德·塔尔伯特　杰弗里·贝克尔
　　　　　　　　　　　　　　　　　　　　（王忠孝 译）

学术书评

297　对话协商、信息交流与制度外政治实践
　　　——评克里斯提纳·罗西洛-洛佩兹《罗马共和国晚期的
　　　政治对话》　　　　　　　　　　　　　　　　　　何　源

古典艺术

315　A Wool Basket in Clay: Remarks on the Change of Material, the Unusable Object and the Ancient Greek "Culture of Things"
　　　　　　　　　　　　　　　　　　　　Nikolaus Dietrich

355　古代亚历山大城的艺术与文化
　　　　　　　　　　　　弗朗索瓦·凯瑞尔（虞欣河 译）

编者引言

　　诗歌是飞翔的话语,诗人是飞翔的生灵。对此,古希腊人深有体会。最早的荷马史诗已频现"有翼飞翔的话语"这一著名短语,它并非用来形容日常言语,而是说转化成史诗的话语有如插上了翅膀,从说话人口中飞迸而出;诗歌话语进而被比作箭矢,一语中的地飞向靶心。此外,诗歌话语不仅自己有翼飞翔,还能为其颂赞的对象插上荣光的翅膀,让他"在无垠的大海和广袤的大地上轻易展翅高飞"(特奥格尼斯)。既然诗歌话语和诗歌赞颂的对象都能插上翅膀,那么诗人自己更是有翼飞翔的生灵了。诗人的飞翔,可以是轻盈袅娜的,贴着地面低飞曼舞,也可以是气贯长虹的,扶摇而上直入云霄。于是,便有诗人自比为在花丛里穿梭采蜜的蜜蜂(西蒙尼德斯),也有诗人自比为炎炎夏日欢唱于枝头的鸣蝉(阿尔基洛科斯、萨福)。更有诗人以鸟类自喻。赫西奥德《劳作与时日》讲述的"老鹰与夜莺"的寓言,被"老鹰"称作"歌手"的夜莺,乃是歌声婉转的诗人自况。经常与夜莺相提并论的还有燕子,这位春天的使者也颇得诗人的青睐(阿那克瑞翁、西蒙尼德斯)。另一种歌声悠扬的鸟类天鹅,虽不如在后世那般声名卓著,有时也会被诗人用来自比(阿尔克曼、普拉提纳斯)。

　　然而,最令人惊异的比喻,是那并不歌唱却展翅高飞的雄鹰。诗人自比为雄鹰并以此傲视群伦者,莫过于品达(约公元前518—约前438)。他的《奥林匹亚凯歌》第二首(第86—88行)有言:

　　　　智慧的是生而知之者,
　　　　学而知之者则喧哗吵闹,

> 总是喋喋不休,仿佛一对乌鸦
> 对着宙斯的神鸟徒然聒噪。

据古代注疏家解释,"宙斯的神鸟"即雄鹰,乃品达自谓;而"一对乌鸦"则指代西蒙尼德斯和巴居利德斯,他的主要竞争对手。不过,偏偏巴居利德斯也颇以雄鹰自诩,其诗云(诗篇五,第16—30行):

> 挥舞他那迅捷的黄褐色翅膀
> 在高处劈开深邃的苍穹,
> 权力广大、雷声轰鸣的宙斯的使者,
> 雄鹰倚赖自己的强悍勇往直前,
> 而嗓音清亮的群鸟吓得瑟瑟发抖;
> 广袤大地上的山峦,还有
> 翻滚不息的大海上
> 汹涌的波涛都不能阻挡他;
> 于无垠的高空,伴着西风的吹拂,
> 他扇动着精美的翎羽——
> 好一个夺目的景象!

巴居利德斯此诗可谓得雄鹰之神采,但他应该是受到了品达的影响,而品达才是"雄鹰"意象的原创者,用这一意象寓指"诗人的天职"。品达特别热衷于"雄鹰"飞翔之高之远(《尼米亚凯歌》第五首,第20—21行):

> 雄鹰一跃而起,飞越海洋。

以及"雄鹰"俯冲的英姿,并且再次把俯冲捕猎的雄鹰和聒噪不已的乌鸦做了对比(《尼米亚凯歌》第三首,第80—82行):

> 雄鹰在飞鸟之中最为迅疾,
> 它从远处追寻而来,猛然

> 用爪子擒住血迹斑斑的猎物，
> 而喧闹的乌鸦却盘旋在低处。

由此，后世形成了"品达的飞翔"的隐喻，指的正是品达以雄鹰自比，标举出诗人至高无上的使命。这一隐喻的效力在于，雄鹰既是"鸟之王者"，也是"王者之鸟"。作为"鸟之王者"，品达与其他插翅飞翔的诗人有着高低之分，他雄踞诗人之冠而睥睨天下；作为"王者之鸟"，雄鹰乃宙斯的神鸟，这让诗人与宙斯建立起紧密的联系。诗人像是宙斯的雄鹰，从大地起飞，飞向苍穹的澄明之境，并从那里，用宙斯一般的目光，俯瞰大地和世间万物。高飞远翔的"雄鹰"遂成为品达最引人注目的意象，鲜明地揭橥了"诗人的天职"的观念。

品达的"诗人的天职"观念，是一种诗的思想，其特点在于用诗的语言来表达。这不仅包含类似"雄鹰"的意象和比喻（详见本辑鲍勒的论文），还有直接陈述，尤其是关于"诗人之我"的第一人称陈述（详见本辑鲍勒和戴维森的论文），以及蕴含于神话的象征表述、特定主题及叙事模式（详见本辑西格尔的论文）。这三方面的内容统合起来，构成了丰富而精粹的品达诗论，是我们理解品达的诗歌如何将"诗人的天职"观念付诸实施的最佳指引。

品达一生的诗歌创作，集弦琴体合唱歌各个类别之大成，后来的亚历山大城学者分作十七卷，包含四卷竞技凯歌，以及其余十三卷，由颂歌、阿波罗颂、狄奥尼索斯颂、少女歌、赞歌、悼歌等各类诗歌组成。后十三卷诗作只有两三百个长短不一的残篇存世，而占据首位的四卷竞技凯歌，即《奥林匹亚凯歌》一卷14首，《皮托凯歌》一卷12首，《尼米亚凯歌》一卷11首以及《地峡凯歌》一卷8首，共计45首完整诗作，是早期希腊传世最完好的一部弦琴体合唱歌诗集，也被公认为古希腊弦琴体诗歌的最高成就。

所谓的竞技凯歌（epinikia），是合唱歌的一种，品达有时径称为"颂歌"（humnos），因为它的主要功能在于"赞颂"。不过，凯歌"赞颂"的对象并非严格意义上的"颂歌"（如荷马颂歌）所赞颂的"众神"，亦非史诗所赞颂的"往昔的英雄"，而是当下的凡人，他们所取得的伟大而令人惊叹的成就，最集中地表现于四大竞技赛会的优胜者及其家族和祖先。诗人通过"凯歌"的赞颂所要做的,是追寻他们的"伟业"的神性之源。衡量人的功绩是否值得"颂赞",能否成为合适的诗歌主题,关键在于其中有无神的参与,即"有无神性的成分"(参见《尼米亚凯歌》第一首,第8—12行)。若是缺乏神的参与,"没有神的事物"(《奥林匹亚凯歌》第九首,第103—104行),由于匮乏或过量,是琐细的或过度的,不能成为诗的主题,诗人对之需要保持沉默(详见本辑沃尔什的论文)。

  诗人要追寻"伟业"的神性之源,必然诉诸"诗之真理"。这是因为,最高的伟业,即宙斯经纶宇宙的伟业,恰恰通过缪斯女神的"诗之真理"才真正完成。品达的《宙斯颂歌》,明确地道出了缪斯女神与宙斯的这一层本质性关联。这首伟大的颂歌在亚历山大城学者辑录的品达诗集里位列颂歌卷的卷首,其重要性可见一斑。虽然只有残篇存世,从这些零星的篇什可以得知,颂歌的主题是卡德摩斯(Kadmos)与哈尔墨尼亚(Harmonia)的婚礼,彼时为示庆祝,阿波罗和缪斯女神们在全体众神面前演唱了一首神谱之歌(残篇32,Snell-Maehler 辑本)。如同赫西奥德的《神谱》,这首神谱之歌也叙述众神的起源,并以宙斯登极后的婚礼作为高潮。关于这场婚礼,有古人记载:"在《宙斯的婚礼》里,品达说,当宙斯询问其他众神,他们是否还缺少什么时,众神们恳求他为自己造出一些神,这些神会用话语和音乐完成他的伟大业绩和他所设置的整个宇宙秩序。"(残篇31,Snell-Maehler 辑本)于是,宙斯应允这一恳求,生育了缪斯女神,让她们赞颂他的"伟大业绩"和"他所设置的整个宇宙秩序",最终完成了万物从混沌之初向有序宇宙的整个进程。这也就意味着,缪斯女神歌唱的"诗之真理",昭示进而实现了宙斯经纶宇宙的神性意义;而诗歌本是天界的活动,当诗人得缪斯女神之助,在人间歌唱时,便与她们在天界所为处于平行关系:如同缪斯女神颂赞宙斯的终极"伟业",凯歌诗人品达颂赞人的"伟业",追寻其神性之源,昭示进而实现人的"伟业"的神性意义。如此,诗人将人的世界和神的世界重新联结起来,构成一个完整的神性昭彰的宇宙秩序。

  当缪斯女神助力诗人,让天界的诗歌降临人间时,诗人便被赋予他的天职。此种天职,一言以蔽之,就是让凡人领会神的启示。品达的第一人称陈述,独树一帜地将自己称作缪斯女神的"解释者",如是向缪斯女神呼告(残篇150,Snell-Maehler辑本):

> 赐我以神谕(manteueo),缪斯女神啊,我来为你宣告(prophateusō)。

同样的观念可见品达《阿波罗颂歌》(第六首,第6行),诗人自称为"皮埃里亚山上的女神【即缪斯女神】的歌声悠扬的宣告者"(aoidimon Pieridōn prophatan)(详见本辑鲍勒和莱德贝特的论文)。诗人与缪斯女神之间的这一关系,必须从品达所指涉的德尔菲神谕的运作方式来理解。古希腊最负盛名的德尔菲神谕由阿波罗颁布,并通过两种各司其职的人员共同完成,他们分别被称作mantis与prophētēs。前者名为皮媞亚(Pythia),她被阿波罗神灵附体给出神谕的实质内容,但这个内容用了一种凡人无法理解的"谵语"来表达;后者为襄助她的神职人员,他们得名"宣告者"(prophētēs),是因为他们将皮媞亚口中"语无伦次的"神谕改写成史诗诗体,并将之宣告出来。由于德尔菲的神谕被改写成诗体,使用了最为庄严的史诗格律,其中不乏史诗的语汇、意象与程式化手法,在此种意义上,神谕的语言不啻为诗,"宣告者"对语言的使用也与诗人相类。

当然,prophētēs宣告"神谕",还需仰赖mantis的"迷狂",mantis和prophētēs两者密不可分。此种关系恰恰也与诗的运作颇为相似。在早期希腊思想里,诗人同样接受神灵的启示,沟通神界与人世。神对于诗人,像对于先知和预言家一样,夺去他们的平常理智,感发他们,引他们进入迷狂的境界,用他们作昭示神意的代言人。因此,希腊古风诗人的一种重要的自我呈现方式,便以先知为原型。品达正是如此,他径直使用了德尔菲神谕的术语,将自己比作颁布神谕的"宣告者",将缪斯女神比作接受阿波罗神谕的皮媞亚。作为缪斯女神的"神谕"的"宣告者",他实质上也是一位"解释者":他把神的话语,来自神界的"加密"信息,"解密"为人间最高的语言形式——诗,以便让凡人有领悟神的话语的可能性。诗人之所以能够担此重任,是因为他拥有"智慧"(sophia)。这是他与生俱来的真知,体现于他内含神性的天赋,他的天性与神性相亲相契。此种"智慧"——我们不妨说"慧根"——保障他对缪斯女神的"神谕"的正确理解,经过他自己的解释而转换成诗的话语向世人传达其奥义。

作为缪斯女神的"宣告者",品达有如"雄鹰"向着天界飞翔,亦如"雄鹰"向着大地俯冲。在环抱大地的天界,诗人赢获"从高处俯瞰的目光",但并非要"引向不偏不倚的公正",他的飞翔也不止是把灵魂引向无限,而在于获致这样一个距离,一个毗邻神性之源而恰好能调适出世界万物之大美的距离。世间万物好比组成了一幅印象派绘画,太近或过远都无从欣赏其整体之美,必须像画家那样,拉开一定的距离,也就是飞翔到足够的高度(我们可以称之为崇高的高度)。如同诗人,古希腊的哲学家也会张开灵魂的翅膀高飞,但"哲学家的飞翔"(如巴门尼德的"序诗")更多地为了融入无限,宇宙万物之大全,即便他能见到世间万物之大美(如柏拉图),也无意像诗人那样,专心致志于颂扬之。诗人的飞翔,不仅穿越世间的混沌与蒙昧,进入"真理之域"——那神性昭彰的创生与永恒之域,而且终将返回人间,用颂赞的歌声将"真理之域"的神性注入世间万物而成其大美。诗人正是如此实现他的天职,让凡人领会神的启示。

对后世而言,"品达的飞翔"成为古希腊诗性文化的绝妙标志。古希腊文化肇端于诗,诗人也居于最高的文化地位。荷马与赫西奥德以降,诗人便是"真理的执掌者",他们拥有"智慧",是神界与人间的中介,向世人晓谕最高的"真理"。荷马与赫西奥德借助缪斯女神的灵感,原原本本地传达她们的歌唱,而到了品达这里,诗人更进一步地成为缪斯女神的"解释者":缪斯女神的歌唱退回她们所属的神界,那是只有神明才懂得的语言;而在人间,唯独诗人,仰赖他天赋的"智慧",作为"真理的执掌者",能够将神的语言转换成诗的语言,传达其中的奥义。诗人因此站在了神人沟通的最前列,也是最突出的位置,他对"真理"的"执掌"也达到了前所未有的自觉性。"品达的飞翔",正如主宰宇宙的宙斯的雄鹰翱翔于广袤的苍穹,象征着诗人至高无上的文化地位。

张 巍
二〇二三年十二月

经典译解
Classical Text: Modern Studies

品达的诗歌理论[*]

塞西尔·莫里斯·鲍勒

（刘保云 译）

品达对诗艺的谈论之多在希腊诗人中罕有其匹[1]。阿尔克曼的诗歌存世不多，要说他有什么理论，我们只能仰仗两段残篇来窥其一二：他把缪斯比作"声音清亮的塞壬"向他高声呼喊（fr. 30 P.）[2]，还说他从鸟儿那里得到自己的诗歌（fr. 39 P.）。这等撩人心弦的言论，除非他的诗歌有更多存世，否则我们势必难以补全。巴居利德斯跟品达是同时代人，年纪略小一些（Eustath. Prooem. 25, p. 297, 14 Dr.）[3]，他对某些诗歌意象的运用以及他对诗歌给人带来的快乐的特别强调（3.98，5.4，10.11，13.230），使他与品达最为接近。不过就他诗歌评论的范围而言，跟品达毫无可比性。哪怕在他按照自己的高雅格调讲述诗歌的雄鹰之时（5.16—30），他事实上也没有将他的工作目标和方法展现太多。西蒙尼德斯对诗歌实际上也做过两个有名的

---

* C. M. Bowra, *Pindar*, Oxford: Clarendon Press, 1964, pp. 1-41。（文中征引的古典文献若附有英译，则参照英译进行翻译，在必要的时候，以保留作者对核心术语的理解为前提，贴合古希腊原文略作调整。未附英译的古典文献为方便阅读，也另行提供中译并置于紧跟原文的【 】中——译者按）

1 G. Norwood, *Pindar* (Berkeley, 1945), pp. 165ff.; E. E. Sikes, *The Greek View of Poetry* (London, 1931), pp. 18ff; 另见 K. Svoboda, "Les idées de Pindare sur la poésie", *Aegyptus*, xxxxii (1952), 108–120。

2 见 P. Janni, "Interpretazione di Alcmane", *Rivista di Filologia e di Istruzione Classica* n. s. xl (1962), pp. 182–183。

3 A. Severyns, *Bacchylide: essai biographique* (Liège, 1933), p. 17 把他的出生年份定在公元前507年。

评论,一个说"诗是有声的画"(Plut. *Glor. Ath.* 3),另一个把λόγος,或说言词,称作τῶν πραγμάτων εἰκών,"事物的意象"(Mich. Psell. *π. ἐνεργ. δαιμ.* 821 Migne)[4],但这两句话看着不像出自真正的诗歌,更像是从什么格言警句里摘录的[5]。一般来说,古希腊诗人谈诗艺和作诗的少,谈诗作和诗歌影响的多。荷马惯常对涉及自己的一切不发一言,他最多就是通过海伦和阿尔喀诺俄斯(Alcinous)暗示:众神给人类送来磨难,让后来的人去歌唱(*Il.* 6. 357-8; *Od.* 8. 579-80)。悲剧作家自然也对自己只字不提,我们只有在喜剧作家阿里斯托芬那里才再次碰到一名随心所欲谈论自己作诗技艺的诗人。但是即便阿里斯托芬评论他人时深察细究,说到自己的剧作时他还是对思想影响讲得多,对创作理论讲得少。到了亚历山大里亚学者那里,尽管他们热爱争辩文学问题并把分歧展现在诗作里,但却很少揭示自己作诗的内在过程和远大目标。只有品达一人会毫无顾忌地从内部谈论创作过程,谈论它对他的意义是什么以及他希望它对其他人有什么样的意义,谈论它在他的宗教信仰和形而上学中占据的位置,谈论它在个人生活和公共生活中扮演的角色,谈论它是如何形成的,它的真正本质又是什么。品达不是文学理论家。他不像亚里士多德在《诗学》中那样,试图分析和定义诗歌的本质,抑或规定诗歌创作的规则。说品达像索福克勒斯写过《论合唱队》(περὶ τοῦ χοροῦ, 'Suid'. s.v. Σοφοκλῆς)那样写过什么作诗的技术手册,是不根之论,也绝对没有可能。他的观点加到一起算不上面面俱到,但至少品达谈及之时常常难掩兴奋与骄傲,也往往自有一种精辟。要想知道品达对自己的诗歌艺术有何想法,我们唯有通过那些被他随意穿插在诗歌各处的评论去推测。品达评论诗歌时用的是诗歌自身的语言,我们也要从这个角度去阐释他所说的话。他对诗歌的评说如此之多,本身就发人深省。看起来品达似乎感觉到了自己必须要论证和拔高自己的使命,因为合唱歌这种两个世纪以来一直反映和塑造着希腊贵族

---

[4] C. M. Bowra, *Greek Lyric Poetry* (Oxford, 1953), pp. 363 ff.

[5] 其他可能出自西蒙尼德斯的相关论说,见H. Fränkel, *Dichtung und Philosophie des frühen Griechentums* (Munich, 1962), p. 538 n.3。

的情感、愿景和信念的诗歌[6],当时正在被其他形式的诗歌取代。当希腊贵族的地位岌岌可危,合唱歌也随之风雨飘摇。品达倾注满腔热忱为合唱歌大声疾呼,坚信它是世界上最重要的事物之一,他不允许人们忽略它、贬低它、误解它。

品达的诗被称为"歌"(odes)恰如其分,因为它们原本就是用来唱的。当他用 μολπά【舞曲】、ἀοιδά【歌曲】、μέλος【乐曲】、ὕμνος【颂歌】等词来谈他的诗时,就是把它们当作"歌"来说的。他没有用过 ποίημα【诗】这个词。ποίημα 已知最早的出处是克拉提诺斯(Cratinus)的散文(fr. 186 K.),跟 ποιητής【诗人】一词几乎属于同一时代(Democr. fr. 18 D.-K.; Hdt. 2.23; 2.53.3; 2.156.6; 3.115.2; 5.95.1; 6.52.1),都跟对话或者散文有联系,因此不适合出现在高雅的诗歌里。品达说诗所用的四个词,前三个都简单明了,渊源有自,唯有第四个词 ὕμνος 含义有些微不同。ὕμνος 在古希腊后来的诗歌理论中专门表示直接献给神灵并且表演时没有任何伴舞的颂诗[7]。亚历山大里亚的学者们编纂品达的诗歌时(*Vit. Ambr.*, p. 3, 7 Dr.),将第一卷冠以 ὕμνος 之名,所指的应该就是这个意思[8]。阿尔克曼(Alcman)称赞缪斯女神卡利俄佩(Calliope)时用过 ὕμνος 一词(fr. 27. 3. P.),他口中的 ὕμνος 很可能指的就是一首真正的颂诗,像阿尔凯奥斯(Alcaeus)专门献给赫耳墨斯的那首(fr. 308 b 2 L.-P.),抑或像萨福所说的特洛伊人 ὕμνην【歌颂】赫克托尔和安德洛玛刻 θεοεικέλοις【像神一样】(fr. 44. 34 L.-P.)。品达使用 ὕμνος 的次数很多,巴居利德斯也用过 10 次,因此这个词应该是他们这种合唱歌的通用说法。也就是说,ὕμνος 的严格意义被拓展了,凯歌也被纳入 ὕμνος。但这再自然不过了,因为凯歌常常也在献给神灵的宗教节庆上演出,跟真正献给神灵的诗一样当得起颂诗这个名称。既然品达用这种眼光看待自己的诗歌,那么他把自己看得比荷马史诗的吟唱诗人那种纯粹的 ἀοιδός【歌唱者】重要得多,也就没什么好奇怪的。事实上,当品达使用 ἀοιδός 时,他用的总是复数,表示的是实际演唱一首诗的合唱队的队员

---

6 F. Dornseiff, *Pindar, übersetzt und erläutert* (Leipzig, 1921), pp. 5 ff.
7 H. Färber, *Die Lyrik in der Kunsttheorie der Antike* vol. ii (Munich, 1936), pp. 26–29.
8 J. Irigoin, *Histoire du texte Pindare* (Paris, 1952), p. 35.

(*P.*1. 3 & 94)或者按照传统方法表演荷马名下诗歌的游吟诗人(*N.* 2.1)。当他谈到自己的职能时,通常会用意象或者暗喻来表达,但要注意的是,他规避了更模糊的迂回说法,比如称自己为缪斯的 θεράπων【亲随】(Hes. *Theog.* 100; Bacch. 5.14),缪斯的 ὀπηδός【侍从】(Hom. Hymn 4.450),抑或缪斯的 πρόπολος【仆从】(Bacch. 5. 192)。他对自己的角色定位最清晰的地方是在说自己是 ἀοίδιμον Πιερίδων προφάταν【庇厄里亚女神的歌曲的先知】(*Pae.* 6. 6)的时候。要不是阿里斯提德斯(Aristides)误解了他的话,把 ἀοίδιμον 当作"被……歌唱的"(sung of)来解释,认为这是品达在自吹自擂(*Or.* 28.58),这个表述本没有任何理解的困难。事实上,ἀοίδιμον 的意思不是"被……歌唱的"。"被……歌唱的"也不是 ἀοίδιμος 一词仅有的释义。品达还用这个词表达过"歌曲的……"(of song)的意思(*N.* 3.79)。他说的 πότ᾽ ἀοίδιμον 意思就是"歌曲的饮料"(a drink of song),并且他还用这个词称呼俄耳科墨诺斯的美惠女神(Graces of Orchomenus)为 ἀοίδιμοι βασίλειαι,这个称呼的意思很可能是"歌曲的女王"(queens of song)而不是"在歌曲里被叙说的女王"(queens told of in song)[9]。如此一来,品达其实是把自己视作"缪斯女神的歌曲的先知"(the prophet of the muses in song),他宣称缪斯女神给他一道启示,他能领会并会用一定的形式把它传达给人们。这种认识比荷马的更明确,也更高级。荷马祈求缪斯女神歌唱阿喀琉斯的愤怒,或者讲述诡计多端的奥德修斯,在他眼中,缪斯女神既是消息的源泉,也是言语的源泉。可是品达却将缪斯女神的恩赐与他用缪斯女神的恩赐所做的事截然分开。这种做法或许跟萨福有些关系:萨福在诗中祈求缪斯来到她身边(frs. 127, 128 L.-P.),不过跟品达比起来,她说的话要隐晦和含糊得多。在品达的背后,我们可以远远地分辨出赫西奥德的说法,他讲起赫利孔山的缪斯时,说她们不但赐给他一根权杖,还吹给他一首神圣的歌 ἵνα κλείοιμι τά τ᾽ ἐσσόμενα πρό τ᾽ ἐόντα【让我歌唱将来和过去】(*Theog.* 32)。这跟先知预言的说法

---

[9] F. Dornseiff, *Pindar, übersetzt und erläutert*, p. 20; S. L. Radt, *Pindars zweiter und sechster Paian* (Amsterdam, 1958), pp. 107 ff.

差不多,品达信手将它拈出化为己用,极大地丰富了它的意涵。赫西奥德对于诗人的任务,看法大概是把缪斯女神赐给他的话原原本本传达出去就够了。品达则不同,他认为他的任务要比赫西奥德难得多:站在缪斯女神跟前时,他与缪斯女神的关系就跟神谕所里站在神灵面前的先知一样——他不但要接收女神的启示,还要将女神的启示转化为适当的式样以便能为人理解。这样说的诗人不是唯有品达一个。巴居利德斯洋洋得意地称自己为"受到紫色眼眸的缪斯女神启示的先知"(Μουσᾶν... ἰοβλεφάρων θεῖος προφάτας, 9.3),这很可能是在模仿品达。[10]但若他不是在模仿的话,那他就是在重复当时的通行观念,这就揭示出诗人的使命作为一种让人们领会神圣启示的方式当时被看得很重要。但巴居利德斯并没有在其他地方另行展开或再加阐发这种观念,而在品达的诗歌理念里这种观念却占据着核心位置。品达反复打磨和提炼它,让这种观念越来越贴合创作的实际。

如此这般标举自己的诗艺,品达势必要给它一个合适的称呼。我们原本料想他会不时用一用τέχνα【技艺】这个词,因为这个词至少也意味着要有精湛的手艺。品达用τέχνα描述过特尔基涅斯(Telchines)的神奇创造(O. 7. 50)、雅典娜发明的管乐演奏(P. 12. 6)、阿尔克迈翁的预言(P. 8. 60)、赫淮斯托斯为雅典娜(从宙斯头上)降生实施的外科手术(O. 7. 35),甚至还有缪斯女神的手艺(Pae. 9. 39)。可是,尽管上述活动都没有任何不成体统的地方,品达却没有用τέχνα来称呼他的诗作,之所以如此,也不是因为τέχνα有什么贬义,而是因为这个词还不够格。品达需要的是一个不单单只强调技巧的词。他发现σοφία【智慧】这个词才是最合适的[11]。用σοφία来描述诗作不是品达的创举。《致赫耳墨斯的荷马颂诗》就已经用τέχνη和σοφίη两个词的组合来描述音乐的艺术(Hom. Hymn 4. 483, 511);到梭伦的时代,σοφίη一词就可以用来描述诗歌(fr. i. 52 D)。梭伦之

---

[10] W. K. Prentice, *De Bacchylide Pindari artis socio et imitatore* (Halle, 1900), p. 35. R. C. Jebb, *Bacchylides: The Poems and Fragments* (Cambridge, 1905), p. 300引用了柏拉图关于鸟的评论(*Phaedr.* 262 d): "οἱ τῶν Μουσῶν προφῆται οἱ ὑπὲρ κεφαλῆς ᾠδοί."【缪斯的先知,头顶的歌唱者】

[11] B. Snell, *Die Ausdrücke für den Begriff des Wissens in der vorplatonischen Philosophie* (Berlin, 1924), pp. 1–20.

后，诗人伊比克斯（Ibycus, fr. 282/1. 13 P.）、特奥格尼斯（Theognis, 19, 770, 942）和克拉提诺斯（fr. 2 K.）不单单会用 σοφία 和 σοφός【智慧的】，还会用同源词 σοφιστής【智慧的践行者】和 σοφίζεσθαι【运用智慧】来表达类似的含义[12]。σοφία 并不一定比 τέχνη 更尊贵，品达也不是因为这个而倾向 σοφία，之所以用它，是因为它有品达想要强调的其他含义。虽然品达的观念跟亚里士多德提出的 σοφία 是 ἀρετὴ τέχνης【技艺的德性】（N. E. 1141ᵃ 12）没有源流关系，因为品达让 σοφία 的义项超出了纯粹 τέχνη 的范围，但是 σοφία 至少包含在社会上、道德上或者审美上出类拔萃的意味，这是 τέχνη 不具备的。塞诺芬尼（Xenophanes）无疑也是因为这个才在自己要调和哲学与诗歌时用了它（fr. 2. 12, 14, D.-K.），品达的想法势必也跟这个差不多。我们必须把品达对 σοφία 和 σοφός 的用法置放在这个大背景下。尽管品达描绘诗艺的某些方面或特色时，使用了借自手工艺的意象，但他并没有把自己的诗艺本身当作手工艺的一种。他的诗艺需要的不只是技艺，而这正是 σοφία 所默认的。σοφία 保留着大部分旧含义。说一位诗人有智慧，是因为他拥有特殊的知识。诗人的特殊知识不单单指他知道怎么正确作诗，还指他知道通过诗歌来揭示最重要的、独独被知会给他的东西。品达会用 σοφία 来叙说神灵阿波罗（P. 1. 12）和缪斯（N. 4. 2）的所做作为，把智慧抬到至高无上的地位。他还将 σοφία 用到自己身上，不过这也没有言过其实，因为它的源泉还是神灵，ἐκ θεοῦ【来自神灵】（O. 11. 10）抑或是 κατὰ δαίμονα【降自神祇】（O. 9. 28）。[13] 品达作诗虽有以此为业谋生的一面，但这同时也是他的天职，而且他的诗歌在服务于人的同时也服务于神。这从细微处看可谓又回到了荷马的观念：荷马在《奥德赛》中让阿尔喀诺俄斯向奥德修斯道贺，称赞奥德修斯讲述自己的经历时 ὡς ὅτ' ἀοιδὸς ἐπισταμένως【仿若一名歌唱者，有见识】（Od. 11. 368），这话至少暗示着诗人拥有一种特殊的知识。不过荷马这种古老的观念被品达极大地拓展、丰富并拔高了：过去，荷马史诗把诗人称为 δημιοεργός【匠

---

[12] T. W. Allen, "Theognis", *Proceedings of the British Academy* xx (1934), pp. 5 ff.; E. Harrison, *Studies in Theognis* (Cambridge, 1902), pp. 227–228.

[13] H. Gundert, *Pindar und sein Dichterberuf* (Frankfurt-am-Main, 1935), p. 62.

人、制造者】(*Od.* 17. 385),现在,品达说诗人是一种稀有的智慧之士。品达对自身地位的评价可以从他为自己的家乡忒拜所做的《狄奥尼索斯颂》看出来,他谈到自己时这样说:

ἐμὲ δ᾿ ἐξαίρετο[ν]
κάρυκα σοφῶν ἐπέων
Μοῖσ᾿ ἀνέστασ᾿ Ἑλλάδι κα[λ]λι[χόρῳ
(fr. 61. 18–20 Bo.; 70 b Sn.)

我被选拔为
信使,把智慧的言语
为缪斯送到轻歌曼舞的希腊去。

在品达的时代几乎再没有第二个人会这样说了。西蒙尼德斯说一个身体不健康的人无法从 σοφία 中得到快乐时(fr. 604/99 P.),他说的 σοφία 可能是"技艺"的意思。但是,尽管他被尊称为一个 σοφὸς ἀνήρ【智慧的人】(Plat. *Rep.* 1. 331 e),他现存的残篇没有宣示像品达为自己宣示的那种权威。此外,尽管巴居利德斯称自己为 προφάτας【先知】(9.3),而且他说"智慧"的人各不相同也很可能跟诗歌有关(fr. 5 Sn.),但是他没有大张旗鼓地谈自己的 σοφία。品达的智慧也不像赫拉克利特(fr. 56 D.-K.)、阿里斯托芬(*Pax*, 1096)和埃斯基涅斯(1. 142)等人众口一词归到荷马名下的那种智慧,因为他们说的时候想的是荷马教导给年轻人的做人的本分。品达通过强调自己是 σοφός,把自己跟其他大多数人都划清了界限。他承认其他诗人也当得起这个美誉(*P.* 3. 113; 4. 295; fr. 1. 7 Bo.),但他并没有说清究竟是哪些诗人,因此我们可以猜测他把自己当成 σοφός 最好的榜样。

品达强调智慧除非天生就有,否则没有人能获得它。在他为特隆(Theron)所作的凯歌中,他不容置疑地申说道:

σοφὸς ὁ πολλὰ εἰδὼς φυᾷ

> μαθόντες δὲ λάβροι
> παγγλωσσίᾳ κόρακες ὣς ἄκραντα γαρύετον
> Διὸς πρὸς ὄρνιχα θεῖον. (O. 2. 86–88)

> 智慧的是天生就见多识广的人，
> 　靠后天习得的人吵吵闹闹，
> 多嘴多舌，仿佛一双寒鸦徒然
> 对着宙斯的神鸟聒噪。

古代注疏指出，品达这里用双数表示寒鸦内有隐情："一对寒鸦"（γαρύετον）代表西蒙尼德斯和巴居利德斯。按照品达的标准，这两位都没有诗人理应生来就具备的真正的天赋[14]。这种说法可能有道理，不过就目前而言，这几句诗足以表明，品达认为自己的权威依赖的是天赋。他之所以这样认为，是因为他是φυᾷ【天生的】诗人，而不是μαθών【靠后天习得】。这种区分对他的世界观至关重要[15]。不单单是诗人，所有追求卓越和荣誉的人都必须生来就具备相当的天赋[16]。于是，在提及埃癸那的伟大英雄们尤其是忒拉蒙（Telamon）之后，品达继续说道：

> συγγενεῖ δέ τις εὐδοξίᾳ μέγα βρίθει.
> ὃς δὲ διδάκτ' ἔχει, ψεφεννὸς ἀνὴρ
> 　ἄλλοτ' ἄλλα πνέων οὔ ποτ' ἀτρεκεῖ
> κατέβα ποδί, μυρίαν δ' ἀρετᾶν ἀτελεῖ νόῳ γεύεται. (N. 3.40–42)

> 生来有好名声，一个人就会身负盛名。
> 要是一个人靠的是教导，他就会在黑暗中

---

[14] C. M. Bowra, *Problems in Greek Poetry* (Oxford, 1953), p. 81. 另见 C. M. Bowra, *Pindar* (Oxford, 1964), p. 122。

[15] H. Gundert, *Pindar und sein Dichterberuf*, p. 54.

[16] W. Marg, *Der Charakter in der Sprache der frühgriechischen Dichtung* (Würzburg, 1938), p. 96; M. Untersteiner, *La formazione poetica di Pindaro* (Messina-Florence, 1951), p. 89.

飘来荡去，在哪里都不能踏踏实实
走到台前，数不清的荣誉只能在无穷无尽的脑海中品味。

品达相信，这样的人跟天生要成就一番事业的人去比拼，不论是歌唱，还是做事，都注定徒劳[17]。这植根于他对出身和养育的信仰，也正是这种信仰在强调诸如此类的天赋来自神灵。于是，在列数奥浦斯的厄法耳谟斯图斯（Epharmostus of Opous）的比赛佳绩后，他说道：

τὸ δὲ φυᾷ κράτιστον ἄπαν. πολλοὶ δὲ διδακταῖς
ἀνθρώπων ἀρεταῖς κλέος
ὤρουσαν ἀρέσθαι.
ἄνευ δὲ θεοῦ σεσιγαμένον
οὐ σκαιότερον χρῆμ᾽ ἕκαστον. (O. 9. 100–4.)

天生的都是最强的。许多人
靠着被教来的才能
妄图赢得荣誉。
没有神，沉默无闻
不会让任何一个事物更糟。

任何一项活动里值得做的事情都要靠神灵的支持和协助才能取得成功。品达把自己跟他歌颂的获胜者放到同一个水平线上，因为两者赢得成功靠的都是生就的天赋，而且也都是天性使然，不得不把天赋展现出来。

品达并不是说诗人不需要学习和掌握作诗的技艺，而是说如果一个人不是生来就有作诗的天分，那么强行去学习并无用处。要是生来有天分，那么他就必须在缪斯女神送来馈赠时充分利用并且跟缪斯女神通力合作。这当然有不止一种方式去实现，不过品达自己

---

[17] H. Gundert, *Pindar und sein Dichterberuf,* p. 18; G. Coppola, *Introduzione a Pindaro* (Rome, 1931), p. 223.

采用的方式，他讲得明明白白。尽管有时候他会把缪斯女神几乎跟唱歌这件事等同起来（P. 1.58; N. 1. 12; 10. 26），但这来自对缪斯女神在他的艺术生涯中所扮演的角色的更为确切的认识。这种认识的直接源头就是品达认为他是神灵和人类的中介。在下面这句诗中，我们或许能完整理解他的本意：

μαντεύεο, Μοῖσα, προφατεύσω δ' ἐγώ. (fr. 137 Bo.; 150 Sn.)

你发布神谕，缪斯，我来做出解释。

这句话没有任何产生误解的地方。站在缪斯跟前的品达与德尔菲站在皮提亚（Pythia）跟前的祭司一样。皮提亚是阿波罗神的发声筒，神的指令也不直接传给品达，而是通过缪斯转达，然后再由品达解释整理[18]。品达没有把诗人当作一个只是用来承载天上神灵赐予的启示的容器，而是认识到诗人有他自己要凭天生的才能去努力完成的使命。不过要做到这一点，第一步是缪斯女神先把某种工作必需品给他送来。他完全没有自己可以随时随地、随心所欲地作诗的意思。他要依靠缪斯来迈出第一步，要靠缪斯一直支持他，还要缪斯给他工作所需的材料以及他处理材料所需的精气神。他相信，缪斯女神带来的心境才让自己能施展自己的天赋并付诸笔墨。缪斯女神有能发动他的东西，他要做的是把这种东西用到极致。

如此一来，缪斯不但积极推动了创作，还带来了令人兴奋、陶醉又文思泉涌的心境，让诗人随着某个主题或者某个主题所代表、暗示的东西越陷越深，以至于打破自己熟知的规矩，决然投身于词语的艺术之中。缪斯女神吸引他、蛊惑他的这种力量中有一种类似魔法的东西，品达把它比作求爱巫术里用到的歪脖鸟[19]：

---

18 E. R. Dodds, *Greeks and the Irrational* (Berkeley, 1951), p. 82; M. Untersteiner, *La formazione poetica di Pindaro*, p. 49.

19 见 A. S. F. Gow, *Theocritus* vol. ii (Cambridge, 1950), p. 41; P. von der Mühll, "Bemerkungen zu Pindars Nemeen und Isthmien", *Museum Helveticum* xiv (1957), pp. 128–130。

ἴυγγι δ᾽ ἕλκομαι ἦτορ νεομηνίᾳ θιγέμεν. (*N*. 4. 35)

歪脖鸟驱使我把心转向新月之宴。

很多时候，这种心境的力量势不可挡，于是神灵自然而然就被指认为源头。有一些诗人即便实际上没有召唤这种力量的能力，也频频进入这种心境，以至于他们理所应当地期待，只要能操弄它诱导它就能从中得到好处。当这种力量到来时，影响非常之大，会让诗人在试图掌控它的同时也被它所裹挟。正是这种体验在背后支撑着品达，让他用鹰的意象来代表自己。当然鹰的意象还有其他内涵，毕竟鹰是百鸟之王，翱翔在远离地面的高空。不过品达对它的用法把关注点落到缪斯作用于诗人时带来的所向披靡的创造力上。每当这种时候，空间和时间对他来讲都失去了意义，他猛冲到他的主题上，就像鹰飞越海洋：

καὶ πέραν πόντοιο πάλλοντ᾽ αἰετοί. (*N*. 5. 21)

鹰也在飞越海洋时俯冲。

这样的飞翔中有一种力量是猛烈的、近乎野蛮的，不受任何束缚，也不受任何阻碍。当品达把自己比作一只从远处捕获猎物的鹰，他的意思是说自己在这种氛围里不受任何东西的制约，他出击的速度无可匹敌，他瞄准的目标精准无比[20]。

ἔστι δ᾽ αἰετὸς ὠκὺς ἐν ποτανοῖς,
ὃς ἔλαβεν αἶψα, τηλόθε μεταμαιόμενος,
δαφοινὸν ἄγραν ποσίν.
κραγέται δὲ κολοιοὶ ταπεινὰ νέμονται. (*N*. 3. 80–82)

20　古恩德尔特把此处跟这首诗的第41—42行联系起来，见H. Gundert, *Pindar und sein Dichterberuf*, p. 18。

> 飞鸟之中迅疾的是鹰,
> 它从远方俯冲而下,猛然
>   把血迹斑斑的猎物用爪子擒住。
> 哑哑聒噪的寒鸦则盘旋在低处。

鹰是"宙斯的神鸟"(*O.* 2. 88),跟它的主人一样,一旦确定了攻击目标,就毫不克制、毫不松懈。生来没有天赋的假诗人、差诗人不论速度还是目标都不可能指望跟它一较高下,更不要说能达到跟它一样的高度,他们只能守在卑下、不思进取的地方偷安。品达并没有说缪斯不会造访他们,他确定的是这样的诗人没有能力去恰当运用缪斯的恩赐,由于缺乏天赋,说话也词不达意,他们的雄心势必有限。

古代注疏家说"哑哑聒噪的寒鸦"指的是巴居利德斯(schol. *N.* 3. 143, p. 62. 7 Dr.)。虽然现在这种说法终究无法证实也无法证伪,但不是一点儿可能都没有[21]。毕竟,巴居利德斯留下了描摹诗歌之鹰最丰富的诗句,这出自他为叙拉古僭主希耶罗庆祝公元前476年在奥林匹亚赛会上取得赛马冠军所作的凯歌。如果古代注疏家说得对,那么品达之言就是对巴居利德斯的绝妙反讽。巴居利德斯说,雄鹰相信自己的力量不受任何东西的制约,见到雄鹰划破长空,群鸟吓得瑟瑟发抖:

> οὔ νιν κορυφαὶ μεγάλας ἴσχουσι γαίας,
>   οὐδ᾽ ἁλὸς ἀκαμάτας
> δυσπαίπαλα κύματα. νωμᾶ-
> ται δ᾽ ἐν ἀτρύτῳ χάει
> λεπτότριχα σὺν ζεφύρου πνοι-
> αῖσιν ἔθειραν ἀρίγνω-
> τος μετ᾽ ἀνθρώποις ἰδεῖν. (5. 24–30)

> 鹰没有被广袤大地上的山峦束缚,

---

21 C. M. Bowra, *Problems in Greek Poetry*, pp. 73 ff.

也没有被翻滚不息的海上
奔腾的海浪约束。他翱翔
在无垠的苍穹，
翎羽随着西风的
吹拂翕动，毫发毕现
于人类眼前。

品达说的点巴居利德斯都提到了，并且还表现出与品达一样的自信与骄傲。他郑重有力地传达出诗歌之鹰真正翱翔时他对诗歌的信心，并且还指出一旦诗歌之鹰开始翱翔，就没有什么东西能够阻挡它、困住它。这话听起来的确更适用于品达而不是他自己，我们很难不去揣测，巴居利德斯在此是因为品达也为庆贺希耶罗的胜利创作了《奥林匹亚凯歌》第一首，有意跟品达在凯歌的领域一较高下，力图为自己谋取像品达那样的名位和声势。不过，他贴切又全面地展现了品达的"诗歌之鹰"的意思——对各种元素都了如指掌，想实现的愿望和所努力的目标都不受局限。[22]

当缪斯对品达产生效力时，品达留意到缪斯的行动有不同的阶段并用自己的话去把它表达出来。除非他确认缪斯与自己同在，否则品达不会开始歌唱。在为库瑞涅的阿耳刻西拉斯（Arcesilas of Cyrene）所作的长诗《皮托凯歌》第四首开头，他切入正题之前先告诉缪斯她必须在场。品达无疑相信缪斯一定会在，他要确保的是自己能够得到缪斯的全力支持：

ὄφρα κωμάζοντι σὺν Ἀρκεσίλᾳ,
Μοῖσα, Λατοίδαισιν ὀφειλόμενον Πυ-
θῶνί τ᾽ αὔξῃς οὖρον ὕμνων. (P. 4. 2–3)

一旦阿耳刻西拉斯欢庆得胜，

22　巴居利德斯可能效仿了伊比库斯对伽倪墨得斯被劫持之事的叙述（fr. 289/8 P.），见 C. M. Bowra, *Greek Lyric Poetry*[2], p. 259。

> 缪斯,请你报答勒托的后裔和皮托,
> 　　刮起颂歌的和风。

和风(οὖρον)是带着品达穿过那条冒险、漫长又艰难的事业之路的驱动力,这个词不但充实和强化了诗人依靠的神圣气息(*O.* 6. 83)的概念,还把它放在了一个新方向:它暗示歌曲就像顺风航行的船,而船这个意象品达也是用过的(*P.* 11. 39; *N.* 3. 26),表达的是任务的艰险。巴居利德斯也用过船的意象,为的是说明他的歌曲会带来丰厚的财富(16.1 ff.)[23]。品达充分意识到他需要这样一种力量来推动自己加速前进。但在另一个地方他改变了意象,希望自己本身就能拥有这种力量:

> εἴην εὑρησιεπὴς ἀναγεῖσθαι
> πρόσφορος ἐν Μοισᾶν
> δίφρῳ. τόλμα δὲ καὶ ἀμφιλαφὴς δύναμις
> ἕποιτο. (*O.* 9. 80–83)

> 但愿我找到言语往前讲,
> 配得上缪斯
> 的马车。但愿勇气和无穷的力量
> 伴随我。

如果品达要在歌唱时引领歌队,他就需要勇气和力量。他明示了这么说是什么意思,因为他祈求自己配得上驾驭缪斯女神的马车。马车的意象西蒙尼德斯用过,指的是胜利(fr. 79. 3-4 D.),意味着排场和荣誉。品达用它来形容歌曲时,更多指的是飞驰电掣的体验给人的心神带来的冲击与震撼。他在其他地方对马车意象的使用多多少少都带有这种意味(*P.* 10. 65; fr. 109.1 Bo., 124 Sn.)。开始作诗之

---

[23] G. Kuhlmann, *De poetae et poematis Graecorum appellationibus* (Marburg, 1906), pp. 25–26.

前,他跟临上场的车手一样心潮澎湃,并且他的精神高度集中也需要同样的品性。

当品达面临创作一首诗的挑战,他会调动自己所有的力量,准备好创作这首诗所需的一切功夫。这样做的过程中,他发现自己的力量变强了,迫不及待地想开始。有些主题显然对他有特别的吸引力,一开始就让他感到兴奋。碰到这些主题时,他把自己看作一名摆好预备姿势的运动员:

> εἰ δ' ὄλβον ἢ χειρῶν βίαν ἢ σιδαρίταν ἐπαινῆ-
> σαι πόλεμον δεδόκηται, μακρά μοι
> αὐτόθεν ἅλμαθ' ὑποσκά-
> πτοι τις. ἔχω γονάτων ἐλαφρὸν ὁρμάν. (N. 5. 19–20)[24]

> 如果决意要去歌颂福祉,或者强大的手腕,
> 或者铁甲铜盔的战争,请为我
> 远远地从这里挖
> 一个沙坑。我的双膝弹跳轻盈。

当品达被一个能激发他的想象并让他整个人都沉迷不已的题目所俘获,他感觉自己本身就有无穷无尽的资源去发展它,并把它做到极致。他竭力下功夫去做并且相信自己一定能做好。这种信心也不仅限于单单一首诗歌。对某些主题,他还期望以后会有新的场合来继续庆贺,确信自己的力量能够驾驭它。因此在为希耶罗所作的一首长诗的尾声,品达暗示道,不管君主取得的成就是什么,他都有能力迎接它们的挑战:

> ἐμοὶ μὲν ὦν
> Μοῖσα καρτερώτατον βέλος ἀλκᾷ τρέφει. (O. 1. 111–112)

---

24 我接受马斯的校正,调换了最后两个词的顺序并用ελαφρὸν取代ἐλαφρὰν,见 P. Maas, *Greek Metre* (Oxford, 1962), p. 41。

> 现在为了我，
> 缪斯把最强大的武器勇敢地举起。

他差不多已经完成了《奥林匹亚凯歌》第一首，但是他的作诗力量仍很活跃，甚至已经开始展望另一个题目，他骄傲地宣告自己将用妥帖的方式说出适合这个题目的内容。当缪斯把激情施于品达，品达的创作看起来轻松自如。也许是缪斯启发他、辅助他，但是做起缪斯要求的事，他不会有任何难处。

品达对诗歌的这种观点正好位于古希腊人熟悉的两种极端看法的中间点。一种看法认为，诗歌是灵感的问题而非其他，诗人被神灵附身，是神灵向人类传递启发灵感的话语的通道[25]。相当吊诡的是，提出原子论的科学家德谟克利特就持这种观点，他提到荷马时说 Ὅμηρος φύσεως λαχὼν θεαζούσης ἐπέων κόσμον ἐτεκτήνατο παντοίων【荷马拥有神灵赐予的天分，他为所有种类的话语制作了体例】(fr. 21 D.-K.)，因此德谟克利特的意思是，即便作为匠人，他也被超自然力量所驱使。同样地，诗歌的魅力被他归因给灵感的源头，至于天赐的灵感也需要编排和整理他却不置一词，ποιητὴς δὲ ἅσσα μὲν ἂν γράφῃ μετ᾽ ἐνθουσιασμοῦ καὶ ἱεροῦ πνεύματος, καλὰ κάρτα ἐστίν【诗人伴着迷狂和神灵的气息书写的一切，是美的极致】(fr. 18 D.-K.)。这种把诗歌看作非理性活动的观点后来又被柏拉图继承和发展，他的对话录中苏格拉底把诗人们看作 ἐνθουσιάζοντες ὥσπερ οἱ θεομάντεις καὶ οἱ χρησμῳδοί【迷狂之时跟神灵的祭司和歌唱神谕的人一样】(Apol. 22 c)，但是苏格拉底不赞同旧观点所暗示的诗歌来自神灵，他声称缪斯就在诗人之内，ἄλλη τις Μοῦσα πάλαι σε ἐνοῦσα ἐλελήθει【另一个缪斯一直在你体内藏着】(Crat. 428 c.)。这肯定会让品达大吃一惊，就像德谟克利特把诗歌完全归功于灵感或者神灵附体在他看来肯定大错特错一样。对于品达来说，被附身的不是诗人，而是缪斯。另一种看法品达肯定也不赞同，即诗歌是一门 τέχνη，跟其他技艺一样，通过教导和学习就能掌握。这种观点虽然在当下的表述里不占

25　E. R. Dodds, *Greeks and the Irrational*, p. 82.

一点儿优势，但在公元前5世纪下半叶，不少迹象表明它占上风，苏格拉底当时要费一番功夫反驳它[26]。这种观点强调诗歌跟其他美术一样需要掌握专门的技巧并非全然不对，不过品达的重点不是这个。他强调单靠技巧是不够的，因为诗人必须具有一种特别的σοφία，这种智慧是生就的，不是习得的。对此他坚信不疑，这促使他把其他诗人贬斥为乌鸦（O. 2. 86），说他们比偷偷摸摸捡食腐肉的鸟兽强不了多少，和擅长模仿其他鸟儿叽叽咕咕学舌的渡鸦差不多[27]。他甚至还称一个跟他叫板的诗人为猴子，说孩子们觉得他好笑极了，因为他非常擅长模仿比自己优秀的人（P. 2. 72）。这种观点所欠缺的东西就是品达认为诗歌最重要的东西——知识，它相当于神灵的启示，这是诗人通过缪斯得到的。品达避开了这两种极端的观点。他肯定认为自己的力量来自缪斯，并且认为自己要竭尽所能地充分、相称地表达这种力量。不论从诗歌里刨除灵感还是刨除技巧，都会破坏诗歌的本质。他相信，诗人即便不是在充分意义上 ἔνθεος【被神附身的】，也是缪斯女神的先知，必须把神赐予自己的资源利用到极致。

  品达专注又透彻地观察自己的创作过程并且用他所能用的唯一一种方式——意象——把过程描述出来。既然缪斯为他带来创作的心境，也把材料不加区别提供给他，让他赋予动人心弦的形式，那么他在一首既定的诗里就会受到缪斯来来去去的影响，就会被缪斯的奇思妙想和千变万化所干扰。在一个宏大又丰富的题目上发力时，他会发现自己被一种无意识的冲动驱使着偏离最初的方案。这自然而然就会被算到缪斯任性而为的头上。早期有几位诗人意识到了这一点，并把这种情况形象地表达为一只蜜蜂在采蜜[28]：

    ἁ Μοῦσα γὰρ οὐκ ἀπόρως γεύ-
     ει τὸ πάρον μόνον, ἀλλ᾽ ἐπέρχεται

---

  26 A. E. Taylor, *Plato* (London, 1926), pp. 38–41; E. E. Sikes, *The Greek View of Poetry*, pp. 67 ff.; U. von Wilamowitz-Moellendorff, *Platon* vol. i (Berlin, 1920), pp. 476 ff.
  27 C. M. Bowra, *Problems in Greek Poetry*, pp. 80 ff.
  28 G. Kuhlmann, *De poetae et poematis Graecorum appellationibus*, p. 15.

πάντα θεριζομένα. (fr. 947 (a) P.)²⁹

> 缪斯不会无助地呫摸
> 跟前仅有的东西，而会前往各地
> 采集一切。

西蒙尼德斯的诗歌曲调柔美，乐章雅致，配上这个意象再自然不过了。他下面这句诗肯定也是在说诗歌：

ὁμιλεῖ δ᾽ ἄνθεσι
ξανθὸν μέλι μηδομένα. (fr. 593/88 P.)

> 她以花朵为伴，
> 谋求金色的蜜糖。

他的外甥巴居利德斯沿用了这个想法，说自己是νασιῶτιν… λιγύφθογγον μέλισσαν【岛上嗓子清亮的蜜蜂】(10.10)。顺着这种说法，阿里斯托芬把这个意象用在佛律尼库斯 (Phrynichus, *Av.* 744) 身上。品达看到了这一点，在早期献给塞萨利的希波克勒阿斯 (Hippocleas of Thessaly) 的一首诗中，也给自己做了一个类似的比方，当时他突然终止了对极北族人 (Hyperboreans) 的叙述，说自己必须停下船桨：

ἐγκωμίων γὰρ ἄωτος ὕμνων
ἐπ᾽ ἄλλοτ᾽ ἄλλον ὥτε μέλισσα θύνει λόγον. (*P.* 10. 53–54)

> 颂歌赞美的精华

---

29 维拉莫维茨试图把这几句诗归到斯特西考鲁斯 (Stesichorus) 名下，见 U. von Wilamowitz-Moellendorff, *Sappho und Simonides* (Berlin, 1913), pp. 150 ff.。很早之前这几句诗被乌尔西努斯 (Ursinus) 归在西蒙尼德斯名下，他在这几句诗前引了西蒙尼德斯的名字，这遭到了博亚斯 (Boas) 的反驳，见 M. Boas, *De Epigrammatis Simonideis* (Groningen, 1905), p. 95。详参 M. Treu, *Von Homer zur Lyrik* (Munich, 1955), p. 237。

从一个话题冲到另一个话题,像蜜蜂一样。

他在一首献给埃癸那人的诗里用了一个不同的意象,但用意相似。这首诗从赫拉克勒斯的事迹开始讲起,也许是品达意识到赫拉克勒斯的事迹并不全然适合,于是他停下来问道:

θυμέ, τίνα πρὸς ἀλλοδάπαν
ἄκραν ἐμὸν πλόον παραμείβεις; (*N.* 3. 26–27)

心,去哪个异乡的港口,
你让我偏离航行的方向?

以上这两种情况,他都没有把问题太当回事。他很清楚自己在做什么,坦陈自己明显任性了,并且还毫不歉疚和后悔。他的发散不是漫无边际,他说过又撂开的那些点对他的主题来说也足够恰当。他碰到一个好主意并把它精心处理好,然后就掉头离开。或许是他的天赋把他带到了比原定的地方更远的所在,但是这并没有让他的诗歌脱节。恰恰是他的处理方式表现出他很清楚创造精神如何运作,清楚它的压力在某些节点非常之大,以至于他必须要及时控制并把它切断。

品达知道,创作一首诗时他必须把不同的灵感念头用一种模式综合到一起。这种情况他用编制花环的意象来表达[30],比如他编了一个 ποικίλον ἄνδημα【斑斓多彩的头冠】给阿密塔俄尼达家(Amythaonidae)(fr. 169 Bo.; 179 Sn.),抑或是他织了一首 ποικίλον ὕμνον【斑斓多彩的颂歌】(*O.* 6.87)。这个意象至少可以追溯到萨福,她将神灵爱洛斯(Eros)称作 μυθόπλοκος【神话编制者】(fr. 188 L.-P.),并且巴居利德

---

[30] 贺拉斯使用过这个意象(Horace, *C.* 2. 27 ff.),这被认为是从西蒙尼德斯那里学来的,见 U. von Wilamowitz-Moellendorff, "Pindars siebentes Nemeisches Gedicht", *Sitzungsberichte der Preussischen Akademie der Wissenschaften* (1908), p. 340 n.1; H. Fränkel, *Gnomon*, xxv (1925【年份似有误,应为1953——译者按】), p. 388; E. Fraenkel, *Horace* (Oxford, 1957), p. 435。

斯也有相似的说法：ὑφάνας ὕμνον【编织歌曲】(5.9) 以及 ὕφαινε... τι καινόν【编织新东西】(19.8)。但是品达似乎觉得这个意象虽然本身够有用了，却不能充分传达创作的全部内涵，特别是它会让人误以为诗歌的结构比实际的更简单[31]。或许其他诗人是这样做的，但品达自己的诗艺则更为复杂，需要有更好的天分。这是他讲起自己的诗歌时热情洋溢的描述背后潜藏的信念：

> εἴρειν στεφάνους ἐλαφρόν. ἀναβάλεο. Μοῖσά τοι
> κολλᾷ χρυσὸν ἔν τε λευκὸν ἐλέφανθ' ἁμᾷ
> καὶ λείριον ἄνθεμον ποντίας ὑφελοῖσ' ἐέρσας. (N. 7.77–79)

> 编冠冕容易。放手弹！缪斯为你
> 同时把黄金和洁白的象牙
> 跟从海洋的露水里取来的百合花镶在一起。

看起来品达似乎认为像编花冠那样作出来的任何诗都够不上他自己的标准，因为真正的诗歌全然是一种更罕见、更精细的东西，它有自己的色彩，它有黄金、洁白的象牙和红色的珊瑚[32]，它的模式和质地必定多种多样，它的光泽不同凡响，它的力量源源不断，它的构造并不机械。这样的意象展现了品达作诗之时的所思所想，展现了他要求的技巧高到了什么程度，他追求在光泽和质地上达到什么样的效果，以及如何紧密地把不同的材料加工到一起。但做到这一点的不是他，而是缪斯。缪斯提供罕见又丰富的题目并把它们汇合在一起，品达的使命是做缪斯的代理人，确保这项工作顺利完成。因为缪斯提供了这样的前景，所以品达就放手奏响他的歌曲。高超的技巧在创作情绪的作用下被付诸行动并把主导这种情绪的精神也吸纳进来。

---

[31] G. Kuhlmann, *De poetae et poematis Graecorum appellationibus*, p. 6; J. Duchemin, *Pindare, Poète et Prophète* (Paris, 1955), pp. 243–246.

[32] G. Norwood, *Pindar* (Berkeley, 1945), pp. 107–108; J. Duchemin, *Pindare, Poète et Prophète,* pp. 243–246; H. Fränkel, *Dichtung und Philosophie des frühen Griechentums*[2], p. 560; W. Schadewaldt, *Der Aufbau des Pindarischen Epinikion* (Halle, 1928), p. 321.

品达本着某种类似的想法把他的诗歌比作一件精致的头饰：

Λυδίαν μίτραν καναχαδὰ πεποικιλμέναν. (N. 8. 15)

吕底亚头饰，叮叮当当，斑斓多彩。

这样的头饰估计跟阿尔克曼抑或萨福诗里的那种差不了太多。在阿尔克曼的诗中，少女们抱怨她们没有 μίτρα Λυδία, νεανίδων ἰανογλεφάρων ἄγαλμα【吕底亚头饰，紫色眼睛的少女的礼物】(fr. 1. 67–69 P.)。萨福说她买不起她的女儿克莱伊思（Cleïs）想要的 μιτράναν ποικίλαν【斑斓多彩的头饰】(fr. 98 (a) 10–11 L.-P.)。品达讲述自己的作品时，快乐之情呼之欲出，揭示出他对理想工艺水平的要求到底有多高。我们没有理由不去深挖头饰这个意象的含义，也没有理由不去假定这种头巾上确实缝有铃铛。[33] 品达的诗歌不单凭光彩吸引人，也靠音乐吸引人。不论他描述他的诗歌时用的是视觉词汇还是听觉词汇，他的诗歌都是反复锤炼的产物，大胆又动人，自成一派。不论他把诗歌看作一件精美的金属制品还是一件精致的刺绣作品，无疑都把它看得不同寻常，是没有灵感启发的其他诗人完全做不到的。

    品达作诗的方式，如他自己所说，跟我们知道的其他诗人比起来也不算陌生。他把灵感理解为一种能把他整个人调动起来并推动他完成任务的力量。这意味着他不单单靠神灵降临来启动工作，还要神灵伴着他完成工作并把他的工作保持在恰当的表演水准。不过跟其他诗人一样，他不能一直保证某个赞助人要他创作的题目会让他发挥出最佳水平，抑或对他的吸引力能经得起考验。尽管竞技赛会上夺冠所意味的一切肯定都占据了他的心神，让他目眩神迷，但他感受到的不可能一直是同等的力量。不过他通常看起来对自己有足够

---

[33] 维拉莫维茨认为这跟《尼七》的意象相同（N. 7. 77–79），并且 καναχαδά【叮叮当当】指的并不是诗歌的声音，见 U. von Wilamowitz-Moellendorff, *Pindaros* (Berlin, 1922), p. 406。但是此处没有迹象表明这是象牙、黄金或珊瑚的声音。此外，尽管我们没有很大的必要去接受古代注疏家的说法，即这首歌采用了吕底亚调式，但我们有足够的理由去在可见的范围内挖掘这个意象，尤其是虑及品达提到过 καναχαὶ αὐλῶν【簧管叮叮当当】(P. 10. 39)。

的信心，认定缪斯将会与他同在，并给他助力。当他在《皮托凯歌》第四首或《尼米亚凯歌》第三首的开头呼唤缪斯时，他毫无疑问缪斯会回应他，并且他还不止一次声称缪斯已经对他施力，已经降临到他身上，如《奥林匹亚凯歌》第三首说的 παρέστα【降临】(O. 3. 4)，《尼米亚凯歌第9首》说的 κωμάσομεν, Μοῖσαι【我们一起歌唱，缪斯】(N. 9. 1)。但是他必定很大程度上受制于赞助人的意愿，也不可能一直用同等的兴致和热情来回应他们的意愿。他必定会遇到他的主题不能充分点燃他的想象力的时候，这种时候不论他花费多少心力都不能遮掩。我们自己就能感受到这种情况，罗列夺冠场次就是一种。他在这种段落里用了一种不寻常但也没有什么灵感的手法，还有一些其他段落，他甚至连创作的冲动都不能维持，乃至于失手。虽然这种主观印象不能给我们太多发挥的空间，但是我们至少要承认"朗吉努斯"(Longinus) 把品达和索福克勒斯并置显然有独到之处：

  ὁ δὲ Πίνδαρος καὶ ὁ Σοφοκλῆς ὁτὲ μὲν οἶον πάντα ἐπιφλέγουσι τῇ φορᾷ, σβέννυνται δ᾽ἀλόγως πολλάκις, καὶ πίπτουσιν ἀτυχέστατα. (de Sub. 33.5)

  品达也好，索福克勒斯也好，有时候会把所有话题一下子全都点燃，却又往往没什么话可说，不得不灭了话头，甚至还会（让话头）急转直下一败涂地。

"朗吉努斯"没有引用任何实例来支撑他的观点，不过他却验证了我们对品达的印象：他不能自始至终都把他的作品保持在同等精彩的水平。这其实正在我们意料之内，因为品达是一位依靠灵感来创作的诗人，而他又常常不得不去围绕那些不能全方位给他带来灵感的主题创作诗歌。实际上有迹象表明品达对这一点也心知肚明，有时候他一定要等合适的创作时机到来之后才会对自己的主题做出相应的处理。他在《尼米亚凯歌》第三首说他的诗歌来得 ὀψέ περ【太晚】，不过他强调它到来时就像老鹰俯冲一般，诗歌的表演会充分证明这一点。品达必须等到他的主题在脑海中成熟到能鼓动他把自己的全部才能都释放出来的时刻。类似的情况见于他为罗克里的哈革西达穆斯（Hagesidamus of Locri）创作的两首诗。哈革西达穆斯于公元前476年在奥林匹亚赢得青年拳击比赛[34]，品达先在现场为他这次夺冠创作了一首短诗，是为《奥林匹亚凯歌》第十一首。这首短诗紧扣夺冠场合的重要性，向获胜者及其家乡致以崇高的敬意。品达在诗里承诺，要给野生橄榄枝编成的冠冕配上一个 κόσμον ἀδυμελῆ【曲调甜美的首饰】（11—14），也就是一首以后表演用的完整长诗。长诗很可能是哈革西达穆斯返回家乡时用的，此即《奥林匹亚凯歌》第十首。品达创作它时似乎遇到了某种困难，一拖再拖。这或许是他造访西西里导致的，西西里之行给他带来了不少变数，不过他在这首诗一开头为自己忘记欠着哈革西达穆斯一首诗表示歉意，说时间的流逝让他为自己感到羞愧。之后他话锋一转，辩称现在一切都好了：

ὁμῶς δὲ λῦσαι δυνατὸς ὀξεῖαν ἐπιμομφὰν
  τόκος. ὁρᾶτ᾽ ὦν νῦν ψᾶφον ἑλισσομέναν
ὁπᾷ κῦμα κατακλύσσει ῥέον,
ὁπᾷ τε κοινὸν λόγον
φίλαν τείσομεν ἐς χάριν.[35] (O. 10. 9–12)

然而同样有力量免除尖刻指责的
  是利息。现在请看奔涌的波浪
怎样冲没翻滚的砂石，
我们又怎样把共同的话题
偿还给友爱的快乐。

---

[34] 布恩迪认为没有任何证据表明这两首诗之间存在联系，不过两首诗是为同一个获胜者所作，见 E. L. Bundy, *Studia Pindarica* vol. i (Berkeley, 1962), p. 1。但是，《奥十一》的确许诺了一首诗，《奥十》也的确依照承诺还了债。

[35] ὁρᾶτ᾽ ὦν 是施耐德温（Schneidewin）对抄本中不合格律的 θνατῶν 的校正。图林（Turyn）的校本保留了 θνατῶν。施耐德温的校改也改善了这句话的结构，但这并不是采纳 ὁρᾶτ᾽ ὦν 的主要原因。

这个意象不是来自海洋，因为在品达的世界里海洋波澜不惊，而是来自泛滥的河流：暴涨的河水席卷河边的砂石，大杀四方[36]。这首诗的创作被延后，品达感到自己重整旗鼓了，现在他为获胜者提供的远比他之前给予的要多得多。隔一段时间再次回到原来的题目上，品达发现自己的力量比之前运转得更自如、更丰沛，而且缪斯女神也前来帮助他：开始歌唱后，他马上在第三句诗就呼唤缪斯女神。

　　品达知道他希望产生的效果是什么，也知道一首诗应该具备什么品质，不过从表面看，他对诗歌的两种基本态度似乎有一些矛盾。一方面，他用意象传达出诗歌的稳定、持久和永恒不变的特点，另一方面他也用意象传达出诗歌的力量、运动和活力。这种矛盾是诗歌的本质所固有的，因为诗歌既要用固定的终极形式体现神的启示，也要施展各种各样的强烈影响。品达对此一清二楚，通过选用不同的意象表现诗歌的内涵，他从不同的角度说明了诗歌是什么。本来诗歌的恒久性用一些意象一下子就显豁了，但是品达通常还会再加一些指向其他特质的东西，以求在佐证持久的同时强调它的卓越。比如在为埃癸那青年提马萨耳库斯（Timasarchus）作诗时，品达对这个男孩死去的父亲说，他的儿子正在为他打造一个 στάλαν Παρίου λίθου λευκοτέραν，"比帕洛斯大理石还要洁白的墓碑"（N. 4. 81）。抛开别的不说，这首诗将会是一座永垂不朽的丰碑。它除了具有白色大理石那样的独特光彩，还拥有一切此类纪念物的庄严肃穆之美。[37] 这个意象不但超越了持久的理念，还把它转化并具体化了。在为埃癸那人得尼阿斯（Deinias）和墨伽斯（Megas）所作的诗中，品达又一次提到了 ἐλαφρὸν λίθον Μοισαῖον，"缪斯轻盈的石头"（N. 8. 46）[38]。这是一个大胆而矛盾的意象，它的意义在于即便我们说诗歌是坚固的纪念碑，它依然还是一首诗，依然有诗歌如空气一般轻盈的特质。在这个意象上，品达把他的诗艺的两个主要方面——永垂不朽的持久

---

[36] 阿里斯托芬使用了差不多同一个意象来说克拉提努斯（*Eq.* 527–529），克拉提努斯也用这个意象形容过自己（fr. 7 K）。

[37] J. Duchemin, *Pindare, Poète et Prophète*, p. 196.

[38] ἐλαφρὸν 是柏克（Bergk）对抄本中无从解读的 λάβρον 的校正。图林（Turyn）的校本保留了 λάβρον。

和触摸不着的轻快——综合到了一起。

　　一首诗有自己的架构,自然而然可以用建筑的语言来讨论[39]。索福克勒斯说到过 τεκτόναρχος μοῦσα【主导建设的缪斯】(fr. 159 P.)。阿里斯托芬同样被建筑的意象吸引,说埃斯库罗斯是 πρῶτος τῶν Ἑλλήνων πυργώσας ῥήματα σεμνά【第一个垒砌庄严词语的希腊人】(Ran. 1004),说阿伽同 μέλλει γὰρ ὁ καλλιεπὴς Ἀγάθων... δρυόχους τιθέναι δράματος ἀρχάς【说话漂亮,将会为戏剧树立奠基的柱梁】(Thesm. 49 ff.),说他自己 ἐποίησε τέχνην μεγάλην ἡμῖν κἀπύργωσ' οἰκοδομήσας ἔπεσιν μεγάλοις【为我们(合唱队)制作并垒砌了伟大的作品,用伟大的话语建造了家园】(Pax, 749–750)。品达赞成这个意象的内涵(P. 3. 113),而且使用它的时候不单单限于力量和稳固。在为叙拉古人哈革西阿斯(Hagesias of Syracuse)所作的诗中,开头提到一个盛大的厅堂:

　　χρυσέας ὑποστάσαντες εὐτειχεῖ προθύρῳ θαλάμου
　　κίονας ὡς ὅτε θαητὸν μέγαρον
　　πάξομεν. ἀρχομένου δ' ἔργου πρόσωπον
　　χρὴ θέμεν τηλαυγές. (O. 6. 1–4)

　　我们要给这处居所修好的前门竖起
　　金柱子,把恢弘又盛大的厅堂
　　建成。一旦开始行动,门脸就
　　必须放在炫目千里的位置。

力量和持久无疑隐含在厅堂这个意象之中,但它们被转化成更美丽、更显赫的事物。这座厅堂不是凡间能看到的,而是坐落在天上,它恢弘的气势通过黄金廊柱表现出来,人们穿过柱廊才能进入品达接下来要说的高高在上的地方[40]。这首诗就像一座建筑,但比任何其他建

---

[39] G. Kuhlmann, *De poetae et poematis Graecorum appellationibus*, pp. 9 ff.
[40] J. Duchemin, *Pindare, Poète et Prophète*, p. 252.

筑都更辉煌，让见到它的人屏气敛息。品达对这个意象稍加改动，又将一首诗歌类比为一座宝库。他心中所想的宝库就是德尔菲悬崖峭壁上的那些，合唱队就是在这些宝库前面演唱他的诗歌[41]。诗歌跟宝库的相似之处在于藏有珍宝，此即品达充满想象力的思想。它是一座 ἑτοῖμος ὕμνων θησαυρός【备妥颂歌的宝库】，坐落在阿波罗神圣的山林之间，用它经久不衰的美丽为它庆祝的胜利提供见证：

> τὸν οὔτε χειμέριος ὄμβρος ἐπακτὸς ἐλθών,
> ἐριβρόμου νεφέλας
> στρατὸς ἀμείλιχος, οὔτ᾽ ἄνεμος ἐς μυχοὺς
> ἁλὸς ἄξοισι παμφόρῳ χεράδει
> τυπτόμενον. φάει δὲ πρόσωπον ἐν καθαρῷ
> πατρὶ τεῷ, Θρασύβουλε, κοινάν τε γενεᾷ
> λόγοισι θνατῶν
> εὔδοξον ἅρματι νίκαν
> Κρισαίαις ἐνὶ πτυχαῖς ἀπαγγελεῖ. (*P.* 6. 10–18)

> 寒冬的暴雨从异域赶来，
> 隆隆作响的云的
> 军队势不可挡，它们不能占领宝库。
> 狂风朝着海水的深处裹挟一切泥沙，也不能
> 撼动宝库。宝库的门脸在明净的光里
> 为你的父亲，特拉绪部勒斯，和你的族人
> 用世人的说法
> 把赫赫有名的马车比赛的胜利
> 在科里萨山谷广而告之。

诗歌是一座不朽的丰碑，用它的光彩照亮表演的现场。如果品达的说法是贺拉斯所谓 monumentum aere perennius【比青铜更长久的丰

41　R. W. B. Burton, *Pindar's Pythian Odes* (Oxford, 1962), p. 15.

碑】(C. 3. 30. 1)的前身,那么他的意象跟光彩和美丽的关联要宽广得多,这就意味着品达的诗歌要做的不单单是直面时间风暴的洗礼。如果提摩泰乌斯(Timotheus)写他自己时也作此想:

> θησαυρὸν πολύυμνον οἴ-
> ξας Μουσᾶν θαλαμευτόν. (*Pers.* 232-3 P.)

> 我打开了歌曲丰富的宝藏,
> 这是缪斯女神专属的库房。

那么对诗歌是什么这个问题,品达传达出的观念要更为丰富、更为远大。他强调诗歌会散发光芒,为诗歌添加了一个提摩泰乌斯和贺拉斯都没有的维度。

如果说诗歌会永久存在是品达的重点所在,并且他看重与诗歌的持久性相伴而生的其他特质,那么他也看重诗歌生机勃勃并为生命增光添彩的一面。尽管一首诗的字词永远固定不变,但字词有它们自己的动作和航向。当我们听到它们时,它们似乎是从更高等的所在穿过高空飞翔而来。这种诗歌有翅膀因此能够飞跃陆地和海洋的观念,特奥格尼斯在一首献给居尔诺斯(Cyrnus)的诗中生动地表达过:

> σοὶ μὲν ἐγὼ πτέρ᾽ ἔδωκα, σὺν οἷσ᾽ ἐπ᾽ ἀπείρονα πόντον
>   πωτήσῃ καὶ γῆν πᾶσαν ἀειρόμενος
> ῥηϊδίως. (237-239)

> 我给你一双翅膀,你乘着飞跃无边的海洋,
>   翱翔在整个大地上,
> 自由自在。

居尔诺斯作为诗歌的主题,跟诗歌共享它的力量和旅程。同样的,埃斯库罗斯悄悄地在《被缚的普罗米修斯》里让合唱队说有一首歌向

他们 προσέπτα【飞来】(*P. V.* 555)。品达也独到地化用了这个意思[42]。他慷慨地把替阿耳刻西拉斯驾驶参赛马车的车手比作一只鹰,并且补充说他 ἔν τε Μοίσαισι ποτανὸς ἀπὸ ματρὸς φίλας,"飞向缪斯女神,离开亲爱的母亲"(*P.* 5.114)。谈及自己的诗歌时,品达说它 ἐμᾷ ποτανὸν ἀμφὶ μαχανᾷ,"乘着我的妙技飞翔"(*P.* 8.34)。此外,品达虽不认可荷马的影响,但他也用类似的话说荷马的 ποτανὰ μαχανά,"飞翔的妙技"(*N.* 7. 22)。他祝愿忒拜的希罗多德(Herodotus of Thebes)未来的荣耀时,与特奥格尼斯对居尔诺斯的期盼类似:

> εἴη νιν εὐφώνων πτερύγεσσιν ἀερθέντ᾽ ἀγλααῖς
> Πιερίδων.... (*I.* 1.64–65).

> 祝愿他乘着声音悦耳的庇厄里亚女神光辉灿烂
> 的翅膀翱翔。

诗歌飘忽不定的本质里有一种活力四射的运动的力量,这种力量被妥当地用言语表达为飞翔在空中。

  如果诗歌活力四射,那么它就也能给听到它演唱或者参与它表演的人带来活力。因此可以把它呈现为一种振奋身心的饮料。品达说人们都渴望一杯这样的饮料(*P.* 9. 104)。他还说,尽管渴望有各种各样,但具体到竞技胜利,它渴望的是一首歌(*N.* 3.7)。基于这种观点,品达精心构建了一两个诗歌片段,它们所传达的内容远远不止于满足渴望。在为埃癸那的阿里斯托克利得斯(Aristoclides of Aegina)创作的诗中,他用一种形式出乎意料的饮品来类比诗歌:

> χαῖρε, φίλος. ἐγὼ τόδε τοι
> πέμπω μεμειγμένον μέλι λευκῷ
> σὺν γάλακτι, κιρναμένα δ᾽ ἔερσ᾽ ἀμφέπει,

---

[42] R. W. B. Burton, *Pindar's Pythian Odes*, p. 181; G. Kuhlmann, *De poetae et poematis Graecorum appellationibus*, pp. 17–18; J. Duchemin, *Pindare, Poète et Prophète*, p. 258.

πόμ᾽ ἀοίδιμον Αἰολῆϛσιν ἐν πνοαῖσιν αὐλῶν. (N. 3. 76–79)

你好，我的朋友。我在这里向你
送一杯蜂蜜，里面混有白色的
牛奶，还掺杂着露珠洒在四周，
这是一杯埃奥利亚的簧管吹奏的歌曲的饮料。

牛奶和蜂蜜混在一起是一种古希腊饮品（Ael. N. A. 15. 7），品达在这里选择它，而不是葡萄酒兑出来的饮料，一定有他的理由。或许他想说的是，这首诗跟其他诗歌比起来，没有那么上头，也没有那么猛烈，因此也就更适合用来形容他刚刚谈到人生时郑重说出的话[43]。牛奶和蜂蜜意味着纯净和甜蜜，这也是品达看重的两种品质，因为纯净指向获胜者纯粹无瑕的欢乐，而彻头彻尾享受这种欢乐就属于甜蜜。如此一来品达就把饮品提升到了另一个层面，并且解释道，这是一种伴着埃奥利亚的音乐演奏的"歌曲的饮料"。这种"歌曲的饮料"出自超凡飘渺的所在，它不单单会让人的身体恢复力量，还会把活力送给饥渴的精神。

这并不意味着品达不会间或把他的诗歌比作葡萄酒。西蒙尼德斯早就这样做过（fr. 647/172 P.），而品达以之为基础，精心发挥想象处理每一个细节，打造出他自己最精美、最常用的一个明喻[44]。在为罗德岛的狄亚戈拉斯（Diagoras of Rhodes）所作的《奥林匹亚凯歌》第七首中，他用盛筵的景象作为开篇：

φιάλαν ὡς εἴ τις ἀφνεᾶς ἀπὸ χειρὸς ἑλὼν
ἔνδον ἀμπέλου καχλάζοισαν δρόσῳ
δωρήσεται
νεανίᾳ γαμβρῷ προπίνων οἴκοθεν οἴκαδε, πάγ-
χρυσον κορυφὰν κτεάνων

---

[43] 蒂森（Dissen）的评论见 A. Boeckh, *Pindari Opera* vol. ii (Leipzig, 1811–1819), p. 378.
[44] 同样的意象见于 I. 6. 2，当时品达说的是 κρατῆρα Μοισαίων μελέων【一罐缪斯的歌曲】，不过他并没有跟这里一样同等精心处理，看起来更像是在提示后面要说的东西。

συμποσίου τε χάριν, κᾶδός τε τιμά-
　　σαις ἐόν, ἐν δὲ φίλων
παρεόντων θῆκέ νιν ζαλωτὸν ὁμόφρονος εὐνᾶς·
καὶ ἐγὼ νέκταρ χυτόν, Μοισᾶν δόσιν, ἀεθλοφόροις
ἀνδράσιν πέμπων, γλυκὺν καρπὸν φρενός,
ἱλάσκομαι,
Ὀλυμπίᾳ Πυθοῖ τε νικώντεσσιν. (O. 7. 1–10)

一人从富人手中接过一个碗,
碗中滴滴美酒咕咕作响。
此人把它送给
年轻的新郎去挨家敬酒。这碗通身
　　纯金,是财富的冠冕,
也是宴饮的欢乐。这碗让新娘荣耀
　　无比,也让身边的亲人
对他心生艳羡,羡慕这桩心心相印的婚事。

我也效仿此人,把琼浆玉液——缪斯的礼物——送给
获得佳绩的人,这是心神的甜蜜果实,
我要满足
在奥林匹亚和皮托得胜的人。

这段壮观又华丽的序诗(proem)需要细加斟酌。我们首先可以追问明喻的细节。碗指这首诗的实际形式,酒指这首诗的内容。诗人先从他人手里接到酒碗,然后才能把它再送出去。他人的名字诗人没有提,但暗示其很富有,必定是某位神灵恩主。献诗的仪式就像婚礼。年轻人在婚礼上带着荣耀和赞誉进入新的生活,同样地,获胜者伴着这首诗给他的名望进入新的生活。实际用的字词先被比作葡萄酒,然后又顺便进一步被比作琼浆玉液(nectar)。这在品达的诗歌中并非孤例,他在其他地方也称诗歌为琼浆玉液(fr. 84. 56 Bo.; 94 b, 76 Sn.),不过这里有一个特别之处,因为正如琼浆玉液能让人长生不

老（Od. 5. 136; Pind. O. 1. 63），诗歌也能。按照品达严格的诗歌理论，长生不老是缪斯女神的礼物，但同时也是品达自己用爱、用赞赏、用颂扬苦心经营的成果。其次，整个婚礼仪式是在社会高层之间举行的。[45]如此这般的一个金碗让人忆起库普塞洛斯后裔（Cypselids）敬献的那个。[46]这样的金碗不论何时都必定是稀世罕见的奇珍异宝。品达用这个金碗表明他的诗歌只适合送给世间的大人物，作为罗德岛的名门世家，狄亚戈拉斯和他的家族属于这样的大人物之列。再次，这场仪式具有宗教意味。它让人想起萨福召唤阿佛洛狄忒前来，像倒葡萄酒一样[47]，给金色的酒杯斟上琼浆玉液的诗句（fr. 2 L. -P.）。不但品达的诗歌来自一个神圣的源头，而且赠送诗歌的行动本身也是一个仪式。这个仪式比任何仅仅关乎人的场合都高级，它的富丽堂皇和动人和谐的氛围触碰到了神灵的荣耀。诗歌赐予生命，品达则展示这种生命是什么类型。

品达在很多诗歌意象中指出，诗歌在其他馈赠之外还给人带来欢乐。欢乐也的确是从竞技比赛中赢得声誉的人的心情的写照（O. 2. 19; I. 5. 54）。但这样的欢乐当然也不会限定给竞赛冠军，实际上欢乐是几乎所有诗歌的本质特征。品达非常清楚他会带来欢乐，这种欢乐的特别之处他在一首少女歌中让忒拜少女讲了出来：

σειρῆνα δὲ κόμπον
αὐλίσκων ὑπὸ λωτίνων μιμήσομ᾽ ἀοιδαῖς

κεῖνον ὃς Ζεφύρου τε σιγάζει πνοὰς
αἰψηράς, ὁπόταν τε χειμῶνος σθένει
φρίσσων Βορέας ἐπισπέρχῃ πόντον τ᾽ ὠκύαλον

---

45 U. von Wilamowitz-Moellendorff, *Pindaros*, p. 363.
46 L. Caskey, "A Votive Offering of the Kypselids", *Bulletin of the Museum of Fine Arts, Boston* XX (1922), pp. 65 ff.
47 把νέκταρ用作隐喻非常少见。下一个例子应该要等到Callim. fr. 399. 2 P. Λεσβίης… νέκταρ οἰνάνθης【莱斯博斯野葡萄的琼浆】，另见Eur. *Bacch.* 143以及*Hyps.* fr. 57. 15，以及邦德（Bond）的注解。

ρ]ιπαῖσι ταράξῃ. (fr. 84. 10–15 Bo.; 94 b, 13–20 Sn.)⁴⁸

塞壬的嗓音，
我用竖笛的簧片在歌曲里模仿，

那声音能平息迅猛刮来的
西风，也能在北风被寒冬的威力
震撼时，鼓动大海的惊涛骇浪
并用它的嘶鸣把大海搅动。

品达在这里对塞壬的歌声潜藏的危险，跟阿尔克曼或者欧里庇得斯笔下的海伦比起来，并没有更多顾虑：阿尔克曼把塞壬的歌声称作最美的歌唱之一种（fr. 1.96 P.），海伦则用"哀叹的精灵"来召唤塞壬（*Hel.* 169）。品达的诗句像少女们歌唱的那样，目标是像塞壬的歌那样给恶劣的天气下咒并让大海恢复平静。这个观念为亚历山大里亚的学者所知（schol. *Od.* 11. 169），在品达的时代无疑也屡见不鲜。品达用这个观念来表达对他来说至关重要的一点：最幸福的心态是 εὐδία，或者说平静（*O.* 1. 98; *I.* 7. 38）。εὐδία【平静】是快乐把恐惧和担忧都赶走的积极状态，而这恰好就是诗歌当仁不让要做的事。

诗歌予人以生机与欢乐，这依照品达的观点不可避免地会带来一个结果：诗歌所说的必须真实。这一点品达用从竞技项目——尤其是射箭和标枪——提取的一些意象，不动声色地表现了出来。这一类的射击或者投掷必须走直线，不能 παρὰ σκοπόν【脱靶】(*O.* 13.94)，也不能偏离赛道，ἀγῶνος ἔξω (*P.* 1. 44)，更不能掉到地上，χαμαιπετέων (*O.* 9. 12)。品达明确表示他希望正中靶心：

ἔλπομαι
μέγα εἰπὼν σκοποῦ ἄντα τυχεῖν

48　尽管主要目的很清楚，但实际文本并不确定。我采纳的是 A. Puech, *Pindare IV: Isthmiques et fragments* (Paris, 1923), p. 174。

ὥτ᾽ ἀπὸ τόξου ἱείς. (*N.* 6. 26–28)

> 我希望
> 伟大的言语把目标正对着击中,
> 就像弓弦射出的箭。

这当然就意味着他希望所说的话都准确又得当,配得上获胜者及其取得的胜绩。这需要有智慧和远见才能做到,不过要是诗歌所说的不真实,那智慧与远见也没有什么用,因此品达强调诗歌所说的必须是真的。为了这个,他坚定地对一个过去一直争议不休的论点提出了自己的意见。长期以来,诗歌是不是真实的这个问题一直困扰着希腊人。赫西奥德意识到了这个问题,当时赫利孔山的缪斯跟他说:

> ἴδμεν ψεύδεα πολλὰ λέγειν ἐτύμοισιν ὁμοῖα,
> ἴδμεν δ᾽, εὖτ᾽ ἐθέλωμεν, ἀληθέα γηρύσασθαι. (*Theog.* 27–28)[49]

> 我们知道把很多假的说得像真的,
> 我们也知道把真的讲出来,只要我们愿意。

这两句话简洁又诚实地承认了诗歌混杂着真实和虚构,并且也没有进一步区分真实与虚构的打算。梭伦明白这一点,当他说πολλὰ ψεύδονται ἀοιδοί【歌唱者多有虚构】(fr. 21. D.)之时,我们可以猜想他是在否认诗人拥有全部的权威。随着诗人们转向哲学与科学并且开始以教导而不是娱乐为目标,这个问题变得愈加棘手。对他们而言,寻找真实并且正确地把真实呈现出来是第一要务。即便其他不以此类主题为务的诗人,也会因为跟这些诗人一样认识到诗歌有如此之高的使命,转而成功地受到他们的影响。恩培多克勒面对他的

---

49 见 W. F. Otto, *Varia Variorum* (Köln, 1952), pp. 51 ff.; F. Mehmel, *Antike und Abendland*, iv (1954), p. 19; K. Latte, ibid. pp. 159 ff.。

作品《自然论》的义务时把这个问题很好地铺陈出来了：

ἀλλά, θεοί, τῶν μὲν μανίην ἀποτρέψατε γλώσσης,
ἐκ δ' ὁσίων στομάτων καθαρὴν ὀχετεύσατε πηγήν,
καὶ σέ πολυμνήστη λευκώλενε παρθένε Μοῦσα,
ἄντομαι, ὧν θέμις ἐστὶν ἐφημερίοισιν ἀκούειν,
πέμπε παρ' Εὐσεβίης ἐλάουσ' εὐήνιον ἅρμα. (fr. 3. 1–5 D.-K.)

然而，众位神灵，请让那些人的癫狂从我的舌尖岔开，
请从虔诚的嘴里为纯净的水流架起通道，
我还祈求总被惦记的、臂膀白皙的少女缪斯，
求你把理当给朝生暮死的人们听到的东西
送出欧塞比亚的居所，齐备的马车听你调遣。

恩培多克勒在这里满怀虔诚地祈祷不要犯错并且讲述真实。这是他的哲学责任，而且他从宗教的视角来看待这一责任。他的诗句必须纯洁无瑕、合乎法度，这样才能适用于人，他急切地避免一星半点渎神的痕迹。在他心里，真实和虔诚互为表里，诗人不能违背任何一个，因为一旦违背一个就意味着也会违背另一个。这与品达的观点出人意料地接近，不过品达论证他的观点时使用了更多的细节，并且还有更多特别的应用。他谈到奥德修斯名过其实时，很清楚地意识到了这是多么危险，还说这归根究底是荷马之过：

ἐγὼ δὲ πλέον' ἔλπομαι
λόγον Ὀδυσσέος ἢ πάθαν
διὰ τὸν ἀδυεπῆ γενέσθ' Ὅμηρον·

ἐπεὶ ψεύδεσί οἱ ποτανᾷ <τε> μαχανᾷ
σεμνὸν ἔπεστί τι · σοφία δὲ κλέπτει παρ-
άγοισα μύθοις. (N. 7. 20–23)

> 不过我相信奥德修斯的
> 名声超过了他的遭遇
> 　　由于荷马甜美的诗句。
>
> 荷马的虚构和飞翔的妙技之上
> 附带某种庄严。他的智慧偷天换日，
> 　　用神话来误导。

品达心中所想的是史诗对待埃阿斯的方式，而史诗在他看来是荷马的作品。埃阿斯在埃癸那被奉以崇高的礼遇，也是品达最为激赏的英雄之一。可是因为他的死亡有羞耻的成分，品达就认为这是诗人们，尤其是荷马，对埃阿斯之死强调过多导致的。荷马对奥德修斯赞扬得太多，对埃阿斯赞扬得太少，是他把事情引到错误的方向上。品达反对诗人们的故事，确立了对埃阿斯的崇拜，并从对埃阿斯的崇拜中得出不少结论，他从中发现诗人们明显错了。不过他承认荷马拥有真正的σοφία，而且荷马的σοφία跟他自己的一样带翼，并且这种智慧里需要有σεμνόν τι【某种庄严】。问题并不在于荷马是一个坏诗人，而在于荷马所讲的并非始终是真的。

秉持类似的精神，品达不接受古老故事所说的珀罗普斯被坦塔罗斯端上款待诸神的宴席，并且他的肩膀实际被得墨忒尔吃了下去。他必须解释为什么像这样的故事会有人信，还流传开来，而他的解释则是诗歌的影响出乎人的意料：

> ἦ θαύματα πολλά, καί πού τι καὶ βροτῶν
> φάτιν ὑπὲρ τὸν ἀλαθῆ λόγον
> δεδαιδαλμένοι ψεύδεσι ποικίλοις ἐξαπατῶντι μῦθοι.
>
> Χάρις δ', ἅπερ ἅπαντα τεύχει τὰ μείλιχα θνατοῖς,
> ἐπιφέροισα τιμὰν καὶ ἄπιστον ἐμήσατο πιστὸν
> ἔμμεναι τὸ πολλάκις·
> ἁμέραι δ' ἐπίλοιποι

μάρτυρες σοφώτατοι.⁵⁰(*O.* 1. 28–34)

奇谈怪论有很多,并且凡人的说法里也
有逸出真实叙述
经过美化矫饰的神话,用斑斓多彩的谎言来欺骗。

美惠女神把一切甜美的快乐都打造给世人,
还给人送来荣誉,她故意让不可信的
往往变成可信的。
未来的日子
是最明智的见证。

品达把真正的 σοφία 跟虚假的 μῦθος【神话】区分开,并且说 μῦθος 的力量来自 Χάρις【卡里斯,美惠女神】。卡里斯是优雅与美丽之神,对品达来说意义重大。把卡里斯看作诗人们虚假的源头需要勇气和率直,这一点一旦我们看到品达以往对 Χάρις 和 Χάριτες【美惠三女神】是什么想法,就会尤为明晰。如果说缪斯给品达的诗歌送来了力量和远见,那么与美惠女神的合作会赋予品达的诗歌以美丽。品达应该很难相信一首真正的诗歌会没有美惠女神的保护和帮助。在表达对青年特拉西彼鲁斯(Thrasybulus)的喜爱时,他让美惠女神加入阿佛洛狄忒(*P.* 6.2),似乎他很难把她们施加在他身上的力量区别开来。当他歌唱库瑞涅的忒勒西克拉忒斯(Telesicrates of Cyrene)时,是 σὺν βαθυζώνοισιν Χαρίτεσσιν【跟束紧腰带的美惠女神一起】(*P.* 9. 3-4)。他希望 σὺν Χαρίτεσσι【跟美惠女神一起】把埃特那的克洛弥乌斯(Chromius of Etna)的名声广而告之(*N.* 9.54),或"跟美惠女神一起"向皮托祈祷,祈求她把自己当作缪斯的先知来招待(*Pae.* 6. 2)。他知道美惠女神与他的艺术是亲密同盟,当他立志一直从事诗歌创作

50　行28b的 φάτιν 在抄本Z中被写在这一行上方,也见于古代评注 schol. 44 b, p. 31.21 Dr., 意思是 φρένας。如果我们录为 φάτις,那么这个词就不可能用作宾格复数,因为那样的话最后一个音节就是长音了。要是我们在 λόγον 后面把句子断开,这句话的断句就显得比较复杂,把一个观点打散成了两个部分。

时,他祈祷美惠女神纯洁的光芒永远不会把他弃之不顾(P. 9.89–90)。然而当由于某些原因他不得不更加仔细地考察她们的地位时,他发现美惠女神给予他的东西——歌曲的美丽与魅力——与 σοφία 不同。这两者可以对同一个人或者同一件事一同起作用,但是当品达坦陈人会从不同的神灵得到不同的恩赐时,他又将这两者区分开来,不过他先说了自己住在美惠女神的精致花园中:

> κεῖναι γὰρ ὤπασαν τὰ τέρπν'· ἀγαθοὶ
>   δὲ καὶ σοφοὶ κατὰ δαίμον' ἄνδρες
> ἐγένοντ'. (O. 9. 28–29)

> 她们带来令人快乐的东西。不过良善
>   而又明智的人们是按照神的安排
> 生成的。

此处的 δαίμων【神】与美惠女神并不是同一回事,不过他们可以从诗人摺笔的地方把诗作重新拾起来。品达甚至在歌唱美惠女神安坐在俄耳科墨诺斯(Orchomenus)时,也把她们能力范围内给予的东西与她们得自别处又赋之以快乐的东西做了区分:

> σὺν γὰρ ὔμμιν τὰ τερπνὰ καὶ
> τὰ γλυκέ' ἄνεται πάντα βροτοῖς,
> εἰ σοφός, εἰ καλός, εἴ τις ἀγλαὸς ἀνήρ. (O. 14. 5–7)

> 因为有你们,令人快乐又
> 甜蜜的一切流向了凡人,
> 只要一个人是智慧的、美丽的或者是光荣的。

美惠女神要等到智慧、美丽或者名声确立之后才会开始发力,她们用独有的辉光照耀它们,并把只有她们才能赋予的东西——一种独特的甜蜜和欢乐——赋予它们。这种独特的甜蜜和欢乐就是美惠女神给予的东西,这当然也是诗歌不可或缺的,并且还是诗歌最重要的元素之一。如果说品达从缪斯女神那里得到力量并且受缪斯女神的指派去作诗,那么美惠女神给他的就是让他的诗歌更动人、更迷人的特质。他的确像之前萨福做过的那样(frs. 103.8; 128 L.-P.),把缪斯女神跟美惠女神联系在一起(N. 9. 54),不过他意识到她们的馈赠并不一样。要是没有美惠女神的襄助,他的诗歌不可能会像他相信的那样在人间长存。品达坚信他的诗歌将长存[51],并且他还骄傲地宣称诗句有美惠女神发力加持,存世的时间将比它们庆贺的事迹更长久:

ῥῆμα δ' ἐργμάτων χρονιώτερον βιοτεύει,
ὅ τί κε σὺν Χαρίτων τύχᾳ
γλῶσσα φρενὸς ἐξέλοι βαθείας. (N. 4. 6–8)

言词比行为存留得更长久,
只要舌头凭借美惠女神的襄助,
从心神的深处把它拣选出来。

一旦品达把缪斯女神的馈赠安排就绪,他就要依靠美惠女神来帮助他从自己内心深处抽绎正确而恰当的词语。恰恰因为美惠女神这种神圣的力量关涉的是美丽,并借此给人们施加如施咒般的吸引力,也就会导致虚假(falsehood)占据上风。品达清楚单靠美丽是不够的,他必须要让真理一直与美丽做伴。一旦美丽与真理合而为一,共同作用,品达就知道自己是在奉行自己孜孜以求的理想的智慧。

  品达对真理的重视体现在,他称之为 θυγάτηρ Ἀλάθεια Διός,"宙斯的女儿阿勒忒亚"(O. 10. 3-4)。这么称呼阿勒忒亚,品达好像在履行对真理女神的神职,这也几乎可以视作后来阿那克萨戈拉(Anaxagoras)为阿勒忒亚建立祭坛的滥觞(Ael. V. H. 8.19)。品达对真理女神的重视还体现在一首场合不明的残诗中,他在诗里对真理

---

51   H. Gundert, *Pindar und Sein Dichterberuf*, pp. 44 ff.; J. Duchemin, *Pindare, Poète et Prophète*, pp. 54 ff.

女神说：

> ἀρχὰ μεγάλας ἀρετᾶς, ὤνασσ' Ἀλά-
> θεια, μὴ πταίσῃς ἐμὰν
> σύνθεσιν τραχεῖ ποτὶ ψεύδει.(fr. 194 Bo.; 205 Sn.)[52]

> 伟大德行之首，真理女王，
> 不要让我的
> 一切毁于恶劣的虚假。

品达对虚假恨之入骨，并且认为诗歌之中的虚假实在太常见了。不过聊以自慰的是他认为真理终将占据上风，因为时间将为真的和假的划清界限。不单单未来的日子是最好的证见（*O.* 1. 33–34），而且时间还能对说过或者做过的事情做出唯一有效的检验：ὅ τ' ἐξελέγχων μόνος ἀλάθειαν ἐτήτυμον Χρόνος，"唯独时间检验着确凿的真理"（*O.* 10. 53–55）。这句话很可能原本是一条格言警句，因为它以稍微不同的面貌出现在色诺芬的《希腊史》（*Hell.* 3. 3. 2）和西蒙尼德斯的铭文（el. adesp. 4 D.）中。[53] 虽然时间跨度有点大，但是这句话反映了一种新的精神在生长。品达把他的信心交给了时间，相信时间会让一切各归其位，他渴望他的诗歌经受住岁月的考验，因为他知道一星半点的虚假到了一定时候都会让他的诗歌失去信誉，不可收拾。他看到古老故事把人引入歧途感到震惊又沮丧，并且时刻准备着纠正它们（*O.* 1. 36）。如果说他对这句格言用自己的方式重新做了解释，那么他也不是唯一一个持有这种观点的人。巴居利德斯也坚称讲述大事之时真理至关重要，他跟品达一样坚信真理终将占据上风：

> ἁ] δ' ἀλαθεία φιλεῖ

---

[52] U. von Wilamowitz-Moellendorff, *Pindaros*, p. 219 n. 2.
[53] A. Hauvette, *De l'authenticité des epigrammes de Simonide*, Paris, 1896, pp. 64–65; Hiller von Gaertringen, *Deutsche Literaturzeitung für Kritik der internationalen Wissenschaft.* (1884), p. 1201.

> νικᾶν, ὅ τε πανδαμάτωρ
> Χρόνος τὸ καλῶς
> ἐ]ργμένον αἰὲν ἀ]έξει. (13. 204–7)

> 真理喜爱
> 胜利，征服一切的
> 时光让美好
> 的事迹永远流传。[54]

成就需要被记忆保存下来，但只有在关于成就的讲述都是真的时，它才会最终被保存下来。于是巴居利德斯又说：

> σὺν δ' ἀλαθείᾳ βροτῶν
> κάλλιστον εἴπ[ερ καὶ θάνῃ τις,
> λε[ί]πεται Μουσ[ᾶν βαθυζώνων ἄθ]υρμα. (9. 85–87)

> 若是真理在凡人中间，
> 当一个人过世，便把最美的娱乐
> 留给了束紧腰带的缪斯女神。

最后品达和巴居利德斯都同意诗歌的讲述应该真实，因为诗歌的使命不单单是送来快乐，而且还要让它赞颂的人们永垂不朽。

不过，按照品达的观点，诗人不单单有责任去讲述真理，而且还在不少方面是唯一有资格去这么做的。正因为他是缪斯女神的先知，于是他就拥有了其他人无从获得的知识来源，并且这种知识还任由他予以充分利用。这种知识关涉的对象不是事实，而是超出实践检验范围的事物，因此它也就愈发重要。品达当然会宣称自己拥有这种知识。在一首阿波罗颂残篇中，品达似乎一开头就说他不会踏

---

[54] 另见 *Ox. Pap.* 2432. 5 ἁ] δ' ἀλάθεια παγκρατής【全能的阿勒忒亚】。这一残篇被归到西蒙尼德斯名下，不过很可能是巴居利德斯的作品；见 C. M. Bowra, "Simonides or Bacchylides?", *Hermes* xci (1963), pp. 257–267.

上 Ὁμήρου [... τρι]πτὸν κατ' ἀμαξιτόν,"荷马走烂的路",而是要登上缪斯女神那架有翼的马车。他显然是要对荷马讲述过的某个主题予以新的改编,接着他又说道:

ἐ]πεύχο[μαι] δ' Οὐρανοῦ τ' ἐϋπέπλῳ θυγατρί,
Μναμ[ο]σύ[ν]ᾳ, κόραισί τ' εὐ-
μαχανίαν διδόμεν.
τ]υφλα[ὶ γὰ]ρ ἀνδρῶν φρένες,
ὅ]στις ἄνευθ' Ἑλικωνιάδων
βαθεῖαν ἐ..[..].ων ἐρευνᾷ σοφίας ὁδόν. (*Pae.* 7b, 15–20 Sn.)[55]

我祈求乌拉诺斯衣着华丽的女儿
谟涅摩叙涅和她的女儿们
赐我巧计。
因为那些人心里蒙昧,
他们没有赫利孔山的女神陪伴
去探索智慧的幽深之路。

品达郑重其事的祈祷说明他非常重视心里正在思索的事,需要为它求得记忆女神和缪斯女神的全力协助。祈求记忆女神是因为她代表着过去积累的智慧,祈求缪斯女神是因为她们把这种智慧转达给他。他向女神们索要的东西是 εὐμαχανία【巧计】,一种正确处理女神们所给予的东西的能力。接着他又进一步提出了一个他在其他任何地方都没有如此强调过的看法,那就是如果人们不在缪斯的帮助之下追求智慧,那么人们就与瞎子无异。此处他把缪斯女神与赫利孔山联系起来并非孤例,同样的做法还见于他为阿克拉伽斯的克塞诺克拉忒斯(Xenocrates of Acragas)所作的诗(*I*. 2. 34)以及他提到缪斯女神为阿喀琉斯唱响哀歌之时(*I*. 8. 63)。不过这个词用在这一段让人

---

[55] 此处的缺文 ἐ..... ων 令人费解。早期的校勘者补为 ἐλθ[όν]των,但这样补出的新文本没有任何意义。施霍伊德(Schroeder)建议用 εὐθ[ρό]νων,不过这看起来跟莎草纸上的笔迹不相符合。施奈尔(Snell)建议用 ἐμ[πα]τῶν。

禁不住去想它别有一种适当之处，因为正是赫利孔山的缪斯出现在赫西奥德面前，并把过去和未来的智慧都送给他（*Theog.* 22 ff.）。现在品达把自己看成受到类似的神灵感应并去执行类似的任务，自然而然他也把自己跟那些不具备他的特别优势并且也无法在智慧上跟他一较高下的人对立了起来。

如此这般细致考察诗歌的本质，品达说的话除了是为了自己，还是为了他所赞颂的人，甚至是为了受赞者之外更广大的受众。他敏锐地意识到他要给赞助者什么回馈，并且他最喜欢用火作为意象来表达他的回馈[56]。这个意象从根本上说，意味着他为赞助者所做的事情被精确地比作一束燃烧的火焰，因为它激发出他们新的活力并让他们的存在全都更有生气。如果一个人被一首合适的歌曲颂扬，他的知觉会变得更灵敏，他的个人经历也会变得更丰富。品达用火作为意象来表现成功和歌唱给胜利者带来的新生，通过这种新生，竞技胜利者进入一种几乎全新的存在。火可以直接来自诗歌，就像忒拜的斯特瑞普西亚得斯（Strepsiades of Thebes）在诗中 φλέγεται δὲ ἰοπλόκοισι Μοίσαις，"跟紫色头发的缪斯一起燃烧"（*I.* 7. 23），也可以来自美惠女神，就像替阿耳刻西拉斯夺冠的车手，σὲ δ᾽ ἠΰκομοι φλέγοντι Χάριτες，"你被头发美丽的美惠女神点燃"（*P.* 5. 45），还可以单单来自伟大的成就，就像阿尔戈斯 φλέγεται δ᾽ ἀρεταῖς μυρίαις ἔργων θρασέων ἕνεκεν，"因为英勇的行动而与数不胜数的荣光一起燃烧"（*N.* 10. 2-3）。品达知道他自己也有能力去这样把人引燃，并且还宣称他在奥浦斯城这样做过："我把你这座可爱的城市用带着火焰的歌曲点燃了。"（ἐγὼ δέ τοι φίλαν πόλιν μαλεραῖς ἐπιφλέγων ἀοιδαῖς, *O.* 9. 21-22）这个意象也吸引着巴居利德斯，他说 παιδικοί θ᾽ ὕμνοι φλέγονται，"孩子们的歌曲在燃烧"（fr. 4. 80 Sn.）。不过他并没有像品达那样充分探索这个意象的全部可能，而是把它局限于歌曲实际演唱的火热现场。品达之所以用火焰作为意象是因为歌曲引燃其他事物后才进入高潮，而起火意味着力量的增长，意味着歌曲以及歌曲

56　G. Kuhlmann, *De poetae et poematis Graecorum appellationibus*, pp. 19-20; J. Duchemin, *Pindare, Poète et Prophète*, pp. 194 ff.

带来的荣耀让生命力得到增强。

火的意象跟光的意象紧密相关[57]。光的意象深深植根于过去，表达的是任何一种会激发想象或引起思想的事物[58]。不过相对于火象征某种内在体验而言，光象征的是外部发生的事，是给整个世界留下的印象，是人们所纪念和赞赏的耀眼夺目的辉煌[59]。光源自光荣的行动，尽管歌曲也会带来辉煌并且还是辉煌的一部分，但是在荣光的辉映之下，歌曲自身就被吸纳也被超越了。竞技赛会上的胜利是 ἔργων πρὸ πάντων βιότῳ φάος,"照耀人生所有业绩的光"(O. 10. 23)。这样一束光向着远方一直照耀，看起来仿佛是一座划破黑暗夜空的灯塔。于是青年人夺冠，意味着 δέδορκεν φέγγος ἐν ἁλικίᾳ πρώτᾳ,"光芒照向最初的岁月"(N. 9. 42)。而因为一位埃癸那人赢得了不少比赛，Νεμέας Ἐπιδαυρόθεν τ᾽ἄπο καὶ Μεγάρων δέδορκεν φάος,"从尼米亚、埃庇道洛斯以及墨伽拉照来光亮"(N. 3.84)。如果这样的光亮突然出现，它就会像一颗星星。在为忒拜人墨利索斯（Melissus）所作的诗中，品达提及他的家族重新在竞技场上斩获佳绩时，说：

ἀλλ᾽ ἀνεγειρομένα χρῶτα λάμπει,
Ἀοσφόρος θαητὸς ὡς ἄστροις ἐν ἄλλοις. (I. 4. 25-26)

但是它（古老的名誉）复苏了，周身笼罩着光彩，
就像送来曙光的明星，在其他星星之中备受瞩目。

同样的，品达在为病痛中的希耶罗作诗时也说，他希望能同时带着健康和荣光两个礼物来到希耶罗的身旁：

---

[57] J. Duchemin, *Pindare, Poète et Prophète*, pp. 193 ff.; H. Gundert, *Pindar und Sein Dichterberuf*, pp. 12 ff., pp. 46 ff.

[58] D. Tarrant, "Greek Metaphors of Light", *The Classical Quarterly* N.S. X (1960), pp. 181-187.

[59] 总论光的意象，见 Edwyn Bevan, *Symbolism and Belief* (London, 1938), pp. 125-150; G. P. Wetter, *Phos* (Leipzig, 1915); M. Treu, *Von Homer zur Lyrik*, p. 222; R. Bultmann, "Zur Geschichte der Lichtsymbolik im Altertum", *Philologus* xcvii (1948), pp. 1 ff.。

ἀστέρος οὐρανίου φαμὶ τηλαυ-
γέστερον κείνῳ φάος
ἐξικόμαν κε βαθὺν πόντον περάσαις.(P. 3. 75-76)

天上的星星,我认为不会比
我给他的光照得更远,
因为我这束光穿过幽深的大海远道而来。

灯塔或者星星可以表达抚慰、希望和鼓励,也可以表达成功和骄傲。它们都不会转瞬即逝。它们的本质之一就是经久不息,这也是品达为什么会说 χρονιώτατον φάος,"最长久的光亮"(O. 4. 12),还说如果行动足够高尚,它们会穿越时间的长河一直闪耀(fr. 214 Bo.; 227 Sn.)。光这一组意象带有不同的联想和效果,太阳在其中占据特殊的位置:它比任何灯塔、亮光或者星星都更为明亮,永久存在,还独一无二。西蒙尼德斯可能就是带着诸如此类的某种观念,说 μόνος ἅλιος ἐν οὐρανῷ,"唯独太阳在天上"(fr. 605/100 P.)[60]。因此,太阳代表着最辉煌的荣光。品达也是按照这种方式,极为自觉地用它来歌颂希耶罗于公元前476年在奥利匹亚获得赛马冠军:

μηκέθ᾽ ἁλίου σκόπει
ἄλλο θαλπνότερον ἐν ἁμέ-
ρᾳ φαεννὸν ἄστρον ἐρήμας δι᾽ αἰθέρος,
μηδ᾽ Ὀλυμπίας ἀγῶνα φέρτερον αὐδάσομεν. (O. 1. 5-7)

(你)找不到比太阳
在白天更火热的另一颗星
亮在寂寥的天空,
我们也举不出比奥林比亚更盛大的赛会。

---

60 见 H. Fränkel, *Dichtung und Philosophie des frühen Griechentums*, p. 538 n. 2。

这样一场胜利是一个人所能获得的最高荣光，太阳是这场胜利至高无上的象征。当然太阳也会带来其他联想，这在此处可以看得一清二楚，不过对于光荣得无与伦比的事物而言，太阳一直都是广泛适用的意象。

名声因此也用光的语言来呈现，不过哪怕一个人理应有名，名声也不会自动来到他的头上，这也就让诗人独一无二的技艺有了用武之地。诗人的任务就是用他的诗歌让那些理应有名的人在未来的岁月里获得名声[61]。若非有诗歌襄助，即便是伟大的事迹也不免会无声无光地消失于黑暗中。这一点品达把它说透了：

> καὶ μεγάλαι γὰρ ἀλκαὶ
> σκότον πολὺν ὕμνων ἔχοντι δεόμεναι·
> ἔργοις δὲ καλοῖς ἔσοπτρον ἴσαμεν ἑνὶ σὺν τρόπῳ,
> εἰ Μναμοσύνας ἕκατι λιπαράμπυκος
> εὕρηται ἄποινα μόχθων κλυταῖς ἐπέων ἀοιδαῖς. (N. 7. 12–16)

> 伟大的壮举
> 少了颂歌，也有很多晦暗之处。
> 为高贵的功业镜照，
> 我们知道只有一种方法，
> 若是发冠闪闪的谟涅摩叙涅相助，
> 才能在歌唱荣耀的言语里找到苦难的酬报。

诗歌是一面镜子，不仅因为它可以映照出事迹，也因为它保留着伟大成就散发的本质光芒。要不是诗歌，伟大的成就很快就会被遗忘。这也是为什么诗歌要发挥作用，并且要仰仗那同一个 Χάρις【美惠女神】，后者在其他时候让假的看着像真的：

> ἀλλὰ παλαιὰ γὰρ
> εὕδει χάρις, ἀμνάμονες δὲ βροτοί,

61　H. Gundert, *Pindar und Sein Dichterberuf,* p. 13, p. 46.

ὅ τι μὴ σοφίας ἄωτον ἄκρον
κλυταῖς ἐπέων ῥοαῖσιν ἐξίκηται ζυγέν. (*I.* 7. 16–19)

但是古老的荣光
沉寂了，凡人记不住
没有用滔滔不绝的荣耀的言语撮合
出智慧的最高精髓的东西。

　　于是品达的诗歌以缪斯女神神圣的敦促开头，以赋予人长久的存在收尾。虽然诗歌的长久与神灵的长生不老不是一回事，但至少在某些小的方面它堪与神灵比肩。品达对这一点确信无疑。他一方面追随荷马（*Il.* 6. 357-8; *Od.* 8. 579-90）、萨福（fr. 55 L.-P.）和特奥格尼斯（237—254）的脚步，另一方面也为"诗歌赋予不朽"这个长期存在的观念做出了自己的贡献。不论要他创作诗歌的场合有多直接、多短暂，品达都把视线从转瞬即逝的当下投向无穷无尽的未来，到那时他的作品依然为人所知晓，他在诗中赞颂的人依然为人所纪念。

　　荣光既然能延续到未来，那也就可以跨越生死的边界让亡灵也知道。虽然品达对死后生活的看法并不一致，但是他相信像荣光这样强劲的力量不可能触碰不到跟它有关的亡灵[62]。埃癸那的阿尔喀墨冬（Alcimedon of Aegina）父亲早逝，祖父年届高龄行将就木。品达为他作诗时，就把这个信念极为简洁地表达了出来：

ἔστι δὲ καί τι θανόντεσσιν μέρος
κὰν νόμον ἐρδομένων·
κατακρύπτει δ' οὐ κόνις
συγγόνων κεδνὰν χάριν. (*O.* 8.77–80)

已逝之人也会享用一份
依例履行的仪式。

62　Leonhard Illig, *Zur Form der Pindarischen Erzählung* (Berlin, 1932), p. 43.

尘土也不会掩埋
同根者珍贵的快乐。

品达声称荣光给活人带来的快乐也会冲到亡人那里并让他们也享受到。谈到库瑞涅国王的先人时，他表达出类似的观点，因为他们有后人酹酒祭奠、演唱歌曲：

ἀκούοντί ποι χθονίᾳ φρενί,
σφὸν ὄλβον, υἱῷ τε κοινὰν χάριν
ἔνδικόν τ᾽ Ἀρκεσίλα. (*P*. 5. 101–3)

他们在地下深处用心听，
这是他们的福气,（也是他们）跟后嗣阿耳刻西拉斯
该当同享的快乐。

即便亡人的欢乐没有被明确提及，但品达声称他们会带着骄傲聆听他的歌，那想必他们就是欢乐的。就这样，品达在说完他的诗是为逝去的卡利克勒斯（Callicles）打造的一座熠熠生辉的纪念碑之后，又对卡利克勒斯的侄子说：

κεῖνος ἀμφ᾽ Ἀχέροντι ναιετάων ἐμὰν
γλῶσσαν εὑρέτω κελαδῆτιν. (*N*. 4. 85–86)

让那个住在阿刻戎河边的人
发现我的话音在回荡。

同样的，品达强调，尽管阿索庇库斯（Asopichus）的父亲已过世，但他的儿子在奥林匹亚夺冠的消息一定能被他听到：

μελαντειχέα νῦν δόμον
Φερσεφόνας ἴθι, Ἀχοῖ, πατρὶ κλυτὰν φέροισ᾽ ἀγγελίαν. (*O*. 14.

20—21)

> 现在到珀耳塞福涅四壁漆黑的家里去,
> 厄科,给他的父亲送去这条荣耀的消息。

诗歌不管在人间还是在冥界都比死亡更强大。它有能力超越人类存在的限度,就标志着它有力量赋予生命,这是最可靠的标志。

纵观品达看待诗歌的这种理路,他某种程度上认为诗歌不仅仅是人类活动,因为没有任何东西能像诗歌那样打破时间和空间的藩篱,把人生拔高到一个特别的富足与幸福的境地。按照这种理路,品达似乎认为自己游走在一种存在于神人之间、天地之间的特殊秩序里。人从这种秩序中可以沾染到一些为神灵独享的荣光和力量。这样一种观点与品达的信念——诗歌来自缪斯,因此它是天界的活动——恰相吻合。当诗歌填满他的身心,他就被提升到不受死亡普遍约束的境地,而且诗歌让他不单单游走在"抽象"(abstractions)里,还让他游走在"实在"(realities)里。虽然肉眼不能看到"实在",但"实在"却因此更加实(real)。这一点在品达用马车作为诗歌的意象时呼之欲出。凯歌常常赞颂马车比赛夺冠的人,因此马车当然非常适合用作凯歌意象,不过这个意象的意义还不止于此,因为这是一辆属于缪斯女神的马车,是 Μοισαῖον ἄρμα【缪斯的马车】(I. 8.68),是 ἄρμα Πιερίδων【庇厄里亚女神的马车】(P. 10.65)。不过品达想象着他自己在驾驶这辆马车并且他在这辆马车上履行自己的职责。这跟巴居利德斯不一样。巴居利德斯没有品达那么自信,他认为马车由缪斯女神卡利俄珀驾驶,并且他不在马车上(5.176-177)。实际上马车具有形而上的特征,当品达对一位赛场上的车手说拉紧笼头调转车头去行驶在命定的 κελεύθῳ ἐν καθαρᾷ【明净的路上】(O. 6.23)时,马车就不再是诗歌的象征,而是成了诗歌本身,"明净的路上"的意思只能是"空中的路上",这就把马车形而上的特征更全面地展现出来了。这段诗与巴门尼德的诗歌开篇惊人地相似[63],他跟品达一

63　H. Fränkel, *Wege und Formen frühgriechschen Denkens* (Munich, 1955), pp. 158 ff.

样，说自己驾驶着马车穿过了通往未知的大门。品达心里想的肯定也是这样，他就像巴门尼德去"存在的国度"(the realm of Being) 寻找他自身的形而上真理那样，去诗歌中寻找"实在的世界"(a world of reality)。品达和巴门尼德背后可能有一个比法厄同(Phaethon)更美满的神话[64]，内容是某人驾驶马车穿过天空。但是品达想穿过的并不是实际的天空，也不是没有人可以前往的神灵领地，而是一个中间领地，也即诗歌的真正家园，诗歌是人类活动中最接近天神的狂喜的，进入这片领地只能通过由神灵赐予并得到神灵支援的歌唱天分。这就恰好解释了品达对光明意象的偏爱以及诗歌可以丰富生命的认知，也表明品达坚信诗人是天生的而不是学成的，深信诗歌会超越时间和地点的限制，还证明了品达直言不讳的信念——诗歌必须讲述真理。品达知道自己不是神，也不可能成为神，但是他与神有接触，得到了神的眷顾，并享受了神的某些特权。他感觉他所处的位置让他背负起最了不起也最崇高的责任。

这一点因为品达相信神灵自身也喜欢诗歌并且还在宴席上享用诗歌而得到支撑。他快乐地反复讲到佩琉斯和忒提斯举办婚礼时众神坐在宴席上(*N*. 4. 66; *P*. 3. 93-95)。他还在埃阿科斯的后裔举办的典礼上，阿波罗奏响弦琴、缪斯歌唱之时，发现了所有高雅歌曲的原型：

πρόφρων δὲ καὶ κείνοις ἄειδ᾽ ἐν Παλίῳ
Μοισᾶν ὁ κάλλιστος χορός, ἐν δὲ μέσαις
φόρμιγγ᾽ Ἀπόλλων ἑπτάγλωσσον
χρυσέῳ πλάκτρῳ διώκων
ἁγεῖτο παντοίων νόμων. (*N*. 5. 22-25)

缪斯女神欣然向着那些人在珀利翁山歌唱，
这是最美的合唱队，阿波罗置身其间

---

[64] C. M. Bowra, *Problems in Greek Poetry*, pp. 45 ff. E. A. Havelock, "Parmenides and Odysseus", *Harvard Studies in Classical Philology* lxiii (1958), pp. 133-143 认为跟奥德修斯有关联。

>   把七根弦的弦琴
>
> 　　用金拨子滑响，
>
> 引领所有类型的曲调。

品达知道这样的场景在人类历史上极少会出现，但他相信即便他自己的时代也能从神灵和英雄无形的存在中分得某些属于他们的高昂与伟岸。于是在《皮托凯歌》第一首开头，他描画了一个音乐在世上、天上和地下的任务都光芒四射的景象[65]。品达开篇便呼唤他的弦琴，他的主题是音乐，包括人类的和神灵的，然后他指出这两种音乐根本上是同一种：

> χρυσέα φόρμιγξ, Ἀπόλλωνος καὶ ἰοπλοκάμων
> σύνδικον Μοισᾶν κτέανον. τᾶς ἀκούει
> 　　μὲν βάσις ἀγλαΐας ἀρχά,
> πείθονται δ' ἀοιδοὶ σάμασιν
> ἀγησιχόρων ὁπόταν προοιμίων
> 　　ἀμβολὰς τεύχῃς ἐλελιζομένα. (P. 1. 1-4)

> 金弦琴，阿波罗与头戴紫罗兰花环的
> 缪斯共享的宝物。轻盈的脚步一听到你，
> 　　光芒四射的表演便已开始，
> 歌手被你的音符打动，
> 只要你让引领合唱队的序曲
> 　　把前奏拉响。

实际的场面发生在希耶罗的宫廷，但世上的音乐只是一场更恢弘的合奏的一部分。品达马上掉转话头去讲述音乐在奥林坡斯山上的影响：此时霹雳熄灭了它的火焰，神鹰在宙斯的权杖上打盹，连暴烈的

---

[65] 总论见O. Schroeder, *Pindars Pythien* (Leipzig, 1922), p. 4; G. Fraccaroli, *Le ode di Pindaro* (Verona, 1894), pp. 340 ff.; W. Schadewaldt, *Der Aufbau des Pindarischen Epinikion*, p. 273。

阿瑞斯都与他的长矛一起躺下。与此形成对比的是发生在地底下的景象：百头巨兽提丰（Typhos）住在塔耳塔罗斯，他从埃特那火山喷射火焰，一听到音乐的声音，就为之颤抖不已。神灵享有一种神圣的秩序，提丰作为他们的敌人，完全被这种秩序拒之门外，而人类则用他们的诗歌不时靠近这种秩序。品达让诗歌成为一种用欢乐和平静把宇宙联合在一起的力量，并且他还不单单把诗歌当作神灵的活动，而是把诗歌看成一种当人演练诗歌时让人向演练诗歌的神靠拢的事物。这就是为什么他屡次三番谈论诗歌的原因，也是他的诗歌意象为什么要表达光亮、生命、力量与和平的原因。

（译者单位：美第奇上海中心）

品达的诗歌观[*]

约翰·戴维森

(詹瑜松 译)

公元前5世纪下半叶的几位大智术师曾对同代人及其后继者的思想和风格产生过影响,相关的研究已经大大增进了我们对公元前5世纪末和公元前4世纪初希腊文学的理解。但相对而言,人们很少注意到,有证据表明,就在智术师时代之前,希腊作家对于写作之为艺术的问题已有自觉的看法。造成这种轻忽的原因,可能是公元前7—前6世纪文学遗存的残缺状况,但花点时间来整理和思考现有的证据仍然是值得的。

对于此项研究,最有价值的便是品达的作品。这些作品规模颇丰,有着鲜明的自我意识和个性;虽然其中不少创作于大智术师活跃的年代,但是品达对智术师思想的敌意和对旧式思想与品行的偏爱,在其作品中随处可见。本文的目的是考察品达涉及诗歌技艺的言论,分为以下三节:诗歌的名称与本质;诗歌的恰当题材及其社会功能;技巧,并附有来自更早作家的例证[1]。

---

[*] J. A. Davison, "Pindar's Conception of Poetry", in *From Archilochus to Pindar: Papers on Greek Literature of the Archaic Period*, London: St. Martin's Press, 1968, pp. 289–311.

[1] 本文基于1936年1月在古典学协会年会上宣读的论文(概要见 *Proceedings of the Classical Association* xxxiii [1936]: 38–40)。关于这些话题的进一步讨论可参阅H. Gundert, *Pindar und sein Dichterberuf*, Frankfurt am Main: Klostermann, 1935; J. Duchemin, *Pindare Poète et Prophète*, Paris: Les Belles Lettres, 1955; H. Maehler, *Die Auffassung des Dichterberufs im frühen Griechentum*, Göttingen, Vandenhoeck & Ruprecht, 1963。特别是C.M. Bowra, *Pindar*, Oxford: Clarendon Press, 1964, 尤见第一章(参见本辑第3—53页——(转下页)

一、诗歌的名称与本质

品达最喜爱的诗歌名称是 σοφία【智慧】(形容词 σοφός【有智慧的】最早见于公元前 498 年的 *Pyth.* x. 22，名词 σοφία 最早见于公元前 490 年 *Pyth.* vi. 49)；在作于公元前 480 年之后、可能在公元前 476 年之前的 *Isth.* v. 28 中，他用 σοφιστής【σοφία 的践行者】来表示"诗人"的意思，而且在公元前 464 年的 *Ol.* xiii. 16-19 中，他还把酒神颂歌的发明也归入 σοφίσματα (并非全是诗体)，但是动词 σοφίζεσθαι (σοφιστής 和 σοφίσματα 由此派生) 在他现存的诗歌和残篇中从未出现过，无论是一般意义上的"使人有智慧"[2]，还是特殊意义上的"创作诗歌"[3]。《致赫尔墨斯的荷马颂诗》第 483 行在"诗歌"的意义上将 σοφία 和 τέχνη 相联系；在梭伦的残篇中，可能还有塞诺芬尼和赫拉克利特的残篇中，同样可看到相同含义的 σοφία[4]。阿特奈奥斯告诉我们，多数人是用 σοφιστής 来描述戴面具的哑剧演员，这种演员斯巴达人则称之为 δεικηλισταί[5]；不仅品达，还有埃斯库罗斯[6]和克拉提诺斯 (Cratinus)[7]也是在"诗人"的意义上使用 σοφιστής，而根据欧斯塔提奥斯 (Eustathius) 的说法[8]，索福克勒斯把该词用在一个 κιθαρῳδός

(接上页) 译者按) 和第九章。我对原文稍做扩增，尤其是第一节和第二节的开头，其他只在措辞上有一两处改动，注释则是全新的。引文根据本书序言所陈述的原则做了修订；我特别受惠于埃德蒙兹所整理的极为有用且尚未被取代的引证 (*testimonia*)，见于 J.M. Edmonds, *Lyra Graeca*, London: Heinemann, 1924–1928；*Elegy and Iambus*, London: Heinemann, 1931。

2　例如 Hesiod, *Works and Days*, 649。(原文脚注很少，引用古典文献时都是采用夹注的方式，由此正文显得支离破碎。为方便阅读，今将夹注和部分括号里的内容移至脚注，与品达直接相关的则保留于原处。作者引用古典文献时附有英译文，因此中译也主要根据英译文翻译——译者按)

3　伊比科斯 (Ibycus, fr. 3 [**282**]. 23) 和特奥格尼斯 (Theognis 19) 在此意义上使用该词。

4　Solon, 1.52; Xenophanes, B 2.12; Heracleitus, B 112.

5　Athenaeus, xiv.621f.

6　Ath. xiv.632c = fr. 621 Mette.

7　Clem. *Alex. Strom.* i.23 (经查阅，准确出处应为 i.24——译者按) = fr. 2 Kock-Edmonds, 引自 *Archilochoi*。

8　1023.13-15，讨论《伊利亚特》第十五卷第 412 行。

【用基塔拉琴自弹自唱的歌手】身上[9]，喜剧家欧波利斯(Eupolis)[10]则用在一位 ῥαψῳδός【史诗吟诵者】身上。欧迈奥斯(Eumaeus)将诗人和医生、占卜师、木匠（或制矛者，或船匠）都归为 δημιόεργοι【公共领域的技工】的做法[11]，荷马史诗——特别是《奥德赛》——在提及诗人的老师和信息来源时的用语[12]，同样也都暗含着诗歌乃具有极高技巧的专业活动这一思想[13]。另一方面，我们必须注意苏格拉底的说法，即诗人不是凭借 σοφία 来创作，而是依靠"某种天赋"(φύσει τινί)，在一种堪与先知和占卜师相比拟的神启状态中创作[14]；由此引申出后世文学批评经常谈到的技艺(τέχνη、σοφία)与"天赋"(φύσις)、ars 与 ingenium 的对立。

对品达来说，他给 σοφία 下的定义使这一对立显得毫无意义（Ol. ii. 86-88）：

> σοφὸς ὁ πολλὰ εἰδὼς φυᾷ·
>   μαθόντες δὲ λάβροι
> παγγλωσσίᾳ κόρακες ὥς ἄκραντα γαρύετον
> Διὸς πρὸς ὄρνιχα θεῖον

（"生而知之者是有智慧的；但受饶舌欲望驱使的学而知之者，就像乌鸦对着宙斯的圣鸟［即老鹰］徒然狂叫"）。古代注疏家认为双数的 γαρύετον 是在影射西蒙尼德斯(Simonides)和巴库利德斯(Bacchylides)。这种解释得到了巴库利德斯本人诗句(fr. 5)的支持：

9　fr. 906 Pearson. 参见 Pearson ad loc.；在《阿勒特斯》(Aletes)中，索福克勒斯在"善于做智识发现的人"的意义上使用 σοφιστής(Stob. iii.8 = fr. 101 Pearson)，可比较希罗多德称希腊七哲和毕达哥拉斯为 σοφισταί；贬义的"智术师"含义最早见于《被缚的普罗米修斯》(第62、944行)，但其流行则主要归功于柏拉图。（我们有很好的理由把《被缚的普罗米修斯》当作埃斯库罗斯最后的作品之一，创作于公元前458年和他去世的公元前456/455年之间）

10　fr. 447 Kock-Edmonds.
11　Od. xvii. 383.
12　例如 viii. 480-481, 488; xxii. 347-348。
13　可比较亚里士多德将 σοφία 定义为 ἀρετὴ τέχνης，见于 Eth. Nic. 1141a11，该处援引菲狄亚斯和波吕克莱托斯为例。
14　《苏格拉底的申辩》22 b-c，在《伊翁》中又有所扩展。

> ἕτερος ἐξ ἑτέρου σοφὸς
> τό τε πάλαι τό τε νῦν. οὐδὲ γὰρ ῥᾷστον
> ἀρρήτων ἐπέων πύλας
> ἐξευρεῖν

("一个人从另一个人那里学到智慧,无论过去还是现在;发现未曾言说之话语的大门并非易事",比较罗马喜剧家所说的 nullumst iam dictum quod non sit dictum prius【如今所说的,无一不是先前已经言说过的】)。这些诗句表明,在巴库利德斯看来,被品达称作"学而知之者"的人也是有智慧的。西蒙尼德斯拒绝限制诗歌的题材,这也印证了古代注疏家的解释[15]。品达对西蒙尼德斯和巴库利德斯的抨击,不能单纯解释为文人相轻的症候,尽管此类传统的确可以归于品达;此处其实是一种原则冲突,品达对 σοφία 的定义,是其关于人类所有优秀品质均源于遗传的一般观念所固有的。从他提及 φυά(本意是"某人生来就有的东西")和什么是 συγγενής【天生的】的诗句中可以看出这一点,例如在 *Ol.* ix. 100-104 中:

> τὸ δὲ φυᾷ κράτιστον ἅπαν· πολλοὶ δὲ διδακταῖς
> ἀνθρώπων ἀρεταῖς κλέος
> ὤρουσαν ἄρεσθαι·
> ἄνευ δὲ θεοῦ σεσιγαμένον
> οὐ σκαιότερον χρῆμ' ἕκαστον

("在任何情况下,与生俱来的东西都是最好的;但是许多人却追求通过从凡人那里习得的技艺而获得名声。若无神助,对个人的事迹不发一言并非拙笨")。又如在 *Pyth.* viii. 44-45 中:

> φυᾷ τὸ γενναῖον ἐπιπρέπει
> ἐκ πατέρων παισὶ λῆμα

15　迪尔(Diehl)将之归于斯特西科洛斯(Stesichorus fr. 25a [**947**])名下的那些诗句,几乎可以肯定应重新归于西蒙尼德斯。

("由于天性，从父辈那里继承下来的高贵精神就显现在子孙身上"）；又如在 *Nem*. iii. 40–42 中：

> συγγενεῖ δέ τις εὐδοξίᾳ μέγα βρίθει.
> ὅς δὲ διδάκτ' ἔχει, ψεφεννὸς ἀνὴρ
>   ἄλλοτ' ἄλλα πνέων οὔ ποτ' ἀτρεκεῖ
> κατέβα ποδί, μυριᾶν δ' ἀρετᾶν ἀτελεῖ νόῳ γεύεται

("有人因为继承所得的声誉而举足轻重；而那种其能力只来自所学的人，则卑微无名，他们欲求多变，不能以沉稳的步伐走进竞技场，却又怀着稚嫩的心，想要尝试无数的功业"）。

不过，教育在品达的体系中自有其地位。这可以从他因赞美雅典教练员墨勒西亚斯（Melesias）而向埃吉纳人辩解中看出来（*Ol*. viii. 54–61）：

> εἰ δ' ἐγὼ Μελησίᾳ ἐξ ἀγενείων
> κῦδος ἀνέδραμον ὕμνῳ,
> μὴ βαλέτω με λίθῳ τραχεῖ φθόνος· ...
> ... τὸ διδάξασθαι δέ τοι
> εἰδότι ῥᾴτερον· ἄγνωμον δὲ μὴ προμαθεῖν·
> κουφότεραι γὰρ ἀπειράτων φρένες

("如果我在颂歌中渲染了墨勒西亚斯因训练无髭少年[或者我们可称之为'新手']而获得的荣耀，请不要让嫉妒用粗砺的石头砸我；……毕竟，教学对懂的人来说轻而易举，愚蠢的是不事先学习——没有经验之人的心缺乏沉稳"）。这种对经验之重要性的强调，也出现在 *Ol*. iv. 22 中：διάπειρά τοι βροτῶν ἔλεγχος【充足的经验是对凡人的考验】。类似的句子亦见于阿尔克曼（Alcman）的 πεῖρά τοι μαθήσιος ἀρχά【经验是知识的源头】[16]，和被斯托拜奥斯归在赫尔

---

16   fr. 109 (**125**).

米奥涅的拉索斯（Lasus of Hermione）名下的格言[17]，即经验乃万事万物中最有智慧者。因此，我们有理由将品达给叙拉古僭主希耶罗（Hiero）的建议 γένοι' οἷος ἐσσὶ μαθών（*Pyth.* ii. 72）解释为"发掘你自己的能力并加以培养"。由此也就能理解，为什么品达强调 πόνος【辛劳】是真正成功的本质要素，例如 *Pyth.* viii. 73-76：

εἰ δέ τις ἐσλὰ πέπαται μὴ σὺν μακρῷ πόνῳ
πολλοῖς σοφὸς δοκεῖ πεδ' ἀφρόνων
βίον κορυσσέμεν ὀρθοβούλοισι μαχαναῖς·
τὰ δ' οὐκ ἐπ' ἀνδράσι κεῖται· δαίμων δὲ παρίσχει

（"如果某人不费吹灰之力便获得了许多好处，众多愚人便会认为他是个智者，能用源自正确意见的手段来实现自己的人生；但是，那并非人力所及——只有神能够给予如此的保证"）。因而或许可以这么讲，对品达来说，*poeta et nascitur et fit*【诗人既是天生的，也是后天造就的】；如果某人缺乏天赋，那再怎么训练也不能让他成为诗人（或运动员，或战士），但如果没有训练，那天赋就只会白白浪费掉。传统说法可以证实，品达的实践和他的理论是一致的。我们可以看到，在据称是他老师的人当中，就有著名笛手斯科佩利诺斯（Scopelinus）、赫尔米奥涅的拉索斯（据说此人对酒神颂歌之发展为艺术有过卓绝的贡献），以及西蒙尼德斯本人——人们不禁设想，品达和西蒙尼德斯后来反目成仇，其根源就潜藏于西蒙尼德斯的一些格言警句，诸如由亚里士多德保存下来的、他对出身良好之人（εὐγενεῖς）乃世代富裕之人（οἱ ἐκ πάλαι πλουσίων）的定义，或者被文法学家特翁（Theon）引用的、他认为人不应该严肃对待任何事情的说法。

正如品达对 σοφία 的定义看来有别于常人，其对缪斯女神的态度亦是如此。更早的诗人似乎要么完全不提缪斯，要么只把自己当成缪斯的代言人。这是荷马的习惯，也是赫西奥德的习惯[18]。在某些

---

[17] Stobaeus 29.70.
[18] 例如《伊利亚特》第1行和《奥德赛》第10行以及《神谱》第105行。

特殊情况中，缪斯扮演着百科全书的角色，给诗人提供某些信息，其中有些是他本人无法记住的细节（譬如荷马的舰船名录[19]），有些则是他完全陌生的主题（譬如赫西奥德为自己大胆谈论船只所做的辩解[20]）。对此，我们也可以引用伊比科斯的话：

καὶ τὰ μὲν ἂν Μοῖσαι σεσοφισμέναι
εὖ Ἑλικωνίδες ἐμβάιεν λόγῳ·
θνατὸς δ' οὔ κεν ἀνὴρ
διερὸς τὰ ἕκαστα εἴποι...[21]

("这些事情，训练有素的赫利孔山的缪斯女神可以明白无误地言之成句；但凡人却无法清楚地说出所有细节〔即关于特洛伊战争的细节〕")。对这一段的解释存在争议[22]；但这似乎清楚地表明，对缪斯的这种看法在公元前6世纪仍然流行，而且我们可以大胆猜测，希罗多德的《历史》后来被冠以"缪斯女神"的名字（被分为九卷，每卷对应一位缪斯女神），可能不是因为作者文风的魅力，而是因为其内容具有百科全书般的性质。

至于品达时代的用法，巴库利德斯可以提供一个"对照"。当他提及缪斯时，多数情况是含糊不定的——有两处和品达自己的用法相似。巴库利德斯9.3的 Μουσᾶν προφάτας【缪斯的解释者】，对应品达的 ἀοίδιμον Πιερίδων προφάταν【皮埃里德斯的歌声悦耳的解释者】（见于 Pae. vi.6)，和 μαντεύεο, Μοῖσα, προφατεύσω δ' ἐγώ【缪斯啊，请颁布神谕吧，我将做你的解释者】（见于 fr. 137)；而巴库利德斯12.1-3：

ὡσεὶ κυβερνάτας σοφός, ὑμνοάνασσ' εὔθυνε, Κλειοῖ,
νῦν φρένας ἀμετέρας

19　*Il.* ii. 484-493.
20　*Works and Days*, 661-662.
21　Ibycus 3 **(282)**, 23-26.
22　例如参见莫里斯·鲍勒爵士的讨论（Sir Maurice Bowra, *Greek Lyric Poetry*, Oxford: Clarendon Press, 1936, p. 268〔1961, pp. 255-256〕)。

（"颂歌女王克利奥啊，你像娴熟的舵手，现在请指引我的心灵吧"），则大致对应品达的 εὔθυν' ἐπὶ τοῦτον, ἄγε Μοῖσα, οὖρον ἐπέων【来吧缪斯，请把言辞之煦风指引给他】。但有两个段落特别重要。其一是巴库利德斯 15.47，该处请求缪斯讲述是谁第一个说出那些正义的话语[23]；其二是巴库利德斯 3.3，该处召唤克利奥歌颂德墨特尔（Demeter）与科瑞（Kore）以及希耶罗（Hiero）的马。就像赫西奥德和阿基洛科斯（Archilochus）一样，巴库利德斯将自己说成是缪斯的侍从（θεράπων），实际上他还引用了《神谱》的序诗（5.193）。顺便补充一句，他比品达更喜欢直呼个别的缪斯女神[24]，但不像品达那般喜欢用作为通称的 μοῦσα【缪斯】，无论单数还是复数。

品达固然承认缪斯无所不知，但他的用法似乎跟前辈们很不一样。缪斯会倾听和惩罚他，如果他偏离真相的话，无论出于何种原因。要看出这一点，可以比较 *Paean* vi. 54-58：

   ἀλλὰ παρθένοι γὰρ ἴστε γε Μοῖσαι
   πάντα, κελαινεφεῖ σὺν
   πατρὶ Μναμοσύνᾳ τε
   τοῦτον ἔσχετε τεθμόν,
   κλῦτε νῦν

（"但是处女神缪斯，既然你们无所不知，而且从集云的天父和记忆女神那里接受了这一法则，现在请你们倾听吧"），和 *Ol.* vi. 19-21：

   οὔτε δύσηρις ἐὼν οὔτ' ὦν φιλόνικος ἄγαν
   καὶ μέγαν ὅρκον ὀμόσσαις τοῦτό γε οἱ σαφέως
   μαρτυρήσω· μελίφθογγοι δ' ἐπιτρέψοντι Μοῖσαι

（"因为我不好争辩，也不喜竞胜，而且立过重誓，我将明白无误地为

---

 23 这是一种荷马式用法，可比较 *Il.* xi. 218-220。
 24 品达呼唤过卡利奥佩（Calliope）和特尔普西科瑞（Terpsichore）各一次，而巴库利德斯呼唤卡利奥佩两次，克利奥和乌拉尼娅（Urania）各四次。

他作此见证；声音甜美的缪斯将会监视此誓"）。在其他方面，他关于诗人与缪斯之关系的观念似乎也是原创的，而且与他对诗歌的原创定义是一致的。我们很容易就能区分出他用复数和用单数称呼缪斯的段落，不过总体上这种变化似乎不是很重要。如果忽略那些把缪斯当作奥林坡斯山实际居住者的段落[25]，我们会发现使用复数的所有例证都符合诗歌乃遗传与训练共同造就之定义。缪斯从未通过诗人之口说话。诗歌虽然本质上是神灵通过缪斯赋予的，但直接来源于诗人本身；缪斯所教授给他的，必定会和他自身心灵之所思融合成一和谐的整体；但如果他对真相有丝毫的违背，缪斯作为宙斯和记忆女神的女儿，乃是真相的最终裁决者，他将为此向她们及其领袖阿波罗（Μοισαγέτας Apollo）交代，"因为对他来说，接触谎言不合律法"（*Pyth.* ix. 42）。诗人与缪斯、遗传与教育的相互关系，集中表现在品达最喜欢用来描述诗歌的三个隐喻：编织、犁耕和混酒。有一次，缪斯和诗人作品的关系还被描述成母亲和孩子的关系（*Nem.* iv. 3；可比较 *Nem.* iii. 1，该处缪斯成了诗人的母亲）。

在品达用单数来指称缪斯的段落中，有四处如果我们细看的话并不能获得什么，在这四处中 Μοῖσα 意指"诗歌的艺术"（或者更具体地说是指"一群诗人"）：*Pyth.* x. 37（北极人）、*Ol.* xiii. 22（科林斯）、*Paean* iv. 20-23（凯奥斯———一段出人意料的对西蒙尼德斯和巴库利德斯家乡的赞美）、fr. 189.3（斯巴达）。在剩余的段落中，多数和定义是一致的：缪斯为诗人看护投枪（*Ol.* i. 112），当诗人发明新的诗歌风格时监临之（*Ol.* iii. 4），在宙斯之女真理女神的帮助下消除撒谎的责难（*Ol.* x. 3），让他的话一语中的（*Nem.* vi. 27），使他成为给希腊带去真知灼见的使者（fr. 61.20），或充当发布神谕的女祭司，由他来解释她的话（fr. 137）。在摘自跨度长达二十年的作品（从公元前485年的 *Nem.* vii 到公元前462/461年的 *Pyth.* iv）的大约七十个段落中，只有四处看起来和这种诗歌具有双重本质的理念相悖。其中三处（*Pyth.* i. 58-59; iv. 1-3; *Nem.* iii. 1-5），缪斯亲自歌唱；从上下文来

25　例如 *Pyth.* i 的开头，*Pyth.* iii 中卡德摩斯（Cadmus）与哈尔摩尼亚（Harmonia）的婚姻，*Pyth.* iii 和 *Nem.* v 中佩琉斯（Peleus）与特提斯（Thetis）的婚姻，*Isth.* viii 中阿基琉斯的葬礼。所有这些，都有相似的荷马诗句。

看，在每一处品达都把颂歌的实际创作委托给他人，在这些段落中我们应当把Μοῖσα理解为"我的诗作"。而在第四处（*Nem.* vii. 78-79），缪斯把黄金和象牙镶嵌在一起，并从海洋的露水（即珊瑚）下撷取百合般的花朵编成花冠；这里似乎只有品达式的华丽隐喻，才能将缪斯的行为跟荷马式的，甚至维吉尔或德莱顿的传统缪斯区别开来。

二、诗歌的恰当题材及其社会功能

荷马知道诗歌有许多类型，每一种都有其独特的形式、题材和社会功能：献给诸神的颂诗（hymns），其代表是赞歌（paean），用以抚息阿波罗的愤怒（*Il.* i. 473），或者作为对获胜的感恩（*Il.* xxii. 391）；有些是劳动歌，譬如利诺斯歌（Linos, *Il.* xviii. 570）；有些是演奏歌，给舞蹈演员伴奏（*Il.* xviii. 590-606或*Od.* viii. 266-367）；有些是婚嫁歌和哀歌。对本文来说最重要的或许是，有一类叙事诗叫作"武士传奇"（κλέα ἀνδρῶν，可进一步定义为"从前的武士之传奇，英雄传奇"[τῶν πρόσθεν... κλέα ἀνδρῶν ἡρώων]，见于*Il.* ix. 524-525）。这些传奇的主要功能有两重，一是保存对过去的记忆[26]，二是为有关未来的明智建议提供基础[27]。不过，这些也可以用作娱乐，或者让人忘记苦恼[28]。这最后一种功能也得到了赫西奥德的认可[29]；这种观点当然一直存在（几乎没必要多提，品达使用过γλυκύς【甜蜜的】和τερπνός【令人愉悦的】等形容词，也经常将缪斯女神和美惠女神相联系）；但赫西奥德还增加了一个新功能，即教育功能，由此他将诗歌的题材扩展到人们能够从中合理要求提供教导的所有话题，就像在《劳作与时日》和名录诗中的情况那样。但不幸的是，缪斯既有神的美德，也

---

[26] 可比较海伦充满自觉的话，见于*Il.* vi. 356-358。
[27] 可比较福尼克斯引用墨勒阿革尔的传奇，见于*Il.* ix. 529-605，或者涅斯托尔诉诸自身的经验。
[28] 例如阿基琉斯的做法，见于*Il.* ix. 186-191。
[29] *Theog.* 98-103，该处把此类诗歌的主题界定为κλεῖα προτέρων ἀνθρώπων... μάκαράς τε θεούς。

有神的缺陷；她们是记忆女神的女儿，但同时亦如她们自己所说：

> ἴδμεν ψευδέα πολλὰ λέγειν ἐτύμοισιν ὁμοῖα,
> ἴδμεν δ' εὖτ'ἐθέλωμεν ἀληθέα μυθήσασθαι[30]

("我们知道如何讲述许多似是而非的谎言，而如果我们愿意，我们也知道如何说出真实的话语")[31]。随着诗歌功能的另一种观念——记录当代事件和人物——的发展，缪斯虚构故事的秉性在公元前6世纪变得很重要。我们可以拿阿基洛科斯的诗句：

> οὔτις αἰδοῖος μετ' ἀστῶν οὐδὲ περίφημος θανὼν
> γίγνεται[32]

("没有人死后能在公民当中获得尊重或声名")，或斯特西科洛斯的诗句 θανόντος ἀνδρὸς πᾶσ' ἀπόλλυται[33] ποτ' ἀνθρώπων χάρις[34]【当一个人死了，人们给予他的所有感激也将烟消云散】——这两句没有该观念的痕迹——来对比稍后萨福的诗句：

> κατθάνοισα δὲ κείσῃ, οὐδ' ἔτι τις μναμοσύνα σέθεν
> ἔσσεται οὐδέ ποτ' εἰς ὕστερον· οὐ γὰρ πεδέχῃς βρόδων
> τῶν ἐκ Πιερίας[35]

("你死后将会躺下，今后也不会再有关于你的回忆，因为你未能享有来自皮埃里亚的玫瑰［即缪斯所给的花］)"。值得注意的是，此处

30　*Theog.* 27–28.
31　赫西奥德的这些话没有指向某个具体的人或团体，但我们可以指明：他自己的诗作必然可以推断是真实的，但"似是而非的谎言"显然更加常见，最能够骗人的必定是荷马。赫西奥德知道荷马，这无须额外证明；但荷马至少知晓赫西奥德的部分作品，也并非绝无可能。
32　Archilochus 64 (**117** LB). 1–2.
33　我认为斯卡利杰（Scaliger）的校订是解决此处文本问题的最佳处理办法。
34　Stesichorus 24 (**245**).
35　Sappho 58 (S **55**), 1–3.

只有关于诗人的记忆保存下来），或者塞诺芬尼的诗句[36]，诗里说对诗人的慷慨赢得了荣耀，而这种荣耀

> Ἑλλάδα πᾶσαν ἀφίξεται, οὐδ' ἀπολήξει
> ἔστ' ἂν ἀοιδάων ᾖ γένος Ἑλλαδικόν

（"……将传遍全希腊，只要希腊诗歌一脉尚存，它就不会消失"），又或者特奥格尼斯的诗句（Theognis 237-252）。

这种将诗歌视作历史记录的设想，与诗人乃是骗子的批评有关，这方面的例子有梭伦和赫拉克利特[37]。另一方面，我们又看到克勒奥布利娜（Cleobulina fr. 2）认可并且为艺术中的幻象辩护：

> ἄνδρ' εἶδον κλέπτοντα καὶ ἐξαπατῶντα βιαίως,
> καὶ τὸ βίᾳ ῥέξαι τοῦτο δικαιότατον

（"我看到有人用强力使诈和欺骗；但这种强行之举的结果却是最正当的"）。诗的语境使得这里所给出的解释是可能的。

其他早期涉及题材的说法，有被普鲁塔克归在科琳娜（Corinna）名下的格言[38]，即"故事"（μῦθοι）乃是诗歌之"成果"（ἔργον）[39]；还有上文已经提过的西蒙尼德斯的残篇：

> ἁ Μοῦσα γὰρ οὐκ ἀπόρως
> γεύει τὸ παρὸν μόνον, ἀλλ' ἐπέρχεται
> πάντα θεριζομένα[40]

（"缪斯不只是无奈地尝试她所能触及的事物，而是一路前进，收获着

36　Xenophanes B 6.
37　Solon 21 πολλὰ ψεύδονται ἀοιδοί【歌手谎话连篇】；例如 Heracleitus B 57。
38　Plutarch *Glor. Ath.* 4.
39　就其处理主题的方式而言，她起码说得十分巧妙，她所描述的是英雄和女英雄的 ἀρεταί "德性"，见于 fr. 16 (**664** [b])。
40　见上第57页 = Stesich. fr. 25 a (**947**).

一切东西"），这句诗正好有一种 παγγλωσσία【饶舌】，据说品达在 Ol. ii 中曾为此攻讦过西蒙尼德斯[41]。

  要了解品达自身对这一问题的态度，最好的方式是仔细看看他提及其他诗人的诗句，特别是荷马、科琳娜和阿基洛科斯。对于荷马，两个主要段落是 Nem. vii. 11-24 和 Isth. iv. 41-46。在第一处，品达说："如果有人成功了，他就将一个甜美的题目投入[42]缪斯的溪流；因为如果没有颂诗，即使强悍的勇力也会在黑暗隐没不见。我们只知道一种方式可以看清[43]高尚事迹，如果为了头戴闪亮束发带的记忆女神，诗歌的崇高之语里有对辛苦的酬报……富人与穷人一同越过死亡的边界。但我认为，由于声音甜美的荷马，人们对奥德修斯的谈论要多过他所遭受的苦难。他的谎言和有翼飞翔的技艺之上有一种庄严，他的技艺欺骗了人们，用故事使人误入歧途。"这一段包含了品达基本观念的大部分——高尚事迹如果无人记录就会被遗忘，不朽的声名是诗人给予的，诗人理所当然不能夸大其词[44]。Isth. iv 赞扬了荷马。埃阿斯（Ajax）由于自杀而在希腊人中声名不佳，"但荷马给他带来了大众间的荣耀，因为他把他的所有美德都立了起来，并借着神奇言辞的魔杖[45]讲给后人，让后人为之欢呼。如果有人能言之成章，这声音也将永传不灭；高尚事迹的光芒将越过丰饶的大地和海洋而长明不熄"。这不仅多了品达关于诗歌普遍性的设想，这种设想之于理解他对科琳娜的态度至关重要，而且多了 ἀρετά【德性】乃物

---

  [41] 佩奇（Page）将此残篇归为佚名作品，这会比迪尔将其归于斯特西科洛斯更稳妥一些，但这里不必像佩奇那般谨慎：在上下文中，Σιμωνίδειος 的使用可以支持先前将之归于西蒙尼德斯的观点（Bergk、Hiller），残篇的格律和风格至少是西蒙尼德斯式的。

  [42] 就 ἐν- 所带有的强调，或许应该说是"投给"。

  [43] ἔσοπτρον 通常翻译为"镜子"，但这似乎可以很自然地跟阿尔凯奥斯的 δίοπτρον [Alcaeus 104 (A 333)]联系起来，后者无疑是指"某种识破的方式"。

  [44] 应注意，"他的"有些模棱两可；品达可能是指奥德修斯的谎言而非荷马的谎言，或者兼而有之。

  [45] κατὰ ῥαβδόν: 在讨论这几个词语时，鲍勒（Bowra, Pindar, p. 71 n. 1）正确地断定，品达指的是"荷马史诗吟唱者所持的节杖，就像英国国家博物馆瓶画师克勒奥弗拉德斯（Cleophrades）的陶瓶所画的那样"，但这之前还有一句，即"维拉莫维茨（Wilamowitz, P.[即 Pindaros]339）认为 κατὰ ῥαβδόν 隐喻的是纺锤，神话正是通过纺锤来编织的，可比较卡利马科斯的诗句（Callimachus fr. 26.5 P.[即 Pfeiffer]）καὶ τὸν ἐπὶ ῥαβδῷ μῦθον ὑφαινόμενον【神话在纺锤上编织】"。但维拉莫维茨其实是把 ῥαβδός 翻译为"织物的经线"，即"经纱"，于是 μῦθος 就变成了纬纱。

理学家所说的那种自发光物体的观念。

对于品达和科琳娜，不幸的是我们只有后期作家诸如普鲁塔克、保萨尼阿斯（Pausanias）和埃利阿努斯（Aelian）等人的引用。埃利阿努斯留下了一个故事，说品达在忒拜的比赛上曾五次被科琳娜打败，于是称科琳娜为ὗς【野猪】。有人试图证明这个故事是编造的，是源于对 Ol. vi. 89 及以下诸行的误解，该处品达请求斯丁法罗斯的埃涅阿斯（Aeneas of Stymphalus，此人将于当地上演他的颂歌）使其免受 ἀρχαῖον ὄνειδος... Βοιωτίαν ὗν【古老的羞辱，亦即波奥提亚的野猪】。有人力陈，品达是个绅士，不可能对一位女士用这样的词语。这种说法很难站得住脚，这位诗人并非一向优雅得体，有时会称呼其竞争者为猴子、乌鸦和寒鸦；但话说回来，如果将此事仅仅当作骂人畜生的事例，就会错过这则轶闻的全部意义，即使轶闻的真实性十分可疑，它也准确概括了品达和科琳娜的诗歌概念的差异。科琳娜乐于被当作乡下或地方的诗人。她"为塔纳格拉的妇女"歌唱，她自己的"城镇非常享受"她"尖嘹的声音"[46]。因而，对"为世界"而不"为城邦"创作的品达来说，她就是ὗς【野猪】，亦即一个愚钝的波奥提亚人。类似的，一个反对新苏格兰文学运动的苏格兰人，可能会将其敌人称作"蠢驴"，以暗指他们对本土蓟的偏爱。这种称呼并不礼貌，但许多苏格兰人和英格兰人会认为它表达了真正的批评[47]。

提及阿基洛科斯的诗句又增加了一点——诗人有责任避免谩骂，即便这种谩骂是罪有应得的。这点可见于 Pyth. ii. 52-56：

> ἐμὲ δὲ χρεὼν
> φεύγειν δάκος ἀδινὸν κακαγοριᾶν.
> εἶδον γὰρ ἑκὰς ἐὼν τὰ πόλλ' ἐν ἀμαχανίᾳ
> ψογερὸν Ἀρχίλοχον βαρυλόγοις ἔχθεσιν
> πιαινόμενον.

---

[46] fr. 2 [**655** (b) 2-5].
[47] 当然，地方诗人做了回应。据说科琳娜批评品达是"阿提卡中心主义"，鉴于当时波奥提亚（通常也包括品达本人）对雅典的敌意，这一回应虽然不够机敏，但至少同样具有冒犯性。

("但我必须避免恶语不断，因为很久以前我就看到喜好讪谤的阿基洛科斯经常在绝望的困境中食仇恨之恶语而肥")。同样的观点亦见于 *Ol.* i. 54 ἀκέρδεια λέλογχεν θαμινὰ κακαγόρους【口出恶言者常常一无所获】；同样的推论也可得自"海上老人"（涅柔斯或普罗透斯）的建议，见于 *Pyth.* ix. 95—96：

> κεῖνος αἰνεῖν καὶ τὸν ἐχθρὸν παντὶ θύμῳ
> σύν τε δίκᾳ καλὰ ῥέζοντ' ἔννεπεν

("他告诉我们，如果有人全心全意且正当合理地做了善事，即使是仇人也要予以赞美")；上文引用过的 *Ol.* viii 的段落也是同理（见上文第58页）。

概而言之，我们可以说品达关于诗歌之目的的观念，类似于希罗多德的历史概念（i. 1），只不过一般情况下，品达所用的素材本质上排除了 ἔργα μεγάλα τε καὶ θωμαστὰ βαρβάροισι ἀποδεχθέντα【非希腊民族所取得的伟大和令人惊叹的成就】；即便如此，克洛伊索斯的仁慈之举在品达那里并非没有先兆（*Pyth.* i. 94）。

然而，如果品达的诗歌观念要求他"只讲真相"，那他关于避免 κακαγορίαι【恶语】的观点则经常阻止他讲出"全部的真相"。这点最明显地表现在 *Nem.* v 中他对特拉蒙（Telamon）和佩琉斯（Peleus）杀害福科斯（Phocus）的处理上，该诗的第16—18行陈述了他通常依据的原则：

> οὔ τοι ἅπασα κερδίων
> φαίνοισα πρόσωπον ἀλάθει' ἀτρεκής·
> καὶ τὸ σιγᾶν πολλάκις ἐστὶ σοφώ-
> τατον ἀνθρώπῳ νοῆσαι.

("并非每一确切无误的真相一出场就有利可图；沉默往往是人所能倚靠的最明智之举")[48]。这种乖觉的沉默我们也能在叙述柏勒洛丰

---

[48] 可比较西蒙尼德斯的诗句（Simon. **582**）和贺拉斯的改写（Horace *Carm.* iii. 2.25—26）。

(Bellerophon)事迹的诗句找到(*Ol.* xiii. 91 διασωπάσομαί οἱ μόρον ἐγώ【我将对他的命运保持沉默】),在提及赫拉克勒斯和革律翁(Geryon)的诗句中也能找到:

σὲ δ' ἐγὼ παρά νιν
αἰνέω μέν, Γαρυόνα, τὸ δὲ μὴ Δὶ
φίλτερον σιγῷμι πάμπαν[49]

("同他[即赫拉克勒斯]相比,我赞美你,革律翁;但让宙斯不悦之事我会完全沉默")[50];不过,有时品达也会利用其他权宜手段:恐怖的坦塔罗斯(Tantalus)宴会故事便被归于"嫉妒的邻居"(*Ol.* i. 47及以下),而在 fr. 137(169, 1-5 Snell)中,赫拉克勒斯对革律翁的非法侵犯则被解释成文明之举。品达的整个态度和塞诺芬尼截然相反,后者是一个道德家,完全不相信奥林坡斯诸神。品达则是虔诚的信徒,而且正如麦坎博士所揭示的那样[51],他的办法正是历史学家的办法,即当证据与其宗教信念相悖时,他可能会加以删改;但他觉得有义务提醒读者他已经这么做了(克赖顿主教[Bishop Creighton]对教皇亚历山大六世私生活的态度,或许可以作为一个类比)。

品达关于诗歌社会功能的观点是很明确的,但他关于诗人社会地位的观点则不然。他生活在一个转折时代。在佩里安德洛斯(Periander)时期,阿里昂(Arion)可能通过在大希腊和西西里的巡回音乐会积聚了相当可观的财富(Hdt. i. 24);但似乎没有证据表明,公元前7世纪和公元前6世纪初的诗人是"为面包"而创作的。在公元前6世纪后期,像波吕克拉特斯(Polycrates)和庇西特拉图(Peisistratus)这类有教养的僭主,养着一群宫廷诗人[52]。然而,当品达开始创作时,除了一些偏远地方,希腊世界已经没有僭主了,同时真

49　fr. 70 (*Dith.* 2, fr. 81 Snell).
50　*Victrix causa deis placeat, sed victa poetae*【胜利的事业令神愉悦,但失败的事业令诗人愉悦】,似乎是品达的座右铭,正如类似的句子是卢坎的座右铭。
51　Dr. Macan, *Proceedings of the Classical Association,* XXVIII (1931), pp. 44-63.
52　我们或许应加上西库昂的克里斯提尼(Cleisthenes of Sicyon),参见 J. P. Barron, *The Classical Review,* XI (1961), pp. 185-187。

正的"阅读诗歌的公众"还未兴起（我们可以对比18世纪中期的英国，当时一首成功的诗不再能够让作者在政府里获得适当的位置，同时作者也还无法依靠销量维持生计）。传统说法认为，原本可能是以庇西特拉图的门客身份开启生涯的西蒙尼德斯，首先改变方法以适应新环境，创作诗歌以换取报酬。在各种泛希腊赛会上夺冠越来越有声望，这帮了他的忙，因为夺冠者及其家族觉得要有诗歌加以纪念；而且很重要的一点是，西蒙尼德斯是第一个有记载的凯歌创作者。

品达只能追随西蒙尼德斯的先例，但他这么做实属无奈，这点可以从 *Isth*. ii 的开头看出来。他说，先前的诗人如果愿意，可以歌颂俊美的青年：

ἁ Μοῖσα γὰρ οὐ φιλοκερδής πω τότ᾽ ἦν οὐδ᾽ ἐργάτις·
οὐδ᾽ ἐπέρναντο γλυκεῖαι μελιφθόγγου ποτὶ Τερψιχόρας
ἀργυρωθεῖσαι πρόσωπα μαλθακόφωνοι ἀοιδαί

（"他们的缪斯尚不贪财好利，也不是受雇的侍女；悦耳动听、声音温柔的诗歌也不曾满脸镀银，由声线甜美的特尔普西科拉公开出售"）；但如今人人赞同阿尔戈斯人的格言 χρήματα χρήματ᾽ ἀνήρ【钱，钱使人成为人】；品达没有歌颂特拉叙布罗斯（Thrasybulus），而必须赞美克塞诺克拉特斯（Xenocrates），因为后者会为该诗支付报酬[53]。同样的观念出现在 *Pyth*. xi. 41-42：

Μοῖσα, ... εἰ μίσθοιο συνέθευ παρέχειν
φωνὰν ὑπάργυρον...

（"缪斯，……如果你已经学会出售你悦耳的声音以换取报酬……"），品达给阿斯克勒庇奥斯的悼词或许概括了整个要点——*Pyth*. iii. 54

---

53 但如果我们能够相信古代注疏（BD Scholia on *Nem*. v. 1a［Drachmann iii. 89］），那么品达对这条原则的厌恶并不会使他忽视自身的利益。

κέρδει καὶ σοφία δέδεται【甚至技艺也会受利益的束缚】。

这种受制于获利需求的状态,必定会困扰像品达这般精神独立之人。生性顺从的巴库利德斯(品达一定觉得他的智力和艺术水平不如自己)获得了更大的成功,使得恼怒的他发出庸俗的毁谤;当品达尝试享受自我标榜的美妙用处时,他又陷入了 *Pyth.* x 或 *Ol.* i 最后几行的浮夸之中。他的奉承姿态也没能维持太久——他必定一直给那些他希望继续得到其恩宠的僭主们,就其个人言行和对待臣民的态度提供有益但不讨好的建议;因此,他最信赖志趣相同的埃吉纳人,或者他最乐意写诗来纪念他们的胜利,也就不足为奇。

三、技巧

提及技巧的早期资料很少,而且大多接近品达的时代。阿尔克曼的一份残篇,无论就其年代还是就其独立性而言,都值得单独归类。这便是 fr. 92(39):

ἔπη δέ γε καὶ μέλος Ἀλκμὰν
εὗρε γεγλωσσάμενον
κακκαβίδων στόμα συνθέμενος

("通过了解山鹑的发声,阿尔克曼发现了词语和曲调")[54]。这段尤其重要,因为在其他地方,阿尔克曼对诗歌的态度是他那个时代的正常态度。可比较 fr. 7 [14 (a)]:

Μῶσ' ἄγε, Μῶσα λιγεῖα πολυμμελὲς
αἰενάοιδε, μέλος
νεοχμὸν ἄρχε παρσένοις ἀείδεν

---

54 "发声",即发颤声;佩奇的版本,认可施奈德温(Schneidewin)用ὄπα替代στόμα,也认可马尔祖洛(Marzullo)的校订γεγλωσσαμέναν,这明显比文中所用的迪尔的版本更好。

("来吧缪斯,声音清亮的缪斯,长歌不息的众调之主,为少女们开唱新歌吧")。

在差不多同时代的资料中,占据最高地位的应是普鲁塔克所引用的西蒙尼德斯的格言[55],即绘画是无声的诗歌,而诗歌是能言的绘画。品达对此的最佳评论可见于 *Nem.* v 的开头:

> οὐκ ἀνδριαντοποιός εἰμ᾽, ὥστ᾽ ἐλινύσοντα ἐργάζεσθαι
> ἀγάλματ᾽ ἐπ᾽ αὐτᾶς βαθμίδος
> ἑσταότ᾽· ἀλλ᾽ ἐπὶ πάσας
> ὁλκάδος ἔν τ᾽ ἀκάτῳ, γλυκεῖ᾽ ἀοιδά,
> στεῖχ᾽ ἀπ᾽ Αἰγίνας, διαγγέλλοισ᾽...

("我不是雕塑家,雕刻立于基座之上静默不动的造像;不是!在每艘货船的甲板上,在每艘小帆船里,甜美的歌,从埃吉纳而来,咏唱着……")[56]。品达或许会同意劳伦斯·比尼恩的观点:"在我们当下的批评中,'文学性'用于绘画时是一个表示责难的词,当画家试图通过无声的形式和色彩,来表达那些可通过文字更好表达的内容时,这确实是正当的。"[57]但品达真正要批评的是,美术作品是静止不动的,因而无助于传播夺冠者应有的声名。

接下来,我们将这些评论运用于品达自己的作品。上文已经提过,科琳娜批评品达是"阿提卡中心主义",还说μῦθοι【故事】乃诗歌之ἔργον【成果】。她别的有据可查的批评是,品达在运用神话时没有节制,而且更重要的是,当品达为自己的λογιότης【口才】而自鸣得意之时,她回应说所有词汇、格律和曲调方面的技巧都只是ἡδύσματα【佐料】,应当服务于πράγματα【内容】。这非常吻合普拉提纳斯(Pratinas)那个谈论音乐和文字恰当关系的著名残篇,不过让

55　Plutarch, *Glor. Ath.* 3.
56　这远远超出了"有声绘画"的范畴,其对富有同理心的读者的影响,堪比全彩的、三维有声电影;几乎不用闭上眼睛就能看到从埃吉纳出发的船只,听到船员们响彻平静海面的胜利歌声。品达在此宣称的是,他的歌是"比青铜更具流动性的纪念碑",较之大理石亦然;但和贺拉斯或莎士比亚一样,他也知道诗将会更加持久长存。
57　Laurence Binyon, *Chinese Art*, London: B.T. Batsford, 1935, p. 4.

人意外的是，品达被当成一位早期的墨拉尼皮德斯（Melanippides）（但是这里我们又可以对比贝多芬甚至还有瓦格纳的创新在他们的同时代人那里所激起的厌恶）。

在比品达稍早的同代人中，对技巧的兴趣的证据，最后可以提一下拉索斯的"无西格马字母的"颂歌，以及被苏达（Suidas）归在他名下的第一篇论 μουσική【文艺】的文章。

品达提及技巧的地方很少，大多也让人难以确定。有一点很清楚，他认为他将根据一个自觉的计划而创作；不过对于这个计划，他并没有留下多少东西能让我们一探究竟。但是，他确实表达了某些理念，会使用诸如 τεθμός【规则】和 μέτρον【篇幅】等词汇，其用词方式表明这些词当时对他是有重要意义的；涉及他处理类似主题的材料表明，每次都是具体情况具体处理——这正是人们对艺术家的期待。

提及 *dispositio*【谋篇布局】的诗句或许应按时代顺序来考查。首先是 *Pyth*. x. 53–54 (498)：

  ἐγκωμίων γὰρ ἄωτος ὕμνων
  ἐπ' ἄλλοτ' ἄλλον ὥτε μέλισσα θύνει λόγον

（"赞美人的颂诗如蜜蜂般时而飞向这个主题，时而飞向那个主题"）。随便看看这些颂歌就可知，这是品达式艺术的常规原则，但仔细观察则会发现，前后相继的观念之间通常至少存在着心理上的联系，而不似那种将奥瑞斯特斯神话与 *Pyth*. xi 其余部分整合在一起的关联那般牵强（见下文）。

其次是涉及颂歌 προοίμιον【序诗】的两处。第一处是 *Pyth*. ii. 1–3 (486)：

  κάλλιστον αἱ μεγαλοπόλιες Ἀθᾶναι
  προοίμιον Ἀλκμανιδᾶν εὐρυσθενεῖ γενεᾷ
  κρηπῖδ' ἀοιδᾶν ἵπποισι βαλέσθαι

("强大的雅典城是最好的序诗,为唱给阿尔克曼(Alcman[58])强大后裔的马匹的歌曲奠定基础");第二处是 *Ol.* vi. 1-4 (468):

χρυσέας ὑποστάσαντες εὐτειχεῖ προθύρῳ θαλάμου
κίονας, ὡς ὅτε θαητὸν μέγαρον
πάξομεν· ἀρχομένου δ' ἔργου πρόσωπον
χρὴ θέμεν τηλαυγές

("在我们居所的光亮门廊前竖立金柱时,我们应建造一座可供观看的宫殿;在工作开始之初,人们须先立一个光芒远射的门面")。对任何读者而言,这一原则的普世性都是显而易见的。颂歌以呼唤神明开始的情况并不少见,但即使省略了呼唤,开篇通常也会给人一种直奔主题的印象,就像贝多芬第五交响曲开头几个音符所呈现的那样。

这里,我们可能要回到 *Pyth.* xi。我们有充分的理由认为,这是品达现存作品中最晚的一部,年代为公元前454/453年[59]。重要原因之一便是技巧方面的明显退步,这使得奥瑞斯特斯神话和诗的其他部分的关联变得如此难以理解。如果我们有更多最近发现的科琳娜的《奥瑞斯特斯》文本[60],就不会觉得这种联系如此困难;但是,当他迷失本该用以结束神话的主题线索时,要理解品达自己的辩解并不容易——第38—39b行:

ἦ ῥ', ὦ φίλοι, κατ' ἀμευσιπόρους τριόδους ἐδινήθην
ὀρθὰν κέλευθον ἰὼν
τὸ πρίν

("朋友们,我确实在人们变换方向的岔路口转晕了,尽管在此之前我一直走在一条正途上")。这一段,或许还有 *Pyth.* x. 4的τί κομπέω

---

58 原文如此,似应作"阿尔克迈翁"(Alcmaeon)。——译者按
59 参见 C. M. Bowra, *Pindar*, p. 296 n. 2, pp. 402-405。
60 但是佩奇(Page 690)现在将其归于"佚名的波奥提亚诗作"。

παρὰ καιρόν【为何我夸夸其谈？】，似乎是仅有的品达觉得有必要为技巧不佳而辩解的段落[61]。

这促使我们去了解品达所用的中断叙事或话题的手段。一次他用的是"规则和匆匆的光阴"（*Nem*. iv. 33），还有一次是颂诗的"短小篇幅"——*Isth*. i. 60–63：

πάντα δ᾽ ἐξειπεῖν, ὅσ᾽ ἀγώνιος Ἑρμᾶς
Ἡροδότῳ ἔπορεν
ἵπποις, ἀφαιρεῖται βραχὺ μέτρον ἔχων ὕμνος

（"篇幅短小的颂诗，使我无法充分讲述竞赛之神赫尔墨斯为希罗多德及其马匹所提供的所有奖励"）[62]；但是，在 *Pyth*. iv 中他的 τεθμός【规则】允许他写了299行，在其他地方他列出的优胜名单比 *Isth*. i 中还要长得多（例如 *Ol*. ix, xiii, *Nem*. ii）[63]。在 *Pyth*. iv 中，他诉诸时间和他可能给他人树立的坏榜样（第247—248行）：

μακρά μοι νεῖσθαι κατ᾽ ἀμαξιτόν· ὥρα
γὰρ συνάπτει· καί τινα
οἶμον ἴσαμι βραχύν· πολ-
λοῖσι δ᾽ ἅγημαι σοφίας ἑτέροις

（"对我来说，时光渐短，沿大路返回的路线太长；我知道一条捷径，在许多人眼里，我是［诗歌］技艺的领路人"）。在别处（例如 *Pyth*.

---

[61] 加上他隐隐地反对将阿勒克西达摩斯（Alexidamus）的故事写到 *Pyth*. ix 的结尾，这显然是一个谁出钱谁说了算的事例。

[62] 这里赫尔墨斯是作为幸运之神；在争夺冠军的过程中，如果技术相当，偶然性几乎就成了决定性因素。

[63] 鲍勒（Bowra, *Pindar*, p. 331）把 *Pyth*. ix. 77-78 的 βαιὰ δ᾽ ἐν μακροῖσι ποικίλλειν ἀκοὰ σοφοῖς 翻译为"选择一个轻松的故事，将其大幅扩充，然后让智者来聆听！"但品达说过，"伟大的成就总会催生许多故事"；在我看来，就我们对品达观念和实践的了解，更恰当的是他会继续说"但是扩充长篇主题的一小部分，那是给同道中人听的"。自写完这些文字，我又见到两本值得一提的著作：G. Lanata, ed., *Poetica Pre-platonica* (Biblioteca di Studi Superiori xliii), Firenze: La Nuova Italia, 1963; G. M. A. Grube, *The Greek and Roman Critics*, London: Methuen, 1965, 尤其是第一部分"批评之发轫"。

x. 51-52; *Ol.* iii. 43-45），他使用了船的隐喻；但是，他经常轻而易举地处理从一个话题到另一个话题的过渡（例如在 *Ol.* ii. 83 中神话的结尾）。这是弦琴诗之叙事的本质决定的。诗人不是要讲述新的故事，而是要突出常见故事中人们可能不熟悉的某些方面，因而他可以任意扩展、压缩或忽略，甚至打乱情节的真实顺序（例如 *Pyth.* iv 中美狄亚的预言，或 *Ol.* i 中坦塔罗斯的故事）。

（译者单位：安徽师范大学历史学院）

品达诗论中的命名、真理与创生[*]

查尔斯·西格尔
（贺向前 译）

> ψάχναμε να βρούμε πάλι το πρώτο σπέρμα
> για να ξαναρχίσει το πανάρχαιο δράμα.
> 我们重新发现最初的种子
> 为了重启古老的戏剧
> ——乔治·塞菲里斯《神话叙事》

一

韦尔南（Jean-Pierre Vernant）和戴地安（Marcel Detienne）对早期希腊的大量重要研究，已经让我们认识到古风诗歌中显白表述下的心理及文化运作。他们的作品也同样揭示了所谓古风希腊的"神话诗论"（mythical poetics）。他们关于记忆、诗人作为"真理掌管者"、关于"诡诈"（μῆτις）在宇宙创生、诗歌、技艺、权力以及智慧方面变幻角色的专著和文章，精彩地阐明了荷马、赫西奥德、阿尔克曼（Alcman）、西蒙尼德斯（Simonides）等许多作者的隐含意旨和实践。正如韦尔

---

[*] Charles Segal, "Naming, Truth, and Creation in the Poetics of Pindar", *Diacritics* 16 (1986), 65-83.

南在《记忆与时间的神话层面》(Aspects mythiques de la mémoire et du temps)一文中所示，诗人秉笔纪念的能力使他能够跨越古今生死的畛域(Mythe et pensée chez les Grecs 87)。在《古风希腊的真理掌管者》(Les maîtres de vérité dans la Grèce archaïque, 22ff.)一段被反复征引的文字中，戴地安证明了希腊古风时代诗歌中的"真理"(ἀλήθεια)一词并不对应现代意义上的"真实性"(veracity)，而是构成了以下对立体系的一部分：保存与遗忘，光明与黑暗，赞美与诋毁。这些对立是一个口传文化价值体系的重要环节。对于古风诗人来说，"真实"(truthfulness)与其说是事实上的准确，不如说是为了能有效抵抗遗忘的侵蚀。

品达的诗歌站在从口传文化到书写文化的转折点上。这也是一场从古风社会向智术师运动日益活跃的批判精神的变革，前者固守传统而重视过去的经验，大部分智力活动集中于通过记忆来维护集体记录和传统知识，后者的主要气力用于挑战过去和反思传统智慧。在这样的重要时刻，品达这位传统诗人尤其致力于探索"真理"的意涵，并深化它古已有之的"ἀ-λήθεια"含义，即诗人战胜英雄事迹被遗忘的趋势的力量[1]。

在戴地安最近的作品《神话学的创生》(L'invention de la mythologie)中，他指出，即便品达有着保守倾向，他仍然意识到了诗歌叙事或者说"mythos"，即"失真的传统叙述"(le mauvais récit traditionnel)的欺骗性(97-99)。然而，相对于精心装点的(daedalic)"mythos"可能存在的谬误(Olympian 1: 28 ff.)，品达纠正和净化了自己的诗歌叙述。不论对"mythos"有什么样的批评，品达的"真实"归根结底仍是"神话式"(mythical)的。它与不朽神明的永恒性密切相关。为了达致这一真理并将其带入人间，诗人像他所写的英雄一样，象征性地旅行到未知地带，穿越原始混沌的无形之域，进入创生之力(creative energies)和永恒的领域之中。

在品达最重要的现存作品——四卷《凯歌集》(Epinician Odes)

---

[1] 关于这些话题，参见拙文"Tragédie, oralité, écriture"，尤其是第140—142页；此外拙著 Pindar's Mythmaking: The Fourth Pythian Ode 也可参考，特别是第八章。

中,诗人与真理的联系是一个特别棘手的问题。这些纪念希腊各地竞赛胜利的诗歌,是为了特定场合写就的,每一首都庆祝一个单独的事件。胜者出身不同城邦,来自不同传统(尽管他们大体上都共享贵族阶层的价值观),品达根据具体情况运用他的诗艺,但也需要回应这个问题——他所操技艺的恒常何在。意识到自身拥有能够服务不同城邦和不同场合的人的"技艺"(τέχνη)或者"智慧"(σοφία),他想要把自己和唯"利"(κέρδος, Isthmian 2: 6 ff.)是图的"贪利缪斯"区别开。

品达的技艺(如其所言)并非不稳定、见利忘义,以及随之而来的欺骗、权宜、贵族唾弃的不可靠和英雄不为的多变,而是为单一、永久的目标服务[2]。此即他从宙斯和众神那里得来的真理。他的缪斯与宙斯之女"真理"(Truth)站在一起,共同抵御谬误(Olympian 10: 3-6)。在同一首凯歌中,真理也与最初的创生之力、无形之物在奥林坡斯创世序列中的出现、无名之物被命名并获得稳定身份的时刻密切相关。品达对真理的神话化(mythicizing,有些人可能会说神秘化[mystifying]或意识形态化[ideologizing]),在很大程度上取决于它在宇宙论的叙述和伴随诞生故事的建城传说中的作用。真理的这一神话维度,它与诗歌、时间、创生、命名和(宇宙论、政治学和美学意义上的)秩序建立之间的各种关联,正是本研究的主题。

二

品达或许是所有古希腊诗人里对自身艺术的目标、性质以及尊贵最不讳言的人。他在诗歌中力求真理和赞颂,而非欺骗与中伤;后者他认为是荷马《奥德赛》以及阿尔基洛库斯(Archilochus)的特点[3]。

---

[2] "利益"与英雄主义之争在半个世纪后再次出现,体现于公元前409年索福克勒斯所作的《菲罗克忒忒斯》(Philoctetes)中涅奥普托勒摩斯(Neoptolemus)在奥德修斯及菲罗克忒忒斯(以及阿基琉斯)的价值观分歧间面临的选择(例见第77—120行)。

[3] 举例而言,Pyth. 2: 52-56以及Nem. 7: 20-27。又可参见Nem. 8: 32-44。Gentili 13-23和Bernardini 21ff.中对此均有很好的讨论。同时参见拙著Pindar's Mythmaking, Chapter 7。

他的诗得自禀赋和神明赐予的灵感，而非按部就班习得的技艺。然而，在这些专家学者们经常收集和分析的明晰的宣言之外[4]，仍然存在一种隐而未彰的诗论。它不仅出现在对诗歌的直接陈述里，同样也体现在神话以及神话的象征表述中。

其中，起源神话占据相当重要的地位。品达不断回溯事物的源起（ἀρχή）：城邦的建立、宗教习俗的诞生、殖民地和竞技比赛的创立、诗歌的发明、神庙的奠立、马嚼和依印克斯之轮的发明、最早的亲族相杀等[5]。如同任何时代和地方的诗人，对品达来说，诗艺源泉十分神秘，只有通过上下求索才能接近，如同巴门尼德在他的哲学诗《论自然》（On Nature）开头所走的穿越天界的秘径。这个源泉与我们世界的永恒特征的创生过程紧密联系在一起，并以从这些创生过程类推的方式出现。因此品达将宇宙创生、政治社会秩序的建立以及英伟特出子孙的出生加以贯通，借此抓住诗歌的幽微起源。

创生神话暗含诗意的创造。如下文所示，品达偏好生殖行为中父亲扮演的主动的、施加重要影响的创造者角色[6]。在一首只见于相当晚出的概要引述的颂诗中，诗歌的创生与宙斯及赫拉的奥林坡斯婚礼背后的生殖意涵密不可分（Bowra, *Pindar* 12）。在庆典中，宙斯询问众神是否有所求，众神请求宙斯"为自己创造能以词句及音乐进行装点的神明"，以荣耀他经纶宇宙的伟业。因此，这场婚礼是对宙斯将世界领进现存秩序的庆祝。同时，这也是二次创生，是对创生的模仿，目的是用诗歌颂扬宙斯的创生之力。

当新生命获得一个人类的名字，从无名混沌（因此是不存在的、未形于言的）变得明确具体之时，它便更切近人类世界，但同时也有着宇宙创生的回响。在古风时期的希腊，人或事物名实相副的思想

---

[4] 参见 Bowra, *Pindar*, 第一章（参见本辑第3—53页——译者按）; Gianotti, *Per una poetica pindarica*; Maehler, *Die Auffassung des Dichterberufs im frühen Griechentum bis zur Zeit Pindars*。

[5] 参见 *Ol.* 3: 1ff.; *Ol.* 7: 35ff.; *Ol.* 10: 24ff. 和49ff.; *Ol.* 13: 17ff. 和65ff.; *Pyth.* 2: 31ff.; *Pyth.* 12: 18ff.; frag. 46 Bowra = 52i Snell; frag. 61 Bowra = frag. 70b Snell。Bernardini 140, note 55中简略提及品达对起源神话的钟爱。

[6] 参见阿里斯托芬《蛙》，96ff. 狄俄尼索斯寻找"γόνιμος ποιητής"（天才诗人）。关于早期希腊思想中父亲作为双亲中主动的、施加重要影响的一方，参见 Zeitlin 149-184, 特别是169ff.。

是根深蒂固的。我们只需回想埃斯库罗斯描述海伦之名的文句，或者柏拉图的《克拉底鲁篇》(Cratylus)[7]。创生之举本身可能被等同于命名之举。举例而言，希罗多德在他描述阿里翁(Arion)创造酒神颂歌体(dithyramb)时，将"创作""命名"和"教授"(展示)这几个词并列，当作同时发生并且几乎是同义的行为："阿里翁是我们所知第一个在科林斯**创作**、**命名**以及**教授**酒神颂歌的人。"(The Histories 1: 23，黑体为笔者所加)

《奥林匹亚凯歌》(后文简称《奥林匹亚》——译者按)第十首的核心神话是一个创生行为——奥林匹亚竞赛的创立。从人初生便照管其运数的命运女神出席了克罗诺斯丘(the Kronion)从"无名"到被命名的场合。如同《奥林匹亚》第六首中伊阿莫斯(Iamus)诞生的故事(此例后文将详论)，文字分理别异(delimiting)的能力体现于命名的能力之中，与判分有无的神圣时刻密不可分。这个时刻见证诸如史迹的建立(奥林匹亚的圣所)，或者人的诞生(继续在神人之间充当中介的神圣先知)。

三

在品达的《皮托凯歌》(后文简称《皮托》——译者按)第四首，也即现存篇幅最长的古风希腊合唱诗中，上述联系的神话层面得到了一次最丰富的展开。它有两个主题：伊阿宋赢得金羊毛和昔兰尼(Cyrene)的建立。阿尔戈号远征中伊阿宋的船员之一尤菲摩斯(Euphemus)是巴图斯(Battus)的神话先祖；后者将昔兰尼辟作殖民地，同时也是国王阿尔刻希劳斯四世(Arcesilaus Ⅳ)的远祖。这位统治者在公元前462年的皮托竞赛中赢得了战车比赛的胜利，品达为此写下这首凯歌。纵使这部作品直接论及诗歌的很少，却丰富地展现了品达的隐微诗论。凯歌以诗人的时间锚点——σήμερον，也即

---

[7] 参见Fraenkel 681ff.及687。柏拉图《斐德若篇》(Phaedrus)中亦是如此，苏格拉底在第一次发言(238 a–c)末尾，论及欲望的名目与其本质特征不可分离。关于品达，参Quincy, 142–148。

节庆的"今天"开始。他站在阿尔刻希劳斯身旁，后者正在庆祝他的胜利。凯歌以对杳远起源和永恒事物的寥寥几笔叙述结束。品达敦促阿尔刻希劳斯王将被逐的贵族达摩菲卢斯（Damophilus）召回他在昔兰尼的位置。这个行为在神话中的模板是宙斯把战败被囚在塔尔塔罗斯地狱的提坦们解放出来的故事（291）。该举完成了奥林坡斯世界秩序的构建，并确立了宙斯统治地位的至高无上（cf. Hesiod, *Theogony* 617ff.）。流亡者从希腊回返利比亚，将会讲述"他客居忒拜时寻得的不朽（ambrosial）诗歌源泉"。从首行对阿尔刻希劳斯当下在遥远的昔兰尼所获得的、由缪斯所参赞的胜利庆祝开始，我们在尾行来到诗人家乡不朽诗歌的神话起源。诗歌调和了凡尘俗世的单个具体瞬间与存在之域（realm of being），即属于神明永恒生命力的创生之力。

伊阿宋的故事与昔兰尼的建城传说之间的关联是（乔装的）海神特里同（Triton）赠送给阿尔戈英雄尤菲摩斯的一块神秘的土。这块神奇的土壤暗指"不朽的种子"，从中昔兰尼大陆将发荣滋长。如果尤菲摩斯能将这土块善加保存，他的子孙将在四代之后建立昔兰尼，而既然土块被冲刷到海外，建城的壮举就要留待十七世的后人，也即巴图斯这一代来完成了。

戴地安对土块故事背后的叙事特征有过简单的论述。一位求索中的英雄跨过了荒凉、无路可循的πόντος——横无涯涘的大海，是为了给凡人带回一件神明的礼物。这礼物或许是一件带有魔法的物事，或许是珍贵的知识。[8]这个神话类型最具影响力的故事莫过于墨涅拉奥斯（Menelaus）在《奥德赛》中与善于变幻的海神普罗透斯（Proteus）的角力。经受住普罗透斯的惊人变形之后，英雄从他手上攫取了穿越汹涌危险的大海而返家的秘密。品达笔下的英雄也"在特里同沼泽的涡流中"遭遇一位有着类似变形能力的海神特里同（品达没有点出神的名字）。这尊神以凡人的形象出现（cf. εἰδομένῳ, 21; πρόσοψιν, 29）。品达提到，十天之前，阿尔戈号上的人们把船抬到"海

---

[8] 该神话模式在 Detienne, *Maitres de la verité* 34ff. 中有论述，他在第36页注41中简单提到《皮托》第四首。

洋的背面"（26-27）。整个段落强调了大陆与海洋之间的交互[9]。对昔兰尼的海洋创造有着重大影响的会面，发生在一片变幻不定的领域之中：在陆海之间、神人之际、死生之会（参见43f.提及哈德斯的入口）、在安全返航与无尽旅程之间、在牢筑大陆与无垠大海之间。

诗人在开篇吁求他的缪斯"让颂歌的风吹得更大些"（3）。最终他将会"命驾马车大道之上"，ἁμαξιτόν——也即在陆上——当其接近他旅途的尾声：μακρά μοι νεῖσθαι κατ᾽ ἁμαξιτόν【对我来说在马车大道行驶是漫长的旅途】，(247)。阿尔戈号远征途中，从陆海之交的蛮荒湿地中出现的土块正对应着诗人谱就凯歌的创举；通过后者他将四海之外的流亡者从希腊大陆带回非洲海岸，并因此能"排空（放逐的）蚀骨之疾"并在当地"阿波罗之泉"的会饮节庆上享受社交的愉悦（293-295）。在他提到这个昔兰尼地标的时候，荒野湿地的乱流已经变成奥林坡斯音乐与艺术之神的生命之水。然后，流亡者将会发现他身处文明社会有教养的群众（σοφοί[295]）之中，当他"擎起他精心打造的竖琴"（δαιδαλέαν φόρμιγγα）并回望另一座城邦忒拜，在那里他受到过殷勤招待（ξένια），并"寻得不朽诗歌的源泉"（παγὰν ἀμβροσίων ἐπέων, 299）。品达以此结束他的长歌。

"不朽"源泉不仅神化了昔兰尼的"阿波罗之泉"，它也与阿尔戈英雄神话开篇的特里同湿地（20f.）形成鲜明对比。这标志着回返（νόστος）告成，与第32行处据说使得乔装的海神特里同无法留下阿尔戈英雄的"甜蜜返家这一理由"（关于"νόστος"这一主题，cf. Crotty, 106ff.）形成对比。这些词句也将诗人成功完成的凯歌嵌进由一场完结的旅途、甘甜的生命之水、一份能克服死亡而臻至不朽的礼物（"琼浆"[ambrosial]）以及对文明社会的庆祝共同构成的框架之内。因此结尾诗句除了明白申说的实际作用——建议召回一名流亡

---

[9] 因此在陆上搬运的船是"木制海洋"（wood made sea, 27），而从船上冲走的土块则变成一件属海的物事（"从船上冲下，属海的它与咸水一同逝去"，38f）。如果尤菲摩斯将其保存，并将其置于"冥府的地下入口，通往神圣的泰纳鲁斯（Taenarus）"（43—49），他的后代本可以在第四世之时占据利比亚"广袤的大陆"（48），而不用等到第七世。通论陆海之交互，见 Farenga, "Pindaric Craft and the Writing of Pythia", 24-28, 以及拙著 *Pindar's Mythmaking*, chapter 4. 在工艺、诡诈相关神话中出现的类似交互，见 Vernant and Detienne 245ff.的通论。

者——之外，通过刻画跨越辽阔海域获得珍宝（诗人相对于伊阿宋金羊毛的对应物），以及触碰忒拜不朽之泉这一主题，也体现了品达凯歌的隐微诗论。

从无形深渊中涌现出不朽技艺，《皮托》第四首中这一隐约可见的主题在《尼米亚凯歌》（后文简称《尼米亚》——译者按）第七首中更加显明。在后面这首凯歌中，诗人的缪斯"将金子、白象牙以及从海露中取得的百合花接在一块"（Nemean 7: 77-79）。这富于隐喻的创作手法将金子的持久以及花朵的纤弱（λείριον ἄνθεμον, 79）放在一起，前文提到的"编织冠冕"或花环可能也暗示了花朵。然而，不管这成品是珠宝还是冠冕，它并非仅从"接合"金属和象牙的手工而来。同时也需要跃入 πόντος【大海】的原始物质之中，"从海底取出"（ὑφελεῖν）它神秘的花朵。[10]

ποντία ἐέρσα【海露】这一搭配将贫瘠神秘的"πόντος"改造成了丰饶而富有生机的渊府；品达反复致意的"露水"这一意象伴随诗歌创作始终[11]。这几行诗也涉及多种互相对立元素的组合。匠人般的接续工艺与诗人遣词造句的匠心相对。第79行中"海"与"露"产生了巧妙衔接（callida iunctura），咸荒海水正与鲜甜露水相对。这里的创生源起点在微观层面上与杳不可寻的特里同湿地中的对立交汇点产生对应，昔兰尼以土块-种子的形式从后面一处冒出。《尼米亚》其七这一段落将有生命和无生命的物质、金子和植物、海水与露水、文明社会的工艺精华和原始元素联结在一起。

四

在《奥林匹亚》第十首中，英雄赫拉克勒斯创立奥林匹亚竞赛明显是一件人类的创举，但也被吸纳进上文所讨论的宇宙创生进程之

---

[10] 这里的"花朵"长久以来被认为是珊瑚，但是古希腊人似乎尚未对其有所了解。因此这里可能是指一种出产名贵紫色染料的海贝（murex/骨螺）。Boedecker 94对此有讨论。

[11] 关于"πόντος"，参见 Vernant and Detienne, *Les ruses de l'intelligence* 149-151 及 212-215。至于品达笔下的"露水"，参见 Boedecker 92ff。

中。克罗诺斯丘从白雪覆盖中耸现，一如从原始生命之水中出现。

> καὶ πάγον
> Κρόνου προσεφθέγξατο: πρόσθε γὰρ
> νώνυμνος, ἃς Οἰνόμαος ἆρχε, βρέχετο πολλᾷ νιφάδι.

> 于是［赫拉克勒斯］
> 喊出克罗诺斯丘［之名］；因为此前，
> 在俄诺玛奥斯（Oenomaus）辖下，它没有名字，被大雪浸润。
> （49–51）

紧接着命名之举的，是由命运女神襄助的"头生之礼"（first-birth rite）。她们参与人类的诞生，通过时间之神介入。

> ταύτᾳ δ' ἐν πρωτογόνῳ τελετᾷ
> παρέσταν μὲν ἄρα Μοῖραι σχεδὸν
> ὅ τ' ἐξελέγχων μόνος
> ἀλάθειαν ἐτήτυμον
> χρόνος.

> 头生之礼中，
> 命运女神在不远处，
> 亦有时间之神，
> 他独自测验
> 真实不虚之事。(52–55)

那场雪暴，在它的"头生之礼"（πρωτόγονος τελεύτα）中"浸润"了整个场地。这个仪式与出生的奇迹般的"第一性"（firstness）相呼应，象征着新生命的诞生过程，就像一种神奇的、流动般滋养生命的沐浴。

整个段落中主题的出现顺序也很重要：从无名的奥林匹亚丘获

得名字，到大雪覆盖这片区域，再到神圣的头生之礼，最终以时间之神作为真理的测试者出现而结束。命名这一口头行为成为创生过程的一部分，同时也作为真理在时间流逝中对抗遗忘的纪念能力的一部分[12]。与它在诞生与创生过程中起的作用相应，时间通过诗言（the poetic λόγος）与真理一道确保人类的壮举不被遗忘。

品达在他处宣告，诗人所带来的"声名"（κλέος）能垂范"万世"：

καὶ γὰρ ἡρώων ἀγαθοὶ πολεμισταὶ
λόγον ἐκέρδαναν, κλέονται δ᾽ ἔν τε φορμίγγεσσιν ἐν αὐλῶν τε παμφώνοις ὁμοκλαῖς
μυρίον χρόνον.

因为英雄之中善战之士赢得声名，
他们会在竖琴和双管笛饱满的乐声中得到传扬，
直至万世。(*Isthmian* 5: 26–28)

"万世"一词因其处在"跨行"（enjambement）和次节（antistrophe）的起始处，得到了特意强调。

时间与真理对高贵事迹加以保存的反面则是"遗忘"（λήθη）为苦事带来的疗愈。品达在《奥林匹亚》第二首第15—22行诗中展开了他的想法：

无论是守义抑或背义，即便是万物之父——时间，也无法变已成之事为未就（ἀποίητον）。有幸的话还有遗忘（λήθη）。因为在高尚的喜悦中，每当神明的命运从远处送来崇高的幸福，痼疾被制伏而消逝（θνάσκει）。

通过诞生带来的记忆以及"阿勒忒亚"（ἀλήθεια/真理，如 *Olympian*

---

[12] 对这一段落的分析，见 Kromer 420–436，特别是 425–426；以及拙著 *Pindar's Mythmaking*, chapter 5, part ii。

10: 49-55)带来的"不忘"(non-oblivion),诗句和奠基者的创造力保存了伟大的行为。与之相反,"遗忘"(λήθη)和"死亡"(θνάσκειν)是对**不幸**之事的补偿。

因此,在一个结局并不值得诗歌颂扬的诞生神话中,品达保持缄默,停止命名。在《地峡凯歌》(后文简称《地峡》——译者按)第五首中,品达讲述了海洋女神普萨玛忒(Psamathe)之子佛库斯(Phocus)的故事。他被同父异母的兄弟佩琉斯(Peleus)和特拉蒙(Telamon)谋害。在列举三兄弟之后,品达以一行恢弘的诗句追溯佛库斯的神秘先祖,其中对诞生及大海的描写很有荷马遗风:

> ὁ τᾶς θεοῦ, ὃν Ψαμάθεια τίκτ' ἐπὶ ῥηγμῖνι πόντου.
> [佛库斯,]女神之子,普萨玛忒娅在大海之滨诞下了他。
> (*Nemean* 5: 13)

此处陆海之交象征着虚无与诞生之间的过渡地带,同时在被品达按下不表的谋杀故事中,充当生死的中介[13]。因此,这里的诞生主题并非指向永世不坠的声名或者用命名纪念神圣起源的场景(如后文所讨论的《地峡》第六首中的埃阿斯故事),而是对所言之事有所保留,甚或偶尔需要诉诸沉默(14-18)[14]。

作为对辉煌的纪念颂歌的否定,缄默也重新将人浸入无形渊暗。我们已经引述了《地峡》第五首中关于英勇战士"声名"的诗句。在同一首诗中,品达颂扬了在萨拉米斯对波斯人的重大海战胜利,但马上笔锋一转暗讽忒拜的叛敌行为(48-53):

> 萨拉米斯,埃阿斯之城,将在阿瑞斯的见证下,借其水手之力,在宙斯的毁灭之雨,在冰雹般的万人屠戮下挺立。但请浇灭

---

13 参见《奥德赛》卷四,448ff.,墨涅拉奥斯因无顺风助航,滞留于埃及附近一处无人岛屿,"在海滨"等待普罗透斯的海豹从大洋浮出并休眠。Vernant and Detienne, *Les ruses de l'intelligence* 246 讨论了这一段落以及海豹在陆海之间的不确定性及其内涵,同时还提及品达神话中的佛库斯(Φῶκος,意即"海豹-人")。

14 诗人自我噤声是过渡或者打断的程式化表达,cf. *Ol.* 1: 53 及 *Ol.* 9: 35-39。Carey 152-154 亦可参考。

壮言,保持沉默;宙斯给一切事物分配命运,他是万物之主。

"浇灭壮言,保持沉默"(καύχημα κατάβρεχε σιγᾷ)一句将伟大事迹重新置于狂暴自然的混乱之中:宙斯的"雨"和"雹"击杀的人难以计数("万人",50)。从积极的角度来看,后文中的动词"浇湿"(καταβρέχειν)表现神恩和生殖力量的不朽辉光的液态裹覆,这在起源神话中尤为明显(参见 Olympian 6: 55; 7: 34; 10: 50;后文有讨论)。但在此处该词意思恰恰相反,表示最好充耳不闻的事情(比如佛库斯的被害)。紧接着,品达转回竞技胜利的"荣光"(τιμαί)以及颂歌的"甜蜜"(参见 Olympian 10: 98f.,诗人将"用蜂蜜浇注这[获胜者的]英勇之邦";同样参见 Olympian 10: 51)。

另一首(或许)影射希波战争丧乱之苦的凯歌,也展现了类似的将失败和沉默与自然毁灭倾向联系起来的模式。《地峡》第四首第16—21行中,品达讲述一个忒拜家庭的损失(或许是普拉提亚战争,并且是站在波斯人一方),用了一个生动的比喻:在"残酷的战争雪暴"之下,"幸福之家一日连亡四丁"(τραχεῖα νιφὰς πολέμοιο, 17)。宙斯的丰饶金雪照临初生城邦、竞赛以及英雄之上[15],而这般"残酷雪暴"却给战争中的无名死者带去死亡与永夜。在"残酷雪暴"之后,品达表达了春天返回后万象更新的愿望:"而今,在数个阴郁冬月之后,凭借神意,斑驳的土地开满暗红的玫瑰":

> νῦν δ᾽ αὖ μετὰ χειμέριον ποικίλων μηνῶν ζόφον
> χθὼν ὥτε φοινικέοισιν ἄνθησεν ῥόδοις
> δαιμόνων βουλαῖς. (19-21)

动词"ἀνθεῖν"中"绽放"或者"开花"的隐喻,是品达最常用来形容他的诗艺及其表达的生命力的比喻。这意味着诗歌,也包括这

---

[15] 参见下文讨论的 Ol. 7: 34 及 49—50; Ol. 10: 51; Isth. 7: 5—6。《地峡》第四首该段落的其他方面参见拙文"Myth, Cult, and Memory in Pindar's Third and Fourth Isthmian Odes",特别是第70—73页。

首凯歌,都促成了那个家庭的重生[16]。

品达在此表示"黑暗"的"ζόφος"一词,不仅指黯淡无光,也指无形黑暗本身、下界的幽暗混沌,或者极西肃杀之境落日光轮之外无法逾越的黑暗[17]。诗人颂歌带来的光明不仅战胜了死亡与遗忘,也为人类成就在宇宙创生之力中重新排了座次:奥林坡斯的辉光而非下界的幽暗,方向显明而非进退失据,刚健有型而非贫乏紊乱,知其所止而非无所依止,日光、拂晓和春天而非日落、西边和冬天。

《尼米亚》第六首中有个故事,竞技者的胜利使其族人索克莱德斯(Socleides)"不再被遗忘"(ἔπαυσε λάθαν Σωκλείδα, 20—21),其含义没有那么浓的神话色彩。在胜者庆功的场合说出索克莱德斯的名字正是为了"停止遗忘"。诗人赋歌与胜者壮举在克服遗忘一事上可等量齐观。这个等号在数行之后更加明显,品达用了最常用的竞技者比喻之一来描述自己的诗人身份。他想亲自借诗歌之箭射中靶心,吁求缪斯将"这些闻名的话语之风"吹送到胜利的竞技者身上(οὖρον ἐπέων εὐκλέα, 28b—29)。"εὐκλεής"表示诗人的"κλέος"带来的荣誉,被放在诗句中的重要位置。在下列格言般的诗句出现之时,可以明显地看到它与史诗保存生命的力量之间的联系:

> παροιχομένων γὰρ ἀνέρων
> ἀοιδαὶ
> καὶ λόγοι τὰ καλά σφιν ἔργ᾽ ἐκόμισαν

> 对逝者而言,
> (赞颂的)诗歌
> 与话语照管他们的壮举。(29—30b)

16　诗歌的"花朵"隐喻可参 Slater, *Lexicon to Pindar* 中 ἄνθος 词条。也须关注品达在本诗第3—5行许诺用诗歌赞颂得胜者家族之后,后者"在卓越中绽放"的隐喻,以及后文第29行中"诗歌的花瓣"。

17　Austin 92—97讨论了"ζόφος"的含义。品达诗中仅剩的另一处用法指的是赫拉克勒斯之柱以外的黑暗,凡人"无法跨越"这层黑暗(*Nem.* 4: 69)。

这条原则马上与胜者的家族联系了起来：他来自一个"驰誉已久的家族"（παλαίφατος γενεά, 31），已然得到多首颂歌赞美（ἐπικώμια, 32）。因其壮举（ἔργματα, 33; cf. ἔργα, 30b），这个家族成为诗人们，也即"皮厄利亚缪斯们（Pierian Muses）的耕耘者"（32—34）经常歌颂的对象。

在祝胜歌中提及胜者之名，会克服沉默不言可能带来的"遗忘"。品达在《尼米亚》第七首的序诗中更加清楚地表述了这一原则："如果某人通过行动达成目标，他就往缪斯的河川中投下了（歌颂的）甜蜜理由。英勇之举在等待歌颂之时，暗而不彰。但我们心知有一种方式可以映照壮举；如果得到束着明亮发带的记忆女神的帮助，人们就能在诗歌的唱诵中告慰辛劳。"（11—16）记忆女神谟涅摩叙涅（Mnemosyne）自带光环（"明亮的发带"；对比"镜子"），能驱散品达警告的"黑暗"（σκότος）。诗人"被传诵的"诗歌中（参见"κλυταῖς ἐπέων ἀοιδαῖς", 16）保存声名事迹的"κλέος"与记忆女神联系紧密。上文提到，《尼米亚》其六记述了已逝亲族索克莱德斯的名字，品达借此无懈可击地打败了"遗忘"。他把"遏止遗忘"当作诗歌显而易见的主题（ἔπαυσε λάθαν Σωκλείδα, 20），同时他在诗句中用一个具体的名字"索克莱德斯"来对抗遗忘。更普遍地讲，胜者与其家族的名字在凯歌中总是特别突出，这其实是祝胜歌两个不断再现的主题具体的、在地的呈现：（一）涉及记忆女神、声名、诗歌以及"真理"的一系列主题；（二）诞生或创生神话中的命名（ὀνομάζειν及其衍生词）主题。

五．

《奥林匹亚》第七首、第六首，《皮托》第九首以及《地峡》第六首这四首凯歌提出了与创生及起源神话系统相关的诗艺创造（poetic creation）问题。其中也有不少重要主题可与《奥林匹亚》第十首进行比较。

在《奥林匹亚》第七首中，宙斯分配世界，但罗德岛仍然在莽苍难涉的大海（πόντος）深处，"暂不可见"（*Olympian* 7: 55-57）[18]。日光之神赫利俄斯却发现了它，并宣示主权，宙斯因此不必再进行第二次分配（66ff.）。岛屿以数种不同的方式出现：赫利俄斯提醒宙斯注意岛屿的存在时，它"被记起"（μνασθέντι, 61）；它又从子宫般的水域，或者说"从海底升起"（ἔνδον θαλάσσας/αὐξομέναν πεδόθεν, 62）；它"掩藏"在深处之后重见天日（cf. 57-67）；它最终进入了"真实"的领域，而同时言语成为存在和非存在之间已形成的通道的标志：

τελεύταθεν δὲ λόγων κορυφαὶ
ἐν ἀλαθείᾳ πετοῖσαι. βλάστε μὲν ἐξ ἁλὸς ὑγρᾶς
νᾶσος, ἔχει τέ νιν ὀξειᾶν ὁ γενέθλιος ἀκτίνων πατήρ,
πῦρ πνεόντων ἀρχὸς ἵππων

言语主旨达成，落入真实之中；
岛屿从潮湿海面升起，她光耀灼人的生父，
吞火吐焰神马的驭者，
占据着她。(68-71)

天火（celestial fire）取代了神话开篇的渊深黑暗，彼时这座岛屿"仍未见于海面，而是潜藏在咸水深处"（55-57）。此处（57）及神话近结尾处（70）"岛屿"（νῆσος）一词的反复出现表明，这片陆地，之前在水下不为人知，甚至被天父宙斯忽略，现在被空中的光耀之神，被她的"生父"牢牢把控（70-71）。

陆地稳固成型，置身光亮之下，对应语言实化（crystallization）成为"真理"的表征，体现了成就的稳固与确定不移："言语主旨达成，落入真实之中。"（ἀλήθεια, 68-69）"言语的主旨"证明了"人们古老传说"的真实不虚，后者通过"讲述"引入神话（φαντὶ δ' ἀνθρώπων παλαιαὶ/ῥήσιες, 54 行）。同时，"落入真实"的路径又与岛屿从海底

---

[18] 关于"πόντος"，见上文注11。Rubin 77ff. 对其与从原始混沌中浮现之间的联系做了研究。

（πεδόθεν, 62）向上攀升至光线之下（70）的过程形成对称。向上攀升又"落入"这一矛盾被"言语主旨"这个迂回表达强调，以表示故事的完结。正如《尼米亚》第七首第77—79行中诗歌象征的诞生，这次创生也发生在矛盾交会之处："落入"与升天，水与火，潜藏与明亮，遗忘与对抗忘却的"真实"（参照61，以及44-45中的"遗忘的云雾"）。

《奥林匹亚》第七首更靠前的部分还存在另一个降生神话，即雅典娜自宙斯头中诞生。这场诞生同样也招致宇宙创生的回响：女神从宙斯头中出现之时，原始大神乌拉诺斯和盖娅战栗不已（参见"κορυφάν", 36；"λόγων κορυφαί", 68；以及"κεφαλᾷ", 67）[19]。

宇宙创生与城邦在政制和宗教方面的奠立以及神给予的巧夺天工的技艺巧妙地联结在一起。雅典娜诞生的场景突然切换到罗德岛人在赫利俄斯监督下于卫城向雅典娜供奉牺牲的场景。他们忘记携带火种："遗忘（λήθη）的云雾"落在他们身上（45），他们进行了无火的供奉（47）。紧接着宙斯用一片"金云"罩住了罗德岛人，"并降下大量黄金"（49-50），雅典娜同时赋予他们远超他人的手艺（49-53）。

品达选择在这个时刻倒叙起源神话，即罗德岛从海里诞生。在这个故事以及罗德岛卫城上无火祭的场景中，遗忘都被强大天父的回忆行为克服了。宙斯从"金云"降下金雨，消除了妨碍罗德岛人携带火种的"忘云"（49-50）。这片金云又能与雅典娜初生之时包覆城邦的金色降雪产生联系（34-37）。"无火祭"不仅被宙斯奇迹般的金雨纠正，罗德岛从幽暗海底升起并与"光耀灼人的生父，吞火吐焰神马的驭者"（70-71）赫利俄斯结姻，也算对这场仪式的回应。

诞生这一具有创造性的力量以及对遗忘的否定能在更宽泛的意义上类推，不论是从宇宙创生推及政治秩序，还是从宗教崇拜层面推及技术创造。同时，神话空间也拓展至能容纳神、人行动的重要领域：奥林坡斯和天界（第38行中对人格化的海洋以及大地所处宇宙空间的一瞥）；罗德岛卫城上的凡间（42ff.），代表人类的、城邦的、宗教崇拜的空间；在世间万物判分之前存在的、初生萌动的无形海底

---

[19] Rubin 71ff. 在 Vernant and Detienne, chapter 4 的基础上讨论了雅典娜诞生的其他面向，特别是这个故事与赫西奥德的墨提斯（Μῆτις）神话之间的关系。最近 Bernardini（163ff.）对凯歌中的这个神话进行了整体研究，并附有书目。

世界(55—70)。

离开海洋得见天日,意味着进入天父的领域,以及他治下的城邦、宗教仪式空间。因此雅典娜的诞生,一如罗德岛的浮现,在天父的牢牢掌控之中。她"从宙斯头顶"(36f.)跳出。"予人光明"(39)的神赫利俄斯马上为她建立了祭祀仪式,以向"父与女"(πατρί τε... κόρα τ')表达善意。宙斯用来浇润城邦的"金雪"(34及49—50)与《奥林匹亚》第十首(51)中奥林匹亚竞技赛的建立关系密切。城邦仪式的形成如同一场雄性生殖,从天空之神直接产生出的包裹一切的大液团中显现(cf. "βρέχε"(浇润), 34; cf. 49—50)。如《奥林匹亚》第十首中的建城神话以及这首诗中的罗德岛从海面向天空升起,雄性权柄凌驾于水的潜在雌性面貌之上。

在类似埃忒尔(Aither)和盖娅的宇宙诞生神话中,雨、雪有"浇润"之功,天空之神使得带着精气的(impregnating)雨水落在期待受孕的大地上[20]。品达也将这个神话化用在《地峡》第七首(5—7)赫拉克勒斯的诞生故事里。阿尔克墨涅"在宙斯午夜降下的金雪中接纳了最伟大的神明"。宙斯是具有永恒价值的不朽礼物的赐予者,因此他在《奥林匹亚》第七首中降下的覆藏之雪或云含蕴着不朽之金(34, 50; cf. 4),于是这雪或云既有金属属性,也有天界属性(cf. *Olympian* 1: 1ff.)。

《奥林匹亚》第六首与第七首有一个相似的主题,即"生殖之父"的行为奠定永恒之基:罗德岛故事中政制和技术的奠基,伊阿莫斯(Iamus)故事中的宗教崇拜奠基。不过,后一个神话讲述的是一个凡人的诞生,话题相对有限。伊阿莫斯的诞生和英雄诞生故事类似(珀耳修斯、俄狄浦斯、赫拉克勒斯、居鲁士等; cf. Rubin, 80—83),他是一个世世代代都叫伊阿莫斯的先知家族的始祖。这个故事分两部分讲

---

[20] 参见 Aeschylus, *Danaids*, frag. 44 (Nauck, ed. 2); Euripides, frag. 898 (Nauck); Lucretius 1: 250ff.。《奥林匹亚》第七首中宙斯降下的两场生殖之雨的相互作用在 Rubin 74 及注 27 中有讨论,作者突出了"作为雄性生殖原理的精气之雨"的神话主题。《奥林匹亚》第十首第51b行("克罗诺斯丘被大雪浸润")中的被动态动词"βρέχετο"不像《奥林匹亚》第七首第34行中的主动态"βρέχε",[宙斯]浸润(两个例子中的着重号都是笔者所加),有点将雄性生殖力置于一旁的意思。强调重点的区别与《奥林匹亚》第十首更明显地突出"头生之礼"中的诞生以及命运女神的在场是一致的。

述。首先，阿波罗使优阿德娜（Euadna）受孕，后者秘密地将私生子诞下。这个孩子在"无边树丛"中被"哺育"，之后被外公埃普托斯（Aipytos）发现并领养（44-57）。第二部分的篇幅是前一部分的一半，构成第二次象征性的诞生：从"无边树丛"的魔法哺育中出现，"紫罗兰黄色和纯紫色的光浇淋在他柔软的躯干上"（55-56；关于第二次诞生的主题，参见 Stern, 335f.）。第二阶段的高潮在于接受"不朽之名"（ŏνυμ' ἀθάνατον），其本身也是咀嚼词源的文字游戏：Ia-mus 这个名字采自 ἴα【紫罗兰】，后者的"黄色和纯紫色的光浇淋在"新生儿的躯体之上，恰似太初创生时的露珠[21]。

尽管名字由母亲给予（56b），但创生过程背后的父亲力量（如在《奥林匹亚》第七首中）是多方面的。优阿德娜的故事从波塞冬与她母亲皮塔娜（Pitana）结合产下她（29）开始。阿波罗同时是伊阿莫斯之父及其他数个角色，有着举足轻重的地位。他派出生育女神参与他儿子的降生（41）；他的预言使其子伊阿莫斯得到认同，获得合法性（36）。相较其在欧里庇得斯《伊翁》（Ion）中的失败介入，这是一个成功的故事。优阿德娜的男性监护人，也即外公埃普托斯，有着强大的父权。愤怒的他前往德尔菲，"带有重重疑虑，压抑着难以言喻的怒火"（37）[22]。最后，在快速回顾伊阿莫斯从诞生到青年（ἥβη）的生命历程时，波塞冬和阿波罗（同样属于神圣父亲角色）在场并引领他进入雄性成就及荣誉（τιμά, 60）之领域。他离开母亲的家宅，进入他将在奥林匹亚彪炳史册的地方。

授名之举勾连起神秘的诞生树丛及更宽广的雄性成就："以此他的母亲宣告他将以这不朽之名被提起，直至永远。"得自前一行紫罗兰的"不朽之名"跨行到末节（epode）的开头，有强调的意味，并在形式上构成了诞生时刻以及英雄荣耀之"永恒"（56-57）之间的桥梁。

---

21 这里还有一层词源上的文字游戏，第 55 行的"ἴων"（译按：ἴον / 紫罗兰的属格复数）也可指蜜蜂的"毒液"或"毒药"（"ἰός" / 毒药的属格复数——译者按）。这样看来，本身"潜藏"着危险的灌木丛，也是一个"对立统一"（coincidentia oppositorum）的处所，生死交汇于斯。此外，可能还有一层词源文字游戏，"ἴων"让人联想到动词"出发"（iέναι——译者按）的分词形式，这预示着伊阿莫斯的旅途（参见第 64 行）。

22 Stern, "Myth of Olympian 6"，333 因此认为祖父埃普托斯"在神话的原始版本中应该不是养父，而是父亲"，这样一来他扮演的就是害怕儿子降生导致自身权位被推翻或被摧毁的父亲角色，如俄狄浦斯、阿喀琉斯、珀尔修斯和居鲁士等神话中一样。

这种"永恒"又保证了他后人的"名声"（"声名煊赫的伊阿莫斯后人"，πολύκλειτον γένος Ἰαμιδᾶν, 71）。这些诗句也完成了从作为庇护所的母亲之树丛到神圣父亲阿波罗、祖父波塞冬所准许和鼓励完成的成就的转变。

从与液体包覆及"养育"（55）相关的诞生之场（enclosure, κέκρυπτο, ἀπείρητος, 第54行）的"无限"与"潜藏"的状态，走向"不朽之名"以及与父亲的力量和行动相会之处，英雄逐步成熟。把诞生、从水中升起以及朝向父亲的旅程这些元素糅合在一起，再做一些必要变动，这个故事就与罗德岛故事产生了呼应，后者从大洋"掩藏"的深处升起为世人所知，暴露在"光亮苍天"的"真理"之中[23]。如果"ἵκοντο δ᾽ ὑψηλοῖο πέτραν ἀλίβατον Κρονίου"【他们来到高峻的克罗诺斯丘的巉岩之上】(Olympian 6: 64)此句中的形容词ἀλίβατον如劳拉·纳什（Laura Nash）所言（Nash, 110-16），也有"光迹所照"（sun-trodden）之意，那么这里与罗德岛的诞生神话之间的相似就更加显而易见了，后者从沉浸于液体的状态脱离，来到天空的，也即太阳的光辉之下。

《皮托》第九首中阿波罗故事的高潮是田野之神阿里斯泰乌斯（Aristaeus）的诞生。这个故事也有两个阶段，分娩和养育。与母亲角色紧密相连的命名之举有着举足轻重的地位。雄性的权力与成就为传统雌性生育的任务提供框架。根据喀戎（Chiron）的讲述，阿波罗兴致盎然地端详着的宁芙女神昔兰妮（Cyrene）将"诞下一个孩子"（59）。赫尔墨斯将把孩子"从这位亲爱的母亲"身边带到时序女神和盖娅处（61）。她们将会在膝头观赏他，"滴注玉液琼浆于他嘴唇之上"，使他不老不死（62-63）。与《奥林匹亚》第六首类似，此举完成了第二次出生；尽管这里是生在不朽之中，而非仅仅是英雄壮举之内。从第59行的"诞下一个孩子"到第63行及下一行的"不朽宙斯和无瑕阿波罗"标志着从诞生到长生不老的转变。同样的，在《奥林匹亚》第六首中，第二次出生被父亲般的角色牢牢把控：这个孩子将变成"不朽宙斯和神圣阿波罗"，以及"人们所喜悦之人"（63-64）。

---

[23] 这个故事模式在 Ol. 6: 57-63 中更进一步：年轻的伊阿莫斯"下到阿尔斐俄斯河（Alpheus）的中央……在夜空之下"，他从那里照着父亲声音的指示，前往举行仪式的公共空间（"去到公有之地"）。

此外，整个故事是以喀戎预言的形式展现的，而喀戎是传统英雄神话中养父般的存在。他的预言以命名结束，"称呼"（καλεῖν）是他说的最后一个词（65）。

这个神圣的孩子与阿格瑞乌斯（Agreus）一样，属于荒野，但同时也对凡人友善（64）。他的双重天性反映了他父亲如何通过婚姻驯服朴质无文的女孩昔兰妮，后者对家务手艺不屑一顾，却乐于在群山中搏击野兽（ἄγριοι θῆρες, 21-22；参见第58行以及第65行的阿格瑞乌斯）。雄性和雌性的角色在此互为补充（品达的常用手法），而非彼此矛盾。文明技艺以及神圣知识之神阿波罗（第42行）会将这位住在山野里的女猎手立作"城邦的统治者"（ἀρχέπολις, 54），以及一个能兼掌农业和打猎的孩子的母亲（58, 64-65）。也许昔兰妮与郊野的联系过于紧密，因此母亲的一部分职能需要时序女神们，也即大地之母及四季女神来承担[24]。她们为昔兰妮带来不朽的力量（以宙斯及阿波罗为典范，63-64），而带来"统治城市"文化地位的神明则是阿波罗（注意一处重复用词："立为城邦统治者""将其变成不朽"，分别见于第54行和第63行[θήσεις, θήσονται]）。如喀戎的预言所示，命名时刻处在存在与非存在之间的玄妙转折，在这个点上，人接近创造之力，因此与神力相去不远。

命名、预言、诞生以及英雄之举在《地峡》第六首的埃阿斯诞生神话中也以类似的方式组合起来。赫拉克勒斯其时正为其首次远征特洛伊找寻同伴，他在忒拉蒙的家宅前停下来，被主人邀请参加即将开始的餐宴。赫拉克勒斯庄重地向其父宙斯酹酒，并为东道主祈求强健的子嗣。宙斯马上释放雄鹰的兆示作为回应。赫拉克勒斯在自己与神明以及高贵父亲的关系得到确认之后，感到恩惠（χάρις），非常欣喜。叙事转为生动的直接对话，赫拉克勒斯"像先知一般说话"，并且预言忒拉蒙将获得他所求乞的孩子。他会依照鹰兆（αἰετός, cf. 53-54）为男孩起名（ἐπώνυμος）埃阿斯。καλεῖν【叫/称呼】一词在情节的重要关头的重复（καλέων, κελήσατο, κέκλευ; 35, 37b 及 53b）凸显了命名的

---

[24] 参照《致德墨忒尔的荷马颂诗》中德墨忒尔面对婴儿德墨丰（Demophon）时（伪装成的）养母及保姆角色。

重要性。诞生中的玄妙初始(magical first beginnings)的主题同样在赫拉克勒斯于祈祷中提及"最初的试炼"(πάμπρωτον ἄθλων, 48),也即他与尼米亚狮子的搏斗之时得到强调。这个主题在他披挂狮皮进入宴席之时(37)已经埋下伏笔。

正如在《地峡》第九首以及(体现得不那么直接的)《奥林匹亚》第六首中,雄性预言的超能力吸纳了雌性的生产行为。即便也提到了埃阿斯的母亲艾莉玻伊娅(Eriboea),重心还是在父系。这仍然受到赫拉克勒斯对他父亲宙斯的呼求的决定性影响,当他为忒拉蒙预告一位英勇子嗣的诞生之时(ὦ Ζεῦ πάτερ, 42b)。叙事中的不同元素都是对雄性英雄与神明的特殊联系的类似表达:宴会中忒拉蒙(他被用父名埃阿库斯之子[Aeacides]称呼)的追随者为了奠酒而集结一处;赫拉克勒斯为远征特洛伊的壮举而寻找同伴;他的第一场胜利,尼米亚狮子的"试炼";关于命名的预言成功得到宙斯的兆示;以及诞生的潜能本身。

在《奥林匹亚》其九(为一位奥普斯-洛克里斯[Opuntian Locris]出身的胜者而作)的神话中,父亲的生殖能力既支配宇宙诞生,也支配政治制度的创生。这个奠基神话与前面提到的数个类似,有两个阶段。首先,在大洪水之后,皮拉和丢卡里翁"从帕纳索斯山下来",并"根据闪雷神宙斯的旨意"(αἰολοβρόντα Διὸς αἴσᾳ)在大地上重新繁衍人类(42-44)。这次繁衍生息"未经婚床"(44)。一如上文提到的其他神圣生殖,这里也有一个显著的名字:"人民"(λαοί)从λᾶας【石头】"得名",因为他们是"石头种族"(λίθινος γόνος, 44-46)。

所有现存的人类种族导源于这次原始创造。然而,如同《奥林匹亚》第七首,创造之举也有具体而有限的当地表现。这首诗里是宙斯与普罗托革内娅(Protogeneia,"头生之女")结合并诞下奥普斯,奥普斯-洛克里斯人的英雄祖先(对于普罗托革内娅的谱系以及神话的其他方面的论述及相关书目,参见 Bernadini, *Mito e attualità*, 141 ff.)。这两个神话的结构,一个遥远而普适,另一个时间上更近而空间范围更窄,与《奥林匹亚》第七首的两次生殖行为有严格的对应关系:雅典娜的诞生,乌拉诺斯和盖娅战栗;罗德岛从水中诞生,这对出身罗德岛的胜者有地方性的意义。这里的二次诞生也与一摊混沌中的诞生有关；品达把奥普斯的出生以及"泛滥了黑土地"(*Olympian* 9: 50-61; cf. *Olympian* 7: 54-71)的水的退潮紧密联系起来（这个神话在两首诗中都被展现成古代"说法"或者传奇的结果，*Olympian* 9. 49, 7. 54)。

皮拉和丢卡里翁未经结合而产生"石头后裔"，可以联系到《奥林匹亚》其七中宙斯创造处女神雅典娜的雄性生殖。两首凯歌中的人形异性联结都在一处带有宇宙创生意涵的雄性创造之后。这个处在第二位的异性联结才切实为人类城邦奠基：《奥林匹亚》第七首第71行中赫利俄斯与罗德岛结合(μιχθείς【糅合】)，以及此处宙斯与普罗托革内娅同房(μίχθη【糅合】, *Olympian* 9: 59)。后者具有奥林坡斯式恋情的特征，掺杂暴力元素：宙斯"掳走"了那个女孩(ἀναρπάσαις, 58；对照波塞冬以类似的方式"掳走"珀罗普斯(Pelops)，ἁρπάσαι, *Olympian* 1: 40)。尽管如此，云雨过程是平静的(ἕκαλος μίχθη, 58-59)；宙斯也并非纵欲，而是意欲拯救陷入衰亡境地的古老家族。在"麦纳卢斯群山(Mt. Maenalus)中"交合之后，宙斯"将她带给英雄洛克鲁斯(Locrus)，以免岁月将其掌握，后代枝叶稀疏"(60ff.)。

正如前文对其他凯歌的分析，《奥林匹亚》第九首的两次创生——大洪水后重新在大地上繁衍人类以及诞育奥普斯——在命名之时达到高潮："命名"从石头里生出的新人类，以及用奥普斯外祖父之名为其命名(λαοὶ δ' ὀνύμασθεν, 46; ἐκάλεσσέ νιν ἰσώνυμον ἔμμεν, 63-64)。

引入洪水神话("把我们的话头引到普罗托革内娅的城市吧", 42)的普罗托革内娅，其名原本意味着"头生之女"。这个名字与《奥林匹亚》第十首第51行中为了庆祝奥林匹亚竞技创立而行的"头生之礼"的修饰语"头生"(πρωτόγονος)也有联系（普洛托革涅也作为珀耳塞福涅的称号出现；此外，普罗托革诺斯在俄耳甫斯颂诗中是宇宙创生神的称号之一）。提及普罗托革内娅之后不久，品达讲述丢卡里翁、皮拉二人在洪水之后"建立他们第一座家园"(44)时，重复了"第一"(first)这个词。在神话这个部分的结尾处，他将追溯起源"直抵最初"(ἀρχᾶθεν, 55)。这个"ἄρχα"其实还暗示着洪水"借由宙斯的技艺"(52f.)退去之后的全新开始。我们或许还记得《奥林匹亚》

第十首第78行中对"更早开端"(ἀρχαῖς προτέραις)的提及。这个表达同样结束了奠基神话，并使人回想起克罗诺斯丘在赫拉克勒斯的介入下从"无名"状态显现的故事(ἐπωνυμίαν χάριν【起名之恩惠】，*Olympian* 10: 78；参见 νώνυμος【无名】，*Olympian* 10: 51)。

《奥林匹亚》第九首所展现的，从遥远往昔的原始创生到近代（尽管仍然属于神话）奥普斯故事中政制奠基之间的连续性，是《凯歌集》中对胜者家乡的传统称赞之一(cf. Thummer, 1. 55-65，特别是第57页后关于《奥林匹亚》第九首的部分)。因此丢卡里翁和皮拉的故事既是一个奠基神话("这样他们二人创造了 [κτισσάσθαν] 石头种族的人类")；又是一个洪水神话，洪涛退尽之后，坚实而成形的大陆从潮湿混沌中升起(参见49-51,"他们称水波的威力席卷黑色大地")。说完洪水退去，叙事即刻转到奥普斯-洛克里斯人的英雄祖先："你们持铜矛的先祖起初(ἀρχᾶθεν)就是从他们(即丢卡里翁和皮拉)繁衍而来的。"(53-55) 紧接着的诗句通过追溯丢卡里翁的先世、他的祖父——泰坦神伊阿佩托斯，又追溯到克诺洛斯(Kronos)，更突出了其起源之远古。

对洪水本身的描述虽然简短，但将原始起源的主题宣示无疑：

> λέγοντι μὰν
> χθόνα μὲν κατακλύσαι μέλαιναν
> ὕδατος σθένος, ἀλλὰ
> Ζηνὸς τέχναις ἀνάπωτιν ἐξαίφνας
> ἄντλον ἑλεῖν.

> 他们称
> 水波的威力
> 席卷黑色大地，
> 但借着宙斯的技艺
> 洪水退去。(49-53)

史诗程式用语"黑色大地"以及"水波威力"一词对宇宙之力的

暗示都加强了遥远起源的氛围。一个诸多元素仍未完全沉淀、拟人化成人格神的世界一时间展现在我们面前。下一行中的"宙斯的技艺",自然揭示了引领一切的奥林坡斯之手;但即便如此,分别是句子主语、宾语的非人格水波及退潮仍得到强调;而"宙斯的技艺"仅是一个工具与格。

六

在上文讨论的四首《奥林匹亚》(第六、七、九、十首)凯歌中,命名之举伴随着一个城邦或者一种制度的出现。这四篇作品里的创生都是从浸没在水中的未成形状态进入诞生的光亮之中。一个相关的叙事模式在其他数个奠定秩序、创立城邦和发明技艺的神话中有所表现。在如下三个神话——《皮托》第十二首中的珀尔修斯故事、《皮托》其一中的提丰故事以及《皮托》其二中的伊克西翁故事——中,斗败怪兽或危险人物是建立秩序必不可少的条件,也因此与竞赛运动员的成就相垺。以上提到的神话都包含命名行为。

《皮托》第十二首的珀尔修斯故事在这些凯歌中时代最早,形式也最简单。品达将英雄手刃美杜莎与雅典娜发明双管笛的故事编织在一起。雅典娜模仿濒死美杜莎的哀号之声,创造出了"多头之调"(πολυκέφαλος νόμος [23])。动词"发明"或"发现"(εὗρε)在美杜莎之死的故事首尾(7和22)的重复使得屠杀怪兽的英勇之举与新音乐的发明紧密交织。在第22行第三次总结性重复这个动词之后,品达马上转到对此种新调的命名之上:

  εὗρεν θεός: ἀλλά νιν εὑροῖσ' ἀνδράσι θνατοῖς ἔχειν,
  ὠνόμασεν κεφαλᾶν πολλᾶν νόμον,
  εὐκλεᾶ λαοσσόων μναστῆρ' ἀγώνων ...

  女神发明了它;但它是为凡人发明的,
  她名之为"多头之调",

人们会为这声名昭彰的奖励（incentive）纠集、竞争。（*Pythian* 12: 22–24）[25]

如同上文所讨论过的《尼米亚》第六首第20行，"εὐκλεής"【声名昭彰】合乎逻辑地出现在通过命名克服遗忘的内容之后。在女神的帮助下，名字保存英雄事迹并在人间传扬，使其声名（κλέος）长存。雅典娜用来制作新乐器的芦苇秆在名声保存中有着关键作用：它们是"歌队歌者的忠实见证"，"生长在美惠女神的城邦、美妙歌舞之乡，刻菲索斯（Cephisus）女儿的领域之内"（26–28）。城邦和神圣的场景、司歌咏的美惠女神的在场、对"见证"的提及都为雅典娜帮助珀尔修斯"在凡人之间"（22）为其胜利谋得不坠声名做了保证。对"荣光"的记忆（εὐκλεής, 24；参见"μάρτυρες"，见证, 28），不仅通过歌曲的物质形态乐器（作为"见证"的芦苇秆），也通过它的内容（即故事本身）得以实现。

《皮托》第一首以起源开篇。奥林坡斯山上的"金色竖琴，阿波罗与缪斯共有之物"，是"光辉之始照"（ἀγλαΐας ἀρχά）。品达在多处使用的 ἀρχά 一词十分重要（*Olympian* 10: 78；*Olympian* 11: 5；*Pythian* 4: 70；*Pythian* 10: 10；*Nemean* 1: 8；frag. 194 Bowra [= 205 Snell]）。这一首合唱歌的"舞步"（βάσις, 2b）"聆听"奥林坡斯的金色竖琴，等同于"光辉始照"。因此这是奥林坡斯长在的艺术圣辉的霎时展现。对于神明们的永恒而言，每个时刻都是永不耗尽的全新开始。在金色竖琴上，有着无限永续的 ἀρχαί。

接下来诗句中对奥林坡斯山上竖琴乐声的长篇描述（5–12）具体化了歌曲为道德和审美带来秩序的力量。琴声驯服宙斯宝座周围的原始力量，却为奥林坡斯秩序的敌人带去恐惧。

在序诗到提丰神话的过渡部分，音乐的双重特性从形式上得到

---

[25] "竞争的奖励"（字面意思："竞争的召集者"）这一精巧的间接表达可能在用表达"回忆""纪念"的词根 μνα- 玩文字游戏，参见 *Isth.* 2: 5 的古注。Köhnken 263 讨论这句话的疑难之处，他将其译作"竞争的信使（herald）"。关于将发明创造赐予人类的主题，参见 *Pyth.* 9: 64 中阿格瑞乌斯/阿里斯泰乌斯的诞生神话。

了表现。首节（strophe）起首的阿波罗和缪斯呼应次节末尾的阿波罗、缪斯（1-2 及 12）。但在末节的部分，提丰用音乐震慑那些"听到皮埃鲁斯女儿们的呼喊"之时，"未与宙斯保持友谊之人"的主题被引入（14）。这一行揭示了第 2 行中"聆听"缪斯琴声的另一个方面（τᾶς ἀκούει μὲν βάσις, 2; βοὰν Πιερίδων ἀΐοντα, 13-14）。如果琴乐代表典范般完满的宇宙秩序，是弥散整个世界的永恒范式在音乐形式上的体现，那么提丰神话则展现出正在成形的秩序；为此奥林坡斯之主奋力制服这世界上仍留存的乖张暴力。前者通过凯歌的聚合轴（paradigmatic axis）运作，后者则通过组合轴（syntagmatic axis）[26]，因为我们看到道德秩序在时间中实现，从提丰直到库麦（Cumae）的伊特鲁立亚人和迦太基人的嘈杂战吼[72]。

提丰战败的神话在组合轴上渐次导向秩序，从宇宙之初走向当下。但同时构建秩序这一主题在聚合轴上纲举全诗；在第二个首节末尾，聆听的主题再次出现（ἀκοῦσαι, 26b; cf. ἀκούει, 2），使我们沿着那条轴线与音乐的维序功能保持一致。该秩序在宇宙创生以及道德方面的圆满状态同样也以提丰展现给我们的样貌呈现：披枷戴锁的他，首先"躺在阴森的冥界"（ὅς τ᾽ ἐν αἰνᾷ Ταρτάρῳ κεῖται, 15），之后"被绑缚"，"被迫躺靠"在地上（δέδεται... ποτικεκλιμένον, 27, 28b）。

在这个秩序达成的时刻，诗人向宙斯唱出祷词（29），从而唤起权威及力量的源头正当其时（参见第 6b 行中宙斯的权杖以及第 13 行中皮埃鲁斯之女的声音与宙斯慑敌的组合）。品达在用第二人称呼唤宙斯之时，他同时为希耶罗（Hieron）创立的埃特纳祭典（Aetnaea）命名（30），这是秩序与王权通过具体政治事件在人们之间的展现。宙斯出现在压制提丰的那座火山上，在这样的背景下，命名殖民地的行为将创生之力拉入语言领域，而埃特纳在之前叙述中是创生之力的

---

[26] 聚合轴（paradigmatic axis）和组合轴（syntagmatic axis）是结构主义符号学分析中索绪尔引入的一对中心概念。索绪尔认为意义产生于能指（signifiant）之间的差异，而这种差异在双轴上展现。组合轴上的词语处于不同的位置，而聚合轴上的词语处于同一个位置，提供不同的条目以供选择（因此也被称作选择轴）。本文中，作者通过聚合轴表达"建立秩序"这一主题（或者功能），而组合轴表示秩序随着时间依次建立的过程。组合轴是显性和线性的（宙斯击败提坦神是一个历史展开的过程），而聚合轴是隐形和重复的（音乐这一主题虽然不是凯歌连续描写的对象，但不断出现）。——译者按

中心(29-31):

>哦，宙斯！这座山的照料者。愿其如是！愿其遂您心意。它是丰饶之土的额头，名字为附近的城邦所取，光荣的创始人给它带来荣耀（τοῦ μὲν ἐπωνυμίαν/κλεινὸς οἰκιστὴρ ἐκύδανεν πόλιν γείτονα）。

埃特纳作为城邦创建命名的源头，不断地得到重复和强调，它不仅是宣示奥林坡斯秩序的工具，也是这项秩序的象征，与金色竖琴功能相类。在后一种意义上它（跟竖琴一样）是几组对立的交叉点：强力与柔顺、火与雪、养育与暴力、大地与水、水与火（20-26）。正如从地府（Hades）耸立到奥林坡斯的"天柱"（19），它也是绝对秩序的一个具体地理坐标，触到了这个世界三块主要的垂直领域：地府、人间与天界。[27]

埃特纳不仅在相互对立的空间与元素之间进行调解，它也有时在神话与现时事件之间，在奥林坡斯秩序的永恒可能性及其实现即历史上库麦对希腊之敌的胜利之间担任中介。品达于是用造就现今世界秩序的创生之力联系起希耶罗当下的治理成就。新殖民地的名字使人回想起遥远神话时代古老的奠基，当时宙斯曾用"埃特纳"（20）与提坦神作战。因此当下在米尔恰·伊利亚德（Mircea Eliade）所言的"彼刻"（illud tempus）面前毫无遮蔽。"彼刻"指的是万物初始，宇宙创生之力进入人类生命并开始形塑世界秩序的时刻[28]。

品达在结束这段神话的讲述，从宙斯转到明亮的阿波罗（Phoebus Apollo）之后，又回到命名之上。得益于产生这首凯歌的皮托竞技胜利，他所歌咏的城邦"声名远扬"（ὀνυμαστάν, 38）。因此他将埃特纳祭典的建立、命名以及当下的竞技胜利与宙斯打败提丰相

---

[27] 关于埃特纳在凯歌中的这个方面及其神话方面的联结，见拙著 *Tragedy and Civilization: An Interpretation of Sophocles* 22；以及笔者在 *Cambridge History of Classical Literature* 228-231 中对《地峡》第一首的相关评论。

[28] 参见 M. Eliade, *Cosmos and History: the Myth of the Eternal Return*, 特别是34ff.及73ff.。关于其在品达研究中的运用，见 Rubin 76-79。

提并论。相比有序的人类居所，那个怪物的名字意味着混乱：他在"有很多名字的洞穴"（17）中哺育。名字的繁多与这个为当下城邦奠立带来荣耀的名字形成对照（30, 38）[29]。

安定溢出琴弦之外，从奥林坡斯达至震慑怪物之地。就凯歌的空间坐标而言，库麦标志着神圣（神话）秩序中趴伏怪物长度的水平延伸（18-19），正如希耶罗在同一地点的胜利（70-75）将宙斯所辐射的秩序拓展到战争与政治之上，在一开始就通过对这场竞技胜利的庆祝音乐表现了出来（1ff.）。品达再次向宙斯祈愿（67, cf. 29），提到音乐般的秩序，"和谐的平静"（σύμφωνος ἡσυχία, 70b），借此引入军事胜利的话题。凯歌结尾对比了不同的声音，以此区别正义与不义的王权：法拉利斯（Phalaris）的残酷铜牛里传出的哀号为其发明者带来"恶名"，而旋律优雅的竖琴保存了像克洛伊索斯这种贤王的名声（92-99）。

《皮托》第二首中的伊克西翁故事是一个负面创生神话（negative creation myth）。它有我们上文讨论过的模式，但是形式上完全相反。伊克西翁是邪恶的文化英雄，他是亲族相弑的始作俑者（πρώτιστος, 32）。他尝试与赫拉共寝导致另一个负面创造，地府里他的惩罚之轮"四辐之缚"（τὸν τετράκναμον δεσμόν, 40）。作为依印克斯之轮的颠倒（cf. Detienne, Les jardins d'Adonis, 167），这件器械正适合用来惩罚勾引婚姻庄重化身女神的罪犯（ibid., 177ff.）。随之而来的诞育"没有美惠女神的参与"（42），而宙斯用于替代赫拉的云状形象"独自诞下茕茕孑立的狂傲子嗣"（42）[30]。在神明允准的生育中，命运女神"侍立一旁"（παρέσταν μὲν ἄρα Μοῖραι σχεδὸν, Olympian 10: 52; Olympian 6: 42亦是如此; Nemean 7: 1; cf. Pythian 3: 9, 4. 145）。眼前这场生育的隔绝（μόνος【独自】一词的重复起强调作用，43）不仅展现了它对神圣的亵渎，同时标志着双亲及子嗣从法律、城邦和人类

---

[29] 名字之繁多正对应这只怪物遥远的奇里乞亚（Cilician）起源，后者与它的混乱状态密不可分：希腊人对野蛮人，荣名对多名，城邦对洞穴。参见Pyth. 8: 16中"奇里乞亚的百首堤丰"。

[30] "没有美惠女神的参与"一语也标志着伊克西翁在与宙斯的竞争中最终落败：对照Pyth. 8: 21对胜者家乡埃吉纳岛的描述是"落在离美惠女神不远处"。

家庭的生活秩序中脱离。

伊克西翁后代肯陶洛斯（Kentauros）诞生之后，如同《奥林匹亚》第六首中的伊阿莫斯，由母亲赋予名字。宙斯造出的云状形象"哺育了"这个孩子并"名之为肯陶洛斯"（44），优阿德娜在树丛"二次诞生"时将"不朽之名"授予其子与前例极为相似（*Olympian* 6: 56-57）。然而这次命名之举却是面向一个在神人之中都"没有尊荣"（γέρας）的造物（43）。这位子嗣不具有这种尊荣，能逃脱幽暗遗忘的"真理"与他无关，但是"舛误"（ψεῦδος）却如影随形。伊克西翁环抱的是"一个甜蜜的舛误"（37）。这薄雾样的、虚无缥缈的伴侣——分词μεθέπων，"抚摸"或"爱抚"，与难以捉摸的"甜蜜的欺骗"（ψεῦδος γλυκύ）两词的搭配加重强调——预示着结合后的产物不同寻常且声名狼藉。如此一来，此处的生殖并未导向神明"不朽"之域、城邦的奠立或者神谕式的预言，而是"一群令人惊异的"奇怪半兽造物。

这"令人惊异的一群"造物固执地遵循希腊人子肖双亲的观念（48）。但是这里的"肖似"（ὁμοῖοι）与宙斯的欺骗（以假乱真的手段）及神灵和凡人之间的区分更接近，而非道德上的整全或者和谐[31]。"似是而非"是宙斯用以惩罚伊克西翁的"甜蜜的谎言"（云朵）虚无缥缈的一个侧面："其形肖似克洛诺斯之女，天神中最高者"（εἶδος γὰρ ὑπεροχωτάτᾳ πρέπεν οὐρανιᾶν/θυγατέρι Κρόνου, 38-39）。双亲的结晶并不是吸收双亲优点的完美人类形体，而是怪物般的人兽杂合体。

这次奇异的诞生完结了贯穿凯歌这一部分的"初次"创生。这其中没有一个好结果。它们或许出自恶意，或许是惩罚与邪恶的后果。伊克西翁是"第一个"运用机巧（τέχνη）将"亲族血液带到人间"的人（32，这句话暗示血统的污染）。宙斯以云状的"甜蜜的欺骗"（如同赫西奥德笔下他创造的潘多拉[*Theogony* 585, 589, 592, 602; cf. *Opera* 82]），或者说"可爱的祸殃"和诡计（καλόν πῆμα, δόλος, 37, 39）作为回应。与这项创造一道，伊克西翁带来了另一项发明，也即作为惩罚之轮和永远求而不得的依印克斯之轮的"四辐

---

[31] 关于肖似的模糊性，见 P. Pucci, *Hesiod and the Language of Poetry* 9ff., 91ff. 处对赫西奥德的讨论。

之缚"。这一连串的灾难性新产物的最后一项是半人马族,它们体型巨大且丑陋,"令人惊异"(θαυμαστός, 47)。它们的父亲,伊克西翁之子的情况也与此类似。他的身体被放逐,恶名被钉在耻辱柱上,"在神人之中都没有尊荣"(43)。

肯陶洛斯与母驴交配(45-46)的荒蛮群山十分适合他带到世间的半人马族。这与他父亲受到接待的宙斯的"深宫大院"(μεγαλοκευθέεσσιν ἔν ποτε θαλάμοις, 33)对比鲜明。伊克西翁"对宙斯配偶的企图"(34)玷污了这神圣的内室,也对应这苟合行为的亵渎(勾引与通奸)。父亲的乱性之举为儿子所继承,后者据传有神灵的血统,却与野兽杂合(肯陶洛斯与母驴)。神人有别,他们的结合需要许可,打破这个规矩,即在庄重寝宫内颠鸾倒凤,这与赫拉伪子和野兽交合产生的怪物是同构的。这种神到兽的区分也与故事中的空间转换同构:从奥林坡斯到地府,从宙斯的深宫大院(33)到孕育半人马的荒蛮群山(45-46)。

当我们观察这一与其他诞生神话范例背道而驰的叙述时,移向荒野似乎与拥有好名声的英雄故事里的情形相反。这些故事展现了从荒野(*Olympian* 6)、无名山坡(*Olympian* 10)、无人涉足的大洋、洪水(*Olympian* 9, *Pythian* 4)或者火山(*Pythian* 1)朝向城邦或者圣所的过程。

结　论

将这些诞生与奠基神话合而观之,我们势必忽视不少品达在竞技胜利、诗人技艺以及英雄壮举之间编织起来的交错和对应。不过,在强调思想、表达以及叙事模式的相似性时,我们也希望展示出品达和其他古风诗人一样,在多大程度上依赖潜在的神话框架,根据特定情境的要求,服务于不同目的,并用新的装饰踵事增华。韦尔南、戴地安及其同仁的工作极大地推进了对特定主题的理解,比如"真理""大海""诡诈",或者神明在宇宙战场上使敌人瘫痪。更深层次地说,这鼓励我们将希腊神话视为一个诸种模式彼此紧密联系的通贯结构，并且，至少在它的诸多面向的一个，将其看作一种叙事形态的语言，而我们能够开始辨识其句法以及文学上特定的"屈折变化"。

征引文献

Austin, Norman. *Archery at the Dark of the Moon.* Berkeley: U of California P, 1975.

Bernardini, Paola Angeli. *Mito e attualità nelle odi di Pindaro.* Rome: Edizioni dell'Ateneo, s.p.a., 1983.

Boedecker, Deborah. "Descent from Heaven: Images of Dew in Greek Poetry and Religion." *American Classical Studies* 13 (1984).

Bowra, C. M. *Pindar.* Oxford: Clarendon Press. 1964.

Carey, C. "Three Myths in Pindar: N4, O9, N3," *Eranos* 78 (1980): 143–162.

Crotty, Kevin. *Song and Action: The Victory Odes of Pindar.* Baltimore: The Johns Hopkins UP, 1982.

Detienne, Marcel. *Les maîtres de la vérité dans la Grèce archaïque.* Paris: Gallimard, 1967.

___. *L'invention de la mythologie.* Paris: Gallimard, 1981.

___. and Vernant, Jean-Pierre. *Les ruses de l'intelligence: la metis des grecs.* Paris: Flammarion, 1974.

Eliade, M. *Cosmos and History: the Myth of the Eternal Return.* Trans. W. Trask. Princeton: Princeton UP, 1954.

Farenga, Vincent. "Pindaric Craft and the Writing of Pythia IV," *Helios* 5 (1977): 3–37.

Fraenkel, Eduard. *Aeschylus, Agamemnon.* Oxford: Oxford UP, 1950.

Gentili, Bruno. "Lo statuto dell' oralità e il discorso poetico def biasimo e della lode," *Xenia* 1 (1981): 13–23.

Gianotti, G. F. *Per una poetica pindarica.* Torino: G. B. Paravia, 1975.

Knox, B., and Easterling, P., Eds. *Cambridge History of Classical Literature 1.* Cambridge: Cambridge UP, 1985.

Köhnken, Adolf. "Perseus Kampf und Athenes Erfindung," *Hermes* 104 (1976): 257–265.

Kromer, Gretchen. "The Value of Time in Pindar's Olympian 10," *Hermes* 104 (1976): 420–436.

Maehler, H. *Die Auffassung des Dichterberufs im frühen Griechentum bis zur Zeit Pindars.* Göttingen: Vandenhoeck and Ruprecht, 1963.

Nash, Laura. "Olympian 6: ALIBATON and Iamus' Emergence into Light,"

American Journal of Philology 96 (1975): 110–116.
Pucci, P. *Hesiod and the Language of Poetry*. Baltimore: The Johns Hopkins UP, 1977.
Quincy, J. H. "Etymologica," *Rheinisches Museum für Philologie* 106 (1963): 142–148.
Rubin. "Pindar's Creation of Epinician Symbols: Olympians 7 and 6," *Classical World* 74 (1980/81): 67–87.
Segal, Charles, "Myth, Cult and Memory in Pindar's Third and Fourth Isthmian Odes," *Ramus* 10 (1981): 69–86.
__. *Pindar's Mythmaking: The Fourth Pythian Ode*. Princeton: Princeton UP, forthcoming.
__. *Tragedy and Civilization: An Interpretation of Sophocles*. Cambridge, Mass: Harvard UP, 1981.
__. "Tragédie, Oralité, Ecriture," *Poétique* 50 (1982): 131–154.
Slater, W. J. *Lexicon to Pindar*. Berlin: De Gruyter, 1969.
Snell, Bruno. *Pindarus*. 2 vols. Leipzig: B. G. Teubner, 1964, 1971–1975.
Stern, J. "The Myth of Pindar's Olympian 6," *American Journal of Philology* 91 (1970): 332–340.
Thummer, Erich. *Pindar. Die Isthmischen Gedichte*. Heidelberg: C. Winter, 1968.
Vernant, Jean-Pierre. *Mythe et pensée chez les Grecs*. Third Edition. Paris: F. Maspero, 1974.
___ and Detienne, Marcel. *Les ruses de l'intelligence: la mètis des grecs*. Paris: Flammarion, 1974.
Zeitlin, Froma. "The Dynamics of Misogyny: Myth and Mythmaking in the *Oresteia*," *Aresthusa* 11 (1978):149–184.

（译者单位：法国巴黎高等研究实践学院在读博士生）

虔敬的技艺:品达[*]

乔治·沃尔什

(刘 莼 译)

赫西奥德诗歌的正当性基于两点,即一种内含的区分和一个隐晦的类比。具体而言,前者指涉的是诗歌引起的遗忘与赫西奥德描述为有害的、由欺瞒引起的遗忘的对比;后者指涉的是评判诗人技艺时潜在的问题与评判王者技艺时的近似性,即这两种技艺都是通过外在的社会利益展示其本质上的有效性(因此,当他们的话语引导听众产生有益、平和的遗忘时,诗人就是诚实的,而王者就是正义的)。品达关于他自己的技艺的叙述使得上述两点变得清晰——他将前者阐述为一种系统性心理层面的遗忘,而能否达成则成为从技术上衡量诗人的成功的指标;他依据后者总结出一条社会诗学的准则,也就是将诗人视为人类社会的一个积极组成部分,他们的专业能力必须在该社会的道德规范框架中得到解释和评价[1]。由于一系列的历史原因,遗忘的技艺以及这项技艺的道德基础成为品达诗学的关注重心。

---

[*] George Walsh, *The Varieties of Enchantment: Early Greek Views of the Nature and Function of Poetry*, Chapel Hill and London: University of North Carolina Press, 1984, Ch. 3, "The Technique of Piety: Pindar".(本章的品达译文参考了刘皓明:《竞技赛会庆胜赞歌集》,北京大学出版社,2021年——译者按)

[1] 品达因此将自己与斐弥俄斯(Phemius)以及荷马史诗中的其他吟游诗人区分开来。参见《奥德赛》第22卷,第344—352行,吟游诗人的技艺应当在不考虑社会情境的情况下予以评判。斐弥俄斯为神歌唱,他对于他的人类听众,即那些求婚者的犯罪行为不负任何责任。

赫西奥德将遗忘分为有益的与有害的两类,这种区分可能源于荷马对诗歌主题的二分。荷马将诗歌依据主题分为与自我有关的以及与自我以外的事物有关的,而通常[2]人们倾向于忘记自己的经历,尤其是痛苦的经历,但不愿意遗忘(或被误导)任何除此以外的内容。品达没有遵循荷马的标准,并且打破了赫西奥德所做的分类,他更具体地区分了被遗忘的事物的种类:当个人经历中的细节被更广泛地评估时,其中的一些会被认为值得记录,与之相对,某些他人的事迹和经历也可能令人想要遗忘,或者宁愿从未知晓。因此,品达从二分(有益的和有害的、自我的和他者的)中创造出了四种类型的遗忘,这也意味着不再有一个简单的标准可以区分有益的与有害的遗忘。品达为他的技艺做出精细的、道德性的辩护,取代了荷马式的规则。在荷马式的规则中,表演者需要回避观众的个人忧虑,保持静默,但以完美无瑕的方式刻画他人的事迹。品达所做的分类两两成对——遗忘他人相关的事物的二分,以及遗忘自我有关的事物的二分。每一种二分都由一系列道德标准所决定,而正是虔敬决定了这种标准。

在《尼米亚凯歌》第八首(以下括注或脚注中简称《尼八》,其他亦照此处理——译者按)中,品达定义了何为成功的凯歌,这取决于它对荷马式主题的处理,即是否提及某些不能被遗忘的英雄事迹,例如埃阿斯的命运。埃阿斯虽然神勇,却遭到遗忘、寂寂无名,他的命运表明诗人技艺的缺席和误用;作为够格的诗人,品达会为他的赞助者带来更好的命运。

奥德修斯是品达诗中的反面教材,他滥用了诗歌的技艺,用"转移""误导"(parphasis,《尼八》第32行)等方式使埃阿斯受到遮蔽。赫西奥德诗歌展示了这项技艺被良好使用时的情形:王者在缪斯女神的帮助下用诗艺使得人们忘记了他们彼此之间的纷争(《神谱》第80—93行)。然而,如若使用不当,这种技艺则会像《奥德赛》中卡吕普索(Calypso)使用的有害的误导(parphasis,见《尼八》第32行),

---

[2] 见本书第一、二章。在诗歌听众中,荷马笔下的奥德修斯和赫西奥德笔下的宙斯是这一规则的特例。

或者像《劳作与时日》中潘多拉的引诱性哄骗（haimulioi logoi）[3]。品达仍用parphasis来形容有害的诗艺，并且进一步丰富了它的内涵，用这个语词来界定他所谓的真正的诗歌的主要对手：

> 毕竟可恶的哄骗（parphasis）自古就有，
> 与奉承人的瞎话（haimuloi）同行，
> 意在害人，是为非作歹的羞辱，
> 它强暴辉煌的，
> 张扬本该无闻之辈有缺陷的名声。（《尼八》第32—34b行）

作为荣誉（kudos）的来源之一，parphasis仅仅模仿了品达技艺的形而非质[4]。它背离它的主题，使得"不可见"[5]的以某种方式变得闪耀，又令显明而闪亮的事物变得隐秘。Parphasis是一种与诽谤（不诚实的批评）和恭维（不诚实的表扬）有关的技艺，但品达的诗歌仅仅赞扬那些"值得称赞的事物"，也仅仅贬损那些"坏的事物"（《尼八》第39行）。显然，是那些被称扬和贬损的事物本身决定了诗人以什么样的方式叙述它们，而parphasis从定义上而言就是有害的，因为它破坏了这一规则。因此，真正的诗歌显得比具有欺骗性的诗歌更简单明了。奥德修斯的谎言如同多彩的光线，在明与暗之间不断变化，给它们所照亮的事物增添了多余的复杂[6]。品达坚持一条"简单的道路"（35b—36）。正因如此，parphasis比真正的诗歌更弱：当它恭维"不可见"的事物时，它只能制造出一种脆弱、易逝的荣誉，缺乏实质，正如"不可见"事物的性质，或早或晚，它都会自然地变回不可见的状态，如同奥德修斯失去了他虚假的勇猛名誉。品达所作的真正的赞誉则坚如磐石（见《皮三》第114行及以下），与其所称赞的事物相称（prosphoron en ... ergôi，第49行）。品达正是用这种方式将有益

---

[3] *Od.* 1.56; *WD* 78.
[4] 《奥八》第54行。
[5] 在此语境中"不可见"指涉的是不真实的事物还是不光彩的事物并不清晰。见下文关于《尼五》的论述。
[6] 关于欺骗的复杂性，请见品达在《奥一》第29行中对poikilos的使用；《尼五》第28行及以下；关于真实的单纯性，见本书第四章注1。

的遗忘与有害的遗忘区分开，而不必逐一辨析哪些事物是最值得被遗忘的，因为那些事物本就会自动消逝。

不过，这并不意味着反之的叙述也成立，即闪耀的事物能够在不需要任何外部光亮[7]的情况下彰显自身。这种逻辑上的不对称性是《尼米亚凯歌》第八首修辞的关键，它申明品达诚实的凯歌的效用，也点明了凯歌所必须实现的赞颂义务。埃阿斯与奥德修斯需要同时为埃阿斯所受的羞辱担责——埃阿斯被卷入一场暴力、不光彩的斗争中，因为他不能像奥德修斯那样为自己辩护，他的沉默使得人们忘记了他的勇猛（《尼八》第24行），于是奥德修斯可以用反常的光亮填补这一反常的昏暗。埃阿斯的命运证明，诗歌的缺失、对不应得的寂寂无名的恰当抗议的缺失，可以像parphasis，即诗人技艺的滥用一样危险；沉默可以像诽谤一样破坏应得的名誉。因此，创作凯歌的诗人需要用言辞给予自然状态下的事物光亮，以保留其本身的光彩。诗人的角色是积极而关键的，对于保存英雄的荣誉而言至关重要，正如奥德修斯的欺瞒对于给予事物虚假的外貌而言至关重要，它令事物获得一种与其本身不相称的光彩。

赞颂之所以有效是因为诗人为他所记忆的事物增添了额外的光彩，在此意义上它同样是危险的（《尼八》第20行及以下）：真正的诗歌和parphasis之间看似没有绝对的界限，因为后者也为其对象增添一些东西（或者说在诽谤的情形里，是减去一些东西）。相较于沉默和parphasis，凯歌对"闪亮"事物的状态的影响更小，这或许能够为凯歌正名，并且让它的危险性在可接受范围内。parphasis能够改变它所触及的任何事物[8]。在真实的成就和恰当的赞颂之间有一个中间值(48)。赞颂的有效性不仅仅取决于它是否准确呈现事物，因为赞美不只是在呈现它的对象[9]（如品达的部分凯歌极少提及它所纪念的

---

[7] 真正成就的内在之"光"不稳定地闪耀着，因为人类的命运变幻莫测，人的存在只是"幻影之梦"（《皮八》第88—97行）。即使在成功的巅峰，人类本质上仍是黑暗和虚无的。关于勇猛的行径在诗歌缺席时的黯淡，比较《尼七》第12行及以下。对《皮八》的分析，见Hermann Fränkel, "Man's Ephemeros' Nature According to Pindar and Others", *TAPA* 77(1946), 131-145, 尤其是第131—134页。

[8] 这一差异体现在parphasis可以杀死埃阿斯，但品达的诗歌不能致人死亡（见《尼八》第44行及以下）。

[9] 参见《尼七》第14行。"呈现"是诗歌能够提供的最少的东西。

竞技胜利)。在某种程度上,赞颂的有效性是以是否适宜来衡量的[10]。尽管品达的技艺没有parphasis那样复杂,但它也不是简单如纯粹的真实。

在《尼米亚凯歌》第五首中,恰当性和真实的区别变得清晰:

并非所有无情的
真理皆可露脸而更能有利可图;
保守沉默于人往往最为明智。(《尼五》第16—18行)

这里的沉默当然与摧毁埃阿斯的沉默不同——后者辅佐parphasis令闪耀的事物变得晦暗[11],但两者又在一定程度上相似,因为它们没有显露真实——品达的沉默导致遗忘。因此,理想的(有用且有益的)遗忘[12]与非理想的既相似又不同,而它的积极作用只能从适度性的维度衡量,因为它与真实无关。

如果沉默对于其对象是适宜的,那么它的对象必须是不可见的、会被自然遗忘的事物。在《尼米亚凯歌》第八首中,"不可见的事物"看起来是那些不真实的东西,例如奥德修斯试图矫饰的英勇。然而在《尼米亚凯歌》第五首中,诗人希望保持沉默的是某个"伟大的"(mega)事物,是一个对于言说太过伟大而非太过细微的事物。显然,在这样的情况中,言语的危险性(因此还有保持沉默的必要性)会随着它所涉及事物的伟大程度而变化。因此,Mega eipein(《尼五》第14行)意味着"讲述一个伟大的事情",它通常的意思是"将某件事说得(无比)伟大"。品达与荷马一样,认为言语的质量取决于所描述的事物[13]。具体而言,一首关于犯罪和危险的诗歌会变得罪恶和危

---

[10] 参见 fr. 106b Bowra = 121 Sn-M;《奥二》第46行及下;《皮五》第103行及以下(prepei)。亦参见 eoiken, fr. 234 Bowra = 42 Sn-M; potiphoros, 参见《奥一》第35行;《奥七》第63行。

[11] 关于沉默的使用,参见 Simonides 582 PMG; Pindar fr.170 Bowra = 180 Sn-M; Hermann Gundert, Pindar und sein Dichterberuf (Frankfurt, 1935), 47。

[12] 此处所说的"有益"的性质见下文注54。

[13] 参见关于克吕泰涅斯特的仇恨之歌, Od. 24.199f.。品达所用短语的含义,见LSJ的词条μέγας, 2.5。L. G. Dissen, Pindari Carmina, vol. 2 (Leipzig, 1830), 415, 及之后的Johann Rumpel, Lexicon Pindaricum (Leipzig, 1883; repr. Hildesheim, 1961), 均将 (转下页)

险。品达希望掩盖的伟大事物是一个"正义之外的风险"(《尼五》第14b行),而它的伟大程度衡量的是它的罪恶性。

从诗人的角度来看,过度到罪恶的行为与未曾实施的事物本质相同,正如奥德修斯在战场上的成就这一不可见的事物。诗人的沉默是对两种极端的恰当反应,能够令过量的部分变得不可见,"黑暗"得如同不存在[14]。Parphasis则起到反作用,让未曾实施的行为变得显著(如奥德修斯吹嘘他的英勇),并且让罪恶得以彰显。因此,在《尼米亚凯歌》第五首中,希波吕忒(Hippolyta)运用了parphasis(32),令通奸行为变得合理而吸引人,那是"夸大的言词",正如品达所拒斥的"伟大"言词。

显然,是某种道德规范使得过度到罪恶的行为与无所作为可以等同。这种规范有待进一步的阐释,然而其所具有的技术上的意义却十分明晰。品达在《尼米亚凯歌》第五首中用沉默取代了《尼米亚凯歌》第八首中的责备,他作为诗人"赞颂那些值得赞颂的,并谴责那些邪恶的事物"。沉默作为对罪恶的一种回应,似乎与责备有着相似的作用,它是谴责的一种形式而非纯粹的言说缺席。责备与沉默一样,使得罪恶的行径变得"黑暗"[15],因此它们都不是适宜诗歌的赞颂性、纪念性言说。由于罪恶和无所作为在诗歌的主题上是等同的,作为诗歌技艺的谴责或沉默就显得并无差异。品达在《尼米亚凯歌》第五首(第14—18行)中的叙述也佐证了这一点,因为他明确谴责了他坦陈要用沉默掩盖的行为(这是一种修辞伎俩,paraleipsis)。品达用一种模糊、克制,且半明半昧的拒绝态度与罪恶切断关联,他没有完全阐明什么是应当保持不可见的。

现在可以将品达技艺里"简单的道路"的一个关键方面,即处理荷马主题的规则,进行概略式的划分。荷马主题,也就是那些由诗人

(接上页)μέγας 解释为巨大的、伟大的(*audax, malum*)。参见 J. B. Bury, ed., *The Nemean Odes of Pindar* (London, 1890; repr. Amsterdam, 1965)此处注释,及 W. J. Slater, *Lexicon to Pindar* (Berlin, 1967)该词条;又见《尼十》第64行。关于 μέγα εἰπεῖν 的积极用法("将某件事说得伟大")请见《尼六》第27行。

[14] 参见 fr. 234 Bowra = 42 Sn-M;不恰当的沉默使得勇猛的行径被遮蔽,《尼七》第12行及以下。

[15] 参见《尼七》第61行(不值得的谴责)。被处罚的犯罪行为在隐喻中是"黑暗"的,埃斯库罗斯《阿伽门农》第390—393行;比较第462—467行。

的听众以外的人所表演的、发生在遥远的过去的"著名事迹"。对荷马而言,这些事迹都是适合吟唱的,甚至歌唱克吕泰涅斯特拉(Clytemnestra)犯罪行为的仇恨之歌显然也一定会不朽(《奥德赛》24.192-202)。然而,品达与荷马的任务不同,因此他必须做出荷马所不必做出的分别。由于品达同时进行赞扬与谴责(而非仅仅纪念),他将事情分为两类,值得赞誉的和不值得赞誉的。后者包括犯罪行径,过度行为,以及过于微小以至于不足挂齿的"不可见的事物"。每一个主题都对应一种品达的技艺(对于值得赞誉的事物,赞颂;而对于其他剩下的事物,谴责或沉默,二者没有清楚的区分),而每种技艺都有单一的效用(赞誉起到纪念的作用,而责备或沉默起到使之失色的作用)。Parphasis作为品达诗歌的反面,颠倒了主题与技艺之间的关系,赞誉那些不值得称赞的事情,但忽视或中伤那些"闪耀"的事物。最核心的原则是适度性:诗人不能过多地谈论罪恶,也不能对高尚的成就过于缄默,他的言说必须与所描述的事物的性质匹配。

为了应用这一原则,诗人必须了然什么是值得赞誉的,什么又是不值得的。他需要一个规则来区分罪恶与无罪、荣耀的成就,以及某个事迹是否过度。再说一遍,理想的原则是根据适度性来决定的,因为每场冒险都有风险(见《奥六》第9—11行,及《奥二》第52行),从而容易陷入过度的泥沼中,就像赞美已经实现的野心总是存在风险(《尼八》第20行及以下)一样。可以将过度的犯罪活动与美德(areta)相区分的第二个适度因素是神对人类命运的计划:神(《皮一》第56行及以下)与命运女神(《尼七》第58行及以下)决定了每场冒险中的"适量"(kairos)的标准,而诗人可以据此区分值得称赞的与不值得称赞的事迹。对一个"没有神的事物",一种过度行为,"保持沉默不会更糟"(《奥九》第103行),但如果一个人的力量和成功来自神的赐予(daimonios),他就值得受到赞美[16]。因此,诗人分配赞誉的方式与其他人衡量自身努力的方式相同,即根据神的计划遵循"适量"的标准。过多的赞美会成为吹嘘,从而破坏kairos【适度】

---

[16] 《尼一》第8—12行;比较《奥六》第8、11行及以下。关于沉默,参见 fr. 70 Bowra = 81 (*Dith*. 2) Sn-M。

(《皮十》第4行)[17]。在最糟糕的情况下,诗歌的过度通过滥用神灵,将人"不恰当"(para kairon,见《奥九》第35—39行)地提升。而品达选择接受神的赐予(《皮三》第103行及以下)并且让他的诗艺臣服于命运(第108行及以下)。

显然,kairos是诗人"可以知道的最好的事情"(《奥十三》第48行),是诗歌技艺中最好的东西,因为它诠释了适度性的规则,而这种规则在许多方面都比真实更为重要。根据一种分析法,罪恶必须被遗忘,就像一个从未真正被实施过的"不可见"行为。这是因为对于适度性而言,匮乏和过量是等同的,二者都"缺少神的参与"。那么,如果一项罪行在神的标准里等同于未经实施的行为,纪念此事只会被视为对神的不虔敬(因此,有时候揭露真相没有益处,这条规则《尼五》有表述)。然而,根据另一种更为激进的分析法,从定义上就不可能存在不虔敬的真实,因为"真实的道路"默许神的计划,是对kairos的虔敬(《皮三》第103行);反过来说,虔敬所依托的kairos根据定义就是"真实"(见《尼一》第18b行)。因此,神的标准成为唯一的标准,并不存在关于罪恶的真相(如同在《尼五》中一样),因为罪恶缺乏神的认可,也就缺乏了真实性(由此看来,如果不符合适度性的事物等同于虚无,那么kairos就不仅是最好也是唯一可以被知晓的事情,而世界上只存在一种知识,即关于美德的知识)。

然而,神的计划对于人类而言常常是十分幽微的——"宙斯不会给出任何清晰的指示(tekmar)"[18](《涅十一》第44行),并且"预见之流远在天际"(第46行)。即使诗人在技巧上运用自如,但对于神的事情,总是存在一定程度的不确定性[19]:他对未来的希望掌握在神的手中(《奥十三》第103—105行),当他预期传令官的真实宣誓将证实他的赞颂(第98—100行)时,这个想象中的宣誓的真实性取决于宙斯,"那位实现者"(telei',第15行)。因此,品达类似于英雄贝勒罗芬(Bellerophon),他的成功仍然是"超越希望的誓言"(第83行)。由于神的意图永远无法确定,似乎没有立即解决赞颂所承担的风险

17　参见《皮九》第76—79行。
18　参见Solon 13.65f. West;见下文注82和83。
19　关于品达受到的"神启"的特征,详见本文最后一节。

的方法。诗歌"有翼的技艺"（potana makhana）是模棱两可的，它可以像在荷马诗歌里一样有欺诈性，因而变得可怖[20]（《尼七》第22行），也可以像品达希望的那样令人自豪[21]（《皮八》第34行及以下）——当诗人的谨慎得到嘉奖并且他的想法与神的目的相一致时（见《皮三》第108行及以下）。

尽管诗人无法直接知道值得称赞的行为的kairos，他可以觉察神的在场并且用其他方式降低言语潜藏的风险。那些仅拥有"习得"能力（didaktai aretai，见《奥九》第100行及以下）的人参与的是"没有神在场的冒险"，他们通过后天的学习人为扭曲了自己天生具有的能力。因为"没有神在场"的冒险最好被隐没，那些通过学习获得能力的人必须保持"默默无名的"状态（《尼三》，第41行），他们的成就也是不值得称赞的。人们自然而然拥有的东西是成功最好的基石和丰沛光辉的来源，那是人与生俱来的能力（to de phuai kratiston hapan，见《奥九》第100行；比较《尼三》第40行）。神对人的支持是在"自然"（phua）中展现的，因此命运和"自然"成为同义词（见《尼七》第54—58行）。每个人的个人命运——在他所做的一切事情中的决定性的、神性的因素——都是在他出生时就被赋予的（《尼五》第40行及以下）。这个规则也同样适用于诗人——如果他们的技能是人为习得的，他们的努力将始终是过度的——一种放纵、不加选择的胡言乱语（panglôssia，《奥二》第86行及以下），不符合kairos，而且总是徒劳无功（akranta，见《奥二》第87行），缺乏神赐予的力量。因此，人为的技能类似于奥德修斯的parphasis，使事物变得复杂而不自然，而这只会带来无力而"腐败"的荣耀（《尼八》第34b行）。可见人为的技能只会产生虚伪和不恰当的言词。

由于神的恩宠在人出生时作为其天性的遗传产物而来（《尼三》第40行），它在整个家族中通过直系血统代代相传。这样，神的恩宠遵循着一种模式——自然的"道路"是"直的"（《尼一》第25行）[22]。

20　ἐπεὶ ψεύδεσί οἱ ποτανᾷ <τε> μαχανᾷ / σεμνὸν ἔπεστί τι.

21　ἐμᾷ ποτανὸν ἀμφὶ μαχανᾷ.

22　参见 fr. 98 Bowra = 108 Sn-M；比较"神赐功勋的纯净之道"（*I* 5.23），以及 Otfrid Becker, *Das Bild des Weges und verwandte Vorstellungen im frühgriechischen Denken*, Hermes Einzelschriften 4 (Berlin, 1937) 61。

由于获得虚假、不虔敬的成功的人无法将力量传给他的后代,诗人可以通过检视某个英雄后世的家族历史来评估某个过去的事迹里的神性成分。同样也可以通过对过去的检视来评估现在的事迹:一个人的祖先如果取得了显著的成就,那么他更有可能根据kairos行事,并追随祖先的"足迹"(《皮十》第10—14行;《尼六》第13—16行)[23]。因此,对于希望找到kairos去赞颂的凯歌诗人来说,一个家族的成就史是极为关键的:这种成就追随先人的模式,并且依凭世代相袭的神的恩宠,它是如此自然而完整地展现自身,因而能被放心地称颂[24]。作为凯歌的主题,世代相袭的杰出证明了诗人的makhana【技艺】、他的精巧,它使诗歌免于言语带来的潜在风险,诉说一些此前从未被提及的事迹的野心,变得更为平衡和可控。因此,品达声称他遵循前几代人划定的道路(《尼六》第53行及以下),这与他的独创性并不冲突[25]:

> 他们唤起一条清晰响亮的言辞之路;
> 赞美陈年佳酿,但也称颂那崭新的歌声之花。(《奥九》第47—49行)

基于这一点,可以更准确地评估品达通过述说对事物做出的贡献,以及人们对他这种贡献的需求。虽然"自然"的道路,即得到神认可的美德成就,在不同世代之间沿着一条"笔直"的线路延续,但人们所感知到的事实并不那么直观有序。存在着两种版本的现实:其中一种是神的,它是在kairos内的事物的总和,由神赋予力量,并且可以用虔诚、选择性的真理来描述;另一种是人类的,是失败与成功、罪恶与美德的混合物,在这里,神的道路经常显得晦涩难懂。即

---

[23] 参见《尼二》第7行和Becker(上文注22),65。人们所遵循的记忆的模式建立在一个基础上,即事情基于它们开始时的轨迹"笔直"地进行,见《皮一》第46行、《奥十三》第28行。

[24] 《奥十三》第13行: ἄμαχον δὲ κρύψαι τὸ συγγενὲς ἦθος.

[25] 此类声明可能会让品达的竞争者感到窘迫。根据古代注疏,它回应了Simonides 602 PMG;参见Bacchylides fr. 4 Jebb。参见《尼一》第33—34b行、《地四》第21—25行、《地一》第39行及以下提到的古典美德。

使是因神而天生强大的家族,成功也充其量是间歇性的,家族就像一片田地,时而丰收,时而休耕,为另一个季节积蓄力量(《尼六》第8—11行)。根据品达的另一个比喻,黑暗存在于辉煌的、"神赐予的闪耀"时刻(《皮八》第96行及以下)的间隙:过去的光辉会逐渐消逝,除非诗人对其进行歌唱(《尼七》第12—16行)。因此,虽然英雄的美德在他们的后代中自然延续,但不变的本性可能会被变幻莫测的命运所掩盖。凯歌如同火炬一样照亮赞美的对象,跨越闪耀时刻之间的间隔,将一个辉煌的瞬间与下一个连接起来,显现出现实的隐蔽基础。诗歌在人类经验的混乱中发现了神的秩序,"让故事变得平直"(《奥七》第21行)[26]。

凯歌诗人能够透过黑暗的间隙,在歌曲中捕捉并再现一段有序的辉煌历史,这几乎是他诗艺中的基本要素。他对隐藏在时间中的事物有睿智(sophos)[27]的洞察力,就像时间本身是"睿智"的,能区别永恒与转瞬即逝、真正的成就与表面现象(《奥一》第33行及以下)[28]。诗人必须比其他人更具备这种能力[29],否则人们就会记得他没有纪念和歌唱的事情(见《尼七》第12行及以下)。因此人们需要诗人的工作。他们出于紧迫的现实原因需要借助诗人的能力来洞悉并效仿他们的祖先所完成的事情,使得他们自己当下的"道路"变得辉煌(《奥六》第72行),远离暴力和犯罪(《奥七》第90—92行)。另一方面,如果忘记了过去,人们也会忽视现在必须做的事情:

---

26 这个表达(διορθῶσαι λόγον)是模棱两可的。见 B. L. Gildersleeve, *Pindar: The Olympian and Pythian Odes* (New York, 1890; repr. Amsterdam, 1965)此处评注对 διελθεῖν ὀρθῶς 的释义。因此,故事究竟是品达构造的还是他沿用的,并不清楚。关于 orthos 含义的另一种看法,请参阅 D. C. Young, *Three Odes of Pindar* (Leiden, 1968), 78 n. 2;关于意为"平直"的 orthos,请见《奥七》第46行、《皮十一》第38行及以下。Becker(上文注22)72,将《皮十一》中的道路视为品达诗歌的一种设计而非历史叙事的过程。

27 当然,sophia 还意味着其他品质,参见 Bruno Snell, *Die Ausdrücke für den Begriff des Wissens in der vorplatonischen Philosophie* (Berlin, 1924), 1-20, 尤其是第10—13页; G. E. Gianotti, *Per una poetica pindarica* (Turin, 1975), 95-107; Burkhard Gladigow, *Sophia und Kosmos* (Hildesheim, 1965), 39-55。

28 见《奥十》第53—55行;关于这个过程是神介入的结果,参见《尼七》第31行及以下。

29 参见品达《日神颂》第六首第51—53行,以及 Gladigow(上文注27),43。

……遗忘的乌云笼罩，令万物晦暗不明，
颠覆正道使其
偏离理智。(《奥七》第45—47行)

因此，人们无法踏上那条关于他们的本性和神的计划的"直路"，而是误入歧途或偏离过度[30]。为了防止这种偏离，诗人将过去值得展示的事物塑造成一种具有延续性的样本，使得它可以从过去一直持续到未来(见《尼一》第25—28行)。他的诗歌作为一种预见的工具，展示了命运或神明在何处创造了一个能成就高尚事业的机会，一个kairos。

*

凯歌似乎以一种与荷马迥然不同的理论来处理荷马式的主题——英雄事迹，凯歌略去黑暗的罪恶和无所作为。史诗最多承认它对"生者的声誉"的影响：歌唱克吕泰涅斯特拉的"仇恨之歌"玷污了道德完善的女性的名誉(《奥德赛》24, 200-202)，但这种影响绝不会波及后世的女性。然而，对于品达来说，过去似乎在本质上就是现在。活着的人们从他们的英雄祖先那里继承神圣的恩宠，所以过去的教训也是关于活着的人们自身的教训。于是，在凯歌中，听众可以被视为永恒地在场，每当品达的注意力从他们的历史中的不变元素上移开时，他都会关注他的赞助人及其公民同胞。这使得诗人和他的听众间建立起一种特殊的亲密：品达以专家和导师的身份介入人们与人们的本性之间。

当听众对歌曲主题的直接个人兴趣被明确承认时，诗歌的下述技术问题有了一个新的面向，即契合kairos的是什么样的语言，以及如何以自然的方式纪念或遮蔽某些事物的问题。kairos不再仅存在

---

30 相比之下，拥有超越人类的视野，能够洞察未来隐蔽事物(*horan*, 62; *kekruphthai*, 57)的神遵循正确的轨迹：赫利俄斯(Helios)禁止向后转(ἄμπαλον... θέμεν, 61)，他命令拉克西斯(Lachesis)不得偏离或违背神的誓约(θεῶν... ὅρκον μέγαν/μὴ παρφάμεν, 65f.)。赫利俄斯笔直的行为、目光和言语与偏离的错误(*parelkei, pareplanxan, parphamen*)形成鲜明对比。

于事物中,而是也存在于听众对于诗歌的回应中。举例而言,如果诗人的诗歌激发了愤怒或嫉妒,他就会知道他打破了一个主观性的kairos(《皮一》第81—84行)[31]。因此,在衡量一桩过去的行为时,除了需要判断美德或罪恶,还需要纳入对听众的感受即他们的愉悦或痛苦情绪的考量。从这个角度看,我们需要重新考虑诗艺如何与自然相匹配一致。由于人们的本性各异,诗人必须像区分事物的自然光辉和黑暗一样,对天生不同的听众偏好进行区分。无论在哪种情况下,诗人的技艺都很好地平衡了对自然不增添任何东西和增添过多的东西,因为品达致力于通过表现人们自身来增强听众的内在品质而不是改变它们,就像他只为本质上辉煌的事物增添光辉,以此来补充它们本来值得记忆的性质。因此,品达教导听众成为他们本来就是的人(《皮二》第72行)[32]。诗人承认他的影响存在一种绝对的限制,即人们只能听懂他们目前的本性所允许的范围内的内容(见《奥二》第82—86行)。品达是一位美德的教师,但他所教授的美德无法通过学习的方式获得(见《奥九》第100—102行)。

第一首《皮托凯歌》探讨了两个相关问题,即评估歌曲对不同听众产生的愉悦和痛苦的影响,以及衡量诗艺对于避免人们自身遗忘或记忆的自然趋向的有益效用。

时间是支配记忆和遗忘的自然原则,它导致遗忘,而遗忘又导向铭记[33]:

> 但愿所有的时间能……让他忘记自己的辛劳。
> 这样,它会提醒他,在哪些战斗中
> 他以刚强的毅力伫立。(《皮一》第46—48行)

---

[31] 参见《奥十三》第10行:"大胆言辞"的傲慢(Hubris)激起听众的贪婪(Koros)。因此,品达颠倒了贪婪(Koros)和傲慢(Hubris)之间的关系(参见 Solon 6.3 West, Theognis 153):对于品达来说,傲慢应该是贪婪之母,而不是她的女儿,因为 hubris(言说过度)属于(坏)诗人,而 koros 是他的诗歌的效果。见《皮八》第29—32行。

[32] 在英雄们对自己的英勇感到"肃然起敬"(*aidesthentes*)的行为中似乎有类似的过程在起作用(《皮四》第173行)。

[33] 因此,品达逆转了赫西奥德的矛盾(《神谱》第54行及以下),即记忆女神孕育了带来遗忘的缪斯。

显然，与成就相伴的痛苦掩盖了对成就的记忆，直到时间抑制了痛苦的记忆。可见遗忘经历的某个面向往往是记住另一面向的先决条件。如果诗人希望在听众面前展现他们所取得的成就，他的诗歌必须像时间一样使他们平静下来[34]，以使这种呈现不让人感到痛苦。正因诗人的技艺能够比时间更快起效，它强化了时间的自然倾向。

诗歌超越时间的程度衡量着它对自然的贡献，也衡量着它对让听众在较少痛苦中发展出自我意识的贡献。将被遗忘的痛苦有过去和未来两个方面：在《奥德赛》中，奥德修斯听到德莫多克斯唱起特洛伊之战的歌曲时哭泣（第八卷第83—95行、第521—530行），因为他仍然是个流浪者，失去了在战斗中赢得的战利品；特洛伊的记忆让奥德修斯意识到他仍然需要奋斗，他的故事尚未完成，这种意识使得他很难平静地回忆他的故事的早期部分。后来，当他杀死了求婚者并躺在佩涅罗佩身旁时，他的回忆已经不带有任何痛苦（第二十三卷第200行及以下）。此时奥德修斯可以和牧猪奴欧迈奥斯一样达到一种稳定状态，能够愉快地回溯苦难（第十五卷第398行及以下），因为他不会再重复过去，他的命运也不会在未来变得更好[35]。

品达的诗歌预示了这种稳定状态，这样它就可以为希耶罗（Hieron）做到德莫多克斯的歌曲无法为奥德修斯做到的事情，也就是使记忆变得没有痛苦。诗人必须尽可能地将听众从未来劳苦的不确定性中抽离出来，因为不带痛苦的回忆要求对物质财富"直接"（对比 euthunoi，《皮一》第46行）而毫不动摇的占有。[36] 既然只有时间能够带来这一点，诗人就将自己投射到未来，超越一切变数。作为希耶罗声誉在诗歌中的守护者，品达护卫着他永恒的"可以向后世夸耀"的名誉（opithombroton aukhêma，第92行），并祈祷他能享受永远的物质财富（第46行、第56行及以下）[37]。由于他的祈祷以回忆的形

34　见 P. Lain Entralgo, *The Therapy of the Word in Classical Antiquity* (New Haven, 1970), 第一和第二章, 尤其是第45—52页。

35　见本书第一章。

36　关于胜利和好运带来的愉悦, 见《奥二》第15—20行；《奥六》第103行及以下；《奥八》第72—74行；《尼十》第24行。

37　见第67—72行, 及 Young（上文注26）93 n. 2.

式呈现,品达从过去得到保证[38]。他的方法是环状的:他令过去的成就成为未来幸福的航标,进而使关于成就的无痛苦记忆成为可能[39]。

因此,品达在安抚观众方面的能力可以视为智慧的一种体现,他了解神在人类历史中的永恒存在。然而,一旦发现了神的恩宠的永恒性,品达的诗艺就忽略了幸运的历史事件的短暂性。他的诗歌将未来与过去等同起来,向听众呈现了一个永恒、抽象的视角。如果希耶罗在诗歌这一不变的媒介中看到自身,他就能学会从后人的角度来看待自己的过去和现在,也就不会对它们加以区分,因为两者都会被记忆。人们倾向于铭记成功,并遗忘痛苦,于是希耶罗通过诗歌学会忘却他经历的苦难,以及未来可预见的烦扰。

时间作为选择性遗忘的自然原因,为品达诗歌提供了一个模型;而阿波罗的七弦琴和缪斯的歌曲则提供了另一个模型[40],可用作区分不同受众本性的试金石。在众神中,音乐可以令人放下武器,而它本身也是一种武器,它抚慰宙斯的雄鹰,却使他的敌人恐惧不已。七弦琴的效果一半是用荷马和赫西奥德式的风格描述的:雄鹰沉醉其中(kataskhomenos,《皮一》第10行),如同奥德修斯在费阿基亚(Phaeacia)的听众们一样(《奥德赛》11.334);众神则被琴声施了咒一般(kai daimonôn thelgei phrenas,《皮一》第12行)[41],就像奥德修斯式歌者的听众们一样(《皮一》第12行)[42]。甚至战神阿瑞斯也因歌声而愉悦(第10—12行),宙斯的闪电也因此被消弭(第5行及以下)。众神似乎忘记了战争,正如赫西奥德的听众们忘却了他们的忧思(《神谱》第98—103行、第55行),也正如时间会让希耶罗忘却他的军事劳苦。

另一方面,缪斯的歌曲也是战斗的呼号(boa,见《皮一》第13

---

[38] 在第29行及以下诸行中,诗人详细回忆并描述了整个火山喷发的过程,而后以对宙斯的一则祷告结束。遭遇苦难而最终胜利的菲洛克忒斯的故事通过类比形成回忆,以祈祷希耶罗成功(56f.)收尾(也暗含希望他病愈的祈祷)。

[39] 又见第34—38行。

[40] 关于阿波罗和品达的音乐,参见 *elelizomena* (4)—*doneôn* (44); *balein* (44)—*ambolas* (4)。

[41] Kêla:或许如古代注疏所察觉到的,这是 kêlein 的一个双关。

[42] 见本书第一章。

行)[43]，使宙斯的敌人感到恐惧，打破众神之间的和平；它并不仅仅是令人愉悦和沉静的镇定剂。这种双重能力需要进一步阐释。品达用史诗的词语(atuzontai，第13行)描述了宙斯的敌人感到的恐惧，这个词语暗示了战士们在混乱逃亡中的惊慌失措[44]。恐慌是一种遗忘，即忘记了自救的方式及战斗的勇气。在《伊利亚特》中，当阿凯奥斯人忘记了战斗带来的快感后(lethonto de kharmês，见第十七卷第759行)，惊恐地四处奔散(atuzomenoi，见第十八卷，第7行)[45]。恐惧的人体现的无助也是被施咒的一种形式：波塞冬迷住(thelxas)了阿尔卡修斯，使他停住脚步，被伊多美尼乌斯杀死(第十三卷第435行)；被施咒的人就像被恐惧所惑的人一样，忘记了他的勇气(toisi de thumonen / en stêthessin ethelxe, lathonto de thouridos alkês，第十五卷第321行及以下)。

因此，在《皮托凯歌》第一首中，恐惧和沉睡都是音乐产生的既有益又有害的效用，它们都是遗忘或被施咒的一种表现形式；音乐的力量是双重而矛盾的，就像荷马式的吸引力和赫西奥德式的遗忘，也是时而带来增益，时而带来损害。然而，根据荷马和赫西奥德的说法，歌声的效果通常并不是有害的，通过歌声产生的魅惑拥有特殊的地位：人们假定它与本质上有害的魅惑不同。[46]品达将伤害性纳入缪斯技艺的范畴，但他通过引入另一种区别来弥补这种区分的损害。尽管音乐的魅惑性被认为是一种矛盾的体验，但诗人的听众却各有不同；一种类型的听众有幸从魅惑中获得愉悦，而音乐的恐怖会打击那些作恶的人，即宙斯的敌人[47]。那个让众神沉睡的歌声也是恐吓他们敌人的歌声。前一种作用起效正因为有后一种作用，后一种起

---

[43]　关于用音乐奏响的战号，参见《奥三》第八行、《皮十》第39行、《尼五》第38行；均见于 Gildersleeve（上文注26）该处注释。

[44]　《伊利亚特》第六卷第41行，第二十一卷第4、554行；参见《奥德赛》第十一卷第606行。

[45]　在别处，阿凯奥斯人感到恐惧(atuzomenoi, 8.183)，与此形成鲜明对比的是，特洛伊人被赫克托耳激励要记住他们的勇气(μνήσασθε δὲ θούριδος ἀλκῆς，第174行；参见第181行 μνημοσύνη τις ἔπειτα πυρὸς δηίοιο γενέσθω)。

[46]　见本书第一、二章。当然，荷马的塞壬杀死他们的听众，但荷马似乎并不认为这对于人类歌手的技艺是成问题的；赫西奥德的缪斯可能会在进行欺骗时造成伤害，但赫西奥德会将这种欺骗与他自己的诗歌区分开来。

[47]　参见《皮八》第1—20行的两种"和平"。

效也是因为有前一种，就像时间之所以能保存成功的记忆，是因为它消解了痛苦的回忆，并通过唤起成功的记忆来使痛苦显得微不足道。无论在哪种情况下，歌声的效果都是根据某种自然原则自发形成的，而诗人的技艺正仰赖这一原则。

在《皮托凯歌》第一首中，歌曲的两种模式分别解释了三种反应：愉快的自我遗忘（由时间或神的音乐引发·），痛苦的自我遗忘（由神的音乐引发）和愉快的自我意识（由时间引发）。综合起来，它们暗示了第四种反应的存在，即痛苦的自我意识，品达用它来解释活火山埃特纳（Aetna），那里有一头被困的怪物。正如怪物的咆哮可以与凯歌和谐地结合，痛苦的自我意识可以与诗歌的其他效果相洽。

无论是众神还是他们的敌人，都没有在歌声中完全忘记自身。阿波罗的琴声所带来的宁静和缪斯的呐喊所激发的恐慌是不彻底的，就像时间带来的遗忘一样。因此，即使被歌声消弭，宙斯的雷霆之火仍然永存（aeinaos，见《皮一》第6行）[48]，提丰（Typho）尽管恐慌[49]，但仍然活跃地在山底喷出火焰。提丰对自己当前状况有所觉察，火焰和火山爆发的巨响（第24、26行）是他自我意识觉醒的迹象，而其中必然包含他被宙斯击败的记忆。被希耶罗击败的第勒尼亚人（Tyrrhenian）也发出声响，悲叹他被暴力摧毁的舰队（nausistonon hubrin，第72行）；品达祈祷他被这个可听见的、记忆中的幻象所束缚，被痛苦的自我意识所困[50]。

要解释这些声音也是凯歌的一部分[51]，两种品达式的模式都必须

---

[48] 关于两个段落之间的其他相似之处，参考 S. D. Skulsky, "ΠΟΛΛΩΝ ΠΕΙΡΑΤΑ ΣΥΝΤΑΝΥΣΑΙΣ: Language and Meaning in *Pythian* 1", *CP* 70 (1975), 9–12。

[49] 有两件事让提丰固守在他的地方：缪斯的呼喊激发了恐惧，他被"限制"在埃特纳山下（κίων δ' οὐρανία συνέχει, 第19b行），就像鹰被竖琴的声音所"控制"（κατασχόμενος, 10）一样。音乐和山脉似乎有着相同的作用。这个怪物无法入睡，因为困住他的岩石，就像吓坏他的呼喊一样，也让他痛不欲生（第27行及以下）。关于清醒作为囚禁惩罚的一部分，参考埃斯库罗斯《被缚的普罗米修斯》第31行及以下。关于普罗米修斯和提丰，见J. P. Vernant, "Mêtis et les mythes de souverainetê", *Revue de l'histoire des religions* 180 (1971), 29–76, 尤其是第61—63页。

[50] 这些声音正好与诗人对其赞助人的赞美相反，它们类似"憎恨之歌"（ekhthra phatis, 96），像咒语一样"控制"着邪恶的法拉里斯（Phalaris），令他好像仍然活着，沮丧地听着人们对他的评价；然而 ekhthra phatis 并不具有音乐性质。

[51] 关于火山和歌曲是相互协调的对立物，参见 M. R. Lefkowitz, *The Victory Ode: An Introduction* (Park Ridge, N.J., 1976), 110f.。

得到使用。就像时间一样，怪物的咆哮和第勒尼亚人的哀悼会有选择性地唤起记忆和遗忘；类比于音乐，这些声音会有选择性地让不同的听众感到愉悦或不快。因此，它们所唤起的记忆和遗忘既有有益的，也有有害的。对于提丰和与他对应的充满暴力的人而言，他们发出的声音表明了对失败的记忆和持续的痛苦感受；在这种混乱的声音中，"着了魔的"他们忘记了自己的力量。与之相对的是，希耶罗记住了自己的力量，因为第勒尼亚人的哀悼保存了他关于胜利的记忆，如同火山的咆哮纪念了宙斯的胜利。希耶罗与他的族人可以忘记他们的痛苦，因为敌人不安的苦恼保证了胜利者未来的安全。

品达作为诗人承担了一种新的责任，即根据可变的标准让人们遗忘或记住自己，以容纳他们之间的差异。如果用荷马式的术语表达的话，品达的任务更接近于公共演讲者，而不是歌唱者[52]。荷马式的歌唱者对听众不做任何让步，因此他在进行诗歌表演时不会考虑他们的道德品质。正如斐弥俄斯（Phemius）所表明的，他的真实之歌令善恶之人都感到愉悦，况且他的歌唱对象是奥林坡斯众神这群神圣、不变的听众[53]。与此相对，公共演讲者会根据听众的喜好调整自己的艺术，因为他所关注的不是某种遥远的英雄壮举，而是他的听众目前的个人关切，他的演讲是为了某种即时的个人或社会利益。例如，根据品达的说法，如果"至高无上"的言辞变成"战斗的鞭策"，他就必须保持沉默（fr. 170 Bowra = 180 Sn-M）[54]。品达将自己描绘为社会的一员，他的歌曲是社会关系的媒介。他自称是由个人欲望（《尼四》第35行；《奥一》第3行及以下）激发的凯歌歌者，并承认与他的赞助人和听众之间存在情感纽带[55]。就像婚宴一样，凯歌的表演庆祝着一种和谐及分享喜悦的状态（《奥七》第1—12行），城邦作为一个

52　见 Solon fr. 1 West 中关于诗歌作为公众演讲的替代品或对立物的部分。
53　《奥德赛》第二十二卷第344—352行；见上文注1。
54　关于荷马史诗中的策略性沉默，参见《伊利亚特》第十卷第533行及以下和《奥德赛》第四卷第138行及以下，A. W. H. Adkins, "Truth, ΚΟΣΜΟΣ and ΑΠΕΤΗ in the Homeric Poems", *CQ* 22 (1972), 14 引用并讨论了这些内容。沉默所带来的社会利益或可等同于《尼五》(16f.)提到的 *kerdos*。
55　见《皮十》第66行，诗人和赞助人之间由 *philoi* 建立起来的忠诚纽带。关于其他的关系，请见 Gundert（上文注11），第31—39行。

整体参与其中（第93行及以下）[56]。因为品达听众的道德品质决定了他们对他的诗歌的反应（因此，对崇高成就的真实赞美不会使邪恶的听众满意），品达为了取悦听众所做的任何让步都必须能够在道德层面上得到合理的解释。他只有满足具有崇高倾向的人的愿望，才是恰当的，也正因为这个原因，他迫切希望只与有德行的人结交[57]。

在这一点上，品达的诗歌可以与作为它反面形式的parphasis进行比较，后者颠倒了正常的社会关系。当奥德修斯在《尼米亚凯歌》第八首中诽谤埃阿斯时，阿凯奥斯人以奉承奥德修斯（therapeusan，第26行）的方式做出回应。可见一种形式的parphasis似乎激发了另一种形式的parphasis[58]，以至于阿谀者和他的听众在某种程度上相互欺骗和损坏。奥德修斯和他的听众间的"秘密"[59]勾结的结果是显著的，它引发了与受到轻视的英雄埃阿斯间的"可怕的争吵"，随之而来的流血事件玷污了他的荣誉，仿佛parphasis甚至腐化了它无辜的受害者[60]。

虚假与堕落的人在合作时引发的暴力反映了阿佛洛狄忒降下的预兆[61]的影响，她不是用温柔的手，而是用"另一种方式"（heteron d'heterais，见《尼八》第3行）触碰某些人。因此，通常被认为是诱惑

---

[56] 这个段落释义上的问题，参见W. J. Verdenius, *Pindar's Seventh Olympian Ode: A Commentary*, Mededelingen der koninklijke nederlandse Akademie van Wetenschappen, Afdeling Letterkunde, n.s. 35 no.2 (Amsterdam, 1972), 4。

[57] 《皮二》第96页；《奥一》第115b—116行。关于*agathos*在此语境中的含义，参见R.W.B. Burton, *Pindar's Pythian Odes* (Oxford, 1962) 87讨论《皮三》第80—83行。品达承认，他对与他相关联的*agathoi*有积极的义务。关于与*kharis*相关的行为准则，见Gianotti（上文注27），第19—28页；Gundert（上文注11），第31—39、42—45页；Herwig Maehler, *Die Auffassung des Dichterberufs im frühen Griechentum bis zur Zeit Pindars*, Hypomnemata 3 (Gottingen, 1963), 86–88；J. W. Hewitt, "The Terminology of 'Gratitude' in Greek", *CP* 22 (1927), 151–153.

[58] 关于阿凯奥斯人的*parphasis*，可以将他们提供（*antetatai*, 25）的奖赏与*parphasis*带来（*anteinei*, 34b）的*kudos*相比较。关于其中隐含的奉承，参见Bury（上文注13）此处评注，不过这里仅是暗示；在修昔底德的《伯罗奔尼撒战争史》3.12.1 中，*therapeuein*被明确指出是欺骗手段。

[59] Kruphiaisi... en psaphois, 26；关于"秘密"的不详含义，参见《尼九》第33行；《奥一》第47行。

[60] 关于欺骗和暴力的相似性，参见赫西奥德《神谱》第226—229行。

[61] Hôra potnia. 然而，关系从句（第2—3行）解释为对阿佛洛狄忒本身的描述更合理。参见C. Carey, "Pindar's Eighth Nemean Ode", *PCPS*, n.s. 22 (1976) 27。

的 parphasis[62] 成为两种"爱欲性"（erotic）的社会行为之一。阿佛洛狄忒将良善的影响和她更为温和的脾性，给予"行动和谋略最优秀的"国王，英雄们无须召唤就会服从他（第7—10行）：国王与臣民和邻邦的关系受到"更高尚的欲望"（tôn areionon erôtôn，第5行）的激发，在这种关系里，由爱的"温柔的必然之手"（第3行）引发了自愿的服从（第9行及以下）。品达的诗歌就试图创造这样一个和平、建设性的调和[63]。当 parphasis 用虚假和诱惑性的力量给埃阿斯带来死亡，给他的敌人带来"腐朽"的荣耀时，品达唤起的愉悦（第38行；第43行及以下）则导向卓越，它在智慧和公正的人中间像葡萄藤一样生长，是高贵的爱欲的产物（第41行）[64]。

由此可见，品达通过诗歌唤起愉悦，唤起《皮托凯歌》第一首所描述的愉快的自我遗忘的原因，与爱欲作为一种社会力量有关，它使人们团聚在一起追求卓越，也让人们分散开寻求不那么整全的事物。这种"更高尚"的爱欲通过遵循 kairos，一种适度的欲望[65]（《尼八》第4行及以下）来实现自身。因此品达区分了决定他的听众对诗歌反应的不同种类的欲望感受，就像他根据适度原则区分他的诗歌所纪念的历史事实。在这两种情况中，品达都试图让他的技艺聚焦在更小的主题上。他对过去的"直接"叙述都经过严格的编辑，以便将偏离适度的部分排除在外。于是，品达获得了一个经过修正、简化的历史现实的形象，在其中，失败和罪恶是不可见的。品达诗歌当时的社会背景以及他的听众的性情也呈现出类似的问题，因为品达在面对

---

[62] 参见如《尼五》第29—32行中的希波吕塔；《伊利亚特》第十四卷第214—217行。又见潘多拉的 *haimulioi logoi*, WD 78。

[63] 在荷马史诗中，诗歌和性都是吸引力的源泉，但性的魅力通常是有害的，而诗歌的魅力是有益的（参见埃癸斯托斯对克吕泰涅斯特拉的勾引，《奥德赛》第三卷第264行以及第十八卷第212行中求婚者对佩涅罗佩的着迷；关于歌手，参见第十七卷第514—521行）。因此，在让诗歌具有性吸引力时，品达将两个不同的荷马类别混在一起，但他区分了建设性与破坏性的"爱欲"关系，因此只有 parphasis，而不是诗歌，将承受勾引和欺骗的恶名。

[64] "在……中" = ἐν supp. Boeckh。关于 ebrise (18)以及丰饶，见 Bury（上文注13）。有关这两种爱欲，其中一种是鼓励卓越（*areta*）的动力，参见 Hans von Arnim, *Supplementum Euripideum* (Bonn, 1913), 44, 第29—32行；而有关爱欲与卓越之间关联的直接解释，参见柏拉图《会饮篇》178a6—180b3。

[65] 对于 kairos 作为爱欲的"恰当时机"，参见 frr. 108 Bowra = 123 Sn-M, 112 Bowra = 127 Sn-M。

他的敌人时不得不走上一条"曲折的道路"(《皮二》第84行及以下),那些不诚实的敌人倾向于复杂(第82行),而品达自己的情感倾向是"直接"(eutheia tolma,《奥十三》第12行)。[66] 他的直接情绪使他在不同的政治环境中坚持以单一、简单的标准——即言辞"直接"——来实践他的艺术(见《皮二》第86行)。他用kairos来区别,甚至在一些时候削弱过量或"偏离"的爱欲,以保证他所追求的简单性。其结果便是对所有社会情绪有所选择地展示,品达诗歌调适自身去迎合这些情绪。

正如真理的kairos由神所定义,欲望的kairos也是如此。当一个人向往神乐意给予的东西时,他渴望的就是适中的利益(metron)[67]。过度的爱欲是"疯狂"(mania),因为它期望(elpis)在缺乏神的认可的基础上有所收获,这无疑是错觉、"空虚的"和徒劳的(《尼十一》第45—48行;《尼八》第45行)。这就是伊克西翁(Ixion)的病症:他贪求超过他所应得的神赐予的特权,因此他无视适中的利益(metron),为宙斯的妻子痴狂(mainomenais phrasin ... erassato,《皮二》第25—30行;比较第34行);他无度的爱可以被看作是不虔敬的典型。不虔敬者的爱永远无法得到满足,所以它似乎自然地表现为对他人"嫉妒""吝啬"的性情(phthonos)。因此,他那永远受挫、永远重燃的希望可以被称为"嫉妒"(phthonerai... elpides,《伊一》第43行):嫉妒和希望源自同样的"空洞的"虚荣,是对神不可改变的意图的主观曲解(《尼四》第39—41行;fr. 200 Bowra =212 Sn-M)。

由于希望和嫉妒相似,因此一个相反的品质可以同时治愈两者。导致欲望无度的希望是"不被约束"且"无耻"的(anaides elpis,《尼十一》第45—48行),它缺乏羞耻心(aidôs)。因此,aidôs可以缓和强烈的欲望,让人接受神所给予的一切,无论多或少[68]。如果一个人接受自己的命运,并且在没有嫉妒(phthonos)的情况下接受了他人的幸

66　参见《皮三》第34行及以下,描述了对利益的渴望是"偏离"的原因。
67　参见《皮二》第34行;《伊六》第71行。
68　关于aidôs是欲望的约束,比较aidôs(羞耻心)与kerdos(利益)的联系,见Theognis 83-86,以及《尼九》第32—34行,引文见C. E. von Erffa, *AIΔΩΣ und verwandte Begriffe in ihrer Entwicklung von Homer bis Demokrit, Philologus* supp. 30/2 (Leipzig, 1937), 71, 76。

运，他会感受到另一种与之相关的aidôs，即对神赐予的卓越的"尊重"或"敬意"[69]。这两种aidôs都基于虔敬[70]：第一种适用于所有人的个人情况，以调和个人的爱欲与命中注定的爱欲满足程度，而第二种适用于社会，以调和不同命运的人。由此，我们可以推断出aidôs对《尼米亚凯歌》第八首中的那些英雄的影响，他们听从爱欲的kairos而甘愿服从光芒万丈的国王。[71]

因此，嫉妒（phthonos）和羞耻心（aidôs）是不同爱欲的社会症状，它们通常与不同种类的颂扬行为相关联，而这些行为也受到爱欲的掌控。因为一个嫉妒的人渴望在自己身上实现他所仰慕的他人的品质（见《尼三》第29行及以下）[72]，他会收回对卓越之人应有的赞美（《伊一》第43—46行；《奥六》第74—76行）；通过贬低神赐的成功[73]（因此也贬低了神），他否定了自己的低人一等。因此，一个嫉妒的颂扬者既违反了感受的kairos，也违背了颂扬的适当原则（《伊五》第24行），这意味着他实践了parphasis，如同奥德修斯在《尼米亚凯歌》第八首中一样。一个心怀嫉妒的观众做出类似的回应：他们对神安排的事实感到不满（《皮二》，第88—90行；《尼八》第21行），转而对parphasis所创作的虚假故事感到满意。例如，嫉妒（《尼八》第21行）令阿凯奥斯人隐秘地赞许奥德修斯的引诱，而一种类似的性情即无度的欲望，解释了伊克西翁对"甜美的虚幻"（pseudos gluku，《皮二》第37行）的喜爱，他从宙斯用云雾制造的赫拉形象中获得了空虚的快乐。

另一方面，品达的颂扬行为也受到aidôs的掌控，他无法实践parphasis[74]，因此有资格用诗歌表达赞颂。由于他有一种适度的爱

---

[69] 关于aidôs和卓越，见Erffa（上文注68）77，以及《奥六》第76行。参见下文注76。
[70] 见Erffa（见上文注68）第82页及以下与虔敬相关的内容。
[71] 关于"节制"的性情与社会和谐，参见S. Eitrem, "The Pindaric Phthonos", in *Studies Presented to David M. Robinson*, ed. G. E. Mylonas and Doris Raymond, vol. 2 (St. Louis, 1953), 534，该文探讨了harmonian blepein（《皮八》第68行）与phthonera blepein（《尼四》第39行）之间的对立。
[72] 关于allotriôn一词的内涵，见Young（上文注26）116所提供的解释。
[73] 参见《奥一》第46—53行。关于对神的滥用是狂热和无度欲望的症状，参见《奥九》第37—39行。
[74] 这使得品达无法纪念罪恶，见《尼五》第14行。

欲,不冀求比当下所允许的更多的满足,他得以将朋友的成功视为对自己的恩宠,因为这为他提供了锻炼颂扬技巧的机会(《皮十》第64—66行)[75]。显然,品达没有嫉妒之情,因此他很容易去赞美别人的卓越(《伊一》第43—46行;《皮三》第29行)。他展示了自己是一位"有智慧的人"或"有才干的诗人"(anēr sophos,《伊一》第45行),而他的能力不仅在于技巧或知识(能够辨别什么值得赞美,什么不值得赞美),还在于他的性情,他乐于毫无怨愤地承认自己所知道的事物。

理想情况下,通过在应得的地方给予赞美,品达的诗歌会增强听众得以感受aidôs的性情,即对运动员在比赛中取得的成就抱有敬意[76]。然而在现实中,品达实现这种效果的能力是有限的,因为他的一些听众不可避免地会感到嫉妒[77]。品达接受这种限制,他将无度的欲望,也即引发嫉妒的根源视为人性中某个不可改变的部分,他对此无能为力,就像他无法改变历史事实一样。因此,品达的歌声只能在那些被aidôs所"约束"的听众心中激发起对aidôs的"敬意";爱欲、羞耻心和嫉妒作为生来就有的倾向,抵抗任何一种形式的巧妙操纵。

对于那些欲望受到自然约束的少数人而言,凯歌发挥有益的社会影响的方式是提供适度的满足,例如延拓一个人在竞技胜利中的快乐,使他的公民同胞可以分享这种喜悦。适度的满足显然会加强节制,因为它能抚慰未实现抱负的苦涩,即便是正直之人也可能在变幻莫测的命运中体验这种苦涩。更进一步而言,歌曲的"魅力"(philtron,《皮三》第63—65行; epaoidai,《尼八》第49行)也是一种产生有效约束(metron)的工具;[78] 音乐唤起的着魔般的松弛感令人忘怀不快(《皮一》第1—12行),这也许可以等同于城

---

[75] 关于这一段落的含义,见Gildersleeve(上文注26)此处评注。
[76] 参见《奥七》第88行及以下;又见《奥十三》第115行及以下,品达祈愿他的赞助人赢得aidôs。
[77] 《皮一》第86行及以下;又见《尼八》第20—22行,这是为尽管会引发phthonos的危险却坚持赞扬所做的详尽辩护的一部分。关于成功招致的责备,参见《奥六》第74行。
[78] 贝勒罗芬(Bellerophon)用来控制飞马佩加索斯(Pegasus)的缰绳既被称作philton(《奥十三》第68,85行),又被称作metron(第20行)。

邦沉浸其中的"发出美妙声音"的庆祝活动(38),而这两者又可以等同于"和谐"[79],也就是人们愿意向他们的同胞表示尊敬的平和心境(第70行)[80]。

*

正如品达所展示的,他的技艺主要体现在辨别力和他灵魂里的节制力上。他在一系列历史事实中分辨辉煌而持久的成就与对命运徒劳的扭转,就像他在修辞实践中区分了取悦有德听众的恰当手段与对不节制情绪的非法吸引一样。由于历史事实受到神的影响,并遵守这一永远不变的模式,过去与现在、古代的英勇事迹与当代的竞技胜利便是相互关联的,因此凯歌的每个主题都直接触动它的听众,而历史和修辞的任务也就重叠了。二者都受虔敬原则的支配,这是一种不断进行的对神的良善存在的考量,而诗人在进行这种考量时的成功取决于他的 aidôs,即节制、恭敬的性情。Parphasis 作为诗歌的反面形式抛开 aidôs 的约束,扭曲虔敬所需的考量,因此"歪曲"了事实,并且"误导"了人的情感。

品达在他的艺术实践中受到 aidôs 的限制,因为他像其他人一样,永远无法获得确定的成功。他的洞察力就像所有特出的人类能力一样,来自自然和神[81],但是,就像神赐予人类的所有事物一样,这些恩赐并非来自某个人们能够直接观察到的源头,因此它无法被确切地衡量。原则上说,智慧有其限度[82],因为众神只允许人类对他们的计划有部分了解[83]。即使作为一个"有智慧的人",诗人仍然易犯错

---

[79] 关于这些段落之间的联系,见 Burton(上文注57),92。

[80] 如果 Fränkel(上文注7)正确地解释了 "*ephemeros*" 的含义,即人们思维上的不稳定性,使他们产生虚荣和"幼稚"的想法(参见 fr. 143 Bowra=157 Sn-M),从而反对神的安排(参见《皮三》第82行和品达所贬斥的孩子的快乐,《皮二》第72行及以下),那么品达在《皮一》中提供的超越时间的历史观可能被视为另一种促使人们克制的动力:看到神赐予的永恒的好处。品达所教导的观众也应该学会以虔敬的平等心接受暂时的挫折。参见 Matthew Dickie, "On the Meaning of *ἐφήμερος*", *Illinois Classical Studies* 1 (1976), 7-14,尤其是第8页及以下关于《皮八》第95行的解释。

[81] 《奥二》第86行;《奥九》第28行及以下;《皮一》第41行及以下;《奥十一》第10行。

[82] fr. 50 Bowra = 61 Sn-M。

[83] 参见《尼六》第6—7行;《尼十一》第43行及以下;《奥十二》第7—12行。

误（hai de phrenôn tarakhai/pareplangxan kai sophon，见《奥七》第30行及以下）[84]。因此，是清醒的虔敬而非灵感或激情指引品达走向真理（见《奥一》第35行）。品达不像赫西奥德那样与缪斯女神关系亲密[85]，也不像荷马史诗的歌手那样从神那里获取诗的灵感；柏拉图将狂热视为诗人洞察力的来源，但对品达来说，狂热似乎是敬畏的反义词，因而具有破坏性[86]。品达的自信（tolma，《奥十三》第11行及以下；见《奥九》第80—84行）来源于虔敬的限制和打磨，虔敬使其变得"正直"和安全。从这个角度看，品达诗歌像是受到神启般凌乱的印象似乎是错误的：根据他自己的说法，他的写作是根据经过谨慎考量并虔敬遵循的kairos进行的。如果品达叙事的"直"道，对于他的听众而言是无常多变的，那是因为他比他的听众更清楚什么是众神许可的，而不意味着他通过某种深不可测、非理性的过程获得了他特殊的洞察力。

品达对自身看似矛盾而谨慎的信心，也许反映了在他对诗人所做之事的说法里有一种未解决的双重性。作为语言大师，他被称为heurēsiepēs（《奥九》第80行），即"发明"或者仅仅是"发现"了诗歌语言的人。品达的诗歌作为被"发明"的事物是人类技艺的产物；而作为被"发现"的东西，则与神相关[87]。与之对应的是，凯歌作为保存真理的工具记录着许多人和神的真实性。对于神而言，罪恶和失败缺乏真实性，它们本质上是"黑暗"的，而诗人的沉默可以真实地掩盖它们。然而，对于人类来说，罪恶和失败是真实的，因此根据人类的标准，掩盖这些事情尽管是"合适"的，却违背了真实。罪恶和失败由于它们的真实性需要诗人积极的回应，而不仅仅是沉默。品

---

[84] 因此sophia是危险而矛盾的；如果它不总是受虔敬控制，它可以被用来造成破坏（参见《尼七》第23行）。也许在这个意义上，智慧也是"险峻"的（《奥九》第107行及以下；参见《尼五》第32b行中aipeinos的含义）。

[85] 参见《日神颂第六》第5行及以下，这里品达声称自己是缪斯的"代言人"（prophatas）。

[86] 关于品达的清醒，参见Giovanni Brancato, *Quattro note di filologia classica* (Messina and Florence, 1960), 60；关于灵感的问题，见E. N. Tigerstedt, "Poetic Inspiration in Greek Literature before Democritus and Plato", *JHI* 31 (1970), 163-178，尤其是第174—175页品达作为prophatas和mantis的部分。关于mania，见《奥九》第37—39行，及柏拉图《斐德若》245a。

[87] "发明"在另一个语境中（《奥十三》第17行，比较第74行）中意味着发现神所给予的东西。又见上文注26论《奥七》第21行。

达对犯罪行为的谴责从这一个角度而言似乎又成为对它的纪念。因此,尽管品达对犯罪的沉默可以被视为对神眼中现实的真实反映,但他的谴责也唤起了独属于人类的现实观。随着沉默和谴责在品达的技艺中融合,神与人的两种现实观也融合在一起,由此品达的诗歌呈现出模棱两可的特点。

通过抑制罪恶和失败的记忆(这些历史上真实的事件表明神的缺席),并且"将美好的事物呈现给外界"(《皮三》第83行),品达坦陈他构建了一个经过修正,并非完整的对人类经历的表述,其中只有"辉煌"的成就是可见的。品达令客观的史诗主题("人类的著名事迹")与他的听众产生关联,与此同时他又将史诗的情感机制(施加魔力和"忘却烦恼")变成历史知识的原则:凯歌诗人的听众不仅忘记自己的困扰,也忘记了过去的黑暗和威胁性事件。品达对胜利的美德的专注源于aidôs,即虔敬的谨慎。然而,这种谨慎以消极和警示的迹象为特征,于是它也就预设了人类的虚荣,以及对失败、邪恶的持久记忆[88]。"将美好的事物呈现给外界"(《皮三》第83行)只解释了品达所珍视的知识的一方面。另一个部分始终隐藏[89]在凯歌诗人对美德的赞美之后,即关于黑暗的知识,凯歌诗人内心深处隐秘地知道,光明的瞬间间隔着一段段黑暗。这种知识偶尔以半是沉默半是谴责的含糊形式浮现,并且不会被完全识别出来。因此,品达的艺术缺乏悲剧,凯歌无法完全涵容人类经历的复杂性,也不能彻底自圆其说。与品达谨慎又自信的分裂态度一致,他的诗歌也在沉默与言辞之间保持脆弱的平衡。

(译者单位:英国圣安德鲁斯大学古典学系在读硕士生)

---

[88] 根据这一点,虔敬受到一条古老的教训的启示,即众神每给予人类一份"高贵"的利益,都伴随着两份麻烦:见《皮三》第80—83行。

[89] 参见 fr. 234 Bowra = 42 Sn-M,及 Burton(上文注57)87。

品达：作为诠释者的诗人[*]

格蕾丝·莱德贝特

（刘　峰　译）

正如荷马和赫西奥德，品达[1]也向缪斯祈求神的信息：

Μαντεύεο, Μοῖσα, προφατεύσω δ' ἐγώ.

缪斯啊，做我的神示，我将成为你的诠释者。（残篇150）

然而，跟荷马与赫西奥德的诗学不同的是，品达将诗人塑造成一个诠释者（προφήτης）。品达的诸多诗学理论都源自这一创举，其中就包括将诗歌看作对缪斯带来的神的信息的解密这一激进的观念。品达将缪斯视为神示的这一修正观念也为其诗歌自称具有权威性提供了依据：诗歌将诗人从缪斯处得到的灵感作为神谕阐释给人类听众[2]。

---

[*] Grace M. Ledbetter, *Poetics before Plato: Interpretation and Authority in Early Greek Theories of Poetry*, Princeton University Press, 2003, pp. 62–77.

[1] 自从邦迪（Bundy）推翻了品达研究中的传记研究方式之后（参见 E.L.Bundy, "Studia Pindarica. 2 pts." *University of California Studies in Classical Philology*, vol.18, 1962），将品达笔下的第一人称"我"视作"诗歌角色"（poetic persona）的基础就得以奠定。莱夫科维茨（Lefkowitz）对这一立场的辩护进一步说明了品达自我呈现的复杂本质（Mary L. Lefkowitz, *First-Person Fictions: Pindar's Poetic "I"*, Oxford, 1991，尤其是第111—126页"作为英雄的诗人"和第161—168页"作为运动员的诗人"这两部分）。在本文中我还认为诗人将自己呈现为一个"理论家"（来探究诗歌的本质）。

[2] 品达的诗学通常被认为是其诗歌的传统元素（参见如 D. A. Russell, *Criticism in Antiquity*, Berkeley, 1981, p. 19; R. Hamilton, *Epinikion: General Form in the Odes*（转下页）

多兹(Dodds)指出,这段残篇的叙述者除了诠释者的角色之外,其他什么都不认:"请注意,扮演皮提亚角色的是缪斯,而不是诗人,诗人并不要求自己被'附身',他仅仅为陷入迷狂的缪斯扮演诠释者的角色。"[3] 根据多兹的说法,诗人仅仅向缪斯祈求那些能帮助他理解缪斯所传递的消息或担任其诠释者的"非凡知识"。但实际上,诗人要求得更多,他还希望缪斯是他的神示。这必须包括一个要求,即便不是通过附身让诗人陷入迷乱,那么至少要通过灵感,为他提供神界的信息,让他发挥他的阐释能力[4]。所以多兹的解读忽视了这一残篇彰显出的品达诗学中的创新性区分:诗人接受来自神的灵感,与他通过阐释,将神的晦涩信息转码为诗,主动创作诗歌,是不同的。诗人既从缪斯的神谕中获取灵感,也是神谕的诠释者。多兹正确地强调了品达对缪斯的呼唤并要求自己不被神附身陷入迷狂。但是,与德尔菲神谕的公共性不同,缪斯与品达笔下的诗人是通过灵感私密沟通的。多兹认为品达笔下的诗人被赋予了"非凡知识",这一点也是正确的,因为诗人对神授的晦涩信息展示出的接受能力并不像在迷狂状态,而更像在认知状态下进行的。品达笔下的诗人好比一个懂两门语言的单向翻译,他了解缪斯的语言,并能把他所理解的东西翻译成人类的语言。

在将自己描述成缪斯神谕的诠释者时,品达提请人们注意,他是那些意义模棱两可的编码信息的主导者,而这些信息传递着经神明

(接上页) *of Pindar*, The Hague, 1974, pp. 113-115)。这个问题对于本研究没有直接影响,因为我只想展示在颂诗传统之外的诗学理论方面,品达是如何大胆创新的。传统观点中应当引起注意的一个短处是:品达"简短而又隐晦"(Russell, 19)地提及自己的诗学,并不意味着这些主题是听众"预期得到且理解透彻"的。这些段落的简短和暗示性可能仅仅是源于其诗歌的非论说性的形式。

[3] E. R. Dodds, *The Greeks and the Irrational*, Berkeley, 1951, p. 82, P. Murray, "Poetic Inspiration in Early Greece", *JHS*, 101: 87-100, 1981, p. 97也沿袭其观点。默里(Murray)将残篇150解读为诗人在某种意义上是"神和人之间的中间者"。她从其他段落中得出的结论是正确的,即对品达来说"诗歌创作既依赖灵感,也依赖有意识的努力",但是却错失了诗人的灵感(接收到晦涩的信息)和"有意识的努力"(阐释)的特殊本质。

[4] 关于缪斯向诗人传达特殊智慧,参见 *Paean* 6.50-53:"至于神灵的争斗是何时开始的,诸神可能委信于智者,而凡人却无从知晓。" *Paean* 7b. 15-23:"我向乌拉诺斯身着长袍的女儿谟涅摩叙涅祈祷,还有她的女儿们,希望她们提供便利,因为任何人倘若没有赫利孔山的居住者们的帮助,去寻求智慧的幽深小径,将会陷入盲目。"

认证的真理[5]。但是即便以最隐晦的方式，他也并未暗示自己的阐释构成或"构建"了真理的范畴[6]。构建真理意味着诠释者并不是发现真理，而是通过诗意语言的说服力，自己塑造真理。品达用神谕的意象来阐述他的诗学，不鼓励任何认为诗人构建了他所传达的真理的观点；相反，他认为诗人发现了真理。神谕传递出的加密信息，会得到或对或错的解释，而神谕式的话语，有确定的含义，只有一个正确的解释。通过将诗人比作拥有特殊技能的神谕诠释者，品达声称诗人能够给出正确的解释，能够发现（而不是构建）其真正的意义。如果认为品达的解释仅仅是为了提供一种解读的方式或者理论，那就忽视了他的诗歌模型本身，即是对神圣权威信息的阐释。

《奥林匹亚凯歌》第二首中的一个广为人知的段落呼应并详细解释了残篇150的观点：

... πολλά μοι ὑπ᾽
ἀγκῶνος ὠκέα βέλη
ἔνδον ἐντι φαρέτρας
φωνᾶντα συνετοῖσιν· ἐς δὲ τὸ πᾶν ἑρμηνέων
χατίζει. σοφὸς ὁ πολλὰ εἰδὼς φυᾷ·
μαθόντες δὲ λάβροι
παγγλωσσίᾳ, κόρακες ὥς, ἄκραντα γαρύετον
Διὸς πρὸς ὄρνιχα θεῖον.

5　品达在《奥林匹亚凯歌》中鲜明地强调缪斯与真理的联系，τὸν Ὀλυμπιονίκαν ἀνάγνωτέ μοι / Ἀρχεστράτου παῖδα, πόθι φρενὸς / ἐμᾶς γέγραπται · γλυκὺ γὰρ αὐτῷ μέλος ὀφείλων / ἐπιλέλαθ᾽· ὦ Μοῖσ᾽, ἀλλὰ σὺ καὶ θυγάτηρ / Ἀλάθεια Διός, ὀρθᾷ χερί / ἐρύκετον ψευδέων / ἐνιπὰν ἀλιτόξενον【请给我读一读奥林匹亚胜利者的名字，他是阿凯斯特拉托斯的儿子，他的名字写在我的脑海里，因为我欠他一首甜美的歌，可我已经忘记。缪斯啊，但你和宙斯的女儿真理，用修正之手为我挡住了用虚假的承诺伤害客友的指控】。同时参见 Olympian 4. 17–18, 6. 20–21, 7. 20–21, 13. 52, 10. 3–4; Pythian 1. 86–87, fr. 205; Murray 1981, p. 92; C. M. Bowra, Pindar, Oxford, 1964, pp. 26–33（参见本辑第34—43页——译者按）; Harriott, Poetry and Criticism Before Plato, London, 1969, pp. 69–70; Maehler, Die Auffassung des Dichterberufs im frühen Griechentum bis zur Zeit Pindars, Göttingen, 1963, pp. 96–98。

6　Segal, Pindar's Mythmaking: The Fourth Pythian Ode, Princeton, 1986, p. 143。这里提及品达"在关于'真理'和'存在'的诗歌中建构意义的自我意识"，以及品达是如何在自己的神谕阐释模式中彰显出自己是有能力"构建真理范畴"的。

> 我有许多飞箭
> 　　在我的胳膊下
> 在箭筒中
> 向那些明白人说话。但一般来说[7]，
> 　　他们需要诠释者。智者[8]天生就知道
> 　　很多事情，而那些学过[歌]的人，
> 夸夸其谈，啰里啰嗦，就像一对乌鸦[9]，
> 对着宙斯的神鸟徒劳地叫唤。

（《奥二》第83—88行）

品达在这里把真正的诗人和表面的诗人做了对比，并隐含地把真正的诗歌和表面的诗歌做了对比。真正的诗人的箭是从他对缪斯晦涩言语的正确理解中射出的。品达可能会被认为是在表达，他拥有"箭"在于他能够独立地获得和理解缪斯给出的信息的含义。诗人更清楚，他天生的本领使他有别于他的竞争对手，他谴责这些人是愚蠢的、无药可救地无知的，是合法诗歌的敌人。品达声称自己天赋异禀，拥有智慧，借此将自己与对手区分开来。他拒绝争论"啰嗦的一对乌鸦"是否受到神启，但他明确表示，真正的诗人既能接触到缪斯的神谕般的信息，又有诗的智慧来理解并传达其含义。既然对品达来说，天赋是一种神赐的祝福，那么品达的阐释技巧，他的理解能力，也必须算作神赐予的礼物[10]。

相比之下，仅仅表面上是诗人的人缺乏天赋。他依靠"学习"而

---

[7] 也可以理解为"对整体而言""对普通人而言"。W. H. Race, *Pindar*, vol. 1, New York, 1997, pp. 72-73更倾向于前者，并声称后者没有其他类似例子："我认为诗歌的第83—88行表达了品达的意图，即避免对死后生活的更多细节（尽管'明白人'会欣赏这些细节）做进一步讨论，以便对忒隆（Theron）的慷慨做出断然评价。"在雷斯（Race）的解读中，品达限制了他的主题范围，他െ死后生活做一个一般性的但不详细的描述。我认为这段话不是在评论前面的内容，而是为下面的内容给出一个格言式的插曲和序言。

[8] 品达的"智者"指代他自己。

[9] 乌鸦或许指代着巴库利德斯（Bacchylides）和西蒙尼德斯（Simonides），也可能不是。参见Race 1997, vol. 1, p. 73。

[10] 参见 *Pythian* 1. 41-42："因为人类成就的一切手段都来自神灵，人天生就有智慧，或手脚有力，能言善辩。"（ἐκ θεῶν γὰρ μαχαναὶ πᾶσαι βροτέαις ἀρεταῖς, /καὶ σοφοὶ καὶ χερσὶ βιαταὶ περίγλωσσοί τ' ἔφυν）

不是天赋的认知能力来创作诗歌,由于缺乏任何意义,这些诗歌只是"徒劳地叫唤"[11]。缺乏意义是因为这样的诗歌要么不是受到缪斯的启发所作,要么是受到缪斯的晦涩信息的启发,而诗人没有正确地对该信息加以阐释。这种诗歌是空洞的,看似有意旨实则徒有其表。"学习"训练了表面上的诗人创作诗歌的能力,但他们创作的只是看上去表达了观点的肤浅的诗歌,因为他们缺乏能够帮助诗人赋予诗歌意义的"箭"。糟糕的诗歌是令人厌恶的嘈杂声,缺乏意义的噪音而已。品达谴责大多数诗歌是糟糕的诗歌,它们给观众增加了解释的负担,要在纯粹的噪音中寻找意义。严格地说,对这些糟糕诗歌的诠释没有对错之分,因为它们本身缺乏意义。但是要为诗歌提供或发明一种意义需要诠释者。这种特定的阐释本身就是一种特殊的技能。这些诗歌的意义必须从外部提供,而任何一首真正的诗本身就包含意义,是诗人自身对其灵感所蕴含的神圣意义的阐释。对于真正的诗人的作品,外在的解释是多余的,且必然是不准确的。品达认为真正的诗人不会创作需要其他诠释者的诗歌,因为他理解——而且他自己也已经诠释了——他的诗所传达的神谕。如此,品达试图通过不同于荷马或赫西奥德的策略来阻止他人对他的诗歌做进一步的解释。荷马通过暗示他的诗歌为观众提供了准感知的神圣知识来做到这一点。赫西奥德告诉他的听众,诗歌对他们的作用就像药物一样,具有立竿见影的治疗效果。品达提出了一种根本性的创新诗歌理论,根据这一理论,一首诗本身就是对灵感的一种具有内在意义的解释。

品达的凯歌得益于他的诗学创新。不同于主题是发生于过去的特洛伊战争或众神诞生的史诗,这些主题赋予史诗诱惑力和神秘性,品达的主人公们皆出自同时代的赛会。使用神话将现在和过去的传说相联系,是品达的技巧之一,他通过那些技巧授予当代以同等的重要性。他还试图通过他的诗学保持某种神秘感。根据品达的说法,诗人自身并不是其笔下同时代所发生的赛会的消息源。相反,他强

---

[11] 与此类似的天赋和后天习得的能力之间的对比,参见 *Olympian* 9. 100-104:"天赋所带来的就是最好的。很多人都致力于凭借他们被教授(διδακταῖς)的能力赢得名声,但是当神不参与的时候,每件事情都不会因为沉默而变得更糟。"

调神对这些赛会的反应：胜利者给缪斯提供了"可耕作的事情"[12]。诠释并传达神的评价的任务就落在品达笔下诗人的肩上。这种设定让品达能够坚称他在诗歌写作中发挥了不可或缺的积极作用，也肯定了他诗歌中给出的赞美来自神的权威。

通过将自己塑造成诠释者，品达将诗人描绘成了在诗歌写作中起积极作用的角色。但是按照品达的理论，诗歌写作只是对缪斯所给信息的正确诠释，诗人并不能在创作中平添新的信息。因此，认为品达在《奥林匹亚凯歌》第三首第4—6行中对εὑρίσκω的使用是在声明他在诗歌创作中扮演了积极角色，这种观点不可能正确[13]。品达在其中写道：

> Μοισα δ' οὕτω ποι παρέστα μοι νεοσίγαλον εὑρόντι τρόπον
> Δωρίῳ φωνὰν ἐναρμόξαι πεδίλῳ
> ἀγλαόκωμον.

> 缪斯站在我身边，我发现了一种新的闪光的方式
> 与多利亚的声音一起
> 灿烂地庆祝……

就其内容本身而言，这段话只提供了一个模糊的证据：诗人是"发现"了缪斯给予他的东西还是"发现"了自己创造的东西？我们可以通过研究品达的诗学得出结论。品达在其他地方声称自己是缪斯的阐释者，这表明诗人在这里的"发现"是他对缪斯给予的神界消息的诠释。因此，他将自己"创作"诗歌的努力，描绘成他试图为缪斯所传递的信息提供正确的诠释。通过将自己称为缪斯的诠释者，品达不屑于任何凡人对他的诗歌主题做出评估，以保持他作为缪斯专属的诠释者的地位。

品达的诗学在《地峡赛会凯歌》第八首第56a—62行中得到进

---

[12] Μοίσαισί τ' ἔδωκ' ἀρόσαι (Nemean 10. 26).
[13] Murray 1981, p. 97.

一步阐述，叙述者期盼缪斯赞美胜利者死去的表兄弟尼克克勒斯（Nikokles）：

> τὸν μὲν οὐδὲ θανόντ᾽ ἀοιδαὶ ἔλιπον,
> ἀλλά οἱ παρά τε πυρὰν τάφον θ᾽ Ἑλικώνιαι παρθένοι
> στάν, ἐπὶ θρῆνόν τε πολύφαμον ἔχεαν.
> ἔδοξ᾽ ἄρα τόδ᾽ ἀθανάτοις,
> ἐσλόν γε φῶτα καὶ φθίμενον ὕμνοις θεᾶν διδόμεν.
>
> τὸ καὶ νῦν φέρει λόγον, ἔσσυταί τε Μοισαῖον ἅρμα Νικοκλέος
> μνᾶμα πυγμάχου κελαδῆσαι. γεραίρετέ νιν...

> 甚至当他［阿基琉斯］死后，诗歌也没有抛弃他。
> 在他的火葬之处和他的坟墓旁，赫利孔的缪斯站在那里
> 并为他唱起了不同声调的哀歌。
> 事实上，普通人也认为这是最好的方式
> 这样一个勇敢的人，即使是死了，
> 也能成为女神们赞美的主题。
>
> 这一原则现在也是如此，缪斯的战车
> 正在飞速前进
> 为纪念拳击手尼克克勒斯唱一首颂歌。赞美他……

由于阿基琉斯的勇敢，人们认为他值得缪斯的赞颂，即使死后也是如此。这里也是一样，缪斯认为尼克克勒斯在希波战争中的英勇表现，也是值得歌颂的。她们驾着飞速前进的战车，准备赞颂自己的主人公。诗人用复数命令式的γεραίρετε来表示她们即将展开她们的凯歌[14]。诗人通过这句话表明，缪斯既赞颂了当下的主人公，同时也赞颂了诗人提到的过去神话中的主人公。品达凯歌中的赞美并不仅仅是

14　参见Race 1997, vol. 2, p. 213, n. 4，复数的命令式也是对庆祝者说话。

类似或模仿了缪斯的歌唱,而是这种歌唱的另一种表现形式。神圣的"原则"(λόγον)决定了此类颂歌的必要性:勇敢的行为不仅仅值得,且必须得到赞美。正如缪斯必须通过歌声赞美阿基琉斯的勇敢一样,尼克克勒斯也必然会受到缪斯的赞美。这一原则是缪斯赞美阿基琉斯的基础,也是她们赞美尼克克勒斯的基础。由于这种必要性,这首凯歌是神对尼克克勒斯美德自发的回应。只要一直根据主人公的道德价值来分配赞美,那神的回应就为人类设定了一个道德标准。对于神圣的缪斯女神而言,她们的表演是必要的,因为这是道德上的要求或者说是义务。

品达在这里说得好像他的诗歌就是由缪斯吟唱的,但是他公开宣称自己是她们的诠释者表明他不同于荷马史诗的叙述者,他的角色并不是神的话语的传播者。通过将随后的赞美归功于缪斯,品达必须维持诗人作为缪斯灵感的诠释者的积极贡献。这里明确了构成诗歌中的赞美的道德评价不是由诗人做出的。我们从中可以看到,缪斯提供的灵感所传达的是诸神的道德评价。那么,诗人的写作就不能被认为是其自身的判断,而是以所有人都能接触到的诗歌的形式,传递着诗人所衷心认可的神的评价[15]。

这种想法已经隐含在品达对缪斯的构想中,她们是他的神示,而他自己是 προφήτης【诠释者】。神示表达的是诸神的意志。扮演神示的 προφήτης【诠释者】的人则负责解释诸神的意志。说品达解释神的意志也就是说,他在自己的诗歌中传达了神的意志。《尼米亚凯歌》第九首第53—55行中,诗人祈求能够超越其他诗人,将标枪投向离缪斯最近的标记时,也暗示着这一点[16]。击中缪斯的标记就是正确

---

[15] Walsh, *The Varieties of Enchantment: Early Greek Views of the Nature and Function of Poetry*, Chapel Hill, 1984, p. 42(参见本辑第115页——译者按)称,荷马的诗学认为所有著名的事迹都适合歌唱,而品达则对那些值得赞扬的事迹和不值得赞扬的事迹做了区分:"品达与荷马的任务不同,因此他必须做出荷马所不必做出的分别。由于品达同时进行赞扬与谴责(而非仅仅纪念),他将事情分为两类。"但沃尔什的表述并没有明确指出,根据品达的诗学,评判的标准来自神,而不是来自品达本人。品达的诗歌表达的是神的评判,而不是其本人,选择并评价其对象。

[16] "宙斯啊,我祈求我可以在众神的眷顾下为这一壮举发出赞美之声,并祈求我可以在用诗句赞美胜利者方面胜过许多吟游诗人,使我的歌声之箭最接近缪斯的标的。"(Ζεῦ πάτερ, / εὔχομαι ταύταν ἀρετὰν κελαδῆσαι σὺν Χαρίτεσσιν, ὑπὲρ πολλῶν τε τιμαλφεῖν λόγοις / νίκαν, ἀκοντίζων σκοποῖ᾽ ἄγχιστα Μοισᾶν)

地诠释神的意志,因此品达把他的写作描述为通过诠释的行为揭示神的意志。缪斯对品达诗歌所关注的人类赛会的看法,并不仅仅是对赛会本身的描述,也表达了与此有关的诸神的意志。至此,我们已经看到,这种对神的意志更为宽泛的构想是如何被具体化为基于道德评价原则而实行的赞美行为的。

诗歌、真理与欺骗

品达笔下的诗人自称从缪斯那里学来、在诗歌中传达出来的不容置疑的真理,就是他凯歌中的评价。但是我们应该看到,品达也承认,甚至提醒大家注意,诗歌语言也有欺骗能力[17]。承认诗歌语言存在欺骗的可能性,是否意味着品达萌生了一个关于诗歌虚构的新概念,意识到诗歌给出的"真相"仅限于可以说服听众相信的那些内容? 如果是这样,那么品达的诗学就确实说明了一种"在场的诗学"(poetics of presence)和一种"文本性的诗学"(poetics of textuality)之间的张力[18]。通过研究真实和欺骗在品达诗学的两个关键段落中所扮演的角色,笔者将论证品达明显没有萌发任何诗歌虚构的概念;他的诗学,包括他关于诗歌语言具有欺骗性的说法,恰恰相反,依赖于一个简单的概念,即将诗学的真实性等同于历史的准确性。

通过诉诸道德标准,品达在《奥林匹亚凯歌》第一首中对坦塔洛斯神话的修正便是说服听众相信其所说真相的尝试。佩洛普斯把他的儿子献祭给诸神的标准版本"超越了真实的叙述"(ὑπὲρ τὸν ἀλαθῆ λόγον, 28b),且"通过精心设计的谎言进行欺骗"(ψεύδεσι ποικίλοις ἐξαπατῶντι, 29)。品达通过论证这一行为不道德得出结论,认为这一标准叙述是错误的:"一个人说神的好话是应该的,因为这样受到的

---

[17] 这一话题近来有诸多争议,参见如: C. D. Feeney, *The Gods in Epic: Poets and Critics of the Classical Tradition,* Oxford, 1991, pp. 16-19以及书后参考文献; L. H. Pratt, *Lying and Poetry from Homer to Pindar: Falsehood and Deception in Archaic Greek Poetics,* Ann Arbor, 1993, pp. 115-129。关于古代文学作品中的欺骗的一般论述参见C. Gill and T. P. Wiseman, eds., *Lies and Fiction in the Ancient World,* Austin, 1993。

[18] C. Segal, *Pindar's Mythmaking: The Fourth Pythian Ode,* Princeton, 1986, p. 31.

责难就少了。"(35)并且说道,"对我来说,我无法说任何一个受祝福的神是食人者,我避免这种说法"(52)。品达似乎是在论证,标准版本可以被否定,因为它将不道德的行为置于诸神身上。

在这些段落的基础上,胜利者凯歌中的"真理"似乎可以被理解为另一种门类。凯歌中真实的是恰当的内容,虚假的是不合时宜的内容[19]。在凯歌中,恰当性通常表现为对赞美的正确分配,而不合时宜性则是那些不恰当的指责。顺着这一思路,坦塔洛斯神话的标准版本之所以是"虚假"的,仅仅是因为它不合时宜,因为它将应受谴责的行为归于诸神,而将这种行为归于诸神是不合适的。那么,根据这种说法,品达其实不必声称标准版本的神话错误地描写了诸神,或者强调他的版本更加准确。因为这里的"真实"和"虚假"指的只是衡量恰当性或道德价值的标准。甚至有人论证,品达在这一段落中暗示像他这样的凯歌诗人在虚构,为了恰当性而非事实的准确性,构建了另一版本的坦塔洛斯神话,他本人知晓这一点,甚至暗示自己在构建一个虚构的故事[20]。

但是,如果仔细研究品达的文本,就会发现这种将虚假与不当行为混为一谈的做法是矛盾的。品达坚持说,他不会把神称为食人族,因为说他们的坏话是不合适的,而且很危险,因为这往往会招致严重的报复,比如让说话者陷入贫困。如果如上文所说,他曾暗示他对坦塔洛斯故事的描述可能是虚构的,也就暗示了诸神很可能真的是食人者,那么他就是在说诸神的坏话,公然违反了他自己所说的恰当性原则。因此,假设品达抛弃了事实真相的想法,而倾向于严格地根据恰当性来定义真理,这是不合理的。为了前后一贯地运用他自己的恰当性原则,品达就必须宣称坦塔洛斯神话的标准版本在事实层面是假的,而他的叙述是准确的或是事实层面为真的。假设诸神不能做出道德上应受谴责的行为,那么品达就可以从道德的不适当性,论证普遍流行的版本是有误的。他就可以合理地说,如果神被描绘成这般模样,那这种描述就是不准确的。这一论断将品

---

[19] Pratt 1993, pp. 115–129.
[20] Ibid., pp. 123–126.

达纳入塞诺芬尼和柏拉图的传统，正如我们已经提到的，他们抗议说传统神话是不准确的，理由是那些神话把道德上的失职行为归于诸神[21]。品达无疑关注的是神话的道德层面，但这是因为对他来说，神话的道德内容也表明了它的准确性或不准确性，或者是其推断的依据。因此，这段话并没有将道德真理与作为准确事实的真理混为一谈，而是表明品达使用道德标准来判断事实的准确性。这些标准能够衡量事实的准确性，是因为品达为诸神代言：在诸神的领域中，道德上恰当的东西与真实的东西是一致的。有人认为，品达对坦塔洛斯故事的修改主要是出于修辞上的需要，而不是出于宗教上的顾虑[22]。事实上，品达本人在多大程度上有宗教顾虑是不可能从他的诗歌中推断出来的。但他出于诗学目的所戴上的面具是一个有宗教顾忌的人，这一点很关键。诗人采纳一个以道德标准来修正神话的人的立场，这是其修辞的一部分，这样一来就不可能将叙述者的修辞目的与他的道德观区分开来。

在纠正他的诗人前辈时，品达经常强调他的叙述的准确性：

...ἐγὼ δὲ πλέον' ἔλπομαι
λόγον Ὀδυσσέος ἢ πάθαν
διὰ τὸν ἁδυεπῆ γενέσθ' Ὅμηρον
ἐπεὶ ψεύδεσί οἱ ποτανᾷ τε μαχανᾷ
σεμνὸν ἔπεστί τι· σοφία
δὲ κλέπτει παράγοισα μύθοις· τυφλὸν δ' ἔχει
ἦτορ ὅμιλος ἀνδρῶν ὁ πλεῖστος. εἰ γὰρ ἦν
ἓ τὰν ἀλάθειαν ἰδέμεν, οὔ κεν ὅπλων χολωθεὶς
ὁ καρτερὸς Αἴας ἔπαξε διὰ φρενῶν
λευρὸν ξίφος· ὃν κράτιστον Ἀχιλέος ἄτερ μάχα...

……我相信，奥德修斯的故事

---

[21] 参见 Xenophanes, DK 22 B 11; Plato, *Republic*, 377e–383c. 对比赫西奥德，他对神的不道德行为的指责被其诗学所缓和，后者指出了缪斯之歌是虚假的可能性。

[22] A. Köhnken, *Die Funktion des Mythos bei Pindar*, Berlin, 1976, pp. 203–204, 206.

> 变得比他的实际苦难更悲惨,因为
> 荷马的甜美诗句,
> 因为在他的假话和高超的技艺上
> 是一种庄严的魔力,通过误导性的故事,
> 他用技巧欺骗。绝大多数
> 的人都有一颗盲目的心,因为如果他们能看到
> 真相,强大的埃阿斯,在因甲胄的愤怒中,
> 就不会把光滑的剑插在胸口。
> 除了阿基琉斯,在战斗中,他是最强的……
>
> (《尼七》第20—27行)

在这种与杰出前辈针锋相对的姿态中,品达试图向他的听众保证,他是受到神的启发的。他让人们注意到诗意语言的力量,像荷马这样技巧高超的诗人,可以借此将与事实毫不相干的事说得真实可信。虽然诗意的语言可以用于欺骗,但其迷惑力的确令人印象深刻,这使得听众对诗歌近乎神奇的特质心驰神往。品达也因此唤起了诗歌的魅力。品达在评价荷马的记录不准确时,暗示他自己对相关知识享有特权,能够鉴别对事件的诗歌叙述是否精准。借此,他重申了自己的主张,即他比普通人掌握更多的消息源。

品达接下来关于埃阿斯的评价,也给出了明确的证据,证明品达的诗学中缺乏任何诗歌虚构的概念。品达首先警告听众,他们被荷马欺骗了,对荷马的敬畏使他们容易接受他的谎言,接着品达给出了一个出人意料的例子。大多数人都易受欺骗,对真相视而不见,就像品达所说的那些错误地认为埃阿斯不如奥德修斯的人一样。如果他们真的看到埃阿斯的确高人一等,那他就不会被逼自杀了。品达把他所谓的误解埃阿斯的人视为历史人物,而不是虚构人物,他们的行为证明了人类极易成为谎言的牺牲品。如果他们仅仅是诗人虚构出来的,那么品达就无法用他们来证明这一点,只能证明诗歌中描绘的人很容易成为谎言的牺牲品。

我们现在可以对品达在早期希腊文学虚构概念发展中的地位做一些总结。最近的批评强调品达发觉了诗歌语言的说服能力。真理

不在于证伪,而是诗歌通过其独特的魅力令人信服[23]。根据这种说法,赫西奥德的诗学开始质疑荷马对诗歌真理的假设,认为缪斯可以把"谎言说得如同真相一般"。品达的观点更趋近西蒙尼德,他的主张更为明确,即"表象甚至可以促成真理"[24]。西蒙尼德的这句话暗示着没有所谓的真相,一切都是表象,说出真相只是说那些有说服力的内容[25]。一般认为品达是在自己的诗歌中认识到"诗歌语言的证实能力",进而通向了西蒙尼德的观点[26]。按照这样的看法,语言创造真理表象的能力,不仅表现在品达批评的那些具有欺骗性的诗歌中,也表现在他自己的诗歌中,他本人对此也有一定程度上的自觉。例如,在他对坦塔洛斯故事的改编中,品达称那些欺骗性的版本是"经过润色"和"错综复杂"的[27]。而在其他地方,他也用同样的词语形容自己的诗歌,不过没有负面的内涵[28]。品达使用 Charis【美惠】来形容诗歌也是一把双刃剑。根据诗人自己的说法,Charis 既给自己的版本,也给那些具有欺骗性的神话版本增加了吸引力和权威性[29]。通过此类例子,学者们得出结论,在某种程度上,品达认识到,"真相"的"根源在于诗人语言令人惊异的证实能力"[30]。换句话说,真相取决于那些诗人使之看起来令人信服的东西。

不过这种关于真理概念发展的叙述混淆了几个问题,必须加以修正。赫西奥德的诗学保留了关于事实真相的想法,其假设与西蒙尼德的激进观点并不一致。在采纳缪斯可能欺骗的理论时,赫西奥德假设存在某种真实,缪斯关于这种东西的说法要么是真实的,要么

---

[23] G. F. Gianotti, *Per una poetica pindarica*, Torino, 1975, p. 62; Segal 1986; Feeney 1991, pp. 16–19.

[24] τό δοκεῖν καὶ τὰν ἀλάθειαν βιᾶται (fr. 598, *Poetae Melici Graeci*).

[25] 或者,我们可以认为西蒙尼德不是在做一个一般的形而上学的主张,而是在赞美(他的)诗歌的力量,以战胜前人对其诗歌主题的固有观念;传统的观点可以让位于他的诗中所说的真相。

[26] Feeney 1991, p. 16.

[27] *Olympian* 1. 29: δεδαιδαλμένοι ψεύδεσι ποικίλοις.

[28] *Nemean* 8. 15; fr. 94b; 参见 D. C. Young, "Pindar, Aristotle, and Homer: A Study in Ancient Criticism", *Classical Antiquity* 2, 1983, pp. 168–169。

[29] 参见 J. Duchemin, *Pindare poète et prophète*, Paris, 1955, pp. 54–94; G. Kirkwood, *Selections From Pindar*, Chico, 1982, p. 52;关于 Charis 和 Charites 的一般性论述参见 W. J. Verdenius, *Commentaries on Pindar,* vol. 1, *Mnemosyne* suppl. 97, 1987, pp. 103–106。

[30] Feeney 1991, p. 19.

是具有欺骗性的。对于缪斯女神来说，要想通过传达谎言来行使她们的欺骗能力，就必须存在真相，可以让她们欺骗凡人。赫西奥德并没有质疑事实真相的概念。然而，与荷马不同的是，他否认诗歌能为人们提供有关那种事实真相的知识。赫西奥德的创新是认识论的，而不是形而上学的：赫西奥德的诗歌给听众提供的不再是一个无所不知者掌握的真理。对于赫西奥德来说，真理是存在的，有的可以分享，有的可以用来欺骗，这是毋庸置疑的。相较而言，西蒙尼德的观点没有给赫西奥德的欺骗说留下余地，因为对他来说，谎言是不可能说服观众的。

品达的诗学和赫西奥德的诗学一样，都假定诗歌所要传达的事实存在。我们已经看到，在品达的坦塔洛斯神话版本中，他承诺提供准确的事实。此外，在声称其他版本的故事具有欺骗性时[31]，他也同意赫西奥德的假设，即存在某种东西，可以是真实的，也可以具有欺骗性。品达指出人类通向真理的道路困难重重，但是较赫西奥德稍显轻松。因为品达的缪斯并不像赫西奥德的缪斯，是个潜在的骗子。在这方面，赫西奥德的观点更为激进，而品达的观点则更为传统。但是作为缪斯神谕的诠释者，品达也承认诗人曲解缪斯的"神谕"的可能性。例如在残篇205中，他祈祷不要陷入谬误[32]。因此，在品达看来，比起神的欺骗，人类自身的缺点更容易影响听众对诗歌所传递真理的认知。虽然他承认有可能传达虚假消息，但是品达更关注诗歌中的真理[33]。尽管品达确实宣传了诗歌语言近乎神奇的力量，并认为这种语言的独特魅力有助于增强他的诗歌的说服力，但是诗歌语言的证实能力并不是那种真理的来源[34]。品达诗歌所传达的真理与迷惑

---

[31] ἐξαπατῶντι, *Olympian* 1. 29. 同时参见 *Nemean* 8. 32–35，品达认为整体而言自己的诗歌作品与πάρφφασις（欺骗、迷惑、歪曲）毫不相干：ἐχθρὰ δ' ἄρα πάρφασις ἦν καὶ πάλαι, / αἱμύλων μύθων ὁμόφοιτος, δολοφραδής, κακοποιὸν ὄνειδος· / ἃ τὸ μὲν λαμπρὸν βιᾶται, τῶν δ' ἀφάντων κῦδος ἀντείνει σαθρόν. / εἴη μή ποτέ μοι τοιοῦτον ἦθος【是的，可恨的欺骗在很久以前就存在了，/是谄媚的故事的伙伴，是狡猾的竞争者，是制造邪恶的耻辱，/它压制了杰出的东西，却为无名的人举起了腐朽的荣耀。/愿我永远不要有这样的品质】。

[32] Ἀρχὰ μεγάλας ἀρετᾶς, / ὤνασσ' Ἀλάθεια, μὴ πταίσῃς ἐμάν / σύνθεσιν τραχεῖ ποτὶ ψεύδει.【伟大成就的起点，真理女神，不要让我的理智被粗糙的谬误绊倒】

[33] 赫西奥德从根本上否认这些主张。

[34] 参见 N. J. Richardson, "Pindar and Later Literary Criticism in Antiquity", *Papers of the Liverpool Latin Seminar* 5, 1985, p. 386。

和说服无关。正如我们所见，品达尤其关注用那些真理赞美其主人公。缪斯以一种神秘的形式向诗人揭示了这些真理，诗人必须加以解释。如果品达正确地诠释了缪斯，并向观众传达了真理，那么他便传达了诸神对胜利、胜利者及其亲属评价背后的道德现实。如果品达的诗准确地诠释了诸神的启示，那么它传达的就是诸神的评价，而不是诗人的评价，起码不仅仅是诗人的评价。从苏格拉底的视角看，品达的诗学缺乏权威性。由于品达坚持的道德评价仅仅基于他声称的神圣权威，他很容易在宣扬道德权威主义方面受到指责。苏格拉底会揭示出，诗人声称享受天赋神赐的知识，是为了便于品达和其他人仅仅诉诸神律就可以维护传统的贵族价值观。

诗歌及其影响

品达对其诗歌的目的和效果的独特描述，融合了荷马和赫西奥德诗学中为人熟知的元素。对荷马来说，诗歌传递的是类似感知的知识。对赫西奥德来说，诗歌能提供令人愉悦的消遣和遗忘。品达的诗歌和赫西奥德的诗歌一样，都能缓解焦虑。不过，品达的缓解方法并不是通过遗忘，而是通过知识[35]。

《皮托凯歌》第一首开头品达呼唤金里拉琴的一段，反映了诗歌的本质：

καὶ τὸν αἰχματὰν κεραυνὸν σβεννύεις
ἀενάου πυρός. εὕδει δ' ἀνὰ σκάπτῳ Διὸς αἰετός, ὠκεῖαν πτέρυγ'
ἀμφοτέρωθεν χαλάξαις,
ἀρχὸς οἰωνῶν, κελαινῶπιν δ' ἐπί οἱ νεφέλαν

---

[35] 与Walsh(1986)的观点相反，我们会看到遗忘在品达的诗学中没有一席之地。当品达在 Pythian 1.46希望胜利者忘记(ἐπίλασιν)困苦，他不是在强调诗歌的情感影响力，而是在强调胜利者受到赞扬的后果：既然胜利者现在拥有良好的声誉，品达有理由期待他将摆脱困苦。

ἀγκύλῳ κρατί, γλεφάρων ἁδὺ κλαΐστρον, κατέχευας· ὁ δὲ κνώσσων
ὑγρὸν νῶτον αἰωρεῖ, τεαῖς
ῥιπαῖσι κατασχόμενος. καὶ γὰρ βιατὰς Ἄρης, τραχεῖαν ἄνευθε λιπὼν
ἐγχέων ἀκμάν, ἰαίνει καρδίαν
κώματι, κῆλα δὲ καὶ δαιμόνων θέλγει φρένας, ἀμφί τε Λατοΐδα σοφίᾳ
βαθυκόλπων τε Μοισᾶν.
ὅσσα δὲ μὴ πεφίληκε Ζεύς, ἀτύζονται βοὰν
Πιερίδων ἀΐοντα...

你甚至扑灭了永流火海的雷霆；
雄鹰睡在宙斯的权杖上，松开了两侧敏捷的翅膀，
鸟中之王，因为你浇下了
一层黑色的云在他弧形的头顶，甜蜜的火漆在他的眼睑。
当他睡着时，
他柔软的后背微微起伏，被你的串串音符
所控制。即使是强大的阿瑞斯也会
放下他尖利的长矛，在睡眠中愉悦自己的心，
通过列托之子和胸襟深邃的缪斯女神的技艺，
你的箭也能迷惑神的思想。
但那些宙斯不爱的生物
听到皮埃里亚人的歌声时都吓坏了。

(《皮一》第 5—14 行)

品达在此处点题，指出了诗歌抚慰人心的能力，这一主题在他的诗歌中反复出现[36]。因为它"迷惑"（θέλγει）了他们的思想（φρένας），七弦

---

36 对比 *Olympian* 1. 30：Χάρις 创造一切美好的事物（τὰ μείλιχα）。*Olympian* 2. 13：诸神被诗歌安抚（ἰανθείς）。*Nemean* 4. 3：诗歌安抚（θέλξαν）胜利者。*Nemean* 8. 49-50：诗歌的魅力（ἐπαοιδαῖς）能消弭劳作的辛苦。

琴的琴声给宙斯的鹰和众神带来了睡眠、安宁和静谧[37]。品达使用的修辞策略,很容易与赫西奥德对神灵听众的呼吁混淆。赫西奥德邀请他的听众模仿神灵听众,一如在另一个平行空间的诗艺表演中,缪斯的歌声取悦着诸神,赫西奥德认为诗人的表演正是在模仿缪斯。所以赫西奥德式的诗人鼓励他的听众模仿与之对应的神祇,并承诺他们能体验与宙斯类似的神的愉悦。品达在诗歌中也提及神的反应,当诗人开始表演品达的凯歌时,神界的主宰者们也会对当下正在进行的凯歌表演做出回应。品达将众神、宙斯的鹰,以及宙斯所鄙视的人都当成自己的听众。品达扩大了他的听众范围,让诸神能够倾听人类听到的诗歌,并做出回应,这就给人类听众对其诗歌的反应设定了一个标准,因为它使人类听众得到了提升。

品达常称赞诗歌能给一部分听众带来愉悦,使之从焦虑中解脱出来,但会给另一部分,比如宙斯所鄙视的怪物提丰(Typhos)[38],带来恐惧。诗歌对宙斯的敌人产生的效应给我们一个重要的启示,去理解诗歌给其他人带来的解脱和安息。为什么那些被宙斯憎恨的人听到会恐惧呢?我认为,他们感到恐惧是因为诗歌传递的是宙斯的审判,从而召唤出宙斯的强大神力。宙斯的不许可会招致可怕的力量来对付他们,提醒他们这一点会让他们产生恐惧之情。因此,我们可以推断,这首诗歌能给宙斯所爱之人带来宽慰,是因为他们理解宙斯的审判。这一结果将品达诗歌的抚慰人心的能力归功于观众的认知反应,即他们对某种真理的理解[39]。宙斯的敌人意识到他们被厌恶,因此被令人瘫痪的恐惧所攫住。那些被诗歌抚慰的人理解了什么?可以肯定的是,他们受到宙斯的偏爱。但对于人类听众来说,这当中有更多深意。

品达告诉我们,诗歌创造对高尚行为的记忆[40]。品达的诗歌通过

---

37 同时参见 *Olympian* 7.7-8:诗歌是"流动的甘露",是"思想结出的蜜果"(φρένος)。
38 参见 *Pythian* 1. 15-28。
39 与赫西奥德的观点不同,赫西奥德认为诗歌的抚慰效果并不取决于听众的知识和信仰。
40 *Nemean* 7. 14-17:"我们知道只有一种方法可以为善行竖起一面镜子,通过戴着华丽头饰的谟涅摩叙涅的恩典,诗歌的著名乐章中有对辛苦劳作的回报。"*Isthmian* 7. 17-19:"凡人忘记了那些没有达到最高境界的巧妙歌曲,被束缚在辉煌的诗歌洪流中。"

赞美胜利者、给予他良好的声誉做到了这一点[41]。不过品达又往前迈了一步,对传统的说法加以补充,说他的诗歌赐予主人公不朽[42]。诗歌就像一座富丽堂皇的大厅[43],可以作为一座永恒且稳定的宫殿。那么,诗歌抚慰人心的能力似乎就在于它让主人公明白,他拥有名声、神明的祝福和诗歌赐予的不朽。这些加在一起,将诗歌所缓解的焦虑缩小到对死亡的恐惧。品达诗歌的抚慰作用不是通过带来娱乐或遗忘完成的。胜利者并不是一时忘记他对死亡的恐惧,确切地说,这种恐惧会得到缓解,因为诗歌使胜利者相信自己可以不朽。虽然诗歌抚慰的是胜利者,但品达告诉我们,他的亲属也会因之获得不朽,"尘土也不会掩盖亲人珍贵的荣耀"[44]。

形塑了品达的诗人角色的诗歌理论,秉持一些他自己的诗歌超越前人的突出主张。笔者已经讨论了品达对神话的不同版本提出的修正,包括他对著名的坦塔洛斯故事的修正,以及他对荷马史诗中奥德修斯的修正。他提出了诗人可以基于此挑战并有望超越前人的基点,这是品达诗学理论的创新之一。品达可以在不反驳荷马或赫西奥德得到的启示正确与否的情况下,证明自己比前人更优秀。品达的诗学提出了一个观点,一个优秀的诗人应当是一个更好的诠释者,能更好地诠释缪斯的信息。当然,由于这些信息是通过灵感秘密传递的,自称更优秀的解释本身并不能提供任何标准或方法来确定谁是更优秀的诠释者。然而,与荷马和赫西奥德不同的是,品达的诗学使他的修正变得有意义,他认定前辈诗歌中的某些细节是错误的。总而言之,这让我们有理由相信,一首诗歌可能存在谬误,就像糟糕的翻译必然存在错误一样,但这不是缪斯的错。如果将真实而神圣的信息翻译成通俗易懂却虚假的诗歌,那么这种诗歌就是错误的。品达用道德顾忌捍卫自己对前辈的批判,是为了让这种批判看起来无懈可击,尽管他也完全可以通过提供一个理由坚决维护传统价值

41　*Olympian* 7. 10.
42　*Olympian* 10. 91-96; *Pythian* 1. 92-100.
43　*Olympian* 6. 1-7.
44　*Olympian* 8. 79-80.

观，以服务于自己的利益。

品达的诗歌在标榜自己具有揭开神谕之谜的人类智慧的同时，又宣称具有发布神谕的神明的权威。他的诗歌调动了这两种不同的力量的混合来赞美胜利者，与传统的贵族价值观契合。品达的诗学使诗人免于在灵感来源问题上受到批评，并将任何竞争对手的诠释拒之门外。在品达那里，荷马诗学一贯混淆的两个概念得以厘清。荷马不思考真理问题与真理的含义及阐释问题之间的区别，认为诗歌所传达的真理，其含义无须解释也能被领会，认为接受真理和理解真理是同一个过程。赫西奥德打破了诗歌的真理及其作用之间的联系，不过他将作用局限于诗歌起到的愉悦效果。品达不允许任何人质疑他对缪斯本意的解释，但他把接受缪斯真理的启示和解读缪斯的意思清楚地区分开了。苏格拉底不会质疑诗人贡献的真理，但他会质问这真理意味着什么，又应该如何解释。

（译者单位：德国海德堡大学古代史与铭文学系在读博士生）

汉译品论

Chinese Translation: Theory & Practice

【编者按】 翻译是西学研究的基础工作。自近代以来，凡研究西学的，无不强调翻译的重要意义。就西方古典学而言，翻译可分为两大类，一是古希腊罗马经典的汉译，二是现代欧美学术著作的汉译。其中，最重要的无疑是第一类，因为现代古典学的核心就是对古代经典的研究；国人要了解西方的古典世界，汉译经典也是最便捷的途径。

经过一百多年的积累，古代经典的汉译已经粗具规模，但是并不尽如人意，眼下或许到了反思、检讨和推陈出新的阶段。现有汉译至少存在如下问题：一是空缺，还有大量经典尚未翻译；二是转译，不少译本是从英译本转译而非直接译自古典语言；三是语言习惯，有些译本因年代较早，其语言习惯已不适合当下的读者；四是术语与专名的混乱，例如"伊奥尼亚"和"爱奥尼亚"并存而且都有广泛使用，常令读者困惑。因此，我们既需要填补空缺，也需要更新旧译。

翻译看似有原著作为鹄的，但如何才能"一译中的"，人们却从未有过共识。我们常说"信、达、雅"，但这毋宁说是一种抽象的评价标准，而非具体的实践方法。如果说翻译只是一种机械的转述，那确实无须讨论，人工智能早晚能取代译者。但如果翻译是一种再创作，我们就必须从理论和方法的高度来探讨翻译问题（而不是拘泥于个别词汇或句式），由此才能真正提升汉译的质量。既然是再创作，那翻译就不可能只有一种方法、一种套路。我们需要更多样的翻译理论和更大胆的翻译实践，这就要求我们总结已有的经验并探索潜在的路径。事实上，如今已有不少学人在做各式各样的尝试。故而，本刊设立"汉译品论"专栏，一则评论值得关注的现有汉译，分析其优劣得失；二则推介新的翻译理论和方法，以期引起学界思考和讨论。

（詹瑜松）

试论古希腊悲剧的翻译原则和方法
——以《安提戈涅》为例
詹瑜松

古希腊悲剧是世界文学的瑰宝,三大悲剧家埃斯库罗斯、索福克勒斯和欧里庇得斯的大名早已为中国读者所熟知。20世纪,罗念生、周作人、灵珠、陈中梅等人陆续翻译了不少作品;进入21世纪,张竹明和王焕生更是联合推出了《古希腊悲剧喜剧全集》,使国内得以一窥古希腊悲剧之全貌。这些译著方便了广大悲剧研究者和爱好者,笔者亦深受其惠,在掌握古希腊语之前也是通过它们来了解希腊悲剧的。古希腊语之繁难众所周知,笔者亲身学习之后亦深有体会,因而倍觉前辈翻译之不易。然而,通过阅读古希腊原文,笔者以为悲剧翻译还有许多改进和切磋的空间,无论形式还是内容;悲剧全集的出现不应是悲剧翻译的终点,而应是悲剧翻译的新起点。内容的问题难以一言概之,因为内容不仅与译者对悲剧的理解有关,还受文本多义性、文献流传过程中的讹误等众多因素的影响。所以,本文所要讨论的是形式方面的问题,即如何以一些直观的方式来表现古希腊悲剧在体裁方面的特点。

悲剧由说白和唱词组成,其基本结构有五个部分:(1)开场(演员上台,悲剧开始);(2)进场歌(歌舞队进场);(3)正场(通常有三到四场);(4)合唱歌(在各场之间,通常也有三到四组);(5)退场(含退场歌,剧终)。这些基本结构在现有译著中都有清楚的划分,不成问题，需要探讨的是悲剧体裁的表现问题。希腊悲剧是以诗体创作的，讲究格律，亚里士多德《诗学》的许多内容其实就是在讨论悲剧。悲剧所用格律主要有三种：三音步短长格（iambic trimeter）、四音步短短长格（anapaestic tetrameter）、抒情诗格律（lyric）。既然悲剧是诗体，那么我们的翻译也应当是诗体。在现有的译著中，罗念生和周作人翻译时间较早，用的是散文体，虽然读起来明白流畅，但是完全丧失了悲剧的诗体特征；陈中梅、张竹明和王焕生则采用分行诗体，粗略表现了悲剧的诗体特征。灵珠仅翻译了埃斯库罗斯四部悲剧，他的翻译最富文采、最能体现诗体特征，但似乎已被学界遗忘，既没有再版，也不见学者提及，殊为可惜。笔者偶然看到时，发现其译法与笔者的思路最相近。不过，灵珠只说他给诗行加了韵脚，没有详细阐述他的翻译理念，而笔者试图在分析悲剧体裁的基础上，提出一套对应的完整而系统的翻译原则和方法。尽管诗歌公认难以移译，但悲剧诗体不是自由诗体，而是有一定体裁规范的，这就意味着翻译也可以建立相应的原则。以下笔者将分别就说白和唱词两个方面展开讨论，以索福克勒斯的名剧《安提戈涅》为例证。

一、悲剧中说白的翻译原则和方法

和中国古典戏剧类似，希腊悲剧也有说白和唱词之分。希腊悲剧的说白就是日常对话，但由于题材一般来自神话传说，说白里有些用词会采用古式拼法，例如συν-开头的词语往往写成较老的ξυν-拼法，从而显得更有古味。现存完整的希腊悲剧都是雅典人创作的，因而用的是阿提卡方言，但有时为了满足格律要求，某些词也会采用伊奥尼亚方言的拼法。悲剧家们各有风格，像欧里庇得斯的语言要比索福克勒斯的更通俗易懂，因而流传度也更广，在马其顿、西西里也深受喜爱，故其现存作品比另外两位之和还多。不过这主要是风格问题，悲剧的说白大体相当于中文的白话而非文言，比起唱词还是容易理解的。

中国戏剧的说白是散文，不讲格律，而希腊悲剧无论说白还是唱词都是韵文；说白尽管是白话，但也是有格律的。希腊诗歌的格律不是押韵和平仄，而是讲究节奏，节奏通过音节的长短变化来表现；格律有很多种，悲剧的说白用的是三音步短长格。这种格律有三个音步，每个音步有短长短长四个音节，故理论上每行有十二个音节。当然会有一些变格，例如有时可以用两个短音节合成一个长音节，或者长音节可以分解为两个短音节，但基本规则是固定的。除了音节长短，希腊格律还有另一重要特征——行间停顿（caesura），表示在一个音步中由于单词收尾而引起的停顿，尤其是当这一中断与意义的划分相一致的时候。三音步短长格也有行间停顿，通常出现在第三或第四个短长格中。这跟中国五言、七言格律在结构上高度相似：每行音节一定，行间有停顿，讲究音乐性（节奏/平仄），主要区别在于中文格律多了行末的押韵。

⏑‾⏑‾//‾⏑‾⏑　　　　仄仄平平仄，平平仄仄平。
⏑‾⏑‾//⏑‾⏑‾　　　　平平平仄仄，仄仄仄平平。
（⏑即短音节；‾即长音节；　（以五言绝句仄起不入韵式为例）
//即行间停顿）

了解了说白的语言和体裁特征，我们便可确定相应的翻译原则：说白的翻译应用白话，不可译成古诗的形式；每行字数一定；行内有分句或停顿；白话难于讲求平仄，那么行末应有押韵。且以《安提戈涅》第422—425行为例：

  καὶ τοῦδ᾽ ἀπαλλαγέντος// ἐν χρόνῳ μακρῷ,
  ἡ παῖς ὁρᾶται,// κἀνακωκύει πικρᾶς
  ὄρνιθος ὀξὺν φθόγγον ὥς, ὅταν κενῆς
  εὐνῆς νεοσσῶν// ὀρφανὸν βλέψῃ λέχος·

  过了好长一段时间，风暴终于停顿，
  这时我们看见这女孩，其哀号之甚，
  犹如鸟儿尖声啼叫，声音充满悲愤，

只因看见巢穴空空,雏鸟一只不剩。

当然,要从头到尾都这么翻译有点困难,尤其是行间停顿。虽说我们不必苛求每行都有行间停顿,因为即使希腊原文也不是每行都有(例如上引第三行);但是,行行连续押韵有时会给人审美疲劳、喘不过气来的感觉,而行间停顿可以有效减轻这种感觉,所以尽量要有行间停顿。实在不行,可以考虑隔行押韵。押韵不可能全篇一个韵,那样也会显得太单调,较好的方式是让相对完整的意义单元保持一个韵脚,然后适当换韵。具体来说,一个角色的一段说白保持一个韵脚;若是长篇说白,中间可适当换韵;由一来一往的对话构成的交替对白,也保持一个韵脚。灵珠的翻译与笔者的相近,但他的韵似乎不是依据普通话,用韵也较宽,有些地方读起来不是很押韵,有的诗行甚至不押韵。此外,为了更好地表现人物的地位、性格等特点,笔者在选择韵脚时也有所考虑。例如,克瑞翁的一些说白会用ang、ai等较为洪亮、雅正的韵脚,以显示帝王身份;海蒙劝说克瑞翁时的说白会用en、ei等较为和缓、纤弱的韵脚,以体现低姿态;守卫有点丑角性质,其说白则适当添加一些语气词,以表现滑稽色彩。总的来说,翻译说白不难,重点在于确定韵脚,其次是行间停顿。限于篇幅,下面仅以《安提戈涅》第一场第162—248行为例:

> 克 瑞 翁:先生们,诸神曾带给城邦多少颠险,
> 　　　　　如今他们再次将城邦引向稳定安全。
> 　　　　　于是我派传令官,从所有公民中间,
> 　　　　　把你们这些人召集起来,在此相见;　　　　165
> 　　　　　我知道,你们世奉拉伊奥斯的王权,
> 　　　　　包括在俄狄浦斯领导城邦的那些年,
> 　　　　　甚至在他死后,你们仍然忠贞不变,
> 　　　　　以坚定的意志留在他们的孩子身边。
> 　　　　　既然那两兄弟确实是双双有命在天,　　　170
> 　　　　　在一日之内,刀兵相向、同根相煎,
> 　　　　　他俩这般骨肉相残,以致血污相溅,

由此我获得王位,并掌有一切职权,
毕竟我是死者亲属,与之血脉相连。
然而,任何人的好坏都会隐而不显,　　　175
无论是他的性情、意志,还是识见,
除非他曾经受过执政和立法的考验。
在我看来,不管是谁执掌城邦大权,
如果他不能坚持最好最有益的政见,
反而因为有所畏惧,竟然结舌不言,　　　180
这人就最卑劣,不论现在还是从前。
再者,若有人认为亲友贵、邦国贱,
对我来说,这种人就简直不堪入眼。
而我,请向来无所不察的宙斯明鉴,
当看到祸害逼近,我不会缄默不言,　　　185
不会任其殃及国人,却不挺身救援;
同样,我从来也不会把国家的仇怨,
当作自己的亲友;我秉承如此信念,
即唯有城邦之船能够救我们于颠险,
唯有航行顺利,才可能把友谊缔建。　　　190
我会遵行这样的准则以使城邦富强。
因此,我刚才已经颁布了相关令状,
涉及俄狄浦斯的俩孩子,通告全邦:
厄特奥克勒斯,为了城邦战死沙场,
从各个方面来说,都可谓英勇无双,　　　195
应当把他埋入坟茔,按礼进行祭飨,
献上给最英勇的供品,下至泉壤;
而那个波吕涅刻斯,与之血脉同淌,
对于本地的神祇和祖上传下的城邦,
作为流亡之人,他回来却心怀怨望,　　　200
想要放火把它们从上到下彻底烧光,
还要奴役他人,亲人的血也要品尝;
对于此人,我已发布命令通告全邦,

> 　　　　不准为他举行葬礼，不准为他哭丧，
> 　　　　就让他死无葬身之地，曝尸于野莽，　　　　205
> 　　　　让他被鸟和狗吞食，糟蹋得不成样。
> 　　　　以上就是我的决断；根据我的政纲，
> 　　　　卑劣之徒不会比正义之士更受敬仰，
> 　　　　但不管是谁，只要心怀善意对城邦，
> 　　　　不论生前死后，都会得到我的赞赏。　　　210
> 歌舞队长：墨诺叩斯之子啊，若是合乎你心意，
> 　　　　对城邦的敌人和朋友你就这么处理。
> 　　　　我想，施用任何法令都是你的权力，
> 　　　　对死者和我们活人，法令皆有效力。
> 克瑞翁：那么，你们就来当我的命令的监理。　　215
> 歌舞队长：请委派更年轻的人来承担这项差役。
> 克瑞翁：不是，看守尸体的人早已安排完毕。
> 歌舞队长：那除此之外，你还有其他什么旨意？
> 克瑞翁：对于违抗命令之人，你们不得包庇。
> 歌舞队长：弃生而爱死，有谁会这般愚不可及。　220
> 克瑞翁：的确，这就是惩罚。然而心怀希冀，
> 　　　　贪图利益常常叫人毁灭得彻彻底底。（守卫自观众左
> 　　　　　　　　　　　　　　　　　　　　方上）
> 守　卫：主公，我不敢说我跑得有多么快速，
> 　　　　气喘吁吁过来，迈着那轻盈的捷足；
> 　　　　因为心怀忧虑，我曾多次停下脚步，　　225
> 　　　　在路上不断徘徊，总想着打道回府；
> 　　　　内心一直在跟我说话，对我犯嘀咕：
> 　　　　"傻瓜，你为什么跑过去接受惩处？"
> 　　　　"真大胆，又不走了？要是从他处，
> 　　　　克瑞翁得知情况，你又怎能不受苦？"　230
> 　　　　我左思右想，慢悠悠走完了这段路，
> 　　　　一截短程，就这样变成了一次长途。
> 　　　　然而，到你这儿来的意见最终胜出，

　　　　　　即使言不成话,我也要来一一陈述。
　　　　　　我过来,因为有一种希望给我抓住:　　　　235
　　　　　　我不会遭遇别的,除了那命定劫数。
　　克 瑞 翁:发生了什么事情,以致你如此消颓?
　　守　　卫:首先,我想要为我自己多插几句嘴:
　　　　　　我没做那件事,也不知做的人是谁,
　　　　　　所以我不应当不公不正地被判有罪。　　　　240
　　克 瑞 翁:你揣度得很准,又把话说得很周备;
　　　　　　显然,你有出人意料的消息要反馈。
　　守　　卫:你知道,可怕的事情着实叫人怯畏。
　　克 瑞 翁:那你还不快点说,说完好告辞请退?
　　守　　卫:那么我就告诉你:刚才不知道是谁,　　　245
　　　　　　过来把尸体安葬了,并撒上干土灰,
　　　　　　还为死者举行相关奠礼,一如常规。
　　克 瑞 翁:你说什么?哪个匹夫如此胆大妄为?

二、悲剧中唱词的翻译原则和方法

　　悲剧的唱词是歌舞队在跳舞时所唱的词,其格律和内容要比说白复杂得多。首先,唱词用的是抒情诗格律(lyric),千变万化,其最直观的表现就是每行长短不一;由于没有固定的格式,唱词通常需要逐个分析,而不同的校注者给出的格律模式未必一致。唱词没有词牌或曲牌的概念,但同一场合唱歌里的正旋歌(strophe)和反旋歌(antistrophe)会采用同一套格律模式,从而形成对称结构,例如《安提戈涅》第一合唱歌里第一阕(正旋歌第一曲)和第二阕(反旋歌第一曲)是一套格律,第三阕(正旋歌第二曲)和第四阕(反旋歌第二曲)则是另一套格律。在正旋歌和反旋歌之后,有时还会有一阕终曲(epode),例如《安提戈涅》的第876—882行。
　　其次,唱词的语言和内容文雅艰深,不易理解。和说白不同,唱词用的不是阿提卡方言,而是多里斯方言。唱词句法灵活,语序多变,用词也高度凝练,很多词语是诗人生造的或者仅见于悲剧。唱词经常描绘动人的意象,表达深邃的哲理,抒发强烈的情感,而且经常用典,所用者多为希腊神话传说里的典故。因而,唱词要比说白晦涩难懂得多,即使学了很多年古希腊语,在没有注本的情况下也容易不知所云。正是由于语言、格律和内容都过于复杂、艰深,唱词在传抄过程中出错的概率远远大于说白,以致有时连校注者也坦陈某些唱词的写法正确与否难以确定,唱词的内容和意义也只能做大概的推测。

显然,这些特点跟中国戏剧的唱词是非常相近的。灵珠的翻译仍与说白类似,大多也是每行字数相等的白话,而笔者以为应有所区别。既然悲剧的唱词是长短句,我们便也用长短句来翻译,词、曲皆可;不过,词可能比曲更合适,因为词雅而曲俗,希腊悲剧正好也是比较雅正的,曲或许更适用于翻译希腊喜剧里的唱词。笔者所采用的便是词的形式,翻译原则如下:唱词的翻译应是古典诗歌的形式,不能是白话;一阕唱词选用一个词牌(上阕或下阕),相同格律的唱词选用同一词牌;保证押韵,同时尽量符合平仄要求;回避有明显中国古典文化特色的用词和意象,保持内容的异域感。那么如何选择合适的词牌呢?理想情况下,阕的句数应与唱词的行数对应,句子的长短应与诗行的长短对应,阕的结构也应与唱词的结构对应,但很难找到这样三三对应的词牌,通常需要适当调整。且以《安提戈涅》进场歌中反旋歌第二曲为例:

ἀλλὰ γὰρ ἁ μεγαλώνυμος ἦλθε Νίκα
女神来,令名"尼科",　　　仄平平、仄仄平平,
τᾷ πολυαρμάτῳ ἀντιχαρεῖσα Θήβᾳ,
笑对千乘忒**拜**。　　　　平平仄仄仄**仄**。
ἐκ μὲν δὴ πολέμων
战事方息,　　　　　　　仄仄平平,
τῶν νῦν θέσθαι λησμοσύναν·
不妨忘却,胜负与成**败**。　平平仄仄,平仄平平**仄**。
θεῶν δὲ ναοὺς χοροῖς

使吾人,至神宅,	仄平平、仄平**仄**,
παννυχίοις πάντας ἐπέλ-	
彻夜歌舞不疲**怠**。	平仄平平仄平**仄**。
θωμεν, ὁ Θήβας δ᾽ ἐλελί-	
当**快**！愿酒神领舞,	平**仄**。仄仄平仄仄,
χθων Βάκχιος ἄρχοι.	
摇动忒**拜**！	平平平**仄**。

（以《定风波》（长调）上阕为参照，加粗者为韵脚，代表词有柳永《定风波·自春来》）

　　此阕唱词的翻译大体符合押韵和平仄要求；句数和行数、句子的长短和诗行的长短原本无法直接一一对应，但通过把两个短句置于一行，就基本实现了三三对应的要求。就笔者的实践来说，最难的地方在于选择合适的词牌，一旦找到词牌，翻译就成功了一半；接下来如果能保证押韵，就差不多了，平仄尽量满足但不必苛求。选取词牌作为押韵和平仄的参照，不是为了填词，而是为了更好地表现唱词的音乐性，故不可颠倒主次，为了平仄而损害原意。

　　虽说词的创作逐渐脱离了曲调，成为单纯的文学形式，但是"填词"跟"作诗"终究不同，词是"填"出来的，会受到诸多限制。不同词牌所表现的思想感情本身是有差异的，句子的长短、韵脚的疏密也会影响情绪的表达。因此，除了满足押韵和平仄以外，我们也应注意选调和用韵，要考虑不同词牌本身的基调，最大限度地做到形式与内容、语言和思想的统一。例如，第806—816、823—833行是安提戈涅临死前所唱的两阕悲歌，格律相同，基调当然也都是悲的；这两阕用《满江红》这类通常用于表达"壮怀激烈"的词牌来翻译就不大合适，最终笔者选用的是《风流子》，因为该词牌属于"缠绵悱恻的凄调"（龙榆生，2010，第60页）。大体上，仄韵短调且韵脚较密的词牌，比较适合翻译情绪激越的唱词；而平韵长调且韵脚较疏的，则更适合缠绵悲楚的唱词。要找到满足各方面要求的词牌并不容易，若要达到较好的艺术效果，难免要做一些调整，比如仄韵改平韵、平韵改仄韵。其实古人填词本就十分灵活，有增字、减字，平仄韵脚互换、通押,故而一个词牌可能有多种变格,例如姜夔就曾把《满江红》改为平韵,其情致就明显不一样了。我们借用词牌来翻译时,也可以适当灵活处理。

下面以《安提戈涅》第一合唱歌为例,证明用词牌来翻译是普遍可行的。第一合唱歌共四阕,其主题是歌颂人类,通常称为"人颂"组诗,在思想史上具有重要意义,海德格尔在《形而上学导论》中曾详细解读过其哲学意义。前两阕为一套格律,故均以《安公子》下阕为参照,该词牌有多种调式,此处参照柳永《安公子·远岸收残雨》,其中有两行原本应为三言、五言的两个短句,但笔者调整为三言、三言、七言的形式:

仄仄平平仄,仄平平仄平平仄。仄仄平平平仄仄,仄平平平仄。仄仄仄,平平仄仄平平仄。平仄平,仄仄平平仄。仄仄仄平平,仄平仄平平仄。

世上多奇异,/却无堪与人相比。/怒海灰灰风暴烈,/奋然偏横济;/滔天浪、/直行彼岸何曾避。/至尊神,即大地,/长生不倦终疲敝:/犁破土年年,/马骡耕耘未已。

飞鸟轻快意,/一头栽在兜围里;/猛兽成群居野外,/海中鱼游弋,/布罗网、人思慧巧多奇计。/御生灵,凭技艺,/山林走兽皆为隶:/粗颈马着轭,/健壮山牛服役。

后两阕为另一套格律,故均以《东风第一枝》上阕为参照,该词牌有多种调式,此处参照史达祖《东风第一枝(壬戌闰腊望,雨中立癸亥春,与高宾王各赋)》:

仄仄平平,平平仄仄,平平仄平平仄。仄平平仄平平,仄仄仄平仄仄。平平平仄,仄仄仄,平平平仄。仄仄仄,仄仄平平,仄仄仄平平仄。

自晓言辞,/自能捷思,/自得城居习气。/霜刀遍地能逃,/雨箭扑来可避。/随机应对,/将来事、何愁无计;/有智谋,/一死难逃,/却免痼疾顽疴。

机巧聪明,/过于所望,/其才能害能利。/尊崇神律国俗,/城邦自能傲立。/多行不义,/尽狂妄、城邦休矣;/断不愿,/与彼一家,/思想若合一契。

除了三音步短长格和抒情诗格律,悲剧还会少量用到四音步短短长格。这种格律由四个音步构成,每个音步由短、短、长三个音节构成(同样可以合成或分解),和史诗格律正好相反。使用这种格律的诗行主要有两个功能,一是楔子作用(借用元杂剧的概念),提示、介绍新上场或重新上场的角色,二是唱和作用,应和歌舞队或主角所唱的歌。针对不同的功能,笔者采用了不同的翻译策略。

前一功能采用说白的翻译原则,但每行少两个字,有时还会少半行。这么处理是因为虽然理论上两种格律都有十二个音节,但平均而言,一行四音步短短长格要比一行三音步短长格看起来稍短一些,而且经常出现某行只有半行的长度,最后一行往往也会少一个音节。且以《安提戈涅》第526—530行歌舞队长介绍伊斯墨涅重新上场为例:

> καὶ μὴν πρὸ πυλῶν ἥδ᾽ Ἰσμήνη,
> φιλάδελφα κάτω δάκρυ᾽ εἰβομένη·
> νεφέλη δ᾽ ὀφρύων ὕπερ αἱματόεν
> ῥέθος αἰσχύνει,
>   τέγγουσ᾽ εὐῶπα παρειάν.

> 瞧,伊斯墨涅正从宫门走出来,
> 簌簌的眼泪流露着对姐姐的爱。
> 那漠漠的愁云萦绕着她的眉黛,
> 遮住了红润面庞的光彩;
> 化成泪水,打湿了动人的霞腮。

后一功能则采用唱词的翻译原则,以体现唱和效果,但鉴于理论上每行音节数量相同,有时会用五言古风的形式。采用词牌来翻译的唱和跟前面所谈的唱词翻译类似,这里只举一个五言古风的翻译例子。

且以《安提戈涅》第834—838行为例,此唱和后面还有两个唱和,但歌舞队长直接换用抒情诗格律,故而此唱和用五言古风,后面用词牌形式,以示区别。翻译如下:

> ἀλλὰ θεός τοι καὶ θεογεννής,
> ἡμεῖς δὲ βροτοὶ καὶ θνητογενεῖς.
> καίτοι φθιμένῃ μέγα κἀκοῦσαι
> τοῖς ἰσοθέοις σύγκληρα λαχεῖν
> ζῶσαν καὶ ἔπειτα θανοῦσαν.

> 伊人本天女,固为神所生;
> 我等乃常人,不过一凡种。
> 若能闻此语,死亦有殊荣:
> 此女何其幸,命运与神同;
> 生而齐祸福,死而比吉凶。

通过对希腊悲剧体裁特征的分析可知,希腊诗歌格律和中国诗歌格律、希腊悲剧和中国戏剧看似相去甚远,但其表现方法却是十分相似的,就其内核结构而言,共通性其实要大于差异性。因而,本文所提出的翻译原则和方法不仅不存在所谓过度中国化的问题,反而比简单的白话分行式翻译更加忠实和直观地揭示了希腊悲剧体裁的表现形式。两种翻译原则和方法分别针对说白和唱词,充分展现了二者在语言、格律和内容上的差异和特征,意在追求形神兼备。尽管有些难度,特别是要在平仄上做到尽善尽美极为不易,但是上面的例证充分表明,这样的翻译原则和方法是可操作、可重复的。

参考文献

埃斯库罗斯:《奥瑞斯提亚三部曲》,灵珠译,上海译文出版社,1983年。
埃斯库罗斯:《埃斯库罗斯悲剧集》,陈中梅译,辽宁教育出版社,1999年。
埃斯库罗斯、索福克勒斯:《埃斯库罗斯悲剧三种、索福克勒斯悲剧四种》,罗念生译,上海人民出版社,2004年。
埃斯库罗斯等:《古希腊悲剧喜剧全集》,张竹明、王焕生译,译林出版社,2007年。
龙榆生:《唐宋词格律》,上海古籍出版社,2010年。
羊基广:《词牌格律》(上、下),巴蜀书社,2008年。
止庵编订:《周作人译文全集》第1—2卷《欧里庇得斯悲剧集》(上下),上海人民出版社,2012年。
Raven, D. S. *Greek Metre: An Introduction*. London: Faber and Faber, 1962.

(作者单位:安徽师范大学历史学院)

"新的诗歌语言"?
——评刘皓明译《竞技赛会庆胜赞歌集》
刘保云

品达是介绍古希腊抒情诗乃至西方抒情诗时绕不过的名字,但一直以来在汉译文学之中只有零星的篇目流传[1]。之所以如此,原因不单单是古希腊文带来的语言障碍,更关键的是,一旦通读品达的诗歌就会发现,品达向我们证明了现代人追溯抒情诗的历史之时对古典希腊诗歌的理解有很多想象和武断的成分[2]。要踏上这样一场探索发现之旅,对于不谙古希腊文的人来说,一部品达诗歌的全译本无疑是可贵的向导。从这一点上看,刘皓明翻译推出的《竞技赛会庆胜赞歌集》(以下称《赞歌集》)可谓填补了空白[3]。作为品达诗集的第一部中译本,这是热爱诗歌和古典文学的人们期盼已久的果实。

一、专名与术语

《赞歌集》选用的底本源自德国出版的"托伊布纳古典文库",是

---

[1] 例如水建馥在选译古希腊抒情诗时将《奥林匹亚凯歌》第四首和《皮托凯歌》第四首分别译出,题作"献给卡玛里那城的普骚米斯的颂歌"和"献给库瑞涅城的阿刻西拉",收录在《古希腊抒情诗选》,人民文学出版社,1988年,第193—213页。

[2] 参伽拉姆:《古希腊抒情诗,一种不存在的体裁?》,《西方古典学辑刊》第三辑,复旦大学出版社,2021年,第255—283页。

[3] 品达:《竞技赛会庆胜赞歌集》,刘皓明译,北京大学出版社,2021年。

"1987年面世的Herwig Maehler修订、原Bruno Snell编辑的品达诗歌全集上卷第八版"(第ix页,以下括注页码皆出自《赞歌集》)。这是现行品达研究的标准本(下称"托伊布纳本"),1997年"娄卜古典文库"推出的品达诗集双语对照本也是以这一版为底本。要说明的是,"娄卜本"的译者雷斯(W. H. Race)在翻译品达的同时还对底本进行了校改。校改之处在希腊文一侧的页面下端给出了校勘记,并在必要的时候于英译文一侧页面下端给出取舍的缘由。《赞歌集》也同样对底本进行了校改,不过,校改之处并没有在正文中标明,而是将其罗列成表统一附在书末。更遗憾的是,书中对于校改的缘由也没有作必要的解释,我们只能间接通过译文来理解译者的一片苦心。阅读过程中产生的不解和误解也要等到译者的评注面世才可能得到化解。这样的评注毫无疑问是值得期待的,因为"译本说明"的"翻译"一条预告了它的到来(第x—xi页)。

现在让我们按捺住对评注的渴盼,也把底本搁在一边,把注意力都集中在译文上,那么一上来就会发现,这部译本的用词和术语多有不同寻常之处。首先是神名、人名、地名等专名,除了少数早已约定俗成且尽人皆知的,都采用了一套新的对音系统来拟定。个别地名、神名还采用了意译的办法。不过在排版时为了方便读者,专名之下增加了下画线予以突出,部分神名还采用楷体字进行强调。可古希腊专名给读者带来的阅读障碍并不能完全克服。当然这主要是语言之间的表达差异导致的。不过从笔者的感受看,这套新的"希汉对音谱"距离译者希望的"方便读者用倒推的方法依据音译汉字准确还原原文"(第xii页)是有距离的。而且"忒拜"这种因为方言或者转写的问题导致不同读法的地名,若按这套对音谱分别译为"台巴"和"台拜"还会带来误解。专名的处理历来是翻译古典著作时不得不面对的技术性难题,每一本跟西方古典有关的译著都会多多少少碰到一些,除非译者提出新译法,出版界一般采用《罗氏希腊拉丁文译音表》来统一[4],这也慢慢地培养了读者的阅读习惯。为今之计,与其让读者养成新习惯,不如在沿用《罗氏希腊拉丁文译音表》的基础

---

[4] 参罗念生、水建馥编:《古希腊语汉语词典》,商务印书馆,2004年,第1077—1078页。

上，酌情对个别地方略作修改。

专名的处理固然麻烦，但也算不得大问题，最要紧的还是译者对品达的诗学术语以及词句含义的疏通。这是我们接下来要讨论的重点，现在先从这种诗体的名称谈起。为庆祝泛希腊赛会夺冠者创作的这种诗歌通常被冠以 ἐπινίκιον 之名。这个词在品达的诗中两次出现，形式略有不同（ἐπίνικον O. 8. 75; ἐπινικίοισιν N. 4. 78），但都作为形容词来用。品达谈到自己的诗歌时往往使用含义宽泛的"歌"或者"曲"，诸如 μολπά【舞曲】、ἀοιδά【歌曲】、μέλος【乐曲】、ὕμνος【颂歌】之类[5]。不过，ἐπινίκιον 作为一种诗歌的名称最早在埃斯库罗斯的悲剧中就有了（Aeschylus, Agam. 174）。复数名词 ἐπινίκια 也出现在古典作家如柏拉图、德摩斯梯尼、索福克勒斯等人的作品之中，表示跟胜利有关的庆典仪式之类。至迟到亚历山大里亚学者的时代，ἐπινίκιον 及其复数形式 ἐπινίκια 就被专门用来表示为庆祝泛希腊赛会夺冠者的诗歌。那么，如何翻译 ἐπινίκιον？以英译为例，常见的译名有的意译（victory ode/victory song），有的直译（epinician ode），总之都离不开这个词的本义——"关于胜利的歌"。罗念生和水建馥编纂的《古希腊语汉语词典》也从这个本意出发，提出用"凯歌"一词对译 ἐπινίκιον 作为这种诗体的名称，颇为巧妙[6]。《赞歌集》对应"托伊布纳本"的标题 Epinicia 用了"竞技赛会庆胜赞歌集"的译名。这么处理固然有助于普通读者了解这种诗歌的使用场合，但对于研究者而言，即便把它缩减为"庆胜赞歌"四字，表达也比"凯歌"要来得繁复。

下一个值得讨论的是描述凯歌形式结构的用语。作为合唱歌的一种，凯歌是为了让合唱队配着音乐载歌载舞去表演而创作的诗歌，融合了诗歌、音乐和舞蹈。在形式上，这种诗歌跟古希腊戏剧合唱歌的诗体形式相同，都由多个诗节构成，且多数时候每三个诗节一组。

---

[5] 详见鲍勒：《品达的诗歌理论》，本辑第5页。
[6] 见《古希腊语汉语词典》，第310页，ἐπι-νίκιος 词条。"凯歌"在品达的译介中已经较为广泛地使用了，除了本刊，还见于其他学术刊物与丛书，如刘小枫、陈少明主编：《奥林匹亚的荣耀》，华夏出版社，2009年。必要的时候"颂歌"也可配合补充使用，水建馥此前在《古希腊抒情诗选》用的就是"颂歌"，见本文注1。

现代校勘本一般会在正文左侧的行间画一横线把不同的诗节分开，并给所有诗节编以序号。《赞歌集》在这一点上颇有创意，不但提出用"章""阙""曲牌"等中国诗词研究的术语描述凯歌的构成，而且还开创性地提出以天干为序数依次表示凯歌的段落（第 xii 页）。可惜的是，译者只留下寥寥数语，并未多行展开，我们只有到正文之中才可以稍微触摸到这种做法的效果。

古希腊抄本标记诗节的序号用的是希腊字母，这跟中文用"十天干"计数有些相似，比如 α′ 代表 1，β′ 代表 2 等。不过跟天干与地支搭配构成的六十进制系统不同，这套字母计数系统是十进制。要表示 10 到 20 之间的数字时，在代表 10 的字母 ι 后面加上表示单数的字母，比如 12 就是 ιβ′，表示 20 到 30 之间的字母时，在代表 20 的字母 κ′ 后面加上表示单数的字母，依此类推，最多可以表示到 999。《赞歌集》依天干为序给诗节编号时，10 以内的序号跟古希腊字母计数系统两相合契，10 以外 19 以内的序号则用表示 10 的癸加上表示单数的甲、乙、丙、丁等，从而出现了"癸甲、癸乙、癸丙、癸丁"之类的序号。这应是译者有意编制，不过若对古希腊字母计数系统没有了解，乍一看来有些费解。若为方便读者计，最好用的还是数字。很多翻译古希腊诗歌的译者标记诗节序号时都选择了阿拉伯数字。要想体现中文特色，其实数字的中文写法也可考虑，大写和小写均可。

序号说完，我们再回过头来看一下诗节，这跟古希腊诗歌最基本的要素——格律——息息相关。一首合唱歌不管多长，格律都是固定的，要么一种格律单节重复，要么两种格律一组循环往复。如上文所言三个诗节一组的合唱歌，每组的前两节遵照一种格律，第三节遵照另一种格律，两种格律在诗中一组组交替，构成一个个"三节体"（triad），直至终了（如《皮托凯歌第四首》，见《赞歌集》，第 169—207 页）。另外还有少数合唱歌所有诗节都使用同一种格律（如《尼米亚凯歌第九首》，见《赞歌集》，第 343—351 页）。品达凯歌的校勘者对格律体式的说明一般都放在最前面。品达跟其他创作合唱歌的诗人一样，有自己惯用的格律，而且每一首合唱歌一般不会完全重复另一首的格律。

职是之故，当看到《地峡凯歌第三首》和《地峡凯歌第四首》的

"三节体"格律和体式都一模一样时,校勘者会合理怀疑它们是同一首诗。1513年阿尔多·马努齐奥(Aldo Manuzio)在威尼斯印刷第一版品达诗集时,就选择把两首合并连续排印,这被"托伊布纳本"继承,我们在《赞歌集》中可以看到这样处理的最终效果(第384—397页)。不过需要说明的是,不是所有的校勘者都这么做。1515年克里特人卡里厄尔革斯(Zacharias Callierges)在罗马推出第二版品达诗集时表示要把这两首诗分开排印,因为它们虽为同一人而作,但歌颂的胜利场合不同。比照现在最知名的四个校勘本丛书,也只有"托伊布纳本"还把这两首诗连续编排,其他三家都是分开处理。"娄卜本"跟《赞歌集》虽然用同一个底本,也抛弃了施内尔和梅勒的校法,选择把这两首诗分开,其中提到的一个原因即两首诗的场合不同[7]。不过要说明的是,"托伊布纳本"虽把两首诗编排在一起,但在标题中注明了这涉及车马类和体能类两种赛事,《赞歌集》亦延续了这种做法("赛马暨搏击全能赛",第385页)。但学界对这两首诗歌涉及的赛事是不是同一类其实有争议。英国学者鲍勒(C. M. Bowra)和意大利学者普里维特拉(G. A. Privitera)就认为这两首诗歌唱的是同一类赛事——车马赛,不过这也不影响他们把这两首诗分开编排。总之,古希腊合唱歌类似这种格律和体式都一模一样的情况极为少见。不要说以"三节体"为基本构成单位的,就是单节重复的诗歌,也少有这种情况。

二、化用中国诗学术语:一种可能性

如此一来,如果我们沿着《赞歌集》提到的"章""阕""曲牌"等中国诗词术语往下走,把每一种合唱歌的格律算作一个曲牌的话,那

---

[7] 见 W. H. Race, *Pindar. Nemean Odes. Isthmian Odes. Fragments.* Harvard University Press, 1997, p. 156: "This and the following ode for Melissus of Thebes are often treated as one poem by editors because they are metrically identical. They are separated, however, in one of the two important MSS (B) and the scholia treat them as two poems. In addition, they celebrated two different occasions: Isth. 3 makes a passing reference to an Isthmian victory, but emphasizes a Nemean chariot victory; Isth. 4 celebrates a victory in the pancratium at the Isthmus, with no mention of a chariot victory."

么一种格律多节重复合述一事的合唱歌就可以归为散曲小令中的"重头"一体[8],按照两种格律以"三节体"的形式循环往复的合唱歌,因为有两个曲牌多支曲子,则够得上"套数"(也称"套曲")一类[9]。如同元曲的"套数"同见于剧曲和散曲并被分别称为"剧套"和"散套",我们也可以类似地将古希腊戏剧的合唱歌与其他合唱歌区分开来,也就是说,品达等合唱歌诗人所作的合唱歌可统称为"散套",古希腊戏剧的合唱歌可统称为"剧套"。这样用中国诗学的术语来描述和区分古希腊合唱歌,显然能对我们把握合唱歌的使用场景乃至合唱歌与戏剧的关系予以便利[10],但有一点不可不强调,那就是古希腊合唱歌是由多人组成的合唱队表演的。虽然现在古典学界对合唱队的表演是一人独唱还是多人合唱有争议,但较之中国诗歌传统的"套数"是单人独唱,合唱队作为古希腊合唱歌的表演主体是确切无疑的。

此外,从这个角度考察古希腊诗歌的分类和组成,对我们细化研究古希腊以及西方的诗学术语也有所助益。以"三节体"为例,西方诗歌研究者为了区分研究和讨论,通常会给每节诗冠以不同的名称,后面再跟上"三节体"的序号以示区别。《赞歌集》将"三节体"的第一节称为"正转"(strophe),第二节称为"反转"(antistrophe),第三节称为"副歌"(epode),跟既有的"正旋歌""反旋歌""立定歌"的翻译思路一样,意在提示读者注意合唱队的表演方式。此外还有一种译法是"首节""次节""末节",更为简洁明了,比如水建馥标记《皮托凯歌第四首》用的是第一曲首节,第一曲次节,第一曲末节,第二曲首节,第二曲次节,以此类推,直到第十三曲末节[11]。但不论哪一种

---

8 "重头"的定义参《元曲鉴赏辞典》,上海辞书出版社,2021年,第1475页。
9 "套数"的定义参《元曲鉴赏辞典》,第1475页。
10 水建馥选译到合唱歌时从戏剧中也挑出不少段落,悲剧有埃斯库罗斯(题作"普罗米修斯的独白",出自《普罗米修斯》)、索福克勒斯(题作"战无不胜的爱情呀",出自《安提戈涅》),喜剧有安提法奈斯(题作"逢迎拍马的职业",出自残篇)、米南德(题作"我亲爱的土地""技艺给人安慰",出自残篇)等。不过,他仅对合唱歌在悲剧中的"抒情作用"做了简单说明:"古希腊的抒情诗中,还有一种抒情合唱歌。这形式很重要。城邦的祭神节庆日,都少不了这种合唱歌。由歌舞队来边唱边舞,到神庙中去献礼。后来这种合唱歌用到悲剧中,起着很重要的抒情作用。"见水建馥译:《古希腊抒情诗选》,第6页。
11 见水建馥译:《古希腊抒情诗选》,第196—213页。

译法都会遇到同一个难题。那就是格律单节重复的篇目每一节都被称为strophe，要单独使用作为组合一起出现的"正转""正旋歌"或"首节"就会显得突兀。《赞歌集》遇到这种情况选择不再标出诗节的名称，仅仅给出每节的序号。从阅读的角度看，这未尝不可，毕竟古希腊原文也就只有诗节的序号。但从研究的角度说，我们终归还是需要一组适当的术语。

散曲句式结构的用语"片""幺""尾"等或许可以当作讨论的起点。片是描述曲词结构的基本用语，比如词的上下阙也可称上下片，词有两片，曲有一片等。幺是同一曲牌连用时标记后面曲子用的。尾则是套曲的末一曲。这样把上面水建馥的做法略作调整，就有了第一曲片1，第一曲幺1，第一曲尾1，第二曲片2，第二曲幺2，直到第十三曲尾13。

三、拟古的译文

接着我们来谈一谈译者对诗文含义的疏通，这是最见仁见智的部分。中国式传统化表达是这个译本的一大特色，以天干为序毋宁说就是这种思路的体现。类似这种做法我们在何元国译的《伯罗奔尼撒战争史》中也能看到一点痕迹[12]，不过《赞歌集》要走得更远：

> 在译文中，为了体现作品的时代感，译者有意使用了一些先秦直至西汉时期上古文献中的词语，为了保持文风的古奥，也用了个别西汉以后的上古中古之交的词汇。（第 xxi 页）

因此，我们在书中会看到"他的声名照耀于吕狄亚人珀罗俊乂济济的定居地"（第5页），"他在多么响的叫好声中徇围观之众绕场一周！——风华正茂，**洵美且都**，又作成盛举"（第91页），"贤良**道人**

---

12 见修昔底德：《伯罗奔尼撒战争史》，何元国翻译、编注，中国社会科学出版社，2017年。

的六十次喝报"（第123页），"阿芙洛狄底携最喜人的玉馔的**执讯**"（第335页），"我能宣扬盛举，鲠直的勇气／鼓动**朕舌**讲述"（第113页）之类的字句（黑体为笔者所加）。若非对古汉语足够熟稔，即便试着望文生义，大概也不能全都理解这些字句的意思。因此为了让读者有所准备，译者专门在"译本说明"中给出了主要词汇的原文出处，便于在阅读中碰到此类词汇时翻阅查索。不过诸如此类的词汇体现"时代感"的同时也让整体通俗的译文呈现割裂之感。

除了这些，动物的名称有不少也改译了，如代表宙斯的飞禽（αἰετὸν, P. 2. 50）不再译为"鹰"，而是称"雕"，猛兽（λεόντεσσιν, N. 3. 46）不再翻译为"狮子"，而是改称"狻猊"等。表面看这单单是一个动物名称的问题，但其实背后牵涉着动物在特定文化之中的象征含义。宙斯的神鸟作为百鸟之王常常代表着权威和力量，在古希腊各类诗歌之中现身。古希腊英雄赫拉克勒斯完成的第一桩伟业就是制服尼米亚的狮子，歌唱尼米亚赛会夺冠的人时，诗人常常提到它。改译之后品达称赞赛会夺冠之人的诗句就成了"他的心在艰难时一如雷霆般吼叫的猛兽狻猊那样／勇敢，智谋则仿佛狐狸，它背仰着阻止雕的俯冲。理应无所不为以削弱敌人"（第393页）。中文附加在"狻猊"和"雕"身上的象征意义并不能补足这两种动物在古希腊诗歌之中的意象内涵，甚至还会带来文化误植的风险。如果说翻译就是阐释，那么这一类处理最能见出译者的阐释方向。

除了翻译就是阐释，人们还常说翻译就是背叛。不论哪一种说法都警示译者，这是一个出力不讨好的工作。投身于此必得忍得了寂寞，受得了折磨，盘桓在"信""达""雅"不可能的三角里寻找突围的可能。若非心怀热爱，实在不必办这等苦差。通常面向公众推出的译作为了读者的阅读体验，势必选择通用语，尽可能减少专业注释，同时酌情增加常识注解，用词讲究通顺、优美的同时不失准确。为专业读者译的书则要在精准上下功夫，表达优美不优美都是次要的，能做到通顺即可，但是专业的注释不可或缺。这样的原则碰到品达凯歌这种经典作品就会面临巨大的挑战。因为我们往往会忽略经典本身的艰涩才是我们阅读经典的原因。换句话说，经典与我们之间的距离引诱着我们搭建前往经典的桥梁。译者不可能化解经典的艰涩，只能带我们领略艰涩的模样。《赞歌集》的译者毫无疑问打造了一个艰涩的诗歌世界，但这种艰涩究竟多大程度上是品达带来的，这是阅读过程中需要反复思考的问题。

事实上，不论说翻译是阐释还是背叛，都遮蔽了另一种翻译的导向，那就是翻译是创作，尤其在处理诗歌文本时。这也是为什么有人会说所谓诗就是翻译失去的东西。《赞歌集》的译者坦诚地承认了这一点：

> 我对当下通用的书面语——包括其句法、语汇、词义、形态等诸方面——能否与西方传统中最极致的诗歌语言相匹配，进而至于对其做到充分的覆盖，是持悲观态度的。**是这种悲观的看法驱动着我通过诗歌翻译来进行语言试验……在汉语中锻炼出这样一种新的诗歌语言，就是我从事诗歌翻译的目的与意义所在**。（第vii—viii页，黑体为笔者所加）

我们很清楚，任何一种语言的确立都需要时间的验证，现在没有人知道这种"新的诗歌语言"会给现代汉语带来什么样的结果，是否能够开花结果，但译者所追求实现的"亦古亦今的、载中载洋的、既史亦野的、式繁式简的、兼文兼语的"语言，为我们描摹出了一个高得不能再高的目标（第viii页）。我们很难说这个目标现在实现了，但至少在一点上我们是一致的，那就是当下通用的书面语需要输入新的生命和血液，而翻译就是一个创造新生命和新血液的过程，尤其是对经典的翻译。20世纪以来，古希腊经典的汉化一直在进行，前辈学者如罗念生、水建馥、王焕生、周作人等为我们留下了很多诗歌翻译经验。整体上看，要想化用或者套用中国传统的诗、词、曲的形式翻译西方诗歌，尤其是古希腊和古罗马经典，即便绝非不可能，也必定极为困难，只能期待天纵英才。我们从实际出发，为长远计，还是要选择自由的白话作为基本用语，并在必要的时候结合古典汉语进行创造性发挥。成语可以适度使用，但类似用《诗经》的"洵美且都"翻译"καλὸς κάλλιστά"的情况，虽不无巧妙，还是要慎之又慎。因为经典为词汇划定了语义场，经典的阐释与解释甚至会迅速赋予一个普通、寻常的词汇以不同寻常的意义。用经典作为桥梁，翻译在解释一种文化的同时也在创造一种新文化。切忌直接化约给两者画上等号。同样要小心的是不能给翻译和创作蒙上艰涩的面纱，那不管有意还是无意，都会让读者望而却步，也就损折翻译的本意了。

四、原文的释读

最后就笔者所见《赞歌集》翻译出现的古希腊文释读问题略作说明。第一种问题根源在于传世抄本败坏，我们以《奥十》第9行为例来说明：

> ὁμῶς δὲ λῦσαι δυνατὸς ὀξεῖαν ἐπιμομφὰν
> τόκος †θνατῶν· νῦν ψᾶφον ἑλισσομέναν
> ὁπᾷ κῦμα κατακλύσσει ῥέον,
> ὁπᾷ τε κοινὸν λόγον
> φίλαν τείσομεν ἐς χάριν. (O. 10. 9–12)

> 然而偿还**有死者们的本息**能解除
> 　　激烈的责难。如今流淌的波浪
> 怎样淹没翻滚的石子，
> 我就将怎样支付总共的赞辞
> 作为令人喜爱的酬谢。

τόκος后面的词θνατῶν公认跟这首诗的格律不合，《赞歌集》的译者没有像"娄卜本"那样选择现代校勘家理校给出的新读法，而是跟随"托伊布纳本"保留了抄本流传存世的读法。希腊文τόκος跟中文的"息"很像，既是子息的意思，又被引申为利息，并成为经济上的常用语。诗人在后面把这首诗比作一个人老来得子让财富不至于落入外人之手（第86—90行），因此一开头把τόκος用在这首凯歌中，能发挥它的双重含义，不过明面上这里起主要作用的是利息这一层。

也就是说，这首凯歌来晚了，对赞助人有亏欠，为了免受他人的责难，诗人不但要把欠赞助人的凯歌还给他，还要再附上利息（第二首凯歌）。《奥十》跟《奥十一》庆祝的是同一场胜利，因此研究者们往往以此为据讨论这两首诗究竟谁先（本金）谁后（利息）。

《赞歌集》用"本息"来翻译τόκος传达出了诗人化用经济术语的意味，但不论"本息"这个译法，还是把θνατῶν理解为紧跟着τόκος的修饰语，都经不起推敲。译者在书中用符号提示读者θνατῶν处有抄本损坏的痕迹，显然也是有意提醒读者注意这个词的释读。从语法上看，θνατῶν除了修饰τόκος还有其他可能。现代校勘家针对θνατῶν提出的校改绝大多数都在τόκος后断句，用一个动词（如"娄卜本"用ὁράτω）代替θνατῶν来配合νῦν引导后面的诗文，说明τόκος不用修饰语也不影响语义的自足性。最新的《奥林匹亚凯歌》校本"瓦拉本"跟《赞歌集》一样在这里沿用抄本，但对θνατῶν的解读按照古代注疏处理为ἐπιμομφὰν的修饰语，并在评注中特别否定了把θνατῶν理解为τόκος的修饰语这种做法[13]。法国译者萨维尼亚克（J.-P. Savignac）也采用"托伊布纳本"为底本翻译品达，他对这个词的处理跟"瓦拉本"一样[14]。可见现在品达《奥十》的翻译和研究中，对τόκος不多加修饰是主流意见。用"有死者们"称呼人类，侧重人跟神的差异性，强调人不可能永生。θνατῶν传达的必死之感跟τόκος蕴含的生生不"息"之意两相抵牾。赞助人要品达颂扬他的荣耀是为了通过凯歌获得永生。"有死者们的本息"这种说法让诗人直接把自己或者赞助人跟"有死者"画上等号，跟凯歌欢庆胜利的表演场合不相称。因此对θνατῶν的处理不单单是语法和校勘的问题，还牵扯着古希腊人的宗教观念和凯歌的应景属性。倘若我们让θνατῶν修饰ἐπιμομφὰν，把译文调整为"然而偿还利息能解除**有死者们的激烈的责难**"，是不是更可取？聊供读者参考。

第二类问题涉及对品达诗学理念的认识，跟底本校勘没有关系，主要是译者对关键词语的释读不同导致的。我们以《奥七》的第1—10行为例来说明：

---

[13] Bruno Gentili et al. *Pindaro. Le olimpiche*, Fondazione Lorenzo Valla, 2013, pp. 557-558.

[14] Jean-Paul Savignac. *Pindare, Œuvres complètes*, La Différence, 2004, p. 107.

φιάλαν ὡς εἴ τις ἀφνεᾶς ἀπὸ χειρὸς ἑλὼν
ἔνδον ἀμπέλου καχλάζοισαν δρόσῳ
δωρήσεται
νεανίᾳ γαμβρῷ προπίνων
  οἴκοθεν οἴκαδε, πάγχρυσον κορυφὰν κτεάνων,
συμποσίου τε χάριν, κᾶ-
  δός τε τιμάσαις ἑόν, ἐν δὲ φίλων
παρεόντων θῆκέ νιν ζαλωτὸν ὁμόφρονος εὐνᾶς.

καὶ ἐγὼ νέκταρ χυτόν, Μοισᾶν δόσιν, ἀεθλοφόροις
ἀνδράσιν πέμπων, γλυκὺν καρπὸν φρενός,
ἱλάσκομαι,
Ὀλυμπίᾳ Πυθοῖ τε νικών-
  τεσσιν·(O. 7. 1—10)

犹如觞为人以富赡之手举起，
——在其中葡萄甘露聚沫，——
他将它赉赐
给年轻的女婿，先饮为敬，
 一家家下来，举着那纯金的、家财之首，
为了筵饮，也为荣耀
  他的姻娅，在到场的
亲人中间令他因其同心的床笫而为人嫉妒，

同样我也把斟酌的琼浆，<u>妙撒的恩赐</u>，发送给
捧奖的男子们，我心智的甜美果子，
我祈求赐福给在<u>奥林匹亚</u>和<u>匹透</u>得胜的
  他们。(下画线处照录自译文)

  这首诗开篇毫无疑问描述了一场跟婚事有关的宴会(第1—6行)，诗人用喜宴上新人敬酒的景象来比喻他为泛希腊赛会获胜者创

作凯歌。第七行，诗人把凯歌比作琼浆，呼应着开头两行被人举起的酒盅里盛装的葡萄甘露。前三行中馈赠酒盅的人对应着送出凯歌的诗人，第四行中接过酒盅的人对应着夺冠者。也就是说，诗人把夺冠者取得胜利比喻为青年人迎娶新妇，庆祝胜利就跟迎娶新妇一样令人艳羡，值得大摆宴席广而告之。第七行，诗人又接着说琼浆是缪斯的礼物，显然是用缪斯女神背书凯歌的荣耀和尊贵，不过参照前三行诗馈赠酒盅的场景，我们又会产生一个疑问：装满琼浆（缪斯的馈赠）的酒盅来自谁？事实上，诗人在第四到第六行一直强调酒盅，只有到第七行才说里面的琼浆是缪斯的馈赠，显然有意把酒盅跟琼浆分开。我们确定斟满的酒盅（凯歌）被馈赠者（诗人）交给了年轻人（夺冠者），但馈赠者（诗人）获得酒盅（凯歌）的途径要回到这首诗开头才能一探究竟。第一句诗说"盅"（φιάλαν）是某人（τις）从"富有的手里"（ἀφνεᾶς ἀπὸ χειρός）拿来（ἑλὼν）的。这究竟是什么意思？是自己富有，从自己手里拿出来？还是从富有的人手中拿过来？

《赞歌集》说"觞为人以富赡之手举起"，显然把这个酒盅理解为某人从自己手里拿出来，也就是说这个觞属于馈赠人。接着又说"他将它赉赐给年轻的女婿，先饮为敬"，这样受赠人跟馈赠人之间的关系也明确了，是翁婿。"女婿"对应的希腊文是γαμβρῷ，这个词描述的是宽泛的姻亲关系。《赞歌集》从婚庆的场景出发，把它理解为翁婿关系，也是古代注疏和现代大多数译注者的普遍做法。但让我们疑虑的是，这个馈赠人一定是新郎的老丈人吗？更进一步，这个馈赠人富有到了给新人赠送这么贵重的酒盅的程度吗？做实馈赠人和受赠人的翁婿关系可以把赠送行为合理化，同《赞歌集》一样，雷斯的英译本（son-in-law）和萨维尼亚克的法译本（gendre）都具体在译文里称γαμβρῷ为"女婿"。"瓦拉本"有所不同，只在注解里说他们类似婚礼上的岳父和女婿（genero），译文则选用了"新郎"（sposo）这个跟馈赠人没有明显亲属关系的词，为我们保留了更开放的阐释空间。

事实上，对于诗歌翻译来说，保留文本的开放性远比赋予文本确定性重要。鲍勒对这段诗的解读可以说明这一点[15]。他指出，品达用

15　详见鲍勒：《品达的诗歌理论》，本辑第31—33页。

酒盅表示这首诗的实际形式,用美酒表示这首诗的内容。诗人先从他人手里接到酒碗然后才能把它再送出去,展现出品达对凯歌创作与神灵启示的体认。按照鲍勒的理解,这一段诗文应处理为:

一人从富人手中接过一个碗,
碗中滴滴美酒咕咕作响。
此人把它送给
年轻的新郎去
　　挨家敬酒。这碗通身纯金,是财富的冠冕,
也是宴饮的欢乐。这碗
　　让新娘荣耀无比,也让身边的亲人
对他心生艳羡,羡慕这桩心心相印的婚事。

我也效仿此人,把琼浆玉液——缪斯的礼物——送给
获得佳绩的人,这是心神的甜蜜果实,
我要满足
在奥林匹亚和皮托得胜
　　的人。

如果有耐心读到这里,即便对品达一无所知,想必也会明白我们为什么说翻译经典,尤其是品达这样的诗歌作品,是一件苦差了。因为即便克服得了语言的障碍,面对经典漫长的流传史和研究史,译者的工作其实才刚刚开始。如果在翻译中还想顾及文本的体裁和风格,那可以确定这就是不可能完成的任务。事实上,译者只要能用明白晓畅的文字把经典表达出来,让读者有阅读的兴趣,不至于对经典敬而远之,就算是大功一件了。《赞歌集》的创作式翻译是汉化古希腊经典的一种思路。我们还需要更多的有建设性的思路。

(作者单位:美第奇上海中心)

语文学研究
Philological Studies

Sophytos, Iambulos and the Value of Greek *Paideia*[*]

Stanley M. Burstein

Introduction

Almost half a century ago E. L. Bowie[1] published a brief but important article, arguing that Greek and Latin fiction provided important evidence for social and cultural developments in the periods in which they were written. Few scholars have followed Bowie's suggestion, and those, who have done so, have concentrated on the preserved Greek and Latin novels[2], while ignoring the so-called travel romances, probably because of their fragmentary preservation and the ancient reputation of their authors as liars and purveyors of fantasy[3]. This article argues that a remarkable inscription discovered near Kandahar in Afghanistan indicates, however, that, like the novels, a travel romance, namely, that of Iambulos, also can furnish useful

---

[*] I would like to thank Dr. M. E. Burstein of the State University of New York at Brockport, Dr. R. Littman of the University of Hawaii, Dr. K. Chew of California State University, Long Beach, and Prof. Dr. R. Schulz and Dr. M. Lemser of the University of Bielefeld for reading and commenting on earlier drafts of this paper.

[1] Bowie 1977: 91–96.
[2] Good examples are Millar 1981: 63–75; and Morgan 1982: 221–265.
[3] Cf. Strabo, *Geog.* 1.3.1 and 7.36. Lucian, *VH* 1.3.

evidence concerning social and cultural history, specifically, the controversy over what was the best education for non-Greeks in the cosmopolitan world of the Hellenistic Period.

The discovery of the inscription was announced in 2003 at a meeting of the Académie des Inscriptions et Belles-Lettres in Paris. Unfortunately, the inscription is now in a private collection and not available for study, so its editors had to rely on photographs to establish its text and date. Fortunately, the photographs are clear and indicate that the stone has suffered little damage. As a result, the published text can be considered secure, and comparison of the letter forms with other Greek inscriptions from Bactria suggests a date for its creation somewhere between 200 BCE and 100 CE. The history of the region, however, particularly its conquest by the Yuezhi in the mid-second century BCE and the end of Greek rule in Bactria, suggests a date earlier in this range, probably in the second century BCE or the early first century BCE, being more likely.

Sophytos, Son of Naratos

The inscription contains an autobiographical epigram composed in elegiac meter celebrating the life of a merchant named Sophytos, son of Naratos[4]:

Stele of Sophytos
1. The house of my ancestors had flourished for a long time,
when the irresistible strength of the three Fates destroyed it.
Nevertheless, I Sophytos of the family of Naratos, although very

---

[4] Bernard, Pinault, and Rougemont 2004: 229–232 = *SEG* 54.1568; translation adapted from Nagle and Burstein 2013: 307.

> *young*
> *and deprived of the wealth of my ancestors,*
> 5. *cultivated the excellence of the Archer [= Apollo] and the Muses*
> *together with noble wisdom.*
> *Then I devised a plan to restore my ancestral house.*
> *Gathering from various places fruitful money,*
> *I left home, intending not to return*
> 10. *before I had acquired great wealth.*
> *For this reason, I went to many cities as a merchant*
> *and blamelessly gained great wealth.*
> *Full of praise, I returned to my fatherland after countless years*
> *and became a source of joy to my friends.*
> 15. *At once my ancestral house which had decayed,*
> *I restored to an even greater state.*
> *I also prepared a new tomb to replace the one that had fallen*
> *into ruin,*
> *and, while still alive, I placed a stele that would speak by the*
> *road.*
> *The deeds I have done are worthy of emulation.*
> 20. *May my sons and grandsons preserve my house.*

While Greek epitaphs are abundant, ones that provide autobiographical narratives are rare, particularly ones that tell as dramatic a story as that of Sophytos with its account of how a man, beginning as an impoverished youth, rebuilt his family's fortune and reputation, constructed a fine tomb for himself, and provided for the display of this inscription beside a major road to commemorate his achievement. Two aspects of his story are particularly worthy of attention. First, his name, Sophytos, son of Naratos, is most likely to be explained as a Greek rendering of an originally Indian name such as Subhuti, son of Narada, thereby, suggesting that he was of Indian ancestry (Bernard, Pinault, and

Rougemont 2004: 249–259). Second, and equally important, he had and took pride in his excellent Greek education as is indicated by his comments in the epigram, his mastery of the elegiac meter used in the poem, and his assertion of its authorship in the acrostic composed of the initial letter of each line of the epigram which spell out the words: "by Sophytos, son of Naratos (διὰ Σωφύτου Ναράτου)" [5].

Paideia in the Hellenistic World

Sophytos, of course, was not the only non-Greek, who received a Greek education in Hellenistic Bactria or, for that matter, in the other Hellenistic kingdoms. Already in the early third century BCE elite non-Greeks such as the Egyptian priest Manetho and the Babylonian priest Berossus had learned Greek well enough to be able to write histories of their peoples in Greek and they were not alone. The Greek translation of the Bible known as the Septuagint, much of which was made in the third century BCE, presupposes the availability of Greek education even in Palestine[6].

The increasing knowledge of Greek among non-Greeks in the Hellenistic Period is, therefore, not in doubt. In a famous passage of his *Panegyricus* the fourth century BCE Athenian rhetor Isocrates (*Panegyricus* 50; trans. Norlin 1928) had observed that the name "Hellenes is applied rather to those who share our culture rather than to those who share a common blood". Isocrates was a fervent believer in the superiority of Greeks to barbarians, so he probably did not intend to remove the barrier

---

[5] For Sophytos's inscription and its implications for his knowledge of Greek, see now Mairs 2016: 102–117.

[6] For the translators' of the *Septuagint* knowledge of Greek, see Rajak 2009: 125–175. For the availability of Greek literature in Palestine in the second century BCE, see Burstein 1999: 105–112.

between Greeks and non-Greeks. Nevertheless, whatever Isocrates' intentions may have been, although the barrier between Greeks and non-Greeks remained, it became more porous with the passage of time. Indeed, a little over a century later, the geographer Eratosthenes, according to Strabo (*Geography* 1.4.9), even suggested that the distinction between Greeks and barbarians be abandoned and replaced with that between good and bad peoples.

There was, of course, good reason for non-Greeks to acquire a Greek education[7]. Although ethnic Macedonians and Greeks dominated the societies and governments of the Hellenistic kingdoms, they never formed more than a tiny minority of their populations and their numbers gradually declined, since immigration from the Aegean peaked in the early Hellenistic Period and fell throughout the third century BCE, and virtually ceased thereafter. The implications of that development are clear. The Hellenistic kings' need to maintain a stable population of "Greeks" as a reliable base of support combined with declining immigration meant that they had to look to other sources of potential "Greeks", and that created an opportunity for the native elites of their kingdoms, who desired to ensure their own privileged positions in their societies. Equally important, acquiring a "Greek identity" was not difficult, requiring only adoption of a Greek way of life and, as Isocrates indicated, a Greek education.

The situation is clearest in Egypt, where the Ptolemies encouraged education by granting tax exemptions to teachers and the establishment by Hellenistic scholars of lists of canonical authors facilitated the development of an educational system based primarily on the reading of the Homeric epics and a limited number of archaic and classical Greek authors. The discovery of large numbers of Greek literary papyri in

---

[7] Scholarship on Greek identity in the Hellenistic Period is extensive. Cf. Burstein 2008: 59–77.

Egyptian villages indicates that priests and other elite Egyptians took advantage of the opportunity to move into Greek society in significant numbers beginning in the late third century BCE[8], so that scholars have found that possession of a Greek name is no longer a secure criterion of Greek descent in second and first century BCE Ptolemaic Egypt. Although the evidence is not as clear with regard to other Hellenistic kingdoms, the situation was probably similar, as the existence of Sophytos' stela indicates, even in remote Bactria.

Iambulos and the Island of the Sun

As already mentioned, Sophytos clearly valued highly the education he received, highlighting it in his stela and even crediting it with providing him with practical wisdom (*sophrosyne*). Unfortunately, the evidence does not allow us to determine how typical his attitude was, although it would not be surprising if many non-Greeks took a more pragmatic view of the value of Greek *paideia*, agreeing with the views of the second century CE Syrian writer Lucian (*Dream* 9–11), who observed that without a Greek education a man could only be "an artisan and commoner", while the educated man was "honored and praised... considered worthy of public office and precedence". Be that as it may, not everyone agreed with the views of the positive benefits of a Greek education that were held by persons like Sophytos or Lucian. Specifically, while the "wrong" sort of education might provide the sort of practical advantages Lucian indicated, there were concerns, particularly among Stoics, that it would ruin men's characters and in that skeptical group should be counted the author of a travel romance, who wrote under the name of Iambulos.

---

[8] Van Minnen 1998: 108–112.

Unfortunately, Iambulos' work survives only in the form of an epitome contained in the second book of the Greek historian Diodorus' (2.55–60) *Library of History*. Its popularity, however, is clear from the fact that it was the only such work Lucian (*VH* 1.22–26) chose to parody with his account of the Island of the Moon in his *True Story*[9]. Nevertheless, neither the title[10] nor the date of the composition of Iambulos' work is known. The *terminus ante quem* for its composition is the mid-first century BCE, when Diodorus wrote the first five books of his *Library of History*, and several factors suggest that the date can be narrowed further to the second half of the second century BCE or the early first century BCE[11]. Fortunately, Diodorus's summary allows the general outline of Iambulos' book to be discerned. Diodorus (2.55.1–2) begins the epitome with an autobiographical introduction, and from that it is clear that Iambulos portrayed himself or was portrayed as being an individual from a background remarkably similar to that of Sophytos. His name—Iambulos—has long been recognized as being Semitic, perhaps, Nabataean[12]. Like Sophytos he also claimed to have pursued *paideia* from childhood, even including at least one quotation from Homer[13] in his work, and to have been a merchant, in his case in the spice trade between the Mediterranean and south Arabia, specifically Arabia Felix or modern Oman.

---

[9] Cf. Clay and Purvis 1999: 46, 115.
[10] Iambulos' work is conventionally called by scholars *The Islands of the Sun*.
[11] Most important is H. J. Rose's (1939: 9–10) observation that Iambulos' characterization of the climate at the equator as "temperate (εὔκρατος) [Diodorus 2.56.7]" reflects a version of zone theory in which there were two torrid zones separated by a temperate zone at the equator entered Greek geography in the mid-second century BCE (W. W. Tarn's [1939: 193] attempted refutation is unconvincing since it rests on a misunderstanding of the geographical issues involved). Also, pointing to a similar date is the omission of the Island of the Sun from Apollodorus of Athens' list of such fictional places (*FGrH* 244 F 157a) and the recent suggestion by L. Canfora (2010: 146–158) that Diodorus derived his knowledge of Iambulos' work from the late second century BCE geographer Artemidorus of Ephesus.
[12] Altheim and Stiehl 1964: 1, 80–92.
[13] Diodorus 2.56.7 citing Homer, *Odyssey* 7.120–121.

As had been typical of travel romances since Homer's account of Odysseus' adventures in the *Odyssey*, Iambulos' work took the form of an autobiography. His adventures began, according to Diodorus (2.55.2–56.1), when Iambulos and his other traveling companions were captured by bandits on their way to Arabia Felix, presumably to acquire spices and forced by their captors to work as shepherds, only to be kidnapped a second time by Aithiopians, who transported them across the Red Sea to Aithiopia. By chance, their capture by the Aithiopians coincided with the timing of a scapegoat ritual which was performed by their captors once every six hundred years in which two foreigners were forced to voyage to an island in order to purify their country and ensure that it would enjoy another six hundred years of prosperity. In accordance with the ritual, Iambulos and a companion embarked in a boat loaded with supplies sufficient for six months and sailed south until after four months they reached a remarkable island located at the equator, which was perfectly round in shape and formed part of an archipelago of seven similar islands, where they lived for seven years before being unwillingly expelled as malefactors. After another voyage of four months, Iambulos, his companion having died, reached India, where he was brought to the king at Palibothra to whom he told the story of his adventures and with whose assistance he then reached Persia and finally Greece and, presumably, wrote his book (Diodorus 2.60).

According to Lucian (*VH* 1.3)[14], Iambulos' book was famous for its account of many remarkable things in the great sea, that is, the Indian Ocean, so it is not surprising that the bulk of Diodorus' (2.56–59) epitome is devoted to a description of the extraordinary flora and fauna and people he encountered on the island[15]. Despite its location at the

---

[14] The only other parodied author, whom Lucian (*VH* 1.3) mentions by name is the historian Ctesias, whose *Indica* was famous for its fantastic accounts of the peoples and flora and fauna of India.

[15] For the mythical elements in Iambulos' description of the Island of the Sun see Gernet 1968: 112–124.

equator, the island enjoyed a temperate climate and the sea around it contained sweet water. Thanks to its favorable climate and fertility, the island provides its inhabitants with all the resources required to live a life free from τρυφή. The inhabitants were as remarkable as their island, almost six feet in height, beautiful, extremely strong, and possessed of split tongues which allowed them to carry on two conversations at once. They were also exceptionally long-lived, living for 150 years, mostly in perfect health, until they died peacefully in their sleep. Their society was correspondingly simple, marriage being unknown with people living in groups of four hundred, each of which was governed by the oldest male, who ruled it like a king. As already mentioned, Iambulos and his companion were expelled after seven years as malefactors from this remarkable island and ultimately made his way back to Greece where he wrote his book.

Despite the loss of his original text, scholarship on Iambulos' work is extensive as can be seen from Marek Winiarczyk's (1997: 128–153, 2011: 181–203) two reviews of research since the Renaissance. Nevertheless, two approaches predominate in the scholarship, one that views Iambulos' book as an account of a real voyage and one that treats it as a utopia[16]. Both views were already evident in antiquity with Diodorus seeing it as an autobiographical account of the discovery of a hitherto unknown island and Lucian denouncing it as pure fiction, and both interpretations reappeared with the publication of Diodorus' *Library of History* in the Renaissance.

One of its first editors, Samuel Purchas (1625: 1, 79–81) included a translation of Diodorus' summary in his seventeenth century collection of travel narratives, and accounted for its mixture of seemingly factual data about navigation in the Indian Ocean and fantasy by arguing that

---

[16] For ancient utopian fictions see Baldry 1956, Ferguson 1975, and Winiarczyk 2011.

Iambulos' had added fictional elements to his account of his discoveries to increase its popularity, and similar theories have continued to appear until the present. As to what island Iambulos is supposed to have discovered, Purchas suggested Sumatra, but later scholars have favored Taprobane, that is, Sri Lanka[17], and that has remained the most popular identification to the present, although a variety of other possibilities including Madagascar have also been proposed[18]. Other scholars, beginning with Erwin Rohde in the late nineteenth century have seen it as an early travel romance and forerunner of the novel[19]. Related to such interpretations is the theory pioneered by Robert von Pöhlmann[20] in the early twentieth century that Iambulos' work was an early socialist utopia, probably influenced by Stoicism[21], which may even have provided the ideology for the revolt against Rome in the late 130s BCE of the Pergamenian pretender Aristonikos, who is supposed to have called his followers Heliopolitai or "citizens of the city of the Sun"[22].

Despite the wide range of scholarship concerning the nature of Iambulos' work, most scholars agree that it was most likely a utopian fiction like, for example, Thomas More's *Utopia*, which was, in fact, influenced by Diodorus' summary.[23] That consensus rests, however, on a fundamental misunderstanding. Central to works like *Utopia* is the assumption that the societies depicted in them are possible models for

---

[17] The fullest discussion of the identification with Taprobane is Schwarz 1982: 18–55.

[18] For the full range of suggested identifications of the Island of the Sun see Winiarczyk 2011: 190–191.

[19] Rohde 1914: 243–260; Hägg 1983: 117. Rohde suggested that Iambulos' work was a parallel to the Arab stories concerning Sinbad the Sailor, both of which he viewed as elaborations of tales told by merchants.

[20] Pöhlmann 1925: 1, 406. For a more recent interpretation along these lines see Mossé 1969: 300–303.

[21] For possible Stoic influence on Iambulos see Bidez 1932: 244–294, Farrington 1947: 75–82, Baldry 1956: 19–20 and 1965: 211 n. 36, and Winiarczyk 2011: 188–189.

[22] For a survey of the extensive scholarship concerning Iambulos and Aristonikos' rebellion, see Winiarczyk 2011: 198–203.

[23] Burstein 2009: 26–27.

reform of the authors' own societies. In other words, as M. I. Finley observed[24], "every significant Utopia is conceived as a goal towards which one may legitimately and hopefully strive, a goal not in some shadowy state of perfection but with specific institutional criticisms and proposals". That connection with social and political reality, however, is precisely what is missing in Iambulos' work[25]. His Island of the Sun was inhabited by a race of human beings totally unlike his own[26]— virtually a different species — whose ideal lifestyle was made possible by the unique environment of the island they inhabited which spontaneously provided them with all the resources they needed. The closest parallel to Iambulos' work is another work probably also influenced by Diodorus' epitome, the fourth book of the eighteenth century CE satirist Jonathan Swift's *Gulliver's Travels*[27], whose hero, Lemuel Gulliver, likewise was expelled from a perfect society located on a remote island, albeit one composed of intelligent horses.

There is, however, a significant difference between the fate of Swift's hero and that of Iambulos and his companion. Gulliver was expelled from the island of intelligent horses because of what he was, a human being and, therefore, in the view of the horses inherently bestial (Swift 1726: 4, ch. 10), while Iambulos and his companion were driven out because of something they did. What they had done, unfortunately, is not specified — probably the account of it was omitted by Diodorus[28]— but it convinced the inhabitants of the Island of the Sun that they were malefactors who had been raised with evil habits (κακούργους καὶ πονηροῖς ἐθισμοῖς συντεθραμμένους, Diodorus 2.60.1), and that fact

---

24 Finley 1975: 180–181.
25 Cf. Winston 1976: 219–227 who suggested that Iambulos' work was an example of "Cockayne utopianism" in which the goal was not a new social order but a new natural order.
26 The implications of the difference between the inhabitants of the Islands of the Sun and their unique environment are minimized in Schroeder's (2020: 103–104) recent analysis.
27 Suggested by Poll 1903: 22–23.
28 Pointed out by Holzberg 1996: 627–628.

highlights the one theme that is central to Iambulos' work: *paideia* or education, which Iambulos supposedly had zealously pursued since childhood (Diodorus 2.55.2), every form of which was also pursued by the inhabitants of the Island of the Sun (Diodorus 2.57.3), and to which the Indian king was devoted (Diodorus 2.60.3).

But what kind of education did Iambulos think was best? The already mentioned quotation from the *Odyssey* preserved by Diodorus, and there is no reason to believe it was the only one included by Iambulos in his book, suggests that he was portrayed as receiving the same sort of education grounded in literature and rhetoric boasted of by Sophytos, that is, the *enkyklios paideia* championed by Isocrates and available throughout the Hellenistic world. Whereas Sophytos associated his education with *sophrosyne*, however, Iambulos and his companion ultimately were revealed as κακούργους καὶ πονηροῖς ἐθισμοῖς συντεθραμμένους, that is, in Iambulos' case *paideia*, despite his lifelong pursuit of it, had failed to fulfill the fundamental goal of education: it failed to make him a good man. Zeno and other Stoics[29], of course, had criticized *enkyklios paideia* on precisely these grounds and Stoic influence on Iambulos has long been recognized, but his portrayal of himself as a Greek educated non-Greek gave particular point to this criticism, since it suggested that non-Greeks who pursued *enkyklios paideia* for the pragmatic reasons Lucian would later espouse were pursuing the wrong *paideia*, and Iambulos was not the only non-Greek to offer this sort of critique of Greek *paideia*. Also, in the late second century BCE the translator of the book of *Ecclesiasticus*[30] explained that his purpose in translating into Greek the book that had been written in

---

[29] Cf. Diogenes Laertius, *Lives of the Eminent Philosophers* 7.8; 7.32. For the possibility that the letter to Antigonus Gonatas from Zeno quoted in Diogenes Laertius, *Lives of the Eminent Philosophers* 7.8 is a later Stoic forgery, see A. A. Long (2018: 607).

[30] *Ecclesiasticus*. Preface. The translator says he settled in Egypt in the 38th year of Ptolemy VIII, that is, 132 BC, which would date his translation to the last quarter of the second century BCE and his grandfather's original book to the early second century BCE.

Hebrew concerning *paideia* and wisdom by his grandfather, Jesus ben Sirach, was to help "those who have made their home in a foreign land and wish to study and so train themselves to live according to the law"[31], instead, it is implied, of pursuing the false *paideia* of the Greeks.

Conclusion

Hellenistic literature presents a sad spectacle with the vast majority of works written in the centuries after the conquests of Alexander the Great either lost or surviving in meager fragments isolated from their original intellectual contexts. As a result, the discovery of new evidence can easily suggest new approaches to long known texts. Such is the case this paper argues with regard to the lost travel narrative of Iambulos, which scholars since the Renaissance have variously interpreted as a report of a voyage of discovery, a proto-novel, or a philosophical utopian fiction. The publication of the stele of Sophytos, son of Naratos, whose life remarkably parallels that of the hero of Iambulos' work, however, suggests a different interpretation, namely, that it belongs to the Hellenistic discourse concerning the best form of *paideia*, a controversy with particular significance in the second and first centuries BCE, when non-Greeks such as Sophytos and Iambulos were seeking Greek educations and the social and economic advantages brought by them. As a result, Iambulos' work even in its fragmentary form illuminates an hitherto unnoticed aspect of the discourse about the nature of Greek identity in the Hellenistic world.

---

[31] Translation from *The Oxford Study Bible*: 1117.

Bibliography

Altheim, F. and Stiehl, R. 1964. *Die Araber in der alten Welt, Erster Band, Bis zum Beginn der Kaiserzeit*. Berlin: De Gruyter.

Baldry, H.C. 1956. *Ancient Utopias: An Inaugural Lecture*. London and Southampton: University of Southampton.

—. 1965. *The Unity of Mankind in Greek Thought*. Cambridge: Cambridge University Press.

Bernard, P., Pinault, G. J., and Rougemont, G. 2004. "Deux Nouvelles Inscriptions Grecques de l'Asie Centrale." *Journal des savants*. July-December: 227–356.

Bidez, J. 1932. "La Cité du Monde et la Cité du Soleil chez les Stoiciens." In *Académie royale de Belgique, Bulletin de la Classe des lettres et des sciences morales et politiques*. Ser. 5, 18: 244–294.

Bowie, E. L. 1977. "The Novels and the Real World." In Reardon, B. P. ed. *Erotica antiqua: acta of the International Conference on the Ancient Novel*. Bangor (Wales): University College of North Wales. 91–96.

Burstein. S. 1999. "Cleitarchus in Jerusalem: A Note on the *Book of Judith*,'' In Tichener, F. B. and Morton, R. F. Jr. eds. *The Eye Expanded: Life and the Arts in Greco-Roman Antiquity*. Berkeley and Los Angles: University of California Press. 105–112.

—. 2008. "Greek Identity in the Hellenistic Period." In Zacharia, K. ed. *Hellenisms: Culture, Identity, and Ethnicity from Antiquity to Modernity*. London: Ashgate. 59–77.

—. 2009. "The Origin of the Utopian Alphabet: A Suggestion." *Notes & Queries* 56: 26–27.

Canfora, L. 2010. *Il Viaggio di Aremidoro, Vita e Avventure di un Grande Esploratore dell'Antichità*. Milan: Rizzoli.

Clay, D. and Purvis, A. 1999. *Four Island Utopias: Being Plato's Atlantis Euhemerus of Messene's Panchaia Iambulos' Island of the Sun Sir Francis Bacon's New Atlantis*. Newburyport, MA: Focus Publishing.

Farrington, B. 1947. *Head and Hand in Ancient Greece: Four Essays in The Social Relations of Thought*. London: Watts & Co.

Ferguson, J. 1975. *Utopias of the Classical World*. London: Thames and Hudson.

Finley, M. I. 1975. "Utopianism Ancient and Modern." In Finley, M. I. *The Use and Abuse of History*. New York: The Viking Press. 178–192.

Gernet, L. 1968. "The City of the Future and the Land of the Dead." In Gernet, L. *The Anthropology of Ancient Greece*. Hamilton, J. and Nagy, B. trans. Baltimore: The Johns Hopkins University Press. 112–124.

Hägg, T. 1983. *The Novel in Antiquity.* Oxford: Basil Blackwell.

Holzberg, N. A. 1996. "Utopias and Fantastic Travel: Euhemerus and Iambulus." In Schmelling, G. ed. *The Novel in the Ancient World.* Leiden: E. J. Brill. 621–628.

Long, A. A. 2018. "Zeno of Citium: Cynic Founder of the Stoic Tradition." In Miller, J. ed. and Mensch, P. trans. Diogenes Laertius, *Lives of the Eminent Philosophers.* New York: Oxford University Press. 603–610.

Mairs, R. 2016. *The Hellenistic Far East: Archaeology, Language, and Identity in Greek Central Asia.* Berkeley and Los Angeles: University of California Press.

Millar, F. 1981. "The World of the Golden Ass." *Journal of Roman Studies* 71: 63–75.

Morgan, J. P. 1982. "History, Romance, and Realism in the 'Aithiopika' of Heliodorus." *Classical Antiquity* 1: 221–265.

Mossé, C. 1969. "Les utopies égalitaires à l'époque hellénistique." *Revue Historique* 241: 297–308.

Nagle, D. B. and Burstein, S. M. eds. 2013. *Readings in Greek Historty: Sources and Interpretations.* New York: Oxford University Press.

Pöhlmann, R. von 1925. *Geschichte der Socialen Frage und des Socialismus in der antiken Welt.* 3rd ed. 2 vols. Munich: C. H. Beck.

Poll, M. 1903. *The Sources of Gulliver's Travels*, University of Cincinnati Bulletin No. 24. Cincinnati: University Press.

Purchas, S. 1625. *Hakluytus Posthumus, or Purchas his Pilgrimes.* 4 vols. London.

Rajak, T. 2009. *Translation & Survival: The Greek Bible of the Ancient Jewish Diaspora.* Oxford: Oxford University Press.

Rohde, E. 1914. *Der griechische Roman und seine Vorläufer.* 3rd ed. Leipzig: Breitkipf und Härtel.

Rose, H. J. 1939. "The Date of Iambulos." *CQ* 33: 9–10.

Schroeder, C. B. 2020. *Other Natures: Environmental Encounters with Ancient Greek Ethnography.* Berkeley: University of California Press.

Schwarz, F. F. 1982. "The Itinerary of Iambulus: Utopianism and History." In Sontheimer, G. D. and Parameswara, K. A. eds. *Indology and Law: Studies in Honor of Professor Duncan M. Derrett.* Wiesbaden: Franz Steiner Verlag. 18–55.

Suggs, M. J., Sarenfeld, K. D., and Mueller, J. R. eds. 1989. *The Oxford Study Bible: Revised English Bible with the Apochrypha.* 2nd. ed. New York: Oxford University Press.

Swift, J. 1726. *Gulliver's Travels.* In Rivero, A. J. ed. Jonathan Swift, *Gulliver's Travels.* New York: W. W. Norton, 2002.

Tarn, W. W. 1939. "The Date of Iambulos." *CQ* 33: 193.
Van Minnen, P. 1998. "Boorish or Bookish? Literature in Egyptian Villages in the Fayum in the Graeco-Roman Period." *The Journal of Juristic Papyrology* 28: 99–184.
Winiarczyk, M. 1997. "DAS WERK DES JAMBULOS: Forschungsgeschichte (1550–1988) und Interpretationsversuch." *Rheinisches Museum für Philologie.* N. F. 140: 128–153.
—. 2011. *Die hellenistischen Utopien*. Berlin: De Gruyter.
Winston, D. 1976. "Iambulus' Island of the Sun and Hellenistic Literary Utopias." *Science Fiction Studies* 3: 219–227.

(Stanley M. Burstein, Professor Emeritus of History,
California State University, Los Angeles)

列奥尼达斯节法令译注

白珊珊

【题解】

列奥尼达斯节(Leonidea)是斯巴达纪念希波战争中的两位英雄列奥尼达斯与保萨尼阿斯的节日，最早见于图拉真皇帝统治时期的三篇法令铭文(*IG* V.1, 18-20A)。这批法令铭文内容翔实、规定清晰，也是目前斯巴达仅有的源于罗马时期的节日法令。从铭文的内容来看，法令的定年与节日的设立时间间隔不长，罗马时期第一次庆祝列奥尼达斯节的时间应与这些法令的定年大致吻合，大约在图拉真皇帝统治早期。公元114—117年，图拉真连续三次东征，最终赢得了对帕提亚和亚美尼亚的胜利。希腊地区举行纪念希波战争的节日符合图拉真征服东方蛮族的时代背景[1]。

这三篇重要的法令铭文辑录于《希腊铭文集成》(*IG*)，由科尔贝(G. Kolbe)校订。近年来，哈特-乌波普(K. Harter-Uibopuu)对铭文的校勘进行了几处修订[2]。这些铭文是难得保存下来的斯巴达法令，为我们理解罗马时期斯巴达的官制和节日文化提供了重

---

[1] A. J. S. Spawforth, *Greece and the Augustan Cultural Revolution*, Cambridge: Cambridge University Press, 2012, pp. 120-125.
[2] 英国学者伍德沃德(A. M. Woodward)等学者也曾校勘过这三篇铭文，但未被学界广泛采用，目前学界多以《希腊铭文集成》的校勘本和哈特-乌波普的修订为准，见K. Harter-Uibopuu, "Zum Gerichtswesen im kaiserzeitlichen Sparta", *Symposion 2005, Akten der Gesellschaft für griechische und hellenistische Rechtsgeschichte*, Band 17, hg. v. E. Cantarella - G. Thür, Wien 2007, pp. 335-348. *SEG* XI 460, 565; XXX 403, 410; XLII 1751; XLIX 2477; LI 450; LVIII 358-359, 哈特-乌波普的修订被收入《希腊铭文补辑》(*SEG*)中，见*SEG* LVIII 358-359。

要线索。

刊刻《列奥尼达斯节法令》(*IG* V.1, 18)的石碑发现于斯巴达剧院的E沟槽。这篇铭文与 *IG* V.1, 20刻写在同一块石头上,以通用希腊语(Koine Greek)铭刻而成。原碑为大理石,法令刻于碑体正反两面,A面13行,B面15行,左侧残断。A面记录了列奥尼达斯节的设立过程与官员职务,B面记载了与节日相关的财务规定。

法令 *IG* V.1, 19如今镶嵌在斯巴达的废弃墙边,无法复原嵌入墙体的石碑背面和左侧内容,变色严重。铭文清楚地规定了列奥尼达斯节每项体育活动优胜者所获的奖金额度。体育项目主要包括长距离赛跑、双程赛跑、五项全能、武装赛跑,以及科尔贝补出的摔跤比赛和笔者补出的搏击项目。胜利者的奖金额度主要依照年龄段来分配,奖金数量随着优胜者年龄的增长而递增。学界基本同意,*IG* V.1, 19的碎片正是载有铭文 *IG* V.1, 18与20的石板中间残断的部分[3]。由于年代久远,铭文的校勘方面仍存在一些问题。笔者借鉴近年来的研究成果,针对科尔贝校订的 *IG* V.1, 19做出了改动:补出第7行的运动者 *stadiadromos*(单程赛跑运动员),将第9行的 *palēn*(摔跤)一词修改为 *palaistēs*(摔跤运动员),补出第10行的 *pankratistēs*(搏击手),将第20行的 *oi* 改为 *ta onomata tōn*[4]。

法令 *IG* V.1, 20的A面为参赛流程和官员职责的相关规定,B面为官员名录。由于B面铭文中大量官员的姓名并未收录在人名学研究中,无处查考,本文略去不译。

汉译依据科尔贝校订的《希腊铭文集成》中的 *IG* V.1, 18—20,结合哈特-乌波普的几处校订,在原文基础上有所修正[5]。译文所用主

---

[3] O. Gengler, "Leonidas and the Heroes of Thermopylae: Memory of the Dead and Identity in Roman Sparta", in H. Cavanagh, W. Cavanagh and J. Roy, eds., *Honouring the Dead in the Peloponnese. Proceedings of the conference held in Sparta 23-35 April 2009*, CSPS Online Publication, 2010, pp. 151-161. 笔者对这三篇铭文的石碑为同一块表示怀疑,因为 *IG* V.1, 19和另外两篇铭文的字母大小和石碑长度与宽度的数据差距较大。

[4] S. Bai, "The Subdivision of Boys in the Leonidean Decree (*IG* V.1 19)", *Mnemosyne* 77, 2024, pp. 75-95.

[5] *IG* V.1, 18; K. Harter-Uibopuu, "Zum Gerichtswesen im kaiserzeitlichen Sparta", *Symposion 2005, Akten der Gesellschaft für griechische und hellenistische Rechtsgeschichte*, Band 17, hg. v. E. Cantarella - G. Thür, Wien 2007, pp. 335-348. *SEG* XI 460, 565; XXX 403, 410; XLII 1751; XLIX 2477; LI 450; LVIII 358-359.

要符号具体如下:"( )"中的内容为译者所添加的内容,字母缺失数目不能确定者为"……","⌈ ⌋"中的数字为铭文的行数。

IG V.1, 18

A 面
1 [δόγμα τῆς συναρχίας — — — —καθὰ] καὶ οἱ γέροντε[ς ἐπέκρειναν]
[ἐπειδὴ Ἀγησίλαος? — — — —] πάσῃ χρώμενος ἐπινοίᾳ, ἵνα τε τὰ [Λεωνίδεια γίνη]-
[ται κατὰ τὴν εὐαγγελίαν, ἣ]ν ὑπέσχετο ὑπὲρ Φλαβίου Χαριξένο[υ — —]
[— — — — — — — — — — — — τ]οῦ δήμου κεφαλαίου μ(υρίων) καὶ φ΄, ὧν ἓν κ(αὶ)
5 [— — — — — — — — — — — —] τεταγμέν[οι κ]ατὰ τοὺς ἱεροὺς νόμους καὶ τ[ὸ] ψή-
[φισματοῦ δήμου τὸ περὶ τ]ῆς ἀμειπτικῆς τραπέζης, ἵν' ἔχῃ δι' αἰῶνος ἡ πό[λις]
[— — — — — — — —] ἡ καθ' ἕ[τ]ος γεινομένη πρόσοδος ἔκ τε τῶν τόκων καὶ τῶν
[ζημιῶν χωρῆι εἰς τὰ δ]ιπλασιασθέντα ἔπαθλ[α τ]ῶν Λεωνιδείων διὰ τὰς τῶν ἀγωνι-
[ζομένων — — — — —] προκαθημένων τῶν πρέσβεων τῶν ἀρχείων έναν{αν}τί<ον> [— —]
10 [— — — — — — — — — —] τῶν ἀθ[λο]θε[τ]ῶν ἐχόντων ὑπηρετοῦντας, οὓς ἂν καταστή[σωσιν]
[οἱ — — — — — — — — — — —, λου]τροφόρους μὴ ἐλάσσονας ε΄ καὶ παλαιστροφύ[λακας (numerus)],
[— — — — — — — — — — — ἀ]ναλέγεσθαι ἀπὸ τῶν ἀπο[γρα]ψαμένων ἢ τ[ῶν]

[——————————————] τὸ [ἀ]ρ[γύρ]ιον? [μὴ] πλ[έον]ος . . . . ευϟαν

【校勘记】

1 δόγμα τῆς συναρχίας: lacuna Kolbe.

【译文】

「1」(根据联合委员会的意见[1]),长老们[2]决定,由于阿基斯劳斯[3]……充分运用他的才智使得列奥尼达斯节如期举行——基于弗拉维乌斯·凯里色诺斯[4]承诺的提议……属于人民的 10 500 德纳里钱币,其中之一和……「5」已经依据神圣的法律和人民的决议将银行流通的相关事务安排妥当,由此确保城邦得以永远拥有……来自每年的利息和罚款的收入足够(支付)列奥尼达斯节双倍的奖励,由于……属于竞争者的……主席们[5]将面对执政官们入座……「10」裁判员有他们任命的随从……不少于5位提水者和摔跤学校的? 名管理员[6]……从登记注册的人或者……中选出……银不超过……

B面

1 [-----------]μα[. . . ὁ] μὲν <δ>[α]νειζόμενος αν. . . ν[— —]ν ἐφορ[----------------]

[--------------] ἀγωνιζομ[εν ---------------------------------------–ζημι]-

[ωθ]ήσεται μέχρι Χ– φ´. εἰ δέ τις ἀντιλέγοι τῶν ζημιωθέντων, κρινοῦσιν ὀμόσαντε[ς ἐν]

[ἱερ]ῷ οἱ πεπατρονομηκότες τῆς τρίτης ἡμέρας, καὶ τὸν κατακριθέντα πρά[ξουσιν]

5 [οἱ ταμ]ιευϟ[ό]μενοι τὴν διοίκησιν ἢ ἄλλος ὁ βουλόμενος τῶν πολειτῶν μετ' αὐ[τῶν]

[ἡμ]ιόλιο<ν>, ὃ ἔσται τοῦ πράξαντος, τὰ δὲ προσγεινόμενα χωρήσει εἰς ἃ ἂν ὁ δῆμος [θ]ελήση καὶ οἱ ἄρχοντες κρείνωσι· τῆς δὲ ἐσομένης κατ' ἔτος πανηγύρεως ἀπὸ

Ἀγριανίου ις΄ μέχρι Ὑακινθίου ε΄ ἱσταμένου ἐπιμελήσονται οἱ νομοφύλακες

καὶ οἱ ἀθλοθέται, οἵτινες διαγνώσονται περὶ τῶν γεινομένων τισὶν ἐν τῇ πα-

10   νηγύρει ζητήσεων, ἃς εἶναι ἐκεχειρίας πᾶσι πρὸς πάντας ἐκύρωσεν ὁ

δῆμος, τῶν εἰσαγόντων τι ἐν ταῖς τῆς πανηγύρεως ἡμέραις ἐχόντων

ἀτέλειαν τῆς τε εἰσαγωγίμου καὶ πρατικῆς· εἰς δὲ τὸ δι' αἰῶνος μένειν

τὴν τῆς πόλεως δόξα<ν> ἔσονται αἱ ἀσφάλειαι τῶν τρισμυρίων δηναρίων ἀ-

πὸ τῶν [ἐχόν]των τὴν τράπεζαν καὶ ἀπὸ τῶν δανειζομένων διὰ δημοσ[--------]

15   … τα [… γ]εινομένων κατὰ τὸ ψήφισμα τὸ περὶ τῆς τραπέζης.

【校勘记】

5 [οἱ ταμ]ιευσ[ό]μενοι：[οἱ ταμ]ιευσ[ά]μενοι Kolbe[6].

【译文】

「1」借贷者……竞赛……会被罚款高达500德纳里钱币。然而，如果其中有人针对裁决上诉，那么之前的宗法护卫[7]必须于三日之内在圣所中经过宣誓后审判，他们会重新处置被控者。「5」那些将成为司库的人将会收取判定的罚金。其他有意向的公民可以添加一项额外的罚款——原本罚金的1.5倍。人民可以将增加的收入用于任何他们乐意的事务上，而执政官会做出（相应的）决定。法律卫士[8]和裁判员应该为即将到来的年度节日做准备——节日设于从阿格日

---

6   SEG LVIII 358.

瑞安涅厄斯月的第十七天到雅金托斯月的第五天[9]。在节日期间，他们为询问相关事务的人做出决定。「10」人民[10]已经决定在节日期间所有人任何争议性事务[11]，从事进口贸易的人可以免除进口关税和交易税。不过，为了确保城邦的名誉恒久流传，银行应有30 000德纳里钱币[12]的存款，这从那些银行家和那些通过……出借的人「15」……根据有关银行的法令[13]来提取。

【注释】

[1] 铭文应补出 *dogma tēs synarchias*：罗马时期的斯巴达长老（*gerontes*）不再是长期任职的固定官职，而需要通过一年一度的选举才能上任。长老会成员独立采取行动的能力受到严格的限制。他们自身似乎不具备行政权力，而是必须通过与其他行政长官合作来行使职权，尤其是与联合委员会（*synarchia*）合作。例如，当长老们打算为卡拉卡拉的皇帝树立雕像时，他们需要经由联合委员会来完成这一任务（*IG* V.1, 44）。实际的操作程序尚不明确，但可以确认长老会（*gerousia*）与联合委员会通力合作来完成这类事务。据此，笔者结合其他现存的铭文（*IG* V.1, 1370, *IG* IV² 1, 86），将第一行残缺的开头补为"根据联合委员会的意见"[7]。

[2] 罗马时期斯巴达的长老身份相较于古典时期发生了诸多变化：长老由年度选举产生，且任期变短，但仍可多次任职。长老会的年龄要求从60岁降低到40岁左右[8]，成员人数从28位减少到23位。

[3] 提图斯·尤利乌斯·阿基斯劳斯（T. Iulius Agesilaos）正是列奥尼达斯节的组织者[9]，他还担任了列奥尼达斯体育竞赛的裁判，男孩组参赛者中的部分胜利者获得以阿基斯劳斯为名的荣誉性头衔[10]。

7　N. Kennell, "The Spartan Synarchia", *Phoenix*, vol. 46, no. 4 (1992), pp. 342-351. *SEG* XXX 410.

8　N. Kennell, "The Public Institutions of Roman Sparta", PhD dissertation, University of Toronto, 1985, pp. 108-152.

9　Y. Lafond, *La mémoire des cités dans le Péloponnèse d'époque romaine*, Rennes: Presses universitaires de Rennes, p. 192.

10　S. Bai, "The Subdivision of Boys in the Leonidean Decree (*IG* V.1 19)", pp. 75-95.

［4］弗拉维乌斯·凯里色诺斯：全名为提图斯·弗拉维乌斯·凯里色诺斯，曾担任斯巴达其他节日的荣誉主持人（*IG* V.1, 667）。

［5］主席（*presbys*）可能为联合委员会的领袖。肯奈尔认为，此处的主席地位从属于市场管理官（*agoranomos*）[11]。

［6］提水者负责宗教活动以前的净化仪式。摔跤学校管理者（*palaistrophylax*）通常为奴隶，在斯巴达则由自由民担任[12]。

［7］罗马时期宗法护卫（*patronomos*）取代了监察官的首领，担任名年行政官（eponymous magistrate）。在整个伯罗奔尼撒地区，只有斯巴达的铭文中出现了这一官衔。宗法护卫并非斯巴达统治者，克莱奥梅内斯三世（Cleomenes III）用宗法护卫取代了首席监察官（head ephor），这可能是为了巩固改革创建的执政官小组制。拉方（Y. Lafond）断定，宗法护卫是法律的卫士和祖宗之法——莱库古法——的守护者[13]。他们负责监督阿高盖（*agōgē*）青年训练机制，还要提供大量资金来资助青年（*ephebes*）和其他官员。因此，宗法护卫必定家财万贯。宗法护卫不仅由斯巴达人担任，还有外邦人，他们成为构建跨城邦政治关系的重要纽带。罗马皇帝哈德良就曾担任这一职务，但他显然不可能一整年都待在斯巴达。换言之，外邦人出任宗法护卫意味着这一职位的荣誉性大于实用性，他们承担的日常事务相对较少。不过，那些卸任的宗法护卫也依然在城市的公共事务中发挥着仲裁作用。

［8］法律卫士（*nomophylax*）由希腊化时期的斯巴达国王克莱奥梅内斯三世设立，人数为4—6人，大部分官员名录中法律卫士的人数为5人。法律卫士的地位低于监察官，被排除在议事会之外。法律卫士诞生以后，长老会的权力相应削减。

---

[11] N. Kennell, "The Public Institutions of Roman Sparta", p. 233.
[12] M. Golden, *Greek Sport and Social Status*, Austin: University of Texas Press, 2008, p. 64.
[13] 拉方依据公元前1世纪才出现的铭文证据否定了希腊化定年，他断言宗法护卫出现的时间较晚。不过，铭文证据出现的最早时间不一定就是宗法护卫出现的时间。在拉方看来，外邦人担任此职暗示着他们对斯巴达教育系统的欣赏，见 Y. Lafond, *La mémoire des cités dans le Péloponnèse d'époque romaine*, pp. 113-118; Y. Lafond, "Sparta in the Roman Period", p. 409。

［9］列奥尼达斯节从阿格日瑞安涅厄斯月（*Agrianios*）的第十七天持续到雅金托斯月（*Hyakinthios*）的第五天，共计20天。

［10］铭文作"*dēmos*"，实际上可能指公民大会，在斯巴达铭文中出现了近十次[14]。

［11］铭文作"*ekecherias*"，该词汇既有神圣的休战协定之意，又有节日闲暇之意。

［12］捐款总共有30 000德纳里钱币，而阿基斯劳斯只贡献了其中的一部分，以便将赛会的奖金翻倍[15]。

［13］铭文作"*psēphisma*"，不同于希腊语中的*nomos*（法律/习俗）和通常用于指称国王命令的*epitagmata*（命令），*psēphisma*一词的基本含义为多数投票通过的决议。这一词汇在希腊尤其是民主制雅典的法令铭文中十分常见。笔者经过初步检索发现，在《希腊铭文集成》中，这一词汇在阿提卡出现的次数最多，其次是爱琴海岛屿和小亚细亚，而在伯罗奔尼撒地区较少，其中仅有几条铭文来自斯巴达，即图拉真统治时期的法令铭文*IG* V.1, 18、公元115年的*IG* V.1, 380，以及公元2世纪中期的*IG* V.1, 154。换言之，在盛行寡头制的斯巴达铭文中出现了曾经在民主制雅典盛行的公共政治"话语"，人民同样参与到公共事务的运行与商议中。

IG V.1, 19（在原文基础上有改动[16]）

1　[--]ρωας ἀνδρῶν φανερὰν σπ
　　[ουδὴν -------------------------------] τῶν πρ]έσβεων καὶ τῶν ἀθλοθετῶν ἀξίω

14　*IG* V.1, 18, 19, 467, 485, 486, 541, 562, 589.
15　P. Cartledge and A. J. S. Spawforth, *Hellenistic and Roman Sparta*, London: Routledge, 1989, p. 192; A. J. S. Spawforth, *Greece and the Augustan Cultural Revolution*, p. 130.
16　铭文校订理由见 S. Bai, "The Subdivision of Boys in the Leonidean Decree (*IG* V.1, 19)", pp. 1–5。

[ς ----------------------------------μέ]νου καὶ εἰς εἰκόνα λαμβάνοντος Ҳ-ρ΄, κ

[αἰ ---------------------------]ρς ἀφειέντος, τῶν ἀθλοθετῶν τὰ βραβεῖα ἀποδιδόν

5 [των τοῖς νικῶσι ------------- λήμψ]ονται δὲ κατ' ἔτος οἱ νεικῶντες τὸν ἀχθησόμενον

[ἀγῶνα--------- εἰς γραπτῆς εἰκόν]ος ἢ ἀνδριάντος ἀνάθεσιν. δολιχαδρόμος παῖς κρίσε

[ως τῆς Ἀγησιλάου Ҳ--΄, ---ἀγένει]ος, προσέθηκεν Ἀγησίλαος Ҳ-ρ΄, δολιχαδρόμος ἀνὴρ

[Ҳ-- ΄,σταδιαδρόμος παῖς καθαρ]ὸς Ҳ-ρ΄, ἀγένειος Ҳ-ρν΄, ἀνὴρ Ҳ-σ΄, διαυλοδρόμος παῖς κα

[θαρὸς Ҳ--΄, ---------------]της Ҳ-σ΄, ὁπλείτης Ҳ-ρ΄· πένταθλος παῖς κρίσεως τῆς Ἀγ

10 [ησιλάου Ҳ--΄, παλαιστὴς παῖς καθα]ρὸς Ҳ-σν΄, παῖς κρίσεως τῆς Ἀγησιλάου Ҳ-τ΄, ἀγένειος Ҳ-φ΄, ἀν

[ὴρ Ҳ--΄,----πανκρατιαστὴς παῖς] καθαρὸς Ҳ-φ΄, παῖς κρίσεως τῆς Ἀγησιλάου Ҳ-χ΄, ἀγένειος

[Ҳ--΄, ἀνὴρ Ҳ--΄ ----------καὶ] τῶν νεικώντων πάντων διδόντων τὸ ἱκανὸν τοῖς νομο

[φύλαξιν, -------ὅπως ἀναθῶσιν] τὴν εἰκόνα ἐν ἑνὶ τόπῳ τοῦ γυμνασίου, ἐξουσίαν ἔχο

[ντος ----------τοῦ θέλοντος ἀν]δριάντα ἀνατιθέναι. ἐπιγράψουσι δὲ παντότε οἵ τε

15 [ταγμένοι--------ἐπιμεληταὶ εἰς] τὰ Λεωνίδεια τὰ ὀνόματα τῶν ἀθλοθετῶν καὶ τῶν ἀγων

[ιζομένων -----------ἐν τοῖς ἀγῶ]σιν, ὃν ἂν βούλωνται, ταῖς εἰκόσιν Ἀγησιλάου καὶ Χαριξέ

[νου· ---προσγράψουσι δὲ καὶ τὰ τῶν] οἰκείων καὶ ἐκγόνων καὶ συγγενῶν καὶ τῶν ἐκ τῶν γ

[ενεῶν----------- ὀνόματα ἐπιμελο]υμένων δι' αἰῶνος μετὰ τῆς ἀντιτυνχανούσης συν

[αρχίας ---------τῶν ἐπιμελητῶν τῶ]ν Λεωνιδείων, καθ' ἃ ὁ δῆμος ἠθέλησεν. ἀπογράψον

20 [ται δὲ τὰ ὀνόματα τῶν -----------------------τοὺς ἐφόρους καὶ το]ὺς νομοφύλακας.

【校勘记】

8 σταδιαδρόμος: lacuna Kolbe.
10 παλαιστὴς: πάλην Kolbe.
11 πανκρατιαστὴς: lacuna Kolbe.
20 τὰ ὀνόματα τῶν: οἱ Kolbe.

【译文】

「1」……人们的热情……主席们和裁判员[1]……给赢得100德纳里的一座雕像……出发，裁判员为赛会胜利者颁发奖金……「5」之后每年赛会胜利者将收到为其献上的肖像或雕塑，长跑运动员：阿基斯劳斯评出的男孩[2]？德纳里……无胡须青年[3]，阿基斯劳斯增加了100德纳里。长跑运动员：成年男性[4]……单程赛跑者：真正的（斯巴达）男孩[5]100德纳里，无胡须青年150德纳里，成年男性200德纳里。双程赛跑男孩？德纳里……200德纳里，武装跑者100德纳里。阿基斯劳斯评出的男孩五项全能运动员？德纳里，「10」真正的（斯巴达）男孩摔跤手250德纳里，阿基斯劳斯评出的男孩300德纳里，无胡须青年500德纳里，成年男性？德纳里……真正的（斯巴达）男孩（搏击手）500德纳里，阿基斯劳斯评出的男孩（搏击手）600德纳里，无胡须青年？德纳里，成年男性？德纳里。

胜利者在交付足够的金额给法律卫士以后……为了在运动场内的一个地方设立雕塑……都有权……任何愿意设立雕塑的人……

「15」被任命……负责列奥尼达斯节的监督员[6]应当将在那些赛会中……诸位裁判员和参赛者的姓名刻下来……倘若他们有意愿，（刻）在阿基斯劳斯和卡利瑟努斯的雕塑（基座）上。

他们还应当登记家属成员、后代、亲戚和氏族成员的名字,连同对应的联合委员会……列奥尼达斯节监督员,根据人民的愿望。

他们应抄写……的名字……「20」那些监察官[7]和法律卫士。

【注释】

[1] 裁判员:原文作 athlothetēs,原意为颁奖人,负责组织或监督赛事[17]。

[2] 阿基斯劳斯评出的男孩:pais kriseōs tēs Agesilaou 为14—17岁的男孩,是斯巴达人赋予男孩组赛会优胜者的荣誉称号,纪念阿基斯劳斯的贡献[18]。

[3] 无胡须青年:17—20岁的青年男性。

[4] 成年男性:20岁以上的斯巴达男性。

[5] 真正的(斯巴达)男孩:pais katharos 为12—14岁的男孩,父母皆为斯巴达公民,而非被释奴[19]。

[6] 监督员:原文作"epimeloumenoi",在斯巴达与体育管理员(gymnasiarch)合作较多,监督员同时可能也是捐助人,负责修缮公共设施。在小亚细亚地区则多负责树立石碑[20]。

[7] 监察官:罗马时期的斯巴达有5位大监察官(greater ephors)和5位次级监察官(lesser ephors),人数比过去翻了一倍。监察官虽然沿用了古典时代的名称,但其职权已然改变。在职能方面,双王制覆灭后,监察官对国王的监察职能随之消失。不过,他们依然负责外交事务,管理斯巴达的官方印章。这些变化意味着在广阔的帝国疆域内,罗马和平(Pax Romana)促使斯巴达越发注重与罗马和其他地区的外交关系,监察官的职能随着罗马对希腊事务的干预而转变。

17　M. Golden, *Sport in the Ancient World from A to Z*, London and New York: Routledge, 2004, p. 19.
18　S. Bai, "The Subdivision of Boys in the Leonidean Decree (*IG* V.1 19)", pp. 75-95.
19　Ibid., pp. 75-80.
20　S. Dmitriev, *City Government in Hellenistic and Roman Asia Minor*, Oxford University Press, 2005, p. 19; *RP* II LAC314.

IG V.1, 20A

[--]
1 [ἀ]γωνιζομένων καθεδοῦνται ἐν ᾧ ἂν οἱ ἐπιμελούμενοι τοῦ ἀγῶνος κελεύ<σ>ωσι τόπῳ,
[ὁ] δὲ μὴ πειθόμενος ἐκτείσει ⟨ σ΄: ἔσται δὲ ὁ γυμνικὸς ἀγὼν κατ' ἐνιαυτὸν κατὰ τὴν ῥή-
τραν τῇ κζ΄· τοὺς δὲ νεικήσαντας ἀναγράψουσιν οἱ γραμματεῖς ἐν τῶι γυμνασίῳ καὶ εἰς τὸ
γραμματοφυλάκιον παραδώσουσιν· εἰ δ' ἐπί τι ἄθλημα εἷς ἀπογράψαιτο ἢ ἐνκριθείη κρε[ι]-
5 νάσης τῆς συναρχίας οὐ πλέον λήμψεται τοῦ μέρους. ὁ δὲ γυμνασίαρχος κατὰ τὸν νό-
μον ἄλειψιν παρέξει τοῖς ἀπογραψαμένοις, ἀνδρὶ δοὺς ἑκάστης ἡμέρας κυάθους δ΄,
ἀγεν<ε>ίοις γ΄, παισὶ β΄. καὶ ἐν τῷ στ[αδίῳ] θήσει τὸ ἔλαιον, ὃς ἕξει καὶ τὴν τοῦ ξυστάρ-
χου τειμὴν πληρῶν τὰ εἰθισμέν[α· κρειν]εῖ δὲ ὁ λαχὼν τῶν ἀρχόντων.

【校勘记】
2 ⟨ σ΄ : χ̶ ε΄ Kolbe[21].

【译文】
……「1」那些参赛者将在赛会的监督员们规定的地方就座,不遵守(规则)者将罚款200德纳里;每年的体育赛事将根据协定在第27天[1]举行;书记[2]将在运动场[3]登记那些获胜者(的名字),并将(副本)移交给档案馆[4];倘若只有一名运动员报名参加某项比赛或

---

21 *SEG* LVIII 359.

被判定（有资格参加），「5」根据联合委员会的决定，他只能获得不超过既定份额的奖金。而体育管理员[5]将依法为那些报名的参赛者提供油膏，每天（分给）成年男性4夸脱[6]，无胡须青年3夸脱，男孩2夸脱。此外，凡是担任比赛协会主席[7]的人，都应将油膏放在竞技场[8]内，并加满规定的分量。他还将决定执政官[9]的人选。

【注释】

[1] 第27天：可能指阿格日瑞安涅厄斯月。

[2] 书记：grammateis 应为议事会的书记，负责记录各项公共会议和事务的处理结果。

[3] 运动场：斯巴达有两座运动场（gymnasium），这里的运动场可能是斯巴达权贵优瑞科勒斯捐献的那座[22]。

[4] 档案馆：grammatophylakion 位于斯巴达的议事会场所附近，由档案管理员负责[23]。

[5] 体育管理员：负责管理运动场的官员，同时参与节日活动的组织与管理[24]。

[6] 夸脱：1夸脱约为1/12品脱，0.41升。

[7] 协会主席：xystarchēs 通常为体育协会的主席，在罗马时期时常由皇帝任命，甚至可能有机会代表协会或城市面见皇帝[25]。

[8] 竞技场：位置至今不明，有学者推测在欧罗塔斯（Eurotas）河岸边。

[9] 执政官：联合委员会的成员，可能负责制定宗教历法并安排节日[26]。

【评论】

列奥尼达斯节举行的时间较长，从阿格日瑞安涅厄斯月（Agrianios）

---

22 Paus. 3.14; A. J. S. Spawforth, *Greece and the Augustan Cultural Revolution*, pp. 125–129.
23 Cartledge and Spawforth, *Hellenistic and Roman Sparta*, p. 117.
24 M. Golden, *Sport in the Ancient World from A to Z*, p. 73.
25 *I Magnesia* 180.
26 N. Kennell, "The Spartan Synarchia", pp. 342–351. *SEG* XIV 65.

的第十七天直至雅金托斯月（Hyakinthios）的第五天，共计20天。相较之下，斯巴达纪念阿波罗神的雅金托斯节（Hyakinthia）持续10天，卡尔奈亚节（Karneia）仅持续3—5天。在斯巴达之外，雅典的狄奥尼索斯酒神节的戏剧比赛持续4天，奥林匹亚纪念宙斯的赛会持续5天，叙拉古的地母节持续10天。可见，列奥尼达斯节举办的时间远远超出其他重要节日，想必列奥尼达斯节的活动丰富多彩，参与者众多，列奥尼达斯节在斯巴达的重要性也不言而喻[27]。

节庆时间如此之长，其设立、组织与运行在极大程度上依赖于斯巴达各类官员的通力合作。首先，在节日创设阶段，联合委员会与长老会须共同通过决议才能设立节日。财政方面，节日资金的分配则需要依据法律与人民的决议来进行。法律卫士和裁判员负责为后续的节日提前做好准备。节日举办期间，裁判员及其随从、提水者和摔跤学校的管理员也须参与其中。对于节日赛会的判决结果，若有人不服，可以进一步上诉。斯巴达的前任宗法护卫负责这类事务的最终裁决，在当地圣所中宣誓后进行审判。笔者推测这个圣所可能指雅典娜铜屋，因为它最接近列奥尼达斯的英雄纪念碑和节日举办场所，便于处理节日相关事务。

节日的成功设立不仅有赖于斯巴达官员的通力合作，还应归功于慷慨的出资者。斯波夫斯（A. J. S. Spawforth）认为，捐款金额共计30 000德纳里钱币，阿基斯劳斯只贡献了其中的一部分，另一部分由其他人承担[28]。根据现存的铭文证据，列奥尼达斯节的另一位捐助人可能是弗拉维乌斯·凯里色诺斯[29]。根格勒（O. Gengler）指出，斯波夫斯给出的金额仍然是不够的。在铭文 *IG* V.1, 18A 第7—8行中，若是公共银行负责管理这笔钱财，那么必须有30 000德纳里的保证金。如果公益捐款的数额为10 500德纳里，那么保证金应为受托总额的三倍。在根格勒看来，这点十分罕见，因此博格特（R. Bogaert）支持

---

[27] A. Chaniotis, "Festival and Contest", in *Thesaurus cultus et rituum antiquorum*, Los Angeles: Getty Publications, 2011, pp. 53-56.

[28] Cartledge and Spawforth, *Hellenistic and Roman Sparta*, p. 192; A. J. S. Spawforth, *Greece and the Augustan Cultural Revolution*, p. 130.

[29] *IG* V.1, 18a.

的这一假设实际上站不住脚，原因在于捐赠的目的是为了使奖励给优胜者的奖金数额翻倍，而目前已知的由阿基斯劳斯决定的新的奖金数额已经超过了10 500德纳里。这样一来，银行每年的收入达到10 500德纳里才比较现实，而利息收入可能出自140 000德纳里的捐赠金额且利率为7.5%[30]。当时，普通罗马士兵的年收入大约在225德纳里左右，高级军官（procuratores）的年收入大约在15 000—50 000德纳里之间，而一位副官（consular legatus）的收入约为250 000德纳里。也就是说，列奥尼达斯节每年所用金额虽然少于一位罗马高级军官的年收入，但仍是一笔不菲的开销。

在节日初创之际，节日的启动资金主要依赖公益捐助而非政府出资，捐助金额的利息则用于维持节日的后续运行，此种情况在整个罗马帝国都十分常见。富有的捐助人承担了城市公共生活的大量开销，以便协调他们与平民之间的关系，从而维持他们的社会地位与现行社会秩序[31]。

列奥尼达斯节也为经济活动提供了优惠政策。在节日期间的集市活动中，斯巴达贸易活动的交易税也可以享受减免的待遇，而那些从事进口贸易的人员也能享受进口税的豁免。由此可见，斯巴达鼓励人们在节日期间开展商贸活动，这些优惠政策可能会吸引一批商贩来节日集市开展贸易活动。然而，免税或许同时也意味着公益捐助人的财政负担增加。在帝国时期，如果皇帝或行省总督同意了城邦在节日期间减免贸易税，这笔款项的亏空很可能需要公益捐助人来填补[32]。

---

[30] O. Gengler, "Leonidas and the Heroes of Thermopylae: Memory of the Dead and Identity in Roman Sparta", in *Honouring the Dead in the Peloponnese Proceedings of the conference held at Sparta 23−25 April 2009*, edited by H. Cavanagh, W. Cavanagh and J. Roy, CSPS Online Publication 2, 2010, note 17, pp. 154−155; R. Bogaert, *Banques et banquiers dans les cités grecques*, Leiden: Sijthoof, 1968.

[31] A. Zuiderhoek, *The Politics of Munificence in the Roman Empire: Citizens, Elites and Benefactors in Asia Minor*, Cambridge: Cambridge University Press, 2009, pp. 31−35; M. D. Gygax, *Benefaction and Rewards in the Ancient Greek City: The Origins of Euergetism*, Cambridge: Cambridge University Press, 2016.

[32] 在其他节日中，哈德良皇帝确认了节日期间的税收减免，而节日创立者要用自己的财产填补。此外，行省总督也有权确认税收减免。参见H. W. Pleket, "Inscriptions as Evidence for Greek Sport", in C. Kyle ed., *A Companion to Sport and Spectacle in Greek and Roman Antiquity*, Malden, MA; Oxford; Chichester: Blackwell, 2014, p. 372。

在体育赛事的赛前预审中,年龄和出身是主要标准,身体发育则相对次要。"真正的斯巴达男孩"和"阿基斯劳斯评出的男孩"这两个胜利者头衔的独特性体现出斯巴达在文化竞争中着力凸显自身地方特色、培养公民认同感的做法。通过采用与其他地区赛会不同的分组系统——细分男孩组的参赛者并赋予其独特的荣誉头衔,斯巴达在列奥尼达斯节中追忆当地的战争英雄和为其出资的捐助者,借此革新了其体育训练和竞赛传统[33]。

综上所述,列奥尼达斯节的举办时间长,得到了多方官员的协助与支持,具有完备的奖惩和上诉机制,活动内容丰富。列奥尼达斯节并非普通的本土竞技性节日,节日期间的集市活动为商贸活动提供了重要的平台。节日的设立、组织与庆祝从一个侧面呈现出罗马时期的斯巴达在商贸、经济、行政与管理等方面的繁荣与活力。

(作者单位:四川大学历史文化学院)

---

[33] S. Bai, "The Subdivision of Boys in the Leonidean Decree (*IG* V.1 19)", pp. 93-95.

Mimus vitae：苏维托尼乌斯《神圣奥古斯都传》里的一个文本问题

周昕熠

一

本文讨论苏维托尼乌斯《神圣奥古斯都传》的一处异文。在这篇传记中，作者对于奥古斯都临终场面做了如下描写（Suet. *Aug.* 99.1）[1]：

supremo die identidem exquirens an iam de se tumultus foris esset, petito speculo capillum sibi comi ac malas labantes corrigi praecepit et admissos amicos percontatus ecquid iis videretur mimum vitae commode transegisse adiecit et clausulam:

ἐπεὶ δὲ †ΤΙΑΧΟΙ† καλῶς τὸ παίγνιον,

δότε κρότον καὶ πάντες ἡμᾶς μετὰ χαρᾶς προπέμψατε.[2]

---

[1] 正文中引用的苏维托尼乌斯《罗马十二帝王传》，除特别注明者外，均出自罗伯特·卡斯特校勘的OCT本（Robert A. Kaster, ed., *C. Suetoni Tranquilli de vita Caesarum liberos VIII et de grammaticis et rhetoribus librum*［Oxford: Clarendon Press, 2016］）。古典文献原文中的粗体字和下画线均为笔者所加。中译文除特别注明者外，均由笔者从古希腊语或拉丁语译出。抄本的缩写及记号（sigla）一般以援引校勘本的"抄本记号表"（sigla codicum）为准。校勘记（criticus apparatus）一般以援引校勘本的校勘记为准。

[2] 这段诗文可以说是《罗马十二帝王传》中最难校勘的一处希腊语。这段文字在抄本原型中作ЄΤΙСΙ（或ЄΤСΙ）ΔЄΤΙΑΧΟΙΚΑΩСΤΟΤΙ（或ΤΟΠ）ΑΙСΝΙΟΔΟΤЄΚΡΟΤΟΝΚ-ΑΠΙСΝΤЄСΗΜΑС ΜЄΤΑΧΑΡΑСΤΙΡΟ（或ΤΙΠΟ）ΠΑΙΨΑΤЄ，错误非常严重。尽管如此，καλῶς以及δότε κρότον καὶ πάντες ἡμᾶς μετὰ χαρᾶς是基本没有疑问的。从几种（转下页）

omnibus deinde dismissis, dum advenientes ab urbe de Drusi filia aegra interrogat, repente in osculis Liviae et in hac voce defecit: "Livia, nostri coniugii memor vive, ac vale!" sortitus exitum facilem et qualem semper optaverat.

在(生命的)最后一天,他(奥古斯都——引者按;下同)反复询问,外界是否已经因他爆发动乱。他要来一面镜子,然后命人为自己梳头,并把自己下垂的下颚给恢复过来。他询问进来的朋友,在他们看来,自己是否演好了这出生命的拟剧;然后他加上了一句结束语:

> 既然演出精彩,
> 请给予(我们)掌声,请你们所有人心怀喜悦,送我们离开(舞台)。

然后他送走了所有人。当他询问从城里(罗马城)来的人德鲁苏斯生病女儿的情况时,他突然亲吻了李维娅的嘴唇并(说了)这样的话:"李维娅,活下去,记住我们的婚姻,再见了!"他获得

(接上页)主要的校勘本(见下文)来看,现代学者大体有以下几种校勘意见:

(1) εἰ δέ τι | ἔχοι καλῶς τὸ παίγνιον, κρότον δότε | καὶ πάντες ἡμᾶς μετὰ χαρᾶς προπέμψατε.
如果演出精彩,请给予(我们)掌声,/请你们所有人心怀喜悦,送我们离开(舞台)。

(2) εἰ δέ τι | ἔχοι καλῶς, τῷ παιγνίῳ δότε κρότον | καὶ πάντες ἡμᾶς μετὰ χαρᾶς προπέμψατε.
如果精彩的话,请给予我们的演出掌声,/请你们所有人心怀喜悦,送我们离开(舞台)。

(3) ἐπεὶ δὲ πάνυ καλῶς πέπαισται, δότε κρότον | καὶ πάντες ἡμᾶς μετὰ χαρᾶς προπέμψατε.
既然(戏)已演得足够精彩,请给予(我们)掌声,/请你们所有人心怀喜悦,送我们离开(舞台)。

(4) ἐπεὶ δὲ †ΤΙΑΧΟΙ† καλῶς τὸ παίγνιον, | δότε κρότον καὶ πάντες ἡμᾶς μετὰ χαρᾶς προπέμψατε.
既然演出精彩,/请给予(我们)掌声,请你们所有人心怀喜悦,送我们离开(舞台)。

可以看到,各种校勘意见的差异主要是文字细节上的,在意思方面差别不大。因此,这段诗文存在的校勘问题并不影响后文论证,故笔者保留OCT本中的存疑之处。对于相关问题的详细讨论,参见 Robert A. Kaster, *Studies on the Text of Suetonius'* De vita Caesarum (Oxford: Oxford University Press, 2016), 129–131。

了幸福的死亡，而这也是他一直期望的。

引文中，皇帝死前对友人的问询作 ecquid iis videretur **mimum vitae** commode transegisse（在他们看来，自己是否演好了这出**生命的拟剧**）。然而，在《罗马十二帝王传》的存世抄本中，这个问题却作 ecquid iis videretur **minimum vitae** commode transegisse（在他们看来，自己是否妥当地度过了**生命中[最后]一小段时光**）。《罗马十二帝王传》现存的 225 份抄本均可追溯到 8 世纪末 9 世纪初的一个原型（现已不存）[3]。也就是说，minimum vitae 的读法在原型之中就已出现。而 mimum vitae 的读法最早见于一位修订者对抄本 P（= Paris. lat. 5801，11 或 12 世纪）所做的修正[4]。15 世纪的意大利人文主义者菲利波·贝洛阿尔多（Filippo Beroaldo，拉丁化作 Philippus Beroaldus）也独立地将抄本中的 minimum 修改为 mimum[5]。此后，mimum vitae 的读法为学界普遍接受。不仅本文引用的 OCT 本，而且卡尔·罗特（Karl Ludiwig Roth）校勘的旧托伊布讷本、亨利·阿尤（Henri Ailloud）校勘的比代本，以及约翰·卡特（John M. Carter）编辑并评注的《神圣奥古斯都传》单行本都作 ecquid iis videretur mimum vitae commode transegisse[6]。只有马克西米连·伊姆（Maximilian Ihm）校勘的新托伊布讷本顾及抄本传统，在保留 mi[ni]mum vitae 的同时，以方括号表示 ni 这两个字母应当删去[7]。

然而，最近马克·托尔（Mark Toher）在一篇论文中对 mimum vitae 的读法质疑，认为难以想象一向在意个人形象的奥古斯都竟会用拟剧

---

[3] 《罗马十二帝王传》的抄本流传情况，参见 Kaster, *Studies on the Text*, 3–45（存世抄本的清单见 267–279）。

[4] Paris lat. 5801 现已数字化，可在网上查看，参见 https://archivesetmanuscrits.bnf.fr/ark:/12148/cc64781d，访问日期：2023 年 9 月 2 日。对于抄本 P 的简要介绍，参见 Kaster, *C. Suetoni Tranquilli de vita Caesarum et de grammaticis et rhetoribus*, xv–xvi。

[5] Philippus Beroaldus, *Commentationes conditae a Philippo Beroaldo in Suetonium Tranquillum* (Bologna, 1506).

[6] K. L. Roth, ed., *C. Suetoni Tranquilli quae supersunt omnia* (Leipzig: B. G. Teubner, 1858), 83; Henri Ailloud, ed., *Suétone, Vies des douze César*, vol. I: *César-Auguste* (Paris: Les Belles Lettres, 1931), 146; John M. Carter, ed., *Suetonius, Divus Augustus* (London: Bristol Classical Press, 1982), 85.

[7] M. Ihm, ed., *C. Suetoni Tranquilli opera*, vol. I: *De vita Caesarum libri VIII* (Stuttgart: B. G. Teubner, 1958), 107.

这样一种粗俗露骨的艺术形式，来总结自己的一生。另一方面，抄本传统不仅不支持 mimum vitae 的读法，而且 mimum vitae 也不太可能讹变为 minimum vitae。他认为，minimum vitae 的意思虽不够明确，但却是可以解释的。首先，minimus（极少的）加名词属格表示某一事物数量稀少，这是拉丁语中的固定搭配。而反映这一固定搭配的 minimus vitae 是可以在拉丁文献中找到例证的，一个典型的例子是 Plin. *HN* 10.107: columbae et turtures octonis annis vivunt. contra passeri **minimum vitae**, cui salacitas par（鸽子和斑鸠的寿命是八年。相反，麻雀虽一样好色，但只有<u>很短的寿命</u>）[8]。这个例子提示读者，奥古斯都意指的可能不是"生命的拟剧"，而是"生命中一小段时光"。在 Suet. *Aug.* 99.1 的语境中，minimum vitae 应理解为奥古斯都生命的最后时光。也就是说，当皇帝在病榻上发出 ecquid iis videretur minimum vitae commode transegisse 的疑问时，他是在询问朋友，自己是否"妥当地（commode）度过了（transegisse）生命中（最后）一小段时光（minimum vitae）"。

卡西乌斯·狄奥在《罗马史》中对于奥古斯都临终场面的描写，和苏维托尼乌斯非常接近，似乎支持了 mimum vitae 的读法（Cass. Dio 56.30.3-4）[9]：

τέλος ἔφη ὅτι "τὴν Ῥώμην γηίνην παραλαβὼν λιθίνην ὑμῖν καταλείπω." τοῦτο μὲν οὖν οὐ πρὸς τὸ τῶν οἰκοδομημάτων αὐτῆς ἀκριβὲς ἀλλὰ πρὸς τὸ τῆς ἀρχῆς ἰσχυρὸν ἐνεδείξατο· κρότον δὲ δή τινα παρ' αὐτῶν ὁμοίως τοῖς γελωτοποιοῖς, ὡς καὶ ἐπὶ μίμου τινὸς τελευτῇ, αἰτήσας καὶ πάμπαν πάντα τὸν τῶν ἀνθρώπων βίον διέσκωψε.

最后，他（奥古斯都）说道："我接手了一座砖砌的罗马城，但留给你们一座大理石的。"他展示这一点无涉城市的建筑外观，而是关乎帝国的力量。当他像拟剧演员那样，向他们（友人）

---

[8] 此处拉丁语原文依据托尔文中引用的版本，以体现他的论证思路。托尔文中未提供译文，中译文由笔者译出。

[9] 引据版本：Ursul Philip Boissevain, ed., *Cassii Dionis Cocceinai historiarum Romanarum quae supersunt* (Berlin: Weidmann, 1895-1931)。

索取掌声,好似一出拟剧已经结束时,他彻彻底底嘲笑了人的整个一生。

但托尔认为,狄奥的叙事基调先庄后谐,很像是整合了两种截然不同的叙事传统:前者可追溯至奥古斯都生前亲笔撰写的《神圣奥古斯都功德碑》;后者应该出自后人虚构。叙事前后基调的不一致表明,在狄奥看来,奥古斯都的性情变幻不定,而这又高度契合尤利安皇帝(Flavius Claudius Iulianus, 361—363年在位)笔下奥古斯都的"变色龙"形象(参见Julian, *Caesares* 309a-c)。如果根据狄奥的叙述,将存世抄本中的minimum vitae修改为mimum vitae,那么我们恐怕是在以后世的文学传统来附会苏维托尼乌斯的文字[10]。

不过托尔的观点很快遭到崔斯坦·鲍尔(Tristan Power)的反驳。在后者看来,抄本传统、古代文献和语言习惯都支持mimum vitae的主流读法。首先,mimus和minimus词形接近,抄工抄写时很容易犯错。托尔认为mimum vitae不太可能讹变为minimum vitae,这显然是错误的,因为《罗马十二帝王传》的抄本中不乏将mimus错抄成minimus的例子。例如 *Aug.* 53.1: cum spectante eo ludos pronuntiatum esset in **mimo**[当他(奥古斯都)观看赛会时,下面的话在一场拟剧中被说了出来][11],其中mimo在抄本V(= Vatican. lat. 1904, 11世纪)中误作minimo。又如 *Calig.* 45.2: in hoc quoque **mimo** praeter modum intemperans[在这出拟剧中,他(卡里古拉)同样放荡逾矩],在一个12世纪的抄本 Reg. lat. 833中,mimo被错误地抄写为minimo[12]。再如 *Otho* 3.2: ne poena acrior **mimum** omnem divulgaret(以防更严厉的惩罚将整出拟剧公之于众),同样是在Reg. lat. 833中,mimum被错误地抄写为minimum。

---

[10] Mark Toher, "The 'Exitus' of Augustus", *Hermes* 140.1 (2012): 40-44.

[11] 下文介绍鲍尔的观点时,古典文献原文均以他引用的版本为准,中译文从他给出的英译文译出,以体现其论证思路。

[12] 这个抄本原属于瑞典的克里斯蒂娜女王(1632—1654年在位),后藏于梵蒂冈宗座图书馆(已数字化,参见 https://digi.vatlib.it/view/MSS_Reg.lat.833,访问日期:2023年9月2日)。鲍尔引用的新托伊布讷本未使用这个抄本,但在卡斯特校勘的OCT本中,Reg. lat. 833被记作抄本N。

其次，西塞罗在《论老年》中说（Cic. Sen. 70）：

neque enim histrioni, ut placeat, peragenda fabula est, modo, in quocumque fuerit actu, probetur, neque sapientibus usque ad "plaudite" veniedum est. breve enim tempus aetatis longum est ad bene honesteque vivendum.

因为演员为了取悦自己的观众，不必将故事演到底，而只需在他出场的那些场景中获得成功。智者也无须一直活到最后的"掌声"。只要顺利而诚实地活着，短促的寿命也足够长了。

鲍尔认为，这段文字说明，表示求取掌声的命令式复数（plaudite/δότε κρότον）足以令人联想到戏剧落幕及其与人生终结之间的关系。与此同时，西塞罗笔下表示戏剧演出的短语neque...peragenda fabula（故事不必被演完）也暗示我们，奥古斯都问话中动词transegisse的宾语，应该是表示拟剧的mimum，因为peragenda和transegisse实际上是同一个动词agere的不同派生形式，在意义上有密切关联。

复次，鲍尔指出，transegisse接minimum vitae作宾语不符合语言习惯，因为动词transigere（表演、完成）支配的宾语通常是经历一段时间后才完成的事物。虽然托尔在拉丁文献中找到了minimus vitae的例证，但这不足以证明这个短语可以作动词transigere的宾语。即便如他认为的那样，minimum vitae指"生命中一小段时光"，读者也自然期待奥古斯都结束问话后引经据典，表达对于生命短暂的哲学思考，而非吟诵一段看上去毫无关系的拟剧台词。因此，minimum vitae和后文缺乏衔接。

最后，鲍尔强调，虽然狄奥不大可能读过苏维托尼乌斯的《罗马十二帝王传》，但他撰写《罗马史》时显然参考了和苏氏相同（或同出一源）的资料。如果这适用于两位作家对于奥古斯都临终场面的描写，那么 Cass. Dio 56.30.4 中 κρότον δὲ δή τινα παρ' αὐτῶν ὁμοίως τοῖς γελωτοποιοῖς, ὡς καὶ ἐπὶ **μίμου** τινὸς τελευτῇ, αἰτήσας [当他（奥古斯都）像拟剧演员那样，向他们（友人）索取掌声，好似一出拟剧已经结束时]一语,显然足以证明奥古斯都之问应当作 ecquid iis videretur **mimum** vitae commode transegisse[13]。

二

笔者也认同 mimum vitae 的读法。笔者认为,鲍尔已经比较全面地阐释了这一读法的合理性,故这里只在其论证基础上略作补充。首先,诚如鲍尔所言,mimus(包括表示女拟剧演员的 mima)和 minimus(包括比较级形式的 minus)词形相似,抄工抄写时极易犯错。而且,字母 m、字母组合 in 与 ni 含众多竖画,所以在抄写过程中很容易彼此混淆,例如 inviti(不情愿的)可能会被抄写为 multi(众多的),communit(加固、加强)可能会被抄写成 commumit(communit 的错误拼写形式),等等[14]。因此,在拉丁文献的流传过程中,由于 mimus(或 mima)和 minimus(或 minus)彼此混淆而造成的错误,其实并不罕见。试举三例。

(1) Cic. *Att.* 1.16.3[15]

sed heus tu, videsne consulatum illum nostrum, quem Curio antea ἀποθέωσιν vocabat, si hic factus erit, fabam **mimum** futurum?

你瞧瞧!库里奥此前把我们(讨论)的这个执政官职位奉若神明。但是,如果这个人(卢奇乌斯·阿弗拉尼乌斯)被选为执政官的话,在你眼中它将会变成一场闹剧吗?[16]

---

[13] Tristan Power, "Augustus' Mime of Life (Suetonius, *Aug.* 99.1)", *CW* 107.1 (2013): 99–103.

[14] Virginia Brown, *The Textual Transmission of Caesar's* Civil War (Leiden: Brill, 1972), 38; L. D. 雷诺兹、N. G. 威尔逊:《抄工与学者:希腊、拉丁文献传播史》,苏杰译,北京大学出版社,2021年,第287页。

[15] 引据版本:D. R. Shackleton Bailey, ed., *Cicero's* Letters to Atticus, vol. I: *Books I–II* (Cambridge: Cambridge University Press, 1965)。

[16] 需要说明的是,原文 fabam mimum 这个短语的具体含义不够明确,但显然和无价值之物、可鄙之物有关联,此处姑且译为"闹剧"。参见 ibid., 325。

在抄本 M（= Mediceus 49.18，1393 年）和抄本 m（= Berolinensis 166，1408 年）中，mimum 均被错误地抄写成 minimum。

（2）Val. Max. 2.10.8[17]

eodem ludos Florales, quos Messius aedilis faciebat, spectante, populus ut **mimae** nudarentur postulare erubuit.

当他（小加图）观看营造官梅西乌斯举办的芙罗拉赛会时，人们羞于要求女性拟曲演员赤裸身体。

在抄本 L（Flor. Med. Laur. Ashburn. 1899，9 世纪）中，mimae 讹作 minime（minimus 的副词形式或阳性单数呼格）。

（3）Apul. *Flor.* 12.1[18]

Psittacus avis Indiae avis est; instar illi minimo **minus** quam columbarum, sed color non columarum ...

鹦鹉是印度的一种鸟儿。它拥有比鸽子小一些的体型，但没有鸽子的毛色……

在抄本 F（= Laurentianus 68.2，11 世纪）和抄本 φ（= Laurentianus 29.2，12 世纪）中，minus 均误作 mimus，但一位修订者将抄本 φ 中的 mimus 修正为 minus。

因此，《罗马十二帝王传》存世抄本中的 minimum vitae 完全有可能是 mimum vitae 发生讹变的结果。

其次，鲍尔注意到求取掌声的举动和古代戏剧表演传统之间的

---

[17] 引据版本：John Briscoe, ed., *Valeri Maximi facta et dicta memorabilia* (Stuttgart and Leipzig: B. G. Teubner, 1998)。

[18] 引据版本：Benjamin Todd Lee, ed., *Apuleius' Florida: A Commentary* (Berlin: Walter de Gruyter, 2005); 但在校勘记方面同时参考了 Rudolf Helm, ed., *Apulei Platonici Madaurensis opera quae supersunt*, vol. II, fasc. 2: *Florida* (Stuttgart and Leipzig: B. G. Teubner, 1993)。

关联,但他并没有就此展开论述。虽然苏维托尼乌斯没有像狄奥那样直接将奥古斯都和演员等同起来,但他依然通过奥古斯都索取掌声的诗文,向读者传递了皇帝的演员形象[19]。苏氏称这两句希腊语诗文为"结束语"(clausulam)。这是古代戏剧术语,指戏剧落幕前吟诵的台词[20]。而这些台词的内容通常是向观众求取掌声。例如,米南德在《恨世者》《萨摩斯妇女》以及《西居昂人》等多部喜剧的结尾,就借剧中角色之口请观众给予掌声。这一做法为拉丁喜剧所模仿和沿袭[21]。例如在普劳图斯《安菲特律翁》的结尾,主角安菲特律翁吁请观众(Plaut. *Amph.* 1146):"观众们,看在至高的朱庇特的份上,现在请你们大声鼓掌吧(nunc, spectatores, Iovi' summi caussa clare plaudite)。"[22] 又如当泰伦斯的《阉奴》行至尾声时,所有演员都摘下面具,向观众道别致意(Ter. *Eun.* 1094):"再见,请你们鼓掌吧(vos valete et plaudite)!"[23] 由此可见,Suet. *Aug.* 99.1 实际上借用戏剧的形式,渲染了"演员"奥古斯都的临终场面。

这幅演员临终的画面体现出一种人生如戏的观念。鲍尔将这一观念与 Cic. *Sen.* 70 的哲学讨论关联起来[24]。事实上,人生如戏的观念在古代哲学讨论中很常见。德谟克利特就认为(68 B 115 DK):"世界是一座舞台,人生是一场表演:你来,你见,你离去(ὁ κόσμος σκηνή, ὁ βίος πάροδος· ἦλθες, εἶδες, ἀπῆλθες)。"柏拉图笔下的苏格拉底也论说道(Pl. *Phlb.* 50b),在"人生的所有悲剧和喜剧"(τῇ τοῦ βίου συμπάσῃ τραγῳδίᾳ καὶ κωμῳδίᾳ)中,痛苦和欢乐是混合在一起的[25]。

---

19 参见 D. Wardle, "A Perfect Send-off: Suetonius and the Dying Art of Augustus (Suetonius, *Aug.* 99)", *Mnemos.* 60 (2007): 443–463; idem, ed., *Suetonius, Life of Augustus* (Oxford: Clarendon Press, 2014), 550。

20 Carter, ed., *Suetonius*, Divus Augustus, 204.

21 A. W. Gomme and F. H. Sandbach, *Meander: A Commentary* (Oxford: Clarendon Press, 1973), 288.

22 引据版本:W. M. Lindsay, ed., *T. Macci Plauti comoediae* (Oxford: Clarendon Press, 1904)。

23 引据版本:A. Fleckeisen, ed., *P. Terenti Afri comoediae* (Leipzig: B. G. Teubner, 1898)。

24 事实上,除了鲍尔引用的文段之外,在西塞罗的作品中,类似观念还反映在 *Sen.* 5, 64, 85、*QFr.* 1.1.46 以及 *Fin.* 1.49 几处,参见 J. G. F. Powell, ed., *Cato Maior de senectute* (Cambridge: Cambridge University Press, 1988), 109。

25 引据版本:John Burnet, ed., *Platonis opera*, vol. II: *Tetralogiae III–IV* (Oxford: Clarendon Press, 1901)。

而到了罗马帝国时代,用戏剧意象表达对人生的哲学思考在斯多葛哲学家笔下已非常普遍[26]。Suet. *Aug.* 99.1 当然和这些哲学讨论存在交叉,但是正如安杰洛斯·哈尼奥提斯(Angelos Chaniotis)指出的那样,对于人生如戏的哲学讨论实际上根源于古典时代以降的戏剧表演传统[27]。对于演员来说,人生如戏是他们对待死亡的一种常见态度,反映了他们的人生观。例如,奥古斯都时代的拟剧演员兼作家菲力斯提昂(Philistion of Nicaea)的墓志铭(*Anth. Pal.* 7.155.4)称,"我(生前)常常(在舞台上)死去,但(现实中)从未如此"(πολλάκις ἀποθανών, ὧδε δ' οὐδεπώποτε)[28]。相似的表述亦见于女演员巴西拉(Bassilla)和男演员勒布尔纳(Leburna)的墓志铭。前者(*IG* 14.2342, 3 世纪)称巴西拉"(生前)常常在舞台上死去,但(现实中)从未如此"(πολλάκις ἐν θυμέλαις ἀλ|λ' οὐχ οὕτω δὲ θανούσῃ);后者(*CIL* 3.3980 = *ILS* 5228, 3 至 4 世纪)称勒布尔纳"(生前)常常死去,但(现实中)从未如此"(aliquoties mortuus | sum, set sic nunquam)。这些文字相似的墓志铭有可能是在以程式化方式表达一种流行的死亡观:舞台上的死亡是现实中死亡的彩排,与世长辞意味着演员在现实世界中完成了自己的表演[29]。而晚近发现的铭文为我们理解 Suet. *Aug.* 99.1 提供了直接参照。1989 年,学者们在吕西亚地区的帕塔拉(Patara,位于今土耳其西南部)找到一块纪念碑(最早可追溯到希腊化时代或帝国早期,但在 3 世纪被重新利用),其上镌有拟剧演员欧喀利斯托斯(Eucharistos)的墓志铭[30]。

---

[26] Catharine Edwards, "Acting and Self-Actualisation in Imperial Rome: Some Death Scenes", in *Greek and Roman Actors: Aspects of an Ancient Profession*, eds. Pat Easterling and Edith Hall (Cambridge: Cambridge University Press, 2002), 377–394.

[27] Angelos Chaniotis, "Theatricality beyond the Theater: Staging Public Life in the Hellenistic World", *Pallas* 47 (1997): 219–221.

[28] 引据版本:W. R. Paton, ed., *The Greek Anthology*, vol. II: *Book 7: Sepulchral Epigrams. Book 8: The Epigrams of St. Gregory the Theologian* (Cambridge, MA: Harvard University Press, 1917)。

[29] Lucia Prauscello, "Rehearsing Her Own Death: A Note on Bassilla's Epitaph", *ZPE* 147 (2004): 56–58.

[30] Havva Yılmaz and Sencer Şahin, "Ein Kahlkopf aus Patara. Der Mime Eucharistos und ein Spruch von Philistion", *EA* 21 (1993): 77–91; Peter Michael Swan, *The Augustan Succession: An Historical Commentary on Cassius Dio's Roman History Books 55–56 (9 B.C.–A.D. 14)* (Oxford: Oxford University Press, 2004), 304, n. 154. 对于相关问题最重要的讨论应该是 E. Voutiras, "τέλος ἔχει τὸ παίγνιον: Der Tod eines Mimus", *EA* 24 (1995): 61–72, 但笔者至今无法见到该文。

墓志铭全文移录如下（*SEG* 43.982）[31]：

τὸ στόμα τῶν Μουσῶν, τῆς Ἑλλά|δος ἄνθος ἐπαινῶ{ν}, |
τῆς Ἀσίης ἀκρόαμα, κλυτῆς | Λυκίης προβίβασμα, |
Εὐχάριστον· "χαρίεν, σοφὸν οὔ|νομα, ἔξοχε μείμων, |
ὃς μόνος ἐν θυμέλαισι λέ|γων βιότου τὰ γραφέντα |
5 σκηνῇ καὶ φωνῇ θεάτροις | ὑπερῇρες ἅπαντας"· |
Εὐχάριστος Εὐχαρίστῳ τῷ | τέκνῳ μνείας χάριν |
   vacat
Φιλιστίωνος πυκνὰ λέγων τὰ παίγνια
πολλάκις ἔλεξα· "τέ[λος] ἔχει τὸ παίγνιον" ·
σειγῶ τὸ λοιπ[όν· τέλος ἔχω γὰρ] τοῦ βίου.

　　我赞颂缪斯之口，希腊的花朵，亚细亚的（最佳）演员，闻名遐迩的吕西亚的骄傲欧喀利斯托斯。"美好的人，一个技艺高超的名字，杰出的拟剧演员，唯有你在舞台上言说着被记录下的生活。你在剧场中的表演和声音超过所有人。"欧喀利斯托斯（将这座纪念碑）献给他的孩子欧喀利斯托斯，为了纪念他。
　　（空白）
我经常吟诵菲力斯提昂（即前文提到的菲力斯提昂）的诗句，诵曰："表演结束了。"从今以后我沉默不语，因为我走到了生命的尽头。

墓志铭第7到第9行的格律为短长格三音步，并用第一人称表述，仿佛欧喀利斯托斯在生命的舞台上展示过自己高超的技艺后（第1—6行），以一句结束语（即第8行 τέ[λος] ἔχει τὸ παίγνιον）宣布自己的人生拟剧即将落幕。不难看出，欧喀利斯托斯墓志铭中流露的人生观——死亡被视同表演结束、演员退出舞台——和 Suet. *Aug.* 99.1 非常接近。由此可见，苏维托尼乌斯笔下的"演员"奥古斯都形象在观

31　*SEG* 43.982 的文本实际上依据的是 E. Voutiras 的前引文。

念层面也是自洽的。

如果 Suet. *Aug.* 99.1 将奥古斯都呈现为一名演员的话，那么他在吟诵拟剧结束语前询问友人的那个问题，显然只能是 "在他们看来，自己是否演好了这出生命的拟剧"（ecquid iis videretur mimum vitae commode transegisse）；换言之，mimum vitae 的读法更贴合语境[32]。

三

通过对 mimum vitae 和 minimum vitae 的考辨，我们看到，苏维托尼乌斯在 *Aug.* 99.1 中呈现了一台由奥古斯都担纲 "主演" 的拟剧。这显然符合苏氏（以及狄奥和他们共同参考的材料）对奥古斯都的想象[33]。那么我们要追问的是，为什么要将垂死的奥古斯都塑造为一位演员，并使用戏剧表演的意象、术语和形式来渲染他的临终场景？从社会学的角度看，在不平等的政治权力关系中，上位者往往将某种表演性元素融入自己的行为中。他们试图通过建构一种带有部分欺骗性的形象，向下位者传达他们所希望拥有的信念、态度以及情感。社会理论家认为，这种不平等的权力关系具有 "戏剧性"（theatricality）[34]。虽然戏剧表演本身往往并不参与塑造权力关系中的戏剧性[35]，但哈尼奥提斯通过对希腊化时代政治文化的分析表明，戏剧表演的流行以及剧场在政治生活中的重要性，共同造就了希腊化时代政治的戏剧性，其中一个重要表现是政治家被视为演员，他们的公共活动是一场精心策划的表演，他们的人生也被看成是一出戏剧。

---

[32] 值得注意的是，学界研究业已指出，奥古斯都临终时询问友人的问题可从原来的间接疑问句（indirect question）还原为诗体，参见 George M. Lane, "Hidden Verse in Suetonius", *Harv. Stud.* 9 (1898): 22。

[33] 参见 Wardle, "A Perfect Send-off", 446。

[34] 参见 Elizabeth Burns, *Theatricality: A Study of Convention in the Theatre and in Social Life* (New York: Harper & Row, 1972), 12, 33; Shadi Bartsch, *Actors in the Audience: Theatricality and Doublespeak from Nero to Hadrian* (Cambridge, MA: Harvard University Press, 1994), 10-11; Chaniotis, "Theatricality beyond the Theater", 222-223. 人类学家詹姆斯·斯科特将上位者建构的这种带有欺骗性的形象称为 "公开剧本"，参见詹姆斯·C. 斯科特：《支配与抵抗艺术：潜隐剧本》，王佳鹏译，南京大学出版社，2021年，第28—29页。

[35] Burns, *Theatricality*, 12; Bartsch, *Actors in the Audience*, 10.

与此同时，对于政治戏剧性的知觉也深刻影响了作家对于政治人物的描写，尤其反映在他们对戏剧术语的大量运用，以及对叙事作戏剧化的处理[36]。

哈尼奥提斯对希腊化时代政治戏剧性的此种分析也适用于罗马。罗马人对于戏剧表演的态度复杂而纠结。一方面，戏剧被认为是希腊文化带来的有害影响。演员被认为是虚伪的、不可信的；他们被排除在公共生活之外，不能投票、担任公职或是在罗马军队中服役；他们的人身甚至都不能像罗马公民那样受到法律保护[37]。但另一方面，观剧在罗马非常流行。据估算，一个生活于1世纪的罗马人每年至少有四十三天可以观剧，频率远超古典时代的雅典人；而且到了共和国末期以及帝国早期，剧场（以及竞技场）日益成为罗马公共生活的焦点[38]。在此背景下，罗马政治家的公共活动同样具有强烈的戏剧性。一个典型的例子是演说。西塞罗借鉴演员的技艺，特别注重演说的发表形式和听众的反应[39]。共和国末期和帝国早期的修辞学著作也强调，演说家应当像演员那样，注重演说的呈现（ὑπόκρισις），即根据演说主题，撰写言辞恰切的演说辞，采用适当的语音语调和姿势体态，穿着得体的服饰，等等[40]。而普鲁塔克在叙述西塞罗之死时，则向读者展现了一幕高度戏剧化的场景（Plut. *Cic.* 49.2）：西塞罗被刽子手砍下的头和手被放在罗马广场的演讲台（rostra）上示众，"对罗马人来说，这是一场可怕的表演，他们认为自己看到的不是西塞罗的脸，而是安东尼灵魂的形象"（θέαμα Ῥωμαίοις φρικτόν, οὐ τὸ Κικέρωνος ὁρᾶν πρόσωπον οἰομένοις, ἀλλὰ τῆς Ἀντωνίου ψυχῆς εἰκόνα）[41]。

死亡是赋予政治行为以戏剧性的重要方式。这是因为古人认为死亡凝结了逝者一生的品行。瓦莱里乌斯·马克西穆斯在《嘉言懿

36　Chaniotis, "Theatricality beyond the Theater", 219–259.
37　Edwards, "Acting and Self-Actualisation in Imperial Rome", 380–381.
38　Richard P. Martin, "Ancient Theatre and Performance Culture", in *The Cambridge Companion to Greek and Roman Theatre*, eds. Marianne McDonald and J. Michael Walton (Cambridge: Cambridge University Press, 2007), 50–51.
39　Ibid., 52–53.
40　Chaniotis, "Theatricality beyond the Theater", 227–228.
41　引据版本：Konrat Ziegler and Hans Gärtner, eds., *Plutarchi vitae parallelae* (Leipzig and Stuttgart: B. G. Teubner, 1993–2002)。

行录》(*Facta et dicta memorabilia*)中专设"不凡之死"(de mortibus non vulgaribus)一节,并在序言中说(Val. Max. 9.12. praef.):

> humanae autem vitae condicionem praecipue primus et ultimus dies continent, quia plurimum interest quibus auspiciis incohetur et quo fine claudatur, ideoque eum demum felicem fuisse iudicamus cui et accipere lucem prospere et reddere placide contigit.

> 此外,凡人生命的境况主要为第一天和最后一天所决定。因为最重要的是它为何种征兆所开启,又结束于何种结局。因此我们认为只有这种人是幸福的——他的命运是顺利地迎接光明,然后平静地送走它。

因此在希腊化时代,死亡是政治家作为演员的最后表演,经常以一种戏剧化的方式呈现出来。"围城者"德米特里厄斯(Demetrios Poliorketes)之死很有代表性。这位马其顿国王兵败后在塞琉古一世(Seleukos I Nikator)的宫廷里郁郁而终,而"他的葬礼上举行了一种悲剧性的戏剧仪式"(ἔσχε...καὶ τὰ περὶ τὴν ταφὴν αὐτοῦ τραγικήν τινα καὶ θεατρικὴν διάθεσιν)。希腊世界最负盛名的吹笛手为护送骨灰瓮的船队演奏肃穆的乐曲,桨手们应和着笛声的节奏,挥舞着船桨拍打海面,仿佛葬礼中的哀哭者正捶打自己的胸脯,同时也在某种程度上扮演了悲剧歌队的角色(Plut. *Demetr.* 53)[42]。而德米特里厄斯生前的政治活动也充满表演性元素。例如,公元前294年,德米特里厄斯夺回雅典和比雷埃夫斯的控制权。雅典人担心他们在伊普苏斯之战(公元前301年)后的背叛会招来他的报复。然而,他却召集雅典人在狄奥尼索斯剧场开会,并命令士兵包围剧场,同时在舞台的周围布置卫队;随后,他本人"像悲剧演员一样"(ὥσπερ οἱ τραγῳδοί),从侧边的通道登上舞台,并用妥当合宜的腔调和措辞发表演说,宽恕惊慌

---

[42] 关于德米特里厄斯葬礼中桨手扮演的歌队角色,参见 Chaniotis, "Theatricality beyond the Theater", 245。

失措的雅典人(Plut. *Demetr.* 34.4-5)[43]。正因其一生政治活动的戏剧性,古代作家的相关叙述也带有强烈的戏剧色彩,特别是普鲁塔克的《德米特里厄斯传》。学术界普遍承认,这篇传记实际上是一部悲剧,而传主德米特里厄斯则是一位悲剧英雄[44]。而在罗马,我们已经看到,在普鲁塔克笔下,演说家西塞罗的人生"戏剧"正是终结于一场"可怕的表演"。

由此可见,对于奥古斯都之死的戏剧化处理,应该源自皇帝统治本身所具有的戏剧性。奥古斯都生前不仅慷慨赞助各种赛会、节日等公共娱乐活动(*RGDA* 22-3; Suet. *Aug.* 43)[45],并且经常将在这些场合举办的演出变成自己传递政治意识形态的工具[46]。他本人出席的公共活动也充满了戏剧要素。例如,公元13年,皇帝和提比略、德鲁苏斯·恺撒(提比略之子)以及顾问团(consilium)在帕拉丁山上的阿波罗神庙接见来自亚历山大里亚的使团。一份源自当时会议记录的纸草显示(*P.Oxy.* 2435 verso),一位亚历山大里亚公民向奥古斯都献上法令,并发表演说。随后奥古斯都表示知悉,而一旁观看的罗马平民则连声欢呼"好运"([ἐ]π' ἀγαθῶι, ἐπ' ἀγαθῶι)[47]。这显然是经过精

---

[43] 参见Chaniotis, "Theatricality beyond the Theater", 238-239; Christian Habicht, *Athens from Alexander to Anthony*, trans. Deborah Lucas Schneider (Cambridge, MA: Harvard University Press, 1997), 87; Ian Worthington, *Athens after Empire: A History from Alexander the Great to the Emperor Hadrian* (Oxford: Oxford University Press, 2021), 91。有学者分析了雅典铭文中传递的德米特里厄斯的悲剧演员形象,参见Peter Thonemann, "The Tragic King: Demetrios Poliorketes and the City of Athens", in *Imaginary Kings: Royal Images in the Ancient Near East, Greece, and Rome*, eds. Olivier Hekster and Robert Fowler (München: Franz Steiner Verlag, 2005), 63-86。

[44] Philip de Lacey, "Biography and Tragedy in Plutarch", *AJPhil.* 73.2 (1952): 159-171; Chaniotis, "Theatricality beyond the Theater", 244-245; Thomas Caldwell Rose, "A Historical Commentary on Plutarch's *Life of Demetrius*" (PhD diss., University of Iowa, 2015), 31-40。

[45] 《神圣奥古斯都功德碑》引据:Alison E. Cooley, ed., *Res Gestae Divi Augusti: Text, Translation, and Commentary* (Cambridge: Cambridge University Press, 2009)。

[46] Geoffrey S. Sumi, *Ceremony and Power: Performing Politics in Rome between Republic and Empire* (Ann Arbor: The University of Michigan Press, 2005), 220-262; Richard Beacham, "The Emperor as Impresario: Producing the Pageantry of Power", in *The Cambridge Companion to the Age of Augustus*, ed. Karl Galinsky (Cambridge: Cambridge University Press, 2005), 151-174。

[47] 参见Andrew Harker, *Loyalty and Dissidence in Roman Egypt: The Case of the Acta Alexandrinorum* (Cambridge: Cambridge University Press, 2008), 69-70, 71-73; Natalia Vega Navarrete, *Die Acta Alexandrinorum im Lichte neuerer und neuester Papyrusfunde* (Paderborn: Ferdinand Schöningh, 2017), 31-34。

心设计的场景:亚历山大里亚人在内战中是安东尼的支持者,而奥古斯都选择接见使团的阿波罗神庙,和他在阿克提乌姆海战中的胜利密切相关,同时也彰显了他与阿波罗之间的特殊关联。皇帝和他的继承人提比略同时现身,也向亚历山大里亚人昭示着自己奠定的新政治秩序。而罗马平民的欢呼则进一步渲染了整个场景的戏剧色彩。此外,奥古斯都葬礼同样体现出鲜明的表演性元素。公元14年他病逝于南意大利的诺拉(Nola)后,其遗体先是由自治市和殖民地的议事会成员一路从诺拉抬到罗马附近的波维莱(Bovillae),随后由骑士阶层的成员抬到皇帝的家中,安放在中庭展示(Suet. *Aug.* 100.2; Cass. Dio 56.31.2)。而在葬礼当天,最值得关注的除了一系列祖先面具之外,还有奥古斯都的三尊雕像。由狄奥的叙述可知,其中一尊雕像穿着凯旋将军的服饰,一尊驾驶凯旋战车(Cass. Dio 56.34.1-2)。如果这些雕像的装扮方式来自皇帝生前指导的话(Suet. *Aug.* 101.4),那么他很有可能是想通过凯旋将军的服饰以及战车装扮来塑造自己身后的形象[48]。

四

所以,我们有理由推测,正是奥古斯都葬礼所体现出的表演性元素,促使某位匿名作家以戏剧化的方式来呈现他的死亡,而这又为苏维托尼乌斯和狄奥所沿袭。那么为什么是拟剧?尽管拟剧因为取材于社会下层民众的日常生活,多有粗俗淫秽的内容,因而遭到精英阶层的鄙夷[49],然而,拟剧表演依然受到了罗马社会各阶层的普遍欢迎。奥维德对此有生动的描写(Ov. *Tr.* 2.501-2),"适婚的女儿、妻子、丈夫和儿子们观看这种(戏剧),还有许多来自元老院的人莅临"(nubilis

---

[48] 可比较希腊化君主如何通过特定的服饰和装扮来塑造个人形象,参见Chaniotis, "Theatricality beyond the Theater", 238-242。

[49] I. C. Cunningham, ed., *Herodas, Mimiambi* (Oxford: Clarendon Press, 1971), 3-11; Elaine Fantham, "Mime: The Missing Link in Roman Literary History", *CW* 82.3 (1989): 153-154.

hos virgo matronaque virque puerque | spectat, et ex magna parte senatus adest)[50]。奥古斯都生前虽整饬道德，并严厉约束演员的越轨行为（Suet. *Aug.* 45.4），但与此同时，他不仅慷慨地资助拟剧表演，而且亲临现场观看演出（Ov. *Tr.* 2.509-14; Suet. *Aug.* 53.1）。尽管如塔西佗所言（Tac. *Ann.* 1.54.2），皇帝之所以不排斥观剧，一方面可能是因为"与民同乐有些民主味道"（civile...misceri voluptatibus vulgi）[51]。但另一方面，奥古斯都时代的诗人（如奥维德、贺拉斯）时常以一种曲折迂回的方式，暗示皇帝文化品位不高[52]。苏维托尼乌斯则提到奥古斯都偏爱旧喜剧（comoedia veteri）这类充满色情露骨元素的戏剧题材，并经常将其公开上演（Suet. *Aug.* 89.1）[53]。除此之外，苏氏还叙述了一桩丑闻：在内战期间，奥古斯都经常和友人举办一种戏剧表演色彩浓厚的"十二神"（δωδεκάθεος）的晚宴，赴宴的客人需要化装成诸神的模样；他本人则扮演阿波罗，在宴会上放浪形骸，这甚至遭到安东尼来信斥责（Suet. *Aug.* 70.1）。也就是说，拟剧不仅正对奥古斯都的胃口，而且在私人领域，他还有可能投身这类粗鄙下流的文化活动。因此，奥古斯都在临终的病榻上如拟剧演员那般求取掌声，应该有一定的现实来源和依据。

除此之外，拟剧表演是罗马传统的葬礼习俗，故和死亡密切相关。而葬礼上表演的拟剧可以是轻松幽默的，往往涉及对逝者生理缺陷或糟糕性格的嘲笑。一个典型例子是在维斯帕芗皇帝的葬礼上，拟剧主演（archimimus）法沃尔（Favor）头戴皇帝的面具，以询问葬礼花费的方式，公开讽刺维斯帕芗的吝啬（Suet. *Vesp.* 19.2）[54]。由此可见，对于古代作家而言，奥古斯都如拟剧演员般求取掌声、感慨人

---

[50] 引据版本：John Barrie Hall, ed., *P. Ovidi Nasonis tristia* (Stuttgart and Leipzig: B. G. Teubner, 1995)。

[51] 引据版本：H. Heubner, ed., *P. Cornelii Taciti libri qui supersunt*, vol. I: *Ab excessu Divi Augusti* (Stuttgart and Leipzig: B. G. Teubner, 1994)。中译参考了王以铸、崔妙因译本（商务印书馆，1981年）。

[52] Jennifer Ingleheart, ed., *A Commentary on Ovid,* Tristia, Book 2 (Oxford: Oxford University Press, 2010), 373.

[53] 例如公元前17年举办的世纪赛会（Secular Games）上，奥古斯都就在罗马上演了旧喜剧，参见 Wardle, ed., *Suetonius*, Life of Augustus, 496。

[54] 参见 Geoffrey S. Sumi, "Impersonating the Dead: Mimes at Roman Funerals", *AJPhil.* 123.4 (2002): 559-585。此处承蒙王忠孝教授提示，谨此致谢。

生如戏，正和皇帝大限将至的叙事语境相映成趣。这同时也造成了强烈的文学效果，如西塞罗所言（Cic. *Fam.* 5.12.5）[55]：

> at viri saepe excellentis ancipites variique casus habent admirationem, exspectationem, laetitiam, molestiam, spem, timorem; si vero exitu notabili concluduntur, expletur animus iucundissima lectionis voluptate.

> 另一方面，杰出人物那危险而又变幻莫测的命运时常包含惊奇、悬念、欢乐、困难、希望、恐惧；但如果这些以高贵的死亡作结的话，那么我们的灵魂将为最鲜活的阅读快感所填满。

最后，"拟剧演员"可能比"悲剧演员"更符合古人心目中的奥古斯都形象。尽管古代不乏塔西佗这样的严厉批评者（Tac. *Ann.* 1.9-10），但正如兹维·雅维茨（Zvi Yavetz）指出的那样，"反奥古斯都的评价是例外而非常规"[56]。在古代流传的逸闻趣事中，奥古斯都的形象更多是诙谐机智的。他身上带有传统罗马人那种不加节制的幽默感，时常拿他人的生理缺陷或苦难不幸开玩笑。例如，伽尔巴皇帝（Servius Sulpicius Galba, 68—69年在位）的父亲盖乌斯·苏尔皮奇乌斯·伽尔巴（Gaius Sulpicius Galba）有驼背的毛病。某日他对奥古斯都说："如果您因为某些事情责怪我，还请您<u>纠正我</u>（**corrige** in me siquid reprehendis）。"奥古斯都打趣道："我可以给你提建议，然而我没有办法把你<u>弄直</u>（ego te monere possum, **corrigere** non possum）。"皇帝巧妙地运用双关（corrigere既有使某物变直，也有纠正的意思），嘲笑了老伽尔巴的驼背（Macrob. *Sat.* 2.4.8）[57]。又如，希律王下令处死叙利亚所有两岁以下的儿童，结果导致自己的孩子被杀。奥古斯都

---

[55] 引据版本：D. R. Shackleton Bailey, ed., *M. Tulli Ciceronis epistulae ad familiares* (Stuttgart: B. G. Teubner, 1988)。

[56] Zvi Yavetz, "The *Res Gestae* and Augustus' Public Image", in *Caesar Augustus: Seven Aspects*, eds. Fergus Millar and Erich Segal (Oxford: Clarendon Press, 1984), 21.

[57] 引据版本：Jacob Willis, ed., *Ambrosii Theodosii Macrobii saturnalia* (Stuttgart and Leipzig: B. G. Teubner, 1994)。

听闻此事之后,评论道:"当希律的猪都比当希律的儿子要强(melius est Herodis porcum esse quam filium)。"笑话之冷血粗俗令人咋舌(Macrob. *Sat.* 2.4.11)[58]。然而,这些玩笑话中蕴含的嬉笑怒骂的喜剧精神,正和拟剧别无二致[59]。

因此,奥古斯都葬礼的戏剧性、皇帝本人的文化品位、罗马葬礼风俗以及古人对于奥古斯都形象的想象,共同造就了古代作家对于奥古斯都之死的戏剧化处理。换言之,奥古斯都的"生命拟剧"是虚构和现实的混合物。通过对 mimum vitae 和 minimum vitae 的考辨,我们一方面能看到古代作家如何立足现实、编织叙事,另一方面又能看到他们编织的故事如何在文本流传的历史过程中逐渐变形、失真。虽然奥古斯都之死的历史实相在现实、虚构和文本流传的彼此纠缠中变得晦暗不明,然而它却如棱镜一般,折射出古代政治文化、社会风俗和思想观念的斑斓光彩。

(作者单位:复旦大学历史学系在读硕士生)

---

[58] 需要说明的是,这则笑话流传至古代晚期,并为马克罗比乌斯所记录下来时,已不无基督教色彩,比较《马太福音》2:16:"希律见自己被博士愚弄,就大大发怒,差人将伯利恒城里并四境所有的男孩,照着他向博士仔细查问的时候,凡两岁以里的,都杀尽了。"引据:《圣经》(和合本),中国基督教三自爱国运动委员会、中国基督教协会,2009年。

[59] 已有学者比较系统地搜集了古代文献中流传的奥古斯都讲述的笑话(以及其他机智诙谐的言论),参见 Enrica Malcovati, ed., *Imperatoris Caesaris Augusti operum fragmenta*, 5th edn. (Turin: Paravia, 1967)。关于古代文献中奥古斯都的幽默、诙谐形象,参见 Z. Yavetz, "The Personality of Augustus: Reflections on Syme's *Roman Revolution*", in *Between Republic and Empire: Interpretations of Augustus and His Principate*, eds. Kurt A. Raaflaub and Mark Toher (Berkeley: University of California Press, 1990), 36-38。

研究综述
Research Survey

品达凯歌的神话研究：三种新路径

刘保云

神话是品达凯歌的重要组成部分，主要以神话叙事的形式出现[1]，长短不一。想要研究品达，神话是绕不过的一关，这是神话在凯歌中占据的篇幅和体量带来的必然结果，同时神话叙事有没有"离题"（digression）也左右着我们对凯歌这种受命而作的应景诗的认识。

文艺复兴以来，神话叙事的离题在不同时期有不同的面向。16、17世纪的学者接受并赞成离题的存在，从修辞的立场指出离题看似不着边际，其实别有章法[2]。进入18世纪，品达的章法受到质疑，对离题的肯定出现松动，研究的视线深入到"离题存不存在""离题为什么存在"等跟凯歌的一致性息息相关的问题[3]。19世纪以后，凯歌的一致性跃升为品达研究的基本问题。研究者不论认同一致性还是反对一致性，往往都少不了着眼于神话叙事，将离题跟一致性紧密挂钩，让神话叙事成为不同流派的研究方法和学术思想交锋的阵地[4]。20世

---

[1] 现存46首品达凯歌中只有6首没有神话叙事，分别是《奥林匹亚凯歌》第五首（*Olympian* 5）、《奥林匹亚凯歌》第十一首（*Olympian* 11）、《奥林匹亚凯歌》第十二首（*Olympian* 12）、《皮托凯歌》第七首（*Pythian* 7）、《地峡凯歌》第二首（*Isthmian* 2）和《地峡凯歌》第三首（*Isthmian* 3）。

[2] 参马尔科姆·希思：《现代品达研究源流考》，《西方古典学辑刊》第一辑，复旦大学出版社，2018年，第239—244页。

[3] 同上书，第244—256页。

[4] 参David C. Young, "Pindaric Criticism", in W. M. Calder & J. Stern eds. *Pindaros und Bakchylides*. Darmstadt: Wissenschaftliche Buchgesellschaft, 1970, pp. 1-95。

纪下半叶，一首诗只能有一种思想被追认为现代品达批评的误区，凯歌的一致性也不再跟神话离题捆绑在一起。相较于寻求对一致性的系统解释，研究者回归凯歌的颂扬特质，试图揭示凯歌的体裁构成与创作表演情景的互涉。随着"语言转向""文化转向""叙述转向""记忆转向"等学术浪潮的推动，品达研究吸纳语用学、符号学、叙述学、文化人类学、新历史主义、表演研究、文化记忆等理论工具推陈出新，凯歌的神话叙事也相应地或多或少得到观照。

本文聚焦凯歌的神话叙事，梳理品达研究最近五十年的成果，着重分析新历史主义、叙述学和记忆理论对品达凯歌的神话研究产生的影响，必要的时候还将就相关研究之间的学术脉络予以说明，从而以神话研究为线索勾勒现代品达研究的大致走向。

一、新历史主义

新历史主义品达研究的代表性学者首推库尔克（L. Kurke）。她以博士论文为基础在1991年推出的第一部书《赞颂的交易——品达与社会经济的诗学》一举确立了新历史主义在品达研究乃至整个古典研究领域的地位[5]。这本书以人类学的"礼物交换"理论为切口，一方面分析凯歌内部的意象，讨论在歌颂胜利的场合神与人之间、人与人之间从个体到群体不同层面的交换以及主导交换的意识形态；另一方面将凯歌放置在古希腊社会从"嵌入式经济"转型到"货币经济"的历史语境，分析诗歌的意象如何作用于让获胜者"再融入"（reintegration）所属的家庭（oikos）、阶层（genos）和城邦（polis）三个不同的圈层。

对于神话叙事，该书没有提出整体性的解释，而是将其融入对诗歌意象的分析，分别从家庭、阶层和城邦三个应用场景出发讨论神话的功能。最有新意的解读出现在该书第二章，讨论的是跟家庭有关

---

[5] L. Kurke, *The Traffic in Praise: Pindar and the Poetics of Social Economy*. Ithaca and London: Cornell University Press, 1991.

的空间意象。库尔克在这里强调地理比喻不但作用于获胜者,还作用于诗人以及诗歌本身。诗人用地理空间来比喻和搭建诗歌的结构时,把神话叙事组织为一条歌颂获胜者及其所属家族的旅途。神话讲到一半,这趟旅途也就走了一半。诗人跟获胜者一样在荣誉的光芒指引下踏上神话之旅,到最后神话本身甚至还变成了诗人必须折返的远方。这也就是说,诗人的神话之旅跟获胜者的建功之旅一样要回归获胜者所属的家庭并对家庭有所助益。库尔克最终的结论是品达通过在凯歌中岔题(divagation)到神话,把英雄传奇的名望挪用到他歌颂的家庭,让神话成为获胜者所属家庭的"象征资本"(symbolic capital)的一部分[6]。象征资本是库尔克使用的一个重要概念工具,她援引布尔迪厄(P. Bourdieu)来强调荣誉和声望是古希腊嵌入式经济体系里每个家族都在寻求以最大规模储备的象征资本,并且表示"我们可以说凯歌是象征资本开展谈判的市场"[7]。因此,凯歌的颂扬让获胜者再融入的过程就是管理和再分配流入的象征资本的过程,这同时也是凯歌一整套社会交换(social exchanges)的目的所在。

越过"象征资本"去审视库尔克的分析会发现,她选择用"岔题"来代替传统的"离题",显然是有意要避开品达研究史上离题之争的笼罩。此外,地理空间意象同时见于神话叙事和凯歌的其他部分。库尔克把这种通用的意象揭示出来,让我们注意到凯歌各个部分被意象衔接到一起组成一个整体,体现出形式上的一致性。这种着眼于形式来主张凯歌一致性的做法直接承袭自邦迪(E. Bundy)。邦迪的经典著作《品达研究》于1962年面世[8],在方法上受到了帕里(M. Parry)和洛德(A. Lord)的理论对荷马研究的影响,聚焦品达凯歌的体裁风格和构成模式,指出只有把握住凯歌的成规(convention)才能真正理解品达。这部书标志着品达研究回归修辞学,也是形式

---

[6] Ibid, p. 57: "By his divagation into myth at the center of the ode, the poet appropriates the prestige of the heroic past for the household he celebrates. The myth itself becomes part of the symbolic capital of the victor's *oikos*."

[7] Ibid, p. 8.

[8] Elroy Bundy, *Studia Pindarica* (California Library Reprint Series). Berkeley and Los Angeles: University of California Press, 1986.

主义（formalism）研究凯歌的起点，对此后品达研究的走向产生重大影响[9]。邦迪最重要的论断是凯歌中所有元素无一例外都为颂扬服务[10]，品达研究的重心由此转向了颂扬的功能。《品达研究》把颂扬赞助人作为竞技胜利者的荣耀，视作凯歌的根本功能，基本抛弃了从外部寻求凯歌影射的人物、历史、政治、宗教或者军事等社会因素的历史主义做法。库尔克把颂扬的功能论证为让获胜者再融入，无疑继承和深化了邦迪的思考。但跟邦迪只关注凯歌的内在组成不同，她对凯歌所处的社会历史情景予以了同等的关注，从而让历史主义跟形式主义并驾齐驱成为她取资的源泉。这一点我们看看她在其他章节对神话叙事的解读即可略见分晓。

同样聚焦跟家庭有关的意象体系，库尔克在第一章分析离开家庭并携功而返的意象时，从不同凯歌抽绎赫拉克勒斯、阿基琉斯、埃阿斯、波洛普斯等多位英雄的传说，指出寻求建功立业的意识形态被诗人以最纯粹的形式融合到了神话叙事里。第三章讨论时间意象时，她回归传统的神话托寓，结合仪式研究指出神话把在奥林匹亚夺冠等同于一位后裔的诞生，诗人歌颂神话英雄就像一个得胜归来的儿子向亡父奠酒。到了第二部分讨论跟阶层有关的意象时，第五章对赠礼与回赠的讨论把神话解读为现实的原型（archetype），认为贵族阶层的礼物交换伴随着颂扬被整体投射到神话层面，神话叙事的宴饮和恩赐对应着获胜者夺冠庆祝的现实场景，庆典凭借神话托寓获得了正当性。第六章讨论客谊，库尔克沿袭了人们一贯把凯歌中的神话当作典范或者范式的做法，指出诗歌在礼物交换的思维下被具体化作礼物和宝藏后，神话过去通过智慧的传递跟当下的场合直接关联起来，既彰显出庆祝盛典的互利互惠属性，又揭示出诗人对神话的使用具有对贵族阶层进行再定义和确认的意识形态价值。进入第三部分，库尔克从城邦的角度讨论获胜者的再融入。第八章立足

9　关于形式主义，参 Guido Bonelli, "Pindaro formalismo e critica estetica", *L'antiquité classique* 56 (1987), pp. 26–55。

10　Elroy Bundy, *Studia Pindarica*, p. 3. "There is no passage in Pindar and Bakkhylides that is not in its primary intent encomiastic — that is, designed to enhance the glory of a particular patron."

起源神话和奠基神话的研究成果指出，诗人为了应对竞技胜利在城邦引发的嫉妒、忧虑和恐惧，常常把城邦神话融入凯歌之中，让神话叙事担当号召城邦团结一致的功能。

历史主义对神话叙事的解读核心是建立神话与现实之间的对应关系。把神话解读为托寓、原型还是典范，取决于它对应的宗教仪式、历史事件、现实人物或应用场景。值得强调的是，神话与现实的对应很多时候得不到历史材料的支撑，研究者很容易陷入循环论证的误区，变成自说自话。若是研究者抵挡不住整体阐释品达凯歌的诱惑，进一步再把这种对应关系大而化之、推而广之，应用到一首诗的各个部分，或者应用到多首相关凯歌，甚至应用到所有的凯歌，那么得出令人啼笑皆非的推论实在是再自然不过了[11]。从19世纪的蒂森、博克、赫尔曼到20世纪的维拉莫维茨，多数品达研究者都没有躲过这个陷阱。可以说，邦迪推出《品达研究》之前，历史主义一直占据着品达凯歌研究的主流地位，代表性著作就是维拉莫维茨的《品达》[12]。从1922年出版开始，这部书就在随后的三四十年里一直引领着品达研究的走向。正是不满于历史主义侧重文本之外凯歌与现实的呼应，以邦迪为代表的形式主义者才反其道而行，深入文本内部挖掘凯歌的体裁与构成，开启了对历史主义的矫枉过正之路。

库尔克以形式主义把握住凯歌的一致性，顺利避开了历史主义对凯歌的整体阐释。与此同时，她以颂扬的功能在于让获胜者再融入为前提把凯歌历史化，由内而外地剖析出凯歌对现实的多重呼应。这样一来，她对神话叙事的解读难免失之零碎，而且获胜者再融入这个前提是不是存在也会遭到质疑。不过更严重的问题还是在于她把个人跟家庭绑定，认为荣誉不是个人的而是群体的[13]，明显有失偏颇。

---

[11] 参David C. Young, "Pindaric Criticism", 尤见 pp. 3–58。

[12] U. v. Wilamowitz-Moellendorff, *Pindaros*. Berlin: Weidmannsche Buchhandlung, 1922.

[13] L. Kurke, *The Traffic in Praise: Pindar and the Poetics of Social Economy*, p. 82: "Pindar's conception of *kleos* is not personal: it is inextricably bound to the *oikos* as a social entity and as the space that defines that entity ... this *kleos* depends on and aims at the preservation and glorification of the *oikos*."

事实上，品达在凯歌之中花了很大气力去颂扬获胜者个人的荣誉。凯歌讲述获胜者自身、他的家庭乃至他所属城邦的光辉过往，最终凸显的也是凯歌当下颂扬的这场胜利。可是，即便存在各种各样的问题，我们还是不能低估库尔克的开创性。在形式主义大行其道的局面下，她成功地把历史主义接回品达研究的殿堂并让它跟形式主义携手并进。揭示不同主体在观念、意识和现实层面的交易、博弈和协商时，她有把问题复杂化乃至政治化的嫌疑，但她的研究证明了凯歌与现实之间的呼应不是封闭的、循环的、静态的，而是开放的、发散的、动态的[14]。

《颂扬的交易》之后，对凯歌的历史化解读直到新千年才再次有专著出现。值得注意的是针对品达为某一地区、某一城邦或某一家族创制的凯歌群展开的研究。摩根（K. A. Morgan）2015年出版的《品达与公元前五世纪叙拉古王权的建构》是极具新历史主义特色的一部[15]。她在书中聚焦品达为叙拉古僭主希耶荣创作的四首凯歌，对其中的神话叙事提出了整体性解释，称之为"僭越神话"（tyrannical mythology）[16]。这种神话的主角，不论男女，通常跟一位或多位神灵保有不同寻常的亲密关系，一旦他或她不能恰当地处理这种亲密关系，就会导致自己的灭亡。《奥林匹亚凯歌》第一首的坦塔罗斯，《皮托凯歌》第一首的提丰，《皮托凯歌》第二首的伊克西翁，《皮托凯歌》第三首的克洛尼斯和她的儿子阿斯科勒皮乌斯，都是僭越神话的典型。他们展现出野心不受节制并被误导带来的恐怖和残酷，从而让得到神灵眷顾身处高位之人引以为戒。

这种解释认定了诗人在凯歌中不单颂扬竞技胜利，还加入了别的东西。这种对凯歌的认识在品达研究之中一直存在，又数对历史主义影响最大。摩根谈到研究路径时，也直言她把品达的凯歌放到一个历史化的框架之下[17]。不过她强调这并不意味着重走历史决定

---

[14] 关于新历史主义，尤其是库尔克的研究"新"在何处，详参张巍：《西方古典学研究入门》，北京大学出版社，2022年，第246—252页，尤见第250—252页。

[15] K. A. Morgan, *Pindar and the Construction of Syracusan Monarchy in the Fifth Century B.C.*, New York: Oxford University Press, 2015.

[16] Ibid, p. 2.

[17] Ibid, p. 5.

论的老路:"品达不受社会和政治力量摆布,而是跟社会和政治力量共处。他的诗歌有特定的场景,因此反映着这个世界。实际上,品达的诗歌还试图塑造这个世界。"[18]同时她还指出从历史语境解读品达也不意味着让凯歌的文学特质被低估。她所谓的文学特质指的是诗歌超越时空的价值。至于凯歌这种体裁通用的主题和成规,她的关注点落在特定历史语境的用途之上。依摩根之见,品达把希耶荣放置在一个本土与泛希腊的观念与实践交织而成的复杂网络之中,是出于特别的考量:他要构建一个深受神恩眷顾的"有德之君"的模范,把僭主希耶荣再定义为一个生活在黄金时代的神话君王的实例。品达创造的君王形象取法自荷马的《伊利亚特》和赫西奥德的《神谱》及《工作与时日》。希耶荣作为君王被品达小心地安放在神灵与普通人之间:他有自知之明、虚心纳谏并接受自己的局限,最终摆脱了僭越神话的主角毁灭的命运。

　　摩根总体上延续了历史主义的做法,认为品达凯歌的神话是为希耶荣量身定制的。不过跟传统的历史主义不同,她认为神话叙事不是在呼应希耶荣的生平事迹,而是指向希耶荣的王权建构。她对《奥一》的解读可以具体说明这一点。这首诗对波洛普斯的失踪之谜同时有两种说法。品达不赞同那个说波洛普斯被他的父亲坦塔罗斯做成菜肴用以款待神灵的常见说法,他提出波洛普斯其实是在他的父亲宴饮众神时被波塞冬掳走带去神界了。至于坦塔罗斯的受罚,也不是因为他把儿子端上众神的餐桌让神灵成了"食人者",而是因为他把神灵赐给他的长生美食私自分给了其他人。这是品达编制得最复杂也是最精彩的一个神话。摩根的分析指出这是一个僭越神话,主题是宴饮和待客。诗人在里面整合了四种不同的宴饮场景——希耶荣有序款待亲朋、僭主大吃特吃以至于吃人、主客不分尊卑完全平等以及奥林匹亚的波洛普斯祭礼——把神灵与凡人之间的界限呈现出来。两种波洛普斯失踪之说都表现出凡人被神灵眷顾后跟其他人的关系变得模棱两可乃至势不两立,其中嫉妒起着重要作

---

[18] Ibid, p. 6: "Pindar is not at the mercy of social and political forces, but he does inhabit them; since he is a composer of occasional poetry his work will reflect this world. Indeed, it will attempt to shape it."

用，而受眷顾之人必须接受这种处境。通过波洛普斯编制僭越神话，诗人在这首诗中展现出一个受到神灵偏爱的凡人饮食越制（dietary transgression）引发的灾难。同时，品达叙述的饮食、贪吃、食人的神话折射出西西里地区的饮食习惯和僭主政制在希腊社会留下的刻板印象。

除了饮食越制，僭越神话还通过《皮二》的伊克西翁和《皮三》克洛尼斯展现了性越制（sexual transgression）的危险。西西里地区的权贵阶层盛行通婚联姻，希耶荣的家族还有族内叔嫂婚的惯例。为了塑造希耶荣被神灵庇佑的有德之君的形象，品达势必要划清他跟纵欲无度、性癖好奇特的僭主之间的界线。《皮三》的阿斯科勒比乌斯试图用医术让人起死回生，跟《奥一》的坦塔罗斯私自分配让人得以长生的食物一样，触犯了死亡的界线。《皮一》的提丰不接受神灵的安排并展开了反抗，但正义的权杖最终让他因为反抗神灵遭受了更严酷的惩罚。僭越神话的主角多方面展现了人受到神灵眷顾之后要是不能行于所当行、止于所不可不止就会面临危险。换句话说，人本性上没有承纳神恩的能力，神的恩典不过创造了让人越制和受罚的机会。即便君王贵胄也无法超越这种生而为人的处境。由于僭越神话的人物最后都会坠入凄惨的境地，因此又可以统称为"坠落叙事"（fall narratives）[19]。

摩根对凯歌的分析是逐字逐句进行的，除了神话叙事，其他部分也都从构建叙拉古王权的角度纳入考量。品达之外，她还吸纳了埃斯库罗斯、巴居利德斯等其他作家的篇章。文本之外的材料，如钱币、建筑、祭祀仪式、奠基建城、竞技赛会等，她也给予了充分的关注。乍一看，她对历史主义的继承要比库尔克明显得多。不过，一旦我们把她跟伯内特（A.P. Burnett）对埃癸那凯歌群的研究略作比照，就会发现摩根的研究究竟"新"在何处。

伯内特的《品达献给埃癸那青年运动员的凯歌》于2005年出

---

[19] Ibid, p. 390: "we can understand these myths as 'fall narratives' presenting the dangers to which those particularly blessed are exposed. Mortal nature usually cannot withstand the weight of divine beneficence; great favor creates the opportunity for exemplary transgression and punishment."

版,比摩根早十年[20]。从布局和结构上看,摩根和伯内特的选择其实颇为相似,都在开头几章铺陈研究的背景、方法和问题,然后以一首凯歌为一章,在主体部分对凯歌群的所有篇目逐一进行翻译和解读。摩根一共讨论4首凯歌,书中列在第5章至第8章。伯内特一共讨论11首凯歌,书中列在第4章至第14章。伯内特显然在章节上比摩根多了一大半,但摩根在内容和体量上反倒比伯内特要多一大半。她们的相似还体现在对文本之外物质材料的关注方面。伯内特在第2章用了一章的篇幅讨论埃癸那岛上阿法雅神庙(Aphaia Temple)的楣饰,表示上面的神话人物在神庙即将落成时被更换,不是出于政治目的,也不是跟雅典对抗的一种宣传动作,而是埃癸那贵族为了重述身份和地位特意"雕刻"的信号。埃癸那聘请品达所做的凯歌讲述神话时有不少都刻意影射神庙的楣饰。伯内特还指出,这座神庙是埃癸那青少年走出青年步入成年举办典礼的地方。体育竞技作为埃癸那青少年教育的重要部分,类似过渡仪式,让夺冠的青少年身份发生转变。凯歌纪念的是这种从青年过渡到成年的变化,因此神话叙事的埃阿库斯及其后裔绝大多数也都刚刚走出少年阶段,正值青年阶段,用意就在于鼓励青年运动员跟神话人物比肩。品达为此搜罗并化用了各种神话编制出埃阿库斯及其后裔的谱系,用祖宗的荣耀辉映埃癸那贵族不同寻常的身份。

　　伯内特的分析最突出的是这11首凯歌的共通之处。这不但体现在诗人和应用场景,还体现在它们都是埃癸那赞助的、获胜者都是青年人、都有埃阿库斯及其后裔的神话且神话英雄绝大多数都在青年阶段等。她对每一位获胜者及其家族的讨论也以他们均属贵族为起点,并且默认埃癸那的贵族阶层有同样的诉求。分析凯歌的受众时,伯内特认为,旁观者在见证和参与青年人走向成年的庆典时,不论处于什么年龄,都共同感受到了成功的魔力[21]。这种基于共

---

[20] A. P. Burnett, *Pindar's Songs for Young Athletes of Aigina*, Oxford: Oxford University Press, 2005.

[21] Ibid, p. 239: "The celebration introduced this adolescent group to the ways of maturity, while the elders were led to accept the imminent newcomers, and spectators of all ages were brought to a common experience of the magic of success."

性的分析无疑会为我们理解这组凯歌的一致性提供帮助,但更大的问题在于,它搁置了不同家族和不同获胜者之间暗自存在的竞争和较量,忽视了同一个城邦不同阶层之间的角力和撕扯,况且还漠视凯歌的创作时间对诗人的影响。此外,品达在诗中从未提及阿法雅神庙,伯内特把这里当作凯歌的表演场地,认为凯歌有意影射楣饰并且用神话叙事让受众联想神庙,是不是有循环论证的嫌疑也值得省思。

相较而言,摩根的分析虽然导向共性,但是基础却建立在差异之上。她关注凯歌之间、材料之间的差异,还关注文本与现实之间的差异。她没有因为希耶荣被贴上了僭主的标签,就默认品达在用神话叙事来影射他,规劝他不要再做出非礼人妻、追求长生之类的典型僭越行为。同样的,僭主与僭政也没有被视作固定的、静态的,而是被放到希波战争后古希腊政治生态加剧演变的背景里,跟帝王、专制、君主、王国、民主、城邦、帝国等政治组织形式交织在一起。在这个过程中,不同政治组织形式从西西里到希腊本土给古希腊人的政治思想和实践带来的影响被动态、立体地呈现出来。这赋予了我们更大的历史想象空间,也展现出新历史主义与历史主义的差别所在。

二、叙述学

叙述学研究品达凯歌的特色在于分析工具。常见的做法是选择一首凯歌作为范例,用某几个或某几种分析工具把它具体拆分成一个个独立的部分,显露诗人把各部分拼合到一起的手段、策略、用意或目的等。对凯歌的这种分析通常以文本为中心,不过凯歌作为一种应景的文体也决定了分析者不能忽视凯歌创作、纪念和表演的场合对诗人创作的影响。这就意味着这种研究取向不仅仅考察凯歌的文学性,也会展现出凯歌的历史性,如凯歌的首演与重演、歌颂者与被歌颂者的关系、诗人的身份和角色等。

菲尔森(N. Felson)于20世纪70年代末最先把叙述学运用于品

达凯歌的分析，选择的篇目是《皮托凯歌第九首》[22]，这同时也是最早采用叙述学研究古典文本的范例。这首诗依次有四段神话叙事，分别为库瑞涅和阿波罗的神话、伊奥拉乌斯和赫拉克勒斯的神话、阿莱克西达姆斯的家族传说和达那伊得斯姐妹的神话。菲尔森在文中接受结构主义的假说，把诗歌看作一个相互对立的实体交织而成的网络，然后借用符号学的一组术语——横向组合体（syntagma）与纵向聚合体（paradigma），先把每一段神话叙事作为一个叙事组合（narrative syntagm）进行比较，再把它们放在更高的层面作为一个聚合集（paradigmatic set）讨论。她分析指出，这四段神话叙事都由三个组织和结构行动的抽象单元（甲、乙、丙）构成：甲标记始发的状态，乙标记进展和操作的状态，丙标记终结的状态。这首诗中大多数叙事都是这三种抽象单元的复杂组合（complex syntagm），意思是一个人物的进展态（乙）或结果态（丙）会导致一个新的始发态（甲），这个始发态又会导致另一个人物进入终结态（丙）。我们以这首诗的主要神话——库瑞涅和阿波罗——为例来略作说明。作为少女的库瑞涅胆敢跟狮子对打（库瑞涅甲），勾起了阿波罗对她的欲望（阿波罗甲），阿波罗向喀戎打听她的出身，但却没有听从喀戎的建议，劫持库瑞涅（阿波罗乙）来满足自己的欲望（阿波罗丙），库瑞涅由此变成妻子和母亲（库瑞涅丙）。作为土地的库瑞涅从无人定居（库瑞涅甲）变成殖民后的繁荣城邦（库瑞涅丙），发展模式跟少女库瑞涅一样（第358—359页）。如此这般，她又接着分析了其他三个神话（第359—361页），指出凯歌的神话叙事共享同一套组合模式（syntagmatic pattern）。在此基础上她把诗人与获胜者的互动也纳入进来，表明诗人颂扬的底层还是同一套模式（第361—363页）。凯歌的结构表现出共享的叙述模式，不但证明了凯歌的一致性，也让凯歌的用意是颂扬还是教导成了不存在的问题。

从菲尔森的上述分析中我们可以感受到品达研究界的普遍关切，同时也能觉察到她不拘一格拥抱流行理论的治学理念。除了结

---

[22] Nancy Felson-Rubin, "Narrative structure in Pindar's Ninth Pythian", *The Classical World* 71.6 (1978), pp. 353-367. 她当时的姓氏作 Felson-Rubin，后来省去了 Rubin 作 Felson，为避免混淆，本文径称她为菲尔森。

构主义、符号学,她随着时间的推移还吸纳过言语行为理论、表演理论、应用语言学、认知语言学、语用学等多种分析工具考察品达的叙事,把凯歌当成理论工具的试验场。这充实了我们分析古典文本的工具箱,同时也警示我们注意理论的有限性,对工具的使用最终要以回归文本为导向。

2004年菲尔森从指示语(dexis)的角度再次选择《皮九》为例分析凯歌的叙事[23]。时隔27年重新审视《皮九》,她展现出品达的指示策略跟"省略""聚焦""概述""完结"等其他叙述手段一道调动并诱导听众[24],让听众以及后世的读者主动参与到凯歌颂扬获胜者和纪念胜利的任务中来。我们还是聚焦库瑞涅和阿波罗的神话来看一看这种"指示取径"(deictic approach)的具体做法。

库瑞涅和阿波罗的神话约占《皮九》五分之三的篇幅(第5—70行)。该诗以第一人称说话者"我"(ego)开篇。"我"在前四句诗中宣告了创作和表演的意图是歌颂库瑞涅获胜者。听众从这四句诗看到第一人称说话者从话语中现身并开始串联凯歌的框架故事(epinician frame story):这个故事的主角是"我",主要行动是颂扬获胜者。菲尔森特别提示,此处的"故事"是叙述学意义上从文本抽取的事件或内容(histoire、fabula、story),不是讲述故事的文本表述(récit, textual utterances)。第五句的关系代词τάν把作为土地的库瑞涅转换成作为少女的库瑞涅,让话题从颂扬转换到神话,让时间从现在转换到过去。"我"讲述了阿佛洛狄忒在利比亚欢迎阿波罗和库瑞涅,阿波罗把这块土地赐给库瑞涅,然后追溯少女库瑞涅的来历和身世,一直到某个时候(ποτέ)阿波罗"碰到"(κίχε)库瑞涅跟狮子对峙。"碰到"让观众跟着这位神灵来到色萨利。当阿波罗开口说话,他所在的"起点"(origo)就取代了"我"的。这位神灵向喀戎发出颂赞,吹捧少女库瑞涅的竞技才能(第30—37行),看起来就像是一首微型凯歌。阿波罗呼唤喀戎用的命令式也把这个"聚焦场景"(focalized

---

[23] Nancy Felson, "The Poetic effects of Deixis in Pindar's Ninth Pythian Ode", *Arethusa* 37.3 (2004), pp. 365-389.
[24] 关于叙述学术语,参张巍:《西方古典学研究入门》,北京大学出版社,2022年,第228—234页。

scene）在想象中放置在品达的听众眼前。很快阿波罗不再扮演"歌颂者"（laudator）的角色，开始向喀戎寻求建议。喀戎就像凯歌诗人不得不（χρέος）颂扬那样，不得不（χρή）给出预言。他指着跟前这块地，用互动话语（interactive discourse）先向阿波罗致意。从时间指示词"此刻"（νῦν δ᾽，行55）开始，喀戎结束了互动话语，转换到第三人称叙事，让阿波罗作为听众，听他讲库瑞涅和阿利斯塔欧斯（Aristaeus）的事。阿波罗于是跟凯歌表演现场的观众一样在想象中被转运：情态动词μέλλεις跟方向动词ἐνεῖκαι和介词ποτί表示阿波罗正准备从色萨利远行；到行53结尾，阿波罗已经在他想象中的路上了。地点副词ἔνθα表示他脑海中来到了新地点，利比亚就成了阿波罗新的"此地此刻"（hic et nunc）。接着，喀戎用远指示副词τόθι表明他做出预言的地方是色萨利，并且接下来讲述库瑞涅地方神灵阿利斯塔欧斯的身世，以取悦可能在首演现场的库瑞涅人。喀戎的预言完成之后，"我"接着用第三人称叙事讲下去，先用格言定性神灵的行为，再用两句诗"概述"阿波罗跟库瑞涅的相识和结合。介词短语"在利比亚金闪闪的婚床上"和ἵνα引导的从句跟预言不同，把阿波罗和库瑞涅不是在想象中而是在事实上从色萨利转运到利比亚。作为说话者，喀戎跟"我"相似，是"我"的"替代叙述者"（surrogate narrator）。这种相似体现在措辞层面也可以从喀戎和"我"对同一批指示词ἔνθα、νῦν δ᾽和ἵνα的使用上看出来。

显而易见，菲尔森从叙述学角度对《皮九》所做的分析都有着一定的技术门槛，可能对读者构成的阅读障碍会比从阅读中得到的启示还要大。这是对分析工具的依赖自然而然导致的结果。不过必须承认的是，相较于1978年的"结构主义路径"，2004年的"指示路径"更加侧重文本的字词细节，无疑是对结构主义的修正。若有对指示语和认知语言学的基本了解，这种分析路径对我们认识凯歌的表演与听众的反应的确有所助益：指示语让喀戎和阿波罗的对话像是一场日常交流。阿波罗和喀戎看到少女库瑞涅与狮子对打时的交流让"我"跟观众之间的对话场景从黑暗之中显现出来。喀戎向阿波罗预言未来发生的事情时，他跟作为诗人的"我"一样采用了格言、对话和叙述，讲述了同一类故事片段，还使用了相似的指示语系统。因此，这场神话交流的语境以其丰富性补充了我们欠缺的凯歌框架故事的语境。作为喀戎的听众，阿波罗随着喀戎在想象中穿梭在色萨利和库瑞涅之间。这种在想象里进行的时空旅行，也在凯歌表演的现场随着"我"的讲述不断发生在凯歌的听众身上。

这种时空旅行在1994年被菲尔森统称为"间接转运"（vicarious transport），这是她首度把指示语作为一种有效的语言工具引入品达凯歌分析得出的结果，当时选用的篇目是《皮托凯歌第四首》[25]。现在讨论凯歌的表演，"间接"旅行是常常会提到的诗人调动观众的策略。菲尔森在这篇文章中还总结了古希腊文指示语的各种形式并把它们归纳为五个范畴（第4—5页）：

（1）第一和第二人称代词：跟言说者的"起点"是近指示和直接指示关系。

（2）指示代词和指示形容词。

（3）放在句子开头的前置状语，包括空间和时间副词、地点介词词组、地点和时间关系状语。

（4）指示动词：去往或者离开"起点"的动词，如意思是去和来、带来和带去、欢迎、接待、离开之类的词。

（5）表达内部视角的动词（如未完成过去时之类）。

现在回头看上文她对库瑞涅和阿波罗神话的分析，我们或许会更容易理解她何以把τάν、ποτέ、κίχε、νῦν δ'、ἐνεῖκαι、ποτί、ἔνθα、τόθι、ἵνα等词挑出来着重讨论。事实上，菲尔森揭示它们的语法属性除了表面上能起到疏解词意的效果，根本上还是为了展示指示语对凯歌的表演尤其是现场的观众起到的引导作用。以菲尔森对《皮四》的指示语研究为起点，从指示路径研究古希腊经典引起越来越多的注意。到2004年她第二次讨论《皮九》时，指示路径已经被应用到多种古典文本，相关成果从她作为特邀主编在期刊 *Arethusa* 上推出的一组文章可见一斑。她对《皮九》的研究事实上就是其中之一。此外她还为这组文章撰写了导言，对指示语的诗学（the poetics of deixis）做了

25　Nancy Felson, "Vicarious Transport: Fictive Deixis in Pindar's Pythian Four", *Harvard Studies in Classical Philology* 99 (1999), pp. 1–31.

简介[26]。

由于指示语关涉的时间、地点和人物也是叙述学研究的基本领域，因此对指示语的研究跟叙述学有很多互相生发的可能性。除了菲尔森用到的"故事""框架""聚焦""概述""省略""完结""叙述者"外，叙述的"频次""时间"等其他工具也可以吸收用于对凯歌的分析[27]。

结束对叙述学的讨论之前，我们最后再简单看一看阿塔纳萨基（L. Athanassaki）从人称指示语的角度对《奥一》的波洛普斯神话所做的解读[28]。阿塔纳萨基总体上把《奥一》的叙事分为两个不同的"故事空间"：神话世界和颂扬世界。她这么做延续了菲尔森1984年对《奥一》的分析[29]。不过菲尔森当时把格言也摘出来了，多了一个格言世界。阿塔纳萨基强调，这样划分不是在质疑凯歌的一致性，而是因为神话和颂扬是明显有别的叙事元素。说话者在颂扬世界中用各种各样的指示词明确表示自己身处希耶荣的宫廷，在神话世界中则对自己所处的位置讳莫如深。凯歌世界对希耶荣的颂扬以第三人称开头，以第二人称收尾。神话世界对波洛普斯的颂扬以第二人称开头，以第三人称收尾，表现出对称性。第三人称的距离感在神话世界和现实世界都服务于对成就的颂扬。第二人称的亲近感让诗人的位置在叙拉古和奥林匹亚之间暗自转换。具体到波洛普斯的神话，开始时说话者出于成规采用第三人称叙事，到第36行他从第三人称转换到第二人称，悬置了自己身在叙拉古的位置。他用第二人称一直讲到谣言的兴起，给人一种他就在波洛普斯跟前的效果。此外，他使用未完成过去时描述波洛普斯的失踪，还把波洛普斯在奥林波斯山的逗留描述为一种正在进行的事件，都提示我们说话者在脑海中把自己转运到了过去某个时候，并且他的叙述是内部视角。讲坦塔罗

---

[26] Nancy Felson, "Introduction", *Arethusa* 37.3 (2004), pp. 253–266.

[27] 例如立足叙述时间对《皮九》的考察，见Jonas Grethlein, "Divine, Human and Poetic Time in Pindar, Pythian 9", *Mnemosyne* 64.3 (2011), pp. 383–409。

[28] L. Athanassaki, "Deixis, Performance, and Poetics in Pindar's First Olympian Ode", *Arethusa* 37.3 (2004), pp. 317–341.

[29] Nancy Felson Rubin, "The Epinician Speaker in Pindar's First Olympian: Toward a Model for Analyzing Character in Ancient Choral Lyric", *Poetics Today* 5.2 (1984), pp. 377–397.

斯的受罚时，说话者换用第三人称倒叙，从而在时间和空间上跟叙述的事保持距离。描述波洛普斯祈祷波塞冬现身时，说话者用了第三人称，但波洛普斯对波塞冬说的话则用了第一人称，达到了让观众亲耳听到波洛普斯自己说话的效果。说话者对波洛普斯说的话以及波洛普斯对波塞冬说的话逐渐把过去带到现在，突出了波洛普斯作为奥林匹亚赛会创办者的"神圣在场"。但是第二人称传达出说话者与收听者之间的亲近感并不会让说话者在神话世界的时间定位变得清晰易辨。总而言之，这首诗的指示模式以及对第二人称指示语的广泛使用对我们把握凯歌表演的地点（叙拉古和奥林匹亚）和表演方式（独唱和合唱）都有一定的启示。与此同时，品达巧用指示语把说话者定位在神话世界和现实世界之间的模糊状态，也有助于强化他掌管着真理的诗人形象。

三、记忆理论

记忆理论推倒了现代学术为古希腊"神话"（muthos）和"历史"（historia）堆垒的隔墙，把它们统称为"过去"并跟"现在"归到同一个"连续体"（continuum）。因为应用到特定的场合和文本跟"现在"的关系有远有近，神话过去和历史过去又可以根据语境具体分为"远过去"和"近过去"。一个家庭、团体或者群体共同经历的过去构成了他们的共同记忆或者说集体记忆。作为一种记忆的形式或者模式，凯歌呈现、创造和再造过去的过程主要体现在神话叙事，因此"神话"是品达凯歌记忆研究的重中之重，此类研究也披上了"神话学"的外衣。同时由于此类研究跟叙述学常常共享一套分析工具，习惯上也会把它们放到"叙述学"之下。此处单独提出来是因为此类研究侧重"表述"，也就是叙事的话语层面，考察的是叙事作为话语的内外指示，尤其是表述的时间和空间维度，涉及表述的形式、表述的场合、表述的内容等。神话叙事的话语生产受到凯歌的体式、创作的背景和表演的场合等话语内外的多重因素影响，因此要放到表述的层面来考察。我们以伽拉姆（C. Calame）的研究为例来进行说明。

  伽拉姆对品达凯歌讨论最集中的论述出现在他取径"符号叙事"(semionarrative)对库瑞涅奠基建城叙事的研究,涉及三首歌颂库瑞涅人的皮托凯歌,分别为《皮四》《皮五》和《皮九》,最早于1990年发表[30]。库瑞涅是位于北非的古希腊殖民城邦,存世有多种资料记录此地建城的始末。伽拉姆分析的文本大体可分为诗歌(品达、卡里马库斯、罗德岛的阿波罗尼乌斯)、史书(希罗多德)和出土文献(铭文)三类,时段上以品达为庆祝库瑞涅人忒勒西克拉忒斯于公元前474年夺冠所作的《皮九》为始,下迄希腊化时代卡里马库斯所作的《阿波罗颂》。他指出库瑞涅在不同文本的"象征性诞生"(symbolic birth)中都把过去的殖民历史跟现在的文本表述建立起关联。表述的体式和内容千变万化说明古希腊人对过去的理解是多样化的。品达的三首凯歌对库瑞涅的来历给出了三种不同的叙事,从时间和空间上看,跟当下的关联都不是建立在现代史学意义上明确的某一年(如公元前476年)、某件事(第31届皮托赛会)或者某个地点(库瑞涅),而是通过一种相对不精确的时空定位来实现,比如多少代人、某条河边之类。这揭示出在品达的时代古希腊人跟"远过去"或者说跟历史的关系有多种形态。只有到表述之中,也就是通过凯歌表演的"此地此刻"和观赏合唱队表演的受众,才能让奠基建城叙事的时空定位获得意义。由于三首凯歌的时空定位和叙事主题明显有别,我们很难归纳出一个原始的、标准的版本,这就意味着我们很难把它们建构为某种现代考古学意义上的物质或历史真实,同时我们也不能把品达的叙事看作某种偏离标准的纯文学创作。

  伽拉姆对三首凯歌"神话"的具体分析采用了符号学家格雷马斯(A. J. Greimas)的方法和术语。我们还是以《皮九》的库瑞涅与

---

  30 C. Calame. "Narrating the Foundation of a City: The Symbolic Birth of Cyrene", in: Edmunds, L. (ed) *Approaches to Greek Myth,* Baltimore: The Johns Hopkins University Press, 1990, pp. 277–341.该文后经修订以法文收入C. Calame. *Mythe et histoire dans l'antiquité grecque. La creation symbolique d'une colonie.* Lausanne: Payot, 1996。此书于2003年被译为英文,见C. Calame, *Myth and History in Ancient Greece: the Symbolic Creation of a Colony*, translated by Daniel W. Berman. Princeton: Princeton University Press, 2003。本文参考的是2003年英译本。

阿波罗神话为例来说明[31]。阿波罗看到库瑞涅与狮子搏斗，对她心生爱慕。爱欲的驱使创造出"匮乏"（lack）的情境，阿波罗于是向喀戎寻求建议，喀戎预告了此事的进展并让叙事进入"操控"（manipulation）环节，喀戎同时也成为阿波罗的"发送者"（sender）。库瑞涅与阿波罗的结合在"施行"（performance）阶段伴随着空间从色萨利到利比亚的转移，这桩风流韵事也同时被转换成了奠基建城传说。库瑞涅诞育的子嗣展现出神性是最后一环"许可"（sanction）。除了儿子之外，库瑞涅成为一座城市的主宰也是一个"许可"。叙述者顺着这座城市的美丽场景和竞赛成绩回到了这首诗庆祝忒勒西克拉忒斯竞技胜利的场合。将之跟上文菲尔森1978年的研究相较，我们很容易感受到相似的结构主义的味道。不同之处在于，伽拉姆的分析并未止步于"符号叙事结构"。事实上，他先从表层的"话语结构"（人物、场景、时间）入手，再进入中层的"符号叙事结构"，最后一直走到"深层符号叙事结构"（矛盾与对立）[32]。

　　要言之，《皮九》的奠基建城叙事以库瑞涅的婚姻结合为主题构建了一套象征"转换"的比喻和变体，主体是三段象征性叙事，分别是库瑞涅与阿波罗的结合、阿莱克西达姆斯与利比亚国王之女的结合、忒勒西克拉忒斯与爱慕他的库瑞涅少女的结合。前两段叙事赋予了第三段叙事——即获胜者忒勒西克拉忒斯的婚配——双重寓意：从丈夫的角度看，忒勒西克拉忒斯会像阿波罗或者阿莱克西达姆斯那样被妻子珍爱；从儿子的角度看，他作为阿莱克西达姆斯跟利比亚国王之女的后裔，也将养育出有出息的子嗣。这三个叙事在一起跟阿波罗和库瑞涅的神话那样也符合"典型模式"（canonical schema）：阿波罗和阿莱克西达姆斯作为范例的情事是"操控"和"权限"，忒勒西克拉忒斯的婚姻是"施行"，忒勒西克拉忒斯未来的子嗣是"许可"。这三组结合分开来看，它们的差异体现在结合的前

　　31　见C. Calame, *Myth and History in Ancient Greece: the Symbolic Creation of a Colony*, pp. 67–78。
　　32　这是英译本的译者Daniel W. Berman归纳的，他还对伽拉姆与结构主义的关系做了简要说明，详见C. Calame, *Myth and History in Ancient Greece: the Symbolic Creation of a Colony*, pp. ⅺ–ⅹⅶ，尤见pp. ⅹⅳ–ⅹⅶ。

提和后果上：第一种结合让一个跟野兽决斗的希腊女子来到利比亚，由她统治一个被希腊神灵控制的殖民城邦；第二种结合让一个原住民女子来到库瑞涅，从游牧民族的一员变成了希腊殖民者的妻子并定居在一个建成区；第三种是一个库瑞涅男子跟一个库瑞涅女子的结合，这位男子刚刚在一场竞技赛会上取得胜利，赛会敬奉的神灵跟上述一切事件的肇始者是同一位。因此每一次结合都是一种奠基建城行为，它们环环相扣，推动利比亚朝着男性化和希腊化的方向演变。与此同时，空间的迁移也标志着结婚之人的状态发生转变。比如库瑞涅从色萨利到利比亚让她从少女变成了母亲，从跟猛兽对峙的女孩变成了统领四方的君主。但这不能贸然说是从自然状态进入文明状态，而是更为微妙。

整体上看，伽拉姆对凯歌神话叙事的研究延续了他对古希腊"神话"和"神话学"的基本观点，即古希腊"神话"不是虚构的，我们要回到话语表述的"此地此刻"，透过表述的实践和表述的语境（文学、宗教、仪式、政治、历史、文化等）来分析神话叙事的意义。这种研究最终指向对现代神话学和历史学的批判视野[33]。除了叙述库瑞涅奠基建城的这三首凯歌，伽拉姆还取径"符号叙事"研究了《皮托凯歌第十一首》的俄瑞斯忒斯神话[34]。他对这篇凯歌的分析不同于库瑞涅这三首诗的地方在于他还着重讨论了"说话人"，即第一人称表述的我、我们。伽拉姆对诗歌之"我"的研究有两个理论支撑。一个是语言学家本维尼斯特（E. Benveniste）的语言表述（énonciation）理论。这种理论从时态和人称上把语言表述区分为"故事（历史）"和"话语"两种。这种分类我们前面讨论叙述学时已经提到过，需要在此强调的是本维尼斯特把第一人称和第二人称视作话语的标志，这为伽拉姆讨论第一人称奠定了基础。另一个是彪勒（K. Bühler）的指示语研究，这同样也是"指示取径"的理论资源。伽拉姆的特别之

---

[33] 参伽拉姆：《古希腊英雄叙事的历史人类学研究：区别性比较和诗歌语用学》，载于《诗歌形式、语用学和文化记忆：古希腊的历史著述与虚构文学》，北京大学出版社，2017年，第25—55页。

[34] C. Calame, "Clytemnestre, Oreste et la célébration poétique d'une victoire aux jeux pythiques", *Qu'est-ce que la mythologie grecque?*, Gallimard, 2015, pp. 155-190.

处在于，他没有停留于故事层面分析"此地此刻"的"我"在文本内和文本中的指涉，而是来到话语层面分析"我"的表述跟文本外的表演场地、表演方式、宗教仪式等建立的关联。他专门以《奥林匹亚凯歌第六首》为例分析了歌唱神话的"我"[35]，具体辨析诗歌之"我"表述的多个声音，指出"我"不能跟诗人简单挂钩，更不能套用现代抒情诗学的"抒情之我"（Lyric I）来研究古希腊合唱歌[36]。

具体来说，《奥六》庆祝的是叙拉古人哈革西阿斯在奥林匹亚的骡车比赛中取得的胜利。第一人称说话人用驾车来比喻作诗，招呼车夫跟他一道驾车来到颂歌的门前。不过他们没有从奥林匹亚直接驶往叙拉古，而是驶向了拉科尼亚的欧罗塔河边。地理位置的改变让表述的时间从"今天"被带到了不明确的过去，这也就意味着凯歌的表述从话语层面来到了故事层面。接下去这首诗从少女皮塔涅与神灵波塞冬在斯巴达郊外的结合开始讲起，一直讲到他们的孩子欧阿德涅与阿波罗结合生育了伊阿姆斯，并以伊阿姆斯在阿波罗的指引下来到奥林匹亚建立自己的神谕所收尾，完成了地理位置上又回到奥林匹亚的闭环。这种地理的闭环从叙拉古、斯巴达、奥林匹亚、阿卡迪亚、斯廷法罗斯、忒拜多个地点构建出哈革西阿斯的祖宗伊阿姆斯家族的谱系。这个谱系同时也构成了一个时间的闭环：说话人回到"神话"的源头把伊阿姆斯家族在奥林匹亚创办的神谕所以及赫拉克勒斯在奥林匹亚创办的赛会与这首凯歌的表演现场关联起来，让"神话"时空跟凯歌表述的"此地此刻"贯通为一体。在凯歌的表演现场，第一人称说话人为了回应复杂的交流情境，在单数（我）和复数（我们）之间切换，一共传达出四种声音，分别是品达（来自忒拜，从神那里得到灵感，真理掌管者）、合唱队领队（斯廷法罗斯人埃涅阿斯）、叙拉古少年合唱队、这首凯歌自身。第二人称单数（你）也

---

[35] 该文最早以法文出版于2008年，见C. Calame, "Entre récit héroïque et poésie rituelle: le sujet poétique qui chante le mythe", in S. Parizet eds, *Mythe et littérature*, Paris, 2008, pp. 123-141. 本文参考的是2009年意大利文译本：C. Calame, "Fra racconto eroico e poesia rituale: il soggetto poetico che canta il mito (Pindaro, Olimpica 6)", *Quaderni Urbinati* 2 (2009), pp. 13-27.

[36] 关于伽拉姆对现代抒情诗学的批判，见伽拉姆：《古希腊抒情诗，一种不存在的体裁？》，《西方古典学辑刊》第三辑，复旦大学出版社，2021年，第255—283页。

代表着四种声音,分别是获胜者哈革西阿斯(阿卡迪亚人在叙拉古殖民的后代)、芬提斯(叙拉古车手)、希耶荣(叙拉古僭主)和波塞冬(叙拉古的海神)。"说话者"的多个声音让比喻意义上的空间迁移变成了话语表述的实际例证。

因此,凯歌不单单是一种言语行为,更是有特定表演形式和表演场合的歌唱行为、崇拜行为。凯歌的表演不断创造乃至再造古希腊人对过去的集体记忆,让它成为"文化记忆""诗歌记忆"和"表演记忆"。对诗歌话语的这种研究被伽拉姆冠以"诗歌语用学"之名[37]。

站在表演研究的立场审视伽拉姆对凯歌的分析会发现,他的"诗歌语用学"关注的焦点是凯歌的首演,对重演几无触及。同时,他梳理凯歌表演指涉的不同个人、不同地方、不同群体,对可能存在的竞争与较量也甚少谈到。分析凯歌的表演与宗教仪式和崇拜的关联时,他常常触及宗教学、历史学和政治学的话题,这在某种程度上甚至会引诱我们把他对凯歌的解读放到历史主义的脉络之下。事实上,我们要站在理论层面才能意识到,他的话语世界卸下了现代人给古希腊的诗歌、神话和历史强行穿上的"伪装"。透过他的"诗歌语用学",如果我们看到了现代学术理念对古希腊神话与合唱歌研究带来的遮蔽,意识到欧洲中心论、新自由主义等论调对学术研究侵入肌髓的影响,也就不枉他的真正用意了。

最后本文还有几点需要说明。

第一,本文之意,不在全面概述品达凯歌的神话研究,而是以神话为线索展示几种研究品达凯歌的视野和方法。新历史主义、叙述学、记忆理论都有一定的方法论,并且都在品达研究领域取得了公认的成果,我们从中挑选展示对象比较方便。这并不是要忽视或否定其他研究。

第二,本文在可能的情况下有意展现不同研究方法对同一首凯歌或者同一个神话的研究。比如《奥一》和波洛普斯神话反复出现

37　见伽拉姆:《诗歌形式、语用学和文化记忆:古希腊的历史著述与虚构文学》,北京大学出版社,2017年。

在库尔克、摩根、菲尔森和阿塔纳萨基的讨论中,《皮七》反复出现在菲尔森和伽拉姆的讨论中。另外文中还反复提到了《皮四》,之所以不选它直接展示,是因为这首诗的长度是品达凯歌之最,要讨论的话会占太多篇幅。本文这样做是希望不论读者是否熟悉品达,都能从这篇文章直观感受到研究工具和研究方法对古典文本的影响。这可能会给读者"莫衷一是"的感觉,也在所难免。

第三,事实上,古典文本的解释不存在唯一性,研究古典文本的方法和理论也不存在唯一性。本文对不同理论和方法的展现并不一定能让它们即刻高下立判,但至少也可以提醒我们对理论和方法的局限性保持警惕。

第四,我们对理论和方法保持警惕不应该成为我们回避理论和方法的挡箭牌。事实上,没有任何一种对经典的解释不存在理论和方法背景。如果说没有,那就是早已习以为常了。研究者对理论不以为意的态度比理论本身的局限性更值得引起我们注意,因为研究的误区很多时候就是源于缺乏对理论的批判意识。本文把伽拉姆从叙述学中单列出来,根本原因就在于他的理论批判精神。

第五,本文最终希望说明,理论和方法的有限是经典之所以为经典的证明。一切研究路径最终都应该带领我们回到经典本身,让我们发现经典本身恰恰是无限的。

(作者单位:美第奇上海中心)

参考书架
Reference Books

古希腊-罗马地图及相关资源：
自1990年以来出版文献导览

理查德·塔尔伯特　杰弗里·贝克尔

（王忠孝 译）

请读者们在以下几方面多加留意。首先，本指南从始至终都假定您最熟悉的现代西方语言是英语。因此，指南的重点是介绍英语学术界的研究成果。但我们也应充分认识到，该领域的研究是国际化的，涵盖多个语种发表的研究成果。其次，这是一本带选择性的指南。要完全消除作者持有的主观看法是不太现实的。自20世纪90年代以来出版的作品范围和种类就已十分庞大，且目前处于持续增加之中。出版物的制作技术也越来越先进。此外，与希腊和罗马人相关的时间范围的界定比以往任何时候都要更早或更晚。我们对希腊-罗马土地面积的认知也同样遵循此例。

本指南分A和B两部分。第一部分（A）由理查德·塔尔伯特撰写，占全文大部分篇幅。作者分别按主题、标题、材料对静态出版物[1]加以介绍。第二部分（B）由杰弗里·贝克尔撰写，其内容主要涉及交互性的资源。它们被分为三个不同的类型，每种类型将分节加以论述。

---

[1] 静态出版物（static publications）指的是一经出版后无法在该版基础上编辑、更新的传统出版物，主要指纸质出版物。与之相对的是可以随时更新的、在网络媒体平台上出版的电子资源。——译者按

第一部分（A）

入门性读物

- Trevor Bryce and Jessie Birkett-Rees, *Atlas of the Ancient Near East: From Prehistoric Times to the Roman Imperial Period* (Abingdon, UK, and New York: Routledge, 2016)
- Richard Talbert, Lindsay Holman and Benet Salway (eds.), *Atlas of Classical History* (Abingdon, UK, and New York: Routledge, 2023 revised edition). 延伸阅读目录参见第201—210页
- Daniela Dueck, *Geography in Classical Antiquity* (Cambridge: Cambridge University Press, 2012)
- D. W. Roller, *Ancient Geography: The Discovery of the World in Classical Greece and Rome* (London: Tauris, 2015)

此外，一些标准参考书也包含大量相关条目，如 *Brill's New Pauly*；*Oxford Classical Dictionary*（包括第5版带有地图的在线版）；*The Oxford Companion to World Exploration* (ed. David Buisseret, Oxford: Oxford University Press, 2007); Wiley-Blackwell *Encyclopedia of Ancient History* (ed. R. S. Bagnall et al., 2013 纸质版，后续在线更新); *The Oxford Dictionary of Late Antiquity* (ed. Oliver Nicholson, Oxford: Oxford University Press, 2018)。

地标古代史书系（*Landmark Ancient Histories*）

这套面向大众读者、带有丰富注释的译丛提供了大量地图，这是它的鲜明特色。除了单独注明外，以下所列各卷均在纽约帕特农出版社出版。

- Arrian, *The Campaigns of Alexander* (ed. James Romm, 2010)
- Julius Caesar (ed. K. Raaflaub, 2017, 额外的网络文章，可查阅 www.landmarkcaesar.com)
- Herodotus (ed. R. B. Strassler, 2007)

- Thucydides (ed. R. B. Strassler, 1996. New York: Free Press)
- Xenophon, *Anabasis* (ed. Shane Brennan and David Thomas, 2021)
- Xenophon, *Hellenika* (ed. R. B. Strassler, 2009)

供教师和学生使用的挂图

最初由劳布里奇出版社于2011年发行,现可从"古代世界制图中心"(Ancient World Mapping Center)在线获取打印(见下)。

- Egypt and the Near East, 3000 to 1200 BCE (1:1 750 000)
- Egypt and the Near East, 1200 to 500 BCE (1:1 750 000)
- Greece and the Aegean in the Fifth Century BCE (1:750 000)
- Greece and Persia in the Time of Alexander the Great (1:4 000 000)
- Italy in the Mid-First Century CE (1:775 000)
- The World of the New Testament and the Journeys of Paul (1:1,750,000), with inset: New Testament Palestine (1:350 000)
- The Roman Empire around 200 CE (1:3 000 000)

更专精的概览以及具有特殊价值的参考书

概览:

- 请参阅下书包含的七篇论文: Talbert (ed.), *Ancient Perspectives: Maps and Their Place in Mesopotamia, Egypt, Greece, and Rome* (Chicago: University of Chicago Press, 2012)
- *Encyclopédie Berbère*, published through S (Leuven: Peeters); available online through O at encyclopedieberbere.revues.org
- J. B. Friedman and K. M. Figg (eds.), *Trade, Travel, and Exploration in the Middle Ages* (New York: Garland, 2000)
- M. H. Hansen and T. H. Nielsen (eds.), *An Inventory of Archaic and Classical Greek Poleis* (Oxford: Oxford University Press, 2004)
- G. L. Irby (ed.), *A Companion to Science, Technology, and Medicine in Ancient Greece and Rome* (Malden, MA: Wiley-Blackwell, 2016)

- P. T. Keyser and G. L. Irby-Massie (eds.), *The Encyclopedia of Ancient Natural Scientists: The Greek Tradition and its Many Heirs* (Abingdon, UK, and New York: Routledge, 2008)
- *Oxford Bibliographies Online: Classics,* see "Maps" (Talbert, 2012) and "Geography" (Daniela Dueck, 2013)
- *Oxford Handbooks Online,* see "Travel in the Roman World" (R. L. Cioffi, 2016)
- Holger Sonnabend (ed.), *Mensch und Landschaft in der Antike: Lexikon der historischen Geographie* (Stuttgart: Metzler, 1999)
- E. M. Steinby (ed.), *Lexicon Topographicum Urbis Romae,* 6 vols., 7 supplements (Rome: Quasar, 1993–2014), and Adriano La Regina, *Lexicon Topographicum Urbis Romae: Suburbium,* 5 vols. (Rome: Quasar, 2001–2008)

《古代地理》(*Geographia Antiqua,* Florence：Olschki)和《地球》(*Orbis Terrarum,* Stuttgart：Steiner)是两个值得关注的期刊。另外两个重要期刊是《世界地图》(*Imago Mundi,* Abingdon, UK and New York: Routledge)和《制图视角》(*Cartographic Perspectives,* North American Cartographic Information Society)。当然，后两份刊物涉及范围远超古典时代。

巴林顿地图集(*Barrington Atlas*)

- Richard Talbert (ed.), *Barrington Atlas of the Greek and Roman World* (Princeton: Princeton University Press, 2000)

在23年后的今天，由普林斯顿大学出版社于2000年出版的《巴林顿希腊罗马世界地图集》[2](理查德·塔尔伯特编)已成为一部举足轻重的著作。尽管在内容上不可避免地存在地区间不均匀的情况，这部书包含的100幅地图和随附的1 400页《逐幅地图目录》(http://assets.press.princeton.edu/B_ATLAS/B_ATLAS.PDF)综合并体现了20世纪末学界对古典世界空间上的理解力。本书所涵盖的

---

2 下文简称《巴林顿地图集》。——译者按

时间跨度约为公元前1100年至公元前640年（因此，青铜时代不在其内）。由于自19世纪70年代以来，学界还没有完成并出版过类似规模的大型地图集，因此这样一个重要的地图资源的问世是期盼已久的。该地图集的一个显著特点是它尝试向读者呈现古代而非今天的自然景观。当然，在某些情况下，这个工作或多或少需要进行一些推测，最明显的例子就是一些海岸线和河流三角洲（例如马安德河、尼罗河和波河）的景观（关于《巴林顿地图集》定位索引图，见后文图1所示）。

关于"巴林顿"项目［原为"古典地图集"项目（Classical Atlas Project）］及其进展情况的介绍，见 Richard Talbert, *Challenges of Mapping the Classical World* (Abingdon, UK, and New York: Routledge, 2019), 113-165。在该书第8—109页及即将出版的《地图学史》第5卷中（Richard Talbert, *The History of Cartography* vol. 5, forthcoming），塔尔伯特讲述了从19世纪直至第一次世界大战期间，有关希腊罗马古典地图的绘制工作。此外，在2022年举办的虚拟展览"普林斯顿被遗忘的1883—1923年地图所见晚期奥斯曼土耳其"（*Late Ottoman Turkey in Princeton's Forgotten Maps 1883-1923* https://arcg.is/PTCOm）中，编者具体谈到了小亚细亚，且有一篇文章已在线发表："The exploration of Asia Minor: Kiepert maps unmentioned by Ronald Syme and Louis Robert", *History of Classical Scholarship* 4 (2022), 181-233。另见塔尔伯特在2019年的古典学年会（Society for Classical Studies Annual Meeting）分组讨论中所作的报告：*Mapping the Classical World since 1869: Modern mapping before digitization*: awmc.unc.edu/wordpress/mapping-the-classical-world-since-1869-pastand-future-directions-scs-annual-meeting-2019-papers/（本文只有文本，未提供图像）。

作为精装印刷本，《巴林顿地图集》为新的研究奠定了坚实的基础。自2013年以后，该书还推出了iPad格式的应用程序。然而，这二十年的飞速发展让《巴林顿地图集》在今天越来越多地显露出一些局限性。这些局限一方面是因为它是20世纪80年代末设计并于90年代制作的，另一方面，作者还要确保这样一个雄心勃勃的项目能够在足够经费支持下在10年内完成。由于数字制图直到20世纪90

年代才变得可行，而在这一点上，作为先驱者的《巴林顿地图集》是缺乏出版后在线调整或更新地图的条件的。同样，这些地图也缺乏地理坐标参照，两个标准比例尺（1∶500 000 和 1∶1 000 000）并不大，而且这两个比例尺都没有涵盖地中海大片的开阔水域。此外，尽管确定了从古风时期到古代晚期的五个连续时间段，但要在每一地区绘制一幅以上的地图来反映所有五个时间段的情况也并不现实。

在《巴林顿地图集》于 2000 年出版后，北卡罗来纳大学教堂山分校成立了"古代世界制图中心"（Ancient World Mapping Center, http://awmc.unc.edu），目的是在该地图集奠定的基础上做进一步的开拓，详见下文介绍。

1990 年代之前及之后进行的制图项目：罗马帝国地图（*Tabula Imperii Romani*）和拜占庭帝国地图（*Tabula Imperii Byzantini*）

20 世纪 90 年代的数字革命自然对另外两个大型项目——罗马和拜占庭时代的古典世界地图绘制（拜占庭时期与晚期古代存在重叠）提出了挑战。长期以来，这两个项目只发行印刷版的连续地图，因此不得不面对在多大程度上转向数字制作、使用哪些材料以及何时转向数字制作等难题。就像对地图本身所给予的重视一样，两个项目均十分强调对绘制的一切都加以详细记录。关于这两个项目在 1990 年之前的构想和发展，见 Talbert, *Challenges* (2019), 77–87, 97–100。关于目前采用的方法和相关活动，请访问：

- *Tabula Imperii Romani*（大多数地图的比例尺为 1∶1 000 000，但自 20 世纪 90 年代以来也有一些更大尺寸的地图），见 https://tir-for.iec.ca 和 http://unionacademique.org/en/publications?project=6。自 20 世纪 90 年代末以来，它的覆盖范围已扩展到西班牙东部、塞萨利、希腊西部和中部、阿提卡以及一些爱琴海岛屿。

- *Tabula Imperii Byzantini*（比例尺为 1∶800 000），见 https://tib.oeaw.ac.at/digtib 和 https://tib.oeaw.ac.at/atlas。自 20 世纪 90 年代末以来，它的覆盖范围已扩展到马其顿南部、爱琴海北

部、色雷斯东部、比提尼亚和赫勒斯滂、吕西亚和潘菲利亚以及叙利亚。

值得注意的是以下这本书：

- Michel Provost (ed.), *Carte archéologique de la Gaule* (Paris: Académie des Inscriptions et Belles-Lettres, 1988–2022）

该书虽然名为《高卢考古地图》，但它不是一本图集。正如该书的副标题所示，它是一个临时描述性的目录（*pré-inventaire archéologique*），涵盖了从公元前800年至公元800年法国各地的遗址和发现，共138卷，内容详尽。

1990年代完成的地图项目：图宾根近东地图集（*Tübinger Atlas des Vorderen Orients*）

这个由瓦尔特·罗雷西（Walter Röllig）编辑的图集（简称*TAVO*）由地理（A）和历史（B）两大部分组成。它的设计在空间和时间上都有很大的跨度。它覆盖了从土耳其到阿富汗之间广袤的地域；时间上则包含了从人类最早的定居地直到20世纪的历史。该地图集发行了约300幅对开活页地图（1969—1993年），并附有德文和英文说明。1994年又发行了三卷本总索引（Wiesbaden: Reichert）。图集内含地图的比例尺通常很小，多为1∶4 000 000或1∶8 000 000规格的。本项目还出版了许多附带的专著和技术性补编。地图的英文标题请访问 https://reichert-verlag.de/en/tavo-maps。此外，B部分中的Ⅳ、Ⅴ和Ⅵ含有最能引起古典学家兴趣的那些图幅。

- Anne-Maria Wittke, Eckart Olshausen, Richard Szydlak, *Historischer Atlas der antiken Welt. Der Neue Pauly. Supplement Band 3* (Stuttgart and Weimar: Metzler, 2007).

基于*TAVO*，新保利的历史地图册（德语版）于2007年出版（见上）。尽管年代较近，由于数字制图对*TAVO*来说来得太晚了，因此这本书并未尝试对其潜力加以利用。见塔尔伯特于2009年发表的书评：Talbert, *Challenges* (2019) 193–198。英文版（印刷和在线版）为：Christine Salazar (ed.), *Historical Atlas of the Ancient World* (Leiden: Brill, 2010)。

希腊地理文献及随附地图（现代）

- Graham Shipley (ed.) and contributors, *Geographers of the Ancient Greek World* (Cambridge: Cambridge University Press, forthcoming 2024).

这本即将出版的著作在古希腊地理研究方面取得了可贵的进展。该文集涵盖内容广泛，为以下所列各类文本提供了介绍、翻译和评论。在许多情况下，这些文本都是零散或不完整的，通常被认为是"次要的"（相对于希罗多德和斯特拉波等主要作家的作品）。下述目录中标粗的部分表示内文提供了由"古代世界制图中心"绘制的一幅或多幅地图。此外，希普利的总导言还很好地阐述了希腊人在地理学和制图学方面采取的不同方法。

(prologue) **Homer's Catalogue of Ships**

1 Aristeas of Prokonnesos, Arimaspeia

2 Skylax of Karyanda

3 Hekataios of Miletus

4 Hanno of Carthage, Circumnavigation

5 Hippokrates (?), Airs, Waters, and Places

6 Eudoxos of Knidos

7 Pseudo-Skylax, Circumnavigation of the Inhabited Sea

8 Pytheas of Massalia

9 Dikaiarchos of Messana

10 Timosthenes of Rhodes, On Harbours

11 Herakleides Kritikos, The Cities of Greece

12 Eratosthenes of Cyrene

13 Mnaseas of Patara

14 Skymnos of Chios

15 Agatharchides of Knidos, On the Erythraian sea

16 Hipparchos of Nikaia

17 Nikomedean Periodos ("Pseudo-Skymnos")

18 Artemidoros of Ephesos

19 Poseidonios of Apameia

20 Dionysios son of Kalliphon

21 Menippos of Pergamum

22 Juba II of Mauretania

23 Isidore of Charax, Parthian Stopping-points

24 Pseudo-Aristotle, De mundo

25 Pseudo-Arrian, Circumnavigation of the Erythraian Sea (Periplus Maris Erythraei)

26 Pseudo-Plutarch, On the Names of Rivers and Mountains

27 Arrian of Nikomedeia, Circumnavigation of the Black Sea

28 Dionysius Periegetes, Tour of the Inhabited World

29 Agathermos son of Orthon, Outline of Geography

30 Dionysius of Byzantion, Voyage up the Bosporos

31 Pseudo-Hippolytos (?), Stadiasmos (Stade Table)

32 Avienus, Ora Maritima (The Sea Coast)

33 The Expositio totius mundi and Iunior Philosophus

34 Markianos of Herakleia

35 The Hypotyposis (Outline of geography)

36 Pseudo-Arrian, Circumnavigation of the Black Sea

从公元1—700年的文本

参见 S. F. Johnson 提供的一份涵盖广泛文献的清单：

- S. F. Johnson, "Appendix: Astrological, astronomical, cosmographical, geographical, and topographical texts in Greek, Latin, and Syriac from 1 to 700 CE (in rough chronological order)", pp. 139–156 in *Literary Territories: Cartographical Thinking in Late Antiquity* (Oxford: Oxford University Press, 2016).

约翰逊为每份文献都指定了一个校本及一个英译本（在可行的情况下）。如果没有英译本，他则给出法文或德文译本作为替代。正如约翰逊在第216页的注释中指出的那样，某些类型的作品被有意识地排除在外。

希腊和拉丁文本：重要的版本、译本和注疏本[3]

- 荷马（Homer）

Dimitri Nakassis, "Homeric geography," in C. O. Pache et al. (eds.), *The Cambridge Guide to Homer* (Cambridge: Cambridge University Press, 2020) 267–277.

- 斯特拉波（Strabo）

译本见 D. W. Roller, *The Geography of Strabo* (Cambridge: Cambridge University Press, 2014), 同时参考 D. W. Roller, *A Historical and Topographical Guide to the Geography of Strabo* (Cambridge: Cambridge University Press, 2018). 还可参考 Daniela Dueck (ed.), *The Routledge Companion to Strabo* (Abingdon, UK, and New York: Routledge, 2017).

- 庞波尼乌斯·梅拉（Pomponius Mela）

译本见 F. E. Romer (ed., trans.), *Pomponius Mela's Description of the World* (Ann Arbor: University of Michigan Press, 1998). 相关探讨，见 G. L. Irby, "Tracing the *orbis terrarum* from Tingentera," in D. W. Roller (ed.), *New Directions in Ancient Geography*, Proceedings of the Association of Ancient Historians 12 (2019) 103–134.

- 老普林尼（Pliny the Elder）

第 2—6 卷的译本，见 Brian Turner and Richard Talbert, *Pliny the Elder's World: Natural History, Books 2-6* (Cambridge: Cambridge University Press, 2022), 同时参阅 D. W. Roller, *A Guide to the Geography of Pliny the Elder* (Cambridge: Cambridge University Press, 2022)。特纳和塔尔伯特对第 3—6 卷的翻译，可以取代问题较多的洛布本（1942 年版）。对老普林尼《自然史》的综合研究，见 Trevor Murphy,

---

[3] 下文所见目录，原文以题名的英文字母顺序排列。但在译成中文时，译者考虑到该顺序对读者容易造成混乱，因此译文对原序进行了调整，改成以作品产生年代为序依次排列（最后一个除外）。需要注意的是，由于个别作品问世年代较模糊，因此在排序上无法做到完全精确。——译者按

Pliny the Elder's Natural History: The Empire in the Encyclopedia (Oxford: Oxford University Press, 2004)。Karl Bayer and Kai Brodersen, *C. Plinius Secundus d. Ä. Naturkunde. Lateinisch-deutsch. Gesamtregister in Sammlung Tusculum* (Munich: Artemis and Winkler, 2004)提供了有价值的文献索引。关于老普林尼《自然史》中的世界，见图2所示"古代世界制图中心"绘制的图例。

- 阿姆佩利乌斯：《回忆录》(Ampelius, *Liber Memorialis*)

标准版本和法文译本见《比代古典文库》：Marie-Pierre Arnaud-Lindet in Collection Budé (Paris, Belles Lettres, 2003)。英文译本见 https://topostext.org/work/746。

- 托勒密的《地理志》及其重要城市名录 (Ptolemy, *Geography and Table of Important Cities*)

带德语翻译的标准希腊文本见Alfred Stückelberger and Gerd Grasshoff, *Klaudios Ptolemaios Handbuch der Geographie*, 2 vols. (Basel: Schwabe, 2006)。研究著作可参考J. L. Berggren and Alexander Jones, *Ptolemy's Geography: An Annotated Translation of the Theoretical Chapters* (Princeton: Princeton University Press, 2000)。相关讨论见Alexander Jones, "Ptolemy's Geography: Mapmaking and the Scientific Enterprise," in Talbert, *Ancient Perspectives* (2012), 109–128; Olivier Defaux, *The Iberian Peninsula in Ptolemy's Geography: Origins of the Coordinates and Textual History* (Berlin: Topoi, 2017); 请注意本书的讨论范围要比书名所示更加广泛。关于"重要城市名录"，见Alfred Stückelberger, Florian Mittenhuber et al., *Klaudios Ptolemaios Handbuch der Geographie: Ergänzungsband* (Basel: Schwabe, 2009), 134–215; 同时见图3所示。

- 保萨尼亚斯 (Pausanias)

Maria Pretzler, *Pausanias: Travel Writing in Ancient Greece* (London: Duckworth, 2007) 以及William Hutton, "Pausanias" in *Oxford Bibliographies Online*: Classics (2011) and in R. S. Smith and S. M. Trzaskoma (eds.), *The Oxford Handbook of Greek and Roman Mythography* (Oxford: Oxford University Press, 2022), 290–299。

- 索利努斯（Solinus）

Kai Brodersen, "The Geographies of Pliny and his 'Ape' Solinus," in Bianchetti, *Brill's Companion to Ancient Geography* (2016), 298-310.

- 安东尼游记（*Antonine Itinerary* 或 *Imperatoris Antonini Augusti Itineraria Provinciarum*）

"安东尼游记"的陆上线路，见 Richard Talbert, *Rome's World: The Peutinger Map Reconsidered* (Cambridge: Cambridge University Press, 2010), 206-270。相关讨论见 Talbert, *World and Hour in Roman Minds: Exploratory Essays* (Oxford: Oxford University Press, 2023), 100-117 以及 Mauro Calzolari, "Introduzione allo Studio della Rete Stradale dell'Italia Romana: L'Itinerarium Antonini", in *Atti della Accademia Nazionale dei Lincei* (Classe di Scienze Morali, Storiche e Filologiche) Memorie Ser. IX vol. VII fasc. 4 (1996), 369-520。需注意 Calzolari 的分析实际范围已超出意大利。关于《巴林顿地图集》中就"游记"给出的线路的分析，见 Bernd Löhberg, *Das "Itinerarium provinciarum Antonini Augusti": Ein kaiserzeitliches Strassenverzeichnis des römischen Reiches — Überlieferung, Strecken, Kommentare, Karten* (Berlin: Frank and Timme, 2006)。

有关"安东尼游记"的海上线路讨论，见 Benet Salway, "Sea and River Travel in the Roman Itinerary", in Richard Talbert and Kai Brodersen (eds.), *Space in the Roman World: Its Perception and Presentation* (Münster: LIT), 68-85。

- 提奥法尼斯游记（Theopanes' Journey）

John Matthews, *The Journey of Theophanes: Travel, Business, and Daily Life in the Roman East* (New Haven: Yale University Press, 2006)，又见下页提到"提奥芬尼,《从赫尔莫波利斯到安条克的旅程》"。

- 优西比乌斯《地名录》（Eusebius, *Onomasticon*）

G. S. P. Freeman-Grenville et al. (ed., trans.), *Palestine in the Fourth Century A.D.: The Onomasticon by Eusebius of Caesarea* (Jerusalem: Carta, 2003)

- 波尔多游记（Bordeaux Itinerary 或 *Itinerarium Burdigalense*）

文本见 Talbert, *Rome's World* (2010), 271–286。相关分析见 Mauro Calzolari "Ricerche sugli itinerari romani. L' Itinerarium Burdigalense", *in Studi in onore di Nereo Alfieri. Atti dell' Accademia delle Scienze di Ferrara* 74 supplemento。对其解释见 Benet Salway, "There but not there: Constantinople in the *Itinerarium Burdigalense*", in Lucy Grig and Gavin Kelly (eds.), *Two Romes: Rome and Constantinople in Late Antiquity* (Oxford: Oxford University Press, 2012), 293–324。

- 厄革里亚游记（*Egeria*）

John Wilkinson, *Egeria's Travels*, ed. 3 (Warminster, UK: Aris & Phillips, 1999). 相关材料见 John Wilkinson, *Jerusalem Pilgrims before the Crusades* (Warminster, UK: Aris & Phillips, 2002), P. F. Bradshaw, *The Pilgrimage of Egeria: A New Translation of the Itinerarium Egeriae with Introduction and Commentary* (Collegeville, MN: Liturgical Press Academic, 2018), 以及 E. D. Hunt, "Holy Land itineraries: Mapping the Bible in Late Roman Palestine" in Talbert and Brodersen, *Space in the Roman World* (2004), 97–110。

- 康士坦丁堡城名胜录（*Notitia Urbis Constantinopolitanae*）

翻译及其讨论，见 John Matthews, "The Notitia Urbis Constantino-politanae", in Lucy Grig and Gavin Kelly (eds*.*), *Two Romes: Rome and Constantinople in Late Antiquity* (Oxford: Oxford University Press, 2012)。

- 行省勘测（*Demensuratio/Dimensuratio Provinciarum*）和地球分界（*Divisio Orbis Terrarum*）

文本及翻译（德语）见 Kai Brodersen, *C. Plinius Secundus d. Ä. Naturkunde: Lateinisch-deutsch. Bk. 6 Geographie: Asien* in Sammlung Tusculum (Munich: Artemis and Winkler, 1996), 329–366。相关讨论见 Benet Salway, "Putting the World in Order: Mapping in Roman Texts," in Talbert, *Ancient Perspectives* (2012), 196 以及 Serena Bianchetti et al. (eds.), *Brill's Companion to Ancient Geography: The Inhabited World in Greek and Roman Tradition* (Leiden: Brill, 2016)。

- 拉文纳宇宙学者（*Ravenna Cosmographer*）

相关指南，见《牛津古典学词典》(第5版在线版) 中由 N. Lozovsky

编写的条目。又见 J. Herrin, *Ravenna: Capital of Empire* (Princeton: Princeton University Press, 2020), 276–284。

- 土地勘测者（Land surveyors 或 *agrimensores/gromatici*）

B. Campbell, *The Writings of the Roman Land Surveyors: Introduction, Text, Translation and Commentary* (London: Society for the Promotion of Roman Studies, 2000); Monique Clavel-Lévêque et al. (eds.), *Atlas historique des cadastres d'Europe*, 2 vols. (Luxembourg: Offices des Publications Officielles des Communautés Européennes, 1998–2002); M. J. T. Lewis, *Surveying Instruments of Greece and Rome* (Cambridge: Cambridge University Press, 2001)，以及 ibid, "Greek and Roman Surveying and Surveying Instruments," in Talbert, *Ancient Perspectives* (2012), 129–162. 围绕该主题还可参考 C. A. Roby, "Land-surveyors", in *Oxford Bibliographies Online: Classics* (2014)，以及 Jason Morris, "*Forma facta est: Agrimensores* and the power of geography", *Phoenix* 72:1/2 (2018), 119–142（部分学者认为本文所提相关看法值得商榷）。

"古代世界制图中心"，文本地图（在线）

- 公元130年左右阿里安描述的黑海地区（比例尺1∶750 000）
- 迦太基会议（公元411年）前后北非的天主教和多纳图派主教区（1∶750 000）
- 拜占庭的狄奥尼修斯，博斯普鲁斯的阿纳普洛斯（1∶100 000）
- 希罗克勒斯（Hierokles），《旅伴》（*Synekdemos*，交互式地图）
- 老普林尼，《自然史》第3—6册（即将出版）
- 托勒密：《重要城市表》（两种格式）（见图3）
- 斯特拉波，《地理志》
- 提奥芬尼，《从赫尔莫波利斯到安条克的旅程》
- 公元2世纪的小亚细亚（1∶750 000）

希腊-罗马地图以及相关主题

- 阿格里帕地图（Agrippa's map，佚失）

Pascal Arnaud, "Marcus Vipsanius Agrippa and his Geographical Work," in Bianchetti (ed.), *Brill's Companion to Ancient Geography* (Leiden: Brill, 2016) 205–222.

- 阿弗洛狄忒马赛克（Aphrodite mosaic, 地中海诸岛和神庙）

Fathi Bejaoui, "Iles et villes de la Méditerranée sur un mosaïque d'Ammaedara (Haïdra, Tunisie)", *Comptes Rendus des séances de l'Académie des Inscriptions et Belles-Lettres* 141.3 (1997), 825–858.

- 阿尔特米多鲁斯地图（Artemidorus map）

Claudio Gallazzi, Bärbel Kramer, Salvatore Settis (eds.), *Il papiro di Artemidoro (P.Artemid.)* (Milan: LED, 2008), reviewed by Richard Janko in *Classical Review* 59.2 (2009), 403–410. 对该地图及地图呈现的大量特征的讨论见 Kai Brodersen and Jaś Elsner (eds.), *Images and Texts on the "Artemidorus Papyrus"* (Stuttgart: Steiner, 2009); 又见 Claudio Gallazzi, Bärbel Kramer, Salvatore Settis (eds.), *Intorno al Papiro di Artemidoro II. Geografia e Cartografia* (Milan: LED, 2012)。至于该纸草文献是否属于彻头彻尾的当代伪造之物还是部分伪造，目前尚存争议。

- 奥雷利乌斯·盖乌斯（Aurelius Gaius）的《环游罗马帝国》铭文（Circuit of the Roman Empire）

K. W. Wilkinson, "Aurelius Gaius (*AE* 1981.777) and imperial journeys, 293–299", *ZPE* 183 (2012) 53–58，地图见 Talbert, *World and Hour* (2023), 114。

- 瓶、碗、杯等器物

Kimberly Cassibry, *Destinations in Mind: Portraying Places on the Roman Empire's Souvenirs* (Oxford: Oxford University Press, 2021).

- 城市壁画（罗马欧庇乌斯山）

E. La Rocca, "The newly discovered city fresco from Trajan's Baths, Rome", *Imago Mundi* 53 (2001), 121–124. 更详细的讨论，见 E. La Rocca, "L' affresco con veduta di città dal colle Oppio", in Elizabeth Fentress (ed.), *Romanization and the City: Creation, Transformations, and Failures* (Portsmouth, RI: Journal of Roman Archaeology), 57–71。

- 杜拉"盾牌皮纸地图"（Dura 'Shield' parchment map，实际上可能并非盾牌封皮）（见图4）

Benet Salway in Talbert and Brodersen (2004), 92–95.

Peter Barber (ed.), *The Map Book* (London: Weidenfeld & Nicolson, 2005), 24–25.

- 边疆防御

见"维基百科"上提供的历届"罗马边界会议公报"（*Limes Congress Proceedings*）[4]简介列表，以及David Breeze et al., *A History of the Congress of Roman Frontier Studies 1949–2022* (Oxford: Archaeopress, 2022)。

- 泥板游记（4块可能来自晚期罗马帝国的泥板，出土于西班牙阿斯托加）

即便并非全部，至少有一例已被怀疑为伪作，见"维基百科"内提供的Itinerario de barro（泥板游记）词条。相关探讨见Antonio Rodríguez Colmenero et al., *Miliarios e Outras Inscricións Viarias Romanas do Noroeste Hispánico (Conventos Bracarense, Lucense e Asturicense)*. Santiago de Compostela: Consello da Cultura Galega, 2004, 26–28。

- 米底巴地图（Madaba map）

Michele Piccirillo and Eugenio Alliata (eds.), *The Madaba Map Centenary 1897–1997. Travelling through the Byzantine Umayyad* Period (Jerusalem: Studium Biblicum Franciscanum, 1999)，讨论见G. W. Bowersock, *Mosaics as History: The Near East from Late Antiquity to Islam* (Cambridge, MA: Harvard University Press, 2006)，以及Beatrice Leal, "A reconsideration of the Madaba Map", *Gesta* 57.2 (2018), 123–143（本文欠缺说服力）。相关马赛克研究，见Michele Piccirillo, *The Mosaics of Jordan* (Amman: American Center of Oriental

---

[4] 它的另一个名字是"罗马边疆研究大会"（Congress of Roman Frontier Studies）。作为罗马边疆研究最重要的学术会议，每三年举行一次（个别情况除外）。第一届大会于1949年在英国达勒姆举行，最近一届于2022年在荷兰奈梅亨召开。参会人员多以罗马考古学者为主，也有少部分古代史学者和古典学者参加。——译者按

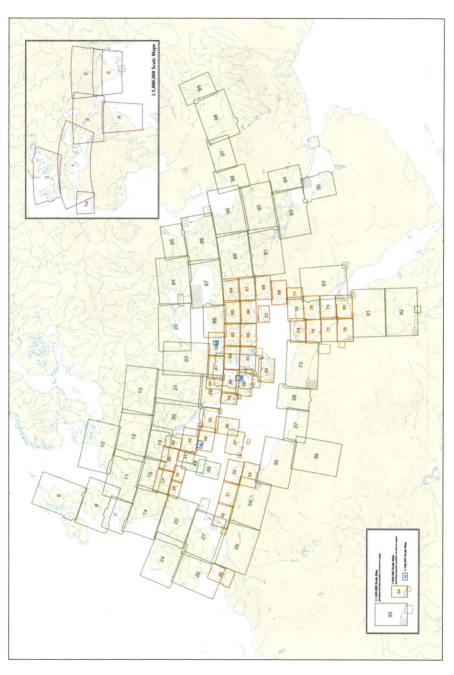

图 1 《巴林顿地图集》(2000年) 定位索引图(首页)

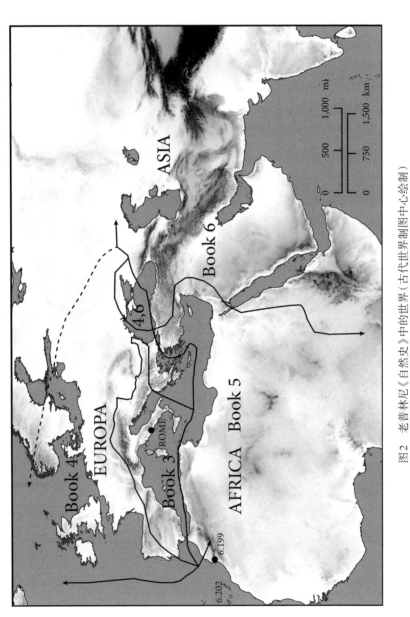

图 2 老普林尼《自然史》中的世界（古代世界制图中心绘制）

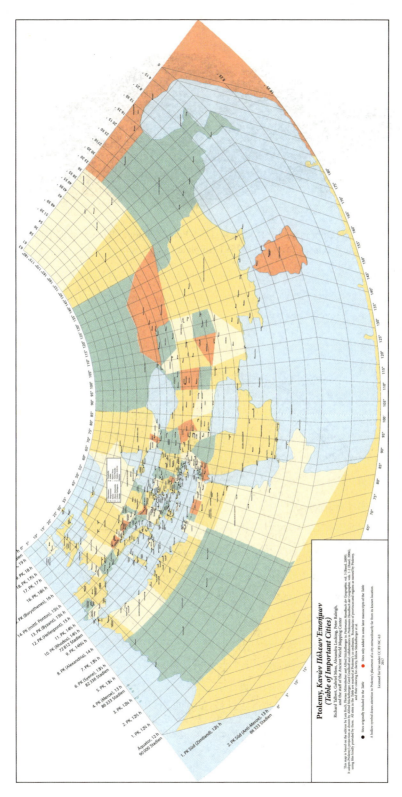

图 3　根据托勒密的推算绘制的《重要城市名录》,包括仅见于晚期手稿中新加的地点(古代世界制图中心绘制)

图4　杜拉地图（Dura map, 45×18厘米）。摘自 Franz Cumont, "Fragment de bouclier portant une liste d'étapes", *Syria* 6 (1925) 1–15 plate I

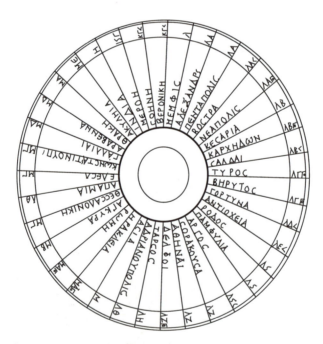

图5　被重新发现的孟菲斯便携式日晷（Memphis portable sundial）：背面直径为 13.36厘米。"古代世界制图中心"绘制，摘自 S. J. Maslikov, "The Greek portable sundial from Memphis rediscovered," *Journal for the History of Astronomy* 52.3 (2021) 311–24.

图6 Pleiades地名索引示例：Cirta/Constantina in North Africa (https://pleiades.stoa.org/places/305064)

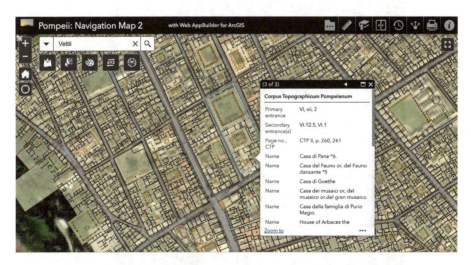

图7 "庞贝书目与制图项目"截图（University of Massachusetts, Amherst https://digitalhumanities.umass.edu/pbmp/）显示所谓"法翁之家"（House of Faun）的细节画面（VI, xii, 2）

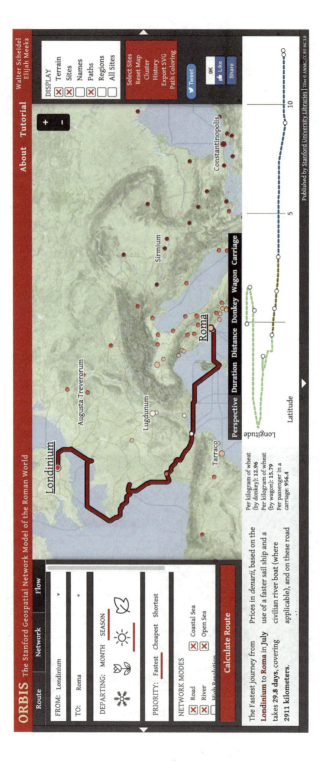

图 8 ORBIS 数据库截图。斯坦福大学罗马世界地理空间网络模型(Stanford University https://orbis.stanford.edu/)显示了从伦敦(Londinium)到罗马的路线

Research, 1992)。

- 罗马城大理石平面图(Marble Plan of Rome)

尽管数据库 http://formaurbis.stanford.edu 有很多优点,但它并不完整,需要更新,见 Elizabeth Wolfram Thill, "Rome's Marble Plan: progress and prospects"。这是作者在2019年古典学会年会中的专题讨论小组上提交的论文。该专题为"自1869年以来的古典世界制图:过去和未来发展方向"(*Mapping the Classical World since 1869: Past and Future Directions*, awmc.unc.edu/wordpress/mapping-the-classical-world-since-1869-pastand-future-directions-scs-annual-meeting-2019-papers/)。注意本文只提供了文本,没有图片。

就罗马城大理石平面图所做的分析和探讨,见David West Reynolds, "*Forma Urbis Romae*: The Severan Marble Plan and the urban form of ancient Rome", diss. University of Michigan, Ann Arbor (1996); Jennifer Trimble, "Visibility and viewing on the Severan Marble Plan", in Simon Swain et al. (eds.), *Severan Culture* (Cambridge: Cambridge University Press, 2007), 368–384; Jennifer Trimble, "Process and transformation on the Severan Marble Plan of Rome", in Talbert and R. W. Unger (eds.), *Cartography in Antiquity and the Middle Ages: Fresh Perspectives, New Methods* (Leiden: Brill, 2008), 67–97。

大理石平面图在P. L. Tucci所著 *The Temple of Peace in Rome* (Cambridge: Cambridge University Press, 2017) 中占有重要地位,有关其位置、历史和设计,请参见第117—154页中的文字。2024年1月,罗马市新成立的一家博物馆展出了实物。这是自1920年代以来,公众第一次有机会近距离观察这些数量巨大的大理石残片,网站见 https://www.sovraintendenza.it/content/il-museo-della-forma-urbis

- 里程碑(只涉及罗马)

Corpus Inscriptionum Latinarum XVII, with overview and discussion by Kolb (pp. 3–21) and Talbert (pp. 22–34) in Anne Kolb (ed.), *Roman Roads: New Evidence — New Perspectives* (Berlin: De Gruyter, 2019)。关于罗马的道路,见下文。

- 尼罗河马赛克镶嵌画（帕莱斯特里纳）

Bernard Andreae, *Antike Bildmosaiken* (Mainz: von Zabern, 2003), 78–109.

- 奥朗日地籍图（Orange cadasters）

Cécile Jung, in Anaïs Rougémous (ed.), *Carte Archéologique de la Gaule 84.3 Orange et sa région* (Paris: Académie des Inscriptions et Belles-Lettres, 2009), 88–100.

- 帕特拉方碑（Patara Stadiasmus）

Sencer Şahin and Mustafa Adak, *Stadiasmus Patarensis: Itinera Romana Provinciae Lyciae* (Istanbul: Ege Yayınları, 2007), with Gerd Grasshoff and Florian Mittenhuber, *Untersuchungen zum Stadiasmos von Patara: Modellierung und Analyse eines antiken geographischen Streckennetzes* (Bern: Bern Studies in the History and Philosophy of Science, 2009).

- 保丁格地图（Peutinger map 或 Tabula Peutingeriana）

网络版评注（受德国研究基金会项目资助），见 https://tp-online.ku.de/index_en.php（包含数据库和地图）。网络材料，见 Talbert, *Rome's World* (2010), 链接见 www.cambridge.org/9780521764803, 还可参阅 Talbert, *World and Hour* (2023) 146–199 及书内索引。Emily Albu, *The Medieval Peutinger Map: Imperial Roman Revival in a German Empire* (Cambridge: Cambridge University Press, 2014). 这本书提供了较大胆的设想，读者需谨慎对待，又见 Silke Diederich, "The Tabula Peutingeriana (Peutinger Map)", in *Oxford Bibliographies Online*: Classics (2018)。

- 道路（只涉及罗马）

Tønnes Bekker-Nielsen, "Roman roads and transport", in *Oxford Bibliographies Online*: Classics (2021), and Milestones (Roman) 地图上描绘的横跨广阔地域的道路，见 D. H. French, *Roman Roads and Milestones of Asia Minor* (Ankara: British Institute of Archaeology, 1981–2016), 以及 Rodríguez Colmenero, *Miliarios .... do Noroeste Hispánico* (2004); Jehan Desanges et al., *Carte des routes et des cités de l'est de l'Africa à la fin de l'antiquité d'après le tracé de Pierre Salama* (Turnhout: Brepols, 2010)（比例尺为 1 ∶ 500 000 跨度约长 700 到 1 530）; T. B. Mitford, *East of Asia Minor: Rome's Hidden Frontier* (Oxford: Oxford University Press, 2018)。

- 沉船

Justin Leidwanger and E. S. Greene, "Maritime archaeology of the ancient Mediterranean", *Oxford Bibliographies Online*: Classics (2019).

- 萨兰托地图（Soleto map，发现于 2003 年，其年代可追溯至公元前 5 世纪，很有可能是伪造物）

见"维基百科"上的条目；Thierry van Compernolle, "La Mappa di Soleto", in M. A. Orlando (ed.), *Le scienze geo-archeologiche e bibliotecarie al servizio della scuola* (Monteroni di Lecce, Italy: Kollemata), 19–31. 对其真实性的怀疑，见 Douwe Yntema, "Ontdekking 'oudste kaart' een grap ?", *Geschiedenis Magazine* 41.1 (2006), 5。

- 日晷（便携式、具有地理功能的）

Talbert, *Roman Portable Sundials* (Oxford: Oxford University Press, 2017).

陆地、海洋和天空等方面的研究

- 航空和卫星图像

W. S. Hanson and I. A. Oltean (eds.), *Archaeology from Historical Aerial and Satellite Archives* (New York: Springer, 2013).

- 岛屿

Diskin Clay and Andrea Purvis (ed./trans.), *Four Island Utopias* (Newburyport, MA: Focus, 1999). 涵盖内容广泛，包括了柏拉图的亚特兰蒂斯，欧赫迈罗斯的潘凯亚和亚姆布罗斯的太阳岛等乌托邦岛屿; Christy Constantakopoulou, *The Dance of the Islands: Insularity, Networks, the Athenian Empire, and the Aegean World* (Oxford: Oxford University Press, 2007)。

- 山峦

Jason König, *Mountains in Ancient Greek and Roman Culture*

(Princeton: Princeton University Press, 2022).

- 河流

G. S. Aldrete, *Floods of the Tiber in Ancient Rome* (Baltimore: Johns Hopkins University Press, 2007); B. Campbell, *Rivers and the Power of Ancient Rome* (Chapel Hill: University of North Carolina Press, 2012); G. L. Irby, "Hydrology, ocean, rivers, and other waterways," in Irby, *Companion to Science Technology, and Medicine in Ancient Greece and Rome* (New Jersey: John Wiley & Sons, 2016), 179–196; A. H. Merrills, *Roman Geographies of the Nile: From the Late Republic to the Early Empire* (Cambridge: Cambridge University Press, 2017).

- 撒哈拉沙漠

D. J. Mattingly et al. (eds.), *Trade in the Ancient Sahara and Beyond* (Cambridge: Cambridge University Press, 2017); Martin Sterry and D. J. Mattingly (eds.), *Urbanisation and State Formation in the Ancient Sahara and Beyond* (Cambridge: Cambridge University Press, 2020).

- 古代晚期的运输

M. H. Crawford, *Diocletian's Edict of Maximum Prices at the Civil Basilica in Aphrodisias* (Wiesbaden: Reichert, forthcoming) 112–119. 附有航线图、季风和海流图，见 Benet Salway in Talbert et al., *Atlas of Classical History* (2023), 180–183。

- 丝绸之路

Nicola Di Cosmo and Michael Maas (eds.), *Empires and Exchanges in Eurasian Late Antiquity: Rome, China, Iran, and the Steppe, ca. 250–750* (Cambridge: Cambridge University Press, 2018).

- 宇宙

A. C. Bowen and Francesca Rochberg (eds.), *Hellenistic Astronomy: The Science in its Contexts* (Leiden: Brill, 2020). 范围十分广阔，涵盖时段从公元前300年至公元750年。

观念地图（Mental maps）和世界观

- Claude Nicolet, *Space, Geography, and Politics in the Early*

- *Roman Empire* (Ann Arbor: University of Michigan Press, 1991). 原版为法语,发表于1988年
- J. S. Romm, *The Edges of the Earth in Ancient Thought* (Princeton: Princeton University Press, 1992)
- Katherine Clarke, *Between Geography and History: Hellenistic Constructions of the Roman World* (Oxford: Oxford University Press, 1999)
- S. P. Mattern, *Rome and the Enemy: Imperial Strategy in the Principate* (Berkeley: University of California Press, 1999)
- Kai Brodersen, *Terra Cognita: Studien zur römischen Raumerfassung*, ed. 2 (Hildesheim: Olms, 2003)
- Grant Parker, *The Making of Roman India* (Cambridge: Cambridge University Press, 2008)
- A. H. Merrills, *History and Geography in Late Antiquity* (Cambridge: Cambridge University Press, 2005). 本书的重点是Orosius, Jordanes, Isidore, Bede并附有相关段落的译文
- Félix Racine, "Literary geography in Late Antiquity," diss. Yale University (2009)
- Klaus Geus and Martin Thiering (eds.), *Features of Common Sense Geography: Implicit Knowledge Structures in Ancient Geographical Texts* (Zurich: LIT, 2014)
- D. J. Gargola, *The Shape of the Roman Order: The Republic and its Spaces* (Chapel Hill: University of North Carolina press, 2017)
- Talbert, *Sundials* (2017), esp. 111–136
- S. J. Maslikov, "The Greek portable sundial from Memphis rediscovered," *Journal for the History of Astronomy* 52.3 (2021), 311–324 (见图5)
- A. M. Riggsby, *Mosaics of Knowledge: Representing Information in the Roman World* (Oxford: Oxford University Press, 2019). 讨论的重点是地图,见第五章及索引

- Daniela Dueck, *Illiterate Geography in Classical Athens and Rome* (Abingdon, UK, and New York: Routledge, 2021)
- Talbert, "Communicating through maps: The Roman case," in Talbert, *World and Hour* (2023), 232–258

相关文化及比较视角

- S. E. Alcock, John Bodel, and Talbert (eds.), *Highways, Byways, and Road Systems in the Pre-Modern World* (Malden, MA: Wiley-Blackwell, 2012)
- Eyal Ben-Eliyahu, *Identity and Territory: Jewish Perceptions of Space in Antiquity* (Berkeley: University of California Press, 2019)
- Patrick Gautier Dalché, "L'héritage antique de la cartographie médiévale: les problemès et les acquis", in Talbert and Unger, *Cartography in Antiquity and the Middle Ages* (Leiden: Brill, 2008), 29–66
- Alfred Hiatt, *Dislocations: Maps, Classical Tradition, and Spatial Play in the European Middle Ages* (Toronto: Pontifical Institute of Mediaeval Studies, 2020)
- W. V. Harris (ed.), *Rethinking the Mediterranean* (Oxford: Oxford University Press, 2005)
- Peregrine Horden and Nicholas Purcell, *The Corrupting Sea: A Study of Mediterranean History* (Malden, MA: Blackwell, 2000), 以及 *The Boundless Sea: Writing Mediterranean History* (Abingdon, UK, and New York: Routledge, 2019). 有关对第二本书及其与第一本书关系的一个全面评价，见 Ryan Abrecht in *Bryn Mawr Classical Review* 2020.03.55
- Natalia Lozovsky, *"The Earth is Our Book": Geographical Knowledge in the Latin West, ca. 400–1000* (Ann Arbor: University of Michigan Press, 2000)
- F. S. Naiden and Talbert (eds.), *Mercury's Wings: Exploring*

Modes of Communication in the Ancient World (Oxford: Oxford University Press, 2017)
- K. A. Raaflaub and Talbert (eds.), *Geography and Ethnography: Perceptions of the World in Pre-Modern Societies* (Malden, MA: Wiley-Blackwell, 2010)
- Patrick Sims-Williams, *Ancient Celtic Place-Names in Europe and Asia Minor* (Oxford: The Philological Society and Blackwell, 2006) 及 Alexander Falileyev et al., *Dictionary of Continental Place-Names: A Celtic Companion to the Barrington Atlas of the Greek and Roman World* (Aberystwyth, UK: CMCS, 2010)
- Talbert, *Ancient Perspectives* (2012) 和 *World and Hour* (2023)
- Zhongxiao Wang, "World Views and Military Policies in the Early Roman and Western Han Empires," diss. Leiden University (2015)

第二部分（B）

　　这篇以交互资源为主的摘要对各类研究方法和手段提供了一个综述，同时也精选了目前用到的某些具体工具和资源。由于数字工具、应用和技术的发展日新月异，任何已出版的指南都很难跟得上学术研究的最新步伐。不过，这里重点介绍的一些资源可以展现该领域的研究现状。本部分对过去25年间的重大进展，尤其是以古代地中海地理学为重点的学术研究与数字应用之间的交叉区域给予了特别关注。下面，我将这些资源分为三大类一一进行介绍。它们分别是：（a）制图/地理可视化工具，（b）地名索引和带链接的开放数据项目，（c）用于制图和建模的用户界面。

（a）制图/地理可视化工具

　　其中一类资源包括数字工具，它们为用户提供了在数字空间中将制图或地理信息可视化的机会。这些工具涵盖的范围很广，但许多工具的目标是将古代世界的信息与现代制图基础层绘制在一起，以便终端用户能在更熟悉的地图可视化背景下直观地看到较为陌生的古代世界信息。

vici.org 就是这样一个著名的资源。它被描述为"由社区驱动的考古地图"（community-driven archaeological map，见 Voorburg, René et al., "Archaeological Atlas of Antiquity - Vici.Org." https://vici.org/）。vici.org 由 René Voorburg 于 2012 年创建，遵循开放数据原则（Open Data），并在知识共享许可协议（CC BY-SA 3.0）约束下发布数据。已注册的社区成员可在资源中添加新数据或编辑现有数据。vici.org 的姊妹资源是其前身 OmnesViae.org。该工具使用保丁格地图（Tabula Peutingeriana）中包含的信息以使用户能够根据保丁格手稿（Peutinger manuscript）中呈现的古代世界观绘制旅行路线（Voorburg, René et al., "Omnes Viae: Roman Route Planner- *Tabula Peutingeriana* and *Itinerarium Antonini*", https://omnesviae.org/）。

几个重点项目的出发点均尝试从古希腊和拉丁文本中提取地理信息，以便将这些古代地址绘制在现代地图上。"古代世界制图中心"（AWMC）已经完成了此类项目，绘制了数字地图。它们与文字版相配套，构成了"文本地图"系列（*Maps for Texts*）。譬如，该系列包括一幅与希罗克勒斯（Hierokles）的《旅伴》（Synekdemos）相匹配的地图（http://awmc.unc.edu/awmc/applications/hierokles/），地图与 Ernest Honigmann 的文字版配套：*Le Synekdèmos d'Hiéroklès et l'opuscule géographique de Georges de Chypre*. Brussel, 1939。

Topostext 提供了另一个基于文本制图的重要范例（Kiesling, Brady et al., 2019, *Topostext web version 3.0*. https://topostext.org/the-project［accessed 2023-06-27］），项目涉及范围主要是希腊世界，涵盖了"从新石器时代到公元 2 世纪"这段广阔的历史时期，包括 5 000 多个地点。它从 240 余部希腊文和拉丁文文献（以及第一手观察资料）中获取信息，并将其中提到的地点绘制在可浏览的底图上。

新罕布什尔大学（美国）和麦考瑞大学（澳大利亚）的 Manto

project 提供了另一个具有启发性的例子,该项目成功地从希腊文和拉丁文文本中获取地名,并在地理框架中将其可视化(Smith, R. Scott, Greta Hawes, et al. "MANTO | Public Interface", Nodegoat. https://manto.unh.edu/viewer.p/60/2616/scenario/1/geo/)。Manto 创建了一个以希腊神话叙事中涉及的地点为中心的信息网络,包括地名、人名以及文学作品中的各类形象。这个数据库还提供了链接直连 Pleiades 网站(见下文)。

(b) 地名索引和带链接的开放数据项目

虽然地名索引(gazetteer)并不是一个新事物,但它为组织、展示、链接和古代世界地理有关的信息提供了一个重要的体系。Pleiades 是古代地中海地理历史地名索引的早期先锋之一。它属于纽约大学古代世界研究所和"古代世界制图中心"的一个联合项目(Elliott, Tom et al. "Pleiades: A Gazetteer of Past Places" https://pleiades.stoa.org)。作为制作《巴林顿地图集》(2000年)的"古典地图集项目"(Classical Atlas Project)的数字化延续,Pleiades 已成为古代地中海研究中链接开放数据的一个重要枢纽。链接开放数据(Linked open data,简称 LOD)的组织方式是,当一个数据点与其他数据点相链接时,数据集通过语义查询变得更加有用。Pleiades 的组织原则是为其数据涵盖的每一处地方提供一个稳定的数字标识符。因此它不仅可以在迥然不同的地点之间建立关系,还可以在地点与其特征(主要是位置、名称和连接)之间创建内部关联,见:

- Elliott, Tom. 2021. "The Pleiadic Gaze: Looking at Archaeology from the Perspective of a Digital Gazetteer", In Classical Archaeology in the Digital Age — The AIAC Presidential Panel. 19th International Congress of Classical Archaeology, Cologne/Bonn 2018. Propylaeum; also Bond, S.E., P. Dilley, and R. Horne. 2021. "Linked Open Data for the Ancient Mediterranean: Structures, Practices, Prospects", http://dlib.nyu.edu/awdl/isaw/isaw-papers/20/

Pleiades 向用户提供数据供其使用,每天固定更新数据,并定期

发布数据集,见:

- Elliott, Tom et al. 2023-04-03. "Pleiades Datasets 3.0", Institute for the Study of the Ancient World (New York University. https://zenodo.org/record/7798875

根据目前的统计,Pleiades包含了4万多个古代世界地点,且数量仍处于增加之中(见图6)。

鉴于Pleiades的知名度,它还启发了其他项目的开展,并在"链接开放数据"原则下,定期与其他项目合作。Pelagios Network就是这样一个合作平台。Pelagios开发了一系列工具,使用户能够对文本和图像进行注释,并提供了一个名为Recogito的易于使用的语义注释工具(不带尖括号的语义注释,https://recogito.pelagios.org/)。Pelagios及其各种平台表明,向用户提供高质量的地理和地形数据集可为绘制古代世界地图、建立模型和了解古代世界带来巨大收益。

Trismegistos项目是另一个和古代地理相关的"链接开放数据"平台(Depauw, M., T. Gheldof. 2014. "Trismegistos. An interdisciplinary Platform for Ancient World Texts and Related Information", in *Theory and Practice of Digital Libraries - TPDL 2013 Selected Workshops* [Communications in Computer and Information Science 416], ed. Ł. Bolikowski et al., 40–52. Cham: Springer)。尽管Trismegistos对地理可视化缺乏兴趣,但它验证了另一个想法,即使用基于地理的稳定标识符,这也为链接古代世界数据提供了一个强大的工具。

德国考古研究所(简称DAI)负责维护Arachne平台,它和i.DAI地名索引相连("Arachne"见https://arachne.dainst.org/; i.DAI地名索引见https://gazetteer.dainst.org/)。前者将对象、地点和地形实体与文献数据和地理空间数据相关联。后者将地名与地理坐标联系起来,并在DAI资料库中提供一个具有地理位置信息的权威来源(Fless, F., P. Baumeister, B. Boyxen et al. 2021. "Die iDAI.world vor dem Hintergrund der neuen Digitalgesetze", *Forum for Digital Archaeology and Infrastructure* [June 3]:1. Faszikel 2021. doi:10.34780/S2NE-T268. https://publications.dainst.org/journals/FdAI/article/view/3600)。该系统还致力于提供其他在线资源链接。

庞贝书目与制图项目（Pompeii Bibliography and Mapping Project）采用了一种双管齐下的方法：一方面为意大利庞贝考古遗址提供地理信息系统（GIS）界面，另一方面提供一个托管在 Zotero.org 平台上的综合书目数据库（Poehler, Eric et al. Poehler, Eric et al., eds. "Pompeii Bibliography and Mapping Project", https://digitalhumanities.umass.edu/pbmp/; https://www.zotero.org/groups/249911/pompeii_bibliography_and_mapping_project）。该资源允许用户浏览考古地的地理信息系统环境，并查看地址内与考古特征相关的空间和文献信息（见图7）。

国际杜拉-欧罗巴斯档案（International Dura-Europos Archive，简称IDEA）为链接数据及古代世界地理学提供了另一个展示平台（见 https://duraeuroposarchive.org/）。IDEA 试图以虚拟方式对考古地址加以重新组合，因此它涵盖了20世纪发掘中所收集到的一系列建筑、文物和考古信息。通过链接开放数据，IDEA 围绕维基数据（Wikidata properties）进行构建，从而为对象及考古特征提供了稳定的标识符。Pleiades 的合作伙伴正在制作由考古学家所记录的古代城市地名索引。

Archeo Sitar Project是另一个雄心勃勃的项目（Sistema Informativo Territoriale Archeologico di Roma），它的目标是为复杂交织的城市遗址制作一个城市地名索引。作为地理信息系统的一个界面，它被用来组织和展示罗马城及其周边地区的考古数据。该网络地理信息系统允许用户查询和浏览大量考古地点数据。它的数据也是开放的，可以从以下网站下载：https://www.archeositarproject.it/。

（c）制图和建模的用户界面

瑞安·霍恩（Ryan Horne）开发的 Antiquity À-La-Carte 地图应用程序提供了另一个概念验证，即向用户提供高质量的开放数据，并允许他们创建自己的可视化地图（"AWMC: À-La-Carte Map", http://awmc.unc.edu/awmc/applications/alacarte/; Horne, R. 2014. "Beyond Maps as Images at the Ancient World Mapping Center", *ISAW* Papers 7.9 http://dlib.nyu.edu/awdl/isaw/isaw-papers/7/horne/）。该工具允许用户从 Pleiades 数据集中提取地理信息，然后在基础地图上绘制点，

并根据需要添加和编辑符号。

与 Antiquity À-La-Carte 应用程序相关的是"古希腊和罗马世界自然地理数字地图图块"（digital Map Tiles of the physical geography of the ancient Greek and Roman world）。这些图块最初是由瑞安·霍恩和古代世界制图中心于2014年开发的。目前，爱荷华大学及其"古代世界制图者联盟"（Consortium of Ancient World Mappers）把它们放到了网上（https://cawm.lib.uiowa.edu/）。根据知识共享署名4.0协议（CC BY 4.0），它们可用于包括教学和研究应用在内的非商业目的。图块能够下载，并与各种数字制图应用程序一起使用。

斯坦福大学开发的ORBIS项目有力证明了为用户提供地理界面从而实现对古代世界进行数据探索这一构想。在这方面，该项目专门用于构建有助于解释移动、旅行和连接的那些模型（Scheidel, Walter, Elijah Meeks et al. "ORBIS: The Stanford Geospatial Network Model of the Roman World", https://orbis.stanford.edu/; Scheidel, Walter. "The Shape of the Roman World: Modelling Imperial Connectivity", *Journal of Roman Archaeology* 27［2014］7-32. doi:10.1017/S1047759414001147; Meeks, Elijah. "The Design and Implementation of ORBIS: The Stanford Geospatial Network Model of the Roman World", *Bulletin of the American Society for Information Science and Technology*［Online］41, no. 2［2014］, 17）（见图8）。

资源综述

上述资源仅是现有工具及其应用的一部分样本。该领域的发展十分迅速，新的突破层出不穷。由查克·琼斯（Chuck Jones, 来自宾夕法尼亚州立大学）维护的 AWOL - The Ancient World Online 博客（http://ancientworldonline.blogspot.com/）在如今有关古代地中海和近东世界数字地图资源汇编中脱颖而出，读者可以从中查找更新信息：

- ancientworldonline.blogspot.com/2012/09/roundup-of-resources-on-cient-geography.html

另见一篇最新发表的综述和评议：

- Elton Barker, Chiara Palladino and Shai Gordon, "Digital

approaches to investigating space and place in classical studies", *Classical Review* (2024).链接见 https://click.updates.cambridge.org/. 19 pages. Published Online on 29 January 2024

还有一点需要指出的是，各类数字项目可能在尚未完成时就被发表出来；而且，出于各种原因，这些项目在推出后即便很短的时间内也可能会停止运行。因此，断链和链接失效的情况也在意料之中。尽管如此，通过上述总结可以清晰地看出，目前有大量数字应用软件和工具可供我们使用。当下，学习者和研究人员可以利用这些工具绘制和模拟古希腊和罗马世界的地理、空间和世界观，并以崭新的方式将其可视化。

（作者单位：Richard Talbert, University of North Carolina, Chapel Hill; Jeffrey A. Becker, Binghamton University — SUNY

译者单位：复旦大学历史学系）

学术书评
Book Reviews

对话协商、信息交流与制度外政治实践[*]
——评克里斯提纳·罗西洛-洛佩兹《罗马共和国晚期的政治对话》

何 源

在罗马政治制度史研究中,共和晚期罗马政体向元首制的转变、元首制的创立过程以及元首制的性质界定,这三者作为根基性的问题,其学统可追溯至19世纪。当时,罗马史巨擘蒙森(Theodor Mommsen)从法制史的角度解读共和晚期的政治运作和政体变革,并将奥古斯都新创立的政体界定为元首(Princeps)与元老共同执政的"双头政治"(dyarchy)。之后,虽然学者们在一些问题上逐渐达成了一致意见,譬如,元首制与共和制在制度、政治语言和意识形态层面的延续关系,但是总体而言,学界内的分歧远大于共识。致使学者们激烈争论的一个焦点在于,罗马的法律制度是否如实地反映了政治现实以及实质的政治决策和运作。近年来,学者们日益认识到,在罗马政治实践中,法律制度和实际的政治运作并不是非此即彼,一方决定另一方的关系,而是相互交错、互相影响。尽管如此,如何平衡法制和政治实践两种视角,仍然是研究罗马共和及元首制政治史的重要课题[1]。

---

[*] 本文得到国家留学基金资助。

[1] 蒙森之后的学者,如活跃于20世纪上半叶的让·贝兰格(Jean Béranger)和洛塔尔·维克特(Lothar Wickert),试图从宪法和意识形态层面否定元首制与共和制的延续关系,参看 Wolfgang Kunkel, "Bericht über neuere Arbeiten zur römischen Verfassungsgeschichte III, 1958", *Zeitschrift der Savigny-Stiftung für Rechtsgeschichte/Romanistische Abteilung*, 75 (1958), pp. 303-304。20世纪初的另一罗马史巨擘罗纳德·塞姆(Ronald Syme)(转下页)

正是在这一学术史背景下，西班牙塞维利亚帕布罗-德-奥拉维德大学（Universidad Pablo de Olavide）的古代历史系教授克里斯蒂娜·罗西洛-洛佩兹（Cristina Rosillo-López）在《罗马共和国晚期的政治对话》（以下简称《政治对话》）中提出了第三种视角——制度外因素与政治对话[2]。她批评过去的罗马史学者过于关注罗马法、大小公民集会和官制这些"制度"（institutions），而对罗马政治中的"非制度因素"（non-institutional aspects）关注不足。尤其是，她认为，那种"面对面的"、无法体现于法律、制度、决议中的"元老政治对话"（senatorial political conversations）以及"罗马政治的口头因素"（oral aspects of Roman politics）等罗马政治文化特征仍未受到学界充分重视。基于对"制度外因素"这一概念的理解，并结合社会学研究有关"对话"（conversation）的讨论，罗西洛-洛佩兹从"面对面沟通""信息交换"以及"社会关系的建立和维持"等角度，将"政治对话"界定为罗马元老及其从属的谈话、关于政治的讨论、信息的流通以及政治策略的商讨、谈判[3]。她认为，罗马共和晚期政治生活中的面对面沟通至关重要，"一定程度上影响了政治（politics）和制度（institutions），决定了罗马共和国的运行"[4]。

（接上页）则延续着人物志（prosopography）的学术传统，猛烈批评以蒙森为代表的法律视角，将共和晚期的政治史完全看作罗马权贵家族之间争权夺利的历史。20世纪末罗马史学界对蒙森与塞姆遗产的再讨论与总结，参看Kurt. A. Raaflaub and Mark Toher, eds., *Between Republic and Empire: Interpretations of Augustus and his Principate*, Berkeley, CA: University of California Press, 1990。近二十年对蒙森遗产的重新评价，参看Aloys Winterling, "Theodor Mommsen's Theory of 'Dyarchia,'" *Politics and Society in Imperial Rome*, Kathrin Lüddecke, trans., Chichester, West Sussex: Wiley-Blackwell, 2009, pp. 123-140; Uwe Walter, "Gewalteruption in der Späten Republik: Unfall, stete Option oder Agens einer Dehnung von Regel und Norm?" Karl-Joachim Hölkeskamp, et al., eds., *Die Grenzen des Prinzips: Die Infragestellung von Werten durch Regelverstöße in antiken Gesellschaften*, Stuttgart: Franz Steiner Verlag, 2019, pp. 181-182。国内学界近年来有金寿福、王忠孝等学者对共和晚期及帝国早期的罗马政治史研究以及蒙森遗产做了系统的总结。见金寿福：《蒙森与德国的古典学》，《史学理论研究》2015年第3期，第50—59页；王忠孝：《从元首政制到王朝统治：罗马帝国早期政治史研究路径考察》，《世界历史》2020年第2期，第134—148页；尹宁：《盛世与威权——论安敦尼王朝时期的政治转型》，《世界历史评论》2022年第4期，第86—107页。

[2] Cristina Rosillo-López, *Political Conversations in Late Republican Rome*, Oxford: Oxford University Press, 2022, p. 2.

[3] Ibid., p. 3.

[4] Ibid., p. 2.

这一政治对话的视角延续了作者长期以来耕耘的领域：罗马共和晚期政制中政治对话和政治情报的传递、获取、交流和沟通。在这些研究中，她对这些情报和流言等信息如何影响不同语境下不同群体的政治参与进行了分析[5]。但是，不同于她之前的研究多在公共体制的语境下讨论政治对话，在该书中，作者探索了在"制度外政治"这一概念下讨论"对话"的可能性[6]。这种将政治对话与"制度外因素"结合的思路，既加深了我们对罗马共和晚期政治生活的理解，也与当前学界强调罗马政治、法制的非制度语境潮流暗合[7]。

一

《政治对话》一书由一篇导论、八个章节、结论和附录构成。作者在开篇的导论中提出了"政治对话"的研究问题以及学术论战背景，并简要回顾了罗马政治史传统方法的"经典范式"，譬如蒙森的罗马法制史视角，以及闵采尔（Friedrich Münzer）和格尔策（Matthias Gelzer）为代表的人物志研究方法（prosopography）。她还讨论了贝狄安（E. Badian）等学者有关恩庇体系（patronage system）的研究，涉及门客（*clientelae*）、友谊（*amicitia*）和忠信（*fides*）等主题。作者批判上述既有范式过度关注罗马的公共体制和贵族精英阶层，未能充分

---

[5] C. Rosillo López, "The Workings of Public Opinion in the Late Roman Republic: the Case Study of Corruption", *Klio* 98 (2016), pp. 1–25; *Public Opinion in the Late Roman Republic*, Cambridge: Cambridge University Press, 2017; "I Said, He Said: Fragments of Informal Conversations and the Grey Zones of Public Speech in the Late Roman Republic", C. Gray, et al., eds., *Reading Republican Oratory: Reconstructions, Contexts, Receptions*, Oxford: Oxford University Press, 2018, pp. 247–259; "Public Opinion in Rome and the Popularity of Sextus Pompeius", C. Wendt, L. Kersten, eds., *Rector Maris: Sextus Pompeius und das Meer*, Bonn: Habelt Verlags, 2020, pp. 187–209.

[6] 作者在2020年的一篇论文中专门讨论了"政治"和"制度外政治"等概念。C. Rosillo-López, "Le politique, política extra-institucional y crisis: el caso de Varrón y Cicerón en 47–44 a.C", *Cahiers du Centre Gustave Glotz* 31 (2020), pp. 319–334.

[7] 关于罗西洛-洛佩兹对罗马法制史研究中非制度语境研究的贡献，参看罗杰斯（Jordan Rogers）的评价，https://bmcr.brynmawr.edu/2022/2022.07.11（访问日期：2023年7月28日）。

意识到制度外政治和非贵族精英群体在罗马政治中的作用[8]。

第一章中，罗西洛-洛佩兹首先界定了"政治"（politics）和"政治参与"（political participation）的概念。作者所指的"政治"是广义的"政治"（*le politique*），她将"政治"界定为包括制度（institutions）、仪式（rituals）、社会实践、政治文化、共识体系（*Konsenssytem*）等多种形式的政治实践。尽管作者使用了"*le politique*"这一法语术语以拓宽"政治"的内涵，但为避免这个词语本身暗含的"制度"羁绊，她强调不能满足于仅仅将焦点从官制（magistracy）转移到由成年男性构成的"公民群体"（*populus*）这样的"公民制度"（civic institution），而是要将罗马社会中未包含于宪法制度中更广泛的社会群体（如未成年的男性、妇女、被释奴和奴隶）纳入研究的视域。在讨论这些广泛社会群体的政治参与中，作者用"制度外的政治"（extra-institutional politics）这样一种"描述的、直觉的概念"（descriptive and intuitive concept）来描述"发生于制度之外的所有政治实践"[9]。虽然作者承认现代社会学研究对"制度"（institution）有着更宽泛的理解，但是她仍然基于严格、狭义的罗马法的角度将"制度"限定为"元老院、公民集会和官制"[10]。

第二章中，罗西洛-洛佩兹陈述了《政治对话》一书的核心材料，即共和晚期的演说家、政治家西塞罗（Marcus Tullius Cicero）的书信集。她认为，西塞罗作为罗马政治、社会的圈内人（insider），见证了共和晚期的诸多重大历史事件，他的书信为"罗马共和晚期的生活、政治的诸多方面提供了丰富、复杂、多层次和开眼界（eye-opening）的素材"[11]。它们对这些事件提供了即时的回应，没有被"固化的后见之明污染"，传达了重大事件当事人以及报道者有关未来的不确定性，有助于挑战后世学者基于罗马帝国的知识而对共和历史做出的回溯性建构[12]。所有这些论证都旨在证明西塞罗书信的可靠性。罗

---

8 Rosillo-López, *Political Conversations in Late Republican Rome*, pp. 7–8.
9 Ibid, pp. 13–17.
10 Ibid, p. 17, n.34.
11 Ibid, p. 24.
12 Ibid, p. 30.

西洛-洛佩兹认为它们忠实地"报道"了西塞罗亲身参与的谈话，提供了共和晚期元老政治对话的一手材料。这些书信成为她寻找、分析罗马共和晚期制度外政治语境下政治对话的主要依据。

第三章的核心主题是罗马元老和政治精英的政治对话。罗西洛-洛佩兹强调，比起笔谈，元老们更青睐在政治中心罗马进行面对面的会谈[13]。对他们而言，会谈有助于交换"极为详尽的"（extremely detailed）信息，磋商有利的协议，而书面交流不利于涉密信息的交换，容易造成误解[14]。作者从西塞罗的900封书信中选取了大量的案例来阐明政治活动中书面交流的局限乃至危险。譬如，公元前49年3月末，"三巨头"之一的恺撒（Gaius Julius Caesar）给西塞罗发了一封信，信中寻求后者在内战中的支持。但是由于书信用语的模棱两可，西塞罗对恺撒的真实意图抱有疑虑，随后，他向一位恺撒派人士寻求帮助，澄清了书信中的含糊文字。在罗西洛-洛佩兹看来，这一案例表明书信交流容易损失语言的"深意、讽刺和精微差别"（subtleties, sarcasm, and nuances），而口头交流能够当面问询真意，不易造成误解，因而在政治活动中有更大的优越性[15]。

为了进一步揭示政治对话的机制，罗西洛-洛佩兹在第三章的最后一节用近乎半个章节的篇幅（第62—78页）讨论了卢卡会议（Conference of Luca）。公元前56年，"前三头"的恺撒、庞培（Gnaeus Pompeius Magnus）和克拉苏（Marcus Licinius Crassus）以及200名元老在意大利的卢卡举行了一次决定共和国权力分配的峰会，一些学者认为这场峰会标志着共和国晚期从共和体制转向威权统治的历史转折点[16]。而罗西洛-洛佩兹正是要挑战学界已有的这一共识，她将这个共识描述为"卢卡传说"（Luca Legend）[17]。从后勤保障的角度出发，作者对此次会议的真实性及其历史意义提出质疑，认为一个小小

---

[13] Rosillo-López, *Political Conversations in Late Republican Rome*, p. 37.
[14] Ibid, p. 48.
[15] Ibid.
[16] Erich Gruen, *The Last Generation of the Roman Republic*, Berkeley, CA: University of California Press, 1974, p. 311; T. P. Wiseman, "Caesar, Pompey and Rome, 59–50 BC", J. A. Crook, ed., *The Cambridge Ancient History. 2nd. ed. Vol. IX. The Last Age of the Roman Republic, 146–43 B.C.*, Cambridge, UK: Cambridge University Press, 1992, p. 394.
[17] Rosillo-López, *Political Conversations in Late Republican Rome*, pp. 62–65.

的卢卡城不可能在短时间内接待数目如此之多的元老，组织这样一场规模盛大的峰会。但是，罗西洛-洛佩兹并没有否定这一"传说"的历史价值，而是从信息传递的角度，将"卢卡会议"在罗马交际圈的传播和书写看作"试金石"，用来试探共和晚期信息流通中不同人物与信息的联系（connection）和脱节（disconnection）之处[18]。以西塞罗关于卢卡会议的"无知"为例，罗西洛-洛佩兹指出，至少在西塞罗的时代，这一场会议并不像普鲁塔克、苏维托尼乌斯、阿庇安等帝国时代作家叙述的那样，被时人视作具有分水岭般的重大政治意义。对西塞罗而言，这场会议和罗马常见的元老会谈并没有形式上的差别。会议的宗旨和内容在日后以流言的形式被他所知。在作者看来，这解释了这场会议未能引起这位演说家特别注意的原因[19]。同时，罗西洛-洛佩兹还提出另外一种可能：在公元前56年前后的信息流通中，西塞罗实际上处于脱节的不利地位，虽然他和庞培保持着书信往来，但是庞培并没有让他接触所有的重要信息[20]。借助这些案例，作者意在说明，信息流通网络对于一个希望在政治领域有所作为的罗马人有着重要的意义。

第四章聚焦于"如何对话"，讨论罗马上层年轻人在何种社会情境中耳濡目染地得对话的规则、礼仪和"惯习"（habitus）。罗西洛-洛佩兹特别分析了三种社会情境：晚宴、元老候议处（senaculum）和议事会（consilia）[21]。她认为，年轻人正是在这些情境下通过教育、实习（apprenticeship）和模仿（mimesis）培养对话的意识、技巧和礼仪，以为将来进入罗马贵族交际圈的"对话网络"（network of conversation）做准备[22]。这些年轻人经由观察身边的元老以及其他罗马成年男性公民的行事，学会如何通过对话"从事制度外的政治，化解潜在的冲突"[23]。如此，对话这一惯习被逐渐培养起来。为了讨论以上惯习的培养，作者使用了西塞罗的《论义务》（*De Officiis*）、《论演

---

[18] Rosillo-López, *Political Conversations in Late Republican Rome*, p. 76.
[19] Ibid, pp. 63–78.
[20] Ibid, p. 79.
[21] Ibid, pp. 108–125.
[22] Ibid, p. 89.
[23] Ibid, p. 83.

说家》(De Oratore)以及普鲁塔克的《论饶舌》(De Garrulitate)中有关对话礼仪的论述,她认为这些论述揭示了内嵌这些社交礼仪的社会系统(social system),以及贵族青年被纳入罗马政治生活的"社会化进程"(process of socialization)[24]。

第五章的标题是"对话的动态机制"(Dynamics of conversations)。作者的视角从外部的社会结构和组织转移到对话本身,关注对话的动态机制和实际运作[25]。在作者看来,西塞罗的通信以及他对政治对话的复述充分体现了政治对话具有的动态性特征。譬如,公元前42年任提名执政官(consul designate)的德基乌斯·尤尼乌斯·布鲁图斯(Decimus Iunius Brutus)曾寄给西塞罗一封信,信中复述了德基乌斯·布鲁图斯本人和马尔库斯·尤尼乌斯·布鲁图斯(Marcus Iunius Brutus)、盖尤斯·卡西乌斯(Gaius Cassius)的谈话,这场谈话以及书信的写作日期据推测发生于公元前44年3月15日恺撒被刺后,涉及后恺撒时代的政治走向。罗西洛-洛佩兹认为,由西塞罗传达、德基乌斯·布鲁图斯复述的这场谈话弥足珍贵,它传达了动荡时期上层政治人物对突发事件的即时回应以及对未来走向的猜测、迷茫和恐惧。在政治走向尚不明确的时候,这些一手材料体现的信息沟通、交换显得尤其重要[26]。

第六章和第七章关注信息的口头传播机制,特别是高质量信息的获取。第六章讨论的重点是罗马元老精英之间的口头信息交流,旨在挑战以闵采尔、格尔策为代表的传统学派的看法。这些学者认为持有重要影响力的罗马家族控制了信息流通,进而通过社会制度、恩庇体系和家族联盟掌控了政治权力。罗西洛-洛佩兹接受了迈耶(Christian Meier)和布伦特(Peter A. Brunt)等学者的立场,指出罗马贵族群体中存在多层次而非整齐划一的社交网络。在这一基础上,她进一步提出,由于罗马贵族间的政治联系往往时效较短,难以构建长期的政治联盟和忠诚,因此贵族间的家族联系和家族网络既不能保障高质量信息的获取和分享,也无法控制信息的流向。因此,这些

---

[24] Rosillo-López, *Political Conversations in Late Republican Rome*, p. 126.
[25] Ibid, p. 128.
[26] Ibid, pp. 150–153.

贵族家族实际上并不能完全有效地掌控罗马政局[27]。相反,作者强调:"推动信息分享的核心因素是亲近感(proximity)。"[28] 在她看来,任何不想脱节于信息流通的罗马人,无论是元老还是非元老群体,都需要与罗马贵族间的社会纽带和"实践共同体"(community of practice)相绑定,以亲近信息分享、流通的中心人物。反过来,脱节于信息的流通则会导致政治上的孤立,这对于有政治野心的罗马人而言无疑意味着政治生涯的终结[29]。

第七章的标题是"非元老角色在对话和会谈中的作用"(The role of non-senatorial actors in conversations and meetings)。作者在本章中对信息流通的机制做了更深入的分析。这一章节关注地位低于罗马成年男性、身处边缘但在制度外的政治中起到关键作用的"广泛、多层次群体",比如被释奴、精英女性、具有影响力的名妓等人物。虽然这些人通过其行为影响了共和晚期的政治,但是传统上一些学者倾向于认为这些群体是其庇护主的喉舌或代言人。罗西洛-洛佩兹提出了不同的看法,她认为这些群体有着"多种程度的主观能动性"。譬如,他们能参与政治对话,掌握关于政治的知识,为主人的政治决策建言献策,乃至提供并确认流言的真实性[30]。作者以此提出,这些群体在制度外的政治运作中起到了不可忽视的作用,他们为有政治野心的罗马贵族传递了至关重要的信息和情报。

虽然罗西洛-洛佩兹用七章的篇幅阐述了"制度外政治"独一无二的作用,但是在第八章,作者的立场变得相对温和、持中。她认为"事件史"(*l'histoire événementielle*)的视角与关注制度和总体规则的"结构研究"(the study of structures)方法应当互相借鉴。她提出,鉴于一名元老往往需要在秘密的会谈中寻求同侪支持,甚至依靠被释奴这些社会边缘群体来掌握现实政治的动向,"非制度的政治运作"研究的重要性不言而喻。但是,即便这些元老个人获得了同僚私下的允诺和支持,他们也仍然需要在公开的、正式的集会或法庭上,即

27　Rosillo-López, *Political Conversations in Late Republican Rome*, p. 155.
28　Ibid, p. 177.
29　Ibid, p. 178.
30　Ibid, p. 182.

所谓的"公共制度"中,为他们的提案辩护。同侪私下的支持和在公共集会中争取罗马公民的认可都是贵族在罗马从事政治时不可缺少的环节。由此,罗西洛-洛佩兹强调,制度外的政治运作与公开的、制度化的罗马宪政体系之间存在相互依存的关系[31]。

总体而言,罗西洛-洛佩兹的《政治对话》从罗马社会外在的一般规则和社会"惯习"逐步过渡到政治活动内部的、实际的政治运作,循序渐进,系统地阐述了罗马的制度外政治体系及其运作的多个层次。该书的附录除了提供书目、人物及主题的索引外,还提供了罗马政治中处于社会边缘位置的群体的人物志,这些群体多被排除于罗马成年男性元老贵族阶层之外。尤其是,其中有关妇女和身份、地位不定的人士的人物志对于进一步探讨这些群体在罗马政治中的作用大有裨益,具有重要的资料价值。

就史料而言,罗西洛-洛佩兹透过西塞罗的视角,从他的900封书信中选取材料,讨论了罗马共和晚期元老贵族之间以及他们与社会边缘群体的政治谈话。她运用西塞罗的一手"报道"或"情报",提出了一些颇有说服力的观点[32]。作者所强调的"面对面会谈"就是一个例子。虽然一些学者早就指出了罗马贵族对私人会谈的偏好,以及面对面沟通对于政治决策的意义,但是较少深入细致地分析其背后的机制,以及这一偏好形成的社会化过程[33]。罗西洛-洛佩兹阐述了罗马社会的"惯习"如何培养年轻人的对话礼仪和规则,并揭示了信息情报乃至流言传播所体现的动态性特征,进而生动地展现了非成年男性元老的群体,如妇女、被释奴等如何介入罗马政治,发挥重要作用。其研究视角和观点为罗马共和晚期的政治生活、文化绘制了一幅复杂而多面的画卷。

---

[31] Rosillo-López, *Political Conversations in Late Republican Rome*, p. 10.

[32] 西塞罗书信的一手价值在公元1世纪前后就已经得到了当时罗马人的认可,比如科尔奈利乌斯·奈波斯(Cornelius Nepos)认为,西塞罗写给其好友阿提库斯(Titus Pomponius Atticus)的书信提供了关于共和晚期诸多重大历史事件的重要细节,甚至"预示了未来"(*futura praedixit*)。参看 Cornelius Nepos, *Life of Atticus* 16.

[33] Jon Hall, *Politeness and Politics in Cicero's Letters*, Oxford: Oxford University Press, 2009, pp. 16-17; Peter White, *Cicero in Letters: Epistolary Relations of the Late Republic*, Oxford: Oxford University Press, 2010, p. ix.

借助上述罗马政治运作中的动态性特征，罗西洛-洛佩兹强调历史的不确定性和偶然性，并有力地批判了一些学者论述罗马政制史时的过度简化倾向。以往的学术传统都不免遭受过度简化历史复杂性的责难。比如，蒙森将复杂的罗马政治活动简化为法律规则和宪政体系，而塞姆则"拨乱反正"，以近似"阴谋论"的角度，将罗马政治化约为重要贵族家族间的政治博弈，认为他们通过社会联系以及对罗马公民的恩庇体制签订秘密协定，掌控高层政治，其代表作《罗马革命》(*The Roman Revolution*)更是将奥古斯都塑造为操弄家族政治、逐渐攫取统治大权的大师。罗西洛-洛佩兹质疑上述方法与观点带有明显的后见之明的烙印。她认为，即便是当时的罗马强人和贵族，都对罗马的现状以及未来的政治、社会走向感到迷茫、困惑乃至无助。正因如此，他们需要频繁地和同僚对话、协商，以解决问题、签订有利的协议。另一方面，由于动荡时代难以控制信息流向，当时的一些元老被迫依赖处于社会边缘的少数群体，来获取有用的情报乃至流言，这样，许多在以往的历史叙事中被忽视的群体都在罗西洛-洛佩兹的专著中得到了相当程度的重视。读者得以进而一窥罗马共和晚期政治社会中的"血肉"。这就有利于扭转学界的一种传统视角——将男性精英和边缘群体之间的关系看作罗马社会阶层体系的被动、机械反映。此外，作者关于"未来不确定性"的讨论也有助于对共和国向帝国转变的必然性问题加以再反思[34]。

---

[34] 即罗马史巨擘埃里克·格鲁恩（Erich Gruen）提出的疑问：我们是否受到了那些接受帝国意识形态的希腊、罗马史家的影响，以目的论的形式建构了共和晚期政体演变的历史，而忽视了偶然性和其他可能性的存在。1974年，该学者的专著《罗马共和国的最后一代》通过对共和晚期的司法运作和政治生活的精到分析，得出结论认为共和晚期的罗马并没有发生政体危机，反而认为共和国总体上运转良好。他指出，"共和国失败"这一套话（*topos*）其实是帝国时代作家为了论证帝国的必然性而刻意渲染、建构的。格鲁恩的著作出版后引起了不小的争议，许多学者都参与到有关"共和国是否必然会发展为帝国"的这一论战中。参看 Gruen, *The Last Generation of the Roman Republic*; A. W. Lintott, "Review: *The Last Generation of the Roman Republic* by Erich S. Gruen", *The Classical Review* 26 (1976), pp. 241-243; T. J. Luce, "Review: *The Last Generation of the Roman Republic* by Erich S. Gruen", *The American Historical Review* 80 (1975), pp. 944-945; Michael H. Crawford, "Hamlet without the Prince", *The Journal of Roman Studies* 66 (1976), pp. 214-217。

二

然而，罗西洛-洛佩兹的《罗马共和国晚期的政治对话》一书并非完美无缺。最大的问题在于，该书过于信赖西塞罗对政治事件以及私人会谈的"报道"。由于史料的局限，西塞罗的书信是现存文献中由当事人记录的有关共和晚期政治运作最完整的一手材料，因此作者运用他的书信重建共和晚期贵族间的私人政治面谈，这本身无可厚非。但是，这些书信并非真实历史的客观反映，而是包含了写信人强烈的主观"偏见"，这种对单一史料的过度依赖会削弱作者的历史重建的可靠性。罗西洛-洛佩兹并非没有认识到《政治对话》一书中史料单一的危险，她承认不能完全信赖西塞罗的书信，但仅仅指出："西塞罗的记忆并非没有错误。"[35] 在分析书信概述的面谈时，她仍然把这位演说家看作一位忠实、可靠、偶尔会出错的情报源，认为书信中"直来直往的风格"表明这些材料是西塞罗对参加过的对话的"概述"（summary），它们既没有经过修辞的矫饰，也没有日后出版的意图，如果概述出了错，那也是西塞罗不小心而为之。应当说，罗西洛-洛佩兹对书信的解读自有其道理，其实是遵循了学界的主流观点，即认为西塞罗在"私人书信"中直抒胸臆，保留了落款后的原文，没有为出版而做过多润饰，因此，在很大程度上保留了他对政治动态及私人谈话所流露出的真情实感[36]。但是，考虑到西塞罗作为修辞大师的身份，"直来直往"的风格本身可能就是一种修辞策略。近年来就有学者指出这位演说家的书信远不是真诚、未经矫饰的通信。人们意识到，他的众多书信会根据收信人的身份、地位以及他和写信人的亲近程度而有所调整。这些信函的语气或端庄、正式，或诙谐、亲

35　Rosillo-López, *Political Conversations in Late Republican Rome*, p. 130.
36　Gian Biagio Conte, *Latin Literature: A History*, Joseph B. Solodow, trans., Baltimore: The Johns Hopkins University Press, 1994, p. 203; D. R. Shackleton Bailey, *Cicero: Letters to Friends*, vol. 1.1-113, Cambridge, MA: Harvard University Press, 2001, p. 1. 本文中西塞罗书信都引自洛布古典丛书（Loeb Classical Library）中贝利（D. R. Shackleton Bailey）编订、翻译的版本。

昵,即便一些看似没有文饰(artless)的书信也得到了作者精心的组织编排,以达到自我形象塑造(self-representation)的目的[37]。同时,我们注意到,不同的书信写作策略背后潜藏着复杂的个人利益诉求,并呈现出不同的社会权力关系网络。因此在解读西塞罗书信的叙事策略、语言风格乃至他具体的语汇选择时,我们都必须充分考虑寄信人的利益关怀、书信写作的惯例、叙事模式、收信人与寄信人之间的社会权力关系、当时的文化语境等因素[38]。尤其是,学者们已经指出,西塞罗本人有意识地收集、整理书信,以备书信集的公开阅读、朗诵和在上层贵族间的流传[39]。因此,我们固然不能否定西塞罗书信在第一时间回应历史重大事件上具有的史料价值,但是应该带着批判的态度留意他在书信中的自我人格(persona)塑造和语言使用[40]。

遗憾的是,包括罗西洛-洛佩兹在内的不少学者,其立论和问题意识正源于他们对西塞罗自我陈述的充分信任,特别是他对自己作为罗马高层政治"圈内人"身份的炫示。正因如此,当这位演说家对一些在后世看来影响当时政治走向的事件显得无知的时候,学者们便传达出某种焦虑感。一个例子是上文论及的公元前56年分配罗马共和国政治权力的卢卡会议。西塞罗对这一会议所知甚少与他声

---

[37] Catharine Edwards, "Epistolography", Stephen Harrison, ed., *A Companion to Latin Literature*, Malden, MA: Blackwell Publishing Ltd, 2005, pp. 270–273.

[38] Edwards, "Epistolography", pp. 270–283; Hall, *Politeness and Politics in Cicero's Letters*, p. 11; White, *Cicero in Letters: Epistolary Relations of the Late Republic*, pp. ix–x; Amanda Wilcox, *The Gift of Correspondence in Classical Rome*, Madison, Wisconsin: The University of Wisconsin Press, 2012, p. 1; Luca Grillo, "Reading Cicero's 'Ad Familiares' 1 as a Collection", *The Classical Quarterly* 65 (2015), pp. 655–668.

[39] M. Beard, "Ciceronian Correspondences: Making a Book out of Letters", T. P. Wiseman, ed., *Classics in Progress: Essays on Ancient Greece and Rome*, Oxford: Oxford University Press, 2002, pp. 103–144. 虽然爱德华兹(Catharine Edwards)认为西塞罗没有为发表而编写书信,但是她指出,西塞罗必定会意识到书信会在不同人的手中流转,参看 Edwards, "Epistolography", p. 273. Cf. Wilcox, *The Gift of Correspondence in Classical Rome*, p. 8.

[40] A. E. Douglas, *Cicero*, Oxford: Clarendon Press, 1968, p. 9 指出西塞罗使用的是政客的语言,他是"活在当下之人"(a man of the moment)。比尔德(M. Beard)提醒读者要关注西塞罗所使用语言的社会文化内涵,譬如,西塞罗有关其被释奴提洛(Tiro)的书信,看似表达了对后者的爱意和亲近,赞扬了后者的忠信(*fidelitas*)和人文素养(*humanitas*),但是同时不断用与奴隶制有关的词汇提醒两人之间的主奴关系,强调提洛对自己的服从义务。M. Beard, "Ciceronian Correspondences: Making a Book out of Letters", pp. 136–142.

称的和庞培的亲密关系之间似乎产生了矛盾，这一点令许多学人困惑[41]。罗西洛-洛佩兹并没有质疑西塞罗声称的高层"圈内人"身份，她只是提出："即便某人接触到正确的人物或者信息网络，这也不能保障他便自动与重要的信息流通相联系。"[42]换言之，在她看来，西塞罗虽然亲近庞培这些高层要员，但是这位巨头并没有与他事无巨细地分享所有的政治秘闻。然而，有趣的是，罗西洛-洛佩兹在他处其实暗示了另外一种可能，那就是西塞罗可能并不像他自己声称的那样，是高层政治的圈内人。她注意到，西塞罗有时为了塑造自己作为圈内人的身份，会在庞培这样的真正圈内人面前不懂装懂，假装知道一些圈内人的谈话，以此掩盖自己实际的无知[43]。这一案例足以让我们质疑这位演说家的自我塑造，乃至他声称的与当时高层政治要员的亲密关系。而且，虽然西塞罗把自己的角色定位为谏言者，"劝勉、恳求甚至贸然责难、警告庞培"（*Pompeium et hortari et orare et iam liberius accusare et monere*）[44]，但是，其他书信表明，他对庞培的影响力可能并不如他自己声称的那样大。比如，西塞罗在公元前56年2月9日寄给愣图鲁斯·斯宾特（Lentulus Spenther）的书信中，就抱怨庞培"迟缓"（*tarditatem*）和"无法沟通"（*taciturnitatem*）[45]，这些怨言暗示，庞培可能对他彬彬有礼，但是不见得把他的谏言当回事[46]。

当然，质疑西塞罗的"圈内人"身份并非要否定他及他的通信人所复述的私人政治谈话具备的史料价值。在难以获取更多一手史料重建古罗马人私密谈话的困境下，作者运用西塞罗书信保留的会谈纪要，确实成功揭示了罗马政治社会公开、明面的法律流程之下贵族、非贵族乃至社会边缘群体之间的政治观点交换、利益交易或对未来政治走向的预测。但是，研究者在分析这些私密谈话时，应当意识到它们的内容经过了这位修辞大家的过滤，未必是谈话内容的全貌，

---

[41] Rosillo-López, *Political Conversations in Late Republican Rome*, pp. 77–78.
[42] Ibid., p. 79.
[43] Ibid., p. 154.
[44] Cicero, *Letters to Friends* 1.12.2.
[45] Ibid., 1.16.2.
[46] 在公元前54年12月的书信中，西塞罗明确指出，庞培对他感到失望，并且通过其兄弟昆图斯·西塞罗（Quintus Cicero）警告他与克拉苏（Crassus）、瓦提尼乌斯（Vatinius）等恺撒派人士和解。参看Cicero, *Letters to Friends* 1.20.10–20。

它们甚至很有可能遭到西塞罗无意的曲解乃至是有意、断章取义的删改，因此我们应当小心谨慎地使用这些书信，关注西塞罗复述这些面谈时的侧重点及其背后的利益诉求，从而更为中肯、客观地分析有关这些会谈的概述。

另外值得注意的是，《政治对话》批评格尔策和闵采尔等学者过度强调贵族家族在罗马社会的支配性影响力。反过来，作者声称由于家族联盟的不稳定，贵族要员无法保证同僚之间的合作，无法控制信息的流通，进而无法掌控政局，因而他们需要通过面谈协商解决问题。这一批评固然正确，有助于从信息控制的角度反思罗马贵族对罗马社会的实际支配、垄断能力，但是这并非意味着作者的方法如其所刻画的，完全与传统学者的视角对立。首先，无论是罗西洛-洛佩兹还是格尔策、闵采尔或塞姆等学者，都试图从社会关系层面挖掘罗马宪法、政治权力背后的实际推动力。其次，上述这些秉持人物志写作风格的学者都触及了罗马家族政治中的面谈、协商因素，尽管他们往往用其论证贵族联盟的形成以及他们对罗马社会的支配，而非论证贵族社会支配政治的失败。总体而言，罗西洛-洛佩兹关注私人会谈及情报的获取，似乎更多的是补充而非挑战了既有研究对贵族家族社会、政治权威的关注。再次，罗西洛-洛佩兹确实指出了面对面会谈和罗马政治升迁、成功协商乃至问题、冲突解决的关联性，但是她在书中给出的因果关系的论证不足。譬如，就政治升迁而言，罗西洛-洛佩兹认为："一名元老不仅要参与元老院的议程以及公民集会的会议，还要参与各种其他的活动：会谈、晚宴、谈话、闲聊乃至对话。所有这些都有助于元老传阅信息，紧跟同侪的计划、目的和观点。"[47]这一观点将参加会谈或贵族晚宴以获得情报看作取得政治成功的决定因素，虽然不无道理，但未能充分注意到参会人通过政治会谈达成协议背后的其他重要因素，比如会谈成员的经济实力、社会资本、个人威望、在罗马官场的地位乃至家族影响力，这些都影响着会谈的进程和结果。就政治协商、冲突调解而言，作者试图通过一些案例表明会谈对于解决贵族矛盾的重要性。她提出，矛盾、冲突的当事

47　Rosillo-López, *Political Conversations in Late Republican Rome*, p. 37.

人需要亲自参与会谈，才能保证冲突的调解，不现身面谈会被认为是傲慢之举。譬如，在公元前44年西塞罗和安东尼（Marcus Antonius）的通信中，后者有求于这位演说家，因而特地寻找借口为自己的"不在场"（absentia）开脱[48]。而在另一个案例中，在公元前49—前45年内战爆发初期，庞培拒绝与恺撒面谈，因此恺撒在其《内战记》（Bellum Civile）中将对手刻画为"破坏罗马政治惯例"（modus operandi）的罪魁祸首[49]。这些案例确实指出了面谈和成功的政治协商之间的联系，但是不足以坚实地论证这之间明确的因果关系。在恺撒与庞培的案例中，读者也不免会带有疑问，即便两位巨头确实在内战前夕当面协商，和平协议是否能签订，内战是否能避免，这些全是未知数。实际上，恺撒与庞培之间的矛盾乃至最终战争的爆发恰恰表明会谈已经失去了效力，二人之间的冲突必须通过暴力解决，这也说明协商、会谈并非是解决冲突和矛盾的唯一有效途径。

当然，提出上述这些疑问并非要否定罗西洛-洛佩兹著作的价值，而是提醒读者应当谨慎地看待政治会谈的作用，批判地认识面谈对于解决政治冲突的有效性，意识到影响政治运作的社会阶层秩序、物质力量、暴力控制等其他因素。过度强调面谈在冲突解决中的作用会使读者犯时代错置的错误，误将古罗马等级制社会下元老、贵族间的人际关系与现代研讨会平等、和谐的学术讨论氛围相类比。这样的现代类比并非没有可能出现在罗西洛-洛佩兹的脑海中，作者本人就经常在《政治对话》中做这样的古今类比，比如原书第83页引入了英国首相丘吉尔于1941年8月与美国总统罗斯福以及1942年该首相与苏联最高领导人斯大林的面谈，作者用这些现代案例强调面对面交流的重要性。在第128—130页，作者也引入了牵涉美国总统尼克松的水门事件丑闻，来讨论事后回忆的准确问题。作者本人也提到，2020—2021年新冠病毒大流行以及各个国家施行的隔离政策阻隔人与人的面对面交流，为人们（包括作者自己）带来了不小的心灵创伤，这也成为她撰写《政治对话》一书的重要动因[50]。这一当代

48　Rosillo-López, *Political Conversations in Late Republican Rome*, p. 56.
49　Ibid, p. 57.
50　Ibid, p. 3.

社会语境和作者的个人关怀或许也能解释罗西洛-洛佩兹为何不厌其烦地几乎在专著的每一页都强调古人与今人的差别,强调今人或许可以接受无法面对面沟通的困难,但是罗马人对此却无法忍受。

总体而言,罗西洛-洛佩兹《政治对话》一书提供了观察罗马共和晚期政治生活的重要视角——将非制度性、制度外的政治实践纳入研究视阈,强调信息流通、面对面协商和政治对话在解决政治危机中的重要价值,为揭示罗马政治文化的动态性和复杂性提供了毋庸置疑的贡献。

(作者单位:爱尔兰都柏林大学圣三一学院在读博士生)

古典艺术
Classical Art

A Wool Basket in Clay: Remarks on the Change of Material, the Unusable Object and the Ancient Greek "Culture of Things"

Nikolaus Dietrich

1. A wool basket in clay

The object that shall lead me through the following paper is not in any way spectacular. It is a 7th-century BC Greek clay vessel that was bought for the Heidelberg study-collection of Graeco-Roman antiquities on the Basel-art market in 1961 (fig. 1a–b)[1]. Its provenance and archaeological find-context are unknown[2], but at least a basic picture of its making may be retrieved from the object itself. The object is a wheel-made pot with a painted decoration made of a clay slip which turns dark through a specific firing process, thereby using a production technique already well established in 7th-century Greek ceramic industries[3]. However,

---

[1] Heidelberg, Antikensammlung des Heidelberg Center for Cultural Heritage 61/5; height: 16,7 cm, upper diameter: 18,2–19,9 cm; diameter of the base: 9,8 cm. See Auktion Basel 1961, no. 104, pl. 29; Hampe 1971, 10–11, no. 20, pl. 12; CVA Heidelberg 3 (1966), 51, pl. 114.1–2.5 [F. Canciani]; Haug 2018, 105–106.

[2] F. Canciani tentatively relates it to Attica in his CVA entry from 1966, while R. Hampe later excludes an Attic production because of the color of the clay and the glaze (Hampe 1971, 11).

[3] On the technique of painted Greek pottery, see e.g. Noble 1988.

before firing, this pot was perforated with two horizontal rows of triangular or quadratic holes, which is rather untypical for a ceramic vessel. Indeed, a perforated pot lost the main affordance of most ceramic vessels, namely to function as a container for liquids. Being unable to contain anything, this is, as it were, not even a vessel *beyond* containment[4]. The idea behind cutting these holes into the wall of the pot was seemingly to imitate the wickerwork of a wool basket, in Greek a *kalathos*. By imitating in clay the form and fabric of a wool basket in wickerwork, the vessel turns out to be good for nothing; it does not function either as an impermeable pot or as an unbreakable basket[5].

Of course, there is quite a straightforward solution to the riddle posed by this unusable object; a pair of holes in the base of the pot indicates that it was intended not for practical use, but for being suspended upside-down[6] by means of a string[7]. Suspending a (real) wool-basket upside-down would be one way of putting it away when it is not actually needed. This is how a *kalathos* appears next to other hanging objects (such as a mirror, a *lekythos* [perfume vase] and a *kantharos* [drinking vessel]) on an early 5th-century BC Locrian relief depicting a woman putting a folded textile back into a chest within the typical

---

[4] I refer here to the title of the most stimulating interdisciplinary conference held at the Kunsthistorisches Institut in Florence (Max Planck Institut) on the 8th and 9th of June 2023 ("Vessels Beyond Containment") where I presented a first draft of this paper, and received valuable input to which I will refer in the course of this paper.

[5] The general question whether clay-*kalathoi* had a practical function or not has recently been discussed in Waite 2016, 33–37; Trinkl 2014, 192–193 (both with earlier bibliography).

[6] Suspension holes drilled into *kalathos*-shaped clay vessels may also be positioned close to the vessel's lip, hence allowing it to be suspended the right side up. The later Attic red-figure *kalathos* in Berkeley (P. A. Hearst Museum of Anthropology 8.3342; height 13.7 cm, diameter 18.1 cm; late 5th century BC; BAPD 9088) is one such example. For more evidence of such suspension holes in clay *kalathoi*, see Trinkl 2014, 194, n. 36.

[7] Close autopsy under the microscope together with the collection's conservator Ina Kleiß indicated that these holes had been drilled into the vessel after firing. This opens up the possibility that, at an earlier stage of the vessel's 'life' , it did serve practical use(s), being retrieved from the everyday use only at a later stage. Not all suspension holes in sub-geometric or early archaic pottery were drilled after firing, however. See Lambrino 1938, 238, and more generally Connor 1973, 64.

household-activity of tidying up (fig. 2)[8]. Where could we imagine our clay wool-basket being suspended and what for? There are two possible options: either a sanctuary where this vessel would have been given as a votive[9], or a grave where this would-be wool-basket would have accompanied the buried body of the deceased[10]. There is no need, in the present context, to decide between these two options, since they share the basic characteristic: in either case, the object has been retrieved from everyday use, or possibly (but not necessarily, see below p. 344) it has been specifically produced for the sanctuary or the grave. We may say that this object was not meant to *function* as a wool-basket, but to *signify* a wool-basket, which may, in turn, be taken as a function in its own right, even though more a symbolic than a practical one. This is, however, not yet a satisfying explanation of what this vessel is, because describing this as a symbolic wool-basket says everything, and hence nothing. Consequently, one of the aims of this paper is to overcome the dichotomy, so often encountered in archaeological or art-historical scholarship, when it comes to objects that defy modern ideas of useful things, between the functional and the symbolic object. Let me therefore begin by adding some comments on exactly *how* this unusable object imitates its model, and what qualifies a *kalathos* to become the object of such an imitation.

---

[8] Locri, Museo Archeologico Nazionale di Locri Epizefiri (type Z 5/2). Locrian reliefs are a class of late-archaic and early classical mold-made clay reliefs with a votive function from the Greek city of Locroi (South-Italy). The reference publication for Locrian reliefs, ordered according to types, is now Lissi-Caronna, Sabbione and Vlad Borelli 1996–1999, 2000–2003 and 2004–2007. The type denominations used in this article refer to these publications.

[9] There is relatively ample evidence of (mostly miniaturized clay models of) *kalathoi* from sanctuaries of mainly female goddesses, mostly of an early date (Geometric to Archaic) (see Trinkl 2014, 194, with references). Inventory lists from the Artemis sanctuary of Brauron (famous for its rituals and votive gifts by girls before marriage) make reference to numerous wool baskets (see Schipporeit 2006, no. 723).

[10] For examples of clay *kalathoi* found in proto-Archaic graves, see Connor 1973; Trinkl 2014, 195. Most well-known are the clay-imitations of wool baskets from the tomb of a rich Athenian lady from the agora around 850 BC: Smithson 1968, pl. 28.

How does the clay basket imitate its wickerwork model?

Because of its organic material, no real *kalathos* in wickerwork has survived from ancient Greece[11]. Pictures of *kalathoi* are also known only from later epochs. A *lekythos* by the Amasis-Painter in New York around 540 BC, for example, shows *kalathoi* of a broadly comparable conical shape which becomes larger towards the top (fig. 3)[12]. But even without direct comparison with a 7th-century BC real wool-basket, it is clear that the potter who produced this clay version of a *kalathos* did not make much of an effort to depict the appearance of a wickerwork wool-basket and imitate its materiality. Other examples of clay-imitations of baskets from ancient Greece go much further in portraying the appearance of wickerwork, either by the use of painted decoration[13], or by direct moulding from a real wickerwork basket in soft clay[14], as is the case with a Late-Geometric Attic bowl in Tübingen[15]. By making use of

---

[11] See Trinkl 2014, 190–191 (with note 5). See, however, a couple of exceptions preserved under special conditions listed in Lebegyev 2010, 101, n. 2, or some material remains of Roman wickerwork basketry from the Vesuvius region, studied and published in Cullin-Mingaud 2010.

[12] New York, Metropolitan Museum 31.11.10; ca. 550–530 BC; ABV 154.57, 688; Para 64; BAPD 310485. See Pfisterer-Haas 2006, 108–111 (explaining the technical procedures seen on this *lekythos*); Kéi 2022, 86–87, fig. 62 (commenting on the relation of textile- and wool-work and feminine grace [*charis*]).

[13] See e.g. a 5th-century BC Attic clay *kalathos* in Athens (National Museum 18522; Waite 2016, 33–34, fig. 4.5).

[14] Lebegyev (2010) draws a distinction between such close imitations (which she calls "replicas") and clay vessels such as the Heidelberg exemplar, which are more loosely connected to a model in basketry (which she calls "imitations").

[15] Tübingen, Antikensammlung des Archäologischen Instituts der Universität 5566; late 8th century BC; CVA Tübingen 2, 40, pl. 25.9–10; BAPD 9014023 (NB: There is no typological relation between this terracotta basket and the shape of a *kalathos*). Very similar is a vessel in Berlin (Antikensammlung 31391; CVA Berlin 10 (2009), 78, pl. 40.2.5). On such basket-imitations from Late Geometric times directly moulded on wickerwork, see Bouzek 1969 (listing 10 examples on p. 269); CVA New York 5 (2004), 28, in the catalogue text for the terracotta basket Metropolitan Museum 36.11.10, listing about a dozen examples [M. Moore]; Lebegyev 2010, 102–105 and 116 (with a list of 21 "basket replicas"). Moulding wickerwork or textile fabric on the surface of clay vessels is a practice found in other cultures and epochs. See e.g. Knappett 2002, 110 (Minoan Greek); Blitz 2015, 667 (various early pottery traditions) and 667–668 ("Surface Treatment Skeuomorphs") (different North-American ceramic traditions).

the technique of moulding, the relation between the imitation and its model is secured not only by visual approximation in the modelling and painting of the ceramic vessel, but also by direct "touch" [16]. This certainly results in a very "good" rendering of a wickerwork basket's surface texture. For such a ceramic vessel which effectively mimics the texture of basketry, the concept of the skeuomorph is applicable: a concept originating from late 19th-century discussions on ornament and the origins of human arts and crafts[17], but one which has persuasively re-entered art-historical and especially archaeological discourse in recent decades in the wake of material culture studies[18]. A skeuomorph denotes

---

[16] Moulding is probably also involved in one of the most "realistic" of all ancient Greek mimetic artworks, namely the small bronze crab in the Metropolitan Museum (New York 1992.11.69, see https://www.metmuseum.org/art/collection/search/256125 (last entered 12.09.2023), as I learned in a talk delivered by A. Alexandridis that will soon be published. This ancient technique parallels a European Early Modern technique of "life casts" of animals (see e.g. Shell 2004; for an archaeological discussion of skeuomorphism: Conneller 2013).

[17] This neologism (from ancient Greek σκεῦος [*skeuos*: equipment, tool, especially a vessel] and μορφή [*morphe*: form, shape, beauty] was first introduced by H. Colley March (Colley March 1889). On the evolution of the concept, which was influenced both by Darwinist evolutionism and Gottfried Semper's ideas on the technical origin of forms and especially on the primordial role of textiles as the origin of other art-forms, see e.g. Houston 2014, 49–67; Frieman 2010, 34–38.

[18] In recent decades, the skeuomorph has received renewed attention especially in archaeology(/ies) and anthropology. A fairly recent overview of the scholarly literature on and approaches to skeuomorphism is given by Blitz 2015. Research has tackled different aspects of the phenomenon. The idea already present in Colley March 1889, according to which skeuomorphic design has to do with and constitutes a step in technological and material change is found in more recent prehistoric archaeology and in anthropology too. See e.g. the non-scholarly reflections by the prehistoric archaeologist T. Taylor on the modern-day synthetic cork, which imitates "real" cork, in skeuomorphic design: Taylor 2007. More generally, Blitz 2015 offers a broad review of skeuomorphism in material cultures and scholarly debates, proposing the link between skeuomorphism and technological change. Another aspect often stressed in the scholarship on skeuomorphism is the striving to make objects which are normally (or originally) made in a perishable material permanent through their "translation" into an imperishable material (this is one main argument in Houston 2014). The idea that skeuomorphic object design would function within a hierarchy of materials, which strive to imitate more valuable materials with less valuable ones, has also been championed especially by M. Vickers in numerous publications (see e.g. Vickers 1985 and 1999, and Vickers and Gill 1994 and 1995). Finally, scholarship on the phenomenon of the skeuomorph may also consider its metaphorical potential (see e.g. Knappett 2002, especially 110–113). For a broader outline of the uses of the concept of skeuomorphism in archaeology, see Frieman 2012, 1–2（转下页）

an imitation or re-creation of an object in a material different from the one which is typically used to make that object, while re-iterating in the re-created object the formal characteristics that went into its making in the original material and technique. Examples of skeuomorphs are found in many materials and visual cultures of the past[19] and present[20]. Perhaps the *locus classicus* of such skeuomorphic design is the re-creation of a wickerwork basket in clay[21], as we see depicted on fig. 3. But imitations of other objects in different materials may, in other ceramic traditions such as Pre-Columbian American ceramics[22], Chinese Qing dynasty porcelain, and its European counterparts from the 18th century onwards,

---

(接上页) and 9–16. In my own field of (historic) Greek and Roman archaeology, the work of M. Vickers on pottery and metal ware had a broader, though mixed, reception (see Donohue 2005, 80–82; Wabersich 2014; Grüner 2017, 29–30). His central hypothesis that Attic vase painting constitute a kind of skeumorphic mimicry of more valuable metallic vessels in bronze or silver was generally thought to be an overly one-sided explanatory model of the phenomenon (for a more nuanced approach in response to M. Vickers, see e.g. Zimmermann-Elseify 1998). In the field of Graeco-Roman and Byzantine archaeology, see also Engels and Stroth (forthcoming). Recently, attempts have been made to replace the term "skeuomorphism" with other more neutral terms thought to be more apt to cover the phenomenon in Graeco-Roman material culture. See e.g. Flecker 2022, 265–266, who suggests the term "intermateriality", or Engels 2022, 245–246, who suggests the term "transmateriality", both of whom borrow the term from current art-historical scholarship (see e.g. Wolf 2016, 104–105 and — with reference to the archaic Greek François Vase — Wolf 2019, 91–94).

[19] See e.g. Conneller 2015, 123–125 (early Upper Paleolithic); Houston 2014, 31–73 (Classic Maya); Chih-en Chen 2019 (High Qing China). A cross-cultural overview of ceramic skeuomorphs is provided in Blitz 2015, 666–668 (with rich references to specific bibliography).

[20] Skeumorphism as a design principle plays an important role in contemporary culture, especially in areas of rapid technological development. The usual icon which indicates the telephone-function on the screen of a smartphone, for example, re-iterates the form of a classic telephone receiver. The idea that skeuomorphic design, as a kind of aesthetic conservatism, would facilitate the acceptance of new materials and technologies played a role in scholarly debates from the very start (see Colley March 1889). Imprinting the texture and structure of basketry on the walls of vessel made in the newly discovered material clay would be a prehistoric example of this design principle.

[21] For a non-Greek example, see e.g. Classic Maya pottery imitating wickerwork, as discussed in Houston 2014, 33–35.

[22] On skeuomorphic vessels, which render e.g. the shape of gourds (vessels made from emptied and dried pumpkins), in the Maya ceramic tradition, see Houston 2014, 32–48 (with an astonishing Maya gourd-skeuomorph around 700 AD in fig. 28).

attain an even more deceptive quality[23]. A late-19th century "woven basket" by the Meißen porcelain manufacture in bone china is one such example of how much further imitating wickerwork could go (fig. 4)[24].

So, even though our clay *kalathos* may be categorized within the broader class of skeuomorphic object design, many more compelling examples of skeuomorphism raise the question of whether, next to skeuomorphism, there might be other phenomena of the ancient Greek culture of things that may give rise to such peculiar objects as a vessel that is "useful for almost nothing" [25]. This is what shall be explored in the remainder of this paper, adding to the aforementioned ancient comparanda a modern version of the unusable object, namely the *objets introuvables* by the French artist Jacques Carelman, which shall serve us as an analytical point of reference from the modern culture of things.

After this short preview of the argument to come, we can turn back to our sub-geometric clay vessel and the question of how exactly it attempts to be something else than a mere pot. The sub-geometric clay *kalathos* is imitative of a wickerwork wool-basket only to the point of securing the reference to a *kalathos*, but no more than that. It also does not attempt to conceal its status as ceramic artisanry. Indeed, with two meander bands, a zigzagging band and repeated triangles, it makes use of the most typical decorative motifs of Greek geometric fine pottery. Similarly in the case of the mentioned Attic Geometric bowl (see above pp. 320–321) bowl, the skeuomorphic character of the vessel is limited to its outside, while the inside has a smooth and painted surface typical

---

[23] On the *trompe l'oeil* qualities of material imitations in Qing dynasty porcelain, see e.g. Chih-en Chen 2019 (although wickerwork imitation seemingly does not play any important role). On Western porcelain tradition, "woven baskets" made of bone china, which might often be highly deceptive, are a typical *tour de force* in porcelain virtuosity.

[24] See this "vintage product" on sale at: https://www.pamono.de/antiker-geflochtener-korb-mit-griffen-aus-porzellan-von-meissen (connection on 11 september 2023).

[25] See Connor 1973, 64, commenting on Greek geometric perforated clay *kalathoi* such as the Heidelberg exemplar.

of ceramic products. Even for this bowl that is moulded on real wickerwork, it is not completely correct to describe it as a skeuomorph, even less so for our clay *kalathos*. It has absolutely no aspirations at *trompe l'oeil*. It is a conspicuously *ceramic* basket, willingly underscoring the different material and technique involved in its production alongside its formal reference to a wickerwork *kalathos*.

Two interrelated points may be retrieved from this unconcealed change of material observed on our clay *kalathos*. (1) Its peculiar design did not just "appear" in the maker's "naïve" flow of consciousness, but it reflects an explicit intention to merge a reference to a wickerwork *kalathos* into a ceramic pot. This makes the object a very bad example of what early theories of skeuomorphic design had in common, namely that they were the *unintended* consequence of an unconscious process within a *longue durée* evolution of technologies and styles, as shown by St. Houston[26]. (2) Concerning the aspect of functionality which I am most interested in here, we may therefore infer that it was willingly taken into account that this design results in an unusable object. Indeed, the material affordances of burnt clay, which lacked the elasticity of wickerwork, are inadequate for a vessel whose walls are perforated to imitate basketry, making the object exceedingly fragile. Of course, the bone china basket shown in fig. 4 is exceedingly fragile too. But while an object conceived for such an everyday activity as wool work would in principle require some robustness, in the case of such a luxury product the inherent fragility is part of the idea, along with careful handling and more broadly fine manners. But does the described practical inadequacy of our *kalathos*' material matter at all, if this object was not meant to function, but merely signify, a wool-basket? This leads me to the second question raised above.

---

[26] Houston 2014, 54–56.

What makes a kalathos an object worth referencing?

Most obviously, it is the activity connected with a *kalathos* that makes this vessel interesting for both three-dimensional re-creation and two-dimensional depiction. As the very many pictures of women working wool found on Attic vases (e.g. fig. 3 and 5) show, textile production is a paradigmatic female activity[27]. This holds true throughout antiquity. Already Homer's Penelope, the virtuous wife of Odysseus, famously spent years weaving while waiting for her husband to return from the Trojan War[28]. Some twelve centuries later, wool-work is what Holy Mary is occupied with when she is visited by the angel in a depiction of the Annunciation on a late antique sarcophagus from Ravenna[29]. To induce from these two virtuous women that wool-work is the prerogative of such blameless women would be a mistake[30]. Indeed, already in Homer, many more promiscuous and morally ambivalent female figures, such as the minor goddess Calypso and the sorceress Circe (both of whom live on their own and entertain a non-marital relationship with Odysseus), or even Helen herself, king Menelaos' wife who willingly followed Paris to Troy, are

---

[27] See Vidal-Naquet 1981, 294. On the organisation of textile production in classical Athens, see Spantidaki 2016, 9–18.

[28] See *Od.* XVIII, 136–151. The high-Classical marble statue of Penelope, known through multiple Roman copies, and a putative Greek original fragment also depicts a *kalathos* under Penelope's seat and (possibly) a spindle in her hand. For a reconstruction of the original and a catalogue of known copies, see Germini and Kader 2006.

[29] So-called Pignata-sarcophagus, Ravenna (Quadrarco di Braccioforte); see Kollwitz and Herdejürgen 1979, 54 – 55, cat. no. B1, pl. 24–27.

[30] That, generally speaking, there is a link between wool-work and female virtue, and that the depiction of a *kalathos* next to a woman might indicate her virtue, is beyond doubt. The most direct example is provided by the Hellenistic grave relief of Menophilia from Sardis (Istanbul, Archaeological Museum 4033; 2nd-century BC). Its accompanying epigram suggests an interpretation of the depicted objects and motifs around the figure of the deceased woman, including a reference to a *kalathos* as a sign of her orderly virtue (εὐτάκτου δ' ἀρετᾶς τάλαρος μάνυμα: for discussion, see Squire 2009, 161–164).

described as weaving[31]. All these mythological female figures take initiatives, not least in erotic affairs[32]. The mythological figure that captures best what wool and wool-work has to do with female — and especially erotic — agency is perhaps Ariadne. The earliest-known depiction of this heroine on the famous François-Krater in Florence from 580 BC shows her handing over to her lover Theseus (and in doing so betraying her father Minos) the famous wool string that would help him to find his way out of the labyrinth[33].

More generally, the household activity of weaving and wool-work is anything but incompatible with erotic appeal. For example, a *lekythos* in Boston shows a woman pulling a skein of wool out of a *kalathos* (fig. 5)[34]. As a perfume vase, a reference to beauty and desirability is already inherent to the *lekythos* itself. In this case, the reference is made explicit; over her head, an inscription underscores the obvious: hε παις [καλε] (*he pais kale*: "The girl is beautiful!"). The participant of a *symposion* would also encounter the vision of a beautiful woman

---

[31] See Frontisi-Ducroux 1997, 99; Ferrari 2002, 58–59. Calypso: *Od.* V, 61–62; Circe: *Od.* X, 220–223 and 254–255; Helen: *Il.* III, 125–128. On Circe as a "strong" figure of the wool-worker (including discussion of her magical and erotic agency), see e.g. Frontisi-Ducroux 2003, 61–93. For an iconographic study on Attic vase-painting combining wool-work and beauty-care as a "perfect match" in Greek vase-painting and society, see Ferrari 2002, 11–86; Badinou 2003.

[32] On wool-work and beauty-care — wool and eroticism — as two intimately linked and non-opposing aspects of female identity among the Greeks, see Ferrari 2002, 11–86; Frontisi-Ducroux 1997, 92–111, who concludes with the following statement: "Si l'image de la femme à la quenouille peut stimuler le désir des mâles autant que celle de la femme au miroir, c'est que le filage évoque quelque chose d'aussi intime que la toilette, une pratique associée dans les représentations collectives à la beauté, à la sexualité, et à la fécondité que favorisent Éros et Aphrodite" .

[33] Florence, Museo Archeologico Etrusco 4209; ABV 76.1, 682; Para 29; BAPD 300000. For the interpretation of the Theseus-Ariadne-frieze, see Giuliani 2003, 153–157, showing that the encounter of Theseus and Ariadne is to be understood as a courtship scene, with Theseus approaching her as a charming musician and Ariadne positively responding with the gift of the wool thread.

[34] Boston, Museum of Fine Arts 13.189; around 480 BC; ARV^2 384.214: attributed to the Brygos Painter; BAPD 204114. For the inscription, see AVI 2926.

appearing on the bottom of a cup painted by Douris[35], once the red wine no longer conceals her. A set of objects complements her feminine appearance: instruments of beauty care (a washing basin, a perfume vase and a mirror) and a *kalathos* as a *pars pro toto* of wool-work[36]. Such images give a clear indication of what makes the *kalathos* a mighty object in pictures; it is able to capture by just one motif a potentially multifaceted feminine identity.

But it is not only the mere *importance* of wool-work for women's everyday life in reality and myth that makes the *kalathos* an ideal marker of femininity in pictures, but also its feminine *exclusiveness*. The inside of another cup by the same painter shows a man and a woman facing each other in what seems unmistakably to be an erotic encounter (fig. 6)[37]. Both individuals have on their side objects that capture their gender-identity. On the man's side, we see a package of things needed for the

---

[35] Paris, Louvre S 3916; ARV² 432.60, 1706; around 480 BC; BAPD 205106. On the figure's frontality, see Frontisi-Ducroux 1995, 124–125. For photographs of all picture fields on the cup, see Buitron-Oliver 1995, pl. 118, no. E2. For comments on the dynamics of the picture's appearance in the course of drinking, see Dietrich 2017, 309–310.

[36] It is important to note that, in Attic vase-painting, it is the production of yarn from raw wool (and not e.g. the seemingly more meaningful and "artistic" activity of weaving, which literary accounts of wool-working women usually pick out for description) that stands in for wool-work as a whole (see Ferrari 2002, 25–26). On the level of objects, it is the *kalathos* as the container of raw wool (and not e.g. the spindle) that functions as a *pars pro toto* of that paradigmatic activity in images (see Frontisi-Ducroux 1997, 104–106). E. Trinkl rightly notes that in the Greek language "one can observe that the term for the profession derives neither from the spindle nor from the loom but from the wool basket (as τάλαρος)" (Trinkl 2014, 194).

[37] Hannover, Kestner-Museum L1.1982; around 490/480; ARV² 437.115; CVA Hannover 2, 44–45, pl. 31.3–5, 32.1–2 and 33.1–8; BAPD 205161. On individual objects in Attic vase-painting capturing a whole culturally defined "space", such as the palaestra or the *gynaikonitis* (the women's quarter in the Greek house), but not necessarily coinciding with any existing physical space in contemporary Athens — indeed, there is no women's quarter in the Greek houses, as far as archaeology can tell — see Durand and Lissarrague 1980. For a critical discussion of such concepts of "space" in Attic vase painting, building on ideas of space developed by J.-P. Vernant (see especially Vernant 1996), see Dietrich 2011. Rather than constructing a space of their own, such objects are better understood as contributing to a depiction of the body, as well as the body's "equipment" (see the groundbreaking essay Vernant 1986) and its typical fields of activity and sphere of influence. This concept is developed in Dietrich 2018, 28–48.

palaestra, the "men's only" space for gymnastic training and body care. On the woman's side, a *kalathos* is placed on a chair, referencing the "women's only" activity of spinning and weaving. Common sense would warn us from overstating the real-life importance of weaving for women and athletic training for men in archaic Greece. Both activities are unquestionably very significant, but neither of the two covers *all* aspects of female and male life[38]. When it comes to depicted objects such as these, that seem to carry a more than merely practical use, scholars of ancient Greek art sometimes like to ascribe to them a metaphorical function[39]. However, in the case of the athlete's package and the *kalathos* in the picture of an erotic encounter, calling them visual metaphors would be an unprecise use of language. Indeed, for the aforementioned reason, the objects' capacity to capture the whole of female and male identity in just one thing is based on a metonymic rather than on a metaphorical strategy of signification. Transposed back to our clay-*kalathos*, we may say that, here too, what qualifies this object for deposition in a woman's grave or dedication in the sanctuary of a female deity is its metonymic potential. We will later see why specifying the metonymic rather than the metaphorical strategy of signification inherent to our clay *kalathos* might be more than mere dogmatism[40].

To summarize what has been said so far: (1) due to the very

---

[38] The over-emphasizing of certain, culturally particularly loaded sectors of life is a typical feature of Graeco-Roman visual culture. On the example of the over-emphasized banquet in Greek fine pottery and Roman decoration of the house, see Dietrich 2021.

[39] For an exploration of metaphorical meanings in pictures of women and wool-work in Attic vase-painting, see especially Ferrari 2002, 11–86. In the context of the iconography of women in Attic vase-painting, another convincing use of the term "metaphor" when it comes to boxes and containers as metaphors for women (which conceptualize women as potential child-bearers, by being able to contain a child, just as a box can contain something, or even someone as in the case of the myth of Danae and her illegitimate son Perseus put in a box) is Lissarrague 1995. For the functioning of metaphors in Greek images, see also Lissarrague 2022, analyzing the eagle-and-snake motif found in imagery of various kinds (coins, vase painting).

[40] See below pp. 344–347.

different material affordances of wickerwork and burnt clay, the ceramic pot formally referencing a *kalathos* results in a virtually unusable object; (2) being made for upside-down-suspension either in a sanctuary or a grave, this functional uselessness is not a problem, since the main affordance of this object is rather to signify a *kalathos* than to function as such; (3) the formal reference to a wickerwork wool-basket does not strive for *trompe l'oeil* qualities. No efforts were thus made to hide its different material and its production technique. This may be understood as a way to underscore the move brought about by the change of material away from functioning like a *kalathos* and towards signifying a *kalathos*. In the remainder of this paper, I would like to show that, unlike what modern intuitions may make us think, these two alternative ways of being a *kalathos* are not radically opposed to one another, but may co-exist to some extent in the same object. Finally, (4) what makes a *kalathos* worth representing in two or three dimensions is that, through its inherent reference to wool-work, it can serve as a signal of female identity — but not so much because weaving would cover *all* aspects of women's life (which it does not), but rather because it is taken as both a paradigmatic and an exclusive feminine activity. This makes the *kalathos* a metonymic rather than a metaphorical translation of being a woman into the world of things.

2. Unusable objects in the age of functionality: Carelman's *Catalogue d'objets introuvables* (1969) as an analytical point of reference

To put an ancient object with peculiar characteristics such as our Greek clay *kalathos* into the large category of the "symbolic object" amounts to "disarming" it as a potential incitement to reflection on ancient and modern cultures of things. Instead, in order to set up a "dialogue" with this object of the past and the culture of things from which it originates, I would like to introduce a modern equivalent of the unusable object as an analytical point of reference, namely the *Catalogue d'objets introuvables* ("catalogue of undiscoverable objects") created by the French illustrator and artist Jacques Carelman (1929–2012), a classic of visual humor issued in numerous re-editions since 1969[41]. The book mimics a sales-catalogue, listing objects of different kinds, ordering them in categories such as *le travail, la maison, les loisirs* (work, the house, hobbies) and presenting them with clean drawings and sophisticated short "as-if" advertising texts[42]. Besides being extremely funny, this book proposes an ironic commentary on the modern post-industrial culture of things, a culture which has produced a plethora of useless commodities as a kind of side-effect of its obsession with innovation and functionality. Indeed, all the objects presented in this catalogue have in common the fact that they are *"parfaitement inutilisables"* ("perfectly unusable")[43]. The unusability of the *objets*

---

[41] Carelman 1969. In the following, I will refer to the re-edition of 1997 (Carelman 1997). The book was (and still is) a great commercial success. It has been translated into numerous languages and is found on the bookshelves of every "well-kept French household" . It also gained recognition from the art-world; the Musée des Arts décoratifs in Paris invited Carelman in 1972 to manufacture a selection of his objects in three dimension for an exposition in 1972, which travelled around the world thereafter. However, the *objets introuvables* received relatively little scholarly attention to my knowledge (see e.g. McDowell 2022). J. Carelman was involved in the *Collège de 'Pataphysique*, which may be described as a parody of a prestigious French-style scientific academy (Hugill 2012, 77–78). Officially founded in 1948 as a "society for learned and useless studies" (*"société de recherches savantes et inutiles"* ; still existing today: http://www.college-de-pataphysique.fr) in honour of the poet and playwright Alfred Jarry (1873–1907) as the inventor of the concept of *"pataphysique"* (word play on "pâte à physique" = "paste of physics"), the *Collège de 'Pataphysique* was deeply intertwined with the French surrealist and Dadaist movement (famous members include Raymond Queneau, Marcel Duchamps, Max Ernst). See Price and Taylor 2022.

[42] These object-drawings with advertising texts are accompanied by more loosely connected brief citations from (mostly poetic) literature. Although these open up another most colorful facet of Carelman's *Gesamtkunstwerk*, I will not comment further on this third component in the careful icono-textual design of the catalogue's pages.

[43] See the guidance text on the "right use of my objects" (*"du bon usage de mes objects"*) written on the back of the book cover of the 1997-edition, to which I refer in the following: Carelman 1997. All translations to English from Carelman 1997 are mine.

fig.1a–b Wool-basket (*kalathos*) in clay, 7th century BC (sub-geometric); Heidelberg, Antikenmuseum des Heidelberg Center of Cultural Heritage. Photograph: H. Vögele

fig. 2 Mould-made clay relief from Locri Epizefiri (type 5/2), early Classical; Museo Archeologico Nazionale di Locri Epizefiri. Repro from Lissi-Caronna, Sabbione and Vlad Borelli 1996–2007, vol. II.5, pl. 40b

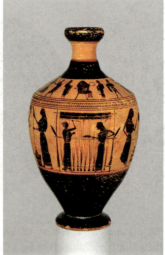

fig. 3a–c   Attic black-figure lekythos by the Amasis-Painter, around 540 BC; New York, Metropolitan Museum; photographs from the Museum website (Public Domain)

fig. 4   Late-19th century "woven basket" by the Meißen porcelain manufacture in bone china; art market, photograph retrieved from the Pamono-website (https://www.pamono.de/antiker-geflochtener-korb-mit-griffen-aus-porzellan-von-meissen [last visited 07.11.2023])

fig. 5 Attic red-figure lekythos by the Brygos-Painter, around 480 BC; Boston, Museum of Fine Arts; photograph from Wikimedia (public domain) (https://commons.wikimedia.org/wiki/File:Red-figure_lekythos_woman_working_wool_%28Boston_MFA_13.189%29_detail.jpg [last visited 07.11.2023])

fig. 6 Attic red-figure cup by Douris (inside), around 490/480 BC; Hannover, Kestner-Museum. Repro from Buitron-Oliver 1995, pl. 90

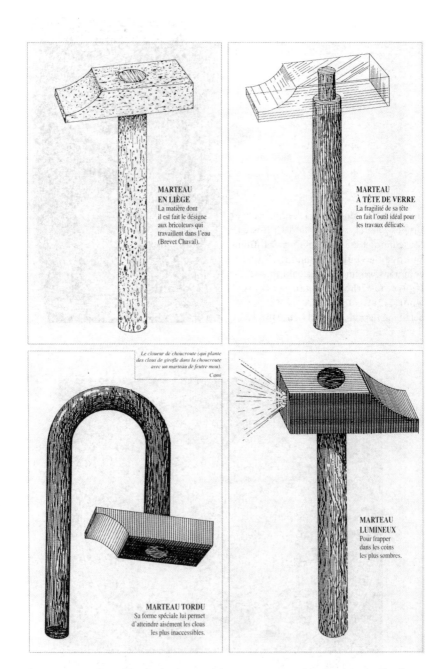

fig. 7a A number of hammers for special uses as presented in Carelman's *Catalogue d'objets introuvables* (first edition 1969). Repro from Carelman 1997, p. 16

fig. 7b A number of hammers for special uses as presented in Carelman's *Catalogue d'objets introuvables* (first edition 1969). Repro from Carelman 1997, p. 17

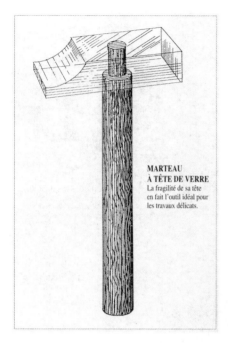

fig. 8 Hammer from Carelman's *Catalogue d'objets introuvables*. The "as-if" advertising text gives further indications: "Hammer with glass head. The fragility of its head makes it the ideal tool for delicate works." Repro from Carelman 1997, p. 16

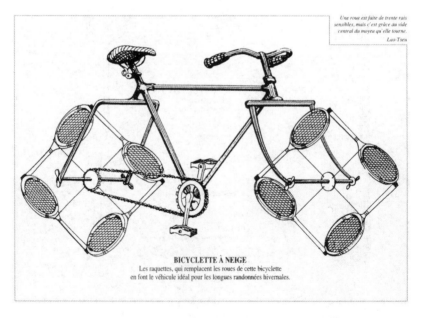

fig. 9 Bicycle for rides on snow from Carelman's *Catalogue d'objets introuvables*. Repro from Carelman 1997, p. 83

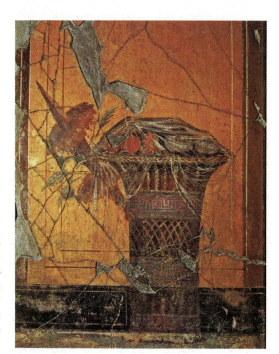

fig. 10   *Kalatho*s filled with fruit, detail from the wall-painting of room 23 in the Villa A of Oplontis (2nd Pompeian style, around 40 BC): *kalathos* filled with fruit. Repro from Cerulli Irelli, Aoyagi, de Caro and Pappalardo 1990, pl. 155

fig. 11   Attic red-figure *psykter* (wine-cooler) by the Kleophrades-Painter, around 500 BC; Compiègne, Musée Vivenel. Repro from Lissarrague 1999, 178, fig. 136

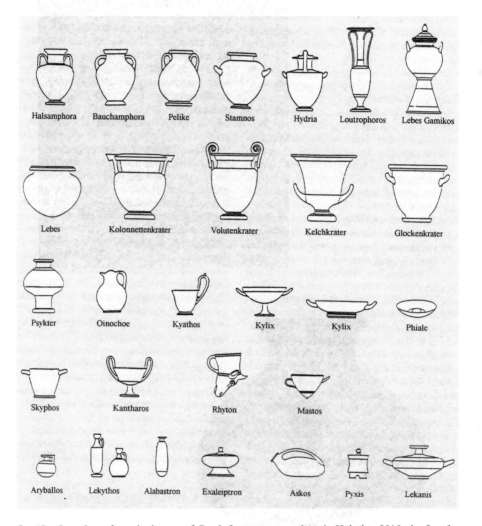

fig. 12 Overview of standard types of Greek fine pottery as given in Hölscher 2015: the first for rows of vessel shapes are sympotic vases (except the loutrophoros, the lebes gamikos, and the phiale), the last row of vessel shapes are cosmetic vases. Repro from Hölscher 2015, 309, fig. 165

fig. 13 Attic late-geometric monumental crater made to function as a grave-marker, around 740/730 BC; New York, Metropolitan Museum. Photographs from the Museum website (Public Domain)

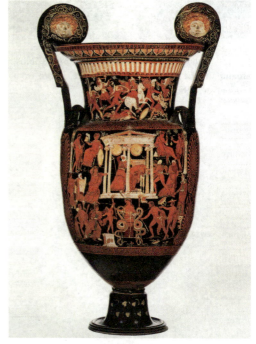

fig. 14 Apulian volute-crater by the Underworld-Painter, around 340/330 BC; Munich, Staatliche Antikensammlungen. Repro from Wünsche 2008, 309, fig. 19.42

fig. 15   Volute-crater in marble signed by Sosibios, around 50 BC; Paris, Musée du Louvre. Repro from Grassinger 1999, fig. 17

fig. 16   Attic red-figure *kalathos*-shaped crater by the Brygos-Painter, around 480 BC; Munich, Staatliche Antikensammlungen. Repro from Zimmermann-Elseify and Schwarzmaier 2019, 2

introuvables is also what provides the *tertium comparationis* for our clay *kalathos*.

As this book considers things through things, an example is better than any explanation with words. Within the category *outillage* (tools), we are presented with a number of hammers (fig. 7), each of which is designed for a different use or which promises particular super-powers: for underwater-works (in cork), delicate works (with a glass head), nails that are difficult to reach, work in dark corners, a *polymarteau* ("multi-hammer") for greater efficiency, and — most excitingly — what might be called an embodied hammer in which the forearm takes over the task of the missing shaft.

What is interesting about this as an analytical point of reference for our clay *kalathos*? In describing their unusability, the fantastic objects of Carelman often make use of similar principles of object design to those which are found in ancient Greece, but with completely different aims in mind and with a completely different cultural background. These differences are what the anachronistic comparison shall help to carve out in what follows.

Transmateriality

The hammer with a glass head (fig. 8), for example, transposes an existing functional form (a hammer head of an easily recognizable shape) into another material, just as in the case of our clay *kalathos*. But this change of material is framed differently. Not unlike the transparent hammer head which is visibly made of glass, the clay *kalathos* openly displays its ceramic materiality that makes it unusable. By being conceived for upside-down suspension, the point of reference at which the imitative object aims is the wool basket *while not in actual use*[44].

---

[44] See above fig. 2. The Locrian relief type Z 3/1 also shows a *kalathos* hanging upside-down (see Marroni and Torelli 2016, 63, fig. 47). Another example of a wool basket hanging upside down is the painted tomb no. 58 around 340 BC from the Andriuolo (转下页)

The unusability brought about by the change of material is therefore part of the object's design rhetoric, one may say. The rhetorical framing of the glass hammer takes an opposite stance. The easy breakability of the material glass, which obviously makes it ill-suited for a hammer head, is presented through the analogy of delicate glass and delicate works as being particularly functional — but for one very specific use only. Between the clay basket and the glass hammer, the same procedure of changing the material while conserving the form is presented as a case of ostentatious non-functionality in the first case, and as hyper-functionality coupled with hyper-specificity in the second.

Hyper-specificity

Hyper-specificity is a *Leitmotiv* of the *objets introuvables*. A rifle with a sinusoidal canon specialized for hunting kangaroos is one example, picked at random[45]. The accompanying text explains its function as follows: "The thoroughly studied form of the canon lends a sinusoidal trajectory to the bullet that follows the animal in his jumps." A bicycle designed for riding on snow is another, no less absurd, example (fig. 9). But hyper-specificity is also a characteristic of real modern thing culture, as the tools department of a DIY store spread over hundreds of square meters would showcase. Although the snow-bike only offers a false promise of functionality, the modern wish for extremely functional things naturally lends itself to hyper-specificity. Although it is in principle perfectly possible to ride a town-bike outside the town, the wish to adopt one's bike perfectly to any imaginable road

---

(接上页) necropolis at Paestum with a scene of the *prosthesis* of the deceased women on a *kline* (Pontrandolfo and Rouveret 1992, 153, fig. 3, 336–337) and the painted tomb 10 (Laghetto necropolis: Pontrandolfo and Rouveret 1992, 213, fig. 3, 356–357). That a *kalathos* is not actually being used may also be signaled in Paestan tomb-painting by being put on a shelf (see tomb 51 from the Andriuolo necropolis around 350–325 BC: Pontrandolfo and Rouveret 1992, 133, fig. 5, 329–331 [tomb 51]).

[45] See Carelman 1997, p. 96.

condition leads to the development of hyper-adapted biker-equipment that may in some cases strongly resemble the *objets introuvables* in their absurdity. The wish for functionality and the wish for specificity of objects go hand in hand in modern culture, and this combination leads to ever more things. But the same cannot be said of ancient Greece, as one can demonstrate through the example of the *kalathos*.

From the early 5th century onwards, when women working wool began to be depicted more regularly in Attic vase-paintings and elsewhere, the *kalathoi* show a more specific shape which would become standardised with remarkable consistency (see fig. 2 and 5-6). They have a characteristic silhouette, starting at the bottom with a cylindric form and widening considerably toward its opening. This specific form can plausibly be explained by pointing to the baskets' use in the first step of processing sheep-wool into woven textiles. The *kalathos* would be filled with raw wool waiting to be transformed into woolen threads. The basket's widening towards the top would facilitate the action of pulling single skeins out of this packed mass of wool, a packed mass which would progressively become looser with the basket's widening[46]. This first step of spinning is what we see on the *lekythos* by the Brygos-Painter in Boston (fig. 5).

Once this optimized form of *kalathoi* had been developed, it remained remarkably constant throughout Greek and Roman antiquity. This is no wonder, one may say, since the physical properties of wool and the requirements for easy spinning remain unchanged throughout the centuries and are not subjected to the developments of any *Geistesgeschichte*. *Form follows function*, understood as a transhistorical design principle, seems to be responsible for this formal permanence. But the issue is more intricate. Indeed, objects replicating for centuries

---

[46] On the technical procedure of thread production and spinning in ancient Greece, see Spantidaki 2016, 32-47.

this form which was optimized for wool-work may actually fulfill completely different functions. Among the objects portrayed in the painted architectural illusion decorating room 23 of the Villa A of Oplontis in the Vesuvian region, we see a *kalathos* filled with ripe fruit (fig. 10)[47]. Although there is obviously more to this strange still-life-like combination of a veiled *kalathos* and an unlit torch, the *kalathos* in it notably functions as a fruit basket. Using a *kalathos* for harvesting fruit seems to have been a common thing to do[48]. The early Classical Locrian relief types Z 4/1 and Z 4/3 show women harvesting fruit (or possibly flowers in the case of Z 4/3) with *kalathoi* as their baskets[49]. In the iconography of personifications of the seasons, the allegorical figures often hold the characteristic fruit (that is, product) of the respective season in a *kalathos*[50].

Whatever additional meaning such depictions of *kalathoi* may have had, they point to the basic fact that these baskets were used for, among other things, fruit harvesting. While the specific form of a *kalathos* is optimized for wool-work, this high cylindrical form is not particularly well adapted to be filled with ripe fruit, especially since one runs the risk of squashing the fruit at the bottom due to the weight of those piled over them. Even though a *kalathos* is not the perfect basket for fruit, this use lies within its general affordances, just as any other kind of basket would do the job. Too much skepticism about such secondary-purpose uses of things from the side of the historian would be more revealing of our present than of ancient Graeco-Roman thing cultures.

---

[47] On the decoration of this room painted in the Pompeian second style, see Moormann 2019, 144–148. For discussion and further bibliography of this and other objects depicted in the second-style rooms of the Villa A of Oplontis, see Dietrich 2022a, 25–32 (with notes 20 [bibliography on the Villa] and 23 [bibliography on the objects painted in room 23]).

[48] In ancient Greek texts, the term *kalathos* refers to a wool basket as much as to a fruit basket.

[49] See Marroni and Torelli 2016, 31, fig. 6–7.

[50] See e.g. the season personifications painted on the walls of the Casa di Omfale (VIII.4.34) in Pompeii: Dietrich 2022a, 34, fig. 9.

Thus, instead of using two different types of baskets for wool-work and fruit harvesting, the Greeks "needed" only one object for both activities, resulting in less things to accomplish the tasks of everyday life. At the same time, I shall be cautious not to slip into the primitivist dream of pre-modern societies which cope with all the tasks and hardships of life with just a handful of things, without creating masses of litter each year and still managing to live a happy and frugal life. Although this primitivist prejudice might not be completely wrong, there are more interesting and specific things that may be retrieved from the example of the double-use of *kalathoi*. Using a wool basket for fruit harvest might have the effect of needing just one instead of two objects for two different activities. But this is not yet a "pre-modern statement" against the modern hyper-specificity of tools, since a *kalathos* with a shape optimized for wool-work is itself a fairly specific tool too. The modern solution for the unsustainable inflation of ever more things would be universal tools with very broad affordances and non-specific functionalities, enabling us to do more with less things but still in an efficient way (consider, e.g., the smartphone). But this is not what the Greeks characteristically did. Even if in many ancient Greek households the wool basket might have had a universal use in effect, from its morphological design a Greek *kalathos* is *not* a universal tool.

The selective specificity of things

More generally, the hyper-specialization of objects is by no means alien to ancient Greece. That there is a particular shape of vases used for cooling wine, the *psykter* (fig. 11)[51], counts as a good example of such hyper-specialized vessels, and it is no wonder that this object's usefulness for just one thing has much to do with luxury culture. That the Greeks

---

[51] Compiègne, Musée Antoine Vivenel L 1068; ARV^2 188.66: attributed to the Kleophrades Painter; around 500 BC; BAPD 201758.

did not end up with the same plethora of things that we do has less to do with their lack of a culture which worshipped highly specific objects serving very specific activities, but rather that this culture did not spread to all sectors of life. If one considers a standard account of Greek vessel typology, it is striking that these refined forms are linked in the overwhelming majority of cases to the culture of communal drinking — the *symposion* — and (to a lesser extent) the culture of bodily cosmetics (fig. 12)[52]. The prominence of the *symposion* and bodily cosmetics in the typology of vessels is consistent with the generally high cultural importance assigned to these two aspects of life in Greek culture. Yet this represented only a tiny fraction of real every-day life[53].

The taxonomy of the world of things in Carelman's *objets introuvables* is, by contrast, much more all-encompassing and non-discriminating. The objects are ordered according to the categories *le travail* (work), *la maison* (the house), *les loisirs* (hobbies), *l'homme la femme, l'enfant et l'animal* (man, woman, child and animal), and *divers* ("other things"), each one of these being divided into several sub-categories and reaching every imaginable aspect of modern life. *Otium* and *negotium*, the office and the house, all genders and ages (even dogs and cats!) are included. One recurrent joke in this catalogue is the equal attention given to socially recognized activities and needs, on the one hand, and rather embarrassing, socially deviant or ridiculous aspects of human desires and existence, on the other, the latter even being treated with special care and love. We find in this catalogue designs such as an armchair for people sensitive to cold (a radiator in the shape of an armchair)[54], a coffee pot for masochists (whose spout is on the same side

---

[52] See Hölscher 2002, 303, fig. 165.
[53] On this over-representation of the culture of communal drinking and of bodily cosmetics in Greek fine pottery, see Dietrich 2021.
[54] See Carelman 1997, p. 30.

as the handle, so as to pour hot coffee over one's own hand)[55], and a hot-water bottle for singletons (in the shape of a pair of female buttocks, made of soft, skin-coloured rubber)[56]. While in the modern culture of things commodities are proposed for every imaginable activity, no "external" restrains are put on the individual's choices on what to do and what not to do, thereby making the task of choosing one's lifestyle a solely "internal" issue. One may also say that the virtually unlimited affordances of the modern world of things maximizes for the individual the moral burden of taking every-day decisions that are (generally thought to be) "good" . In contrast, the highly selective typology of Greek fine ceramics belongs to a world of things that already includes cultural values[57]. This selection of refined objects not only passively *reflects* cultural values — which marks the (very plausible) assumption inherent to any attempt to study *histoire des mentalités* on the basis of material culture — but also actively shapes human behavior alongside these cultural values.

The ways in which these objects shape human behavior in the context of the selective Greek specificity of things is especially by being *unpractical*, and this in two regards. On the one hand, objects orient human behavior simply by being unpractical for all uses that do not correspond to the object's inherent purpose, thereby serving some activities less than others. Yet this orienting effect might have been quite limited. Indeed, the affordances of an object are usually much larger than the functions which they were meant to be used for, and the readiness of people to cope with non-optimized, unpractical tools to achieve the tasks of every-day life were certainly much higher than our

---

[55] See Carelman 1997, p. 64.
[56] See Carelman 1997, p. 48.
[57] This moral load of things might be explained by the fact that ancient moral debates so often transcend human behavior and extend to things/commodities. This is especially true of the tradition of morally critiquing luxury products.

obsession with functionality today. However, Greek refined objects are often unpractical even for achieving the task that they were made for. This is particularly obvious with refined Greek drinking vessels: the typically wide and flat Attic cups pose a real challenge to the drinkers not to spill the red wine over their clothes, and require refined manners and a certain level of control of one's own drunkenness. The morphology of a Greek drinking-cup therefore both invites drinking from it and demands from the drinker a certain culturally sanctioned habitus[58].

Formal re-iteration and the cohesion of practical and symbolic functions

If wool-baskets were genuine clay objects, they would without doubt be part of this selective universe of Greek ceramic vessel types concentrated on a handful of socially and culturally particularly valued areas — not only because *kalathoi* encapsulate the culturally loaded paradigmatic feminine world of wool-work, as shown above, but also because, in the case of *kalathoi*, we find the same phenomenon of astonishingly stable typology both across time and in terms of their material transpositions. A splendid silver cup from the Augustan period decorated with an apotheosis of Homer[59] is a fine example: it reiterates an age-old form, and it transposes it into another material. While translating a wickerwork-basket into clay ensures the use of low-cost materials, translating it into silver is a phenomenal material upgrade. As this is a drinking cup and not a wool basket, there is also a change of scale involved: a miniaturization. And of course, the practical purpose of the object has changed from wool-work to drinking, from every-day work to feasting, and from the female realm to the gender-inclusive

---

[58] See Dickmann and Heinemann 2015, especially p. 18–33 [Heinemann]; Dietrich 2020, 45–48.

[59] Naples, Museo Archeologico Nazionale 25301. See Guzzo 2006, 84–85, fig. 18–19.

world of the Roman banquet.

Similar kinds of formal re-iteration across epochs, materials, scales and cultural contexts are found across all kinds of vessel types. The crater (a wine-mixing vessel from which wine would be served to the participants of a *symposion*) provides a particularly rich array of examples of such formal re-iteration. The monumentally over-sized geometric craters used as grave markers (fig. 13)[60] are an early example of this, which also have their fair share of un-usability. Indeed, this crater cannot be used for mixing and serving wine and water, but takes on a completely different, funerary function. Pre-firing holes on the bottom of the vessel allow the crater to become a leaky receptacle for libations to the dead[61] buried beneath the grave-marker[62]. Much greater typological consistency in fine pottery is achieved in the course of the 6th century BC, leading to those classical vessel types (both in terms of chronology and in terms of their exemplary status for later Graeco-Roman epochs) that are found with an astonishingly similar form[63] for many centuries. A late-classical Apulian crater around 340/330 BC in Munich (fig. 14)[64]— which, like all lavish Apulian craters, was most likely produced for a funerary use — and a late-Hellenistic marble crater around 50 BC in the Louvre (fig. 15)[65] are two instances that share many morphological characteristics. They are both readily recognizable as

---

[60] New York, Metropolitan Museum 14.130.14; around 750–735 BC. For a rich bibliography on this vase, see the website of the museum: https://www.metmuseum.org/art/collection/search/248904 (last entered 12.10.2023).

[61] For other examples of such holes, see Weber 1999, 30, note 8.

[62] On the 8th-century BC grave type using such monumentalized vessels as grave markers, see Dietrich 2022b, 423–425; Walter-Karydi 2015, 21–27; Stroszeck 2014, 135–138; Haug 2012, 432–438; Kurtz and Boardman 1971, 57–58.

[63] This does not exclude, of course, a certain range of morphological variation over time, nor does it hold true for *every* later vessel that we call a crater.

[64] Munich, Staatliche Antikensammlungen 3296; attributed to the Underworld-Painter. For bibliography, see Wünsche 2008, 378, cat. no. 18.

[65] Louvre Ma 442; around 50 BC. See Grassinger 1991, 183–185, pl. 16–21; good photographs and extensive bibliography can be found on the museum website (see https://collections.louvre.fr/ark:/53355/cl010278007 [last entered on 07.11.2023])

craters of the sub-category of "volute-craters", which directly hearkens back to a morphological differentiation between types of wine-mixing vessels that emerged in the 6th century BC and is reflected in modern archaeological Greek vessel typologies such as the one reproduced above (see fig. 12). Other of the many late-Hellenistic and Imperial-age marble craters rather re-iterate the type of the so-called calyx-crater, such as the famous Borghese Krater in the Louvre[66], thereby retaining a refined play of formal differentiation that dates back some 600 years, even though the large crater for mixing wine and water had lost much of its former importance as the key drinking vessel of an archaic and Classical Greek *symposion*[67]. The reference to the culture of communal drinking and the world of Dionysus inherent to the closely re-iterated form of a crater has thus emancipated itself from the concrete function of this particular vessel type[68].

Most clearly, the marble replica of a crater no longer fulfills the original function of a crater. No wine was ever served from any of the many marble craters which survive from Graeco-Roman antiquity. But it would be absurd to deny them the status of being a vessel and being a

---

[66] Louvre Ma 86; Augustan date. See Grassinger 1991, 281–283, pl. 1, 83–90; good photographs and extensive bibliography can be found on the museum website (see https://collections.louvre.fr/en/ark:/53355/cl010279157 [last entered on 13.10.2023]). In the course of baroque restorations, the handles of the Borghese Crater were worked off. This celebrated "masterwork of ancient art" (see Haskell and Penny 1981, cat. no. 81) not only re-iterates an age-old vessel typology, but also replicates an existing prototype in the way of a "multiple artwork". Indeed, it has a precise "twin" (with handles and the same figural decoration) from the late Hellenistic shipwreck of Mahdia, today exhibited in the Bardo Museum (Tunis, Bardo Museum C 1202).

[67] On the former centrality of the crater in the Greek *symposion*, see Lissarrague 1987, 23–48.

[68] How a mere shape may carry a reference to a meaningful object is particularly well exemplified by what may be called a "skeuomorphic myth", namely the story of the invention of the Corinthian capital, the "maiden-like" capital next to the "male" Doric and the "female" Ionian capital. Vitruvius (4.86–87) speculates that its inventor was inspired by the sight of a *kalathos* placed years ago on a maiden's grave, in which acanthus leaves grew up the *kalathos*' walls. Obviously, the general shape of a Corinthian capital, with its corpus growing wider towards the top, was enough to create the link to a wickerwork *kalathos*.

crater. The re-iteration of the shape of a "real" crater without functioning as such invites the analogy with Greek mimetic imagery and sculpture in particular. Just as the statue of a wo/man or god/dess, according to the rules of the Greek language, "is" this wo/man or god/dess, despite being only life-like and not really alive[69], the close replication of a crater in marble "is" a crater although it does not function as such. We might say that, between a (non-functional) marble crater and a (potentially functional) ceramic crater, there is the same image relation as that between the representation and the represented.

In other words, the ceramic crater *is* a crater, while a marble crater is *about* (being) a crater, or, to use another formulation (borrowing a term introduced by Wu Hung)[70], a ceramic crater is a vessel, while a marble crater is a meta-vessel. Within a culture of close formal re-iteration of types, which applied to at least a selection of culturally particularly loaded things, being a vessel and being a meta-vessel are not mutually exclusive. Indeed, a perfectly functional ceramic crater, as long as it closely re-iterates a well-established morphology, is both a crater and the image of a crater, both a crater and about (being) a crater, functions as a crater and signifies a crater, is a vessel and a meta-vessel[71].

This draws a clear line of demarcation with modern principles of object design. According to the (seemingly universal, but actually very modern) design paradigm of *form follows function*, an object should not

---

[69] On this fundamental principle, see Gordon 1979.

[70] I refer to Wu Hung's paper ("Meta-Vessel: Retelling the Story of Ancient Chinese Ritual Bronzes") delivered at the conference "Vessels Beyond Containment" at the Kunsthistorisches Institut in Florence (Max Planck Institut) on the 8th of June 2023.

[71] Gerhard Wolf made this point in an even more all-encompassing manner by proposing that every vessel is a meta-vessel in the discussions at the mentioned conference in Florence (see note 4 above). Without denying that there is truth in this very general formulation, I would limit this statement to sectors of thing culture that function within the principle of re-iteration of forms and types.

signify what it is, but function as what is[72]. Carelman's "hammer for delicate works" (fig. 8), whose glass head signifies the work's delicacy but would obviously not function as a hammer for the very same reason, makes fun of a notion of object design in which signifying and functioning are thought to be one and the same. Ancient Greek thing culture, however, takes seriously the idea which modern thing culture posits as absurd. Typologically re-iterative vessels such as ceramic volute craters, that are both an image (a signifier) of what they are *and* function as what they are, are a set of examples we have just discussed. Another, less practical aspect of the Greek culture of things reveals the same conviction in the fundamental cohesion of the symbolic and the practical function of things, namely divine and heroic attributes; Zeus' thunderbolt, Herakles' club, Athena's Aigis, Apollo's bow, and so on are both the signifier and the instrument of their respective power. This principle is clear in Greek art[73], but it may also be found in literary accounts of divine and heroic deeds[74].

The cohesion of the symbolic and practical functionality of things does not apply to *all* objects fabricated and used in Greek antiquity to the same extent. In its fullest form, it is confined to the selection of those particularly meaningful things in which typological conservatism and formal re-iteration may be observed. Interestingly, there is a large

---

[72] See e.g. the disgust formulated by the Austrian architect Adolf Loos in his famous pamphlet *Ornament und Verbrechen* ("Ornament and Crime") from 1908, a founding text of modern design and architecture, with regard to the earlier habit of fine dining culture to present meat dishes in the form of the padded animal that is served to the guests (see Loos 2015). Indeed, all kind of skeuomorphic object design amounts to a nightmare for the likes of Le Corbusier...

[73] On attributes in Greek art, see Dietrich 2018. The concrete use of divine attributes is particularly blatant in the iconography of the Gigantomachy, where gods effectively use their attributes (be they peaceful or aggressive in nature) against the uprising Giants (see Dietrich 2018, 82-85).

[74] Although I have not yet done any systematic research on this issue, ample evidence of god(desse)s' concrete *acting* with their attributes can be found in Homer and (especially) Ovid's *Metamorphoses*.

overlap between this selection of things and those relatively few objects that are regularly depicted in Attic vase-painting, which is otherwise largely dominated by the human figure and devoid of spatial setting or "landscape" [75]. The *kalathos*, which is a frequent motif in Attic vase-painting, would be an example. Particularly significant is the even smaller selection of objects that appear on Attic vases not only as meaningful additions to human figures (cf. fig. 6) but sometimes also as isolated motifs — objects that are themselves already meaningful enough to gain aesthetic autonomy. It is no wonder that this is most commonly observed with drinking vessels: those ceramic vessels for which there is by far the most elaborate and differentiated typology. The *psykter* depicted in fig. 11 presents us, in a kind of predella-frieze not directly related to the main picture, with a row of different types of drinking vessels, as if it was an archaeological typology[76]. In the early phases of Greek ceramics to which our wool basket in clay belongs, the *kalathos* is also found in isolated representation on other ceramic vessels, in the miniaturized and three-dimensional form of *kalathos*-shaped lid-knobs[77]. Much later, we find the isolated sculptural representation of a *kalathos* as a grave-marker of a woman[78].

Most objects and activities of every-day life (especially among the lower strata of society) must have escaped this beautiful world of aesthetic-cum-functional things that signify and at the same time serve the important and valued aspects of existence. But for the rest, we may

---

[75] On how (what we would take to be) landscape elements nevertheless enter the picture fields of Attic vases and how they work in conjunction with the figures to fill the surfaces on the vase assigned to figural decoration, see Dietrich 2010.

[76] On such isolated depictions of vessels in Attic vase-painting, see Lissarrague 1987, 83–103. See also the handful of instances in Attic vase-painting, where objects receive the "honor", otherwise reserved to human figures, of being labelled with an inscribed (in this case, generic) name, see Lissarrague 2015.

[77] Muskalla 2002, 47–49 and 65, pl. 11–13.

[78] See the grave-stele Athens, National Museum 1052 (depicted e.g. in Lissarrague 1995, fig. 7).

infer for Greek antiquity a significantly higher readiness to cope with non-optimized tools and unpractical things. Our clay *kalathos*, with its reduced size, its ceramic materiality and easy breakability, would surely not have been used for wool-work. But can we really exclude any kind of practical use before it came to signify a *kalathos* in a grave or in a sanctuary? As an unpractical object, it might not be "good" for anything, but it was possibly still "good enough" for something. When a "real" wickerwork *kalathos* is used for *something else* than wool-work, such as fruit harvest, the cohesion of the object as signifier and as practical tool may already have been lost. But such off-purpose use of valued objects (or, indeed, already their merely visible presence in the room) still fulfills a certain function, namely to re-assess, through the silent voice of the object and its meaningful design, the particularly loaded aspects of life while being occupied with something else. How the limited number of highly valued objects bound up with correspondingly refined and constantly re-iterated morphologies increases the expressive power of things shall be touched upon in the final section of the paper.

Making things speak

Here again, the crater provides a good example. The many Hellenistic and Imperial-age marble craters are a typical example of conserving form but where a changed material entails un-usability. But the change of material towards marble has another consequence too, namely un-movability. As a marble crater cannot easily be carried around and put away, its transmateriality necessarily turns it into a permanent piece of decoration. This detaches the crater from the ephemeral and performative context of an actual feast and turns it into a monumentalized reminder of feasts — those that already took place and those to come. Although itself a vessel beyond practical usability, its main asset as a decorative furnishing of rich private houses still lays in its (metonymic) link to the practice of wine-drinking and feasting[79].

A very similar metonymic way of referencing the practice of wine-drinking and feasting is evident many centuries earlier in the use of monumentalized craters as grave-markers in the 8th century BC. Achieving this reference to the highly valued *symposion* through a monumentalized crater was seemingly preferred to developing a specific shape for that — all but marginal — purpose of a grave marker. Remarkably, a distinctive vessel-type for an urn also never appeared in Greek antiquity. Instead, other vessels were re-used to function as urns for the ashes of the deceased[80]. One of the most famous early Greek vases — the Eleusis-amphora[81], containing the earliest depiction of the blinding of Polyphemus — was found sawn in two halves in its funeral re-use for a child-burial. The non-existence, at that time, of a specialized container for the mortal remains of a deceased, such as a sarcophagus, resulted in this re-use of an amphora, which was originally produced for the *symposion* and thereby created a metonymic cross-reference to this most valued social context. The choice of precisely this amphora, whose figural decoration centres on blinding, blindness, and death, was obviously a conscious one. We can even go one step further: the obligation to choose an appropriate vessel for its funeral re-use opened up a potential field of expression which would have been lost with the development of a specialized object for the same purpose. The limitation of typologically fixed vessel shapes thus provides a greater expressive power to the language of things.

Creating a cross-reference from one socio-cultural sphere to another through the metonymic potential of the shape of an object could

---

[79] See Dietrich 2022a, 23–32.
[80] See e.g. the early "tomb of a rich lady" from the Athenian Agora: Smithson 1968.
[81] Proto-Attic amphora around 670–660 BC; Eleusis, Archaeological Museum 2630. See Grethlein 2018, 77–85 (with references to the most important earlier bibliography in note 14).

also be a conscious design decision in areas where there is no lack of specialized vessel types. A *kalathos*-shaped crater around 480 BC painted by the Brygos-Painter in Munich gives a particularly attractive example of such deliberate crossings between forms, associated practices and real uses (fig. 16)[82]. This is a perfectly functional crater, but it is disguised in the distinctively "female" shape of a *kalathos*. This reference pointing outside the male social context of the *symposion* to the feminine world of wool-work obviously interconnects with its painted decoration, where we see the portrait of Sappho, the famous woman-poet, coupled with Alkaios, another prominent poet from the island of Lesbos.

If a *kalathos* alone, as a meaningful object, is already a metonymic reference to the well-ordered feminine world, then an overturned *kalathos* is enough to create a powerful metaphor of disruption to this world. Many Locrian reliefs which portray the general iconography of the "abduction of a woman" include *kalathoi* filled with something other than wool: either fruit or flowers[83]. In the peaceful variants of such "abductions of a woman", the woman carried by a young man into a chariot may hold such a *kalathos*. Such pictures of "abductions of a woman", however, often show much less harmonious interactions between the man and the maiden, refer to mythological "love-stories"

---

[82] Munich, Antikensammlungen 2416; ARV² 385.228: attributed to the Brygos Painter; CVA Munich 21, 138–145, pl. 82–84; BAPD 204129. Only relatively few *kalathos*-shaped vases with figure decoration are known (see Williams 1961, 27; Oakley 2009, 66–67). A search on the Beazley Archive Pottery Database gives the still relatively small number of 85, although this count depends on how a *kalathos* is exactly defined in terms of typology (see e.g. the discussion in Oakley 2009, 66–71, who prefers to name a sub-group of calathoid vases beakers instead).

[83] Harvesting fruit and picking flowers is another paradigmatic female activity in the Greek imagination. In Greek mythology, picking flowers together with one's fellow-maidens is also a "typical" activity of young women about to be abducted by a god, denoting a metaphor of marriage/entry into a sexually active life. The most famous example is the account of Persephone being abducted by Hades into the Underworld in the Homeric Hymn to Demeter. For the interrelated themes of flowers, *kalathoi* (and other "female" objects) and maidens about to become women in Attic vase-painting, see Kéi 2022, 170–187.

between gods and (im)mortal women[84], and may be understood as a general metaphor of marriage and the commencement of a sexually active life for young women[85]. Amidst such turbulent variations found on such images, the *kalathos* is also overturned[86].

3. Summary

A simple and early Greek ceramic pot, whose walls were perforated in order to create a reference to a wickerwork-wool basket (*kalathos*), has served in this paper as a starting point to explore the place of unusable and/or impractical objects in the ancient Greek culture of things. Its openly ceramic allure, which makes explicit the change of material from wickerwork to clay, differentiates this *kalathos* from skeuomorphs with greater *trompe l'œil* qualities from ancient Greece, or indeed from other cultural realms. What made a *kalathos* worth referencing through the design of another object was its link to both the paradigmatic and the exclusively female activity of wool-work to which a *kalathos* points, making this object a metonymic signifier of "being a woman" in the world of things. In a second step of the argument, the *Catalogue d'objets introuvables* by the French artist J. Carelman was introduced as an analytical point of reference, presenting us with an ironic commentary on

---

[84] Such more or less violent "rapes" are also a recurrent theme in Attic vase-painting of the same period (see Kaempf-Dimitriadou 1979; Kéi 2022, 181–187). They all show a strong asymmetry between a desiring party (*erastes*) and a desired party (*eromenos*). On Locrian reliefs, the "rapist" is always a man/god and his partner/victim is always a woman/goddess. In Attic vase-painting, however, these roles are often switched, e.g. when the goddess Eos pursues the beautiful Trojan prince Tithonos, or are transposed to man-boy constellations, as in the case of Zeus pursuing Ganymede.

[85] We assume that Locrian reliefs of this kind would have been given as votive gifts in the sanctuary, e.g. on the occasion of a marriage. On the general understanding of Locrian reliefs, see Marroni — Torelli 2016 (for the iconography of abduction of a woman' : 66–74).

[86] See Lissi-Caronna, Sabbione and Vlad Borelli 1996–1999, 577–581.

the unusable object in post-industrial thing culture. As a side-effect of its obsession with functionality and innovation, this culture creates hyper-specific tools and ultimately gives rise to more and more things (and litter) for coping with the tasks of everyday life, while positing an unusable object as an absurdity. Although a culture of things with highly specific functions also existed in ancient Greece, it did not extend to all sectors of life, but was restricted to a small number of highly esteemed activities and cultural realms. This is reflected by the typology of Greek fine pottery, the vast majority of which relate in terms of their shape to only two activities: the culture of communal drinking (the *symposion*) and bodily cosmetics. A refined typology of drinking vessels emerged in the course of the 6th century BC and remained remarkably stable well into the Imperial Age. This created a beautiful world of aesthetic-cum-functional things in which an object may simultaneously signify what it is *and* function as what it is — in contrast to the dichotomy between the functional and the symbolic object observable in modern archaeological methodologies. A typologically fixed shape also existed for the *kalathos*, specifically serving the needs of spinning. However, this shape, although adapted to wool-work, seems to have been used for other activities too, such as fruit-harvesting for which a high cylindrical basket is rather ill-suited. This invited us to consider more broadly the use of non-optimal tools and impractical things in ancient Greece, where form did not *always* follow function, objects did not serve *all* human activities and wishes to the same extent, and objects themselves oriented human behavior, not least by being wholly or partially unpractical. Finally, it was argued that the *limited* number of highly refined and typologically defined objects with important cultural functions not served by specific objects, such as the grave-marker or the urn in early Greek cemeteries, may endow the language of things through formal cross-references with a particular expressive power.

Abbreviations

ABV, John D. Beazley, *Attic Black-Figure Vase-Painters*, Oxford: Clarendon, 1956
AVI, *Attic Vase Inscriptions* (https://www.avi.unibas.ch)
BAPD, *Beazley Archive Pottery Database* (https://www.carc.ox.ac.uk/carc/pottery)
CVA, *Corpus Vasorum Antiquorum*
ThesCRA, *Thesaurus Cultuum et Rituum Antiquorum*

Bibliography

Kunstwerke der Antike, Auktion XXII, 13. Mai 1961 — Bronzen, Keramik, Skulpturen, Goldschmuck. Münzen und Medaillen A. G. Basel, Basel: Verlag Münzen und Medaillen, 1961.

Panayota Badinou, *La laine et le parfum: Épinetra et alabastres, forme, iconographie et fonction, recherche de céramique attique féminine*, Leuven: Peeters, 2003.

John H. Blitz, "Skeuomorphs, Pottery, and Technological Change", *American Anthropologist* 117 (2015), 665–678.

Donna C. Kurtz and John Boardman, *Greek Burial Customs*, London: Thames & Hudson, 1971.

Jan Bouzek, „Three rare shapes of Geometric pottery", *Listy filologické* 92 (1969), 264–270.

Diana Buitron-Oliver, *Douris: a Master-Painter of Athenian Red-Figure Vases*, Mainz: Zabern, 1995.

Jacques Carelman, *Catalogue d'objets introuvables*, Paris: Éditions André Balland, 1969.

Jacques Carelman, *Catalogue d'objets introuvables*, Paris: le cherche midi, 1997 (re-edition of Carelman 1969)

Giuseppina Cerulli Irelli, Masanori Aoyagi, Stefano de Caro and Umberto Pappalardo (eds.), *Pompejanische Wandmalerei*, Stuttgart: Belser Verlag, 1990.

Chih-en Chen, "Fooling the eye: *trompe l'oeil* porcelain in High Qing China", *Les Cahiers de Framespa* [Online], 31 (2019), connection on 11 September 2023. URL: http://journals.openedition.org/framespa/6246; DOI: https://doi.org/10.4000/framespa.6246

Henry Colley March, "The Meaning of Ornament, or Its Archaeology and Its Psychology", *Transactions of the Lancashire and Cheshire Antiquarian Society* 7 (1889), 160–192.

Chantal Conneller, "Deception and (mis)representation: Skeuomorphs, materials and form", in: Benjamin Alberti, Andrew Jones and Joshua Pollard (eds.), *Archaeology after Interpretation: Returning Materials to Archaeological*

Theory, Walnut Creek (California): Left Coast Press, 2015, 119–134.

Peter J. Connor, "A Late Geometric Kalathos in Melbourne", *Archäologischer Anzeiger* (1973), 58–67.

Magali Cullin-Mingaud, *La vannerie dans l'Antiquité romaine. Les ateliers de vanniers et les vanneries de Pompéi, Herculanum et Oplontis*, Naples: publications du Centre Jean Bérard, 2010.

Jens-Arne Dickmann and Alexander Heinemann (eds.), *Vom Trinken und Bechern. Das antike Gelage im Umbruch*. Exhibition Catalogue Freiburg, Archäologische Sammlung der Universität, 2015.

Nikolaus Dietrich, *Figur ohne Raum? Bäume und Felsen in der attischen Vasenmalerei des 6. und 5. Jahrhunderts v. Chr.*, Berlin: De Gruyter, 2010.

Nikolaus Dietrich, "Anthropologie de l'espace en céramique grecque: du difficile passage de « Hestia-Hermès » aux images", *Mètis. Anthropologie des mondes grecs anciens, Nouvelle Série* 9 (2011), 279–308.

Nikolaus Dietrich, "Levels of Visibility and Modes of Viewing in Attic Vase Painting", in: Achim Lichtenberger and Rubina Raja (eds.), *The Diversity of Classical Archaeology* (Studies in Classical Archaeology 1), Turnhout: Brepols, 2017, 303–322.

Nikolaus Dietrich, *Das Attribut als Problem. Eine bildwissenschaftliche Untersuchung zur griechischen Kunst*, Berlin: De Gruyter, 2018.

Nikolaus Dietrich, "Zur heuristischen Kategorie des Kontextes in der Archäologie. Bemerkungen zu einem attischen Schalenfragment des Phintias", in: Jakobus Bracker (ed.), *Homo pictor: Image Studies and Archaeology in Dialogue*, Heidelberg: Propyläum, 2020, 39–76.

Nikolaus Dietrich, "Affordanzen, Typen und Bilddekor im Widerstreit. Zu einem Phänomen antiker materieller Kultur an Beispielen aus der archaischen Luxuskeramik und der kaiserzeitlichen Wohnarchitektur", in: Elisabeth Günther and Johanna Fabricius (eds.), *Mehrdeutigkeiten, Rahmentheorien und Affordanzkonzepte in der archäologischen Bildwissenschaft*, Wiesbaden: Harrassowitz, 2021, 105–139.

Nikolaus Dietrich, "Things in Roman Wall Painting: Indicative of What? Objects between Painted Architecture, Figures, and Real Space", in: Maurizio Harari and Elena Pontelli (eds.), *Le cose nell'immagine. Atti del III Colloquio AIRPA: Pavia 17-18 giugno 2019*, Rome: Edizioni Quasar, 2022, 17–40.

Nikolaus Dietrich, "Archaic Grave Monuments: Body or Stele?", in: Judith M. Barringer and François Lissarrague (eds.), *Images at the Crossroads: Media and Meaning in Greek Art*. Edinburgh Leventis Studies. Edinburgh: Edinburgh University Press, 2022, 421–444.

Alice A. Donohue, *Greek Sculpture and the Problem of Description*, Cambridge: Cambridge University Press, 2005.

Jean-Louis Durand and François Lissarrague, "Un lieu d'image ? L'espace du loutérion", *Hephaistos* 2, 1980, 89–106.

Benjamin Engels, "Roman Basket Urns as Elements in a Transmaterial Design System", in: Annette Haug, Adrian Hielscher and M. Taylor Lauritsen (eds.), *Materiality in Roman Art and Architecture. Aesthetics, Semantics and Function*, Berlin: De Gruyter, 2022, 245–263.

Benjamin Engels and Fabian Stroth (eds.), *Skeuomorphosis. Transmaterial Design in the Ancient and Medieval Mediterranean*, Freiburger Studien zur Archäologie und visuellen Kultur 5, Heidelberg: forthcoming.

Gloria Ferrari, *Figures of Speech. Men and Maidens in Ancient Greece*, Chicago: University of Chicago Press, 2002.

Manuel Flecker, "An Age of Intermateriality: Skeuomorphism and Intermateriality Between the Late Republic and Early Empire", in: Annette Haug, Adrian Hielscher and M. Taylor Lauritsen (eds.), *Materiality in Roman Art and Architecture. Aesthetics, Semantics and Function*, Berlin: De Gruyter, 2022, 265–283.

Catherine Frieman, „Imitation, identity and communication: The presence and problems of skeuomorphs in the Metal Ages", in: Berit Valentin Eriksen (ed.), *Lithic Technology in Metal Using Societies*. Proceedings of a UISPP Workshop, Lisbon, September 2006, Aarhus: Aarhus University Press, 2010, 33–44.

Catherine Frieman, *Innovation and Imitation: Stone Skeuomorphs of Metal from 4th– 2nd Millennia BC Northwest Europe*, Oxford: Archaeopress, 2012.

Françoise Frontisi-Ducroux, *Du masque au visage. Aspects de l'indentité en Grèce ancienne*, Paris: Flammarion, 1995.

Françoise Frontisi-Ducroux, "L'œil et le miroir", in: Françoise Frontisi-Ducroux and Jean-Pierre Vernant, *Dans l'œil du miroir*, Paris: Éditions Odile Jacob, 1997, 51–250.

Françoise Frontisi-Ducroux, *L'homme-cerf & la femme-araignée: figures grecques de la métamorphose* (collection le temps des images), Paris: Gallimard, 2003.

Brunella Germini and Ingeborg Kader, "Penelope, die Kluge. Geschichte und Deutung einer Frauenfigur", in: Ingeborg Kader (ed.), *Penelope rekonstruiert. Geschichte und Deutung einer Frauenfigur*. Exhibition Catalogue Munich, Museum für Abgüsse, 2006, 27–77.

Luca Giuliani, *Bild und Mythos. Geschichte der Bilderzählung in der griechischen Kunst*, Munich: Beck, 2003.

Richard L. Gordon, "The real and the imaginary: Production and religion in the

Graeco-Roman World", *Art History* 2 (1979), 5–34.

Dagmar Grassinger, *Römische Marmorkratere*, Mainz: Zabern, 1991.

Jonas Grethlein, "Ornamental and formulaic patterns: The semantic significance of form in early Greek vase-painting and Homeric epic", in: Nikolaus Dietrich and Michael J. Squire (eds.), *Ornament and Figure in Graeco-Roman Art: Rethinking Visual Ontologies in Classical Antiquity*, Berlin: De Gruyter, 2018, 73–96.

Andreas Grüner, "Schönheit und Massenproduktion. Die Ästhetik der Terra Sigillata", in: Manuel Flecker (ed.), *Neue Bilderwelten. Zur Ikonographie und Hermeneutik Italischer Sigillata*, Rahden: Leidorf, 2017, 25–35.

Pier Giovanni Guzzo (ed.), *Argenti a Pompei*. Exhibition Catalogue Naples, Museo Archeologico Nazionale, Milano: Electa, 2006.

Roland Hampe et al., *Neuerwerbungen 1957–1970. Katalog der Sammlung antiker Kleinkunst des archäologischen Instituts der Universität Heidelberg, Band 2*, Mainz: Zabern, 1971.

Francis Haskell and Nicolas Penny, *Taste and the Antique: the Lure of Classical Sculpture 1500-1900*, New Haven: Yale University Press, 1981.

Annette Haug, *Die Entdeckung des Körpers. Körper- und Rollenbilder im Athen des 8. und 7. Jahrhunderts v. Chr.*, Berlin: De Gruyter, 2012.

Annette Haug, "Ornament und Design: Attisch geometrische Figuralgefäße und Gefäße mit plastischem Dekor", in: Nikolaus Dietrich and Michael J. Squire (eds.), *Ornament and Figure in Graeco-Roman Art: Rethinking Visual Ontologies in Classical Antiquity*, Berlin: De Gruyter, 2018, 97–127.

Tonio Hölscher, *Klassische Archäologie. Grundwissen*, Darmstadt: Wissenschaftliche Buchgesellschaft, 2015 (first edition 2002).

Stephen D. Houston, *The Life Within: Classic Maya and the Matter of Permanence*, New Haven: Yale University Press, 2014.

Andrew Hugill, *'Pataphysics: a Useless Guide*, Cambridge (Massachusetts): Massachusetts Institute of Technology, 2012.

Sophia Kaempf-Dimitriadou, *Die Liebe der Goetter in der attischen Kunst des 5. Jahrhunderts v. Chr.*, Bern: Francke, 1979.

Nikolina Kéi, *L'esthétique des fleurs. Kosmos, poikilia et kharis dans la céramique attique du VIe et du Ve siècle av. n. ère*, Berlin: De Gruyter, 2022.

Carl Knappett, "Photographs, Skeuomorphs and Marionettes: Some Thoughts on Mind, Agency and Object", *Journal of Material Culture* 7 (2002), 97–117.

Johannes Kollwitz and Helga Herdejürgen, *Die ravennatischen Sarkophage. Die antiken Sarkophagreliefs, Vol. 8: Die Sarkophage der westlichen Gebiete des Imperium Romanum 2*, Berlin: Mann, 1979.

Norbert Kunisch, *Ornamente geometrischer Vasen*, Cologne: Böhlau, 1998.

Marcelle F. Lambrino, *Les vases archaïques d'Histria*, Bucarest: Fundaţia Regele Carol I, 1938.

Judit Lebegyev, "Tracing a Lost Craft: Basketry in Late Geometric Attica", in: Hans Lohmann and Torsten Mattern (eds.), *Attika. Archäologie einer "zentralen" Kulturlandschaft. Akten der internationalen Tagung vom 18.–20. Mai 2007 in Marburg*, Wiesbaden: Harrassowitz, 2010, 101–119.

François Lissarrague, *Un flot d'images: une esthétique du banquet grec*, Paris: Adam Biro, 1987.

François Lissarrague, "Women, Boxes, Containers: some Signs and Metaphors", in: Ellen D. Reeder (ed.), *Pandora. Women in Classical Greece*. Exhibition Catalogue, Baltimore: Walters Art Gallery, 1995, 91–100.

François Lissarrague, *Vases grecs: les Athéniens et leurs images*, Paris: Hazan, 1999.

François Lissarrague, "Nommer les Choses: sur quelques inscriptions peintes dans la céramique attique archaïque", *Revista Tempo* 2015, 1–12.

François Lissarrague, "Ways of Making Sense: Eagle and Snake in Archaic and Classical Greek Art", in: Judith M. Barringer and François Lissarrague (eds.), *Images at the Crossroads: Media and Meaning in Greek Art*. Edinburgh Leventis Studies. Edinburgh: Edinburgh University Press, 2022, 13–38.

Elisa Lissi Caronna, Claudio Sabbione and Licia Vlad Borrelli (eds.), *I Pinakes di Locri Epizefiri. Musei di Reggio Calabria e di Locri. Atti e Memorie della Società Magna Grecia,* vol. 1 (1996–1999).

Elisa Lissi Caronna, Claudio Sabbione and Licia Vlad Borrelli (eds.), *I Pinakes di Locri Epizefiri. Musei di Reggio Calabria e di Locri. Atti e Memorie della Società Magna Grecia,* vol. 2 (2000–2003).

Elisa Lissi Caronna, Claudio Sabbione and Licia Vlad Borrelli (eds.), *I Pinakes di Locri Epizefiri. Musei di Reggio Calabria e di Locri. Atti e Memorie della Società Magna Grecia,* vol. 3 (2004–2007).

Adolf Loos, "Ornament und Verbrechen", in: Ákos Moravánszky (ed.), *Architekturtheorie im 20. Jahrhundert. Eine kritische Anthologie*, Basel: Birkhäuser, 2015, 61–63.

Elisa Marroni and Mario Torelli, *L'Obolo di Persefone. Immaginario e ritualità dei pinakes di Locri*, Pisa: Edizioni ETS, 2016.

Seth McDowell, "Concerning an Unfindable Architecture", in: Katie L. Price and Michael R. Taylor (eds.), *'Pataphysics Unrolled*, University Park (Pennsylvania): The Pennsylvania State University Press, 2022, 225–239.

Eric M. Moormann, "The Second-Style Paintings at Oplontis", in: John R. Clarke and Nayla K. Muntasser (eds.), *Oplontis: Villa A ("of Poppaea") at Torre*

Annunziata, Italy, Volume 2: The Decorations: Painting, Stucco, Pavements, Sculptures, New York: American Council of Learned Societies, 2019, 92-152.

Brigitte Muskalla, *Knäufe in Gefässform in der geometrischen und orientalisierenden Keramik Griechenlands*, Dettelbach: Röll, 2002.

Joseph V. Noble, *The Techniques of Painted Attic Pottery*, London: Thames and Hudson, 1988.

John H. Oakley, "Attic Red-Figured Beakers: Special Vases for the Thracian Market", *Antike Kunst* 52 (2009), 66-74.

Susanne Pfisterer-Haas, "Penelope am Webstuhl. Die Macht der Gewänder", in: Ingeborg Kader (ed.), *Penelope rekonstruiert. Geschichte und Deutung einer Frauenfigur*. Exhibition Catalogue Munich, Museum für Abgüsse, 2006, 97-119.

Stacey Pierson, "True or False? Defining the Fake in Chinese Porcelain", *Les Cahiers de Framespa* [Online] 31 (2019), connection on 11 September 2023. URL: http://journals.openedition.org/framespa/6168; DOI: https://doi.org/10.4000/framespa.6168

Katie L. Price and Michael R. Taylor (eds.), *'Pataphiysics Unrolled*, University Park (Pennsylvania): The Pennsylvania State University Press, 2022.

Sven Schipporeit, s.v. Kalathos, in: *ThesCRA* 5, 265-269 (2006).

H. R. Shell, "Casting life, recasting experience: Bernard Palissy's occupation between maker and nature", *Configurations: a Journal of Literature, Science, and Technology* 12 (2004), 1-40.

Evelyn L. Smithson, "The Tomb of a Rich Athenian Lady of About 850 B.C.", *Hesperia* 37 (1968), 77-116.

Stella Spantidaki, *Textile Production in Classical Athens*, Oxford: Oxbow books, 2016.

Jutta Stroszeck, *Der Kerameikos in Athen. Geschichte, Bauten und Denkmäler im archäologischen Park*, Möhnesee: Bibliopolis, 2014.

Michael J. Squire, *Image and Text in Graeco-Roman Antiquity*, Cambridge: Cambridge University Press, 2009.

Timothy Taylor, "Skeuomorphism", in: *Edge*. The *Edge* Annual Question 2007: *What are you optimistic about?* (https://www.edge.org/responses/what-are-you-optimistic-about last Accessed 15.09.2023.

Elisabeth Trinkl, "The Wool Basket: function, depiction and meaning of the *kalathos*", in: Mary Harlow and Marie-Louise Nosch (eds.), *Greek and Roman Textiles and Dress: an Interdisciplinary Anthology*, Oxford/Philadelphia: Oxbow Books, 2014, 190-206.

Jean-Pierre Vernant, "Corps obscurs-corps eclatants", in: *Le temps de la réflexion*, vol. 7: *Corps des dieux*, Paris: Gallimard, 1986, 19–45.

Jean-Pierre Vernant, "Hestia-Hermès. Sur l'expression religieuse de l'espace et du mouvement chez les Grecs", in: Jean-Pierre Vernant, *Mythe et pensée chez les Grecs: études de psychologie historique*, Paris: La Découverte, 1996, 155–201 (first edition 1963)

Michael J. Vickers, "Artful Crafts: The Influence of Metalwork on Athenian Painted Pottery", *Journal of Hellenic Studies* 105 (1985), 108–128.

Michael J. Vickers, *Skeuomorphismus oder die Kunst, aus wenig viel zu machen* (Trierer Winckelmannsprogramme 16), Mainz: Zabern, 1999

Michael J. Vickers and David W. J. Gill, *Artful Crafts: Ancient Greek Silverware and Pottery*, Oxford: Clarendon, 1994.

Michael J. Vickers and David W. J. Gill, "They Were Expendable: Greek Vases in the Etruscan Tomb", *Revue des Études Anciennes* 97 (1995) no.1–2: *Vaisselle métallique, vaisselle céramique. Productions, usages et valeurs en Étrurie*, 225–249.

Pierre Vidal-Naquet, *Le chasseur noir: formes de pensées et formes de société dans le monde grec*, Paris: Maspero, 1981.

Henning Wabersich, "Form und Medium. Überlegungen zu materialübergreifenden Gefäßformen antiken Tafelgeschirrs", in: Dennis Graen, Mareike Rind and Henning Wabersich (eds.), *Otium cum dignitate. Festschrift für Angelika Geyer zum 65. Geburtstag. Studien zur Archäologie und Rezeptionsgeschichte der Antike*, Oxford: Archaeopress, 2014, 209–226.

Sally Waite, "An Attic Red-Figure Kalathos in the Shefton Collection", in: John Boardman, Andrew Parkin and Sally Waite (eds.), *On the Fascination of Objects: Greek and Etruscan Art in the Shefton Collection*, Oxford/Philadelphia: Oxbow Books, 31–62.

Elena Walter-Karydi, *Die Athener und ihre Gräber (1000–300 v. Chr.)*, Berlin: De Gruyter, 2015.

Martha Weber, "Die Bildsprache des Hirschfeldkraters", *Athenische Mitteilungen* 114 (1999), 29–37.

R. T. Williams, "An Attic Red-Figure Kalathos", *Antike Kunst* 4 (1961), 27–29.

Gerhahrd Wolf, "Vesting Walls, Displaying Structure, Crossing Cultures. Transmedial and Transmaterial Dynamics of Ornament", in: Alina Payne and Gülru Necipoğlu (eds.), *Histories of Ornament: from Global to Local*, Princeton: Princeton University Press, 2016, 96–105.

Gerhard Wolf, *Die Vase und der Schemel. Ding, Bild oder eine Kunstgeschichte der Gefässe*. Connecting Art Histories in the Museum, Vol. 4, Dortmund: Verlag Kettler, 2019.

Raimund Wünsche (ed.), *Starke Frauen*. Exhibition Catalogue Munich, Staatliche Antikensammlungen, Munich: Staatliche Antikensammlungen und Glyptothek, 2008.

Nina Zimmermann-Elseify and Agnes Schwarzmaier (eds.), *Starke Typen. Griechische Porträts der Antike*. Exhibition Catalogue Berlin, Antikensammlung, Petersberg: Imhof Verlag, 2019.

(Nikolaus Dietrich, Professor, Institute for Classical Archaeology and Byzantine Archaeology, University of Heidelberg)

古代亚历山大城的艺术与文化*

弗朗索瓦·凯瑞尔

（虞欣河 译）

自公元前311年建城至古代晚期，亚历山大城始终是希腊罗马世界的一大重镇。对于如此漫长时期内的艺术文化，想要面面俱到几乎是不可能的，因此，本文内容的取舍势必会较为主观。我希望在这篇文章中兼顾既往的研究，综合地介绍这一主题。公元前3世纪的亚历山大城盛放着艺术光辉，彼时托勒密王朝的舰队是爱琴海上的霸主，最初的几位希腊法老依靠着缪斯神殿，吸引各地的精英汇集于首都。在这种氛围中产生的审美取向与宫廷艺术，紧密地围绕着君王的形象[1]，同时亦带有学者们博识的印记。黄金世纪的托勒密王朝正如灯塔一般，不仅掌控海上霸权，其文学和艺术的卓越成就亦成为指引后世的明灯。这样的背景下，我在文中将特别关注如下问题：古埃及的传统对亚历山大城的文化发展有着怎样的贡献？如何

---

* 文中缩写：Queyrel, *SH* I (2016) = F. Queyrel, *La sculpture hellénistique* I *Formes, thèmes et fonctions*, Paris, 2016; Queyrel, *SH* II (2020) = F. Queyrel, *La sculpture hellénistique* II *Royaumes et cités*, Paris, 2020. 我很高兴收到张巍教授主编的《西方古典学辑刊》的约稿邀请并由虞欣河担任翻译。这篇文章源于2022年10月29日在莫尔朗韦（Morlanwelz）马里蒙皇家博物馆与特展"亚历山大城：过去将来时"同期召开的"亚历山大城的希腊罗马物质文化"工作坊，我想致谢工作坊的组织者、马里蒙皇家博物馆馆长理查·韦米耶以及馆员尼古拉·阿莫罗索、古埃及与近东部的阿尔诺·凯坦蒙以及图6a-b的提供者让-塞巴斯蒂安·巴尔扎；我同样想感谢亚历山大城研究中心（CEAlex）开放授权的图片。

[1] F. Queyrel, "Ekphrasis et perception alexandrine: la réception des œuvres d'art à Alexandrie sous les premiers Lagides", *Antike Kunst* 53, 2010, pp. 23–47, pl. 6–8.

确定不同文化之间的关系？

一、世界的中心：亚历山大城灯塔

灯塔既是亚历山大城最著名的建筑物，也是这座城市的象征[2]。在古代晚期，昔兰尼加地区的盖斯尔·莱比阿（Qasr el Lebia）有一座530年前后建成的教堂，其地表所饰的马赛克画可追溯至查士丁尼时期，画中的内容正是灯塔盛名的见证：注明为法洛斯（Pharos）的灯塔位于教堂中轴线最显眼的位置上，迎接着前来朝圣的信徒（图1）[3]；卡斯塔利亚（Castalia），即安条克城南达芙妮圣所中供奉的神谕仙女陪奉一旁；四条《创世记》中灌溉伊甸园的河流环绕灯塔四周[4]，即底格里斯、幼发拉底、后世视作尼罗河的基训河以及普遍认为是恒河或多瑙河的比逊河（Phison）；除此之外，还有两个拟人化的象征，奠基（Ktisis）和装饰（Kosmesis），她们分居在查士丁尼与迪奥多拉所建的新城尼亚·迪奥多利阿斯（Nea Theodorias）两侧。这一布局并非现实地理的直接表达，更值得关注的是这些形象在宇宙学上的价值：

---

[2] J.-Y. Empereur, *Le Phare d'Alexandrie. La Merveille retrouvée*, Découvertes Gallimard, Paris, 2004 (1re éd. 1998); F. Queyrel, "Du phare d'Alexandrie à la forteresse de Qaïtbay", *Alexandrie, futurs antérieurs*, catalogue d'exposition, Bozar, Bruxelles, 30. septembre 2022-8 janvier 2023 – Mucem, Marseille, 8 février-8 mai 2023, A. Quertinmont, N. Amoroso éd., Arles et Bruxelles, 2022, pp. 42-49.

[3] E. Alföldi-Rosenbaum, J. Ward-Perkins, *Justinianic Mosaic Pavements in Cyrenaican Churches*, Monografie di archeologia libica 14, Rome 1980, pp. 59-60, pl. 17, 1.

[4] 《创世记》2:10—14:"有河从伊甸流出来，滋润那园子，从那里分为四道。第一道名叫比逊，就是环绕哈腓拉全地的。在那里有金子，并且那地的金子是好的。在那里又有珍珠和红玛瑙。第二道河名叫基训，就是环绕古实全地的。第三道河名叫希底结（底格里斯），流在亚述的东边。第四道河就是伯拉河（幼发拉底）。"（译文引自圣经和合本，括号中内容为译者加入。——译者按）弗拉维乌斯·约瑟夫斯《犹太古史》I, 38—39:"园子由一条河流浇灌。它的环形河道围绕着整片大地，并分出四条支流；比逊河，其名字的意思是丰饶，流入印度并进入大海。希腊人称它为恒河；然后是幼发拉底河和底格里斯河，它们流向红海；幼发拉底河被称为佛拉，意思是分散或开花，底格里斯河被称为底格拉特，既表示狭窄又表示迅速；最后是流经埃及的基训，其名称表示从东方流来的；希腊人称之为尼罗河。"加伯莱的瑟维里安（Severian of Gabala）《第五创世记讲道书（论创造男人与女人）》第五章（多瑙河）:"乐园并不是一个封闭狭窄的地方。它由一条大河浇灌，漫出的水形成了四条河流。'有一条河从伊甸园流出，浇灌乐园。'浇灌后它分为四条支流，即底格里斯河、尼罗河、幼发拉底河和比逊河。《圣经》里称作比逊的河被今人唤作多瑙河。"

对于这座在教堂旁边汇集了世界上所有奇迹的新城来说,在这片具有尼罗河景观元素的马赛克上,地处昔兰尼加高原最外沿的灯塔代表着文明之光。正如埃莱娜·弗拉加基(Hélène Fragaki)所指出的那样[5]:"根据马赛克画的基督教语境,灯塔被视作神圣光辉的来源。"在6世纪初,罗马贵族阿蒙尼欧斯(Ammonios)修缮了灯塔,有短诗为证[6]:

> 我是拯救漂泊水手的灯塔,从波塞冬处点燃了不会引起人们哀悼的火焰;我本要在激荡的狂风中倒溃,但在阿蒙尼欧斯的照料下恢复了挺拔。他是"国王的父亲"(patricius):当水手们从狂风巨浪中返航时,他们向他举手致敬,就如同向一位名声响亮的撼地者。

九个世纪前,第一批关于亚历山大城灯塔的记载就把它和拯救者的角色相关联。波塞狄波斯(Posiddipos)在灯塔建成数十年后写的短诗里说,它在平缓的埃及海岸上为没有目标的航海者提供指引[7]:

> 希腊人的救主,法洛斯的守望者,普罗透斯大人,由德克西法涅斯(Dexiphanes)之子刻尼多斯的索斯特拉托斯(Sostratos)所立。埃及不若那些山脉耸立的群岛有着天然的导航标志,她只是伸出平坦海湾迎接往来的船只。这座笔直破空的灯塔因是而建。白昼时千里外仍能看见,而在夜间,海上的水手会看到一团火焰在它的顶部燃烧。他本无可避免地撞向金牛之角,普罗透斯!救主宙斯就在周遭的水域上运行。

灯塔建立在法洛斯岛上(这便是它的希腊名来源),保障着往来水手

---

[5] H. Fragaki, *Images antiques d'Alexandrie Ier siècle av. J.-C. - VIIIe siècle apr. J.-C.*, Études alexandrines, Le Caire, 2011, p. 62.

[6] 《帕拉蒂纳诗选》IX, 674。(除特别注明外,中译文皆由译者根据法文译出——译者按)

[7] 见F. Chamoux, "L'épigramme de Poseidippos sur le Phare d'Alexandrie", *Hommages à Claire Préaux*, J. Bingen, G. Cambier, G. Nachtergael éd., Bruxelles, 1975, pp. 214-222.

的安全。不似希腊，埃及沿海没有任何目标，因此"金牛之角"之类的暗礁便格外危险。斯特拉波曾在公元前25年旅居亚历山大城，他的观点与波塞狄波斯相同[8]：

> 城市两侧的海岸过浅，几乎与海平面齐平，因此必须在这里竖起一个醒目的标记，以便远航的船只进入港口。

作为亚历山大城城市景观的重要组成部分，灯塔通过港口连接着大海与城市。它的这一形象广为传播，巴格拉姆宝库中的玻璃瓶便是其中之一（图2）。该玻璃瓶出土于阿富汗首都喀布尔以北约60公里的巴格拉姆[9]，这里曾是亚历山大大帝建立的另一座亚历山大城，常被冠以"高加索的亚历山大城"之名。它和同批发掘的其他一些宝物来自1世纪末的罗马帝国，见证了罗马人与印度之间的商品贸易往来。玻璃瓶上灯塔顶部巨像的身份很难确定。如奥托·库尔茨（Otto Kurz）所言[10]，"人物的标志性物品没能保存下来，这导致我们无法得出一个绝对的结论。没有胡须的脸庞排除了宙斯和波塞冬。这个角色有可能是'救主'托勒密，即亚历山大城灯塔的建造者"。除去一些印度象牙制品，巴格拉姆这批藏匿妥当的宝物里还有许多亚历山大城的标志性物品。在当时流行的"埃及热"中，亚历山大城出产的各类物件大受欢迎：赫拉克勒斯-塞拉皮斯或是赫拉克勒斯-哈尔波克拉特斯的青铜小雕像、雕有伊西斯的珐琅玻璃杯、带有亚历山大城灯塔图案的玻璃瓶和一系列石膏翻模，它们与埃及米特拉伊那（Mit-Rahineh，古孟菲斯）出土的某些物品十分相像。此

---

[8] 斯特拉波：《地理学》，XVII，791。

[9] *Recherches archéologiques à Begram: chantier n° 2 (1937)*, J. Hackin, J.R. Hackin éd., Mémoires de la Délégation archéologique française en Afghanistan 9, Paris, 1939, pp. 42–44, n° 203, pl. 16–17, fig. 37–40; O. Kurz, "Begram et l'Occident gréco-romain", *Nouvelles recherches archéologiques à Begram, (ancienne Kâpicî), 1939–1940: rencontre de trois civilisations, Inde, Grèce, Chine*, Mémoires de la Délégation archéologique française en Afghanistan 11, Paris, 1954, pp. 101–102, fig. 359–362. 关于修复后的"巴格拉姆宝库"，见P. Cambon, "Begram, ancienne Alexandrie du Caucase ou capitale kouchane", *Afghanistan, les trésors retrouvés. Collections du musée national de Kaboul*, catalogue d'exposition, Paris, musée national des Arts asiatiques-Guimet, 6 décembre 2006–30 avril 2007, Paris, 2006, pp. 85–105, fig. p. 27。

[10] O. Kurz, *ibid.*, p. 102.

外，还有一个女神的石膏像。她坐在盾牌上，戴着雅典娜的头盔，有着尼刻的翅膀，头戴伊西斯的假发，身披伊西斯的披肩，手中还拿着阿尔西诺伊二世的丰饶之角——此种表现形式很可能源于一篇赞美伊西斯多重神迹的颂诗（aretalogy）[11]。此类混合着各种标志物的形象是托勒密王室艺术传统的一部分，例如托勒密三世在金币（mnaieia）浮雕上的形象就装饰有宙斯的埃癸斯大盾、赫利俄斯的光芒冠冕和波塞冬的三叉戟（图3）[12]；又例如，在一幅来自尼罗河三角洲特密伊斯（Thmuis）的马赛克画里，一个女人头戴船艏，很可能是托勒密王朝的某位王后，或是亚历山大城的拟人形象[13]。这些希腊化时代的造型艺术为亚历山大城的传说奠定了基础。在罗马帝国初期，出口到遥远国度的相关商品更使这座城的形象深入人心。

这是一个杰出的"全球在地化"（glocalisation）案例。本土和世界之间的结合是希腊化的核心，而"全球在地化"的概念很好地解释了两者的关系，以及希腊化时期各地之间的交流[14]。亚历山大城的物件用一种具象化的语言表达了这座城市的独特性——她是集体想象力的一个参照点。

二、亚历山大城和埃及

以二元的视角来看，希腊和埃及是两种对立的文明：亚历山大

---

[11] 纽约大都会博物馆，2012.385。C. A. Picón, "An ancient plaster cast in New York: A Ptolemaic syncretistic goddess", *Approaching the Ancient Artifact, Representation, Narrative, and Function, a Festschrift in Honor of H. Alan Shapiro*, A. Avramidou, D. Demetriou éd., Berlin, 2014, pp. 449–454, fig. 1–2.

[12] F. Queyrel, "Les portraits de Ptolémée III Évergète et la problématique de l'iconographie lagide de style grec", *Journal des Savants*, janvier-juin 2002, pp. 5–13, fig. 1–5.

[13] W. A. Daszewski, *Corpus of Mosaics from Egypt I Hellenistic and Early Roman Period*, Aegyptiaca Treverensia 3, Mayence 1985, pp. 142–160, n°s 38–39, pl. A, 32–33, 42–44.

[14] F. Queyrel, "La force de l'hellénisme: globalisation et glocalisation artistiques", *La Méditerranée peut-elle rejouer un rôle civilisateur? Regards croisés sur les héritages et les défis culturels, Actes du colloque organisé par l'Association Monégasque pour la Connaissance des Arts, Monaco, 17–19 mars 2011*, É. Bréaud éd., VIèmes Rencontres Internationales Monaco et Méditerranée, Monaco, 2012, pp. 61–75 (= É. Bréaud, *Méditerranée, patrimoine et culture*, Rencontres Internationales Monaco et Méditerranée, Monaco, 2013, pp. 277–291).

城曾有"ad Ægyptum"之称，即"近埃及的"。这也是赫尔穆特·基里莱斯（Helmut Kyrieleis）对托勒密王室形象研究的出发点[15]：公元前3世纪时，亚历山大大帝的继承者、希腊-马其顿君主们的肖像还是希腊风格的，尚未融入多少埃及艺术；若是按照这样的势头，法老像的建造必将会永远保持埃及传统，遵循既往的艺术范式，采用本地的石材。两种文明很可能会孤立地共存：亚历山大城是吸引着希腊移民的王室居所，城内的生活形式与文化风格都是纯希腊式的；埃及地区则仍以传统的神庙体系为尊，民众继续把他们的统治者视为法老王。然而，在公元前2世纪，随着埃及神职阶层的地位提升，以及跨种族婚姻的增多，希腊肖像的风格便逐渐染上了埃及的色彩。

梅尔瓦特·塞夫·丁（Mervat Seif el Din）对亚历山大城布巴斯提斯神庙（Boubasteion）出土的一批许愿雕塑的研究改变了基里莱斯式的传统观念[16]。该神庙于公元前240年由贝勒尼基二世所重建。供奉的女神名为布巴斯提斯（Boubastis），即巴斯特的希腊名转写。在尼罗河三角洲东部的门德斯，这位猫咪女神的崇拜大为盛行，城市也曾一度以她为名，被称为"巴斯特的居所"（Per Bastet 或 Per Bast）。一大批在布巴斯提斯神庙重建时被放置在地坑中的孕猫陶俑证实了圣所接纳许愿的习俗[17]。考古者亦在这些地坑中发现了一些儿童小雕像。他们或身穿希腊服饰，或赤身裸体，均摆着"神庙男孩"（temple boy）的姿势。雕塑基座上偶尔会用希腊文写着孩子和布巴斯提斯的名字（图4）。如果我的判断是正确的，这批塑像的年代可以追溯到亚历山大城建城初的几十年。若是遵循传统认知，人们绝对无法想象在这个亚历山大大帝建立的、所谓的"纯粹

---

15 H. Kyrieleis, *Bildnisse der Ptolemäer*, Archäologische Forschungen 2, Berlin, 1975.

16 M. Abd El-Maksoud, A. Abd El-Fattah, M. Seif El-Din, "La fouille du Boubasteion d'Alexandrie: présentation préliminaire", *L'enfant et la mort dans l'Antiquit*é III *Le matériel associé aux tombes d'enfants*, actes de la table ronde internationale organisée à la MMSH d'Aix-en-Provence, 20-22 janvier 2011, A. Hermary, C. Dubois éd., *Bibliothèque d'archéologie méditerranéenne et africaine* 12, Paris, 2012, pp. 427-465; Queyrel, *SH* I (2016), pp. 101-102, 114, 309, 337, pl. 20-21; Queyrel, *SH* II (2020), p. 157, n. 2.

17 神庙为了给新来的许愿供奉品留出空间，需要定期"清理"旧物。这意味着这批陶俑的制作和使用时间早于神庙的重建。——译者按

图1 马赛克画,灯塔,盖斯尔·莱比阿(Qasr el Lebia)博物馆

图2 巴格拉姆玻璃瓶(1981—1982年经修复)。高18厘米。喀布尔博物馆。图源为 *Afghanistan, les trésors retrouvés*, fig. p. 27

图3 托勒密三世钱币(*mnaieion*),正面。巴黎国家图书馆,Luynes 3573。由 D. Gerin 供图

图4 布巴斯提斯神庙的小女孩坐像,石灰石。高20厘米。亚历山大城东三角洲古代藏品部,148。由 A. Pelle,亚历山大城研究中心供图

图5 《亚历山大城:克里奥佩特拉之针与罗马人塔,自西南方向取景》(Alexandrie. Vue de l'obélisque appelé Aiguille de Cléopâtre et de la tour dite des Romains, prise du sud-ouest),版画,选自《埃及记述(Description de l'Égypte), 1809—1829, 古代卷五》,pl. 32

图6b 双手残片,花岗岩。莫尔朗韦马里蒙皇家博物馆B.505.2。马里蒙皇家博物馆供图

图6a 女性胸像,花岗岩。高3米。莫尔朗韦马里蒙皇家博物馆,B.505。马里蒙皇家博物馆供图

图6c 托勒密法老头像,花岗岩。高1.3米。亚历山大城希腊罗马博物馆,11275,托管自Kôm El-Chougafa。F. Queyrel供图

图6d 左腿残片,花岗岩。亚历山大城希腊罗马博物馆,G304,托管于Kôm El-Chougafa地下墓穴。F. Queyrel供图

图7 克利奥帕特拉六世·特里菲娜（？），大理石，高32厘米。图卢兹圣雷蒙博物馆，Ra 80（旧馆藏编号：30137）。H. Deschamps-Dargassies（圣雷蒙博物馆图片中心及图卢兹考古博物馆）供图

图8 法老形态的托勒密国王（托勒密二世？），花岗岩。高12米（经修复）。亚历山大城海事博物馆，1001+1999+3200+SCA 34。F. Queyrel供图

图9 托勒密王后(阿尔西诺伊二世？)，花岗闪长岩。亚历山大城图书馆博物馆，SCA 208(馆藏编号842)。M. Albray供图

图10 塔那格拉女像。亚历山大城希腊罗马博物馆。A. Pelle(亚历山大城研究中心)供图

图11 阿佛洛狄忒像(出土于阿特里比斯),大理石。高11厘米。由K. Mysliwiecz(波兰考古派遣队)供图

图12 法尔内塞杯内部,缠丝玛瑙。直径20厘米。那不勒斯考古博物馆。图源自维基媒体库

希腊城市"中，一个庇护婴孩、功能类似布拉戎（Brauron）阿尔特弥斯圣所的神庙中供奉的神祇竟冠有尼罗河三角洲的埃及神名。象形文字和希腊语铭文记录了贝勒尼基二世重建圣所的过程[18]。单纯从语言学角度来看，希腊语并不是唯一的垄断性语言，亚历山大城从希腊化时代早期就有双语并行的情况。布巴斯提斯神庙的考古发掘证明了亚历山大城也是埃及的一部分。在那里，一位本土的神明庇护着希腊移民们的孩子。

亚历山大城的塞拉皮斯崇拜早已为我们所知。塞拉皮斯的名字同样来源于埃及诸神[19]。不过也许会有人提出异议：塞拉皮斯仅仅在埃及的希腊人中间风行。我们通常认为是托勒密一世于公元前4世纪末创建了塞拉皮斯圣所，但圣所围墙四角的奠基石板却表明神庙建立于托勒密三世的统治时期（公元前246—前223年）。事实上，圣所由贝勒尼基二世的配偶托勒密三世重建，而神庙在他设置崇拜雕像前就已落成。他在位时留下的奠基石碑指向的正是这次对圣所的重建，就如布巴斯提斯神庙一般。对于在罗马帝国时期留下了许多文字记载的神像，在此不赘述[20]。

但是，亚历山大城的城市景观中是否有埃及建筑物的点缀？至少在希腊化时代的范畴内，这仍是一个有争议的问题。亚历山大城中曾发现过两座托勒密时期的私人雕像柱[21]，但它们原始摆放的位置却引起了不小的争议：其中一尊用象形文字刻有荷尔（Hor）之子荷尔的名字，创作年代约为公元前1世纪下半叶，在20世纪发现于考姆代卡区（Kom El Deka），但是其背部柱子上的铭文却指向了赫尔墨波利斯（Hermopolis），托特、奥西里斯和阿蒙·雷崇拜圣所的所在之

---

[18] 关于这块埃及釉版的图片和翻译，见J.-Y. Carrez, "Le Boubasteion (Artémision) d'Alexandrie", *Alexandrie la Divine*, Ch. Méla, F. Möri éd., Genève, 2014, I, p. 268及fig. p. 269。

[19] M. Sabottka, *Das Serapeum in Alexandria. Untersuchungen zur Architektur und Baugeschichte des Heiligtums von der frühen ptolemäischen Zeit bis zur Zerstörung 391 n. Chr.*, Études alexandrines 15, Le Caire, 2008.

[20] Queyrel, *SH* II (2020), pp. 166-167.

[21] 指埃及常见的一种人像雕塑范式，得名于雕像背后的矩形支柱。在绝大多数情况下，人物的姿势均为笔立站立，两手自然垂直，右脚支撑，左脚前迈，背后的支柱上偶尔会刻有铭文。——译者按

处[22]。因此，这尊雕像很有可能是后来才被运至亚历山大城的。这些希腊化晚期埃及显贵的雕像柱见证了其所有者想要融入主流社会的期盼，如帕斯卡拉·巴莱（Pascale Ballet）所说[23]："在宗教界显贵的人像雕塑里，埃及艺术传统仍占据主导地位，但他们脑袋上略带希腊罗马风格的发型显示了这些埃及精英想要进入权力阶层的愿望。"至于方尖碑，在公元前12年，罗马人奉奥古斯都之命运送这根克利奥帕特拉之针及其复制品从赫利奥波利斯至亚历山大城，以装饰恺撒神庙的入口（图5）。这一举动证明当时公共建筑物中出现了埃及的元素，埃及化的风潮甚至很可能扩散到了私人领域。

此外，一块发现于亚历山大城东部、罗塞塔城门外的巨型浮雕（图6a-d）也值得一提[24]。国王的头部保持着雕像柱的传统，就像托勒密六世（公元前180—前145年）一样，飘逸的刘海伸出了法老头巾（nemes）；与之相似的还有一个世纪之后"吹笛者"托勒密十二世罕见的钱币肖像，因此这块浮雕也有可能制作于他的统治时期（公元前80—前58年，公元前55—前11年）。浮雕上女王的形象同样遵循着图像学传统。她居于国王的右侧，这是埃及传统里的主位，意味着该女性的地位非常高贵，有可能是国王的母亲。保罗·斯坦威科（Paul Stanwick）认为浮雕上的国王是托勒密十二世，而女性形象则是伊西斯。事实上，倘若国王真的是托勒密十二世，他右侧的位置则正适合他的配偶克利奥帕特拉·特里菲娜（Tryphaina），前任国王托勒密十一世的妹妹。公元前76年，托勒密十二世为了获得继承王位的正

---

[22] P. Ballet, "De la marginalité à l'intégration", 载于 P. Ballet, J.-Y. Carrez-Maratray, "La représentation des notables égyptiens", *Images et représentations du pouvoir et de l'ordre social dans l'antiquité. Actes du colloque, Angers, 28-29 mai 1999*, Paris, 2001, p. 224; G. Cafici, *The Egyptian Elite as Roman Citizens. Looking at Ptolemaic Private Portraiture*, Harvard Egyptological Studies 14, Leyde, 2022, pp. 122, 125-126, 278-281, 282-287 fig. 85-90。

[23] P. Ballet, *ibid*, p. 225.

[24] 国王的头部：亚历山大城希腊罗马博物馆，11275。女王的上半身及双手：莫尔朗韦马里蒙皇家博物馆，B 505。M.-C. Bruwier, "Deux fragments d'une statue colossale de reine ptolémaïque à Mariemont", *CdE* LXIV/127, 1989, pp. 25-43; P. E. Stanwick, *Portraits of the Ptolemies: Greek Kings as Egyptian Pharaohs*, Austin, 2002, pp. 160-163, 468-469 (E1) 及470-471 (E2) (Ptolémée Aulète et Isis); M.-C. Bruwier, "Controverses sur l'identité des deux effigies colossales", *Cahiers de Mariemont* 41, Morlanwelz, 2019, pp. 179-193, fig. 2-5, 7。

统性，在加冕前与之成婚。女王和他共同执政到公元前69年。她的形象见于波拿巴探险队从下埃及带回的一只经历过再加工的头雕[25]（图7）。

亚历山大城的部分古埃及景观（Ægyptiaca）是在近代引入的，因为当时几个相关的商贩店铺就在城内，汇集着来自埃及各地的古物。保罗·伽罗（Paolo Gallo）对某些特定的埃及式雕塑的研究证明了这一点[26]。为解答上述情况所带来的疑虑，亚历山大城研究中心在灯塔遗址的水下考古就显得格外重要。这些发现物全部来自出口古物的近代沉船的概率微乎其微。尽管城内和港口内不同地方所发现的相接碎片可以证明古物的贩卖和运输确实存在，但水下找到的某些巨型石块很难被视作近代海难的产物。

从部分考古发现来看，亚历山大城是把埃及形象传递给罗马的中介。这种文化传递现象在时间维度上尤为显著：亚历山大城向罗马人带去了法老时代的永恒[27]。赫利奥波利斯的古物，尤其是那些方尖碑，是经由亚历山大城漂洋过海的。公元前6世纪遭受冈比西斯大肆掠夺的赫利奥波利斯，在帝国时代又为罗马伊西斯神庙（Iseum Campense）提供了大量建筑材料，这些被夺走的战利品和建材均自亚历山大城的港口转出。诸如此类来自埃及各地的古物是否也曾化作亚历山大城景观的一部分，像那两根克利奥帕特拉之针一般？还是说，它们只是经由亚历山大城中转？换言之，灯塔附近水域中发现的巨型雕塑是否是亚历山大城的装饰物？至少对于那些最重要的雕塑而言，回答似乎是肯定的。让-伊夫·昂珀勒尔（Jean-Yves Empereur）和伊莎贝尔·艾里（Isabelle Hairy）曾发掘出一个巨型门

---

[25] 图卢兹圣雷蒙博物馆，Ra 80（旧馆藏编号：30137）。I. Jucker, "Die Ptolemäerin von Toulouse", *Hefte des archäologischen Seminars der Universität Bern*, 13, 1990, pp. 9–15, pl. 1–6; A. Laronde, F. Queyrel, "Un nouveau portrait de Ptolémée III à Apollonia de Cyrénaïque", *CRAI*, avril-juin 2001, pp. 752–754, fig. 19–20; p. 779.

[26] P. Gallo, "Les faux pharaonica d'Alexandrie: reliquats du grand commerce international d'antiquités (XVIIIᵉ–XXᵉ siècle)", *Alexandrina* 5, M.-D. Nenna éd., Études Alexandrines 50, Alexandrie, 2020, pp. 21–54.

[27] F. Queyrel, "Alexandrie hellénistique et l'art romain", *Alexandrie la Divine*, Ch. Méla, F. Möri éd., Genève, 2014, I, pp. 449–451. 最新研究参见 G. Tallet, "La splendeur des dieux. Quatre études sur l'hellénisme égyptien", RGRW 173/1-2, Leyde, 2020。

楣和两座高约12米的巨型花岗岩雕像柱[28]（图8）。这证明了亚历山大城的港口中，即便在希腊化时期也有法老像的一席之地。

上述雕像的身份是否可以确定为托勒密一世和他的配偶贝勒尼基[29]？事实上，这对雕像柱是在以埃及的传统形式讲述希腊的故事：国王的发绺从法老头巾中探出[30]，保留下来的那部分指向托勒密二世的形象特征。但是这种发型上的相似可能是因为建造雕像时的当权者把自己的形象同雕像所纪念的形象相混合[31]：这根雕像柱的创作时间很可能晚于托勒密二世的统治，即是一幅"遗像"。王室确实会为逝去的统治者制作雕像。阿尔西诺伊二世就是很好的例子。她在身后被神化，有一座用象形文字刻着她名字的小型雕像柱[32]；灯塔周遭找到的巨型女王像非常有可能就是她。这一对雕像柱不该如其他许多古埃及景观一般被视为来自赫利奥波利斯，因为根据既往的知识，赫利奥波利斯未曾出产过刘海露出头巾的雕像。

再看托勒密王朝的王后形象，亦可以证明希腊与埃及风格的混合自希腊化时代早期就已开始。在亚历山大城以东的撒费罗斯海角（Cape Zephyrion），阿尔西诺伊二世与克诺珀斯当地崇拜的阿佛洛狄忒相融合。萨摩斯的海军将领卡利克拉特斯（Callicrates）于公元前270年建立了一座献给阿尔西诺伊·塞浦路斯的神庙，并称她为阿佛洛狄忒·撒费里提斯（Zephyritis），海员的保护神[33]。回到前文所提到的女性巨型雕像柱，发掘者没有在考古报告上指出其左臂上有剥落

28　I. Hairy, "Pharos, l'Égypte et Platon", *Images et modernité hellénistiques, Appropriation et représentation du monde d'Alexandre à César, actes du colloque organisé à Rome, 13-15 mai 2004*, F.-H. Massa-Pairault, G. Sauron éd., Collection de l'École française de Rome 390, Rome, 2007, pp. 61-89; F. Queyrel, *SH* II (2020), pp. 186, 187, 362, fig. 233-234.

29　关于人物身份的深度讨论见A.-M. Guimier-Sorbets, "L'image de Ptolémée devant Alexandrie", *Images et modernité hellénistiques, Appropriation et représentation du monde d'Alexandre à César, actes du colloque organisé à Rome, 13-15 mai 2004*, F.-H. Massa-Pairault, G. Sauron éd., Collection de l'École française de Rome 390, Rome, 2007, pp. 163-176。

30　J.-P. Corteggiani, "La mèche de Ptolémée", *Historia Thématique* 69, janvier-février 2001, pp. 18-19.

31　F. Queyrel, "Iconographie de Ptolémée II", *Alexandrina* 3, Études alexandrines 18, Le Caire, 2009, pp. 20-22, 60-61 fig. 79-82.

32　纽约大都会博物馆，20.2.21。F. Queyrel, *SH* II (2020), pp. 182, 183, 185, 361, fig. 227.

33　P. Bing, "Posidippus and the Admiral: Kallikrates of Samos in the Milan Epigrams", *Greek, Roman and Byzantine Studies* 43, 2002-2003, pp. 243-266.

的痕迹，但这一痕迹十分关键，因为它的存在证明了雕像向前伸的小臂上本应摆着某样东西，极有可能是丰饶之角，就如另一个保存更加完好的雕像柱所展示的那样[34]（图9）。如果摆着的是两个丰饶之角，就可以确定其身份为阿尔西诺伊二世。如果只有一个角的话，那么很大概率是公元前3世纪某一位被表现为伊西斯-阿佛洛狄忒的女王，比如贝勒尼基二世。她曾在撒费罗斯海角的神庙中向阿佛洛狄忒-阿尔西诺伊-撒费里提斯献上过一缕自己的头发。也有人猜测是托勒密三世和贝勒尼斯二世之女小贝勒尼斯，一位死后被神化的托勒密公主，她的崇拜仪式在公元前238年由克诺珀斯埃及祭司会议所确立。不过我认为答案是后者的概率不如前者，因为雕像柱有着成年女性的身形。但无论如何，在这座雕像上展现出来的是亚历山大城"全球在地化"的力量，结合了埃及千年流传的人像样式和希腊神明灵光一现般的显形。

三、亚历山大城的特性

19世纪末期，在研究一位居住在亚历山大城的希腊人地米特里奥（Demetriou）的希腊化陶俑藏品时，特奥多尔·施莱伯（Theodor Schreiber）发文称，"希腊化现实主义"的诞生应归功于亚历山大城[35]。他认为亚历山大城艺术是日常生活题材和非洲民族怪诞形象的结合。但随着各类陶俑的出土（尤其是在士麦那的发现），我们现在对亚历山大城的艺术品有了更全面的认识。就像巴莱回顾多米尼

---

[34] Alexandrie, musée de la Bibliotheca Alexandrina, SCA 208 (BAAM 842). Queyrel, *SH* II (2020), pp. 182, 183-185, 361, fig. 228; F. Queyrel, "Alexandre et les premiers Ptolémées, rois et pharaons en Égypte", *Arts et Pouvoirs. Un dialogue entre continuité, ruptures et réinvention*, S. Frommel, R. Tassin éd., Hautes Études histoire de l'art/storia dell'arte, Rome, 2022, p. 21, fig. 8.

[35] Th. Schreiber, "Alexandrinische Sculpturen in Athen", *MDAI(A)* 10, 1885, pp. 380-400, pl. X-XII. 1880年，亚历山大城的希腊居民约阿尼斯·地米特里奥（Ioannis Demetriou，或称Giovanni de Demetrio）把他在埃及的收藏捐给了雅典考古协会（Société archéologique d'Athènes），其中就包括了这些陶俑。值得注意的是，施莱伯书中第383页注释3以及第12张插图页所展示的青年努比亚小雕塑描述有误，其材质应为绿色玄武岩。该雕像现存于雅典国家考古博物馆，ANE 22，高47厘米。

克·卡萨·戴兹格尔（Dominique Kassab Tezgör）的研究时说的那样[36]："陶俑有着特定的表现手法，不能按现实主义的标准来理解，也不能视作日常生活的复现。"

这些陶俑投射出的是客户群体期望的形象。它们出土于城市东部的墓区（Chatby, Hadra 和 Ibrahmieh），大致断代为公元前 325 至前 170 年。这些"塔那格拉女像"展现的是公元前 340—前 330 年前后在阿提卡地区出现的披肩妇女的形象。它们见证了希腊制造的陶土模具的影响力之广，曾远销至亚历山大城用于生产（图 10），也表明在希腊化时代早期，当地更倾向于希腊原产的样式。开罗以北五公里、同处尼罗河三角洲的阿特里比斯（Athribis，今 Tell Atrib）曾出土过一批用于家居装饰的大理石雕塑[37]。一座阿佛洛狄忒躯体的雕塑（图 11）和一个女神的头部雕塑出自当地精通大理石工艺的作坊，在右腋下的榫槽里插入金属螺杆便可以固定雕塑的手臂。发掘者卡罗尔·米斯利维茨（Karol Mysliewicz）认为阿佛洛狄忒的出现与当地狄奥尼索斯-奥西里斯的重要地位相关（因为阿佛洛狄忒常与伊西斯关联），但雕塑的形象设计建立在普拉克西特列斯（Praxiteles）风格的基础之上，这恰恰是公元前 2 世纪希腊世界的通行做法。另外，雕塑的着色也与那批塔那格拉女像近似。

由此，我们是否又会得出结论，认为亚历山大城的艺术在希腊化时期完完全全是希腊风格的？从这一点看，宫廷艺术中常常出现的象征性含义值得注意。这些象征意义隐晦地渗入了埃及的文化。很可能曾属托勒密王家收藏的法尔内塞杯就是一个很好的例子[38]（图 12）。杯上的图案将各种寓意拟人化，展现了埃及统治者的富庶。这个杯子大约最迟制作于公元前 2 世纪末，因此上面的角色不可能是

---

[36] P. Ballet, *Figurines et société de l'Égypte ptolémaïque et romaine*, Paris, 2020, p. 17. 见 D. Kassab Tezgör, *Tanagréennes d'Alexandrie. Figurines hellénistiques des nécropoles orientales. Musée gréco-romain d'Alexandrie*, Études alexandrines 13, Le Caire 2007。

[37] Queyrel, *SH* II (2020), pp. 157, 159, 357–358, fig. 195–196.

[38] 那不勒斯国家考古博物馆，27611。F. Queyrel, "Les Galates comme nouveaux Géants ? De la métaphore au glissement interprétatif", *Géants et gigantomachies entre Orient et Occidents*, actes du colloque Naples, 14–15 novembre 2013, M.-H. Massa-Pairault, C. Pouzadoux éd., Naples, 2017, pp. 206–210; Queyrel, *SH* I (2016), pp. 199–200, fig. 195, pl. 36.

克利奥帕特拉七世和装扮成特里普托勒摩斯的马可·安东尼[39]。我不打算对这些角色的身份寻根问底，只是想指出非常有趣的一点：图像所蕴含的多重含义为埃及的希腊精英们所用。

按照一种普遍接受的说法，这个场景表现了尼罗河涨水的好处。左侧蓄着络腮胡的男子是尼罗河的化身，中间倚坐着伊西斯，她手持的两柄麦穗是画面中央年轻男子特里普托勒摩斯耕作的成果。他是农业的发明者，身穿别在左肩上的短裨（exomis），右手手持犁轭，左手拿着一袋种子。他的胡须和发型有加拉太人的民族特征，身上的短剑和种子袋是一个典型的士兵-耕种者的形象。天空中飞翔的是人格化的夏风（meltem），在古代被视作尼罗河涨水的原因——逆风阻碍了水流的前进。西西里的迪奥多罗斯曾记载道（I, 38）："吹向尼罗河口的夏风让水流无法入海，使得地势平缓的全埃及遭水漫灌。"尽管他反对这一理论（I, 39）："尼罗河水在夏风吹拂前就开始上涨了，却要等到秋分时节才停，而那个时候夏风早就已经停了。"至于右边的两个女人，她们被视作不同的季节：拿着浅盆（phiale）的是洪水季，拿着丰饶之角的则是收获季。

这幅图像也很容易从埃及的文化视角来解读：最前方的斯芬克斯像代表奥西里斯，伊西斯的兄弟；年轻的耕作者则是他的复仇者荷鲁斯；坐在左侧高处的年长者是塞拉皮斯。也有人认为，这些人像代表的是托勒密王朝的国王和王后。让·沙博诺（Jean Charbonneaux）表示，一些法老如拉美西斯三世，就曾以耕种者的形象出现。这些观察又使这一图像在本土上古的传统中找到了自身的定位。

托勒密王朝的军队中，被称作"加拉太人"的雇佣兵团因其武器装备而得名。法尔内塞杯上，"加拉太人"是一个士兵-耕种者。这个人物展现的是使埃及成为地中海粮仓的丰饶地产。在埃及，殖民者（klerouchos）既是军人，又是农民。托勒密二世把阿尔西诺伊郡

---

[39] 这一解读来自 E. La Rocca, *L'Età d'Oro di Cleopatra, Indagine sulla Tazza Farnese*, Documenti e ricerche d'arte Alessandrina 5, Rome, 1984, 但招来了不少反对之声，如 K. Parlasca, "Neue Beobachtungen zu den hellenistischen Achatgefäßen aus Ägypten", *The J. Paul Getty Museum Journal* 13, 1985, p. 21. 也有人认为上面的女性人物是克利奥帕特拉一世，见 J. Charbonneaux, "Sur la signification et la date de la tasse Farnèse", *Monuments Piot* 50, 1958, pp. 85–103。

(法尤姆绿洲)的一些土地赐予加拉太军团[40]，作为镇压公元前2世纪本地人起义的交换[41]。创作于这个时期的法尔内塞杯纪念着加拉太人的殖民者身份，寄托了对托勒密二世统治的怀念：伊西斯和斯芬克斯像唤起了有关这位"爱手足者"的记忆。

古代的亚历山大城没有一种"唯一"的文化，但无可否认的是，这座城市有着一种文化特性：它融合了各种文化语言，向所有希腊人宣扬其物质和艺术的富饶。公元前3世纪为后来的几个世纪树立了典范，埃及也由此进入了希腊-马其顿世界的视野。亚历山大城自建立伊始就有着文化间的交流，这也成为其艺术文化颇具独到之处的一个面向。

(作者单位：法国高等研究实践学院-巴黎文理大学；
译者单位：法国高等研究实践学院在读博士生)

---

[40] E. Kistler, *Funktionalisierte Keltenbilder: die Indienstnahme der Kelten zur Vermittlung von Normen und Werten in der hellenistischen Welt*, Berlin, 2009, pp. 363-364.

[41] E. Kistler, *op. cit.*, p. 365.

图书在版编目(CIP)数据

品达与诗人的天职/张巍主编.—上海：复旦大学出版社，2024.5
(西方古典学辑刊. 第六辑)
ISBN 978-7-309-17204-1

Ⅰ.①品… Ⅱ.①张… Ⅲ.①品达-诗歌研究 Ⅳ.①I545.072

中国国家版本馆 CIP 数据核字(2024)第 020673 号

品达与诗人的天职
张　巍　主编
责任编辑/史立丽
复旦大学出版社有限公司出版发行
上海市国权路 579 号　邮编：200433
网址：fupnet@fudanpress.com　http://www.fudanpress.com
门市零售：86-21-65102580　团体订购：86-21-65104505
出版部电话：86-21-65642845
上海盛通时代印刷有限公司

开本 787 毫米×960 毫米　1/16　印张 25.5　字数 367 千字
2024 年 5 月第 1 版
2024 年 5 月第 1 版第 1 次印刷

ISBN 978-7-309-17204-1/I・1390
定价：75.00 元

如有印装质量问题，请向复旦大学出版社有限公司出版部调换。
版权所有　侵权必究